陈洪才 著

鸡毛换糖传

团结出版社
UNITY PRESS

© 团结出版社，2024 年

图书在版编目（ＣＩＰ）数据

鸡毛换糖传 / 陈洪才著 . 一北京：团结出版社，
2024. 10. 一ISBN 978-7-5234-1152-0

Ⅰ . I247.5

中国国家版本馆 CIP 数据核字第 2024J23S39 号

责任编辑：郭　强
封面设计：书香力扬

出　版：团结出版社
　　　　　（北京市东城区东皇城根南街 84 号　邮编：100006）
电　话：（010）65228880　65244790
网　址：http://www.tjpress.com
E-mail：zb65244790@vip.163.com
经　销：全国新华书店
印　装：四川科德彩色数码科技有限公司

开　本：170mm×240mm　16 开
印　张：28.5　　　　　　字　数：445 千字
版　次：2024 年 10 月　第 1 版　　印　次：2025 年 1 月　第 1 次印刷

书　号：978-7-5234-1152-0
定　价：98.00 元
　　　　　（版权所属，盗版必究）

序

天地之间，万物生灵，皆因情而生，宜境而存。山高虎猛，海阔鱼跃，草木依土而长，生命因水而衍者，乃自然之道也。困兽之哀，笼鸟之悲，牢狱之苦，贫寒之惨者，乃逆天之道也。禁市井之商，拒贵客门外，锁黔首之腿，梦井底天堂者，乃荒唐之举也。

昔日公社，举红旗而出工，闻钟鸣而用餐，勤劳作，酷日烫背不避；忙生产，暴雨淋头不歇。然，劳而不饱其腹，觅草根树皮充饥；勤而难暖其身，讨他人旧衫遮体。贫寒难熬，为赡养家室而拼搏；背井离乡，求分毫之利而尽力，挑糖担于异乡，摇小鼓于弄巷；受小人之气，忍气吞声；遭"打办"追击，夜宿柴丛。偷偷摸摸，如过街之鼠；惶惶恐恐，似丧家之犬。饥肠辘辘无食，蹲身于亭角流泪；夜幕森森无宿，孤坐于山野哭泣。江西落难，糖担没收，被关于"打办"之中；地方遭殃，罚款批判，软禁于学习班内。三九严寒，朔风欺吾墙不实；春暖花开，亲友讥我命穷贱。悲哉，苦也。

政策开放，百业待兴，"打办"消失，农商发迹，山货市兴旺，湖清门拓宽，搁糖担而摆摊，积资金而办厂。求发展，衣冠楚楚出洋，与欧美商贾畅谈；事有成，腰包盈盈返乡，建高楼大厦洋房。十年拼搏，终解温饱之忧；廿年大成，彰显小康家庭。今，日有三餐，品尝山珍海味；年分四季，尽穿名牌时装。出门豪车代步，归家孩孙相伴。联系业务，电脑手机；外出考察，包车飞机。信誉远扬，国际名流光临；效益显然，学者慕名访谈。会贵客于宾馆酒楼，悦休闲于豪华别墅。苦尽甘来，福也。

目录
CONTENTS

第一回

大锅饭百姓遭殃　求生存鸡毛换糖

时至深秋，花草萎而树落叶，粮进仓而民已闲，辛勤一年的农民们正在享受着难得的休闲舒畅生活，然而在 1958 年这年头有些反常，因为它是历史上的特殊之年。

"嘟嘟嘟……嘟嘟嘟……"哨子声在百户人家的乐村四起。"各位社员，吃完晚饭各户主都到陈氏祠堂开会，今晚有件大事要宣布，请大家不要忘记……"叫喊声此起彼落，继而，正在吃饭的人们好奇地捧着饭碗，边吃边打听："究竟发生了什么事啊？"

陈氏祠堂正门口悬挂着二盏煤气灯，强烈的光线将祠堂内外照得通明。走廊中坐北朝南摆设着三张办公桌，上首坐着公社书记、文书、村书记与会计四位大人，两边还有十几位威武的民兵作保卫工作，他们所面对的是站立在广场中的众多社员。公社文书主持会议，书记作报告，先讲国际形势，再讲国内形势，继而讲本县、本公社及本村的，足足讲了一小时，使在听的社员们脚酸酸的，只想回家，谁知村书记又讲了四十分钟，内容是为实行共产主义而办村公共食堂，吹嘘吃大锅饭的好处。然而，台上讲得口水四溅，台下人却困惑不解，怎么会有这样荒唐的事呢？谁也弄不明白。

散会了，在广场上苦苦站立两小时之久的社员们终于可以回家了。离开耀眼的灯光，四野一片漆黑，陈北山拖着沉重的脚步，走过了羊肠小道，又穿过阴森森的屋弄，回到了自己的家。"北山呀！你怎么才回来呀，你看看咱们家灶上的锅全被拎走了，以后怎么生活呀？天杀的。"母亲王氏急得跺着脚，拍打着自己的大腿道。陈北山看了看灶,被弄得丈二和尚摸不着头脑。"是谁拎走的呀?""你刚去开会,十几个民兵就窜进屋来拎锅了,我一个妇道人家,怎么拦得住他们呀。他们说是拿去支援炼钢铁的,以后都去公共食堂吃大锅饭,家里不准再起火了。"陈北山双目呆呆地望着没有锅的灶,良久,然后无奈地长叹一声道:"我以为只是说说而已,却原来当真如此,真是荒唐到极点了……"次日,全村召集了百余民兵,将各户的粮食全数挑到公共食堂,从此,全村同吃大锅饭,过起了共产主义的美好生活。

乐村书记姓胡名子贤,父亲早亡,与母亲相依为命,因家贫没读过书,由于没经济来源,母子俩以求乞为生,新中国成立后时来运转,当时的政策是贫下中农当家做主人,正因他讨饭出身,所以为当时的乡政当作培养对象,1958年他成了全村最早的共产党员,并被任命为村书记,全村的事都由他说了算,为了庆祝公共食堂开锅,他下令大吃大喝三天,体验一下按需分配的幸福生活。食堂会计王平安是位精打细算之人,他根据三天吃掉的粮食数量计算一年总共所需数,与库存粮数字一对照,结论是只能维持半年就断粮,他与书记商量后,决定精打细算,以细水长流的方案来节约用粮,于是就控制为每日三餐,二稀一干,即,早晚餐稀饭,中餐干饭,过了一段时间,王平安觉得还不行,于是又削减为一天二餐薄,中餐掺萝卜,但村干部们并不包括在内,他们另设小食堂,专供干部享受,爱吃什么吃什么。不料仅办了三个月,食堂就停火了,仅发给社员们每人每天二两米,让他们自生自灭,这可急得全村人如热锅中的蚂蚁团团转,不知如何是好。

寒冬的深夜,万籁俱寂,为了减轻饥寒,人们早已进入梦乡,村东路边有二间清代土木结构的旧房,从手掌大的窗户中透出一丝煤油灯的微光,屋内有四人围桌而坐,一个个在低头喝茶抽旱烟,茶味、烟气在低矮的小屋中荡漾,不知烟气占了上风还是茶味,谁也说不清楚,只见四人全默默无声地坐着,阴沉沉的脸上毫无表情,谁也没说话。"六弟,你总得说句话啊!这样坐着总不是办法吧,该怎么着就怎么着,我全听你的。"一个土里土气的汉子终于熬不住站起来开口了。"陈武,坐下坐下,这事关系重大,得想个万全之策才行,如今到了生死存亡的关键时刻,我们只能成功,不能失败,更是赚得起亏不得呀。"陈北山喝了口茶,然后沉重道。"莫急,莫急,反正是晚上的时间,何必急于一时呢,请大家不要打断六弟的思路，让他慢慢想吧，想好了自然会告诉大家的。"陈文亦插上了几句。

陈六弟是乐村有名的聪明人，平时，村人有为难之事总是求他想办法，他善于交际，与人交谈时，总是眉飞眼舞，笑脸相迎，他相貌堂堂，仪表非凡，使人一见面就对他有三分敬意的感觉，然而最可惜的是他没读过书，一字不识，否则，叫他做个外交官是最合适不过的了。此时，他却一反常态，一股脑儿地拿着朝烟管在抽他的旱烟，低着头，任人责怪就是不开口，只是在苦苦地思索着如何渡过饥饿难关。如此默默地又过了半小时，他的身体微微动了一下，然后拿着朝烟管，将装在烟头中的残灰敲在地上，只见他阴沉的脸放松了许多。"六弟，是否有了主意？"陈武见他放松的表情，心想一定想好了办法。"办法总比困难多，不过要大家配合才行。"久久沉默的六弟终于开口了。"六弟，快说与大家听听，大家的事，哪个会不配合呢？"北山急不可待地道。"说实话，如今每人每天二两米怎么生存，唯一的办法就是出去鸡毛换糖。然而此时生产队又不放人，公社更加不行，怎么办？我们不得不采取一些手段。我有个表哥与公社的文书走得非常近，我想，叫他帮忙一定能开出证明，但我们不能叫人家白帮忙，需要送点礼品，我觉得薄礼不行，重礼又送不起，目前家家经济困难，只得大家共同凑一点，你们愿意吗？"六弟滔滔不绝讲明了自己的想法，另三人听了都表示愿意。六弟继续道："我又有个多年的好朋友，是江西德兴人，他有个孩子在县工商局工作，所以，我认为到德兴落脚比较可靠，不知各位觉得如何？"六弟侃侃而谈，只听得在场人心里美美的。"六弟，你真行，只要有出路，即使倾家荡产亦在所不辞。"陈文乐呵呵地表示赞同。"那好，大家先准备着，今天夜深了，等候消息吧，到时我通知你们，请大家保守秘密，不可被任何人知道。好了，大家该休息了。"六弟觉得事已半成，就叫散了。

六弟买了一只大公鸡送与表哥，托他去公社开四张鸡毛换糖证明，结果良好，如愿以偿，又买来一只金华火腿，去德兴托朋友疏通关系，亦顺利达到目的，于是就通知另三位同年准备跃马德兴。

离村东一里许，有个年久失修的破凉亭，据说是明朝时建的，晚上8时许，北风萧萧，四周一片宁静，凉亭内有一对年轻男女正在约会。"丽丽，目前村里正在闹粮荒，二两米怎能维持生命，因此，我准备外出打工，但又愁老母亲没人关照，这使我有些为难了，唉！真不知如何是好啊！"北山边说边用手搔着头皮，然后慢慢蹲下了身。"北山哥，你有伴同行吗？"姑娘王丽丽有些惊慌地问。"当然有，与村里的陈六弟、陈武、陈文同行，我们四位是最要好的同年，人在异乡，可以有个照应，我们的目的地是江西德兴县。"北山在女友面前说了实情，但为了当时四人的约定，就只得变换糖为打工。

为避人耳目，四人仅各带一个山货盒与生活必需品，趁夜深人静时，悄悄溜出乐村，在荷叶塘小站上车，直赴德兴，来到六弟朋友刘义友家暂时歇脚。次日，在义友的帮助下，以购销组送货下乡为民服务的名义，与当地供销社签订了合同，条文规定，小商品由供销社批发价供应，在经营中换取的废旧归供销社收购，这样，对双方都有利，于是，四人就在德兴县安心地做起了鸡毛换糖生意。当时，国家实行统购统销政策，商品奇缺，全凭票供应，其中包括最普通的食盐，连日常生活最需要的肥皂、鞋口布亦买不到，农民们见突然来了鸡毛换糖客，便纷纷求着要求帮忙采购一些他们所需要的商品，以作应急之用。

换糖担上有的商品供销社亦有，供销社没有的商品糖担上自然没有，由于商品单调，因此，生意并不太好，六弟四人原本只是逃饥荒而来，只要能吃饱饭就满足了。眼看年关将至，家家户户的妇女们，都准备着为家中老少做双新鞋过年，可是买不到鞋口布，亦就无法施展手足。为了帮助妇女们渡过难关，六弟等四人决定回家组货，为她们寻找一些紧缺品。六弟是购销组的组长，北山是组货员，四人仅一本购货卡，回义乌组货的任务自然落在了北山身上。

陈北山坐在回义乌的列车上无聊地凝望着窗外的景色，年关将至，凌厉的朔风控制着大地万物，百草枯而落叶飞，万籁寂而雪花飘，转眼间变成了银色世界。过了玉山，来到浙江，只见野景与江西大不相同，稀稀拉拉如鼻孔毛似的稻菽还有许多留在田中无人要，一排排炼钢用的土高炉、一间间的泥墙茅屋、一株株的光杆树木、一畈畈的贫瘠农田全在飞速往后退，远处的山水亦在失控似的胡乱自转着，似乎一切都失去了依靠。过了金华就是义乌，只见铁路两边村庄的墙上写满了荒谬的大幅标语：总路线、"大跃进"、人民公社万岁、人民公社好、大办食堂好、吃饭不用钱、钢铁是元帅、粮食是先锋、日产钢铁二十万吨、农业放卫星、亩产二万斤……使人觉得眼花缭乱，似乎进入了谎言世界。

陈北山出了义乌站，只觉腹中饥饿，就直往饭店走去，他买来半斤黄酒，拿出从江西带来的一斤羊肉，先吃喝起来。这饭店中已很久不见有吃羊肉的人了，羊肉香引来了一大群饥民，他们一个个都伸着脖子瞪着眼，流着口水踮着脚地看着北山吃羊肉，似乎这样亦能解饥一般。北山刚吃了二片羊肉，待他举碗喝酒时，不料伸过来一双污手，将他的一包羊肉全抢了过去，然后飞快地逃走，紧接着，围在北山旁边的饥民们亦纷纷向抢走羊肉的人赶去。北山始料不及，眼看追不回来，只是破口大骂一阵，自认倒霉。那抢羊肉的人边跑边将羊肉大把大把地往口中塞，不料一个年轻饥民健步上前，夺走了整包羊肉，张嘴贪婪地啃起了羊肉。这时，所有饥民都围了过来，纷纷伸手抢羊肉，羊肉包被撕碎了，羊肉散满一地，泥地上高低不平，高处是雪，低处是水，雪上的肉很快被抢完了，饥民们没有过瘾，于是伸手在污水中乱摸，幸而摸到一块，当即就塞进口中，接着再摸……

"来五碗米饭！"一位长发长胡，污脸污手，脏衣脏裤的汉子走进了饭店，向营业员高声喊话。"有粮票吗？"营业员不屑一顾地回答。"没粮票，多给钱行吗？"这汉子没粮票，看样子钱是有的。"不行，现在粮食紧张，全凭票供应。"营业员边说边忙着自己的活。"有不要粮票的食物吗？我已三天没吃东西了。"汉子有些慌了。"有，一元钱一小碗的八宝饭你吃得起吗？"在营业员眼中，这汉子一定是无钱的饥民，肯定吃不起这昂贵的八宝饭。"行，先来十碗吧。"汉子高兴得跳了起来。"什么，你刚在讲什么？"营业员睁大眼睛张大嘴，不敢相信他的话。"来十碗八宝饭。"汉子重复了一句。"你几个人吃呀？""就我一个人啊。""你又不是牛，十碗吃得了吗？""只管拿来就是，我又不少你钱。"汉子有些急不可待的样子。八宝饭是糯米烧的，每碗二两半，上加三颗红枣与一些白糖，十碗就是二斤半糯米的饭，一人要吃完这么多饭确实罕见，当时经济困难，地方领导干部月工资仅三十元，教师仅十几元，农民是零工资，一餐吃了十元钱更是奇事，于是好奇的人们纷纷围上来看热闹，有五六十人一齐围在汉子四周看他吃八宝饭，如看戏似的注视他。原来这汉子是从宁夏逃回来的支宁人员，在那里，月工资有四五十元，但却有钱无处花，还得挨饿，他实在受不了才逃回家的，所以，一直到义乌亦没吃过一点东西。

陈北山也踮脚伸头地站在外围观看，眨眼间汉子吃完了八碗，大家正看得出神，忽见一只污手伸进了一位中年人的衣袋。"喂！朋友，有扒手！"北山出于本能，边喊边飞身去抓扒手，不料扒手并无逃意，只是朝北山笑了笑而已，若无其事地缩回已伸进口袋的污手。"谢谢老兄了，幸亏你发现，不然进货的钱全没了。"那中年人对北山大为感激，但对那扒手并无恨意。"同年哥，这扒手如何处置？"北山征求那中年人的意见。"算了吧，这种人饿死不如打死，他只是因穷而偷的，可怜兮兮的，让他走吧。"看样子中年人大度得很，或许亦见得多。"同年哥，请里面喝一杯。"中年人硬拉着北山走进里面的雅座，点菜倒酒，二人边喝边谈，各自介绍了一番。

原来这中年汉姓商名正，是东阳六石口供销社的经理，这次，他身带二千元钱是去苏州进货的，得知北山在德兴做鸡毛换糖生意，于是就问他要不要顺便带些紧缺商品。北山正愁在东阳义乌进不到江西紧缺的肥皂、鞋口布，因为这里全凭票供应，唯独苏州不凭票，于是就求商正帮忙，商正一口应顺，并约定三天后到六石口供销社取货。

三年困难时期，指的就是 1958 至 1960 年期间，其实那时义乌并没有发生过太大自然灾害，而是人为因素造成的，人民公社之初，农村劳力高度集中，投于三大人海战役之中，一是土高炉炼钢，二是农业密植化，三是兴建水库，而农村大办公共食堂后粮食不翼而飞，饥荒连连，于是农民们纷纷外流保命，公社下令，凡三天不见人的，一律当外流人员看待，措施是停发口粮，见人就抓。北山这次回家组货只是暗中行动，因此只待夜深人静时悄悄回家。这时，他最关心的是两个人，一是老母，二是丽丽。北山七岁丧父，与母亲相依为命；丽丽与他青梅竹马，两小无猜，且她性情温柔，善解人意，有漂亮的脸蛋和苗条的身材，被称为乐村第一美女，可惜的是她有一个趋炎附势的父亲，不受村人欢迎。天终于黑了，北山悄悄回家，见门已关，母已睡。"妈！妈！妈！……"北山轻敲着门。"谁呀！我已睡了，有事明天说行吗？"母亲闻声回应道。"妈！我是北山啊，我回来了，开开门。"母亲听说北山回来喜出望外，慌忙下床开门。"北山啊，你知道妈有多想你吗？你在外一定受苦了吧。"母亲拉着北山之手，心情激动，声音抖颤，二眼流泪，不知是哭是笑。"妈，江西比义乌好很多，样样都有，我好着呢，我担心的是妈妈。""北山，你坐着，妈给你做点吃的。"母亲欲去厨房。"妈，不必了，我晚饭吃得饱饱的，现在不想吃，你过来，我们母子俩好好聊一会。"母亲给北山倒了一杯茶，然后母子俩就唠起来。"妈，你二两米一天是怎么过来的呀？""二两米当然不够，还不是多亏丽丽这丫头，她将自家节约下来的米给了我吃，真使我过意不去，到时得好好谢谢她才是，哎，真是个好姑娘，谁若能娶她做媳妇，一定是有福之人。"母亲越谈越开心。"妈！你放心，我一定会好好谢谢她的，现在就写张字条，我不便出面，请你明早交给她，什么亦不必说，立即回家就是，懂吗？"母亲连连点头称是。

大清早，丽丽洗完脸正在梳头，忽听王氏叫门。"丽丽在家吗？""在，在，我马上来开门。"丽丽见伯母来了，殷勤地请她进屋。王氏将纸条递与丽丽，然后附在丽丽的耳边低声道："我北山回来了，要我将这纸条给你，我就不进屋了，家中还有事，先走了。"王氏说完，一边挥挥手，一边回头走。丽丽听说北山有条子给她，心里甜甜的，急忙回房，打开看着，只见纸上写着："丽丽，月余不见，很想见你，然而眼下我是外流人员，相见不便，请你明早九时在东江桥下等我，不见不散，陈北山。"丽丽看毕，心里美美的，脸上露出了一丝难得的笑容。

九时许，在东江桥下，二人久别重逢，说不尽的悄悄话。"北山哥，你在外面受苦了吧？"丽丽关心地问道。"丽丽，我跟你说实话，其实我并非真的在外打工，而是去做鸡毛换糖生意的，上次没带多少货，主要是先打基础，这次回来准备多组点货，据我观察，那边生活条件比我们这里好很多，商品需求量亦比我们这里大几倍，我想生意一定会好的。另外，据我娘说我不在家时，家里的一切都是你帮忙的，谢谢你了。"北山说毕行了个大礼。"我俩从小一起长大，一直互相帮忙，有什么可谢的呀，更何况你的事就是我的事，不分彼此。"丽丽微微一笑道。"丽丽，我有一句话一直闷在心里不敢对你说，亦不知该不该说，我是怕说错了不好收场。"北山说着，不觉浑身发热，不敢正面看丽丽一眼，急忙转过身去。"北山哥，你怎么啦，我看你平时不是这样的，我又不是别人，讲又何妨，讲错了又会怎样。"丽丽见北山有些失态，感到莫名其妙。"你不怪我。"北山转过身来问道。"不怪。""那我就说了。""快说。""丽丽，我妈想娶你做媳妇，你愿意吗？"北山硬着头皮终于说出自己要说的心里话。"我说是什么大事，原来是求婚的，这是再正常不过的事，有什么大惊小怪的呀，其实，你不说我亦能猜出三分，说句心里话，我亦喜欢你，只是我父亲是个势利之人，他不会同意，否则，你不开口我早已向你开口了，怕只怕我俩有缘无分，这正是我苦恼之处。"平时不太讲话的丽丽终于说出心里话。"我不信，马上托媒向你父亲求婚，待赚到钱后再结婚，如何？"北山有点急了。"我父亲的心我最了解，如果你现在有钱或许可以试试，但将来有钱没用，根据目前你的家境，托媒亦是白托的，不信，你试试亦可。"

除了终身大事外，丽丽还告诉北山一个秘密，说食堂的粮食被干部们私分了许多，其中包括丽丽的父亲。北山感谢丽丽对自己的信任，一则为了丽丽，二则为了自己的生意，就一直埋在心底里，私分粮食的事从不外传。太阳落山了，二人各自回家了。

回家后，北山要母亲托媒人去王平安家说媒，不知能否成功，请看下回分解。

第二回

换糖担德兴走红　美少妇江西落难

　　三天转眼即过，天未亮，北山起身前往六石口供销社。六石口靠山区，离县城约二十里，供销社是那里唯一的商店，店面虽小，但摆设的商品种类并不比县城少，特别是一些紧缺品，县城没有而他有，因为这与进货渠道有关。商正是位重义之人，他热情地款待北山，并百分之百地满足了他的要求。北山将随身所带的二千元钱全购了肥皂与鞋口布。

　　"老陈，我有一事相求，不知愿帮忙否？"商正不好意思地道。"哎呀，我俩一见如故，只要你商经理的事，我一定尽力而为。"北山觉得商正是位难得的好人，就一口应允。"老陈啊，事情是这样的，两年前，我从江苏进来一万双尖脚丝袜，是小脚女人穿的，当时很好销，不料后来就不行了，卖了两年，尚存一半，如今一双亦卖不掉，存在仓库里又占地方，因此我想托你带到江西去试试，或许那里能卖掉，我打算打对折处理，原每双一元，现价五角，你能卖多少算多少，卖掉再结账，卖不掉退货，这样你只赚不亏，怎么样？"商正觉得丝袜这样长期积压不利于资金周转，他虽与北山初交，但从言行之中已料是位可靠之人，于是就放心地托他代卖。"行行行，这有何不可，不过我话说在先，我从没卖过丝袜，更不知好卖不好卖，但我都会尽力而为，万一卖不掉请别怪我。"北山觉得代卖，又不垫资金，只赚不亏，当然乐意，于是，将所购之物与丝袜一起打包，托车拉到义乌站托运。

　　统购统销时期，禁止货物私运，义乌火车站严格执行，因此，托运成了一大难关。为了攻克难关，北山买来一只大白鹅，暗中送与托运区负责人，负责人见物眼开，立即给他过磅吊签。"喂！里面什么货，打开看看。"一位身穿工商服的人带着四位随从站在了北山面前。"哦！同志，不是危险品，只是些杂七杂八的小商品而已。"北山见突然出现工商人员，知道来者不善，赶忙笑脸相迎，并恭敬地递烟过去。"你少来这一套，叫你打开就打开。"来者拉着脸，不接烟，毫不留情地大吼着。"这可糟了。"北山心里想着，无奈地将已缝得好好的包重新打开，包里的商品都散于地上。"这些货从哪来，又运往何处？""货是从东阳六石口供销社批发来的，运往江西德兴做鸡毛换糖生意用。"北山如实回答。"你可知棉布是禁止私人买卖的吗？""同志，这是鞋口布，不算棉布吧。"北山惊慌地分辩道。"还要强辩，鞋口布不是棉花织的吗？不老实的东西，全部没收处理。"工商员板着脸吼道。"同志，同志，对不起，有话好说，我长期在外，不知本地情况，看在初次分上，请放我一马，下次一定不敢。"二千元货款，在当时来讲算是了不得的巨款，他一句话说没收就没收，如何是好，只吓得北山满身冒汗。"看你初犯，又有悔意，就免去没收吧，其他货可以运去，这鞋口布不行，应交供销社作收购处理。"说完，五人拎起鞋口布拂袖而去，但不知下一位倒霉的又会是谁。

鞋口布是这次的主货，不幸的是偏偏被收购，这使陈北山大为不甘，他欲想法弄回来。"李经理，你是商场中人，一定理解生意人的难处，我这次碰到工商的人算是倒了大霉，出于道义，希望你帮我一次忙，以便减少一点损失，不知肯否？"北山为了要回鞋口布，只得硬着头皮试探一下。"同年哥，对你的遭遇我虽有同情感，但亦是心有余而力不足啊。"李经理摊摊双手，表示无奈。"别的办法确实没有，我亦不想要你为难，只是求你重新购回，我想这总不为难吧。""这倒问题不大，反正卖你卖他都是卖，不过收购价与出售价可能你还需付三百元钱，你愿意吗？"看样子这李经理还挺理性的。"这三百冤枉钱就算生了场大病吧。"为了自己的生意和江西顾客的需求，北山还是忍痛再付三百元，从供销社取回原本属于自己的货。

来到德兴，将货分与大家，四人情趣盎然，各自分头去经营。为了避免生意上的矛盾，四人划地经营，六弟与陈文在德兴县城经营，北山与陈武下乡去经营，北山常往杨村公社去，那里有个大矿区，工人上万，倒是个经营的好地方。生意好坏全决定于组货，品种不鲜就不能吸引顾客，更难打开市面，人们见货郎担上有肥皂、鞋口布卖，一个个纷纷抢着买，过了不到三天，担上的货卖得空空的。北山见生意这么好，立即发电报给商经理，要他再准备一批货并说自己三天内回义乌。

第二批货进来后，北山就放在杨村街上卖，赶集的人见了，就纷纷来抢购，一时间，你抢我夺地将担子围得水泄不通。北山边付货收钱，边大喊着维持秩序，只见人越聚越多，他喊破了喉咙亦无济于事。顾客们见买的人越来越多，只怕自己买不到，于是争先恐后地急着往里挤，场面一片哗然。北山顾此失彼，被弄得手足无措，见如此下去再也无法经营了，于是就慌慌收担，惶惶逃回住处闭门不出。

"喂！老陈啊，开开门。"外面有人叫门，是男人的声音。"今天不卖了，明天再到摊上来买吧。"北山怕买货的人群一齐拥进屋来应付不了，就拒绝了门外人。"老陈，我是矿厂的金书记呀，怎么将我也拒之门外了。""哦！原来是金书记，真难得，我这就来开门。"听说金书记大驾光临，北山忙开门热情地迎接他进门。"金书记，稀客稀客，请这边坐。"北山殷勤地给金书记倒茶让座。"老陈呀，人家都说你的生意很红火，今天，听说顾客多得差点把你的摊挤倒，恭喜你发财呀！"金书记品了口茶，笑呵呵地道。"近日我从义乌进来一批紧俏货，因为这里供销社没货，所以顾客蜂拥而至，我一人忙不过来，弄得我卖也不是，不卖亦不是，真不知该如何是好。"北山显得一脸无奈。"听我厂的职工说，你处有鞋口布、肥皂、香皂卖，还说买的人太多不易买到，他们要我与你商量一下，把这三种货全卖给我厂，一次付款，不欠一分，这样，一来你可免去卖货的麻烦，二来也方便了我厂的职工，一举两得，不知老陈意下如何？"金书记态度诚恳地说明了来意。"金书记啊，你有所不知，这几样畅销货没了，我的摊亦冷了，其他商品怎么卖呀？"北山听说金书记要把这三种最好销的商品全包了，有些为难起来。

"我说你这老陈啊！真是一时聪明一时呆了，难道你不可回义乌再多进些来吗？今天我在工人面前夸下了海口，只要我老金一句话你老陈没有不答应的，你若不答应，以后我这书记还能当吗？所以，这个面子非给不可，价格高点没问题。"原来金书记与北山早已有交情。"既然金书记这么说，我亦只得照办了。"北山知道金书记是当地官场中的红人，自己身在异乡，难免以后有求他之处，反正卖他卖别人都是卖，只要有钱赚就行，也乐得做个人情，于是就答应了他的要求，将三种紧缺品全给了他，一点算，共 5840 元，因金书记没带钱，就写了张字条，说第二天送到摊中，北山亦十分相信他。

次日，北山照样摆摊于街，可是没了顾客最需要的紧俏货，这使顾客们心灰意冷，北山只是不停地向他们解释，说很快就会再有货。那时江西虽没像义乌这样挨饿，但各商店中的商品更缺少，群众往往无法买到生活必需品，正因北山摊上常会出现他们所要的，所以摊虽小而顾客却比国营商店还多。北山从六石口带来的尖脚丝袜买的人并不多，但正因如此而厂家早几年就停产了，到如今，几乎全国的商店中都找不到这种产品了。物以稀为贵，别处没的北山有，小脚女人就都到他那里买了，这就成了北山的独行生意了，有些年轻人见了，也会惊喜地买几双孝敬自己的小脚亲人，不久，所有丝袜亦卖完了，价格亦可观，出售价每双二元，利达一元五角。货卖完了，又回义乌组货，吸取教训，以后就不再去火车站托运，而是改为邮寄，这样来回三趟，北山已变成了万元户。

1959 年的大年初一，白雪纷飞，寒风刺骨，人们整天躲在家里烤火避寒，不敢出门半步。

深夜，北山独自睡在床中，只冻得牙齿打架，浑身颤抖个不停，气温已下降到零下十度，寒冷难熬，睡不着，于是就起床取炭欲生火取暖，刚下床，忽见从门缝中透进一缕火光，他顿时惊觉起来，"半夜三更，门外怎么有火，难道出了什么事不成。"他急忙披衣下床，用颤抖的双手点燃了煤油灯，打开门，一阵寒风迎面扑来，煤油灯随之熄灭，但门口还是通红，再定睛一看，却原来有人在走廊上烧火取暖。"该死的东西，你是什么人，半夜三更为何在人家屋檐下烧火，快走，不然对你不客气了。"北山大怒，对烤火人大声吼道。那烤火人似乎没有听见，继续蜷缩着瘦小的身子烤她的火。北山见对方毫无反应，仔细看时，只见她头上一片乌黑的乱发，苍白的脸蛋显愁容，衣着单薄见憔悴，一双明眸含泪水，怀中抱一个周岁小孩，是位年约二十的小妇人，怀中的小孩双目紧闭，二片小嘴唇冻得发紫，似死一般地依偎在母亲怀中一动不动。"快走快走，听见没有，难道非要将我的房子烧了不成。"北山大声催促着。少妇依然无言，不过她终于慢慢起身，一张苍白的脸蛋紧贴在小孩的嫩脸上，默默地离开火堆往野外走，只见那小孩离开了火，突然沙哑地哇哇哭个不停。北山见少妇已走，就转身回屋，关起门来，生炭自己取暖。

　　"救命啊！救命啊！"突然一阵凄惨的尖叫声从不远处传来。"不好，出事了。"北山赶忙拿起毛竹扁担往外冲，门外白雪封路，寒风吹得北山喘不过气来，赶至现场，原来刚才烤火的小妇人正抱着自己的小孩呼天喊地地哭叫着："我的乖乖，你醒醒，你不能走，你走了，妈妈也不活了呀，我的可怜孩啊，怎么这样命苦啊……"北山见状，忙上前观看，只见小孩已奄奄一息，原来是冻坏了，知道这样，悔不该将她母子赶走，懊悔之下，急忙脱下自己的棉衣包住小孩瘦小的身体，然后紧紧抱在怀中。"快起来，到我家暖暖身。"北山抱着孩子在前走，少妇在后面紧跟着，进了家，北山叫少妇一起坐在小凳中烤刚生起的炭火，少妇无心烤火，双目东张西望，似乎在寻找什么，见墙壁上挂着一把剪刀，飞快着取下，毫不犹豫地划破了左手腕中的肉，刀口处鲜血如注，急急贴在失去知觉的小孩口中。"你疯了，这要出人命的。"北山不防这一着，见少妇不要命似的如此救孩子，吓得魂飞魄散，赶忙放下孩子，拿来布条，包扎少妇的手腕，见少妇双目失神，口中不停地念道："孩子是饿死的，不是冻死的。"声音从尖叫到低声，随着时间的流逝，其声变得越来越微。"是饿死的，不是冻死的，我冷、冷、冷……"最后，晕倒在地，再也发不出声了。北山不管从现实社会中，还是古戏中，苦戏见得多，但如此惨境真的从未见过，他呆看着躺在地上的母子俩，不知该如何是好，禁不住亦流泪痛哭起来。"啊！苍天啊，人间竟有如此苦的人呀。"他边哭着，边给她母子慢慢地灌温水，想以此为他们充饥温身，不一会儿，只见母子俩都渐渐睁开眼来，这才使北山嘘了一口气，知道生命总可以保住了。少妇醒来，见自己与孩子都躺在稻草中，上面还盖着一床被，孩子亦并没死，她急忙抱起孩子，脸上露出了一丝笑容。"谢谢老哥救了我母子。""现在你母子身体都很虚弱，你暂在这里烤火，我为你做点吃的，一下就好，等着。"北山知道他们一定饿了，就上厨为她做了二碗面条，少妇现已有两天没吃了，见端来热气腾腾的面，亦就顾不了许多，端碗就大口大口地吃了起来，小孩见了，亦伸手要吃，不一时，两人连面带汤吃得一干二净。北山欲再烧二碗，被少妇阻止了。北山见母子俩恢复正常，亦就放心地笑了，见铁锅中的炭火不太红，就抓来了一条破竹凳，加入炭火中，火焰顿时升腾起来，使室内温暖了许多。吃了面，加了温，少妇苍白的脸终于转红了，一时间，变成了一个美妙少女。"小妹！不知你是哪儿人，为什么会落得如此地步？"北山关心地问。"浙江衢州。"少妇低声应道。
"哦！你是浙江的，怎么来这里，我亦是浙江的呀，想不到我们还是同乡呢。"北
山想不到在这里遇见同乡，心里一阵兴奋。"什么，你也是浙江人？"一直低头不
语的少妇突然抬起头来，一双明眸睁得圆圆的，注视着眼前救自己的后生，似乎
有些不相信。"是啊，我是浙江义乌人，在这里鸡毛换糖的，你来这里多久了？"
少妇双眼呆望着铁锅中的炭火，禁不住泪水噗噗而落，她终于道出自己的不幸
遭遇。

　　原来这少妇姓杨名丽花，今年二十三岁，是衢州供销社的会计，丈夫吴正印
是总社的经理，夫妻恩爱无比，去年又生了一个男娃娃，一家三口，生活过得还
挺美满，然而只因杨丽花生得娇媚动人，不料节外生枝飞来横祸，才弄得妻离子
散，有家难归。工商局副局长方绪，是个见女人不得的花花公子，他靠着娘舅是
县委副书记之势欺压百姓，造成民愤极大，他见杨丽花楚楚动人，就想入非非，
因数次勾引不成而恼羞成怒，就拿她的丈夫开刀，胡乱找个借口，先将他调到乡
下去当一名采购员。一日，工商局召开全县供销干部会议，在会前，有人无意中
问吴正印道："老吴，供销社中连买块肥皂都困难，你这采购员是怎么当的？"老
吴应道："你呀，真是一人不知一人事，为了采购商品，我东奔西跑地快折断了
腿，可是全国各地都一样，这又有什么办法呢，唉，这统购统销政策不知是怎么
搞的。"只因吴正印无意之中说了这番话，有人传到方绪那儿，方绪就趁机添油
加醋地将它整理成材料，说吴正印对社会主义不满，恶意攻击统购统销政策，然
后送到他娘舅处。他娘舅不分是非地定吴正印为反革命罪，判了十年刑，送临平
农场劳动改造去了。杨丽花变卖家产，东奔西跑地为丈夫申冤，虽花尽心思，却
无济于事。那方绪认为机会来了，就乘人之危，天天跑到杨丽花家纠缠不休，只
恨得杨丽花咬牙切齿，重重地掴了他一记耳光，这一来祸更大了，连会计职务亦
被撤了。她自知再也无法在衢州落脚，听说江西生活比浙江好，而且找工作亦容
易，于是就背井离乡，带着小孩闯江西了，她欲找份工作平安度日，谁知人家嫌
她带着孩子妨碍工作而不愿用，一连月余，始终找不到工作，身边的钱亦花光
了，母子俩已两天没吃东西了，眼看不饿死亦必冻死，万般无奈，只得拖把稻
草，点火取暖，以度过奇冷的夜晚。"丽花，你不必难过，亦不要愁，你母子俩
的一切困难都由我来承担，先在这里养好身体，找工作的事亦包在我身上，今夜

已深，你母子俩先睡床上。"北山安顿她母子俩睡在床上，自己另拿来三块床板，弄两条四尺凳子临时搭起简易床睡着。如此过了三天，杨丽花好吃好住，又因年轻，身体很快复原，只见她黑发披肩，脸泛桃红，凤目含春，长眉入鬓，肤色白腻，脂光似玉，真如西施重生，貂蝉再现，如同换了个人似的。北山见了，心中更是喜欢无比，顿时想起王平安欺贫爱富的丑相，若娶他女，倒不如娶这位二婚的，只可惜她有丈夫，而且正在落难之中，不能乘人之危。

正月初四，国家单位不上班，北山挑担去杨村摆摊卖货，杨丽花无事，就跟去帮忙，只见摊摆处，顾客顿时围了过来，抢买着紧缺商品，北山时而向过路之人打招呼，时而应付买货的，手忙口亦忙。丽花看在眼里，记在心上，觉得北山心好人好，生意更好，这样的男人天下少见，若嫁与他，一定幸福之极。

次日，北山与丽花母子又去杨村摆摊卖货时，见金书记从不远处走来。"金书记，金书记，新年快乐！"北山举手行礼打招呼。"老陈啊，这么早就摆摊了，恭喜发财了。"金书记走过来还了一礼，见杨丽花抱着孩子在帮忙，就问："老陈，这位是谁啊？""待会我请你吃中饭，到时候再说吧。"北山不好意思地道。

中午，在杨村饭店中，北山请老金吃饭，丽花母子亦在，北山将丽花的遭遇告诉了老金，并求他为丽花找份工作，老金听了，亦起恻隐之心，听说丽花原是会计，正好矿厂缺少，于是就叫她暂任会计助理，待年初八正式上班就去报到，工资每月二十八元，米三十斤。厂里没房间，杨丽花只得住在北山家，孤男寡女，同居一室久了，自然产生了感情，不知何日何夜，他俩就同床而眠，同被而盖了，北山从未与女人同过床，一旦碰了，就一发不可收拾，杨丽花从丈夫劳改后亦有半年没行房事了，二人同盖一被，自然如干柴烈火，情欲大发，如胶似漆，分也分不开。过了元宵，购销组又要进货了，北山准备再次回义乌。对于女人来讲，男人是依靠，男人不在就会失去安全感或产生孤独感，杨丽花见北山要回义乌，心里有些不情愿。"北山啊！每次都是你进货，为什么不叫他们去一次啊。"丽花娇滴滴地道。"进货渠道他们不熟，我不放心。"北山解释道。"不行，你去了，我母子俩孤零零的，我就是不让你去。"杨丽花撒起了娇。"行行行，我与他们商量一下再说。"其实，北山亦舍不得离开丽花半日，于是与六弟他们商量后，就决定叫陈武去一趟。北山将六石口的情况告诉陈武，并写了一封信，要陈武带去交给商经理，陈武已半年没回家，因此亦很想回家一次，于是就高兴地接受了，带着四人凑齐的八千元现金，次日起身回义乌去了。

暂不说北山与丽花如何快活，只说陈武回义乌进货之事，陈武照北山吩咐，回义乌后立即去六石口，将信交与商经理，商正看过，知道是北山的人，就按信中的交代付货收钱结账。且说这陈武虽是粗人，但小主意还是不少，觉得难得回来进货一次，为了多赚点钱，他盘算着带点私货，于是就另购了一包同样的紧缺品。北山寄包都是寄六弟收的，陈武将集体的四包寄六弟收，另一件私货却寄给同样在德兴镶牙的东阳朋友卢景胜代收，到时可向他暗中拿回销售，他原以为自己做得天衣无缝，怎知这一来却招来横祸。且说那卢景胜是东阳卢宅人，此人精明能干，是位老江湖，以镶牙为生，长居德兴已三十年，统购统销时期，镶牙材料十分短缺，一般镶牙人都进不到自己所需要的材料，特别是金片，卢景胜专行此业已有四十余年历史，进货渠道相当广，因此，江西、四川、湖南与浙江等地的同行都要向他购买，他进来是批发价，售出去是黑市价，其利可翻几倍，他人缘极好，不管官方民间，都有知心朋友。转手倒卖是投机倒把行为，德兴工商局对卢景胜的行为早有耳闻，欲办其罪，苦于缺乏证据。这次，偶然发现邮电局内有他的邮包，他们以为一定是镶牙用的金片，于是转告邮局，若有人来取包，务必通知工商局。

陈武回到德兴，领来集体的四个包，四人分配完毕后，待另三人各自去经营时，他暗暗叫卢景胜去领那边自己的私货，出省界，东阳义乌是同乡，卢景胜离陈武住处不远，因此常有来往，于是卢景胜就与陈武一起去邮局领包。邮局领导见有人来领包，立即打电话通知工商局。卢景胜与陈武领包时，工商局的人突然拦住了他们，并将他二人强行带到工商局，当场开包检查，不料包内根本不是金片，而是杂七杂八的小商品。"卢景胜，你是镶牙的，为什么包里都是小商品？"工商人员惊奇地问道。"这货原本不是我的，是这位老陈寄来，我代收而已，关我什么事，不信，你问问他就是。"卢景胜场面见得多，遇事不慌，他斜睨着眼，只是对工商人员冷冷地笑了笑道。"陈武，邮包真的是你的吗？""是的，是从东阳六石口进的，这里有正式发票。"陈武心中着慌，就老老实实地从口袋里取出发票，交给了工商人员。"棉布是国家一级统购物资，你怎可私自买卖，这属投机倒把行为，是要严肃查办的。"工商人员严厉道。这一变故，陈武真没料到，只吓得他目瞪口呆，一时魂飞魄散，不知工商如何处置陈武，请看下回分解。

第三回

陈北山东阳被捕　杨丽花德兴丧命

　　话说工商局满以为这次可将卢景胜逮个正着，不料邮包是他代领的，不但失去了一次机会，还使卢景胜有了防范警戒，他们于心不甘，于是就发函东阳公安局，要他们将此事进行彻底调查。东阳公安局接函后，立即派人去六石口调查，发现与事实相符，于是以商经理的名义，骗北山再来批发最后一批货，以便抓捕。

　　陈武私货被扣，怕丑事暴露，只得哑巴吃黄连不敢声张，因此，北山他们毫不知情，否则，以他们的智能，一定有办法逃过一劫。不过三天，北山收到从东阳发来的电报，说情况有变，以后不允许私人批货，请立即去六石口进最后一批货，货款越多越好。北山四人商量后，共凑齐一万元现金，由北山去六石口进货。

　　北山身带巨款，来到六石口供销社，忙向营业员打招呼，不料那营业员一反常态，只是淡淡地看了他一眼，脸上毫无表情。当下，北山顿觉情况不妙，欲转身一走了之，可惜为时已晚，四个武装公安用手枪顶在他的头上，"请跟我们去公安局一趟。"北山随公安员一起来到公安局，被收走了随身所带的万元巨款，继而关押三天后，就被判投机倒把罪，送古方农场劳动改造八年。与此同时，德兴的三位一齐被捕，六弟为组长，判刑九年，陈武三年，陈文一年，德兴的代购代销组从此没了。

　　丽花闻讯伤心不止，一连恸哭三天三夜，托金书记帮忙，亦无济于事，别无他法，只得带着孩子去古方看望。见到北山，只见他乌黑的头发早已被剃得光秃秃的，苍白的脸上没一丝血气，身体十分虚弱，杨丽花一阵伤心，禁不住泪如雨下。北山见丽花神色忧伤，不觉鼻子一酸，也禁不住流下泪来。"丽花，不要难过，八年很快就过去，到时我不再经商，只要你陪着，再苦我亦不怕。""北山，我原是一个苦命人，或许还有克夫相，是我害了你，唉！那天我真不该留下你，我真该死啊。"丽花说着说着，就泣不成声了。"丽花，不要自责，这都是天命，如今我不能陪在你的身边，以后多多保重，身体要紧，知道吗?"农场中不能久会，时间到，管理人员强行将北山带走，丽花望着北山的背影，一阵茫然。

斗转星移，转眼过了八年，社会进入"文化大革命"。北山被释放回家，又戴上了"反革命"帽子，在农村，他再次失去自由，母子俩又过起了艰难不堪的生活。

杨丽花在矿厂，有金书记的照顾，倒也还过得舒畅，老金安排她孩子志钢上学读书。得知北山已释放回家，丽花心中一阵惊喜，急急带着十岁的孩子去义乌看望。她兴冲冲地走进乐村，猛见北山正被红卫兵押着游斗，丽花见状，只得暂时到北山家等待。约两小时后，北山终于回家，丽花向北山问长问短，北山诉了自己的一番苦难后，要求她另嫁他人，丽花心痛欲碎，双目流泪不止，她原以为碰到北山后母子就有了依靠，谁知如今又是一场空，她失望了，于是将随身带来的一些礼物与三十元钱交与北山，要北山保重身体，然后带着孩子惶惶而走。

且说杨丽花带着志钢匆匆回德兴，急急写一封信给丈夫吴正印，说明自己的生活不好过，不几日，丈夫回信说他的日子更难过，而且又加刑三年，要丽花另嫁他人。眼见依靠吴正印无希望，又写信给自己的亲生父母，说明自己在江西难以生存。父母回信劝她再苦亦不能回衢州，并告诉她那方绪已是衢州的造反派司令，若回家必遭其害。"哎！真是天下之大，竟无我丽花容身之处啊！"此时，杨丽花已万念俱灰，觉得失去了人生意义。

次日一早，杨丽花带着志钢来到矿厂金书记家，要求老金带一下孩子，自己有事要办，老金也就答应了。太阳西转，志钢急着要找妈妈，老金无法，就带着志钢回家，来到家门口，只见门关着并没上锁，就上前推门，不料推不动，知道是里面被堵着。"丽花，开开门！"金书记一边敲门一边喊，知道丽花一定在家，不料连叫三次无人接应，觉得有些奇怪，既然外面没锁，里面被堵，怎么可能没人呢，于是老金踮着脚，从窗口中往里张望，这一望使老金魂飞魄散，差点倒在地上。"不好，丽花上吊啦，快救人啊！"老金边叫边用大石块砸门进屋，急急解救丽花，只可惜为时已晚，其尸早僵硬了，一朵美丽漂亮的鲜花，就这样枯死了，金书记与志钢在丽花遗体边痛哭不止。

金书记在查看房间时发现桌上有一张字条和一些钱，其中纸币硬币都有，看得出她生前已将所有的钱放在这儿，金书记打开纸条一看，只见上写道："混沌世界多是非，世态炎凉人情绝，人间难觅公道处，惟去黄泉寻桃源。"满纸血迹斑斑，泪痕累累，这时屋中已有十多人，见如此悲惨之事，无不潜然下泪，堂堂金书记再次号啕大哭。

北山在家，突然收到金书记发来的电报，得知丽花的死讯，顿时蹬脚疾首，泣不成声，于是急急从义乌上车，奔赴德兴而去。

北山来到杨丽花的住处，原来的住房变成了灵堂，金书记夫妇与志钢身穿素衣正为丽花守灵。北山惶惶进入灵堂，见丽花早已躺在地席上，整个身体包括脸全被布覆盖着，他不相信这样一个活泼可爱的年轻女人就这样不声不响地离开人间，他不相信自己与志钢就失去了她，更不相信社会是这样的无情，他掀掉丽花头上的布，只见苍白的脸上含恨意，两片小嘴唇微张着，似乎尚有一些话要讲，双目微开，似乎想要再看一眼自己的亲人，又似乎还要看那些坏人的下场及以后的世界……看着看着，北山禁不住伏在丽花的死尸上号啕大哭不止。"丽花啊！你怎么就这样自走了呀，你知道我和志钢多需要你啊，我知道自己没用，身为男子汉竟不能使自己的女人好好地活着，是我害你的呀，该走的应该是我而不是你啊，你醒醒，你醒醒，再看我最后一眼，我还有许多话要跟你讲，快起来啊！呜……"北山一边摇着丽花的死尸，一边哭喊着。志钢见状，亦叫着妈妈，呼天喊地地哭叫不止，金书记夫妇更哭得泪人一般，其惨景使人毛骨悚然，一时惊动邻居，纷纷前来观看，见灵堂中史无前例的悲哀之状，一个个都流下泪来，他们一边擦着自己眼中的泪水，一边哽咽着交头接耳，交谈着丽花的悲惨人生与社会的不公。良久，众人见四人哭无止境，禁不住纷纷上前劝阻。"节哀吧，人死不能复生，自己的身体更要紧，节哀吧，节哀吧……"四人在邻居们的劝解下，终于停止哭叫，转为无声的抽噎。

办了三天丧事，丽花安葬完毕，北山与金书记商量着志钢以后的事。"老陈啊，丽花留下的钱共138.73元，丧事用了68.52元，余70.21元，这钱就交给你了。"金书记拿出账单与一包钱交与北山。"金书记，辛苦你了，真不知该如何感谢你才对，这钱就放在你这里吧，以后，还要你带志钢一段时间，他的生活、读书都需要钱，我家境困难自身难保，志钢无依无靠，就算你行个善吧，帮个忙吧。"北山最担心的还是可怜的志钢，因此趁机委托金书记照顾。"老陈，我们是老朋友，常言道，患难见真情，如今你有难，作为朋友就应该相帮，你放心吧。"金书记是位重义之人，见丽花死得太冤枉，早有恻隐之心。"那就好了，这点钱就留在你处，不够还要你贴的，待以后我们有转机时，一定再来谢你。"北山见金书记果然仗义，心里就放心了。"你我之间还有什么谢不谢的，以后我们有福同享，有祸同当，永远都是好朋友，我相信你，一定会好起来的。"二人正谈着，忽然有人送来一份电报，是陈北山收的。北山一见，忙拆开观看，只见上面写着四字："母亡速归。"北山见了，顿觉心胸气闷，双目一黑，晕倒在地。

"北山，北山，你怎么了……"金书记见北山突然倒地，心急如焚，一边叫喊，一边用手按他的唇中穴，站在一边的志钢见叔叔亦倒在地上，只是怕得哇哇大哭不止。良久，见北山缓过气来，双目泪如雨下。"妈！我的命好苦啊！真是祸不单行，福无双至啊！今后我怎么活呀……"北山躺在金书记的怀中，沙哑地哭叫着，金书记亦陪着流泪。金夫人见状，只吓得瞪着眼，张着嘴，呆呆地站立一旁，半天亦说不出一句话来，等清醒过来时，忙倒了一杯热茶，给北山喝下。"不行，我得赶紧回义乌。"北山突然站起身来，匆匆欲走。"老陈，你现在不行，待身体有好转再走不迟。"金书记见北山站立不稳怕再出事，忙上前阻止。"老金，我等不住了，家里没人啊。"北山急不可待地挣脱金书记，老金见状，只得拿来剩下的70元钱塞进北山的口袋里。"老陈，既然你一定要去，那就不拦了，自己保重吧。"金书记目送北山跌跌撞撞的背影，心里一片茫然。

北山匆匆回家，见家中的亲戚都来了，六弟、陈文、陈武都在帮忙。来到灵堂，欲叫一声妈，干燥的嘴喉已发不出声来；欲痛哭一场，红肿的眼却流不出泪；欲上前看一会母亲的遗体，不料二眼模糊双腿无力，只见身子摇晃几下跌倒在地人事不知。六弟等见状急忙扶他上床。北山不知睡了多久，终于醒了过来，但一时不知自己身在何处，待稍清醒时，又摇摇晃晃地下楼欲去灵堂，但由于身子太过虚弱，刚下了三级楼梯，不料过于心急，一脚踩空，上身失去重心，一头栽倒，扑通扑通地滚下楼来，再次昏倒于地上。亲戚们见了一边叫喊着一边再次将他抬回床中。

原来陈母因家中断粮，王丽丽已出嫁，每天靠野菜充饥，这天，她又去田畈挖野菜，由于腹中空空，再则心事重重，三则饥饿成病，正低头挖野菜时，不料眼前一黑，一头栽倒在水沟里，当下周围无人，就这样闷死于水沟中，后来被发现时，已经没用了。北山不在家，由六弟等三个同年帮忙处理陈母的丧事，电报亦是六弟发的，费用由六弟等暂付，各亲戚来了，每人送来三五元钱不等作为丧礼。北山这次昏迷了一天一夜，等醒时，已准备出殡了，他坚持着要送母亲最后一程，却被众人拦住，死活也不让去，可怜他连这点小愿望也无法达到，真是非常时期，非常结果。

1967 年，从地方到中央都存在二派斗争，公、检、法被砸烂，为了争权夺利，各派开始武斗，杭州、金华地区都用上了枪炮，有的上山打游击，社会进入了失控状态，农村的墙上，到处都写满了火药味极浓的标语。

北山整天躺在竹床上，既不讲话，又不外出，一日三餐，全靠六弟照料，他呆呆度日，似乎成了废人，在无意中，发现自己口袋里的 70 元钱，知道是金书记给的，他感动之极，认为金书记是天下最好的人，并暗暗祈祷他好人有好报。不料他又收到一封从德兴寄来的信，拆看时，更惊得目瞪口呆，原来金书记亦被当走资派打倒了，目前正在游街示众。"我的天呀，这是什么世道啊，这样一位好人，怎么就成走资派了呢，为什么受害的都是好人啊，苍天啊苍天，以后还会有好人存在吗，唉！老百姓的日子如何过呀……"北山长叹短呼不止，他既担心金书记的一家，又担心志钢的处境，于是振作着，准备再去德兴一趟。

北山来到德兴矿厂金书记家，只见墙上、大门中贴满大字报："打倒走资派金大犬，打倒臭老九金大犬，坦白从宽，抗拒从严……"太可恶了，明明金书记叫大川，偏有意写成大犬，真是缺德，北山看了十分气愤。进了金书记家，只见一些好一点的家具都没了，连地板亦被挖掉了，可想而知，家中已被抄了。

金师母见北山来了，急忙让座："北山，你终于来了，你老金不知得罪了什么人，如今被抓走了，还每天批斗游街不当人看，如今我上有老，下有小的，今后的日子怎么过呀……"金师母说着说着，禁不住泪如雨下。"金师母，你不要难过，如今这社会就是这样，批斗的亦不只老金一人，领导被批斗的现象到处一样，我看金书记为人良善，好人一定会有好报的，放心吧。"北山见金师母伤心，只是好言安慰。他见志钢坐在墙角低头不语，忙上前亲热地抱在怀中。"志钢，不要难过，金伯伯很快就会回来的。"北山又温和地哄志钢。"叔叔！妈刚没了，金伯伯也被抓走了，我以后怎么办呀……"原本只是低头不语的志钢突然号啕大哭起来。"乖乖，还有叔叔呢，这次我是特意来接你的呀，好了好了，不哭了。"北山哄着哄着，禁不住亦流下泪来。不知北山与志钢以后如何生活，又会碰到什么劫难，请看下回分解。

第四回

陈北山无奈戒烟　陈小虎杭城求乞

　　北山见志钢无依无靠，就将其带回义乌，当作自己的亲生孩子一样看待，并改名陈小虎。从此，二人同居一室，同睡一床，白天，北山去生产队劳动，小虎去田畈挖野菜，晚上，二人一起说说话。"小虎，这里没有金书记家条件好，义乌是个穷地方，土地贫瘠产量低，很难养活地方百姓，然而这里的人非常精明能干，善于经商赚钱，特别是传统的鸡毛换糖业，在农闲时每家的男人都会外出，既赚来零花钱，又可用鸡毛作农肥增加产量，所以，长期以来，这里的人一直都处于半农半商的状态。自从人民公社化后，劳动力高度集中，禁止农民外出，统购统销政策禁止商品私人交易，又堵死了市场经济大门，于是，义乌就变成了一潭被封闭的死水。目前，各造反派正处于武斗争权阶段，相对，没精力来管农村的事了，从而鸡毛换糖者与其他一些小商小贩们又开始活跃起来了，纷纷去生活条件较好的地方混饭吃……""叔！那些地方生活好一点？"小虎没见过世面，只是双手捧着自己的下巴，呆呆地听着叔的叙述，听着听着，禁不住好奇地问道。"历史上，浙江有上八府、下三府之分，生活条件历来下三府优于上八府，杭州、嘉兴、湖州称下三府，相对来说，任何时期都要好一点。"北山乐意将一些社会知识传授给年轻的小虎。"如今，村人纷纷外出谋生，叔叔你为什么不去啊！""叔因商而吃大亏，我曾在你妈生前时发过誓，宁愿讨饭，永不经商。"北山说着，又想起了丽花，禁不住泪水满盈，心里一阵难受，小虎见状，亦就不敢再问了。

　　清晨，北山拿来一叠干烟叶，夹在两片剖开的毛竹中，然后，又拿来一把磨得锋利的柴刀，坐于一条小凳中，噗嗒噗嗒地切烟丝。北山烟瘾极大，可是家里没钱，于是在自家的屋前屋后种了许多烟叶，以此来解决烟瘾问题，如今陈小虎来家，自己又无能力让他过好生活，于是就决定戒烟，把剩下的烟叶切成丝，拿到廿三里集市上去卖，可作家庭开支所需。切好后，用纸包好，叫小虎去卖。"叔，这烟你怎么舍得卖啊，自己不抽了？"陈小虎觉得叔烟瘾大，这点烟自用亦不够，如今叫他拿去卖掉有些不相信。"卖了卖了，从今日起，叔戒了，不再抽了。"北山低着头，挥挥手，无奈地道。

这日正逢廿三里集市，人来人往，摩肩接踵，突然不远处传来鞭炮声。鞭炮响，喜事办，然而在那困难时期，很少有人办喜事，除过春节，平时就听不到鞭炮声，赶集的人突然听到鞭炮声，一时好奇，于是纷纷循声前往看究竟。廿三里有条溪，名叫盘溪，溪上有座桥，名叫洋桥，此桥处于集市闹处，离桥百米处，新建二间平房，处于老街南段，朝西开了扇门，门旁挂着一块粉面牌，上写一行黑字，门口站着一位面孔生得如周仓一样的汉子，正在指挥着放鞭炮。

"哦！这新房是谁家的呀，放鞭炮是否居新屋啊？"一老者问身边一位年轻人。"老爷爷，这不是谁家的私屋，是政府的公屋，你看，悬挂着的牌上写着'义东区打击投机倒把办公室'的字样，一定有人在这里办公了。"年轻人低声对老爷爷道。"打击投机倒把是什么意思啊？这里是办什么公的呀？"老者继续追问。"是新词，我亦不知道。"打击投机倒把办公室在历史上是从来没有过的，因此连年轻人亦不知道是做什么的。陈小虎见这里人多，亦赶来看看。"小弟弟，这烟丝是怎么卖的呀？"一老者见小虎篮中有二三十包烟丝，想买几包过过烟瘾。"二角钱一包。"小虎应道。每包四两二角钱是当时的市场价，老者见陈小虎没有讨价，亦就取钱买了二包。不料这一卖又引发了一场灾难。站在门口的那"周仓"见有人在卖烟丝，顿叫一随从将小虎抓进办公室审问。"麻痘鬼！你是哪里人，叫什么名字？""周仓"浓眉倒竖眼似铜铃大吼道。"我是乐村人，叫陈小虎。"小虎见"周仓"的可怕相貌早已吓坏了，声音颤抖着回答道。"你这烟丝从哪里购进，卖了多久，老实交代。""周仓"追问道。"这烟不是买的，是我叔自种的烟叶，烟丝亦是我叔用刀切的。"小虎老老实实地回答。"你这麻痘鬼，胆子不小啊，卖烟丝竟卖到打击投机倒把的办公室来了，原来是在家开了地下工厂，难怪这么大胆。不但将烟丝全没收，还要抄你的家，看在你尚未成年的份上暂不关押，走吧。"“周仓”没收了全部烟丝，放走了陈小虎。

那周仓脸姓施名彪，解放初，他曾任剿匪队长，据说在一次战斗中，他击毙过八名土匪，但自己左手骨亦被打穿了，从此立了功亦变成了残疾人。这次，上级指示各公社成立打击投机倒把办公室，由于廿三里公社生意人特别多，怕不好对付，因此，县府特意派这位剿匪英雄来这里挂帅任主任。

话说陈小虎见烟丝全没了，还要来家抄查，一时吓破了胆，不知该如何是好，他从小都在母亲、北山及金书记他们的呵护下长大，没见过世面，更没见过如此可怕的场面，不但自己受伤害，还连累叔叔受罪，心里难受至极，于是他不敢亦无意回家，就离开廿三里，一直向野外无目的地走，走着走着，天渐渐黑了，人亦累了，独自一人，孤零零地坐在田野哭泣思索。小虎觉得叔家中唯一能卖的烟丝被毁在自己手中，心中不安，回家难以交代，于是就下决心不回家，但又向何处去呢，才十三岁的小虎无法再想下去了。夜，越来越深，天越来越冷，人越来越困，他孤身一人，在四方漆黑的野外胡乱地踱来踱去，他找不到可以避寒之处。天终于亮了，这时，又饥又寒的小虎最需的是找个地方睡个觉，他看见不远处有个土地庙，就急急前往，并钻进去倒地而睡，这一睡就是大半天，待醒来时，已是下午三点钟了，他觉得饥饿难熬，又找不到吃的，他想，若饿出病来，谁也不会管自己，于是就决定到农户中讨一口饭吃，不料讨了三家都不曾讨到，他绝望了，双脚一软，跌坐在一家门口的走廊中低头叹息。当他无计可施时，突然想到诸暨的生活比义乌好很多，于是重新站起，问明诸暨的方向，就直奔而去。过了安华，就是诸暨地带，他跌跌撞撞地来到牌头，有气无力地找到农户乞讨，果然不错，每家都会给他一口饭或一个蕃芋，这使他精神好了许多。天又黑了，他找了一个凉亭，就在那儿过了一夜。小虎孤身坐在凉亭内久久不能入睡，想起叔叔用柴刀小心翼翼地切烟叶与将切好的烟丝交给他卖的情景时心里一阵难受，又想起"打办"中那个周仓脸的狰狞面孔时，更是心恨之极，再想起自己无依无靠落到如此地步又觉得一片茫然，难道生来就是讨饭的命吗……小虎不知道以后的路又该怎么走时，突然想起叔曾说过，杭州的生活条件又比诸暨好，于是就决定去杭州看看究竟好到什么程度。

陈小虎一路乞讨，过了三日，不觉来到杭州南星桥，这时，由于一路劳累，再加上夜住凉亭无床无被而受寒，身体有些不舒服，他拖着一双沉重的脚，吃力地往前移动，渐渐地有些支持不住，只觉得眼前一黑，突然昏倒在地，失去了知觉。南星桥人来人往，见一少年晕倒在地，纷纷上前观看，其中一位四十余岁的妇女用手试探着小虎额上的温度，不禁惊叫起来："不好，这小孩发高烧厉害，快找根针扎挑一番，再帮忙给他姜汤灌下，否则有生命之危了。"旁人听了，纷纷帮忙，有人找来一根针，那妇女解开小虎的衣在身上扎挑着，有人到近处的饭店中要来一碗姜汤，七手八脚地在救小虎。

小虎在朦胧中看到了自己的母亲："妈妈，你这么久不在家，到哪儿去了呀？你不在可知我多苦啊，从今以后不要再离开我好吗？"小虎一头靠在母亲怀中，并紧紧抱着其腰不放手，继而哭泣不止。"乖乖，妈这次特意来看你的，不过时间不长，我还是要走的。"母亲抚摸着小虎的头温柔地道。"不，我不让你走，不然，我怎么活呀。"小虎抱得更紧，他怕母亲再次离开。"好了，时间到了，你看，他们正在等我呢。"小虎朝母亲指的方向一看，突然见两个长个子站立在母亲的身边，一个头戴黑帽，身穿黑衣，脚穿黑鞋，另一个则白帽、白衣、白鞋，二人一齐上前，要带走母亲。"你两个坏蛋，不要带走我母亲，不然，我与你们拼了。"小虎离开母亲，直冲向两个长个子。黑白二人见状，并无言语，从身后抽出带刺的皮鞭，狠狠往小虎身上抽，然后强拉着母亲飘飘而去。"孩子，妈不能陪伴在你身边，以后听叔的话，我母子的命都是他救的，你长大后要好好孝敬叔，他是好人……"母亲一边去，一边嘱咐着，渐渐地失去影踪。小虎只觉得满身疼痛，他哭喊着："妈妈，你不能离开我啊！我年纪这么小，你就这样狠心吗？苦啊。"小虎不禁哭出声来。

在扎挑小虎身体的妇女见扎挑后从小虎身上流出的血全是紫黑色的，知道病情严重，想送医院，又没带钱，见小孩可怜，顿起恻隐之心，想救救这小孩，这时，突然见小虎哭出声来，心中一喜，露出了笑容，在场的人都一阵欢喜。"小弟弟，你是哪儿人呀？叫什么名字？"妇人问小虎。"我是义乌人，家里无父无母，独自一人，名字亦没有。"小虎感谢妇人的帮助，但不敢报自己的名字，因为太不光彩。"啊！真是太可怜了。"妇人叹息道，随后从衣袋中摸出仅有的五角钱给了小虎就自走了。

这时的小虎如断线的风筝，没人在乎他的下场，又似丧家之犬，任凭他自生自灭，他知道自己处境，但又有什么办法呢。正当他依靠在墙上叹息时，突然过来一位年龄相仿的小子。"喂！小哥，你怎么孤身一人坐在地上啊，太阳快下山了，可回家吃晚饭了。"小子对小虎关心地道。"家在哪儿呀，晚饭又何处吃啊！"小虎看了小子一眼，但见他污头污脸，破衣破衫，想必亦是与自己差不多的人。"看你亦是个流浪的吧，哪儿人呀，何时来这里的。"小子听说是个无家可归的童儿，并知与自己是同路人。"义乌的，刚到。"小虎有气无力地答道。"哦，我亦是义乌人，真是缘分，怎么称呼？"小子听说是同乡，顿时亲近起来。"就叫我野狗吧。"小虎听说对方亦是义乌人，心里亦产生了一丝兴奋。"好！这名字好听，我叫野猫，我俩同病相怜，天生一对，从此时开始，我俩就有福同享，有祸同当吧。"小子兴高采烈奔跳庆贺，似乎毫无心事一般。"野猫，那我们晚上住哪儿啊，这里太冷，我还在发高烧呢。"小虎担心自己虚弱的身子再也经不住夜风的摧残。"你初来杭州，一切跟着我就是。"野猫摆出一副老江湖的姿态。

小虎初来杭州，见人来人往，比义乌热闹得多，然而各走各的，都与己无关，如今见野猫与自己同乡，而且谈吐之中，显现着无比活力，知道对方的江湖阅历比自己丰富，于是就紧跟着他走。"去哪儿啊？"小虎问道。"去吃晚饭啊。"野猫应道。"何处吃呀？"小虎追问道。"出门人不带锅，自然去饭店吃。""可我既没钱，又无粮票的，怎么吃啊。"小虎听说去饭店吃，就有些为难地止步了。"走呀，我们野狗野猫都是吃残食的动物，要什么钱票呀。"小虎饥肠辘辘难熬，只得随野猫同行。不一时，二人来到一饭店，见里面很多人正低着头吃饭。"野狗，你跟着我就是，怎么吃饭，一学就会。"野猫俯在小虎耳边低声道。进了饭店，见一顾客吃完面起身而走，野猫上前，端起剩汤一饮而尽，然后又走到另一正在吃饭的顾客面前。"叔叔，行行好，给我口饭吃吧。"那顾客见一位污头污脸的小孩伸污手在他的面前，顿觉一阵恶心，于是丢下半碗饭不吃了，起身离座而去，野猫端起，三下五除二地下肚了。"这野猫倒是个机灵人物。"小虎从心里佩服野猫，这时，由于饥饿所迫，小虎亦学着吃残食了。

填饱肚子，二人出了饭店。"野猫，晚上何处过夜啊？"小虎在夜间冻怕了，过夜就是他最关心的问题之一。"先去洗过脸，然后去南星桥候车室过夜。"野猫应道。"这儿既没江河，又没池塘，何处洗呀？"小虎有些茫然。"厕所里不是有水吗？到那儿洗干净，打扮清楚，否则，候车室的管理人员就会把你当乞丐赶走的。"看样子，野猫对这里的情况十分清楚。二人来到一处厕所，洗了头脸，整理好衣领，大步走了出来。小虎仔细观看洗后的野猫，觉得如变了个人的样子，但见他黑发如云，细眉星眼，小嘴红唇，肌肤如玉，真是一位小帅哥。"野猫，你好帅啊，若是女的，那就更漂亮了。"小虎对野猫赞扬道。"野狗，对我们这行来说，漂亮是没有用的，而且越丑越好。"野猫微笑着道。继而，二人在街上游玩了一会，天黑了，就走进南星桥候车室，装作旅客候车模样，坐在椅凳中睡觉过夜。次日，二人来到车站厕所，野猫从一只随身所带的小布袋内取出一包黑粉，然后往自己的脸上涂，顿时，一张白嫩的脸蛋变成了黑乎乎的，如丑八怪似的。"野狗，你亦搽一搽。"野猫说着，将黑粉递给小虎。"野猫，这是什么呀，涂在脸上多难看呀。"小虎见野猫要将自己的脸涂得如他一样，有些不明白。"野狗，没关系，不是毒药，是无毒的烟囱灰，涂上了，熟人认不出，我们就好大胆的做生意。"野猫说着，帮小虎将烟囱灰涂在脸上，顿时，小虎亦变成了丑八鬼，二人打扮完毕，在野猫的带领下，直往城站方向而去。"今天，我们去城站边的饭店讨些钱或粮票，对象是穿戴华丽一些的男女，他们有钱，讨点比较容易，到时先看我的，然后自己讨就行。"野猫向小虎传授乞讨技术。二人来到一家饭店，先吃了一些残汤，然后就开始乞讨了。野猫走到一位西装革履的男子身边，将一双污手伸过去，"先生，可怜可怜吧，给点钱吧，粮票亦行，你量大福大，好人一定有好报……"只见那男子不声亦不响，从口袋中摸出三分硬币，放在了野猫的脏手中。野猫得手，又走到一位衣着华丽的妇女身边，用同样的方法，讨来四两粮票。小虎见了，亦学野猫的方法乞讨起来。小虎实在无路可走，如今有野猫为伴，觉得还行，于是就一直在杭州以乞为生，也不想回义乌了。

话说北山在家等候小虎回家，一直等到天黑也不见小虎，于是心急如焚，他想一定是出事了，急忙去廿三里四处寻找，亦看不到其影子，这使他更加心烦意乱，他询问了好多人，才得知烟丝被"打办"没收的消息，他蹬足疾首地暗道："小虎啊，烟丝被没收事小，你怎可为此而不归啊，你知道叔是怎样地为你伤心呀，你无依无靠无亲戚，去了哪儿了，吃、睡怎么办啊……"这时，北山关心着小虎的安危，又不知他的去向，只急得如热锅中的蚂蚁，这样一连过了七天，突然收到一封信，北山急急拆开观看，见信纸中夹着两元钱与五斤粮票，再看信时，只见上写道："叔，烟丝被扣，我无脸见你，今我在杭州的一家商店上班，是打扫卫生的，月工资五元，吃他的饭，过得还好，请勿关心，自己保重吧，我对不住你，小虎。"北山看毕，更加泪水满盈。"好无知的小虎啊，你才十三岁，怎可离家而去啊……"

再说小虎在杭州乞讨，怕叔担心，就将三天乞讨的钱票全寄回家，他不懂得怎样邮寄，就夹在信纸上寄了回家，一则给叔报个信，二则为叔弥补点家庭开支。至于他告诉叔说在杭州商店上班，只是为了掩盖自己不光彩的生存方式，更不想让叔为自己而难过。与野猫相处约半月，小虎觉得此人非常重义，于是就与他身影不离，相依为命。一天晚饭后，二人散步聊天，野猫问小虎道："野狗，你今年几岁了？""十三岁，四月廿三生的，你呢？"小虎回答后反问。"哦，正巧，我与你同年，不过生日不同，我是十月初九生的，但你真名叫什么？"野猫微笑着问。"就叫野狗啊，我并没有其他名字。"小虎不敢报自己的真名。"少来这一套，你骗得了人家，骗不了我，如今我俩相处这么久，我早把你当兄长看待，你若再不说实话，那就是不义之人，以后还怎么与你相处啊。"野猫柔声嗔道。"野猫，你不必怪我，因为我的家世太糟糕，说来惭愧，因此不敢提真名，既然你这么好，就告诉你吧，其实我有两个名字，原叫吴志钢，后来又改名陈小虎。""你为什么要改名啊？"野猫好奇地问。"哎，说起来就话长了，第一个名字是我亲生父母取的……"小虎将自己的身世全讲给了野猫听。"啊！我原以为自己是天下最苦的人了，却原来还有与我一样惨的人，唉，真是苍天捉弄人啊。"野猫听了小虎的叙述，仰天长叹道。"野猫，难道你亦有难言之隐吗？"小虎亦很想知道对方的真实身世。时当初夏，气候宜人，此时太阳西下，天上明月当空，二人散步来到一条河边，见有座石桥，就走了过去，坐在石桥上观月聊天，野猫亦谈了自己的身世。

原来野猫是东江人，真名叫李名花，是女性。祖父时家境富裕，还雇有长工，父亲读了高中。新中国成立后，家里被划为地主，这时祖父已故，一切惩罚都由父亲承担。进入"文化大革命"，父亲更成为斗争的对象，日夜批斗成疾后，就一命归天，母亲见失去了丈夫，亦忧郁成病。当时名花正读小学二年级，因她是四类分子子女，受到师生的歧视，一次同学们强行拖她到教室上首批斗，她感到十分委屈，于是拿来一把铅笔刀挥舞着反抗，不料划伤了两位同学的手，也因此而被校方开除，她觉得学校太不公平，一路哭叫着回家，想把自己的委屈诉与母亲听。回到家，她流着泪来到母亲床前，"妈妈！妈妈！"哭叫二声，未听见妈妈应答，再看时，不禁大吃一惊，只见妈妈双目紧闭，脸无血气，全身已僵硬了。名花慌忙走到门口哭喊着，邻舍闻声赶来，见人确已死亡。那时家无分钱，名花年少无知，生产队开了一个会，叫了四个人，当天就将死尸用草席裹着埋了。名花失去父母无依无靠，从此就沦为乞丐。名花娓娓道来，时而哽咽，时而流泪，时而咬牙切齿，只听得小虎伤心流泪不止。"名花，原来你亦是苦命人，好了，不要再伤心了，我俩都是孤儿，以后与你相依为命做个长伴吧。我第一次见到你时，总觉得你是天下第一美男子，原来你是女孩身，难怪肌肤与众不同，如果留着长发多美啊，为什么要剪成短发呀！"小虎好奇地问。"小虎哥，你不知女性有女性的难处，女性求乞，外宿街头凉亭，而且天下乞丐，哪有打扮得漂漂亮亮的，不但不能打扮，而且做这行的应该越丑越好，人家姑娘用粉搽脸，而我却用的是烟囱灰，这不是为了行乞所需吗？"小虎知道在江湖阅历上名花高于自己许多，只得点头称是。"小虎，我还有一事，不知当讲不当讲。"名花神秘兮兮地道。"你我身世都已亮明了，还有什么不敢讲的，讲！"这时，小虎已将名花当作最亲的人了。"既然我俩身世如此之像，而且相处这么久，我想与你结为金兰如何。"名花终于说出了自己的心里话。"好啊，我亦正有此意，就在此拾土为香，以月为证吧。"小虎同意，名花自愿，当下发誓，结为有福同享，有祸同当的兄妹，从此，二人情义更浓，双双形影不离，继续出没在杭州各饭店中，过着求乞生活。

"文化大革命"进入大联合阶段，廿三里域内有"贫下中农革命造反派联合总部"（简称"贫总"）与"农民造反派"（简称"农造"）两大造反派，农造失败，由贫总掌权，由于二派武斗，造成了社会不稳定，生产队失控，产量减产，从而使农民对集体失去了信心，于是纷纷外流，挑糖担去鸡毛换糖，一时间，此业达到历史高峰，有父子同去的，有兄弟同往的，有些家庭无男的，也有母女一起前往的，或姐妹双双外出鸡毛换糖。公社见生产缺肥产量上不去，就顾不了什么资本主义不资本主义，暗中睁一眼闭一眼，并采取非常措施，只要外出人每月交三十斤鸡毛给集体当肥料，就同意开大队证明。

六弟比北山迟一年释放回家，在农村与北山一样，亦是受管制的四类分子，见政策有些放松，觉得商瘾又来了，他急急来到北山家，二人商量起重出江湖的事宜。"北山，时机到了，我们应该再次出山了。"六弟兴致勃勃地道。"六弟，难道你还没有吸取教训？要去你自己去吧，我不想再吃一遍苦。"北山苦笑着应道。"哎，你怎么如此固执，我们要见机行事，如今政策放松了，只要交三十斤鸡毛就没事，机遇难得，怕什么呀。"六弟已急不可待了。"这政策说变就变，今天或许可以，明天说不定又不行了，到时再坐牢？我宁愿要饭亦不去鸡毛换糖了。"北山吃过一次大亏，再也不想有第二次，他拒绝了。"北山，我们是同年，我希望与你做个伴同去，你若不愿，那我就独自去闯一闯。这次我去不挑换糖担，目前毛厂四起，红毛涨价，我想去杭州城各饭店收购鸡毛，一定比鸡毛换糖生意好很多。"六弟说出了自己的计划。"六弟，如果不发生意外，这条路肯定不错，我支持你，但我要你帮忙，就是我家小虎在杭州两年了，说是在一家商店做卫生工，请你注意一下，若遇见，一定想法带他回家，就说叔大病在床，想念他。"北山听六弟要去杭州，就想起了小虎的事，并趁机要六弟帮忙带回小虎，但不知六弟此去是否能见到小虎，且看下回分解。

第五回

陈六弟重出江湖　李名花初闯上海

　　时光荏苒，夏过秋至，转眼又是重阳，在农村，重阳是最热闹的大节日，可是在离南星桥不远处的石桥上，却坐着一双年轻人，他们面对四面漆黑的夜色与万籁俱寂的田野，在喁喁私语。"小虎，你想家吗？"名花娇声问道。"当然想啊，我想叔一定亦在想我，但如今不告而别，一别就是两年，我真对不住他，又不知该不该回家……"小虎说着，又想起自己的不幸遭遇，不禁潸然泪下。"唉！都是我不好，害得你又伤心了。"名花拍打着自己的头，歉意地道。"不不不，不怪你，我俩同病相怜，处境相同，难道你就不想家吗？"小虎转问道。"我想家，可是家里并没有亲人可想啊，父母已故，又没兄妹，想谁啊，你比我稍好一点，还有个叔关怀你，唉！命啊……"名花比小虎坚强，吃的苦亦比他多，这时，她仰天长叹一会后，却只是紧咬银牙苦笑一番。"名花，我俩总不能如此乞讨一世吧。以后该怎么办呀？"小虎停了一会儿，突然想起了自己的前途。"小虎，古语云，时势造英雄，英雄造时势，当今这种时势，还能怎么样，不饿死已经算好了，过一天算一天，待时势变好了，或许我们的命运亦会变好的，听天由命吧。"名花似乎已经习惯了似的，并没有为改变自己的命运而多想。"名花，你乞讨已有五年了，有多少积余呀？""六七十元吧。"名花觉得小虎是可信之人，就坦诚地告诉他。"了不起啊，我可一分亦没有，全都寄给我叔了。""你有处寄，就说明尚有依靠，我有钱无处寄，并非好事啊。"名花摊摊双手道。二人谈着谈着，不觉，秋风徐徐，寒露沾衣，二人就又去南星桥车站避风过夜。

　　杭州城站是大站，来往旅客极多，其中还有外国人，近来，借车站候车室过夜的乞丐越来越多，旅客行李被偷的事经常出现，为此，车站开始采取措施，赶走乞讨人员，因此，小虎二人晚上在南星桥车站过夜，白天在城站各饭店乞讨，因为那边饭店比南星桥多而大。

二人走进一家饭店，见有一对成年男女早已在饭店中等候着顾客来吃饭，只见那男的三十岁左右，生得猴头瘦身，蓬头污脸，走起路来一拐一拐地，女的约六十岁，头发花白，骨瘦如柴，看得出，他们是刚来的新乞丐。终于有人来吃早餐了，新乞丐首先站在第一位吃面顾客的身边，等待着吃剩汤，九时许，第二位顾客来了，是吃包子与豆浆的，名花站在顾客的身边等候着。男新乞见香喷喷的包子，就叫女乞待在吃面顾客的身边，而自己却与名花同待在吃包子顾客的身边。"先生，行行好，给我一个包子吧。"名花开讨了。那顾客倒是位善良客，将剩下未吃的一个包子给了名花，正待吃时，不料却被同站的一起的新乞抢了过去，并很快地送进嘴里，名花不防这一着，气愤之极，于是大叫道："小虎过来，我们收拾这家伙。"说着，名花冲上前就打，小虎见名花身子瘦小不是那成年人的对手，亦飞快冲上去帮忙，于是双方就扭成一团，吃早餐的人与饭店服务人员见状，纷纷上前劝解，这才避免了双方的伤害。

真是无巧不成书，正当名花叫小虎帮忙时正好六弟来到饭店门口，他准备用早餐，突然有人高喊小虎之名，顿时耳目一亮，于是就快步进入饭店，一看，只见三个又扭打成一团，周围有几人在劝阻，待六弟走近细看时，不料真是小虎。"小虎不要打了。"六弟边喊边拉住小虎的手，同时推开那猴子脸。小虎突然见六弟叔出现在自己面前，一下子懵了，半天亦说不出一句话来，名花突然听有人喊小虎的名字，亦呆了起来，那猴子脸见对方人多势众，亦就怏怏自走，顾客们见平安无事，就各自回坐吃自己的早餐去了。"小虎，叔与你在此见面真难得啊，过来，我这就去买包子，你与这位小兄弟过来一起吃吧。"名花还是男子打扮，六弟还以为是男的。"名花，这位是我叔最要好的朋友，如亲友一般，是好人，我们一起吃吧。"小虎简单介绍后，拉着名花的手，两人相对一笑，找了一张空桌坐下。不一会儿，六弟端来二十来个包子与三碗豆浆，三人一起吃了起来。"小虎，这位小哥你是怎样认识的呀？"六弟见二位年轻人如此亲密，就问小虎道。"他亦是义乌人，我俩相依为命，是患难朋友，亲如兄弟。"小虎应道。"好啊，小小年纪，竟然懂得交朋友互相照应，看来你还是个跑江湖的料呢，好了，称赞归称赞，但六弟叔今天还是要批评你的不是……"六弟正在说时，小虎突然打断他的话。"六弟叔，是不是我叔责怪我了。""何止责怪，如今还为了你而担心成病了呢！他这次特意托我到杭州找你，说你在一家小商店做卫生工，我已找了你半月了，找遍了杭城各小商店亦无影踪，想不到在这里碰到你，真是踏破铁鞋无觅处，得来全不费功夫，小虎，吃完早餐，立即跟我回义乌。你叔如今卧床不起，没人照应。""六弟叔，我把叔的烟丝丢了，不敢回家，因此，我就出来以乞讨为生，我觉得对不住叔，所以，将乞讨来的钱票全部寄给叔，基本上三天寄一次，以此来弥补自己的过失，我骗叔在小商店工作，是为了安慰叔的，不料被戳穿了，请你回家不要告诉叔，否则，他更会难过的，好吗？"小虎听说叔卧床不起，心里有些难过起来。"行，我帮你保守这秘密吧。"六弟终于答应了，坐在一边的名花，听了二人的谈话，不禁眼圈一红，噗的一声，一滴眼泪落在包子上。"小兄弟，怎么了，是不是你亦想家了，那我们一起回吧。"六弟见名花流泪，想必是想家了。"叔叔，谢了，我可没有家啊。"名花说着，更加伤心起来。"名花，到我家吧，我们讲过，有福同享，有祸同当的，去吧，我叔一定会待你很好的。"小虎亦不想丢下名花孤零零地一个人在杭州。"小虎，你的命比我好，至少还有人关心，而我却没这样的福分呀。"名花用手擦了一下双眼流下的泪水，然后仰首苦笑道。"名花，一起回吧，若小虎家不行，去我家亦行，我反正光棍一个，与你做个伴更好，去吧，不要犹豫了。"这时，六弟亦觉得名花太可怜了，如今，小虎回家，丢下他一人不是办法。名花觉得，自己离家已有五年了，不知义乌究竟怎么样了，亦想回家看看，见小虎要回家，就想趁机跟着他去，一来看看义乌变得怎么样了，二来看看小虎家的情况。于是，吃完早餐，六弟买来三张回义乌的车票，大家一起上了车，一直往义乌而回。

"北山，我把你的小虎带回来了。"六弟未到北山家门口，就大声喊话。在家里盼望已久的北山听说小虎回来，欣喜若狂，赶忙出门迎接。见小虎、六弟还有一位与小虎年龄相仿的少年，乐得合不拢嘴。"小虎，叔想你想得好苦啊，快进屋坐。""叔，我亦想你啊。"小虎见叔身体瘦了许多，伤心地投入叔的怀中，紧抱着他的腰，泪如雨下，北山抱着已离开自己二年之久的小虎，禁不住泪流满面。

四人进屋而坐，当北山问起名花时，小虎介绍了一番，北山表示热情欢迎。"叔，听六弟叔说，你病了，我就急着赶回来了，不知是什么病，严重吗？"小虎关心地问道。"小虎，叔是相思病，你既然回家了，我的病自然就好了，以后就不要再离开了，好吗？""叔，我以后再也不离开你了。"小虎觉得叔一人在家实在孤单，心里很难受。"六弟，这次真的太感谢你了，不知你去杭州收毛结果如何？"北山关心起六弟的生意来。"北山，我这次去杭州，主要是从各饭店中收取鸡毛，约收来三担，已经托运回义乌，我明天就去托运处提回家。"原来，六弟这次去杭州是专收集各饭店中的鸡毛，三四家饭店就能凑合成一担，有了三担就托运回义乌，那天，刚办完托运手续，就去吃早餐，正好碰见小虎他们。"好啊，十来天就做了三担鸡毛，生意不错啊。"北山为六弟的生意而高兴。"北山，以后我们一起干吧。"六弟趁机约北山同往。"六弟，我誓不经商，怕吃二遍苦，谢谢你了。"北山一次被蛇咬，终身怕井绳，他真的害怕了。吃过中饭，六弟回家自忙去了。

次日，小虎陪同名花去廿三里玩，走过洋桥，右弯进老街，这是当时最热闹处，刚好逢集，过往之人更多。老街分上、中、下三处，南端为上街头，摆着三个米筛摊，摊主二女一男，据说三人都是从供销社下放的，是居民户口，二女早年丧夫，成了寡妇，男的一只脚残，他们下放后没处去，生活不能自理，为此，地方政府给了他们特别照顾，发放了小商品营业许可证，货源从县供销社批发，然后转批给鸡毛换糖人，从中赚点差价。由于当时属计划经济体制，商品不允许市场流通，因此，小商品经营权唯他三人独有，再加上廿三里鸡毛换糖人众多，又与东阳县相邻，三个米筛摊的顾客包括东阳、苏溪、下骆宅、尚经、平畴等县与公社，虽利润不高，但却生意兴隆。上街头东侧有座石桥，那是草鞋市场，卖买之人亦很多，还有写对联的，因此，这里是老街上最热闹的地方。中街有一些老店，如行灯店、药店、理发发、馒头店及卖一些迷信品的摊店，还有磨剪刀的、做糖的、烤包子的，这里有一幢三层高的洋房屋，是义乌县内最华美的建筑物，当时义东区委就在此办公，亦属繁华地带。再往北行就是下街头，那里古建筑特别多，据说是廿三里最早的发源地，大都是明清时期的房屋，特别是"金永和"大宅院更是豪华之极，现为廿三里公社所在地；下街头的店面很多，大都是卖家具的，如米筛扒拉、扫帚、铁铜制品等。整条街长约一公里，宽五米，除店面经营外，在人来人往之中，还渗入一些叫卖与算命的，大凡逢集之时，此起彼落的叫卖声和讨价还价的喧哗声在整个廿三里的上空回荡不休，老街中人群摩肩接踵，熙熙攘攘十分繁荣。"真想不到，义乌还有这么热闹的地方。"名花第一次来

廿三里，亦是首次看到如此热闹的场景。"名花，廿三里东到上路集市，南至东
阳县城，西至义乌城，北到苏溪集市，路程皆为二十三里，廿三里亦因此而得
名，它是四大闹市的核心处，更是经营的好地方，加上鸡毛换糖队伍的空前扩
大，廿三里就更热闹了。"小虎曾听叔介绍过，这时亦向名花介绍一番。游完老
街，转入货市，这里空间广阔，原是卖粮食与红糖的，因统购统销禁止粮食上
市，故而变成了杂货市场，如永康铁器、东阳草席及水果蔬菜、菜秧、菜籽等。
"名花，喏，我的烟丝就是在那儿被没收的。"小虎拍拍名花的肩，用手指指向二
间平房对她道。名花朝小虎指的方向看去，只见门边挂着一块牌，上写"义东区
打击投机倒把办公室"字样。"该死的，这分明是害人单位，不知何时能撤销。"
名花愤愤地道。看遍货市西行，就是廿三里唯一的国营商店，店内货架上陈设的
商品不多，但写着"先付票，后付钱"的字样，也就是说商品凭票供应，所以，
许多商品只是摆摆样，即使有钱，亦无法买到，正因如此，二人只看了一眼，很
快就离开了。再往西行，就是收购站，这里人山人海，比老街还热闹。那儿从内
到外排着长队，足有五百米之长，排队的人有的挑担，有的拉车，都是卖废旧及
工业原料毛的，其中包括鹅毛、鸭毛、猪鬃、羊毛、兔毛、鸡纳金、废铜、烂铁、
破布、破鞋、龟底、鳖壳、牙膏壳、破棕衣等，排队的都是鸡毛换糖者，他们从
各地经营中换来的杂货都在这里被收购，由于人太多，起码要排数小时才能被收
购，因此，排队人觉得无聊时亦会谈谈各自经营中所遇见的奇闻趣事以消磨时
间。"名花，这收购站主要收三把毛，因为廿三里有个羽毛厂，员工五百多名，
是公社最大的经济体，生产鸡毛掸帚，出口的。"小虎简单地作了介绍。"小虎，
三把毛是什么呀，我弄不懂。"名花不解地问道。"三把毛就是公鸡身上的三处
毛，即项毛、泳子毛和尾毛，亦就是说尖毛，是羽毛厂做鸡毛掸帚用的。他们穿
成品后，出口换外汇，出口地主要是日本、美国与西欧汽车业较发达的国家，汽
车商每售一辆车，都要送两个鸡毛掸帚，以掸灰尘用的。"小虎其实亦不知道，
都是叔平时聊天时对他说的。二人正说着，突然供销社人员拿出一块木板，上写
"从明天起，三把毛一级毛涨价为六元四角。"木板一挂出，顿时轰动了正在排队
的人，原来一级毛仅二元四角，突然涨到六元四角，这真出人意料。

　　二人回家后，名花心有所动。"小虎，三把毛如此大涨价，我俩何不做做此
生意，我想，只要去杭州、上海各杀鸡场去购买，一定能买到很多，怎么样，你

愿与我同往吗?""这我要问问我叔再作决定。"小虎有些犹豫不决,一来,他胆没名花大,上海这样的大城市从未去过,二来怕叔不同意。"那好,等你与叔商量再作决定,反正,我是决定这么干了。"名花坚定地对小虎道。

小虎将名花的想法告诉叔,不料受到叔的反对,他认为这样做太冒险,弄不好又会进牢房,若真的想到外面闯一闯,倒还是鸡毛换糖好,因为鸡毛换糖人数众多,而且生产队又支持,如果到时有问题,天有祸,大有伴,就不是一个人的事了。小虎觉得叔不无道理,就赞同了,于是,就回绝了名花的建议。名花见小虎不愿与自己同往,就叫小虎帮忙,将自己多年乞讨积累的三百多斤粮票卖掉作资金。小虎通过叔的关系,将粮票卖给了一个粮票贩子,全国粮票每斤二角五分,浙江粮票每斤二角,共得七十元左右。名花加上自己所积累的七十多元,共有一百四十多元做资金,告别小虎一家,往上海而去。

名花第一次来上海,出站后,不知东南西北,她首先向人打听旅馆以先落脚,找到后,问住宿费用,服务员说通铺二十元,四人房间每人四十元,二人房间五十元,单人间八十元。"天哪,这么贵的费用,谁住得起呀。"于是,她只得住通铺,与十多人一起暂过一夜,名花从未与十多人一起同睡一室,心里有些不适应,一直辗转反侧,久久不能入睡,于是想着明天如何去找杀鸡场的事,她觉得上海与杭州有些不同,上海的乞丐明显少于杭州,而且过往之人的穿着亦整齐一些,如今自己改行了,不能再如杭州那样穿着破衣衫,脸上亦不能抹烟囱灰了,为了方便,必须买一套像样的衣衫与鞋帽,女扮男装,使自己不会被人看出是乞丐,如果这次赚到钱,亦给小虎与他叔买套好看的服装,他们一定会很高兴的。名花一夜想了很多很多,不觉天已大亮,于是赶紧起来,洗脸刷牙后,急急吃完早餐,去服装店买男装鞋帽,到更衣室脱去脏衣,换上新装,对着全身镜仔细一照,只见镜内立着一位十分英俊的少年,她咧嘴一笑,镜中英俊少年两边脸颊中顿时出现了两个美丽可爱的酒窝,于是,她满意地付了钱票,走出了服装店。

名花在大街上无目的地走着,街上行人纷纷朝她看来,有人还情不自禁地说道:"好英俊的小男儿。"名花被看得不好意思,想避开他们的目光,然而自己苦于要打听杀鸡场的下落,只得硬着头皮打听,可是大多数人都愿意接受她的询问,但都说不知道,问多了,总会有人知道,名花不厌其烦地继续见人就问,不出所料,不远处有位十五六岁的小姑娘听这位小帅哥问杀鸡场,便主动上前说:

"小帅哥，我知道，我家旁边就有个杀鸡场，每天要杀上千只鸡呢。"姑娘娇声道。"大姐，谢谢你，但不知你愿不愿意帮忙陪我去一趟，工夫钱我会付给你的。"名花温声问道。"行，我陪你去吧，工夫钱就免了吧。"姑娘欣然答应了。

姑娘前行，名花随后，走出大街，行过三巷二弄，二人说说笑笑，不觉来到郊区，顿觉鸡毛香扑鼻。"小哥，这就到了，路边那房子就是我家，谈好生意后去我家坐坐。"姑娘似乎不想与名花就此而别。"好啊，我还有事求你帮忙呢!""什么事啊，你说吧，我将尽力而为。"姑娘爽快地答应了。"大姐，我初来上海，人生地疏，请你陪我一起进杀鸡场，我要购买他们所有的三把毛，你离场近，一定有熟悉之人，到时，你说我是你的表弟，或许在谈生意时会好一点，行吗?"名花虽是女孩，倒也是精明得很。"行，我就依你所说办，不过，这鸡毛本是无人要的东西，平时都当垃圾拉出去的，何必大费周折呢。"姑娘不知鸡毛的价值，对名花的举措有些疑惑不解。姑娘无聊时常来这里玩，因此，对这里的人基本上都熟悉。二人进了杀鸡场，走进办公室，室内坐着一汉子。"老贺，忙不忙啊?"姑娘向他打招呼。"秀秀，今天怎么有空来这里啊?"汉子笑着回应道。"喏，我这位表弟想买你们场的鸡毛，不知怎么卖?""哦，你表弟要鸡毛，这容易，自己要多少拿多少就是，不要钱的。"老贺听说是鸡毛的事，就呵呵笑着道。"老贺，不是这种笼统的鸡毛，我要的是三把毛。"名花上前一步接着道。"小帅哥，我不懂什么三把毛四把毛的，你要的尽管拿就是。"上海人根本不懂三把毛，老贺更不知道。"我的意思是你们把公鸡身上的项毛、泳子毛与尾毛先拣出来，我大量收购。"名花详细地作了解释。"我们是专杀鸡的，没工夫拣毛，如果你们要，就请几个人自己拣，钱就不要了。"名花听了，一阵欣喜，看看堆积如山的鸡毛，里面一定能拣出许多三把毛，这下可发财了，于是，就想叫秀秀请几个人一起拣，自己每斤二元收购，为了方便，名花就跟着秀秀来到她家。

秀秀的父母在上海纺织厂上班，妹妹蓉蓉与弟弟好好在上学，秀秀初中毕业后就没上过学，因父母上班，弟妹小，于是就负起了家务担子，她把名花带回家中，泡茶款待。"帅哥，请喝茶，家人都不在，我们慢慢聊吧。"秀秀一双凤眼斜看着名花的俏脸，羞答答地道。"秀秀，先自我介绍一下吧，我是义乌人，姓李叫名汉，现年十七岁，是位经商人，这次受羽毛厂委托，特来上海采购三把毛，而这杀鸡场里都是混毛，所以必须有人拣出来才行，但我又没有这么多工夫，所以尚要你帮忙才行。"名花品了口香茶，摆着男人姿态，眉飞色舞地对秀秀道。"名汉哥，正好你与我年龄相仿，你人长得如此英俊，讲话亦好听，真是位经商的奇才啊。"秀秀双手胡乱摆弄着自己的衣角，微笑着道。"哦，我英俊吗？你不是亦这么漂亮吗？"名花知道秀秀这时的心态，因为自己本来就是女儿身，哪有女人见了英俊少年不动心的。"名汉哥，别取笑我了，你说，我怎么帮你？""秀秀，你叫几个人，把杀鸡场中鸡毛堆内的三把毛全拣出来，就是项毛、泳子毛、尾毛这三种尖毛，我以两元钱一斤的价向你收购，而你可以给人家一元一斤就够了，这样，三方全赢，你讲如何？""我乐意帮忙，但不要你的钱，你只需付拣的人每斤一元就行，这样你不是能多赚了吗？"秀秀含情脉脉地道。"这怎么行呢，我们初次相交，怎可要你白帮忙，不符合情理呀。"名花有些不知所措。"没关系，我乐意，好了，不要多说了，我去烧点吃的，你亦饿了吧。"秀秀说着，转身进厨房去了。名花望着她的背影暗道："唉！真是痴情之女，你误解了。"吃过中饭，名花叫秀秀按计行事，自己再去找其他杀鸡场。

秀秀按名花的吩咐，四处宣传。那时，工人们一般月工资不到三十元，听说拣出一斤三把毛就能得一元钱，就一哄而上，都去杀鸡场中拣三把毛了。老贺见二三十人都在鸡毛堆中翻来翻去，把整个场面弄得乱糟糟的，于是高喊道："喂，你们这样不行，拿袋子装回家慢慢拣吧。"众人听了，纷纷回家拿袋装毛，有三四袋的，有七八袋的，他们愁怕少了赚不到钱，一下子，将上千斤的鸡毛全抢光了。"大家听着，拣后剩下来的鸡毛不要拿回来，自己丢到垃圾坑去吧。"老贺见场地清理干净，觉得又省去了一些麻烦。

再说名花离开秀秀后，又找到一个杀鸡场，用同样的方式，联系好代收人，天渐渐黑了，人亦累了，为了节省开支，又住进了那个通铺中。

次日，她关心着秀秀这边的情况，一早赶去，见秀秀正在拣三把毛。"秀秀，拣了多少啦？"名花朗声叫道。"哦！名汉哥，这么早就来了，早饭吃了吗？"秀秀停下活，忙起身相迎。"吃了啊，这毛不错呀。"名花拎起秀秀拣出的三把毛兴奋至极。"我已拣了约三斤，你看这样扎起来行吗？"秀秀拿来扎好的三把毛给名花看。"秀秀，你最好分开扎，项毛、泳子毛、尾毛分开，每扎一把约一两，以后叫其他人亦这样扎。"名花交代了一些技术性的问题，秀秀诺诺称是。名花又叫秀秀把其他人拣好的三把毛都集中起来，竟有百来斤，于是就付了钱准备立即带回义乌，不知能卖多少钱，又会发生何事，请看下回分解。

第六回

李名花上海发财　陈小虎乐村受困

话说名花收了百斤三把毛心里高兴之极，若按二元一斤算，钱不够了，好在秀秀坚持不要手续费，这倒使名花非常不好意思。"秀秀，义乌羽毛厂急需这批货，我初次来上海，有些事不懂，尚要你帮忙。""你尽管吩咐就是，我一定尽力。"秀秀见名花含情脉脉，对自己如同亲人一般，心中一阵欣慰。"哦，这么多三把毛，上车不方便，我想从邮局中寄回去，又不知邮局在哪儿，你可否陪我去啊？""傻瓜，我道什么大事，原来是这种小事，上海邮局很多，我陪着你就是。"秀秀笑骂着道。二人找来四只布袋，将毛装好，留下一袋准备随身带，便带其他三袋直往邮局而去。名花从未邮寄过，在工作人员的指点下，发包地址就写上秀秀家的地址，因自家没人，收货地址及收件人就写乐村陈小虎，一切办妥，名花拉秀秀去饭店吃中饭，边吃边聊。"秀秀，这次多亏你的帮忙，太谢谢你了，真是在家靠父母，出外靠朋友。"名花已将邮包寄出，心里轻松了许多，言行之中，亦更加精神。"名汉哥，你当真把我当朋友？"秀秀见对方如此，觉得并不像假意，心中一喜。"男子汉哪能说假话，当然是真的，是不是你这么漂亮，又是大城市的人，我们乡下人不配啊？"名花在江湖上行走五六年，虽年纪轻轻，但见多识广，她知道对方此时的心态正如自己对小虎一般。"傻瓜，又讲起傻话来了，你当我什么人了，我还怕你嫌我呢。"秀秀与名花同凳而坐，她边笑着说，边伸手在名花屁股上不轻不重地拧了一把。名花顿时心中一震，很清楚地知道，秀秀已被自己之色迷住了。二人吃完饭，重回秀秀家，名花拎着剩下的一包三把毛急欲回义乌，秀秀依依不舍地陪着名花直送上车。

名花到达义乌，已是晚上十时许，为了省钱，就在候车室中等待天明，当时到廿三里的汽车票很难买到，于是天刚蒙蒙亮就步行来到乐村。"小虎，在家吗？"名花来到小虎家，就有一些亲切感。小虎闻声而出，一见名花，欣喜若狂。"名花，这么快就回来了，生意怎样啊？""不错，进屋说吧。"名花跑了二十三里路，再加上昨夜没睡，这时确实累了。二人进屋，名花放下随身带的包，坐在椅子上一动不动。"累了吧，我给你倒杯茶。"小虎见名花精神不振，知道她一定辛劳过度，便为她倒茶。"你叔呢，怎么不在家啊？"名花见北山不在家，就关心地问道。"去生产队劳动了，待吃中饭时回家。"小虎应道。"你叔亦是可怜之人啊……小虎，你将我的包打开看看。"名花指着地上的包道。小虎解开包一看，哇！全是色彩鲜艳、光泽靓丽的三把毛。"不过五天，就弄来这么多好毛！是在哪儿弄的呀？"小虎惊奇地问道。"大惊小怪，这次带回的还不止这点呢。"名花得意地边喝茶边道。"啊，还有！在哪儿啊？"小虎有点不信。"你不信吧？还有三包是从邮局寄出的，待三天可能就会寄到，现在先将这包拿去廿三里收购站卖掉，看看究竟值多少钱一斤。"名花说着，就起身要去廿三里。

　　名花与小虎双双来到收购站，见还排着十多人的队，周围还有一些人走来走去的，时而看看这人的毛，时而又看看那人的货，然后窃窃私语，不知搞什么名堂。名花拎着袋，排在队伍的最后，顿时过来三四个人，要求借货一看，名花正想弄清这些人的目的，就解开袋，让他们看，其中一人从袋中取出几把毛，用手在毛上摸了几把赞道："好毛，好毛，少见啊！"旁人见了，纷纷围了上来，有十多人。"小哥，多少一斤卖？"先那位问话了。"我怎么知道，收购员说了算。"名花从未做过生意，更未卖过毛，她怎知其中奥妙所在。"你这毛是一级纯毛，收购站一世亦收不到像你这样的好毛，收购价每斤六元四角，一分亦不会少，亦多不上。但如果你能卖给我，每斤八元算，行吗？"原来是位掮客，但不知他们高价收购，又销于何处，这让名花十分困惑。正在此时，陈六弟亦拎着十来斤三把毛过来，见了名花俩十分惊奇。"名花，你这三把毛是从哪弄来的呀？"六弟边摸着毛边问道。"我是从上海弄的，六弟叔亦来卖毛啊？"名花应道。"好小子，老商不如新商了。"六弟称赞名花一番后，俯在她耳边低声说道："名花，你这毛不要卖给收购站，这里的黑市价高，其差价可能在三四元上下，跟我回家吧。"六弟还是当名花是男的，名花知道六弟是好人，不会骗他，因此就听了六弟的话，三人一起回家，不料，后面有三人跟踪而来。"六弟叔，后面有人跟踪。"名花眼亮心细，提醒六弟道。"不要紧，他们都是毛商，我认识。"

跟踪者是什么人，这里介绍一下。三人其中一位是北京羽毛厂的经理，姓骆名羽飞，另二人是东阳人。由于北京缺原料，骆羽飞便到义乌寻找原材料，又因在义乌人生地疏，便委托东阳的朋友毛一展与吕成帮忙，并给他们一定的好处。义乌的三把毛中掺入许多废毛，像名花收购的这样纯净的三把毛从未见过，即使廿三里收购的一级毛，也没有这样纯净，因此，毛一展认定这毛，且非买不可，又觉得公开场合有些不便，故而紧跟三人之后，想找个合适的地方谈妥这笔生意。

"名花、小虎，先到我家去坐会儿吧。"六弟来到乐村，觉得名花年纪虽小，倒是精明得很，竟然短时间内就弄到如此好的货，心里佩服之极，更想知道是怎么弄到的，再则后面的毛一展一定想要名花的货，待他们交易时，亦可从中了解到一些信息。三人来到六弟家，只见一间破旧房，中间隔着一堵墙，后间左边是灶，右边遮着一块布，布内是厕所，前半间放着一张旧桌与木凳，就当是客堂，卧室大概就在楼上吧。"小虎、名花，坐吧，叔给你们泡茶。"六弟边招呼着，边去泡茶。

六弟原与毛一展交易过多次，但在那禁商的年代里，为了避嫌，在人多处熟人往往亦不敢相认，因此，虽在廿三里收购站见了，只是装作不认识。毛一展待六弟带着名花一起走时，就远远跟着，直到六弟三人走进六弟家，稍候一会儿，亦就不声不响地走了进去。"老陈！给我三人倒茶。"毛一展朗声叫道。"老毛，我知道你们一直跟来，正在为你们准备呢。"六弟连倒八杯茶端上，六人边喝边聊。

"这位小兄弟，你这货是从哪儿弄到的啊？"毛一展心中时刻挂念着名花的货。"上海弄的，这一袋仅样品而已，货多着呢。"名花自傲地应道。"你小小年纪，看不出有如此能耐，人帅毛亦帅，了不起啊。这批货我要定了，什么价，你说吧。"毛一展是商场老手，见时机成熟，就打算下手了。"老毛，实话实说，他是我的侄儿，他的货是纯净毛，内无一根杂毛，你是内行，因此，少于十元不卖，若你要，先卖给你，若嫌贵，自有人要。"六弟接口为名花谈价。"老陈，我们都是内行人，这价值得，我亦是直来直去之人，就按你说的算，成交。"毛一展知道六弟是行家，其价亦是市面价，就决定就此拿下。于是拿来秤称过，共二十五斤，计二百五十元，一手交货，一手交钱。"小兄弟，你说的其他货在哪里呀？既然来了，就一起算了吧。"毛一展得手后如获至宝，这样的好货自然越多越好。"毛师父，就在廿三里邮政所，我从上海刚寄出，可能明后天可到。"名花实话实说。"小哥，这好办，你把提单卖给我就行，到时我自会去取的。"老毛觉得机会难得，寄包都是有斤量数的，何况有六弟在场，他十分豪爽地道。"那亦好，我邮寄了三包，你就付我钱自去取吧，提单向小虎要就是。"名花取出货单存根交与毛一展。老毛看过，三包共计七十五斤，就二话没说地又付给名花七百五十元钱。老毛三个既然达到目的，就打算走，而名花卖了货，得了这么多钱，亦兴奋地与小虎回家去。"小虎，我告诉你，这一趟我赚了五百余元。我们既然义结金兰，亦曾发过誓，有福同享，有祸同当，我劝你还是跟我一起干吧。"名花是位重义之人，想带小虎一起赚钱。"名花，谢谢你，其实我与你相处这么久，真的好想你。只可惜我叔对钱看得很轻，因为他曾因钱而坐牢，所以犯了恐钱症。我一直都靠他抚养长大，如同亲生父子，若我走了，他一人孤单可怜，我于心不忍啊。"小虎无可奈何地长叹道。"小虎，为了多赚钱，我得连夜赶往上海，两天即回，这里给你一百元自用，我就走了，你家亦不去了。"名花取出一百元钱给了小虎。"名花，我不能要你的钱。"小虎急忙拒绝。"小虎，你是我的义兄就接着，若不，那以后再也不认你了。"名花发怒道。小虎见名花如此认真，倒也有点怕她，只得接下来。名花是位雷厉风行的女子，给了小虎钱后，挥挥手，告别而去。

吃过晚饭，小虎将名花的事告诉了叔。"小虎，你年轻，有些事不懂，钱这东西虽越多越好，但亦是越多越害人的。叔曾经正是因为赚钱太多而受牢狱之苦的。"小虎见叔对钱毫无兴趣的样子，心里一阵难受。"叔，家里无钱亦并非好事啊！""小虎，我并非说不要钱，只是觉得目前的制度在禁商，因此不能去触犯，否则，会倒霉的。你不要看名花一时赚了钱，但毕竟风险太大，随时有坐牢的危险，叔是怕了，所以亦不想让你吃亏啊。"看得出，北山非常关心小虎的安危，小虎亦了解叔的心情。

且说名花连夜上车，至上海，天已亮，直奔东郊秀秀家，秀秀见了欣喜若狂。"名汉，我想死你了。"秀秀走近名花，边撒娇，边用双手轻轻地拍打着名花的肩膀。"仅隔一夜，就这么想我呀，难道你真的爱上我了吗？"名花有意半开玩笑地问道。"是又怎么样，不是又怎么样？"秀秀羞答答地道。"那就看缘吧。秀秀，你赶紧将毛收起来，羽毛厂正等着用呢，我今夜就得回义乌。""这么急啊，住一夜再走吧。"秀秀见名花如此急，心里有些舍不得，但为了他的任务，她亦随之心急起来。"不行，我们得快速行动。""好，我去。"秀秀立即出门，通知拣三把毛的人将三把毛送到自己家来。经过一番忙碌共收约三百斤，付了钱，人们都走了。"秀秀，赶紧帮我打包，尽快寄出。"名花为了能将货尽早送到家，就在秀秀的帮忙下，将三百斤三把毛打成十包，准备随身带一包，剩下的从三个邮局分开寄出。然后，名花给了秀秀五百元钱，叫她收毛后直接帮忙寄回义乌，以便减少奔走之劳。

再说毛一展他们觉得要做好羽毛采购还得靠廿三里本地人，与骆经理商量后，决定请陈六弟帮忙，取百分之十作为他的报酬。为了方便，他们一共四人，同住廿三里旅馆，收来的货送往东阳毛一展家再办运输事宜，以防"打办"之不测。不过两日，小虎将寄来的提货单交与毛一展，毛一展见货全是一级不假，更相信名花的为人，于是时时想念着名花的第二批货。

名花第二次带货来义乌，马不停蹄地赶回廿三里，不去乐村，直接到收购站找毛一展，相见后双方都欣喜之极。毛一展带名花来到旅馆，与上次一样，连同寄来的共三百斤，一次结算清楚后，名花连夜又奔往上海去了。

名花又来到秀秀家，秀秀自然殷勤相待。"秀秀，你先将毛收起来，我去西郊一趟，那边不知收了多少货，这里的事就拜托你了。"名花在西郊杀鸡场那边托了一位四十余岁的汉子为她收购三把毛后，就一直没去过，由于三把毛紧俏，一人二处应付不过来，就取出五百元钱交与秀秀。"名汉，用不了这么多钱的，拿二百回去吧。"秀秀见名花一出手就是五百元，自己从小到大从未见过如此多钱，真是有些惊讶，更感动的还是眼前这位"帅哥"竟如此相信自己。"还是多放点为好，免得到时不够。好了，我亦没工夫，得赶紧去西郊了。"名花说着，急急往西郊方向而去。

一星期前，名花通过询问找到了西郊杀鸡场，观察后，觉得与东郊的杀鸡场规模相仿，她正欲寻个代理人，却又人生地疏不好找，她出了杀鸡场，一边走，一边低头寻思着。在社会上，好人坏人都有，但都没有标签，若遇见好人自然高兴，但如果遇见坏人，很有可能被骗走钱财……名花正走着，突然后面"哎哟"一声叫喊，一位汉子被自行车撞倒在地，名花急忙回头一看，见骑自行车的人却不顾倒地之人，自行骑车走了。"喂，喂，骑车的，你怎么这样缺德，撞倒人不扶就逃走了。"名花看见感到大为不平，边喊边上前扶起倒地的汉子，不料汉子已站立不稳，更不能行走了。"叔叔，你疼不疼呀？家在哪儿？我扶你回家吧。"名花关心地对汉子道。"哎哟，多谢小帅哥了，我家就在那儿，不过三百米，现在我真的不能走路，拜托扶我一阵吧。"汉子的一只脚扭伤了，还流着血，只得求名花扶上一阵。"没关系，我扶你到家就是。"名花见汉子可怜，就一直扶他到家。"小哥，谢谢你，进屋喝杯茶吧。"汉子过意不去，欲请名花进屋以谢恩，名花就扶汉子进屋坐着。"叔叔，你的家人呢？"名花见家里没人就问道。"小哥，我家三口人，老婆去买点菜，还有一个儿子在上高中，再过约半小时，我的老婆就会回家的，待会在这里吃饭吧。"汉子真诚地道。"不，饭倒不吃了，现在你家人不在无人照顾你，我就陪你一会儿，待婶婶回家我再走就是。"名花一则好心，二则想在汉子家打听一下能否为自己找个可靠的代购人。"小哥，你是哪里人？做什么事的呀？"汉子顺便问问对方的来历。"哦，我是浙江义乌的，想到这里杀鸡场收购三把毛，因为人生地疏，想找一个代理人。"名花把自己的实情告诉了汉子。"这很简单，我会帮你的。"汉子随口就答应了。名花见汉子一脸善相，并非刁奸之人，就将与秀秀合作的形式与汉子讲好，并说明过几天再来取货付款，汉子满口应顺。过了半小时，汉子的妻子果然买菜回家，听说名花救了自己的丈夫，又千谢万谢一番后，还留着名花吃了饭。

名花来到汉子家，见门半开着，忙敲着门叫道："叔叔在家吗？""谁呀，进来吧。"名花见汉子在家一阵欣喜，随即进了屋，汉子夫妻见进来一位身穿卡中山装与西裤，脚穿光亮的黑色皮鞋，头戴鸭嘴帽，衣冠楚楚的白面书生，不觉一呆，半晌说不出话来。"叔叔，是我呀，你不认得了？是义乌小李啊。"名花知道汉子夫妇一下子认不出自己，就提醒了一句。"哦，是小李啊，你这次穿得如此漂亮，我真的不认得了，还好你提醒我，快坐快坐。"汉子恭敬让座，其妻殷勤上茶，如同待新女婿一般热情。"叔，我上次与你讲的事，不知道做得怎么样了？"名花急不可待地问起了三把毛的事。"哎，他们来问过好几次，说会不会是骗他们的，我说不会，人家骗你何苦呢，十日内必来。"汉子如实告诉了名花。"那就对了，今天就烦叔将他们所拣的毛全收起来。"名花交给汉子五百元钱，汉子见了这么多钱，心中一喜，果然是真菩萨，于是就收毛去了。

汉子姓张名小牛，妻朱绣球，生一子，取名张胜。夫妻俩原是环卫工人，后因张小牛经常生病而被辞，朱氏为了照顾丈夫，亦就主动请辞，由于断了经济来源，夫妻俩就以打零工度日。

不一会，张小牛收来一担，名花检查后发现尚可，张小牛再去收，不一时又挑来一担。"小李，我联络的十几人都已收来了，约二百三十斤，拢一起过过秤吧。"张小牛收来是一元一斤，他共带去五百元，尚存二百七十元，因此，二百三十斤应该正确。"叔叔，不要称了，我相信你。"名花欣喜之极，说完，动手打包准备邮寄回义乌。"小李，按你上次所说二元一斤算，我这里尚存四十元，给你吧。"张小牛递给名花四十元钱。"叔，你先放着，反正下次还要收的，以后再说吧。"名花正忙于打包，张小牛夫妻见状，亦一同上前帮忙，打包好后，立即送邮局寄出。

张小牛夫妻原做环卫工时，月工资仅二十四元，这下一次就赚了二百余元，心里兴奋至极，从此，就把名花当财神爷看待。

东郊杀鸡场隔一天，收了一百二十斤，这次共三百五十斤，寄出后名花就火速回义乌。对生意人来说，时间就是金钱，这次，名花没有与小虎见面，就住在廿三里旅馆，一切费用都由毛一展开支。双方付钱交货，名花得了三千五百元，便在廿三里从黑市购了二十斤义乌特产——红糖，又乘夜车去上海。

秀秀的父亲姓刘名光亮，母亲名叫梁孝芳，他们平时工作忙，住在厂中，星期日回家休息，这天，正好假期回家，见秀秀正在认认真真地拣三把毛，不禁问道："秀秀，这毛拣起来十吗？""爸，这毛贵着呢，有人来收购，每斤一元，还托我代收，算我二元一斤，但我只要一元。"秀秀如实回答。"秀秀，如今世道混乱，坏人很多，千万不要相信外人，否则要吃亏的，听见了吗？"妈妈梁孝芳接口道。"妈妈，你怎么这样说话，人家是有钱的大老板，骗你干什么，我又不是小孩。"秀秀嗔道。"秀秀，你妈说得没错，还是小心为上。"爸爸又插上一句。"爸，妈，你们俩都是小心眼，我已赚了三百元钱，你们俩一月的工资加起来才四十元呢，你说坏人能给我钱吗？"秀秀说着，从箱中取出三百元钱给他们看。"啊呀，真的从那儿赚的，这一定是遇见财神菩萨了，人长得怎么样，多大年纪，哪儿人呀？"梁氏见女儿不声不响地赚了这么多钱，顿时眉开眼笑，高兴得合不拢嘴。"秀秀，那人什么时候再来啊，爸能见见吗？"父亲微笑着问道。"我估计今早就到，他还有钱留在我这里呢。"秀秀自信地应道。

"秀秀，秀秀！"三人正在谈论时，名花已到门口。"哦！名汉哥，我来接你。"秀秀向父母眨了眨眼，微笑着小跑迎接名花去了，父母有些好奇，禁不住也起身而迎。秀秀与名花各拎一只包进门而来。"名汉，这是我的父母。"秀秀向名花作了介绍。"伯父伯母，你们好。"名花说着，躬身行了一礼。"爸妈，这位就是我的客人李名汉。"秀秀又向父母自傲地作了介绍。"啊，好帅的后生啊，快进屋坐。"母亲不禁心中大喜，父亲亦暗自欣慰，心想：如果成了自己的女婿该多好啊。"伯父伯母，我已第四趟来你家了，但还是第一次与你俩碰面，我是生意人，自古道，在家靠父母，出外靠朋友，希望你们多多帮助。来了这么多次，亦没啥礼物相送，真有些过意不去，这次我带来十斤义乌红糖作为谢礼，请不要嫌弃。"名花说着，将一袋红糖放在桌上。红糖是统购统销物资，属国家禁运禁卖品，上海居民要凭票供应，每人每年定量为半斤，名花一下送给十斤，使秀秀一家惊呆了。"小李，这礼太贵重了，我们真的受不起。"刘光亮急忙摇摇手不敢受。"伯父伯母，十斤红糖比起你秀秀给我的帮助来说，真的是不值一提的小礼了，何必这么说呢，以后，我要你家帮忙的事还多着呢。"名花朗声道。"小李，我看得出你是好人，我亦知道出门不易，以后就当这里是你的家吧，有什么困难尽管说，我们会尽力而为的。"刘光亮亦慷慨地道。"伯父，我想买四块上海手表，可否买到？"名花低声问道。"如今上海名牌手表紧缺，要凭票供应，但目前经济条件太差，日常生活都紧张，拿一百二十元钱去买手表的人相对亦少，故而，分得一张票却想卖掉换点钱的大有人在。这样好了，我想办法，你下次来时，我给你弄四张票来，你带着票自己到表店里去买就是。"刘光亮答应名花道。"那就谢谢伯父了。"

在东郊，三把毛能卖钱的消息一下传开了，拣毛的人亦越来越多，那些失业的人无路可走，纷纷参与进来，拣毛队伍一时扩大到百余人，这一来，杀鸡场的毛根本抢不到了，于是往各饭店去找。西郊的拣毛者开始时不太相信真的有人会花钱来收，因此并不太积极，拣了十几斤，见名花迟迟不去，亦就停拣了，后来见名花真的付现金全收购了，这才相信是真的，于是，就不分日夜地拼命干。名花从两个地方又收了三百斤，其中东郊一百斤，西郊约二百斤，名花将另十斤红糖送给张小牛后，将二处的毛全寄出，又回义乌而去。

因忙于生意，名花已一星期没见小虎，心里非常想念他，又想着如今赚了不少钱，且上海有人代收，于是就决定去乐村一趟。她从黑市买来三丈布票，购来当时最高级的卡布，前往乐村看望小虎叔侄俩。

"小虎，你叔呢?"名花来到小虎家，见小虎独自一人在家，就问道。"我叔去生产队劳动，要吃中饭才回家。"小虎应道。"小虎，你现在怎么呆呆的，没杭州时那么活泼了?"名花觉得小虎像变了个人一样。"名花，在家太无聊，因为自己是黑户口，不能参加生产队劳动，叔又不让做生意，真不知该怎么做人才好。"小虎说着，又低头不语了。"小虎，你不要愁，待你叔回家，我会好好劝说一番，保你能出去，好了，精神一点，不要老低着头不言不语的。今天，我给你撕了三丈的卡布，你与叔各做一套，这身旧衣衫该换换了。"名花说着，将三丈的卡交在小虎手中。小虎看着光亮细洁的高级布，心里甜甜的，有一种说不出的味道，似乎再次感受到消失多年的母爱，他想笑，又想哭，真不知如何是好，半晌，才说出谢谢二字。不知后事如何，请看下回分解。

第七回

李名花妙语激北山　陈小虎初摇拨浪鼓

中午时分，累得满身是汗的北山回家了，小虎与名花俩正在做饭。"叔，你回来了。"名花亲热地叫道。"哦，名花来家啊，你是客，怎可叫你劳累，快歇歇，我来做。"北山见名花正为自己切菜，心里过意不去。"叔，你坐着歇一会儿，我马上就好，一定饿了吧。"名花阻止北山，自己继续上厨。"叔，名花为我们俩撕来三丈的卡布，放那儿，看看吧。"小虎兴奋地告诉叔。"哎呀，名花，你又破费，这的卡布太贵了，有几个人穿得起呀，我们种田的穿在身上不配啊。"北山见名花如此大方，反而责怪道。"叔，每个人都有走亲访友的时候，做一套像样的衣服是难少的事，你是我的长辈，小虎是我的兄弟，做小的应该孝敬孝敬，这是常理。"名花朗声道。"这次赚到了吧？"北山问道。"嗯，赚了不少，我还想带小虎一块儿去赚呢？"名花微笑着道。"不不不，小虎与你不一样，因为我是受管制的四类分子，弄不好他要吃亏的，因此不能让他去冒险。"名花见北山如此固执，心里一阵难过，当下无话，不一会，饭菜好了，三人一起吃饭。"叔，我有几个问题想不通，尚需请教您。"名花边吃边问北山。"什么问题，你尽管问就是，叔知道的一定帮你解决。"北山以为名花年轻，遇到了什么难题。"叔，我不知道家鸡的前身是什么？"名花问道。"家鸡最早是野鸡，我们的祖先将野鸡关着养，一代代久了，就变成了家鸡。""为什么野鸡会飞，而家鸡不会飞呢？"名花追问道。"因为野鸡关得太久了，它的功能亦退化了，所以不会飞了。"北山回答道。"原来如此，哦，我还有一个问题要问，就是家狗又是怎么来的？"名花又问道。"据传是野狼被我们的祖先关养繁衍后变成家狗的。"北山老老实实地回答道。"家狗与野狼相斗，谁的胜算大？"名花再问道。"当然斗不过野狼啊。"北山肯定地道。"叔，我懂了，我还要问最后一个问题，请问我与小虎相比谁能干？"名花双眼紧盯着北山，放下碗筷，等候着北山的回答。"哦，我知道了，你这小子原来弯来弯去在做我的思想工作，但你虽出自好心，我还是要认真考虑后再作定夺，好了，不要多说了，吃饭吧。"北山没料到名花如此精干，竟找了这么多理由来说服自己。饭毕，名花要走，北山叔侄相送。"叔，你不能将小虎关得太久，否则，小虎亦会变成小狗的。"名花最后吩咐着走了。

晚上，北山辗转反侧，久久不能入睡，他觉得名花的话极有道理，但又觉得小虎不能与名花相比：名花野性太大，到时肯定吃大亏，小虎虽失去野性，但不会吃大亏。究竟放手还是不放手，心里始终拿不定主意，想着想着，不禁又想起了杨丽花，于是，眼泪又流了下来。北山觉得名花所说的不无道理，但又觉得其太过大胆妄为，于是就采取折中的方法，让小虎去做传统的鸡毛换糖生意，因为当时此业已发展到全村差不多每户都有，然而又不放心小虎，因为他从未做过这生意，就决定亲自陪他去一趟。

农历十二月，农时已完，生产队无活干，村民们纷纷挑着糖担外出鸡毛换糖，为了能增加肥料，大队亦开证明支持。北山买来两副担子，配来一些山货，带着小虎从荷叶塘小站上火车，去诸暨姚江经营，这里原是乐村鸡毛换糖者的根据地，有十几副担子集聚在此。晚上，北山简单地教小虎一些鸡毛换糖的基本常识，如：第一次经营先要"开四门"，即四天中东南西北各做一天，以便熟悉基本村落与道路的分布情况；淡季"开门做"，就是说担子挑出来第一个村就开始经营，因为淡季生意并不好，换取的废旧不多担子轻；旺季"关门做"，因为旺季生意好，换得的货亦多，若采取"开门做"的话，担子就会越挑越重，而且越挑越远，为了减轻不必要的体力消耗，所以要采取"关门做"的方法经营为好，即，将担子挑到最远处再往回经营，这样，担子虽越挑越重，但离住宿处却越挑越近。

鸡毛换糖看似简单，其实是一项非常复杂的行业，你的利润，全取决于经营中的艺术水平，而且商场如战场，没有一成不变的规则，全凭自己在实践中摸索出经营技巧，因此，北山亦只能如此讲这样一些简单的东西。

这天，小虎怀着忐忑不安的心情，挑担进了第一个村庄。这是一个逾千户的大村，只见大街小巷人口密集，大清早，生产队尚未出工，进入村口，就是一个门口塘，塘边有一块空旷地，大人小儿都集中在此处聊天，等待着生产队长出工的命令。小虎是位薄脸人，见前面这么多人，就止步不前，真的是未见人脸先红，因害羞而怕见人，他没勇气闯过这道人群关。为了不被笑话，只得避开热闹处而走向僻静处，不料刚走进一条小巷，正好撞见一位妇人迎面而来，出乎意料的事使他心慌意乱。正在进退两难之时，只见那妇人用疑惑的目光紧盯着他不转眼，这更使小虎无地自容，又见妇人自言自语地道："怪哉！这换糖客怎么像贼似的不去人闹处做生意，却偏偏往无人处行，真是白日见鬼了。"小虎听了，羞愧之极，急忙低头避过妇人，惶惶直往野外挑去。刚避开妇人，又来了一群儿童，他们齐骂小虎是投机倒把分子，起哄着要抓他去公社。小虎心中着了慌，更不敢回头张望，他只想尽快离开这是非之地，于是就加快了脚步，飞也似的向村外逃跑，不料小虎跑得快，群童亦追得快。"投机倒把分子逃了，快追呀！"群童边喊边用石块雨点般地砸向小虎，几块击中了担子，几块砸在小虎的身上，一时间，小虎变成了惊弓之鸟。惶惶跑了约二十分钟，已到田野深处，小虎回头窥探，早已不见了群童的影子，这才擦擦额上的汗，长长地嘘了一口气，不禁双脚一软，糖担落地，小虎趁势跌坐于地，不觉回想起刚才惊险的一幕，鼻子一酸，流泪不止。"苍天啊，你为什么这么不公啊，母亲啊，你为什么要生下我这苦命人啊，呜……"小虎仰天长叹，痛哭不止，良久，心有些静了下来，那妇人疑惑的目光与自言自语的画面重新出现在小虎的脑海中。鸡毛换糖应该是靠人多处才有生意，我为什么偏要向无人处行；拨浪鼓是带来招揽顾客的，又为什么忘了摇？这像做生意吗？不行，再做时不能这样了。小虎觉得坐在地上不是办法，于是鼓起勇气，站了起来，继续前行，边行边构思着下一步的经营方法。第一，先摇响拨浪鼓招呼人，然后再往人多处走。为了避免尴尬局面，必须先学会摇拨浪鼓。想到这里，他又歇下担子，取出拨浪鼓小心地试摇起来，不料这拨浪鼓违心所愿，本想将鼓子打向鼓心，可它偏向鼓边上撞，真是初吃萝卜三口生，倒霉极了；他咬了咬牙使足劲摇，不行，其音难听之极；轻轻地摇，更加不行，犹如撞木钟一般。摇不响拨浪鼓还如何做生意，小虎一时急了，决定不摇响拨浪鼓就不走了，于是就在田野独自一人一直摇了约一小时。大概是熟能生巧之故吧，拨浪鼓终于摇响了，而且还有得心应手之感，他高兴地笑了。仅会摇拨浪鼓不够，还要学会喊号子，为了练就胆量，小虎将田野当村庄，将野草当顾客，向"他们"喊起了号："鸡毛换针换糖啰！"不一时，只见一队队的社员正向田野走来，生产队出工了，于是，小虎就停止演练，直往第二村挑去。

小虎精神十足地摇着拨浪鼓，喊着号走进第二村，这村不大不小，约五十户人家，不料村中静静地看不到人影，他们全出工到田畈劳动去了，留下的仅是几名看守门户的老年人，这使小虎刚提起的精神又回落了，只是站在这无人村中发呆。良久，忽听见有人用沙哑的声音在叫："换糖客人，给我换呢线。"小虎心中一喜，终于有人来换了，急忙歇下担子回头张望，原来是一位八十多岁的老孃，手里拎着一只破篮子，篮内有一小撮鸡娘毛，手拄着一根拐杖，行着蚂蚁似的小步，跌跌撞撞地朝自己方向走来，小虎虽见鸡毛不多，但毕竟是自己的第一笔生意，心里还是一阵欣喜。"老妈妈，你换点什么呀？"小虎见老孃步态不稳，忙上去扶着老孃，以防她跌倒。"客人，我要换呢线。"老孃用沙哑的声音回答道，并将破篮子递给了小虎，那只提篮的手颤抖个不停。天哪，刚碰到第一个顾客，却偏换自己担子上没有的东西，小虎顿觉如冷水浇身一般，全身都凉了。"谢谢老妈妈，我担子上没呢线，换点别的吧。"老孃用惊奇的目光望了一下小虎，说道："哪个换糖担不带呢线呀。"老孃边说边弯腰观看山货盒中的商品，突然瞪大眼睛拉着脸道："你这换糖客真也缺德，见我年纪大看不起，明明有呢线还骗没有，我又不向你白要，何必如此待人。"小虎急忙随老孃指的方向看去，却原来指的是针。"老妈妈，你弄错了，那是针，不是什么呢线。"小虎赔笑道。"你真会开玩笑，针不就是呢线吗，只是叫法不同，你这小客人连这点亦不懂，怎么做生意呀，是新学的吧。"小虎换得老孃的一小撮鸡娘毛后，继续摇拨浪鼓喊号，只可惜喊破喉，摇破鼓亦不见有人来换，于是就决定挑向第三村。小虎一路行走，不觉来到一个山坡，上了坡，上面有个凉亭，亭角有堆稻草，但不见人，小虎为了做生意，不敢在凉亭中休息，一直走了八里路，才见前面有个不大不小的村子，有百来户人家。小虎挑担进村，时已十一时多，出工劳动的社员们都已回家吃中饭，村中人丁正旺，这是鸡毛换糖担的黄金时段，心想再不可失去这一机会。

"鸡毛、鸭毛、羊毛、猪毛换糖换呢线啰！"小虎进了村口，就摇鼓喊号了，人们仅向小虎看了几眼，都没人拿废旧去换，良久，终于有一位妇女手里拎着满满的一畚箕鸡毛，足有二三斤，小虎见了，慌忙歇担，准备接下这笔可观的生意，不料那妇人似乎并没有看见小虎，拎着畚箕从小虎身边走了过去。"唉！这究竟是怎么回事啊，将鸡毛拿哪儿去呀，难道看不见我是鸡毛换糖的吗？"小虎有些疑惑不解，于是，就好奇地跟随其后，欲看个究竟。走不多远，忽听一阵拨浪铛（绍兴人用来招揽生意的铜制品）的声音，这才知道，那边有一位绍兴人也在换鸡毛，那妇人正往绍兴客方向而去。小虎见如此，就在离绍兴客十米处停下，欲看看这位绍兴客是怎样做生意的。

那绍兴客约五十岁，个子不高，八字眉、山羊胡、眼尖唇薄、手足利索，似乎生来就是经商的料，只见他一边经营，一边唱着绍兴小调，吸引着身边的众多男女，使他们脸上都露着灿烂的笑容，不间断地有人拿废旧去换他的糖，只见他时而应酬着顾客，时而分几颗糖给小儿，气氛显得十分和谐，不一时，两只糖箩都装满了废旧，旁边一位妇女还拉他到家中吃中饭。那边热闹非凡，这厢冷静出奇，小虎看看自己担子上的一小撮鸡娘毛，心里难受至极，又看着那绍兴客被妇人拉去吃中饭，顿觉自己肚中咕咕叫，于是，就不好意思地挑起担子，飞快地离村而去，时至下午一时许，只觉饥肠辘辘无力行走，见前面有个凉亭，便挑了进去，坐于石凳中，欲休息片刻再走。凉亭中有一六十余岁的老者，坐于石凳中吸旱烟，四个七八岁的儿童在亭脚的草堆中戏耍，边拍着手，边熟练地唱道："讨饭讨饭真不差，不愁米来不愁柴，百家媳妇为我忙，要比县官还快活。神仙要修五千夏，阎王天天忙体察，皇帝日夜定政策，到头黄土一埋与我亦无差。"小虎听着，不觉心里一惊，难道真是换糖的不如要饭的？由于腹中饥饿，小虎有气无力地依亭柱而坐，半晌亦没吭一声。"客人，你吃过中饭了吗？"老乞见小虎的神情，知道必然不曾用餐。"农村没饭店，没吃过。"小虎说着，苦笑着闭目养神。"小客人，不吃饭怎么受得了啊，我这里还有两个冷蕃芋，你拿去充充饥吧。"老乞说着，去亭角稻草堆中取来两块蕃芋，并递给小虎。"老伯，你们自己吃吧。"小虎虽饿得难受，但总觉吃乞丐的东西不太像样。"没关系，我们都吃得饱饱的。这蕃芋没一人想吃，若你不要，反正亦是丢掉的。不嫌弃，就吃了吧。"小虎觉得肚子饿得已受不了，若不吃点东西，可能走回宿店亦有困难，他无可奈何，只得厚着脸皮吃掉两块冷蕃芋。"小客人，原来干你这一行如此辛苦，倒不如我们吃百家饭的，我们虽不赚钱，倒也落个肚圆，天下无处不是家，烧饭炒菜的不是我媳妇就是他们的娘（以手指着四小乞），她们给我们烧饭炒菜，我们到时现成吃饭，什么富贵贫贱，吃饱为好。"老乞边抽着旱烟，边对小虎道。

老乞的一番话似乎出于哲学家之口，一点不错，换糖的不如要饭的，小虎再也无心做生意，一口气就挑回住处，躺身于床，一动也不动。

黑幕降临，北山归来，见小虎躺在床上一动不动，又看看他的担子，知道初次出门不利，"小虎，吃中饭没有呀？"北山关心地问道。"农村又无饭店，何处吃呀。"小虎有些不耐烦地应道。"要吃中饭，就不要怕羞，到时向农户买一碗，或用小商品换一碗饭亦可以，要做生意就要吃饭，饿不饿全凭自己的能耐，总不能怪人家吧。"小虎觉得叔的话没错，今日挨饿全是自己的事，不能将气撒在叔身上。

当夜，小虎辗转反侧无法入睡，思来想去，觉得廿三里人不鸡毛换糖就没有其他出路，这一趟好不容易出来，一定要成功，否则，必会被名花取笑。通过自己与绍兴客的比较，觉得并非鸡毛换糖不如乞丐，而是自己的经营方法存在问题，通过仔细分析，总结出四句话，即，挣钱不怕羞，怕羞不挣钱，只要挣到钱，何来羞不羞。

次日，小虎没有挑担出门，而在家认认真真地编唱词，准备学绍兴客的经营方式试一试。

三天后，小虎又挑担出门，这一次他充满了信心，欲在生产队出工前打一个漂亮仗。小虎挑到另一条路的第一村，当进村口时，就厚着脸皮唱起《引人歌》："喵嘟担子挑上肩呀嘟铛之喂哟，挑到村中去呀嘟铛之喂哟，歇下担子，叫了一声鸡毛换糖哟嘟铛之喂哟之喂之哟。"当年小虎才十八岁，歌喉亦相当好，仅这一歌，早已惊动了百余户村庄中的所有人。老人听见，纷纷走出门来观看，小孩听了，欢呼雀跃不止，妇女听了，停住手中的家务竖耳静听，就连在上厕所的老太婆听见，亦急忙拎着裤腰直往发声处跑。小虎边唱边挑进了村，不一时，来到村中央的一块空旷处，担子尚未停稳，只见四面八方的男女老少都一齐围了上去。"客人！好歌喉。"一老者朝小虎竖竖大拇指赞道。"过奖过奖。"小虎抱拳还礼。"再唱一段可好！"一位年轻姑娘兴致勃勃地要求。"行啊。"于是小虎情趣盎然地又唱了一段刚编好的《采毛歌》：

大清早，进乡村，鸡毛换糖。

摇糖鼓，喊号子，风雨无阻。

只因我，义乌县，土地贫瘠。

虽勤劳，种田地，产量有限。

为增产，饱肚皮，畜毛为肥。

正为此，不辞苦，四方采毛。

不待唱完，几乎全村人都已围在小虎周边，因那时农村没有文娱活动，突然来了一位唱歌的便觉得新鲜至极，于是纷纷要求继续唱，小虎回说时间不允许，不能误了生产队出工，只要大家喜欢，下次一定为大家再唱。生产队长认为小虎说得合情合理，就号召大家快将家中的废旧拿去换，下次再请这位小客人多唱几首歌。大伙见队长这么说，为了能再听到如此优美的歌，也就纷纷回家拿废旧来换，仅在这一村，二只糖箩就装得满满的，于是就挑回住处，这天就不再出门，而是在家筹划第二天的项目。

次日，小虎又向另一村，歇下担子，如头一天一样，先唱《换糖歌》引人。"百样生意二肩挑，一副担子四海跑，东南西北都是家，酸甜苦辣自逍遥。"

挑到村人集中处，歇下担子，在村人的要求下，小虎又喝了一段婺剧《雪里梅》。"离别了，琉璃河，来到了，朝阳关，只觉得腹中饥饿；上前去，摘下了，鲜花果。且让我，老父亲，暂且果腹。"小虎唱的是高亢激情的"二凡"调，加上歌喉好，使当地人听得着了迷。这一天又满载而归。

"文化大革命"期间，到处墙上都贴写满火药味极浓的标语，如"打倒刘、邓、陶""打倒彭、罗、杨""参军不参二十军"等，这使农民们有些担忧"文化大革命"究竟会搞出什么样的结果。针对现实，小虎又编了一些歌词，一来能起引人作用，二来安慰百姓。

这天，小虎又挑到其他村去，先唱着《姜糖歌》：

生姜糖，甜又香，老人吃了能化痰；生姜糖，好营养，小孩吃了快成长；生姜糖，黄又黄，姑娘吃了变漂亮；生姜糖，义乌产，送你几颗情义长。

在经营时先唱《六愁歌》：

天要愁，开着大日头，照亮昏儿头，只愁乌云风雷袭日头；地要愁，长的四季粮，养着众生灵，只愁洪水翻涨冲泥头；老要愁，耳目不清亮，牙齿掉尽光，只愁阎王接去上横头；小要愁，养得肥胖胖，宠得娇答答，只愁出痘出麻无医头；牛要愁，吃的青草头，背的铁犁头，老了只愁尖刀戳喉头；猪要愁，吃的淡溜溜，睡的石板头，肥了只愁屠夫割猪头。

中央许多老领导被批斗，百姓对国家的安危产生了忧虑，为了安慰民心，小虎又唱了一段《六不愁》：

天不要为地愁，恶人总难毁地球；地不要为天愁，乌云不会吃日头；鸡不要替鸭愁，鸭会水上游；鸭不要为鸡愁，鸡会飞墙头；蚤不要为虱愁，虱会叮人头；虱不要为蚤愁，蚤会钻被头。愁啊愁，何愁六月无日头。

小虎的经营方法深受顾客的青睐，生意的兴隆更增添小虎的自信心。演唱，成了他经营的特色，在长期的经营中，需要多样化，不能重复太多，为了能提高顾客的情趣，小虎必须收集多种唱腔。诸暨人喜欢越剧，但小虎不会唱，为了讨得顾客欢心，他特意买来几本常唱的越剧曲本，如《梁山伯与祝英台》《盘夫索夫》《庵堂认母》等学唱，从而达到兴人之目的，在行语中，这叫"搭台"。由于经营得法，一趟生意下来，所换来的货物竟然超过叔许多。时到农历十二月廿九，叔与小虎将废旧挑到当地收购站卖了，把鸡毛托运回义乌，准备过个快乐年。

再说名花在义乌黑市中买来二只金华火腿上车去上海，准备送给秀秀与小牛各一只。来到秀秀家，刚好又是星期天，一家人都在，见名花来了，极为兴奋。"伯父伯母，这次我带来一只火腿送给你们，这是义乌特产，请笑纳。"名花从行包中取出一只火腿放在案上。"哎呀，这么贵重的礼物我们怎么受得起啊，下次你什么礼物都不要买，只要你来我家，我们就非常高兴了。哦，你上次叫我搞的上海手表票我已搞到了，共四张，请收下。"刘光亮从口袋里取出四张票递与名花。名花接过，兴奋至极，当下谢过伯父。

吃过中饭，名花与秀秀来到表店，名花将手表票递给营业员。"要买什么表，是男表还是女表？"营业员看着漂亮的两位顾客问道。"三块男表，一块女表吧。"名花应道。营业员拿来四块表，名花付四百八十元钱，将表放进了皮包内。"小帅哥，这位漂亮姑娘是你的未婚妻吧，你俩似金童玉女般地，真是天造一双，地生一对，再般配不过了。"营业员微笑着道。二人听了，顿觉全身火热，双双脸红耳赤，半晌说不出话来。

出了店，名花取出女式表送与秀秀，秀秀拒之。"秀秀，你帮我大忙，我无以谢，送你一块表以作纪念，这是代表我们的情义，若不收下，就是嫌弃我了，我们以后就很难共事了。"

秀秀尚未谈过恋爱，但亦听说过定情之物，她觉得名花语意中或许这手表就是定情之物，于是就半推半就地接下了。回到家，名花将收来的三把毛打包邮寄，在回秀秀家的路上，名花见一商店中有闪闪发光的有机扣，这是刚上市的新品，有男扣，亦有女扣，春夏秋冬四季都有，花花绿绿的品种极多，名花不禁想起自己给小虎撕了三丈的卡布，做中山装需要像样的扣子相配，而这种有机扣农村看亦看不到，于是就打算买一些。"同志，这扣子怎么卖呀？"名花问道。"你要买什么扣？"女营业员看着可爱的小帅哥微笑着道。"我从没见过如此漂亮的扣子，所以都想买。""傻小子，这扣子很贵的，我看你是小孩子气的，你有这么多钱吗？"女营业员以为名花在与她开玩笑。"我不是开玩笑，我是义乌来的，上海的货是如此之美，所以想每样买一盒，拿回家给大家看看，显赫显赫，就是花点钱乐一乐，别无他意，高兴就好。"营业员听了名花的言语，被弄得莫名其妙，不知会否给她，请看下回分解。

第八回

李名花上海组货　陈小虎初闯江西

　　话说名花在有机扣商柜中欲买各种类型的有机扣各一盒，营业员看他不像是开玩笑，又看名花可爱的样子，亦就认真起来。"小帅哥，我们领导交代过，买些自己用可以，若贩卖就不行，我看你还是少买点的好，免得自找麻烦。"营业员似乎不愿卖。"同志，按常规，商店的营业额越多越好，我从未听说开店的不愿顾客多买的事，你这不是反常吗？"名花惊奇地问道。"小帅哥，如今是计划经济时代，反正多卖无奖金，少卖工资不欠，我们只是奉命而行，无人来买倒也落个清闲，说什么反常不反常的。"营业员懒洋洋地道。"怪哉，天底下哪有这样开店的。"名花失望地道。"小帅哥，看在你难得从农村来上海一趟的分上，今天我开恩，就卖你几盒吧，但我要提醒你，千万不要被工商人员看到，否则，就会被他们当投机倒把抓的，知道吗？"营业员说着，从柜中拿出各种扣子各一盒，名花高兴地付了钱，装扣子于包中，高高兴兴地来到秀秀家。

　　秀秀在家因名花送给自己当时十分珍贵的手表而兴奋至极，心想，如果名花不爱自己，就不可能送如此贵重的礼物，她觉得甜甜的，又觉得来而不往非礼也，于是想回送一种礼物，但又不知道什么样的礼物最合适，思来想去，始终想不出，最后决定，结几对塑料鱼虾作回礼。

　　名花背着包来到秀秀家，见秀秀认真地用塑料线带在结鱼虾，好奇地捡起一对已结好的鱼虾细细观看。"好美的鱼虾啊，秀秀，你是什么时候学的手艺啊。"名花拎着鱼虾赞不绝口。"刚学会不久，我想你们义乌可能没有看到吧，因此打算结几对送你，不知你会否嫌弃。"秀秀边结边笑答。"好啊，我正喜欢着呢，谢谢秀秀，给我多结几对，我要回义乌彰彰显显你的手艺。"名花欣喜若狂。

这次，给西郊小牛送去火腿后，寄回那里的三把毛，名花就带着有机扣与塑料鱼虾高高兴兴地回义乌了。

三十日，北山叔侄正在买年货过年，见名花来家高兴之极。"名花，来得正好，与我们一起过年吧。"北山哈哈笑道。"名花，这趟你赚了很多吧？"小虎亲热地道。"我的生意非常稳定，你们怎么样啊？看你精神饱满的样子，一定还不错吧。"名花关心地问道。"我们虽比不上你，但我第一次做生意，还算不错吧，更重要的是学到了许多社会经验与经商之道，这还得多谢谢你呢。"小虎微笑着道。

名花坐在凳上，小虎给她泡了杯茶。"小虎，你把手伸过来，我送你件好礼物，你一定喜欢。"名花神秘兮兮地道。"什么好礼物，给我看看。""不行，现在不行，你把眼睛闭上，待会我叫你睁眼再睁眼，否则我不给你了。"名花娇答答地道。"好吧，就依你，小姐。"小虎说着，就紧闭双目不动。名花从行李包中取出手表，轻轻地给小虎戴上，然后叫小虎睁眼看。"名花，你是哪儿弄来的，这表珍贵之极，起码是县委书记级别才有资格戴上，太珍贵了。"小虎高兴得合不拢嘴。"小虎，还有一件呢，你看。"名花将塑料鱼虾拎在手中，在小虎眼前晃个不停。"妙啊，这鱼虾活灵活现的，真可爱，这又是从哪弄来的？"小虎接过名花手中的鱼虾乐得呵呵笑。"还有一件呢，今天让你乐个够。"名花从包里又取出十几盒有机扣，并一一打开，给小虎看。这时北山见二人如此亲热亦停下手中活过来凑热闹，见名花将各式不同的光亮有机扣摆放在桌上，心里好一阵惊喜。"名花，你买这么多扣子干吗？要很多钱呢。"北山见这么漂亮的扣子，知道一定不便宜。"啊！好漂亮的扣子，我从来也没见过。"小虎乐得眯着眼，不停地摸着各式扣子。"叔，我上次给你们撕了三丈的卡布，好布配好扣，穿起来才好看，我去了上海，既然去买扣，就各式各样全都买了，我想，这扣子乡下看不见，所以一定走俏，想叫小虎放置在山货盒中试卖，若好销再去进货，以便开出一条商路，你道如何？"名花说得有条有理，并问北山道。"好机灵的小子，想得真周到，叔不如你。"北山还以为名花是男子，并敬佩地回应道。"叔，这里还有一块上海表，特地为你买的，拿去吧。"名花又取出一只表给了北山。"哎呀，这可不行，受不起受不起，我是农民，又是四类分子，戴起来不但没好处，反而会带来麻烦的。"北山见名花送表，心里感激至极，但不敢接受。"一块表就将你吓成这样，你看，我俩都有，唯你没有怎么行。"名花有些不高兴的样子。北山见状，觉得大年三十，应该大家高兴才是，不要因为自己不惜抬举而扫兴，也就顺势接下来："那就恭敬不如从命了。"

光阴似箭，名花在廿三里一直住了三年，不觉到了成熟期。一天，与小虎一同散步聊天，从乐村步行到廿三里。

"小虎，我俩患难与共已相处这么多年了，你觉得我这人如何?"名花问小虎。"那还用说吗? 你这人精明能干，而且对我义重如山，当然是好人，我一直把你当成亲妹妹看待呢。"小虎毫不犹豫地道。"那我问你，你应该如实回答，你爱我吗?"名花认真地问小虎。小虎因名花的提问而吃了一惊，他不知道该如何回答是好，因为自己无父无母亦无家，叔待自己虽好，但毕竟不是自己的家，叔在政治上是受管制的，这样的家庭被社会看不起，人家见了都避而远之，想不到名花问自己相爱之事，这使他不敢想象。"名花，这是什么意思?"小虎应道。"我问你爱我吗?"名花加重语气，看得出有些生气的样子。"我爱你。"小虎低声道。"那我们就结婚吧。"名花就直接地说。"这……这我还没准备呢，得与我叔商量商量再决定吧。"小虎有些紧张地道。"小虎啊，我们都已长大成人了，为了方便，我一直都在女扮男装，但你不知道，成熟的女子是无法再扮下去的，女性不比男性，特别到了夏天，女人的身材毕竟有所不同，我的胸部越来越高，怎么掩饰啊，因此，过春以后，我必须恢复女儿身，到时候，若不结婚，以后与你相处就不便了。"名花说出了自己的苦衷。"行，我愿意娶你，但这是终身大事，我一定要与叔商量一下该怎么做，下次见面再作决定吧。"小虎激动地回应道。"小虎，你过春节后怎么打算?"名花问小虎道。"我准备去江西德兴做一趟生意，顺便去看看金叔叔怎么样了。""亦好，我过初八，就打算去武汉开码头，那儿城市大，人口多，与上海一样，杀鸡场一定多，相对，生意一定会好的。"名花说出了自己的打算。"好啊，你的生意越做越大，在这里，我先祝你好运发财。"小虎抱拳祝贺，然后拍拍名花的肩，俩人情意绵绵地又聊了许多，见夜深了，小虎告别回家，名花自回旅馆。

时过初八，名花又要出门，这时，她已积累了三万余元钱，那时最大币额是十元的，三万现金不好放，在义乌，虽有银行可以存，但义乌的"打办"太狠，为了避免不测，名花准备在杭州、上海各银行分存，这样，既不会受到工商的注意，又便于经商取款。

名花到了杭州，从南星桥开始，见银行就存二千元，共存十个银行总计二万元，到上海，存了五个银行共计一万元，自留五千元作流动资金，继续做三把毛生意。

再说陈小虎将名花的事告诉了叔，北山这才知道名花是女儿身，他为小虎高兴，认为能娶到名花这样漂亮能干的姑娘一定很幸福，他同意了小虎娶她。

"文化大革命"进入大联合阶段的同时，鸡毛换糖业亦进入高峰期，为了改变家境困境，义乌有万人参加鸡毛换糖队伍，特别在廿三里公社，几乎每家都有，有父子同去的，有爷孙同往的，亦有夫妻、姐妹一起去的，由于人员过多而造成此业在浙江省内进入饱和状态，于是换糖队伍开始向省外发展。传统的鸡毛换糖业已无法阻挡，因为义乌贫瘠的土地需要畜毛做肥料，若没肥料，农业的产量提不上去，所以为了农业学大寨提高产量，义乌县委决定在春节前后空闲期为换糖者开放临时许可证，经营范围限于本省。小虎申报时，填写的经营地是江山，领取后把"山"字改为"西"字，就变成了"江西"，而这样改的人很多。

"叔，我这次去江西，欲到德兴看望一下金伯伯，我非常想念他。"小虎与叔二人一边拣选三把毛，一边聊家事。"对，本应该如此，金伯伯是位难得的好人，帮了我们很多忙，要好好谢谢他。我要把换回家的杂鸡毛处理好，把从中拣出的三把毛卖掉也需要个把月的时间，否则我亦很想与金伯伯见见面，这次你顺便去，亦代叔问候他吧。"北山听了小虎的打算心里兴奋至极。

小虎上车到达德兴，先住在旅馆，整理好担子，第二天，就挑担经营。在德兴，换糖担已有十来年没出现过了，人们见了小虎的糖担十分惊奇，他们知道，这种担子中的商品都是国家正规商店中无法买到的新鲜产品，因此，都纷纷好奇地围了上来，看见山货盒中有五颜六色闪闪发光的有机扣，可爱漂亮的塑料线结成的鱼虾，还有棒棒糖、鞋扣、花线等，都是新鲜的小商品。"给我来副电光扣。"有人先买扣子，他们从来没见过这么好看的扣子，所以不知道叫什么，见如此光亮，就自称其为"电光扣"。"男扣五角一粒，女扣四角，男衬衫扣五分，女衬衫扣一角，大衣扣一元。"小虎报了价。"要得。"众人纷纷抢购，不一会儿，有机扣就被一抢而空了。那塑料鱼虾本来就仅几对，小虎亦把它放进山货盒中，不料顾客喜爱至极，亦被抢买了，单价五角。小虎这次到德兴只是试探性的，带货不多，因此，仅三天，山货盒中的小商品被卖得空空如也，于是就停担于旅社，买了些礼品，前往矿山看望金伯伯。

小虎一早带着礼物，穿着的卡中山装，脚穿皮鞋，手戴手表，衣冠楚楚地来到矿厂金书记家门口。"金伯伯在家吗？"小虎叫道。"在啊，请进。"老金应道。"金伯伯，是我。"小虎进门，将礼物放于桌上。"你……怎么我认不出……"金书记有些惊奇地呆望着小虎，半晌说不出话来。"金伯伯，你不认识我了，我是志钢啊。"小虎知道多年不见，金伯伯一定不认识自己了，所以先自报名字。"哦！原来是志钢，几年不见变成后生了，快坐快坐，伯伯给你倒茶。"金书记这才认出了志钢，忙起身倒茶，其妻听说是志钢来了，忙阻住其夫，自己去为志钢倒茶烧点心。"志钢啊，你这次怎么突然来德兴看望伯伯啊，我好想念你啊，想不到长得这么高了，我怎么也认不出是你啊。""伯伯，我这次是顺便来看你的，我是到德兴做鸡毛换糖生意的，刚三天，就在德兴县城卖完了货，所以就来看你了，不知你现在可好？"小虎关心地问道。"还好，起先我被定为走资本主义道路的当权派，被批斗关押半年多，后来，多亏我厂的职工们支持我，经过他们的努力，我就被放出来了，革命大联合后，我又官复原职，没事了，但不知你叔现在怎样？"金书记谈了自己的经历后，关心起北山来了。"伯伯，我叔现在变了，经过那次打击坐牢后，胆子变小了，他发誓永不经商，目前，乐村的所有男人都做鸡毛换糖生意，就是他不敢，这怎么行呢，去年十二月，还是被逼陪我去一趟诸暨，做了一个月的生意，又不想去了，唉，真不知该如何是好。"小虎叹着气道。"志钢，你叔是个好人，亦难怪他，以后你要好好待他，他是个可怜的人啊。"老金说着，不断地摇着头。"伯伯，我不但要好好待叔，还要好好地孝敬你呢，我知道，你亦是一位难得的好人。"小虎微笑着道。"好小子，长大了，真乖。"二人高兴地哈哈大笑起来。

小虎见生意如此好做，就告别老金，赶快回义乌组货，然而最好销的有机扣与塑料鱼虾却无货源，只得等待名花回来。再说名花去了武汉，在那里找到了几家杀鸡场，办妥了事，又带一批三把毛回义乌，卖给了毛一展他们。

小虎办货心急，来到旅馆找到名花，并把江西之行的情况告诉名花，名花兴奋至极，于是就约小虎同去上海。

"名花，关于塑料鱼虾的事，最好学会自己做就方便多了，你说是不是？"小虎在火车上问名花。"可以，到时我们一起学就是。"名花蛮有把握地道。"有机扣最好多买一些，这产品非常走俏，能行吗？"小虎又问名花。"这有机扣据说不能多买，否则，工商人员要管的，商店亦不肯多卖。"名花在上次买有机扣时，营业员曾经提醒过，因此，告诉小虎道。"那怎么办？"小虎有些急了。"傻瓜，办法总比困难多，到时我自会想办法。"名花轻松地道。"那好，这次全凭你了。"小虎又兴奋起来了。

　　名花陪同小虎来到有机扣店，二位女营业员见了，立即向名花打招呼。"小帅哥，你又来了，这位是你什么人啊？""这是我哥，第一次来上海，请关照一二。"名花抱拳施礼道。"哦，你哥比你更有男人味，原来是兄弟，难怪都这么帅。"营业员哈哈笑道。"大姐，我们有缘啊，这里我给你们带来一点家乡货，请笑纳。"名花取出一袋红糖，约十斤，递了过去，并低声道。"哎哟，太贵重了，我们怎么受得起呀，多少钱一斤，我把钱算给你吧。"女营业员欣喜之极。"这是我们自家产的，若不算钱，怕你不好向上交代，就算二角一斤。成本价，算了钱就不是受贿了，对吧。"当时，上海地面管理非常严，营业员胆小，不敢收人家东西，但红糖稀少紧缺很具吸引力，二营业员见名花如此安排，心里高兴之极，于是就付了两元钱，收下了十斤红糖。"小帅哥，这次来上海办些什么事呀？"女营业员知道名花肯定有事求自己。"这次我哥亦想买些有机扣，于是我就带他来你处，不知可否多给一点。"名花终于说出了要求。"既然是你哥要，当然帮忙，但我们不能开发票，因为开了票就等于有存根，到时上面查起来就麻烦了，没存根，我们就当零售卖了，行吗？"营业员真诚地道。"行行行，就按你说的办吧。"名花爽快地答应了。

　　名花俩当时就买了三十盒各式有机扣，然后又四处寻找，见有机扣的店就买，为了避免工商人员，小虎只拎包，名花去店里买，二人不在一起，买来一次，就送到小虎处藏好，然后再去买，直将两只大旅行包装满才罢手，并一同住进旅馆。为了防止工商人员的检查，名花俩将二袋有机扣分成十六小包，到上海各邮局分寄后，再去秀秀家。

　　秀秀迎进名花俩殷勤相待，并真诚地教他俩学会结塑料鱼虾，学会后，二人高高兴兴地回到义乌。

回义乌后，名花住旅馆，小虎住乐村，二人买来塑料线带，各自结起了塑料鱼虾。

话说北山去廿三里赶集，遇见表弟朱一贵，在交谈中知道表弟在江西万年县做鸡毛换糖生意，于是北山就托他带小虎一起去做个伴，以后好互相照应，朱一贵亦同意了。

一星期后，小虎与名花二人共结成了上千只鱼虾，加上有机扣亦收到了，于是小虎就会同朱一贵一起前往万年。从义乌上车到贵溪转车，很快就到了万年县，万年县城离火车站很近，是新建城，县址原设在城关镇，自从县城移址后，老县址才改为城关镇，又称老万年，新城叫作新万年，整个县有三大重镇，即老万年、新万年和十镇街，三大镇各距四十华里左右。

小虎与朱一贵来到新万年，二人分道经营，朱一贵从新万年向十镇街方向经营，小虎向老万年方向经营，约定二十天期限再回新万年旅馆汇合。

且说小虎从新万年出发，一路向老万年做生意，由于商品新鲜，生意倒也不错，一路走来，还算顺利，时至中午时分，不觉来到一村，只见此村颇大，约有百户人家，小虎边摇拨浪鼓边喊号。"小小货郎担，商品上百样，难得来一趟，请君买几样，电光扣子闪闪亮，塑料鱼虾讨人欢，红绿气球小童想，香甜棒糖尝一尝。"这时正值生产队出工，大人不在家，首先而来的全是小童，他们争先恐后，不一时，就将糖担围得个水泄不通，只见这个要这，那个要那，把陈小虎忙得手忙脚乱。忙了一阵子后，只见小童们突然离开货郎担，老老实实地站立于一旁不动，嘻嘻地只是在傻笑着。小虎见他们行动失常，笑中有因，忙检查着自己担子中的物件，才发现拨浪鼓不见了。没有拨浪鼓，生意还怎么做？于是就问群童是谁拿走了拨浪鼓，其中一小童说偷拨浪鼓的人早已逃回家了，小虎给了那小童一把糖，请他带路找到那偷鼓小童的家，并与他母亲说明事由，谁知这妇人竟护着自家小孩不认账，于是，一句多二句少地就争吵起来。这时社员们已全回家吃中饭，争吵声惊动了远近邻居，围观之人顿时聚集一大堆，但皆是看热闹的，并无上前劝解之人。双方正在争执不休之时，不料那边又来了一位更厉害的婆娘，只见她个子不高，三十上下，生得眉清目秀，但火气不小，她一手拎着一包东西，一手扯着一小童的耳朵，小童约八九岁，直痛得哇哇大哭不止，然而这婆娘竟毫不留情，不顾死活地硬拖着小童往小虎这边过来。

来者不善，善者不来，看样子一定是小童偷了家中的钱，在担子中买了他喜欢的东西被发现来找麻烦的。糟糕，这边的恶妇已无法应付，那厢又来了个更凶的，真是祸不单行，福无全至，还是早认倒霉，拨浪鼓也不要了，三十六计，走为上计，于是，小虎挑起担子就走。谁知那厉害婆娘见小虎要走，疾步上前一把抓住后糖箩不放手。"客人且慢。"这一抓一喊，只吓得小虎冷汗直冒。

"这些气球是这担子上的吗？"凶婆娘摊着右手掌，恶狠狠地问小童。"是，是这担子上的。"小童哭丧着脸承认。"啪"的一声响亮，小童重重地挨了一巴掌，嫩脸蛋顿时红肿起来，直痛得他杀猪般地号啕大哭。小虎一时愕了，顿起恻隐之心，急上前为小童抚摸着红肿的脸蛋。回头怪那婆娘道："小童年幼无知，你做母亲的出手亦太重了吧。""客人，你哪里知道，他偷了你担子上的气球，你怎么还为他护短。"婆娘说着，又伸出右食指直戳小童鼻尖骂道："看你以后再偷不偷，跪下，向客人磕头认错。""算了算了，小童毕竟还小，下次改过来就好，何必如此认真呢，这些气球就算送他玩吧。"不知怎的，小虎反而同情起偷自己东西的小童来了。可那婆娘仍不依不饶，非要小童磕响头不可，直弄得小虎十分过意不去。

"客人，你不知道，十只气球事小，但要是偷窃成性，那麻烦就大了。自古道，小时偷针，大后偷金，偷盗之事小时不除，待长大后偷起金来时，我要管也管不住了，他也就非坐牢不可，所以，我对他今日之严，也就是他的日后之福，我能因此而不管吗？"听了她的一番话，小虎不禁流下两行热泪，在场的所有人也纷纷点头称是，原先的那娘俩，不知何时进了自家屋，拿出了拨浪鼓，红着脸，不好意思地交还给小虎，并连连道歉赔不是。鸡毛换糖四海为家，小虎沿村而做，遇夜借宿，次日一早，才到达老万年。

老万年是家逾千户的大村，原是县政府所在地，不久前，因县政府迁到新建县城后才改名城关镇，那儿有一条老街，小虎见老街上人来人往较热闹，于是就在街上经营，街上人从未见过如此新鲜的货郎担，就纷纷围了上来，正在忙于经营时，不料来一位三十来岁的汉子。"小货郎，你有证件吗？"那汉子取出自己的证件要检查小虎的证件。"有证件的。"小虎心中一惊，知道麻烦来了，一望对方的证件，更吓一跳，原来是当地工商所的所长，就无可奈何地将临时许可证递了过去。"你这许可证真假不明，我要拿去县里验证。"所长铁青着脸对小虎道。

"所长，这许可证代表我的身份，你把它带走我还怎么做生意，更不能住宿了，你说怎么办？"小虎听说所长要拿走许可证，一时急得如热锅中的蚂蚁。"这不碍事，这两天你就在本镇范围做，若遇到什么麻烦，就说是乔希明同意的就是，关于住宿一事，我现在就陪你去旅馆，我会向他们交代清楚的。"乔所长说完，带着小虎去大众旅馆，并向那儿的负责人交代一番后自走，小虎无奈，只得暂住下来。

许可证被扣，小虎心里不踏实，早上就在房间里休息，吃过饭，又去老街上经营。那时像小虎这样的摊子在老万年难得见到，街上人都觉得非常新鲜，特别是山货盒中那些精美的商品，如有机扣、塑料鱼虾、棒糖等都是在本地买不到的，因此，不仅买的人多，而且围观看新鲜的人亦不少。自从县政府迁走后，城关镇的人少了许多，这天，老街上亦并不热闹，稀稀拉拉地没几人走动，现在这么多人围着小虎的担子买东西，自然成了整条街的亮点，从而引来了供销社主任的关注。"喂！你有证件吗？"又有人来找麻烦了。"乔所长今天去县城开会，是他叫我在这里经营的。"小虎知道工商所长的权力超过供销社主任，因此，他以此来压对方。那主任听了，不知小虎与乔所长是什么关系，似乎不愿自找烦恼，亦就不再纠缠了，不一时，默默地自走了。

次日一早，小虎尚未出门，乔所长来了。原来他将小虎的许可证带到万年县工商局咨询，领导说，县级许可证若要出省经营必须由省级发出通报，而当时义乌许可证内明文规定着限于省内，所以江西各县并没有接到过浙江省的通报，因此，小虎属于非法经营，但不知乔所长如何处置陈小虎，请看下回分解。

第九回

城关镇小虎走运　十镇街一贯遇难

　　话说乔所长拿着小虎的许可证去县府咨询后，知道其手续并不合法，但他是位善良的所长，觉得小虎年纪轻轻，老远跑到江西做点小生意亦不容易，因此，叫小虎去城关工商所办手续，即拿去义乌的许可证进行登记，然后发给当地的许可证，每天交管理费二角，当生意做完去交，并领回原来的许可证。鸡毛换糖人为求个平安，都愿向当地工商所办理登记手续，然而当地工商所并不愿意办这种手续，而小虎遇上了难得的好所长。小虎办了登记手续后，就在城关镇大胆经营，再无人找麻烦了。

　　再说朱一贵，与小虎分手后，直往十镇街方向而去，与小虎一样，在半路中宿了一夜后，次日一早，来到了十镇街，这里与城关镇一样，是个家逾千户的大镇。十镇街有条老街，亦是最闹处，不远处就是工商所，街中有饭店，饭店门口放着一副换糖担，主人也是义乌人，一贵见了，知道是老乡，就上前打招呼："喂，同年哥，你是哪里人呀？生意可好？"一贵将担子挑到他的跟前，并亲热地问道。"我是平畴人，你呢？"那人回应道。"我是廿三里人，姓朱名一贵，不知老兄怎么称呼。"一贵见对方说的义乌方言，更为亲切。"我叫吴三，这里的工商不好对付，请你小心点，最好挑到乡下去做。"吴三提醒一贵道。"既然不好对付，那你为什么可以这样公开大胆地放在街上卖？"一贵不以为意地道。"你不信我也没有办法，到时不要怪我就是。"吴三见一贵不听劝，亦就不说了。

　　朱一贵将担子放在离吴三十米处，亦开始经营着，觉得生意还不错，正在忙碌时，不料来了两个工商人员，强行将担子挑进了工商所内，这可把朱一贵急坏了。朱一贵跟进工商所，工作人员说由所长处理，于是朱一贵找到了所长办公室，只见里面坐着一位汉子，但见他猴头鼠眼扫帚眉，鹰鼻尖嘴脸无肉，一看便知是位阴险人物。"所长你好，不知我的担子为何被扣？"一贵问所长道。"你有经营许可证吗？"所长阴阳怪气地问道。"有，我有经营许可证。"一贵忙取出许可证递了过去。"你一张义乌县许可证怎能跨省经营，不行，这属违法经营，作没收处理，走吧。"所长毫不留情地下了逐客令。"所长，我与吴三同样的许可证，为什么他行，而我就不行了呢？"一贵不想走，他不甘心自己的担子就这样被没收。"这里是我说了算，快滚开。"所长发火了。"你这贪官，一定是收受了吴三的好处，否则，怎么会二样对待呢，我告诉你，不拿回担子我绝不会走，我还要告你。"一贵亦发火了。所长叫来两个工作人员，将朱一贵轰了出去。朱一贵不甘心，就在门口继续大骂所长不止。人们听到争吵声，纷纷围上来看热闹，平时，群众最讨厌的就是这些禁商的工商人员，本地人做点小买卖常会吃他们的亏，今天又有人吃亏，人们就纷纷议论着工商的不是，暗地里支持朱一贵，有人告诉他说，这所长姓康，与派出所所长不和，二人是死对头，要他找派出所施所长帮忙，一贵觉得有理，于是就找派出所去了。

朱一贵进了派出所，来到所长办公室，只见坐着一位三十余岁的中年人，但见他国字脸，剑眉凤眼，穿一身警服，气宇轩昂，威武无比。"同志，你是施所长吗？"一贵恭敬地问道。"哦，我就是，什么事？"施所长应道。"施所长，我有一件想不通的事，想请教一下，不知你有时间否？"朱一贵问道。"什么事，请讲吧。"施所长上下打量了朱一贵后道。"施所长，十镇街饭店门口那位卖小商品的吴三是我的老乡，我与他亦是同行，都是卖小商品的，证件也相同，但不知为什么吴三可以公开放街上卖，而我就不行，我的担子还被工商所的康所长没收处理了，我实在想不通，故而，特来请教施所长。"朱一贵向施所长诉说了自己的冤屈。"这家伙好事不干尽干坏事，你不要怕他，天天去闹就是，直到把担子拿回来为止。"施所长拍了一下桌子，狠狠地道。"施所长，我是外地人，若我真的如此，他们动武怎么办？"朱一贵觉得如果自己被他们打一顿无处诉苦。"他敢，只要他们动武打你，那我就有理由抓他，就按我说的去做就是，谅他也不敢。"施所长很自信地道。

朱一贵担子被扣，在十镇街无事，天天去工商所门口大骂康所长，一连三日，果然无人敢来阻止，但亦拿不回担子。第四天，朱一贵来到吴三摊中，见他照常在经营，朱一贵心中火气更大。"吴三，我的担子被扣，而你却如无事一般，同样担子，两样对待，为什么，你必行过贿，我与你虽是同乡，而且无冤无仇，但为了拿回担子，我不得不拿你先开刀，请莫怪我。"朱一贵对吴三坦率地道。"老朱啊，这事怎么怪我呢，我亦不想你造成如此结果呀。"吴三有些为难地道。"我亦知道并非你所为，但我必须这么做，否则，我的担子就没希望要回来了。"看样子朱一贵已下了决心。"老朱，不要急，看在老乡的分上，我帮你去康所长那儿说说情，或许能拿回来，今天中饭我请客，今晚我去康所长家说说，明天早上答复你，好吗？"吴三终于答应帮忙了，朱一贵亦心平了许多。

　　吃过晚饭，吴三买了三瓶酒，两条烟，来到康所长家。老康见吴三登门，便热情款待。"老吴，你们义乌这个朱一贵真是个无赖，竟然天天到工商所门前胡闹，真是烦死人了。"老康见吴三就发起牢骚来。"老康，我看还是还他吧，否则他要去县城告你了。"吴三将朱一贵的话告诉了老康。"他有背景吗？"老康问吴三道。"这朱一贵每天向派出所跑，我看是施所长在暗中支持吧，否则，他有这么大胆吗？"吴三应道。"他妈的，这姓施的不是人，万事都与我作对。"老康知道朱一贵有施所长支持事情就有麻烦。"老康，给他还吧，不然，他还要找我的麻烦呢。"吴三再次要求给还担子。"可是麻烦的是一些商品已经拿到供销社商店收购了，怎么办？"老康为难地道。"那有什么办法，要么将收购的钱给还他，担子给还他，我看只能这样了，我先回去同朱一贵商量一下再说吧。"吴三为了尽快解决问题，就告别老康，回旅馆去了。

　　原来吴三身体并不好，他挑担下乡体力不支，在街摆摊工商不允许，为了生存，他只得用行贿的手段取得康所长的欢心。老康生来贪心，是位见物眼开之人，得了吴三好处之后，就会为他办事，因此，他对吴三的话基本上言听计从。

　　次日一早，朱一贵来到吴三的摊上，吴三将康所长的意思告诉了他，朱一贵觉得事已至此，能拿回担子已是不幸之中的万幸，亦就同意了吴三的意见，前往工商所，领回自己的担子与被收购的款，为了平事，康所长还向朱一贵赔礼道歉。

　　二十天汇合期将临，小虎挑着担子往新万年方向回做，一路做来生意不错，货亦做得差不多了，待到达新万年时，山货盒中的商品已存无几，为了等待朱一贵的到来，他把担子放在饭店门口经营，因为商品不多，他就一边用塑料线带结鱼虾，一边卖。这鱼虾是用来装饰锁匙圈的，美观、漂亮、得体，在江西，根本看不到如此精美的工艺品，因此人见人爱，无人不买，小虎所带鱼虾，早已卖完，如今，担上没货，只得现场结卖，这一来，更吸引了许多行人，纷纷围着小虎看现结表演，未完工，早已等着买，就这样，一直等着朱一贵的到来。二十天期限到，朱一贵准时来新万年与小虎汇合，二人同住一旅馆，朱一贵诉说十镇街经过，陈小虎亦叙述了城关镇的事。二人的货都所剩无几，于是决定收担回家，次日，小虎来不及去城关镇交管理费，就在邮局中寄了过去，并写一信给乔所长，说明不能亲自到城关工商所的原因。诸事办妥，小虎与一贵二人就从万年火车站上车，回义乌而来。

这一趟生意赚了五百余元，小虎欣喜之极，于是又进货准备再去，又与名花去了上海一趟，办足了货，会同朱一贵前往万年，在一趟生意完毕后，从城关工商所换回自己义乌的许可证，准备另开码头。朱一贵上次没赚到钱，这次仍去十镇街经营，康所长再也没为难他了，因此亦赚到不少钱。

小虎在万年县一连做了三趟生意，觉得自己的商品要买的人差不多都已买了。于是打算新开码头，决定到江西安义县去试试。

安义县城不大，仅一条百来米长的窄街，来往人亦不多。小虎独自来到县城，住进大众旅馆，为了避免工商人员找麻烦，他一早就挑到乡下经营，但中饭还是在县城饭店吃的。一天，约十二时，因腹中饥饿难当，他挑着担子到安义县城吃中饭，由于整个县城仅此一家饭店，因此店家非常忙碌，人们都排长队买饭票。排队的人并非每人都老实，有一位年轻人去插队，后面有一位三十余岁的汉子大叫道，"不要插队！"可那年轻人就是不听。"把插队的人拉出来！"汉子见那人插进去亦无人管，又喊了起来。不料，那插队之人与他后面的是同村人，二人年轻气盛，见那汉子大骂，心里有些不舒服，于是就离开队，双双来到汉子面前举拳就打，那汉子亦不示弱，挥拳迎击，然而毕竟双拳难敌四手，汉子被那两个年轻人打得鼻青眼肿，双方怕对方叫人报复，饭也没吃，就各自离饭店而去。

为了避免工商找麻烦，一般的换糖担不愿在县城经营，小虎吃了中饭，急急挑担欲去乡下，挑出饭店，来到街头，正走时，不料后糖箩被人拉住。"哎呀不好，想必又遇见了工商人员。"小虎大吃一惊，待回头看时，却是一位年轻姑娘。"客人，稍候。"姑娘低着头轻声道。"姑娘，什么事？"小虎见不是工商人员，心里放心了。"你有鼠药吗？"姑娘问道。"有，一角钱一包。"小虎应道。"毒死一只狗需要多少钱？"姑娘又问道。"一元钱足够了。""那就买一元钱吧。"姑娘从口袋里取出一张五元头，要小虎拿药。小虎接过五元头，给了姑娘十包鼠药。"谢谢客人！"姑娘接过鼠药，向小虎鞠了一躬，低声道。小虎听了，觉得其声如蚊鸣，而且有些哽咽，再仔细打量，见她秀发不整，俏丽的脸蛋毫无血色，双目隐隐中含有泪花，小虎这才察觉有些不对劲，这时，姑娘转身欲走，小虎更觉不妙，因为她根本无意找钱。"姑娘，这钱还你，我的鼠药不能卖给你。"小虎说着，将五元钱还给了她，并动手夺她手中的鼠药。姑娘死活不肯，而且号啕大哭起来，这一来更使小虎怀疑，并拉住姑娘的手不放松。二人在街中央拉拉扯扯的动作顿时惊动了行人，于是纷纷赶过来看究竟，不一会，观看的人群将二人围得个水泄不通，良久，不知何人叫了派出所所长，二人便被一起带走了。来到派出所，姑娘一直哭天哭地骂爹骂娘地不止。"究竟怎么回事？"所长问小虎道。"所长，这位姑娘向我买鼠药，当初我未发现异常就卖她十包，后来发现她不太对劲，所以我又不想卖了，而她死活不肯，于是二人就拉扯起来，情况就是这样。"小虎如实告诉所长。所长觉得小虎并无恶意，问那姑娘时，却又不愿说。于是就到处调查询问，经过努力，终于得知内情。原来这姑娘正在初恋之中，由于粗心而怀孕了，不料男方又不要她了，她一时想不通就欲寻短见，因此才闹出以上的一番事来。后来经过劝导，叫家人将姑娘带回家去。所长觉得小虎做人诚实心地善良，是位难得的生意人，于是对他说道："陈小虎，我知道你是好人，好人有好报，以后在安义地面，若遇见什么麻烦事，你尽管来找我就是，我会帮你的。"所长真诚地道。"谢谢所长，经商说商，若允许我在街上经营，那就谢天谢地了。"小虎提出了自己的想法。所长觉得小虎的要求并不过，于是，在他与工商管理部门沟通后，果然满足了小虎的要求。

吃过晚饭，小虎挑担回大众旅馆，见一位年轻人在看一本书。"朋友，在看什么书啊，这么认真。"小虎无意识地问道。"我在看《麻衣相法》，这书有些深奥，看不懂，你会吗？"年轻人见小虎问，就将书合拢，给小虎看书名。"这有何难，我还会看相呢。"小虎开玩笑地道。"真的？那你给我看看如何，我想知道，这一生，要娶几位妻。"年轻人急问道。小虎觉得这人好笑，二十岁左右，竟然要问娶几妻，看来必然已在恋爱之中，而且或已失恋。"这位小哥，你的婚姻应该出自二十三岁，若此之前，即使结了婚还是不成的，因此，你可能命中注定一个半妻。"小虎扳着指头，装模作样一番道。"一个半妻是什么意思？""就是说你娶了第一个妻之后不可能白头到老，会中途即离，这只能算半个，后娶的能终身相伴，因此才算一个妻。"小虎解释道。"真神仙也，我十九岁娶妻，刚这几天，与我离婚了，我正不知如何是好呢。"年轻人见小虎这么一说，顿时惊呼起来。隔壁一位听见，亦过来凑热闹。"这位先生，给我看看吧。"一汉子走到小虎面前微笑着道。小虎举目一看，却原来正是白天在饭店被打的那位汉子，脸上还留着伤印。"老兄，实话实说，你最近运气不佳，三年内必有牢狱之灾。"小虎对那汉子道。"对啊，我这几年真的运气不好，但不知如何解得？"汉子见小虎说得非常准，欲寻找破解法辟邪。"若能听我的，当然有破解之法，你只要在这三年内尽量少出门或忍气做人，不要发脾气，不与人争斗，你的灾祸就能在隐隐中消失。"小虎认真地对汉子道。"这位先生真神也，我性格太暴躁，常会因小事而与人争吵打架，为此，亦曾在派出所中蹲过数次，但生定的性，出来之后还是不改，如今听你所言，想必不改不行了，以后我当真要改改，谢谢了。"

看了两个人的相，轰动了整个旅社的顾客，大家听说旅馆中来了一位高明的相师，纷纷都来到小虎的房间要求看相。"朋友们，我是卖小商品的，其实不会看相，只是与大家闹着玩玩而已，请不要相信这一套。"小虎见一下子涌来十几位顾客，心里惊慌起来。众人见小虎不肯为他们看相，亦就无奈地在房间中玩了一会，发现山货盒中有可爱的塑料鱼虾，纷纷各买一对，还带走了其他一些小商品。

小虎在安义街摆了二十天，带来的小商品卖得差不多了，就准备结束回家，这时，大众旅馆中一下子又来了四位义乌换糖人，小虎觉得小小安义县，容不下太多同样的担子，就决定另开码头。

陈小虎回义乌后，立即组货，独走宜春方向，由于许可证到期，身边没证明住宿难，想开张大队证明应付一下，然而时过清明，农事渐忙，大队不放人。其实鸡毛换糖这行业，初做时觉得有些难，然而一旦上了路，却就无法停下来，这时，陈小虎心急如焚，于是他绞尽脑汁，想出了一个办法，自写了一张外出买猪的证明，带了一包当时最高级的西湖牌香烟，要求大队会计盖个章。会计接了香烟如获至宝，见是外出买猪的证明盖亦无妨，就这样，会计就盖了印。小虎拿回盖有印的证明，将"买"字改为"换"字并不难，但要将"猪"字改为"糖"字就没那么简单了，好在小虎写猪字时早有准备，每笔每画都便于改成糖字，有了证明，准备出发。

当时，由于计划经济体制造成了棕片危机，这苦了海边的渔民，那时塑料绳尚未问世，渔民们养海带，船出海都要用棕绳，而棕是统购统销物资，不准私自买卖，又由于棕的收购价太低，山区人民不愿种植，因而造成棕片短缺。为了弥补短缺，没法，只得用破棕衣代替，而渔区又没那么多破棕衣，于是就采取高价采购的办法，重奖之下，必有勇夫，鸡毛换糖人见有利可图，都纷纷到四处收集破棕衣，由于收集的人多，浙江省内几乎全被收光，而陈小虎决定向宜春方向走的原因也在于此。

小虎从义乌上车，直至分宜彬江站下车，然后查看地图，知道双林公社就是大山区，于是就往双林而去。彬江离双林约五十里，小虎一路边经营边走，至傍晚，离双林公社所在地还有一公里，小虎准备借宿一夜，因为，大队证明很难住进旅馆。

借宿并非易事，小虎借了几家，都回说无空房间，通过好一番努力，终于借住在一位知识分子家中。那知识分子有位非常漂亮的女儿，二十来岁，在闲谈中得知，她还是分宜剧团的演员，然而只可惜红颜薄命，不幸被同村的民兵连长看中，并一厢情愿地要娶他为妻，姑娘觉得这人并非好人，常在村中做些缺德的事，全村人都讨厌他，而且他相貌丑陋，长得像活无常一般，看到他就恶心，因此，姑娘一口回绝。连长恼羞成怒，说她的伯父在台湾，以海外关系复杂为名上告了，在那以阶级斗争为纲的年代里，他这一告果然起到了效果，姑娘亦因此而离开了剧团。

时已晚上九时，小虎正欲休息，突然那民兵连长破门而入，毫不客气地要小虎搬走，不准住在臭老九之家。毫无疑问，这分明是有意刁难，无奈，小虎不得不连夜挑担离开，摸黑来到双林公社所在地，幸运的是旅馆同意让他住宿。那民兵连长是位好出风头之人，看小虎离开知识分子家还不罢休，竟又跑到公社里叫来武装部长前来查旅馆，并将小虎带到公社去，然而那姓单的武装部长倒也是位善良之人，见是位做小买卖的，也就将小虎放了。

双林公社属于大山区，从不见有换糖担来过，人们听说破棕衣可换肥皂，就纷纷捡来自家没用的破棕衣来换极其可贵的肥皂。不过三天，小虎已换到了二百斤破棕衣，由于没有去彬江的车，就分两次挑到彬江，借寄于一农户家。

有一天，陈小虎借宿于彬江边的一农户家，不料有一位生产队长到公社举报，接举报后，公社会同工商、派出所共二十多名人员，如包围土匪似的将小虎的住所团团围住，然后由民警持枪窜入，将正在睡梦中的小虎从床上拉了下来，并强行搜走身上的所有钱与粮票，连人带担一起押到公社去，关押三天。

第四天，二民兵到小虎关押处提人，在二民兵的带领下，小虎来到了公社会议室，只见上首端坐着三位大人，中间的是公社书记，二侧是工商与派出所所长，面前各摆一杯茶，嘴上叼着烟，叫小虎站立于下首，看其势，大有戏台上"三司会审"之态。"你是哪里人，姓名，到这里干什么，老实说来。"公社书记开口问道。"我是义乌廿三里乐村人，姓陈名小虎，来这里鸡毛换糖的。"小虎如实回答。"鸡毛换糖属投机倒把行为，是犯法的，知道吗？"书记狠狠地道。"在我们义乌是合法的，但我不知道来到江西怎么就变成犯罪了呢，真是隔界如隔天。"小虎辩解道。"既然来到江西，就按我们这里的规矩办，你的担子被没收了，你亦可以回家。"书记见小虎并没有其他嫌疑，再审问亦没什么花头，于是就以快刀斩乱麻的方式宣布结果。小虎人生地疏，知道强龙不及地头蛇，再说也无用，就这样，整副担子包括小商品一概被没收了，通过一番努力后，被搜去的钱与粮票还是归还了。

这趟生意小虎仅剩下二百来斤破棕衣，但是否能托运回义乌还是一个未知数，小虎来到彬江火车站托运处问讯，回说破棕衣不能托运，这怎么办，小虎心急如焚。为了减少损失，一定要将破棕衣运回义乌，于是，小虎整天在火车站不走，等待时机，直等到下午下班时间，见负责托运的老罗下班回家，就暗随其后，跟踪而去。老罗进家不一会儿，只见小虎拎了一条香烟走了进来。"老罗你好。"小虎说着，将一条香烟放于桌上。"坐吧！"老罗见小虎已进家，觉得不好意思叫他走，上门不欺客，还是较客气地让座。"老罗，你知道我们出门人有诸多难处，这破棕衣又不是什么危禁品，请你帮个忙，让我运回义乌吧。"小虎向老罗求情道。"小兄弟，你有你的难处，但我亦有我的难处啊，这破棕衣属易燃物，因此不能托运的。"老罗说明了禁运的原因。"那我把破棕衣装入麻袋内，可吗？"小虎忙献计道。"唉，看在出门难的分上，那你明天一早就装好拉过来，趁大家未上班你就吊好签，越快越好，到时我过来过磅办手续，尽量不让人知道，就这样说，你快去准备吧。"老罗还是软了心，答应帮小虎将破棕衣运回义乌。

时过端午，天气火热，名花再也不能女扮男装了，于是与小虎商量，准备旅游结婚，二人办过结婚手续，便成了正式夫妻，那年代难以炫耀，就决定在苏州、上海、无锡及杭州等地游走一圈，以便更多了解外部世界。

小虎俩先在杭州玩了两天，游过西湖，进过灵隐，登过六和塔，后又去上海。住在宾馆中，名花想起秀秀对自己的痴情，觉得应该到结束的时候了，于是独自到她家，欲请她一家吃顿饭。

话说秀秀在家，见名花已三月不来，心里想念之极，正愁她是否出了什么事之时，忽然来了一位似仙女般的美女，只见她上穿一件短袖白衫，下穿一条粉红绸裤，脚穿一双高跟皮鞋，又见她黛眉凤目秀发香，红唇白齿玲珑鼻，脸泛桃红脂如玉，瘦身丰胸美人坯。"啊！天下竟有如此漂亮的姑娘。"秀秀一下子看呆了，但不知后来如何，请看下回分解。

第十回

边角料变废为宝　黑松林冒险成交

　　话说名花来到秀秀家，秀秀竟认不出穿着女装的名花来。"秀秀，在发什么呆啊？"名花上前打招呼。"啊，你是……"秀秀一时想不起来，用惊奇地眼光望着名花道。"我就是名汉呀，怎么不认识了？"名花知道自己改了装，秀秀一定不认识了。"是名汉！哎哟，你骗得我好苦啊，什么时候又变成女人了。"秀秀终于认出了就是名汉，她突然用双掌轻打着名花的肩撒娇道。"秀秀，并非我有意骗你，只不过为了出门方便而为，其实我叫名花，对不住了，以后我们还是姐妹相称吧。"名花说出了真正的缘由。"好一个名花，我被你的伪装弄得神魂颠倒，还打算着非你不嫁呢。"秀秀有些难为情地道。"秀秀，我已经结婚了，这次特来请你一家喝喜酒，就定于星期六中午，在南京路宾馆，我们是旅游结婚，因此一切从简。""新郎是谁啊？"秀秀关心地问道。"暂不告诉你，到时自然知道。"名花神秘一笑道。

　　晚上，秀秀将名花的事告诉父母，其父母听了被弄得丈二和尚摸不着头脑，他们原以为名花与自己的女儿在谈恋爱，心里乐滋滋的，觉得不久的将来自己终于有个既帅又能干的好女婿，却想不到好女婿变成了姑娘，心里难免有些失望，然而现实无法改变，这位姑娘有情有义，还请自己一家人吃饭，这么一想，倒也觉得有些欣慰，于是准备礼物，待星期六赴宴。

　　在南京路宾馆中，小虎俩定了一桌酒宴款待秀秀一家，她的父母特意送来了一对大红花，包了二百元钱的红包，名花收下鲜艳漂亮的大红花，退回二百元钱的红包。"伯父伯母，听名花说，在上海做生意全靠你一家人帮忙，太谢谢了，今趁我俩旅游结婚，特备薄酒，以示感激之意，至于名花女扮男装一事，实出行走江湖之便，并非有意欺骗你们，请多多谅解。"小虎向秀秀一家解释道。"小虎啊，你能娶到名花，实是你的福分，她既能干又漂亮，真是人间少有啊，在此前，我们还一心想将秀秀的终身大事托付给她呢，谁知道一时间变成了姑娘家，我们到现在还遗憾呢。"秀秀的父亲刘光亮不好意思地道。"伯父，我与秀秀今生无缘结为夫妻，却有缘结成为姐妹，若不嫌弃，我将继续与之前一样，常会来你家走动的。"名花笑着对伯父道。"小虎、名花，你俩真可算是天设一对，地造一双，金童玉女，美女配帅哥，相爱到白头，来，我一家三口祝愿你俩早生贵子，一生幸福，举杯。"秀秀的母亲梁氏向小虎俩敬酒祝贺。"秀秀，你帮了名花不少忙，如今姐妹相称，名花比你稍大，今后我就叫你小姨子，来，我们大家一起干一杯。"小虎见秀秀一直不开口，于是就特意向她敬酒。"哦，姐夫，我不会喝酒，就免了吧。"秀秀不好意思地起身谢道。"这可不行，姐夫第一次敬你，一定给个面子，这样好了，我喝一杯，你们随意吧。"小虎起身，干了一杯，秀秀无奈地喝了一点，其父母亦高兴地干了一杯。

　　宴毕，名花要秀秀帮忙在上海买些喜糖，因为义乌买不到，秀秀答应立即去办。

　　吃过晚饭，名花在抚弄着伯父送来的大红花，小虎坐着喝茶。"小虎，你看这对大红花好看吗？"名花突然问小虎道。"当然好看，如今，这么鲜艳的大红花已经看不到了，谁不喜欢呀。"小虎不假思索地回应道。"那你从中有没有想到什么？"名花又问道。"我只觉得此花漂亮好看，其他还有什么可想的。"小虎有些疑惑不解地道。"傻瓜，我们经商的当然要从商业角度去想想，有否可能变为自己的商品投放市场，以达到盈利之目的啊。"名花对小虎启示道。"名花，如此看来我真的不如你，我倒没有从这方面去想过。"小虎听名花这么一说，急忙拿来另一朵大红花，轻轻地抚摸着并研究起来。"小虎，我觉得并非你的灵感问题，而是你被你叔管得过严而失去了原本的理性，因此而造成与自己自然反应的差距了，今后，只要少听叔的，多听我的，你的本能就会恢复正常，知道吗？"名花语重深长地对小虎道。"行，我以后一定听夫人指教。"小虎哈哈笑道。此时，小虎见名花已将手里的大红花慢慢拆开，原来是数条红绸子结成的。"名花，好好的一朵大红花，你把它拆掉干什么？"小虎见了有些可惜地责怪道。"不拆开，你怎知道这花是怎样做成的。"名花毫不怜惜地道，然后又重新慢慢地试结回去。"哦，原来你想学做大红花，好啊，我亦试试。"小虎见名花学做大红花，觉得有趣之极，亦想拆掉自己手中的花。"哎，不行，你这朵不能拆，放着要做样的，过来，我俩一起研究一下其中的工艺，若能结成与你手里的那朵一样，这才算学会了。"名花边阻止小虎拆花，边叫他过去一起研究试着结回原状。二人试拆结多次，终于学会了这门技术，双双欣喜之极。"名花，如今技术学会了，可是这原料何去找呀？"小虎担心地问名花道。"我想伯父伯母既然买得此物，必定知道一些信息，何不去问问他们。"名花毫不思索地道，看样子她已有一套完整的思路。

次日是星期日，趁秀秀父母还在家休息之时，小虎俩前往拜访，二人带了些礼物，前往秀秀家，秀秀殷勤款待，经过一番寒暄后，名花话归正传。"伯父，昨天你送的大红花可真漂亮，不知从何处买的。"名花问刘光亮道。"哦，那对大红花呀，不是买的，是我夫人亲手结的。"老刘回应道。"哦，想不到伯母的手这么巧，了不得啊，但不知这红绸又是从何而来的。"名花追问道。"这红绸亦不是买的，是我厂里定做了批国旗，有些边条没用了，我就拿来为你俩做这大红花了。"老刘如实回应道。"原来如此，那你是否可为我搞一些这样的边条，我有用处。"名花继续追问道。"我想可以，那些边条厂里拿来没用，反正都是被人拿走，若花点小钱将它全买过来，应该没问题吧。"老刘有些把握地道。"那好，钱没问题，只要你把它买过来就行，其他由我承担。"名花见伯父这么说，知道有成功的把握，心里一阵欣喜，当下无话，小虎俩自回宾馆。

时隔两天，小虎俩再去秀秀家，见其父母已带回二袋红绸废料，小虎俩见了鲜红的边料，心里喜欢之极，一问价，仅二元一斤，当即付款，共百斤，二百元钱，于是就急抽身带绸回宾馆，为了不误商机，二人整装上车回义乌，连夜将边料剪成二尺长，一寸宽的条条，五十条一把扎好，准备上市卖个好价钱。

廿三里老街南端有三个米筛摊，成百上千的鸡毛换糖者都在这三个摊中买小商品去换鸡毛，品种有限的商品不能满足顾客的需求，一个个都叹着气无奈地离开，米筛摊旁站着一位中年妇女，她提着一只小竹篮，内装着一打打用轮胎内胎剪成的皮圈圈，当作断销的橡皮圈在卖。当时农村劳力高度集中，农民们靠工分吃饭，因此不论男女，都按时出工，按时吃饭，妇女既要出工，又要做饭，变成了家庭中最忙的人员，为了不误时，他们根本没时间梳头打扮，通常用橡皮圈简单地扎扎头发就忙着出工，然而连橡皮圈亦难以买到，于是只得买那轮胎内胎剪成的皮圈来代替，因此，站立在米筛摊边卖皮圈的妇女反而生意比米筛摊好了许多。

　　这天，米筛摊边又多了一位靓丽夺目的女郎，但见她满头黑发，梳两条短辫子，辫上扎着鲜艳漂亮的红绸条，手提一只竹篮子，篮内盛着一把把红绸子，亭亭玉立地立在米筛摊边，大有鹤立鸡群的感觉，吸引着街上来往之客的眼球。人们纷纷注视着她的美貌，特别是她黑发中的漂亮红绸，而更关注她的还是鸡毛换糖者。"姑娘，你这尼龙绸怎么卖啊？"一换糖客问名花道。"五元钱一把。"名花应道。"每把几条啊，能便宜吗？"换糖客继续问道。"每把五十条，不讨价。"名花肯定地道。"这么贵呀，那买四把带着试试吧。"换糖客取钱买了四把。"我也买四把。"又一位顾客买了四把。"我买十把。""我亦买十把。"顾客越来越多。名花篮中共只有五十把，顾客们见篮中的尼龙绸越来越少，就纷纷伸手到篮中抢，不一时，篮中空空，所有尼龙绸全在顾客们的手中，有的在付钱，亦有趁乱不付钱溜走的，使名花一时慌了手脚。名花卖完尼龙绸，回家一盘算，五十把尼龙绸只收了四十二把的钱，其中八把被偷走了。

　　廿三里每逢农历一、四、七集市，名花见这绸如此好卖，就裁剪二百条去卖，这次吸取教训，与小虎二人同去，名花卖一把，小虎收一把的钱，如此一个个的卖，再也不会出现尼龙绸被人偷走的情况了。由于尼龙绸抢销，名花带多少就能销多少，一百斤边料，不到半月就卖完了，一算账，竟然一百斤边料卖得五千元钱。

　　名花又去上海，这次只拿来二十斤边料，因为厂中并不多，而这么一点货，不过两三天就卖完了。想买尼龙绸的人很多，名花一时断货，心里难受至极，但又无可奈何。

　　一天晚上，已过十一时，小虎与名花早已睡觉，突然有人敲门。"同年哥，在家吗？"有一位六十余岁的老者一连喊了三次。"喂，小虎，好像有人在敲门。"名花叫醒了小虎道。"这半夜三更的，有谁会敲门呀。"名花坐起身来又对小虎道。"同年哥，我有笔生意你想做吗？"老者又喊话了。"谁啊，有事吗？"小虎竖耳细听，果然听到有人在喊话。"同年哥，你要尼龙绸吗？"老者见屋内有人接应，欣喜之极。"哦，稍候，我下来开门。"小虎听说是正在抢销中的尼龙绸，心里一阵兴奋，于是急急下楼开门，见门口站着一位老者，六十余岁，个子不高，有些土里土气的。"朋友，请屋里坐，我们慢慢谈吧。"小虎见老者的模样，有些半信半疑道。这时名花也整衣下楼，为老者泡茶。"原来你这么年轻，那我就称你为同年弟吧，听说你是卖尼龙绸的，因此，我受人之托，特为你供货来的，这是样品，你若需要，我们谈谈价吧，若不要，我另找顾客去。"老者说着，从口袋中取出了一条样品，递给小虎看。"这货我要，但不知什么价？"小虎见了样品，鲜艳之极，同上海拿来的一般无二，心里喜欢之极。"货是真货，价格亦不低，每斤二十元，共有五百斤。"老者报了价。"太贵了，其实我进来的价仅二元一斤，你贵了十倍，赚得太狠了吧。"小虎不太满意地说。"同年弟，其实你在廿三里卖货时，我已经观察了两天，你每把不过一两重，售价五元，这样算来每斤可卖五十元，你说贵不贵。"原来这老者早已暗中观察了，而且算得非常准确。"同年哥，话不能这么说，我们还要一条条地裁剪，一把把地缚好，还要拿到市场去卖，你是一次性统搬，省时省力，自然不能这么算的，若十块一斤，我就全要，钱亦不欠一分，可否？"小虎还了价。"同年弟，你亦还得太凶了吧，说一分不除亦说不过去，算十八元一斤吧，怎么样。"老者让了二元。"太贵了，那我就加二元吧。"小虎亦与对方一样，加了二元。第二次，老者又减了二元，小虎加了二元。名花觉得时机已到，就开口道。"老兄，我是直爽人，夜亦深了，再各退一步，就十五元算，行吗？"老者还是有些犹豫不决。"老兄，说实话，如今社会，经济上并不那么好，要一次性拿出七千五百元现金的人，我廿三里尚找不到，若不信，你就另找顾客吧。"名花下了最后通牒。老者当然知道这情况，他仔细想了一番，觉得名花的话现实得很，于是就以每斤十五元的价敲定，为了防范工商人员，便约好，第二天晚上十一时，到东山村边的桥南松树林中接头，信号是，各甩电筒左三圈右三圈。一切谈妥，名花烧了点心，三人一起吃过，然后分手，老者自去，瞬间，消失在夜幕之中。

次日晚上，小虎俩虽然喜欢尼龙绸，但与老者并不熟悉，是真是假，心里没数，欲去东山松林取货，毕竟有些忐忑不安。"小虎，我们半夜去野外取货，人生地疏的，还需小心为上，依我看，第一次交易，钱不能带得太多，亦不能太少，先带一百斤尼龙绸的钱吧，若是真的，下次再买亦可，你看如何？"名花问小虎道。"乐村去东山有十余里，而且半夜三更地在松林中交易，自然要小心为上，又谁知他们是什么人，因此，去时必需带着防身武器，以防不测。"小虎应道。

名花觉得小虎胆大心细，心里欣慰。于是，小虎带一把柴刀，插于腰后，名花带一把菜刀，插于腰间，待夜幕降临，二人悄悄向东山方向直奔而去。

小虎二人走了一小时夜路，来到东山村，果然有条石桥，桥南是一片松林，每棵松树都有数人之高，在漆黑的夜幕中，亦不知松林有多大面积。松林在夜风的吹动下，时而发出沙沙的声音，似乎林中暗藏着无数怪兽，随时都会出来伤人，阴森森的，使人不寒而栗。

名花看看表，时间差不多了，就叫小虎用暗号联系，小虎取电筒左甩三圈，右甩三圈，只见林中真的有回应，于是二人就朝电筒回应的方向直奔而去。走了十几分钟，只见有二位大汉正在等候着，一高一胖，高的约一米九，胖的亦有一米八，二人俨然站立，犹如立地金刚摸着天似的，使人有些生畏。名花见二人如此模样，知道若动起武来，自己俩人一定不是他们的对手，还好早有准备，然而为了生意，还是有必要冒这个险。小虎走近对方，欲看看其相貌，不料见对方全是头戴鸭嘴帽，身穿黑衣裤，眼戴一副黑色茶镜，嘴上戴一个大白口罩，几乎遮住了整个脸，根本看不出是什么模样儿。

"钱带来了吗？"那胖子开口就问钱。"先看你的货吧。"小虎回应道。"货就在不远处放着，我们见到钱后，就陪同你一起去看货。"高个子接话道。"不行，没看见货我们不放心。"小虎坚定地回应道。一个要先见钱，一个要先看货，就如此，双方一直对峙着。在那打击投机倒把的年代里，偷偷地做点生意必须小心谨慎步步为营，否则很容易弄得个人财两空的下场。小虎担心对方是越货打劫的亡命之徒，对方担心的是"打办"的便衣，因此，双方都存在着防范心理，然而如此下去，这生意如何做得成呢。小虎觉得，若对方真是暴徒，想必早已下手，于是就退后数步，与名花商量一番，决定先显钱。对方亦暗自商量一番，觉得小虎俩不像是"打办"便衣。十分钟后，双方又开始接触。名花手拿用报纸包好的一包钱解开显示一下，小虎手执柴刀站在名花身后护卫着。对方见是真钱，就同意带小虎俩去看货。二位大汉在前带路，小虎俩在后跟行，行了约一公里，走出松林，只见前面有一个大水库，四人走上坝堤，上面有间启闭机房，房内有位老者，正是最初与小虎联系的那位，他正守护着身边的二袋货。"朋友，这就是我们的货，请自检验吧。"胖个子指着二袋货向小虎俩道。小虎叫名花去检验，自己作防范。名花看后，觉得货不错。"喂？你们不是说有五百斤货吗？怎么只这一点啊。"名花问对方道。"朋友，我们三个人，又是夜间走路不便，因此难以多带，这次交易成功，下次就很容易了，你又何必急于一时呢？这里共一百斤货，一两亦不会少，付一千五百元钱就可拿走。"胖子直爽地道。小虎拎了拎二袋货，觉得差不多，于是就叫名花付给钱，说来凑巧，报纸包着的正是一千五百元，于是就交与对方。"这里正好一千五百元，一分不会少，请收下吧。"胖子接过名花手里的钱，数亦不数，手一挥，三人飞快而走，瞬间，消失在茫茫黑幕中。

小虎俩各背一袋，趁夜色掩护，背一会休息一会，花了九牛二虎之力，终于背回家中，一过秤，当真一两不少，刚好一百斤，当夜太辛苦了，睡了约三小时，又早早起来，将尼龙绸裁剪一批，准备着上市。次日，刚好廿三里逢集，名花俩正在卖时，见那老者又来接头，说每隔一星期，照样在原地、原时间交易一次，就这样，双方一直如此进行着长期交易。

陈小虎家隔壁是陈德亮家。十年前，陈德亮因血吸虫病不治而亡，留下一妻二女。长女陈艳已十八岁，小女陈美十五岁，与母亲虞氏相依为命，因家中无男丁，生活十分艰苦，见小虎生意如此好，心中非常羡慕，于是常来小虎家坐坐，帮他剪尼龙绸，小虎亦不要她们白帮忙，算一些合理的工资给她们，时间长了，感情亦深了，为了帮助她一家三口脱离困境，名花教她们结塑料鱼虾工艺，叫她们拿到市场上去卖。虞氏一家三口，生活虽苦，但十分勤劳，有了这门技术，全家夜以继日地干活，将结好的鱼虾拿到廿三里去卖，竟然供不应求，收入十分可观，经济条件亦明显好转。

乐村还有一个叫陈正汉的，娶妻王氏苏州人，生有四男一女，还有一个老母亲，一家八口，长子十六岁，最小的仅五岁，因食口太多，生产队收入小，是乐村最困难的一家。一次陈正汉夫妻去苏州走亲戚，在一个小摊中看到一条漂亮的竹蛇玩具，觉得好玩，就花了一元钱买了过来，欲带回家让小孩子们高兴高兴。当夫妻俩回家后，五个小孩见了小竹蛇能弯能动，形象逼真好看，都争抢着玩，一条竹蛇五人玩，造成孩子们哭闹不止的局面，弄得正汉夫妻一点办法亦没有。陈正汉是个聪明人，觉得家庭穷，无钱为孩子们买玩具，一条竹蛇确实不够玩，于是他开动脑筋，欲给他们各人做一条，但由于没这种原料，想来想去，决定用纸代竹，制作纸蛇。陈正汉先找来一根木棒，削成一头大、一头小，再买来一张图画纸与一张白纸，图画纸在内，白纸在外叠起，以木棒为模型，将叠好的纸放在木棒外滚动成型，再涂上颜色，晒干后，剪成七段，粗段为蛇头，点上眼睛，贴上红纸舌，然后用大头针将七段连接起来，便成了纸蛇，试摇一下，只见纸蛇虽能弯动，又因直线而难以绕盘，这就变成了死蛇模样，没有真实感。陈正汉有个怪脾气，要做一件事，非要做好无批评为止，见自己制作的纸蛇不如买来的竹蛇而不服输，于是，经过多次改进，纸蛇终于能盘绕如真。孩子们见了父亲做的纸蛇比竹蛇更好看，就不争竹蛇，纷纷要纸蛇玩，正汉就给了每人一条，这下子可乐坏了五个小孩子。

这天，廿三里逢集，大孩子带纸蛇去廿三里玩，被一位换糖者看到，他觉得纸蛇新鲜好玩，于是问从哪儿来的，大孩子说是自己父亲做的，换糖者就要他陪着见陈正汉，到了家，与正汉交谈后要求订购五百条纸蛇，价格每条二角钱，三天后取货。纸蛇的成本每条仅一分钱，当时生产队劳动一天二角钱，亦就是说一条纸蛇就等于生产队劳动一天的价值，这当然划算至极，陈正汉心里盘算着，若三天做成五百条纸蛇，就能赚得九十余元钱，多好的生意啊，于是，陈正汉就立即动手，夜以继日地赶制纸蛇，三天做成了五百条，期限到，那换糖客果然不失言，照价买去了。

一位换糖客一次买去五百条，说明纸蛇一定好销，陈正汉觉得既然这位换糖客要，相信其他换糖客也一定会要，于是决定上市。

陈正汉在王氏的帮忙下，又做了五百条纸蛇，再去廿三里卖，由于第一次出现这种小孩喜爱的纸蛇，众多换糖客一拥而上，纷纷抢购，不一时就卖完了，由于货少，大多数换糖客没买到，于是就付定金订购，这一来，可忙坏了陈正汉。为了能满足顾客的要求，陈正汉教会了妻子与孩子们，大家一起干，真是人多力量大，一家人每天竟然能制作三百条，即便如此，还是供不应求，定做纸蛇的人越来越多，每天人来人往，都跑到他家订购取货。一时间，陈正汉家门庭若市，热闹非凡，由乐村原本的最困难户变成了富裕户。

1978年，党的十一届人大会议召开，"四人帮"被打倒，然而鸡毛换糖行业面临的困境依然存在，甚至更残酷。

陈小虎夫妻接到通知，双双背铺盖到廿三里小学报到，后被关一个教室内，里面早有二十几人睡在地铺上，他们都是本地走南闯北中的活跃分子。不知学习班中又会发生何种故事，请看下回分解。

第十一回

学习班农商被困　火车站工商显威

话说学习班中的经商人，除被批斗训话外，别无他事，整天躺在地铺上睡懒觉。这天，他们突然被叫起来去礼堂开大会，参加人员除学员外，还有各村书记，主持人是工作组组长，作报告的是公社王副书记。

"同志们，今天，我来讲讲鸡毛换糖的危害性，首先，我肯定地说，鸡毛换糖属于资本主义尾巴，有悖于社会主义制度，妨碍了农业生产，因此，鸡毛换糖担越多的村，生产越搞不上去，下娄村没有一个出去鸡毛换糖，而农业生产却成了全公社搞得最好的，产量亦最高，这说明鸡毛换糖阻碍了生产，应该彻底批判、根除，这种资本主义尾巴，应该下决心割掉……"王副书记在台上讲得起劲，讲了一个小时。在台下的听众却睡觉的睡觉，愤怒的愤怒，亦不知听进去了几句。待他讲完后，前村的孙书记上台发言。

"同志们，大家好，我是前村的党支部书记，今天我亦来讲几句。刚才听了王副书记的报告，我认为很好，但亦有一些不理解的方面。我原与王副书记一样，亦反对村民外出鸡毛换糖，尽力阻止人员外出，以谋求农业生产的发展。然而，我村的大队长却与我相反，支持换糖担外出，说农业需要肥料，没有肥料生产搞不好，鸡毛是农业的最好有机肥，鸡毛换糖者为我们提供的鸡毛越多，粮食产量就越高，这是明摆着的事实，担干部就要以农民吃饱饭为目的。因此，村民们都说大队长是好人，而说我是坏蛋。后来，我经过反思，觉得自己真的错了，如今我决定，得罪全村人，不如得罪王副书记一人，还是支持换糖为妥。对不住了，王副书记。"孙书记说完，向台下鞠了一躬，台下响起了热烈的掌声。

王副书记听了，想着自己报告完毕无人鼓掌，而一个村书记讲完，却得到如此热烈的掌声，究竟怎么回事，难道自己的水平还不如村书记吗？他觉得尴尬之极，再也坐不住了，于是快快自走了。

　　经商人在学习班中的期限长短不等，少则半月，多则三月。一批走了，再来一批，如此共办了两年之久，然而进过学习班的人出来后，不但没有改，反而更加活跃，因为生活迫使他们不得不如此。

　　由于鸡毛换糖队伍越来越大，老街的三个米筛摊已经不能满足顾客的需求，于是一些鸡毛换糖人就尝试改行做当时不合法的小商品生意，在经营过程中，风险当然极大，但由于参与人多了，老街上人多为患，于是就自发地移到较为宽广的货市中。打击投机倒把办公室是专门针对农商而设的，见经商的越打越旺，就决定采取更严厉的措施。

　　一天，廿三里"打办"召集工商、税务所的工作人员在工商所办公室开会，"打办"主任作报告。"同志们，目前资本主义思潮越来越猖狂，我们必须联合加大打击力度，按当前形势看，我提出以下几点建议。一、市场不一定管死，一些自己加工的产品不要去管，如塑料鱼虾、纸蛇、尼龙绸等。二、厂家的产品禁止在市场流通，因为这破坏了计划经济体制，不但市场要管，而且还要从源头抓起，目前，县政府正在着手处理这件事，各汽车站、火车站都要设立检查站，专门针对那些投机倒把分子。三、在廿三里市场上，对那些自产自销品，工商所要收管理费，税务所要收税费。四、对投机倒把分子要狠，抓住了，商品全没收。"施彪讲完，大家都没发表意见，这事就这么定了。由于人手不够，三个单位各自去招人，然而百姓觉得做这种事太缺德，无人愿意，但社会上总是亦有爱出风头的人存在，而这些人正符合施彪的胃口。

　　据说自制的工艺品可以在廿三里集市中公开卖，陈艳一家欣喜若狂，于是母女三人夜以继日地拼命加工，陈正汉亦如此。村人见他两家生意红火，亦就千方百计地偷学结塑料鱼虾与纸蛇，还有一些聪明的人亦发明了其他玩具或日用品，如泥哨、猪毛夹、压发扣、一溜球等，大家一齐拿到廿三里货市去卖，很快，货市的北侧就形成了一个初具规模的小商品市场，而且热闹非凡，相对，老街上的三个米筛摊却冷淡了，于是，亦主动移到货市北侧去了。

　　话说朱一贵在学习班中被关一个月后出来，由于家庭无经济收入，不得不再去鸡毛换糖，这次他不但自己去，还带着孩子朱振华一起去，经营地是江山。朱一贵的隔壁有位郎中，姓毛名二，是江山保安人，听说一贵父子要去江山鸡毛换糖，意欲托他带点钱给其兄。

"一贵啊，你这次去江山换糖，请帮我带五元钱给我哥，他无妻无孩，独自一人，如今年纪亦大了，又是受管制的四类分子，人又老实，他太可怜了，帮个忙吧。"毛二诚恳地道。"行，不知住哪儿，叫什么名字？"一贵答应道。"就住在保安村，叫毛大。"毛二告诉一贵道。"那好，我给你带去便是。"毛二将五元钱交与朱一贵后，就千托万托地感谢一番后走了。

朱一贵父子从义乌上火车，到达江山保安，保安是个逾千户的大村，因受毛二之托，第一天做生意就在保安村，二人一边做生意，一边打听毛大的住处，约十时许，终于打听到毛大之家，原来毛大就住在一间茅草平房中。"毛大在家吗？"一贵叫门道。"谁呀？"房内毛大应道。"我是义乌来的，你弟毛二叫我带给你五元钱，特地送来的，请收下。"一贵取出五元交与毛大。"哦，谢谢你，请二位喝杯水吧。"毛大见弟托人带钱来，心中大喜，于是殷勤地接待一贵父子。一贵见屋内无一件像样的家具，连灶也没一个，一个铁锅就放在一个破陶管上当灶烧茶做饭，几块大石头上铺着三块木板当床睡，其他就什么亦没有了，整个家就如破庙似的。只见毛大已年过花甲，蓬头污脸地没一个人样，上身穿一件破棉衣，下身穿一条破单裤，上下补丁加补丁，脚上穿着一双无后跟的破布鞋，活像一个老乞丐。据村人说，他在民国时期曾还是上海市宪兵队长。

"毛大，毛大！"门口又有人来了。"谁呀，什么事？"毛大应道。"吃过饭后去村办公室集合，带把锄头去，还要做义务工呢。"两个戴红袖章的民兵说着走进了家。"你们两个是干什么的？"二民兵见一贵父子在毛大家就问道。"我们是鸡毛换糖的。"一贵回应道。"换糖的应该去村中换，怎么鬼鬼祟祟地躲在伪宪兵队长家。"二民兵拉下脸道。"我们是受其弟之托，带钱来给他的。"一贵如实说道。"什么带钱不带钱的，我看分明是特务，走，跟我们去村办公室走一趟。"二民兵不由分说地强行将一贵父子与同担子一并带走。

朱一贵父子俩生意尚未做，就这样糊里糊涂地被关在村办公室内，中饭亦没吃，至十二时，二民兵又来了，将他父子带到一幢十八间头中，要他二人做义务工。

原来这十八间头是国民党特务头子戴笠的家。当初，戴笠是蒋介石面前的红人，因此，保安村的人都求他帮忙找点工作，戴笠倒也愿意帮忙，只要有求于他，他都会帮着落实，而有许多人连戴笠的面亦没见过，如毛大，当时要抽壮丁，毛大的父亲就求戴笠帮忙，戴笠很少在家，就求其母，戴笠的母亲是位受村人公认的好人，只要有求于她，她都会帮忙，在她的帮忙下，戴笠就叫毛大去上海宪兵队报到，这全是戴笠母亲出面的，毛大从未见过戴笠的面，就到宪兵队任队长了。然而毛大既不识字，又不会讲话，是位挂名的队长，根本没有做过事，因他不宜做队长，后来就叫他做事务长，其实就是靠戴笠的牌头，领领工资吃吃饭而已，什么事亦没干过。解放了，受过戴笠恩惠的人都成了四类分子，因此，保安村的四类分子竟多于贫下中农。这次，公社里要抄戴笠的老家，说他家藏有枪支弹药，要挖地三尺，于是就集合全村上百四类分子到戴笠老家挖地寻武器。一贵父子运气不好，亦被拉了进去，二人在那里挖了三天地，担子亦被送公社没收了，父子二人空着手回到义乌。

一天，陈北山去廿三里赶集，正好遇到表弟朱一贵，一贵有一肚子气无处诉，于是就拉着北山去自家坐坐。二人寒暄一番后，朱一贵开始发牢骚了，他讲了自己与儿子在保安村的经历，陈北山亦诉了一番自己的苦。"表哥，我们农民与工人不同，工人有粮食定量供应，吃饭不用愁，需要日常开支有月工资可花，而农民天天在生产队劳动，不但口粮得不到保障，而且在农村是零工资，日常生活费从何而来？这样能过上正常生活吗？所以，不经商，我们就会失去生存条件，亦正因如此，经商之路，不管如何，都是无法阻挡的，这亦是被逼出来的唯一生存之路，我与你的理念不同，即使碰得头破血流，还是要继续闯下去。"一贵不甘心就如此消沉下去。"那你准备怎样闯呢？"北山见一贵决心如此之大，就问他今后的打算。"我先观察了刚兴起的廿三里小商品市场，它为鸡毛换糖业提供了后勤供应，还有利于鸡毛换糖业的发展，随着时间的推移，参与小商品市场的人越来越多，看得出，他们的利润大于鸡毛换糖，我见小虎俩生意火红，因此，我亦打算搁糖担而卖商品，去轻工业较发达的江苏寻找货源试试。"一贵告诉北山自己的打算。"好是好，不过风险太大，这全是靠运气吃饭的行当，你去试试吧，我反正对经商是没有兴趣了。"北山摊摊双手道。这天，一贵买来一些酒菜，与北山二人边吃边聊，一直聊到下午二时才散。

　　话说朱一贵欲做小商品生意，但不知从何着手，据说许多新产品都是上海先在卖，于是就决定去那儿看看。朱一贵东拼西凑地凑了一千元钱，身带一只旅行袋，从义乌上车，直往上海而去，在车上，碰见乐村的陈生，在交谈中，知道他亦去上海，于是二人做伴，一路并不寂寞。

　　在上海下车，已是晚上，二人就在候车室中过了一夜，次日一早，陈生说是去亲戚家有事就走了。一贵初次来上海，不知东南西北，随人群出站，无目的地乱走，见哪儿人多，就往哪儿走，走着走着，不觉来到南京路，于是就靠右边店面走，心想：与小虎在万年做生意时，他的有机玻璃扣很畅销，上海是全国最大城市，一定有卖，何不看看，顺便带一些去廿三里试试。一贵沿街而行，遇柜而看，不知看了多少店柜，终于看到一家有机扣店，于是各种类型各买一盒。自古道久病成医，久商成精，一贵在商场中曾多次吃工商"打办"的亏，因此，在上海购有机扣时采取了多店少购的方法进行，一直辛苦到下午四时许，终于购得一千元的有机扣，于是，就乘夜车回义乌。在列车上，不料又碰到了陈生。"陈生，你走上海亲戚怎么一天就回家，不坑儿大吗？"一贵向陈生打招呼道。"哎，上海虽大，但亦没什么戏头，还是早点回家好。"陈生回应道。二人坐在一起漫谈着一些社会上的事，一直到义乌，时已次日早上九时许，一贵提着一只旅行袋，陈生拎着二只饱满的八十厘米旅行袋匆匆下车。

　　根据县政府指示，在火车站设立了一个专打击投机倒把的检查站，只要有班车到达，工作人员立即到旅客出口处守候抓捕，特别是行李包较大较重的，必定要开包检查，若是商品，一律作没收处理，他们想以此来达到打击投机倒把的目的。而廿三里的工商"打办"更严厉，因为这里自发地产生了独一无二的地下小商品市场，所以他们认为要打击投机倒把行为，必须从源头抓起，阻断小商品进入廿三里。因此，除车站检查站外，廿三里工商所又派来一班人员进行抓捕工作。

　　朱一贵下车后，拎着一只六十厘米的旅行袋向检票处走，由于一千元钱的有机扣并装不满包，斤量又轻，因此并未引起检查人员的注意，亦就顺利地通过了。陈生说是走亲戚，其实亦是去上海购有机扣的，而二人都没有说去上海的真实目的，这亦是算当时的商业秘密，这很正常。这次，陈生从上海购得三千元的有机扣，装满了两只旅行包，足有百斤之余，肩背一只，手拎一只，吃力地往检查处走，并排着队等候检票，待再过三位就检到时，突然看见有廿三里工商人员在检票处等候，顿觉情况不妙，于是转身就跑。

廿三里工商所一共来了四人：一个姓黄名高，身高一米八，约二十七八岁，生得熊腰虎背猪头脸，一看就是凶悍家伙；第二个姓肖名一光，身长一米五，生得瘦身短腿猴子脸；第三个姓虞名好，约三十岁，身长一米七，生得细腿长手斗鸡眼；第四个姓周名龙，身长一米六，生得胖头胖身粗腿脚。这四人都是打击投机倒把的高手，被当地人称为工商所中的四大恶爷，只要他们出动，必有人遭殃。这天，他们在黄高的带领下，正在检票处执行任务，见陈生突然转身而跑，立即呼喊着冲进检票处奋起直追。陈生闻声更为惊恐，双手拎着两个重包拼命前逃，正因为包太重，逃不多远就上气不接下气，而后面追来的是空手的，因此速度很快，眼看越来越近，于是陈生只得丢下一包，仅带一包而跑，意欲保住这一包，放弃一包，以减少一半损失。黄高见了，就叫周龙、虞好管好陈生丢下的那只包，自己与肖一光继续追。陈生放弃一包轻松了许多，然而毕竟跑不过后面空手的，当时是由于想保住三千元钱的货而拼命跑，然而人的能量毕竟有限，跑了十几分钟，见前面有一煤场，双腿已不听使唤了，脚一软，跌坐在煤堆中再也站不起来了。"姓黄的，你不要太过分，一包已给你们了，还要怎样，难道非要赶尽杀绝不可，再过来我就与你拼了，来吧！"陈生这时已知无法逃走，于是，就从煤堆中捡起二块煤，一手一块，硬站起身来，欲与之拼命。"老黄，算了吧，我们已得了一包，回去已好交代，若再追，弄不好自己要受到伤害，划不来啊。"肖一光见陈生欲拼命的样子，亦有点恐惧，于是对黄高献计道。黄高听了，觉得肖一光说得有理，为了避免自己受伤，亦就停步不追了。"陈生，这次算你走运，就放过你吧。"黄高说完，与肖一光回头自走。陈生这才松了一口气，拎着剩下的一包，慢慢地走向回家的路。

陈生与朱一贵回家后，立即拿到廿三里去卖，为了防范工商所找麻烦，他们仅带点样品放在口袋中，以此在人来人往中寻找顾客。在当时，有机扣还是第一次出现在廿三里，因此非常吸引人，他们的交易办法是在市场上仅看样品，谈好生意后到隐蔽处取货，此货十分畅销，不到一星期，全部卖完，然而由于正品成本高，因此只有百分之十五的利润，陈生被工商所拿走了一半，算起来还是亏了本，朱一贵货少，赚得亦不多。

陈生觉得有机扣成本太高，风险又大，于是就决定放弃上海另开码头，他看了看从上海购来有机扣盒子，上印有大府州有机扣厂的字样，于是就想到那儿去看看。

陈生才二十三岁，闯劲十足，他喜欢单独干，而且行动迅速，通过一番努力，终于找到了大府州。大府州是家逾千户的大镇。狭窄古老的街道，坎坷不平的路面，简陋低矮的店面，郊区茅屋参半，白天苍蝇嗡嗡，晚间蚊子成堆，多年来，镇内无新建筑，人无新衣衫，虽说是镇所在地，但与贫穷落后的农村并无二样。正街叫通天街，宽不过八米，长倒有三里，南通古岭山，北达长江边，街中有家收购站，是政府办的，专收土特产及废旧物品。大府州虽轻工业较发达，但因人口众多田地稀少而造成失业人员不少，因生计所迫，其中有上百人从事收破烂的行业。真是门堂大，垃圾多，收购站的生意倒也还不错，收购员一天忙到晚，历年来，都被上级评为先进单位。

你道这收购站的生意这么好，又都收了些什么货色，知道内情的人一定会骂他们天诛地灭。但见那收购站内排放着一只只大箩筐，里面装满收购进来的机器零件，有铜的、锡的、橡胶的、塑料的，亦有铁的，大件的亦堆满一地，而这废品其实都是偷偷从国有企业里的机器中拆下来的零件，收购价仅十来元，而原价可能上百上千元，你道该死不该死，然而在那"文化大革命"时期，普通人都以求生为目的，又谁来管这种闲事呢，反正损失的是国家的东西。

收购站的废铜是卖给乐村叫黄松的人，收购是一元三角，卖给黄松是一元五角，收购站赚了二角，当然，黄松若没给领导点好处，自然也难吃下这批货，而黄松带回义乌又卖给黑市专经营铜生意的人，脱手价为二元五角，他每斤赚了一元钱。就这样，小偷、收购站、领导与黄松四方联手，生意自然十分兴隆。

社会上流传着徽州佬得宝的典故，却不知义乌人生财的奇闻，实际上，义乌人生财的故事比徽州佬得宝更为精彩。

陈生见收购站门前如此热闹，亦好奇地过去看看，不料正好碰到黄松在里面与收购员称铜购货，有二百余斤货。

"黄松，生意不错啊。"陈生向黄松打招呼。"哦，陈生，你怎么来这里啊。"黄松惊奇地应道。"我在家无事，就随便出来走走。"陈生随意说道。"你这个狐精，谁会相信啊，一定是来进什么货吧。"黄松半开玩笑地道。"老黄啊，没你这样的能耐呀，我还想托你带条路呢。"陈生笑着道。"好了好了，少装了吧，谁不知道你陈生独闯江湖做大生意啊。"黄松哈哈笑道。"黄松，今天我请客，我俩喝一杯如何？"陈生欲请黄松吃中饭。"老陈，我还要将货托运出去呢，今天确实没空，待回家后，我请你行不行。"出门人时间就是金钱，黄松回绝陈生的好意。"既然如此说，那就待回家后再说吧。"

黄松装好废铜付了款，告别陈生就拉走托运去了，陈生见这里人多，就打探起有机扣厂址来，正在此时，忽见一位小伙子用双轮车拉来一车有机扣次品来收购站卖，收购员从未收购过这种废品，于是就查看一下收购物品价格表，却找不到这类废品所属项目，更不知收购价是多少，只得回说不收购。小伙子听罢大怒，便骂收购员是饭桶。收购员有恃无恐，说对方无理取闹，就这样，双方你一言我一语地争吵起来。陈生见二人争吵不休，忙上前劝解，并好奇地低头观看装在编织袋中的货，却原来都是大小不一的杂色有机扣，有的色彩不正，有的边上有点损坏，觉得虽是次品，但根据农村人的要求，尚有可用价值，于是就问小伙子要卖什么价。

那小伙子向陈生上下打量一番，但见对方二十余岁，生得方脸大耳，明眸皓齿，衣冠楚楚，气度不凡，一看并非一般之人。"你是收购站的领导吗？"小伙子凝视一番后问道。

"不，我是义乌的生意人。"陈生微笑着道。"你又不买我的废品，问什么呀。"小伙子不乐意地道。"如果价格合理，你这点货全要还不够呢，家里还有多少。""这货多着呢，若真要就开个价吧。"小伙子见陈生并非开玩笑的样子，就认真地对他道。

大凡生意人在交易时，总要先让对方开价，这才有利于掌握其心理。陈生虽年纪不大，但亦可算是商场老手，当然不愿先开价，若说低了，有可能遭到对方的责怪，若说高了，那就会处于被动地位，听说这小伙子还有更多的货，更使他要小心谨慎了。

小伙子见陈生始终满脸堆笑地与自己说话，一时觉得长此下去会被对方看成小气鬼，他再也忍不住了。"这废品是国营厂的，因仓库堆不下才拉到这儿来收购的，这种废品便不值钱，厂里亦不在乎这点钱，若是收购站要好说，国家对国家，自有收购价，反正有发票作凭证，只要能做账就行，若售于私人，就难说了，不知你可有发票？"小伙子有些为难地道。

　　"朋友，我是私商，发票是没有的，我买货全都是现金交易，到时贵厂开张收款单不就没事了。"陈生呵呵笑着道。小伙子见陈生口舌灵敏，说话在理，相比之下，觉得自己反而拙了，于是就对陈生道："这事必须通过会计出纳才行，我可做不了主，那就跟我到厂里去谈吧。"不知去厂里是否能谈得成功，请看下回分解。

第十二回

大府州废扣变钱　粮仓中干群动武

话说陈生要跟小伙子去厂里谈生意，就将一车废扣子暂寄于收购站中，陈生就坐在小伙子的双轮车上由他拉着。"小伙子，你厂离这儿有多远啊？"陈生问小伙子道。"我厂在南边古岭山脚，约八里路。"小伙子答道。

有机扣厂办公室内，韦厂长正与一位太太、二位小姐嘻嘻哈哈地打麻将。"韦厂长，有一位义乌客人来我厂购买扣子，我们卖吗？"小伙子站在门口向厂长请示。"我们厂的扣子由上海百货公司包销的，不卖。"韦厂长不耐烦地回应道。"他不要正品，要的是那些上海百货公司不要的废品，我们放着反正没用，卖掉也免得占仓库的地方。"小伙子对那只爱打麻将的厂长说，而对他根本不关心厂里的业务有些不满。"这种芝麻小事找我干吗？叫会计处理去，啰里啰唆的，去吧。"韦厂长对小伙子的啰唆有些讨厌。"讨厌鬼，真扫兴。"三个女人亦在骂小伙子。

小伙子东奔西跑地通过好一番辛苦后，终于为陈生联系好了，经商谈，那会计答应以每斤五元的价卖给陈生，然后，在小伙子的陪同下，陈生来到仓库看货，只见仓库中存积着上万斤不合格的有机扣，为了不让其他人购走，陈生要求与厂方签订购合同。

那张会计是韦厂长的老婆舅，权力之大不亚于韦厂长，全厂的事都由他说了算，听说陈生要包全部废品，就要他先交押金。陈生大大方方地从包里取出两大捆"大团结"，会计与小伙子见有这么多现金，顿时傻了眼。"哎呀喂！你哪来这么多钱啊！"小伙子惊呼道。

　　的确，在那困难时期，百姓连吃饭都成问题，手中有百元钱已是了不起，至于上万元的钱见也见不到。陈生从包里又取出两包西湖牌香烟，给会计与小伙子各一包，二人摸着如此高档的香烟如获至宝。"张会计，我这里押了二万元现金，这仓库里的废品就全是我的了，以后若有人来买，你们可就无权了。"陈生为了稳妥，签了合同后又对张会计道。"那自然啰，请老陈放心，我想这世上，除了你外，这种废品亦再不会有人要的。"这些废品已在仓库内积压了一年多，上面早已盖着厚厚的一层灰尘，从来亦不曾听说有人会来买这样的东西，若不，亦早就处理掉了，张会计只道这堆废品没人要，想不到今天来了个冤大头，心里自然洋洋得意。

　　张会计叫那小伙子先将寄在收购站的货过磅卖给陈生，小伙子愉快地答应了，于是就陪同陈生同往。"小伙子，今年几岁了，怎么称呼？"陈生在路上问小伙子道。"老陈，我今年十八岁，叫陶乖儿，家里穷。"小伙子不好意思地道。"哦，这么年轻，我看你是位勤劳机灵的小伙子，我喜欢得很，今天全仗你帮了我的忙，否则，这笔生意就没那么顺利了，谢谢，我这里有条香烟送给你，就当谢礼吧。"陈生说着，从袋里取出一条西湖牌香烟，递给了陶乖儿。"老陈，这可受不起，其实我也并没有帮你多少，这都是我的日常工作罢了，请收回吧。"陶乖儿见陈生出手如此大方，有受宠若惊的感觉。"哎，这有何妨，我们相见都是缘，我还想与你交朋友呢。"陈生将香烟放在陶乖儿的手中，热情地道。"老陈，你这么有钱，而我却个是穷光蛋，怎配得起啊，不过你不嫌弃，我已感激不尽了，以后有事，我一定会像亲人一样帮你。"陶乖儿感动得差点流下了眼泪来。

　　二人边走边聊，不觉来到收购站，过了磅共计二百三十斤。"老陈，我知道你是大好人，这三十斤就不要了，我向张会计报账时报二百斤就是，反正他们亦不知道。"陶乖儿对陈生道。"小陶，你的好意我心领了，但我不想你为我而犯错，还是按实报吧。"陈生诚恳地道。"老陈，没关系，我知道的，他们根本不把这些东西看在眼里，你要了这批货，私底下还在谈论你是天下最大的傻瓜呢，你不要愁，我心里有数的，保证不会出问题，放心好了。"陶乖儿坚定地道。

　　陈生谢过小陶，然后将二百斤货分两批，一批邮寄，一批托运回义乌，自己拎着皮包，大大方方地上车回家去了。

　　不几天，陈生将货从托运处与邮局提了出来，用清水冲洗干净，原来粘满灰尘不像样的有机扣顿时如珍珠似的闪闪发光，然后又把杂七杂八混在一起的扣子通过分类，西装扣归西装扣，衬衫扣归衬衫扣，通过一番梳理，捡掉一些没用的，拿着样品去廿三里推销。

廿三里小商品市场中的人每天都在增加，商品种类亦在增多，从而引来了义乌东阳与其他外地商客的参与，真是货多成市人多成商，这时，货市中人多为患，使赶集的人无法通行，于是就移到后街。这后街在老街的东侧，比老街宽敞，然而平时少有人走动，属于一条冷街，小商品市场移过去后，便成了专业市场，而且很快变成廿三里的最热闹之处。陈生是位做大生意的人，不喜欢在市场上出面叫卖，他拿着各式样品，向在卖小商品的人推销批发。在那计划经济时代，一切经济或商品信息都是封闭的，农民尤为如此，因此，整个市场中都以自制的工艺品为多，有机扣的出现，顿时吸引了市场中的小摊贩，纷纷都去抢购。陈生十斤开批，以每斤十五元的价出手，当时经济困难，多了买不起，少了愁不够卖，各摊贩都在尽力而为。陈艳二姐妹在市场中卖塑料鱼虾较早，亦赚了不少钱，气度亦与以前不同，她俩一下就买下一百斤。陈生很快就卖完了货，于是又准备去大府州。

陈艳俩买得百斤货，又买来塑料袋，将扣子加以包装，每袋百粒，以正品价的三折出售，即，正品价卖一角，她以三分的价出售，仅稍高于胶木扣。由于农村经济条件太差，农民们虽喜欢闪闪发亮的有机扣，但却没几个买得起，而稍高于胶木扣，他们觉得买有机扣划算，至于正品次品，由于经济条件受限，亦就不那么在乎，钉在衣服上，稍远一点亦看不出，因此都喜欢买次品。两姐妹经过细算，出售价约为每斤二十五元，而且很好销，一百斤卖掉，亦能赚到千把元钱，她俩觉得如此好卖，就天天跑到陈生家，等待着第二批货的到来。

话说那陶乖儿是位大眼薄嘴爱管闲事的人，又是放屁不过门槛的口快人，只要厂里稍有一点事，就会被他添油加醋地宣扬得满城风雨。

那天，陈生大大方方地交了二万元定金，又给他一条高档烟，在他心目中，陈生比皇帝还了不起，于是就在厂里各车间中大肆宣扬，说陈生如何如何有钱，这般这般大方，还说陈生的父亲是长征干部，北京银行的行长，他家要多少钱就有多少钱。陈生被陶乖儿说得神乎其神，全厂人都把他看成财神爷，没见过他的人只恨自己没眼福，为失去机会而遗憾，见过的人都附和陶乖儿的说法，连那

"麻将"厂长亦听得有些遗憾。

"临行喝妈一碗酒，浑身是胆雄赳赳……"一阵嘹亮的歌声从厂门口传来。"谁在唱呀，唱得这么好听。"文化生活贫乏的职工们深感好奇，一个个全停下手中活，伸着头往窗外张望。那正与女人们搓麻将的韦厂长，也禁不住放下手中的麻将，走出办公室，伸着头往楼下张望。

陶乖儿是厂里的杂工，他喜欢凑热闹，这天，他正在打扫卫生，听到歌声，急忙放下扫帚，双脚如鸵鸟似的向歌声传来的方向跑，只见陈生正昂首高歌，挺胸阔步走进厂里来，"啊，义乌财神来了。"陶乖儿顿时兴奋地叫喊着。这一喊可不得了，全厂的职工都往车间外跑，都想看看这位义乌财神的模样究竟长得怎么样。韦厂长听说义乌财神到了，亦急忙往楼下跑，后面紧跟着三位女友，她们不知发生了什么事，一边尖叫着，一边跟着下楼。

陈生爱唱歌，而且歌喉极好，这天心情好，禁不住在厂门口唱上几句，不料厂里有百号人一齐出来听他唱歌，倒使他一时手足无措，以为厂里发生了什么大事，但一看众人表情，有的面带笑容，有的呆呆地，并不见得有什么奇怪之处，于是就对众人朗声问候道："大家好。"

职工们不知陈生的名字，又不知如何称呼，听陶乖儿破着喉咙大叫道："义乌财神好！"这才反应过来，便一齐跟着喊："义乌财神好！"这一来，倒把陈生弄得个丈二和尚摸不着头脑："怎么他们都叫我义乌财神呢？不过这并非什么坏事，是在尊重自己。"为了表示谢意，他忙拉开提包，取出早已准备好的一条西湖牌香烟，一拆为二，向男职工们敬烟。西湖牌是当时浙江最高档次的香烟，大府州没卖，这里的人见也没见过，人们只听那陶乖儿说过，这香烟一点十里香，吸着满身爽，男职工们接了烟如获至宝，一个个皆把烟放在鼻子下贪婪地嗅着，然后再小心翼翼地点着吸。

男职工分到烟自然高兴，爱热闹的女职工们都不干了。"义乌财神，你太不公平了，男女同样是人，男的分烟，我们女的怎么就没份呀，你太重男轻女吧。"女职工们嘻嘻哈哈地起哄了。

"好厉害的嘴巴，你们女的不抽烟，叫我分什么呀？"陈生哈哈笑着道。"我们要糖，每人一包。"女职工们齐喊道。"行，分你们每人一包糖，不过有个条件……"陈生神秘兮兮地道。"什么条件，只要有糖吃，什么都依你。"女职工们七嘴八舌地回应道。"你们都叫我一声爸爸，能做到吗?"陈生开着玩笑道。"啊! 义乌财神不要脸，乳臭未干，就想当爸爸，你还没我大呢。"她们长期在厂里埋头上班，从来没像今天这么高兴过，大家都乐意与他开开这样的玩笑。"你们不叫，我就不给。"陈生哈哈笑道。"你要我们叫你爷爷都可以，但我们亦有个条件。"一女工大声叫道。"好呀，只要你们都叫我一声爸爸，一切都依女儿们。"陈生答应道。"好，叫你一声爸爸，你就该分给我们两包糖，这叫成双成对，行吗?"那女工说完，双手捂着脸，嘻嘻地笑个不停。"好啊，我们都同意。"众女工一齐鼓掌，认同那女工的提议。"好，我数一二三，你们就一齐叫爸爸，好吗?"陈生提议道。"行!"众女工齐声应道。"一、二、三，叫。"陈生认真地数叫道。"财神爸爸!"众女工果然齐声叫了，叫完，大家嘻嘻哈哈地笑个不停。

"女儿们，要糖的到爸爸这儿来领啰!"原来陈生早已安排好了，他早就知道给男的敬烟，亦要给女的分糖，这样才能取得整个厂的好感，亦便于以后的生意，他的包中装着十几斤纸包糖，女工们一哄而上，陈生拉开包，七手八足，嘻嘻哈哈，一阵热闹中，十几斤糖全都到女工们手上了。

那韦厂长是位严肃有余而活泼不够的领导，若在平时，看大家上班时间如此戏闹早就发火了，今日不知怎的一反常态，见这义乌财神果然有些神奇，仅一段样板戏，几包烟，几斤糖，就能将全厂的职工都弄得神魂颠倒，在整个表演过程中，又是那么有故事性，不要说职工，就连自己也被他的风采所迷惑，原本，工人们上班时间离开岗位是违反厂规要受处罚的，但他这时不想因此而破坏热闹而有趣的愉快场面，更何况自己亦正处于从来没有过的兴头上，亦就将要出口责骂的话吞了下去，这时，见糖烟都已分了，玩闹的时间亦不短了，也该到收场的时间了，于是就大声道："同志们，闹差不多了吧，该上岗工作了。"职工们平时最怕这冷面厂长，今天见他格外开恩，让大家玩闹这么久，自然感恩不尽，听厂长这一喊，也就都乖乖地回岗位上班去了。

"义乌财神，请到我办公室坐坐，行吧?"韦厂长亲热地抬手招呼陈生，态度极为谦恭。

"韦厂长，上次我来贵厂购买废扣子，怕你工作忙不敢打扰你，就与张会计签订了合同，并交了两万元押金，不知张会计有否向你汇报过?"陈生直言不讳地道。"行，很好，张会计已向我汇报过，这事我是支持的，你这人很讨人喜欢，既大方，又乐观，如果愿意，我还想与你交朋友呢。"韦厂长兴致勃勃地道。"哎呀呀，这可不敢当，你是一厂之长，我只是一位浪子，实在高攀不上呀。"陈生见厂长如此看重自己，倒觉得不好意思。"不要这样说，只要相互投机，有什么不可的，今天中饭我请客，就这么定了。"韦厂长似乎非要与陈生交朋友不可。"行，那就恭敬不如从命了，今日小弟没准备，这里有两条烟，就当见面礼吧，望大哥不要嫌弃。"陈生这两条香烟原本是特意留给厂长的，他正愁无法接近他，这一来，就顺水推舟地送给了他。

韦厂长去饭店，点来酒菜，就与陈生二人，边吃边聊，谈得非常投机，更加深了与陈生的感情。饭毕，陈生又去张会计那儿坐坐，也送给他两条烟，张会计客气一番，亦就收下了。继而，张会计叫仓库保管员陪陈生去仓库，过磅装扣子，陈生又给了保管员两条烟，那保管员高兴得不得了，殷勤地帮陈生把扣子装入袋中。这时，那爱管闲事的陶乖儿也来到仓库中，嬉皮笑脸地拍拍陈生的肩道："义乌财神，你的歌喉真好，若你去做歌唱家，定是一流水平。""小陶，经你这么一吹，我当真被你吹神了，我看你也不必在此干活了，去说相声倒很合适。"陈生边打趣地道，边递给他两条烟。

陶乖儿得了两条烟，心里非常高兴，手足亦勤快了，他叫仓管员去过磅，自己拿着畚斗去帮忙。当时，情况有变，托运与邮寄都管得严，"打办"常去检查，因此不保险，为防不测，只能随身带一点，陈生叫仓管员称八十斤就够。仓管员是位老实人，陈生说八十斤就八十斤，这陶乖儿是机灵鬼，待仓管员称好八十斤后，又装了二畚斗入袋内，并对那仓管道："你这人亦太老实了，人家对我们这么好，多给点又何妨，反正是公家的。"那仓管员听了，亦连连点头称是。陈生见了，心中欣喜之极，这真是明中去，暗中来，羊毛出在羊身上，看来糖烟并没白送。

陈生告别韦厂长、张会计，背着扣子，经过生产车间，又向职工们打招呼道："工人师傅们，再见了，有机会请到我们义乌来玩。"

"义乌财神再见，下来再来，可要多带些糖烟来，我们等着你呢。"车间内一片热闹。陈生在进厂时高唱样板戏，到分糖敬烟的戏剧性表现，并非神来之笔，而是他的巧妙安排，他想通过自己的精彩表演来凝聚人心，进而达到人和之目的。当时，各单位大都存在二派斗争，一派办任何事，常会引起另一派的强烈反对，弄得万事莫成。陈生与厂里做生意，若有一派出来捣蛋，即使侥幸谈成了，也肯定会被人有意推翻，只要有其中一人不服气，跑到工商部门一报案，陈生就非吃大亏不可，所以，树立自己的良好形象，达到人和之目的是非常重要的一环，这就是"和"的艺术，人的理性。

陈生将两包扣子背回家，八十斤变成了一百二十斤。陈艳早在家中等候着，帮着将有机扣冲洗整理后，就一揽子全都买了。

陈生一连跑了两趟生意，觉得很累，这天，他睡得很熟，直至次日九时还不曾起床。

在粮食仓库门口，社员们吵吵嚷嚷地挑着箩筐排着长队，正在等候着分口粮，分粮大权掌握在队管会手中，由会计执着"生死簿"，粮食保管员负责过磅，经济保管员专收缺粮款，生产队长如同阎王爷似的，瞪着眼睛亲自监督着，另有二位是挣工分的社员，在帮忙装粮食。小小队管会，级别虽低，权却不小，只有他们同意，社员才能得到口粮。生产队的劳动报酬，正劳力每天才二角钱，因此，整个生产队缺粮户占半数以上，缺粮大户大都是些鳏寡老人和小孩成群的困难户，他们原本已穷得如驴娘一般，哪有钱来交缺粮款，队长下令，先交缺粮款后称谷，这可急坏了缺粮户，他们分不到粮就要饿肚皮，饿死不如打死，于是开始起哄了。

"狗娘养的，我们一年到头在生产队辛辛苦苦地劳动着，连饭也不给吃，你们还有良心吗？""社会主义救穷人，我们全是贫下中农，为什么克扣我们口粮啊！""不分给我们口粮，就是打击贫下中农，打击贫下中农就是打击革命，你们这些干部都是不顾社员死活的反革命分子……"缺粮户纷纷向队长发起攻击。

"社会主义的分配原则是多劳多得，你们工分少当然要交钱，否则，拿什么去发人家的余粮款呢。"队长不甘示弱，大声与起哄的缺粮户理论着。"放你娘的狗屁，我们不是每天都跟在你的后面一起劳动的吗？不要说现在是社会主义，即使是中华人民共和国成立前，给地主当长工，一年亦要给几担谷呀，我看你这队长比周扒皮还可恶。""我们天天在生产队劳动，到哪儿去拿钱交呀，共产党不饿死一个人，不给口粮，是不是想饿死我们呀？"缺粮户七嘴八舌地闹个不停，干部们不管你如何臭骂，就是坚持着不分，眼看着余粮户一个个地挑着分来的谷走了，缺粮户更加慌了，有几个身体健壮的汉子一时忍不住，竟冲上去，挥拳与队长扭打起来。

队长为维护集体利益坚持真理而大打出手，缺粮户们为了自己的生存而与之拼命，那会计与仓管员不愿为集体而伤了自己，因此趁乱溜之大吉。十来户缺粮户听说队长不给粮食还打人，相互一招呼，男女老少一起，你一拳我一脚地朝队长身上打去，那队长个子虽高，只可惜双拳难敌四手，终于被雨点般的拳头打得鼻青眼肿。

队长的老婆闻讯急急赶来，见丈夫被打得满脸是血，亦拍着大腿呼天喊地的大吵大闹起来。"老天啊，我的丈夫一心为集体操劳至今，从来亦没占过谁的便宜，你们这些不知好歹的东西，为什么这么狠啊，真是天诛地灭了……"队长老婆一边号啕大哭，一边叫骂着。

缺粮户中亦有受伤的，那伤者的母亲就拍着手掌叫骂着："天杀的，饱汉不知饿汉饥啊，当干部的不把穷人当人看，不给饭吃还要打人，还有没有王法呀？当上狗屁官就这么凶，要是当上了皇帝那还了得，还有老百姓的活路吗？"一时间，哭声、骂声、呻吟声、喧哗声混成一片，场面凄然。

陈生正在睡梦中，隐约听到外面的吵闹声，便睡眼惺忪地起了床，穿着一双拖鞋，慢慢地往喧哗处走，一问旁人，才知道因为分口粮而争吵，虽已停止殴斗，但双方还是气势汹汹地对骂着不肯罢休。

陈生不慌不忙地走到那队长面前，心平气和地道："队长同志，你为集体利益受委屈了，快去医院看看，医药费由我负责。"继而又道："你看，缺粮户没饭吃也难活命呀，他们亦是人呀，怎么能不吃饭呢，依我看，先给他们一半口粮，缺粮款的事限他们半个月交清，你看行不行。"陈生为缺粮户向队长求情。

村人都知道陈生赚钱能干，因此，有困难都求他帮忙，而他都会尽力帮忙。队长亦曾受过他的恩惠，这时，见陈生出面，心亦就软了，他心里明白，人家没饭吃才会找麻烦，他正愁没台阶下，听陈生这么一说，亦就顺水推舟道："那就依你吧，他们若能守信用，不要说半月，就是一两个月也没问题。陈生，你想想，大家都是一个队的人，日日相见的，若不是为了集体，我这何苦来着。"

"队长，你放心，我陈生从来说一不二，既然我当众说的，若他们到时不交，你来向我要就是。"陈生认真地向队长保证。陈生很会做人，人缘亦极好，上至公社书记，下至平民百姓，没有与他不亲近的，由于群众基础好，公社就想培养他入党当干部，然而他对此并不感兴趣，每次都婉言谢绝，因此，凡村里有事，只要他出面，也就没有摆不平的事，不要说生产队长，就连支部书记也得卖他的面子，一场风波，就这样被陈生平息了。

下午，缺粮户纷纷都去陈生家道谢，称他是救命恩人。"陈生啊，这次多亏你的帮助，口粮终于分来了一半，但我们吃完这一半口粮后，缺粮款还是没着落，到时又该怎么办？"缺粮户还是有后顾之忧。"哈哈，这容易，缺粮缺粮，归根结底无非是钱的问题，你们最多的百来元，少的十来元，大家若愿意，跟着我去跑一趟生意，就什么困难就解决了，愁什么呀。"陈生轻轻松松地对众人道。"我等只要能交清缺粮款，分得自己的口粮，即使赴汤蹈火亦心甘情愿。"众人见东生愿带他们去做生意，兴奋至极。"那好，愿意的，明日一早，各带一只编织袋跟我走，路上一切开支全包在我身上，缺粮款的事包你们一次性解决。"众人听了，皆大欢喜，不知陈生如何帮缺粮户脱离困境，请看下回分解。

第十三回

大府州陈生行义　衢州县木大换糖

　　这天，天蒙蒙亮，陈生带领八名缺粮户，情趣盎然地前往火车站，上车直往大府州方向而去，经过十几个小时的颠簸，终于到达目的地，这时，一个个早已饥肠辘辘，见前面有家饭店，虽有十几张桌子摆着，但顾客并不多。"店老板，有什么好东西吃吗？"陈生朗声喊道。"有啊，光面七分，饭九分，便菜一角。"店老板尖声应道。"有好酒好菜吗？"陈生追问道。"有啊，价格高啊。"店老板随意应道。"没关系，你把最好的酒肴拿来就是。"陈生口气大大地道。"好，马上照办。"店主见陈生口气这么大，不禁好奇地打量他一番后回应道。

　　饭菜未上，却先上来一对卖唱的老少，但见老者年过花甲，拉起了二胡，小女约十五六岁，二人脸色忧郁，衣衫褴褛，先在一位吃面客面前唱了一段黄梅戏，那吃面客从口袋里摸出一分钱的硬币，给了那小姑娘，老人与小姑娘接过，双双鞠躬道谢。然后又走到柜台边，唱了一段样板戏，掌柜的较大方，给了五分钱，二人道谢后，来到陈生面前，又开唱道："手拿碟儿敲起来，小曲好唱口难开，声声唱不尽人间苦，先生老总听开怀……"陈生爱唱歌，亦爱听人家的唱曲，听小姑娘歌喉不错，一时高兴，要她再唱一曲。那小姑娘见陈生衣冠楚楚，相貌堂堂，知道必是有钱人，亦就愿意再唱一曲。"人造钱，钱使人，有钱厅堂请，无钱落荒行。人为钱，钱无眼，碌碌黔首乏米盐，谄谀小人腰包盈，怨苍天无眼，恨世道不平。"小姑娘歌声悲哀，唱到后面时，其声哽咽，一双俏眼中，滚下了滴滴泪水。这时，饭店内早已聚满听曲之人，纷纷都在议论着小姑娘的容貌和唱腔。

陈生听了，拍手称好，亦对小姑姑起恻隐之心，随手从袋里取出一叠十元头，共一百元，大大方方地给了小姑娘。小姑娘见陈生递给她这么多钱，一时不知所措，只是瞪着双眼呆望着不敢接，她不相信这些钱是给自己的。"小姑娘，你唱得很好，这些钱是我给你的，快接着吧。"陈生笑着将钱放在小姑娘的手中。"不，客官，太多了，我不能要这么多钱，真的担当不起。"小姑娘有些惊恐，不敢接陈生的钱。"客人，你给一张也太多了，给这么多钱确实不敢要呀，请收回吧。"那老头也觉受之有愧。"哎！没关系，钱财乃身外之物，花了才会来呢。"陈生强行将百元钱塞进那姑娘装硬币的布袋内。卖唱的一老一少，有生以来也没得到过如此厚礼，顿时双双跪地，磕头谢恩。

"这人是什么来头啊，一出手就是百元大钞，是不是外国老板啊！""这人心地真好，如今世上不多啊。"旁观者纷纷议论着，都把满含敬意的目光投向陈生。"酒肴来了！"随着一声尖叫声，服务员将酒菜搁在陈生等人坐着的桌上，九人早已饿得慌，见酒菜上来，便一齐大吃大喝起来。吃毕，叫结账，共计八十元，陈生笑着结清。这饭店一年中也很少碰到如此大方的顾客，见陈生如此豪爽，店主十分敬仰，于是就向陈生施礼问道："客人真豪爽，不知哪儿人？""哦！吾义乌人也。"陈生笑答道。"啊呀呀，原来是义乌人，难怪这么有钱，听说义乌出来的都是财神爷，今天这对卖唱的运气真好，同时饭店亦沾了不少光，我等亲眼看见，也算眼福不浅了。"旁边的客人们喁喁私语着。

饭店楼上就是旅馆，当夜，九人就在此住下。次日，陈生带八人来到有机扣厂，职工们见陈生又来了，一个个皆大呼小叫地雀跃起来。"啊！义乌财神又来了，我们有糖吃了！"

陈生不免又应酬了一番，厂里的所有人都如小孩见到久离家门的父亲一般，争着亲近陈生。按陈生的意思，仓管给八位缺粮户各称五十斤扣子，由陈生在进出货的单据上签了字，八人不付一分钱，就可将扣子拎走。中饭，由韦厂长请客，九人饱餐一顿。

货已到手，八人背货回家，陈生给每人四百元工资，八人高兴得蹦跳起来，纷纷交缺粮款去了。陈生又将这四百斤扣子，以每斤十五元的价，卖给了陈艳。

缺粮款交清了，粮食亦全称来了，缺粮户感恩不尽。队长没麻烦了，他亦跑到陈生家表示感谢。

　　其实缺粮户的欠款，多的不过百元，少的仅一二十元，跟着陈生走一趟，不过三天工夫，就得了四百元，除交清缺粮款还剩余三百来元，他们觉得甜甜的，于是要求陈生再带他们去一次。陈生认为并非不可，于是又带他们去一次。后来，八个缺粮户知道陈生进价仅五元一斤，卖给陈艳是十五元，他的利润每斤赚十斤，而他们八人两次共背回八百斤，给他们每人八百元，除开支陈生无利可图。既然缺粮款解决了，陈生就打算不再带他们去了。缺粮户已尝到了甜头，怎肯罢休，于是，就决定瞒着陈生自己去背卖。陈生想不到八人另有打算。

　　话说八个缺粮户瞒着陈生来到大府州有机扣厂，找厂长，骗说陈生叫他们来买扣子，钱自付，韦厂长信以为真，于是就叫仓库称扣收钱。陶乖儿听说又有买扣子的人来，就去仓库看看，不料竟是陈生带来过的那八位，而不见陈生本人，心里就有些疑惑，见仓管员正在为他们过磅，陶乖儿平时常为陈生将扣子装袋，基本上每畚斗二十斤，五十斤只需二畚斗半，见他们装了三畚斗，过磅时只有四十斤，觉得不对劲，于是就走过去看是否仓管员看错了，仔细一看，并没有错，觉得这不可能，三畚斗不可能只有四十斤，才意识到这里面肯定有人做了手脚，于是叫仓管员暂停付货，要仔细检查一下磅秤是否坏了。仓管员经陶乖儿一提，顿觉真的不对劲，亦就与陶乖儿二人反复检查起磅秤来了，许久，亦检查不出问题出在何处。陶乖儿原本对这八人的行为有些不满意，亦知道他们肯定在秤上做了手脚，但又看不出什么问题，于是就上了磅秤，试称自己的重量，这一称，问题出来了，他原本一百二十斤的身体变成一百斤了，这证明他们必定在秤锤上做了手足，陶乖儿立时拿下秤锤检查，发现下面吸着一块磁铁。"你们好大的胆子，竟然在秤锤下吸了磁铁，走，去厂长处说话。"陶乖儿怒气冲冲地对八人道。"小陶，有话好说，毕竟我们都是朋友，何必如此呢。"八人见事败露，都向陶乖儿求情。"不行，我只认义乌财神一个朋友，你们不配，走，去厂长办公室。"陶乖儿不依不饶。陶乖儿的吼叫声惊动了张会计与职工们，顿时引来了许多看热闹的人。"太缺德了，怎么能干出这等事来，送派出所去。"众人起哄道。八人见众人皆怒，便只是靠在墙边不声不响，毫无还口之辞。起哄声越来越大，惊动了在搓麻将的韦厂长，他见厂里出了事，亦就下楼看看，知道内情后，叫来两个保安，吩咐先将八人暂关在仓库内，等待处理。陶乖儿与仓管员出了仓库，关上门，加了一把锁，八人就被关在仓库里面了。

不要说那韦厂长只知道搓麻将，其实他是位地方上了不起的外交家。大府州工商所所长的老婆与派出所所长的老婆及韦厂长的老婆都是高中时的同学，由于这种关系，韦厂长结识了二位所长，并很快成了最要好的朋友，有空时，他们经常在一起钓鱼打麻将，所长没空时，韦厂长就与他们的夫人打麻将。这天，正好二位所长夫人及一位税务所的夫人与韦厂长在打麻将，韦厂长见厂中出了这等事，就与派出所所长的夫人商量，由她出面，去派出所报案，如何处置，任凭派出所处理。

　　说来凑巧，正在这紧要关头，陈生亦来到有机扣厂，他首先要去厂长办公室。陶乖儿见陈生进厂，飞快地迎了上去，并急不可待地向他讲述了八人的不光彩行为。"老兄，你怎么可以叫这样的人来厂买扣子呀，连你的名气亦被他们败光了。"陶乖儿抱怨着道。"他们来的事我根本不知道啊，怎么怨我来着。"陈生被弄得莫名其妙。"他们说是你叫他们来买的，否则，我们怎么会接待呢。"陶乖儿这才知道一切都是骗人的。"那现在怎么了呢?"陈生关心地问道。"都关在仓库内，派出所所长夫人已去派出所联系了，警察很快就会来的，要好好教训教训他们。"陶乖儿咬牙切齿地道。"这不行，我与他们毕竟是同村人，放他们走吧，以后再不带他们来就行。"陈生还是为他们说情。"这太便宜他们了吧。"陶乖儿觉得陈生太好心。

　　陈生无心与陶乖儿多说，急忙找韦厂长，见韦厂长正在办公室与二位妇女喝茶聊天。"韦厂长，你好，听说我上次带来过的八人被关仓库里，是真的吗?"陈生直截了当地急着问道。"陈老弟，你来得正好，他八人对我说是你叫他们自带现金来买扣子的，我就相信了。当称扣时，他们竟然用磁铁吸在秤锤下做手脚，这太缺德了吧，因此，我要好好教训教训他们，送去派出所，关他几天。"韦厂长如实地告诉陈生道。"韦厂长，我不知道也就罢了，既然我已来此，就不能如此，否则，他们会说我见死不救，因此，你必须放过他们。"陈生焦急地对韦厂长道。"老弟，你呀就是太善良，他们瞒着你又骗了我，还在秤上做手脚，这样的人怎能容忍?我不管，你亦别为他们说情。"韦厂长坚定地道。"韦厂长，是我叫他们来的，因此，一切都由我来承担，把我送派出所，放他们走，否则，我再不见你，从此，我俩的情谊一刀两断。"陈生见韦厂长不买账，亦发火了。"老弟，这又何苦呢?行行行，一切依你就是。"韦厂长见陈生如此认真，亦就软了下来。陈生见韦厂长同意了，说声谢谢，就急着走出办公室，去寻找陶乖儿，要他开仓库门放人。陶乖儿对陈生百依百顺，见他如此急，就不敢违抗，拿钥匙开了门。陈生推门而入，见八人全嘟着脸，垂头丧气地坐在墙角头。八人见陈生进来，喜出望外。"陈生，快救救我们。"这时，韦厂长与厂里的几位领导亦都来到仓库中，只听陈生在教训八人。"你们听好，做人要规矩，经商要诚信，如果你们记住这两句话，永远都不会吃亏，否则，寸步难行，听到了吗？这次我能救你们，但不一定有下次，看来从今以后，这里永远都不会欢迎你们来了，以后，我亦帮不了你们，你们还是另找出路吧。好了，你们可以走了，我真的太倒霉了。"陈生一番责怪，八人唯唯诺诺低着头，如战败的俘虏兵似的，快快走出仓库，离开了厂，渐渐消失在远方，待派出所来人时，他们早已不见了。

韦厂长见事已平息了，为了缓和气氛，就请陈生与他下盘棋，二人边下棋，边聊天。"老弟啊，你有钱何不自己多赚点，为何要带这种人来，害得你我脸上都不光彩，若这事发生在你身上，我们亦就睁一眼闭一眼地算了。我们根本不在乎这种废料，但要给这种缺德的人，实在不愿意啊。"韦厂长语重心长地对陈生道。"韦厂长，你说得对，以后我再也不带其他人来了，我知道你们全厂的人都对我一往情深，我们的交往将永远地愉快进行下去，这次，我向你道个歉，谢谢你。"从此，陈生一人来回于义乌与大府州之间，再也没出现过不愉快的事。

话说那八位缺粮户中也有个为头的，他的名字叫王阿土，此人四十余岁，生的浓眉大眼，满脸胡茬，性格鲁蛮暴躁，动不动就与人打架，那次生产队分粮吵架亦是他煽动的，并趁混乱打了生产队长。这次，他在秤锤下吸磁铁的事败露，陈生为救他们而数落了他们几下，他不感谢陈生为他们解危，反而责怪陈生趁机出风头，认为自己偷鸡不成蚀把米，心中愤愤不平，于是就与上次分口粮之事一样，意欲煽动另七人找陈生出气。"唉！今日真不甘心，拿不到扣子倒也罢了，还被陈生这狗娘养的数落一番，他不帮我们说话反而助外人，真是岂有此理。"八人出厂后，王阿土在路上愤愤地道。"算了吧，怪只能怪自己贪得无厌，若规规矩矩地做人，哪会被赶出厂来，其实陈生带我们原出于好意，我们出了事，他亦如老鼠进风箱似的两边受气呀，再说，他不说我们几句我们能全身而退吗，要是被抓进派出所去，肯定更糟糕了，我们怎能怪陈生呢。"陈大良倒是个有良心的人，他对阿土的指责不以为然。"话不能这么说，在家靠父母，出门靠朋友，我们都是同村人，到了大府州，陈生他怎么可以站在外人立场当众数落自己人呢，我看他是想趁机出风头。"施木大是位小人，他帮着阿土说话。"做人多少要讲点良心，陈生帮我们解决了缺粮款的难题，千万不可狗咬吕洞宾，不知好歹了。"陈茂觉得阿土与木大错怪了陈生。"放屁，救命的是陈生，送命的也是他，现在我们的财路断了，还顾他什么面子，我看你们都是胆小鬼，难道还想拍他的马屁跟他背有机扣吗，做梦吧。"阿土对陈茂大骂道。"算了算了，事已至此，吵也无益，还是回义乌再说吧。"另四人怕同伴一句多二句少地吵起来伤了和气，便两边和稀泥以息事宁人。

阿土与木大是邻居，前者喜欢聚众闹事，后者爱好出小主意，真是一对"文武宝贝"，两者联手，很有些兴风作浪的势头，有机扣厂磁铁吸秤锤的损招，就是木大的点子，他二人不怪自己的缺德行为，反认为陈生不义，回家后，心里总觉不舒服，于是就商量起如何惩治陈生的鬼主意来，二人商量了整整一天一夜，终于想出了一条妙计。

次日，二人就跑到廿三里"打办"报了案，说陈生如此这般地做投机倒把生意。"打办"接到举报后，便叫二人盯住陈生的行踪，若带货回家，立即通知"打办"。

八名缺粮户的不轨行为丢尽了陈生的面子，他独自一人背着百来斤扣子回家，一路上都在想这件事。陈母见孩子回家，忙着下厨给他弄吃的，妹妹素素见哥在整理刚背回家的扣子，也上来帮忙，一家人忙忙碌碌，高高兴兴，正在享受着天伦之乐时，突然"打办"人员破门而入，不问来由地将陈生捆绑结实，然后翻箱倒柜地搜查了他家的财物，搜出现金五万元，连老母嫁过来时的十元银圆亦被拿走了，一并当作投机倒把的罪证，还把钱与银圆摆放于桌上拍了照。根据上级的批示，陈生被定为新资产阶级分子，送进拘留所，最后还被判刑五年，去临平农场劳动改造，好端端的一户人家，就这样被弄得苦不堪言。

阿土生有五子一女，大女孩才十六岁，最小的才五岁，还有一位瞎了眼的老母亲，加上妻子胡氏，一家共有九口人，由于人多劳力少，每年都是缺粮户，家境十分贫困，他跟陈生背了两趟扣子，赚得八百元钱，除去百元缺粮款，还剩七百元。陈生被陷害后，他如打一场大胜仗似的得意扬扬，每日里大吃大喝，还常在人前炫耀自己的能力，而且每日都会去赌场赌一把。其妻胡氏得知陈生被自己丈夫所害，经常在他面前唠叨不止，说他的良心被狗吞了。阿土骂她多管闲事，胡氏咒他没有好下场，阿土烦不过，就狠狠地打了老婆一顿。胡氏被打后更恼火，从此见到阿土就大骂。女人的嘴确实不好对付，阿土见家无宁日，就一不做，二不休，索性长期不回家，家中的一切都丢给胡氏，而自己却不管了。

阿土不敢回家，在外又无事，于是索性以聚众赌博为乐，先前，他运气不错，曾赢过许多钱，于是就认为自己是块赌料，必赢不输，在他心目中，赌是三十六行中最佳行业，赌一天的收入，胜过在生产队里干一年的利益，谁知后来不行了，变成了日赌日输，夜赌夜输的结果。大凡赌徒都是越赌越输，越输越慌，越慌越输，越输越狠，越狠越输，自古道牛怕下屠场，人怕落赌场，这时，阿土已到了陷进泥淖而难以自拔的境地。更可叹的是他没有自知之明，以为自己是赌场高手，总不至于老是输给人家，就想以狠翻本，不料时运不济，一发不可收拾，口袋中的钱犹如勺中之水，顷刻便一泼而尽，没了钱，在外如何待得住，无可奈何，只得厚着脸皮重新回家。胡氏倒也还好，见丈夫回家，知道骂也无用，亦就算了，毕竟一日夫妻百日恩。

阿土想起七百元钱就如此没了，倒觉得有些后悔，但泼出去的水已无法收回，无路可走，只得又背起锄头，与以前一样，跟在生产队队长后面赚起工分来。

木大原本是名好色之徒，只因家境贫寒才把欲望与邪念一再压下去，跟陈生赚得一些钱后，缺粮款亦交清了，觉得不欠账不穷，而且还有七百多元存款，积压多年的欲望又开始发芽了，见谁家的媳妇漂亮，就用钱去勾引，不到半年，被他勾引过的女人竟达二三十名。其妻见丈夫变了心，与他吵闹几场，但毫无效果，眼看自己永无出头之日，就狠了狠心，与他一刀两断，离婚嫁人去了。木大与妻离婚后处境更糟，他的三个儿子与一个女儿都还小，最大的才十三岁，最小的才三岁，从此，一家里里外外全凭自己一人张罗，不到一年，口袋里的钱已所剩无几了。陈大良、陈茂等六人见陈生被阿土、木大二人所害判了刑，心中很不好受，见他的老母亲与妹素素整日里哭哭啼啼于心不忍，亦就常买些礼物去安慰一番，以表心意，后来觉得待在生产队无花头，就各自买了副糖担，做起鸡毛换糖生意来了。

木大身边的钱越来越少，他觉长此下去亦不是办法，见大良每次鸡毛换糖回来，总是从廿三里切了大块的肉回家享受，还常常带一些糖果之类的回头货分给村人的小孩们吃，因此，村人们都与他非常亲近，这使木大羡慕不已，他决定亦跟着大良去鸡毛换糖。

一天，木大去大良家，见一家七口正围着桌子吃鸡肉，觉得自己这时进门不是时候，于是就把刚伸进的脚重新退出，欲待他们吃完了再进去，他正想往回走时，不料早被大良发现了。"哦！是木大啊，快进来喝一杯吧。"大良离座迎接木大道。"不用了，你们先吃，我待会再来。"木大转身欲走。"哎，我们又不陌生，还客气什么，来来来，你我久未见面，难得亲近亲近。"大良拉着木大的手往屋里走。

木大不好意思地坐下，大良给他倒酒。"木大啊，你怎么可以离婚啊，你看，你衣服脏了，叫谁洗啊，家中没女人就不像一个家，你家小孩还小，如何照顾得过来啊？唉！真可怜。"大良关心地对木大道。"大良，不再提了，后悔药是没处买的呀，这全是命中注定，没办法呀。"木大只是摇头叹脑。"木大，我们都是一起长大的，我说句心里话，你亦该好好做人了，孩子都已一大群了，不该干的事就不要去干了。"大良语重心长地劝道。"大良啊，我如今是山穷水尽了，你说以后我该怎么办？"木大问大良道。"待人和气，办事诚实，为人处世，永不亏人，你若能按这四句话去做，我想你就不至于如此了。在经济上，你总该比以前好了吧，如果你能听我的话，就跟我摇拨浪鼓去。"大良认真地对木大道。"那就谢谢你了，今后一定听你的话。其实，我亦正为此而来，我真的非常愿意跟你去鸡毛换糖的。"木大兴奋至极。"那好，你明天就去廿三里买副糖担，我帮你配些小商品，过三天就去衢州，不过我只带你出去，至于生意好坏全凭你自己的能耐了，若亏了，不能怨我。"大良向木大交代一些基本情况。"当然当然，只要你带我上路，我就已经感恩不尽了。"木大欣喜之极，在大良家喝了五杯酒，吃了三大碗饭，才兴冲冲地告别大良回家而去。

木大刚出门，大良妻就埋怨开了。"大良啊！我说你这么没头脑啊，村里什么人都可带，唯独此人不行，我怕到时他会恩将仇报的。"妻惴惴不安地对大良道。"不会吧，经一事，长一智，他已害了陈生，总不会再害我吧。"大良知道木大行为不端，但与自己一起长大，如今他不景气，心想帮他一把也是应该的。"我不想他报什么恩，只怕因此而害你，陈生不是好好地帮他的，还是照样吃他的亏了吗，所以你要多提防点才是。"其妻不安地道。"好了好了，不要疑神疑鬼的，说不定从此他会好的，若果真如你所说的那样，亦只好随他的便了。"大良虽这么说，但心里亦觉得其妻说得不错。

大良与木大双双来到衢州，二人一起同做两天生意后，第三天开始，木大自己单独经营了。这日，正值六月盛夏，赤日当空，火热难当，木大挑着担子在大道上行走，只热得口干舌燥，汗流浃背，双脚乏力，饥肠辘辘，见前面有棵大树，枝繁叶茂，于是就挑担过去，坐在阴处的一块大石头上乘凉休息。正午时分，骄阳似火，茫茫原野，不见行人，木大休息了半个时辰，只觉饥渴难当，欲找水解渴，寻饭充饥，正待起身上路，忽见不远处，有一位花枝招展的小妇，撑着一把花伞，抱着一个婴儿，朝自己这边姗姗走来，不一时，就到大树边，只见她香汗满面，气喘吁吁，走向大树下，来与自己一起乘凉休息，这时，木大一时忘了饥渴，欲性大发，但不知又会干出何事，请看下回分解。

第十四回

工商所布阵禁商　山货市农商遭伤

　　木大原是名好色之徒，更是见女人不得之人，这时，见一天仙般的少妇来到自己身边，顿时浑身发热，并眯着一双老鼠眼，盯着少妇上下打量个不停，只见她肤色净白，如凝脂美玉，两腮潮红，似三月桃花，眼儿盈盈，步儿姗姗，更是楚楚动人。这小妇已在骄阳下行走多时，这时早已香汗淋漓，气喘吁吁，见前面有阴凉处，也就走过去欲休息片刻，待凉些儿再走。"货郎担，生意好吗？"少妇对木大柔声地打招呼道。"哦！还行吧，这天气真热，请过来这边坐。"木大慌忙站起身来，把自己坐着的一块大石头让与少妇坐。"不用，客人自己坐吧，我稍歇会儿便走。"少妇放下左手的花伞，右手抱着宝贝般的婴儿，低着头在欣赏着木大山货盒中的商品。"客人，这纪念章是怎么卖的呀？"少妇在山货盒中看见了精美的凤凰纪念章，心里有些喜欢。"便宜得很，若喜欢，送你一枚亦可。"木大见少妇喜欢纪念章，就殷勤地打开山货盒盖，从盒内取出一枚。少妇一手抱着婴儿，一手接过纪念章，仔细地欣赏一番后，继而放在自己的胸前比试着。木大痴痴地望着少妇高高的胸部，见薄衫内的那双肉团团抖动着呼之欲出，又闻到女人体内特有的异香，顿时心驰神荡难以自禁。"小妹，你不懂纪念章怎么戴，让我戴给你看吧。"木大对少妇甜甜地说着，就接过少妇纤纤手中的纪念章，直向少妇胸口高处送去，并趁机贪婪地做了个顺手牵羊的不规矩动作，木大手触酥胸，只觉软软绵绵的，一股热流自手掌传向全身各路神经，并如喝了还魂汤似的美不可言。而那少妇仅红了一下脸，于是他又趁四下无人，再次狠狠地摸了一把。少妇见木大非礼，心慌意乱拾起地上的花伞，惶惶而走。

木大凝望着姗姗而去的少妇，呆呆地回味着刚才的一幕，早已忘记了饥渴。

次日，木大换了个方向继续做生意，时至中午时分，亦如昨日一样饥渴难当，见前面有个大村庄，就想进去讨杯水喝。

村中有条阴凉通风的弄堂，弄堂中坐着许多男女正在乘凉吃中饭，进口处有位中年妇女，坐在自家门口的石阶上，手中拿着把大蒲扇，忽得忽得地往自己身上扇风解热。

"大嫂，天热口渴，讨碗茶喝。"木大放下担子，躬身施礼，对妇人微笑着道。妇人见是换糖客，也就站起身来，进屋给木大端茶去了。木大汗流浃背，用毛巾当扇子扇着凉身，正在此时，不料在弄堂中乘凉吃饭的人堆中突然走出一个女人，只见她杏眼圆睁，柳眉倒竖，怒气冲冲来到木大面前。"客人，还认得我吗？"女人问木大道。木大定睛一看，不觉一愣，随后嘻嘻笑道："哦，认识认识，你不是昨天与我在大树下一起乘凉的那位吗，啊，你原来就是这村的人。"木大见这美女在此出现，真有些意外。"记性倒还不错，你还占过我的便宜！"少妇突然变色道。

调戏妇女，毕竟不是光彩的事，见少妇竟把自己昨天的行为当众抖了出来，木大真的一时想不出该如何应对。"这……唉！事已过去了，我亦是爱慕之心难禁，才……哦！小妹，这就算了吧。"木大心知不妙，只得暗中求情。

在弄堂吃饭乘凉的人听说换糖佬没规矩欺负女人，顿时一齐哄着将木大围个水泄不通。"客人的担头，女人的奶头，都是摸不得的，你这出门人懂不懂规矩啊！""看这家伙的相貌便是流里流气的，大家好好教训他一顿。""先砸了他的担子再说。"众人怒气冲冲，七嘴八舌地向木大进攻，一汉子上前，提起右腿一脚，就把木大的担子踢翻了，另一位走过来，在糖箩与山货盒中再补上几脚，整副担子就这样在咔嚓咔嚓声中支离破碎了，一老者先打了木大一巴掌，继而，众人你一拳我一脚地全往木大身上打，只打得木大呼天喊地地连喊饶命。

少妇仍怒气未消。"该打，该打。"木大知道自己不对，只得忍气吞声地说好话。"知错了吗？""知错知错，下次再也不敢了。"木大低头弯腰，连连求饶。"像你这种人，不吃点苦头不行，走过去，跪在太阳底下去。"少妇对木大下了命令。

木大在众怒之下不敢违抗少妇的命令，无可奈何，只得乖乖地去跪在强烈的阳光下，忍受着烈焰烧烤。众人见了，又回坐于弄堂中谈笑风生，不管木大的死活。原来此村名"牛庄"，家逾千户，村人好斗成性，常以打架为乐，三年两头与邻村打群架，近两年就有六人因此而坐牢。

真是黄龙不及地头蛇，平时爱出小主意的木大，这时却无计可施了，只是老老实实地跪在阳光下暴晒着不敢起身，那汗水犹如雨水般地从他身上流往地上，先前，只觉浑身火烫似的，后来觉得胸闷头晕，继而眼前一片模糊，不过半小时，不料双目一黑，便倒于地上失去了知觉。亦不知过了多久，木大觉得全身一凉，于是吃力地睁眼一看，见自己不知何时早已水淋淋如死狗一般躺于阴凉的弄堂中，而那些乘凉人却不见了去向，自己的担子、山货盒全没了。

木大拖着沉重的脚步，快快回到客栈，不声不响地躺在床中，当大良问他时，只说是不小心跌倒了，担子翻落于山坑中，自己亦因此而受伤，保住小命已算是幸运了。

次日，木大无担子不能经营，就告别大良回家。此前，大良不知其故，后来，大良到木大出事那村去做生意，经那里的人讲述后，才知道真实情况。

长期而低收益的集体劳动使农民们失去信心，以阶级斗争为纲的意识形态理论宣传更使社会看不到希望，为了生存，人们不得不另谋出路，在这一非常时期，集体与家庭之间，产生了不可调和的矛盾与拼搏，这种拼搏过程被称为"家庭经济革命"。

随着时间的推移，廿三里山货市越来越兴旺，后街再也容不下大量涌入的来自东阳、义乌、杭州及其他地方的人，于是就将山货市迁到前店晒场中。

廿三里"打办"与工商人员见山货市越打越兴，为了彰显自己的政绩，就计划再次加大打击力度，向社会招收了十六名长期工，二人一组，共分八组，打击投机倒把分子。其战略是堵死源头，不让任何工业商品进入义乌；战术是，跟踪追击，抓捕大鱼，对投机倒把较大的活跃分子立案，并派专组查办，抓住有奖，目的是彻底打垮地下小商品市场。

骆豪就住在小商品市场不远处，每天看到市场中人来人往热闹非凡，觉得其中必有利可图，心里痒痒的，但他不知道交易的货源又从何来，为了参与其中，必须寻找货源，经过好一番思索，决定先到上海闯闯。这天，他来到上海城隍庙，见一小摊中有一本本美观文雅的花边在卖，觉得很适合廿三里山货市中的顾客，就带回五十本试销。

骆豪回廿三里后，就手执一本花边，在山货市中游走以招揽顾客。"同年哥，这花边怎么卖啊？"一中年人一边四顾观察，一边向骆豪问价。"三元一本，是上海货呢。"骆豪附在那人耳边轻声道。"太贵了吧，二元五行吗？"那人接过骆豪手中的花边样本经过一番细看后还价道。"朋友，你亦太凶了吧，一还就是差五角，不卖。"骆豪拿回对方的花边欲走。"喂！你这人怎么如此固执，天里讨价地里还价嘛，最低价多少？"那人似乎诚心要买这花边。"哎，其实三元一本够便宜了，没啥利润可赚。"骆豪不肯让价。"你又不是皇帝开金口，说多少就多少，市场上兴讨价还价，哪有像你这样做生意的。"那人不满地道。骆豪并非真的一分不让，只是想了解对方是否是真买主，见对方的表情，似乎是上钩之鱼，态度亦就软了下来。"看你诚心要买的样子，不减一点亦不符情理，就算二元九吧。"骆豪似乎很不情愿地减了一角。"同年哥，我是真想买的，亦是直爽人，二元六一本，要卖就卖，不卖拉倒。"那人亦是老江湖，并不轻易下手。"朋友，二元六的价，你给我亦要，亏了本我怎能卖呢，总得赚点吧。"骆豪摆出一副为难的样子。那人不耐烦了，道："好了好了，磨了这么久，你就说个底价吧。我再没工夫磨了，还要去配其他货呢。""一言为定，就二元八算，再少不卖。"骆豪见时机成熟，决定甩了。"同年哥，你可真经纪呀，行，给我十本吧。"那人终于不再谈价了。"嘘！小心点，要货跟我走，保持一定的距离，千万不可声张。"骆豪提防着工商人员，要那人默默地跟自己走，二人穿过几条弄，来到僻静处一农户家。骆豪叫一妇人站在门口放风，然后从床底拖出一只旅行袋，拉开拉链，从中取出十本花边递给那人，并收取二十八元钱，那顾客检查过花边后，解开衣扣，将花边藏于棉袄内，重新扣好扣子，然后对骆豪道："同年哥，请你稍候，我还有几位同伴也要这货，我马上叫他们过来买。""行，但千万不要成群结队地来，免得弄出事来双方都吃亏。"骆豪小心翼翼地吩咐那顾客。那人走后，骆豪端了一杯茶，坐于门口的石板上，一边品茶，一边四下注视着来往人群的一举一动，以防不测。不一会果然有一人进来，按二元八的价又买走了十本，就这样，五十本花边当天就卖完了。他的进价是二元，每本赚了八角，五十本共赚了四十元。

骆豪见花边有利可图，就常跑上海专做花边生意，每次不敢多买，仅一百本，以防"打办"打击，这样，一连做了七八次，不料市价大跌，没了利润。

市场中有一位经营小百货生意的驼佬，这人1955年时是供销社代购代销组的成员，其实也不过是做鸡毛换糖生意而已，因为当时政策不允许私商存在，但供销社又有废旧回收支援国家建设的任务，所以，这任务必须落实到鸡毛换糖业身上，而当初干这一行的人并不多，仅少数缺乏体力劳动能力的人在做此生意，供销社就把他们组织起来，编为代购代销组，并发给营业执照，小商品由供销社批发供应，收来的废旧归供销社收购。时过二十余年，代购代销组的人员老的老，死的死，廿三里地面仅剩下驼佬一人。除了三个米筛摊外，驼佬是唯一一个政府允许经营，并凭执照可在全省供销社批发小商品的特殊人物，而其他小百货经营户，就全部是受"打办"打击的非法经营户。

驼佬年过花甲，身高一米五，是个矮子。他从杭州批来一批花边，批发价仅一元五角，他为了打击对手，垄断市场，就以二元的价甩手，顾客们见他那里便宜很多，就都到他处买了。

骆豪被驼佬闸断了财路，亦不知道其进价，只道他在有意炒作，盛怒之下，就气冲冲地去驼佬摊上交涉。"你这驼佬，有钱不知道赚，是不是有意炒作市场啊？""买卖自由，关你什么事？"驼佬人老资格老，而且有执照，受法律保护，他有恃无恐，更不是一盏省油的灯。"花边进价二元，你卖二元，图什么呀，这不是明明在捣蛋吗？"骆豪怒道。"谁说进价二元呀，我是一元五进的。生意人并非靠一天发财的，何必这么狠呢？"驼佬不知骆豪从何处进的货，反怪他赚钱太狠毒。

骆豪这才知道驼佬是从供销社商店中批发来的，自己没有执照，就没有享受批发资格，他无话可说，只得怏怏离开驼佬的摊位自走。

是夜，骆豪辗转反侧，久久不能入睡，想起自己这么好的一条生意路突然断了，由于进价的差距而败在驼佬之手，他实在不甘心就此罢休，然而一时间又找不到新货源，不知如何是好，他拿着一本卖不掉的花边，坐在床中一味发呆。"骆豪，万事强求不得，小富要勤，大富靠命，该你赚的钱就赚，不该你赚的钱，本来就不是你的钱，又何必自寻烦恼呢，夜深了，睡吧，身体要紧。"骆妻见丈夫呆呆地望着手中的花边出神，担心因此而弄出病来，于是怜悯地拉拉丈夫的衣角，十分温柔地道。

"对了，我真笨。"骆豪突然兴奋地大叫起来。"你疯了吗？半夜三更的叫什么?"骆妻见身边的丈夫有些失常吃了一惊,以为他想过度而引起神经不正常了,急忙坐直身子,仔细观察丈夫的脸色。"老伴,我只要去厂家直接购买,一定比批发价更低,待那时,看这驼佬还如何与我竞争。"骆豪精神亢奋地道。"花边厂在哪儿,你找得到吗?"骆妻忙问道。"找得到,你看,这纸板上不是写着花边厂的厂名地址吗?按这一地址去找,一定能找到,我明天就去江苏。"骆妻听了,心中一阵高兴,当晚,夫妻俩愉快地入睡,居然睡梦中亦笑出声来。

次日,骆豪情绪激昂,他从义乌上车到苏州,又从苏州码头下船,沿运河而下,进入阳澄湖,湖中有个小岛,岛中有个小村,那就是他要去的燕岛村,花边厂就在村中。骆豪上了岸,见此村八九十户人家,全村瓦房草屋参半,全是低矮平房,几乎看不见楼房,村中行人衣衫褴褛,肤色黑中带黄,不见一位白嫩娇美的姑娘,他们见了戴手表穿皮鞋的骆豪,一个个都瞪着眼睛,像见到外国人一般地好奇。村西极为醒目的五间二层楼就是花边厂,楼下是车间、仓库,楼上是办公室、宿舍。正屋后面有三间平房:二间厨房,一间厕所。花边厂占地五亩,全被围墙围着。

骆豪进厂很快与厂长取得联系,并说明来意。厂长得知对方是现金交易,货随身走,心里高兴之极,就欢迎与骆豪长期交易。

江苏人与义乌人有区别,义乌人喜欢个体经营而江苏人却喜欢集体经营。花边厂属社办企业,由于当时的计划经济体制造成了商品流通渠道的堵塞,他们根本就没有销路,其产品全由县政府安排,单纯地与苏州百货公司交易,而百货公司只是坐地经营,有人买就卖,无人买就算了,完全处于被动状态,因此销路不大,信息更不灵,而花边厂又因资金周转困难而生产不正常。厂长见骆豪现金交易,自然兴奋至极,然而又因"打办"抓得紧,骆豪不敢多带,而生意受限,他一次只能带两袋回义乌,其出厂价是一元四角,显然,这价与驼佬的进价相比就有绝对竞争优势了。

廿三里工商所为了摧毁地下小商品市场,割资本主义尾巴,采取杜绝源头,跟踪打击的方针,日日守候在义乌火车站边,还另派四人上火车,去嘉兴站观察投机倒把分子的行踪,然后又上车回义乌,在列车上寻找他们列下的黑名单人物,一旦发现,就一路监视着,直到义乌站下车,配合在那儿候着的同伴,一举拿下背货人。这次,骆豪、朱一贵全被他们扣押,不但货物被没收,二人还刑拘十五天。

黄松是做铜生意的，托运、邮寄、火车站被卡死后，他不得不改行，于是就改为去丽水做棉鞋扣的生意，他不知道自己亦被工商列在黑名单内。这天，为了躲避工商耳目，他去东阳上汽车去丽水棉扣厂进货，不料早被工商人发现，于是就派四人守候在汽车站托运室中，东阳至丽水不远，早上去，下午就回，为了防范工商，黄松托运一袋，随身带一袋，不料下车时，被工商人员逮个正着，两袋货全被没收，又刑拘十五天。

在廿三里市场中，十六名工商长期工在来回巡查，当发现交易时，就暗地跟踪，交易数量稍大一点就抓人查货，一时间，弄得所有经营者惶惶不得安宁，亦无可奈何。

名花已有六个月的身孕，不便于到外面奔波，只能在廿三里卖卖尼龙绸，然而随着时间的推移和市场的变化，尼龙绸不再畅销，于是叫小虎到外面走走，另寻货源。小虎觉得是应该到外面走走，于是就又去上海，在繁华的南京路行走。上海地方大，人亦多，新鲜事物往往都从这儿首先出现，他边走，边观望来往人流，正走时，突然发现前面不远处有一位二十多岁的姑娘，正在人流中行走，但见她身高一米七，一头秀发长过腰，上夹一个股红漂亮的蝴蝶花，长腿细腰，走起路来身后的秀发一甩一甩的非常好看，小虎看得入了迷，于是加快脚步，追了上去，一直追到离那姑娘只有一尺，一股脑儿地观看她发上的那朵蝴蝶花，他一边看，一边在研究其中的工艺，心想，若此头花能在廿三里山货市中卖，一定畅销无比，走着看着，亦不知走看多少时间，始终没有看透其中的奥妙。那姑娘正向前走着，总觉得好像身后有人跟得很紧，不禁回头暗看，果然发现有个男人紧随其后，而且几乎碰到自己的屁股，她有点害怕了，于是加快脚步，意欲摆脱跟踪者，不料她走得快，后面人跟得亦快，她走得慢，后面的人跟得亦慢，形同形影相随，永不分离，这使姑娘更加慌张起来，于是开始快跑，不料后面的人亦跟着跑。"糟糕，今日遇上坏人了，怎么办？"姑娘心觉不妙，于是加快脚步，开始飞跑起来，小虎见姑娘飞跑，而自己尚未看透这头花的工艺，为了学到这门技术，只好跟着她亦飞跑起来。

"站住，你是干什么的？"二名警察拦在小虎面前，挡住了路。"不干什么的，快让开。"小虎没看警察一眼，继续在看离远了的姑娘头上的蝴蝶花。"喂，你知道这是什么地方吗?"警察不让路,并对小虎大声吼道。"不知道,我正有事呢。"小虎见姑娘已走进屋去了,心里有些慌了,可一双眼睛还是死死地盯着姑娘去的方向。"老实点,不许动,这里是派出所,你知道吗?"警察见小虎有些失常,便把他抓住不放。小虎听说是派出所,这才清醒过来,见抓自己的人穿着警服,真的是警察。"唉,我怎么到派出所了呢。"陈小虎聚精会神地只顾跟在姑娘的身后看头花,他根本不知道自己身在何处,听说已进了派出所,自己亦觉得莫名其妙了。"去,到里面交代清楚。"警察强行将小虎带进审问室。

小虎被带到审问室,一警察开始对他审问,另有一人做笔录。"你是哪儿人,来这里干什么事?"警察严肃地问道。"义乌人,来玩的。"小虎不敢讲是做生意的。"玩!怎么玩到派出所来了。"警察追问道。"我亦不知道这里是派出所啊。"小虎答道。"你没长眼睛啊,门口不是挂着牌子呀。""我又没看见牌,怎么知道啊。"小虎辩解道。警察见小虎傻里傻气地有些好笑。"那我问你,为什么青天白日地跟踪别人?"警察又问道。"我没有啊,我为什么要跟踪别人啊,你弄错了吧,听谁说的。"小虎莫名其妙地道。"真没有?""真的没有啊。"小虎坚定地回答道。"那好,我叫证人来,看你还有何话可说。"警察叫来人,去请证人出来。"好啊,请证人出来更好,身正不怕影歪,来吧,我等着。"小虎觉得太冤枉了,一时亦火了起来。

过了片刻,一名警察带着一位姑娘来到审问室,小虎见了,又瞪着双眼在看她头上的那朵蝴蝶花,似乎已忘记自己还在派出所审问室中。"姑娘,你说说,究竟是怎么回事,他不承认跟踪你。"警察对姑娘道。"哦!是这样的,我在南京路正走着,不料发现有人跟踪我,开始时我不以为意,后来他一直跟踪约一小时,于是觉得不对劲,就跑到派出所来报案求助了,谢谢警察,事情就是如此。"姑娘娓娓道出了事情的经过。"义乌人,事实是否如此,老实交代。"警察问小虎道。"唉!你这姑娘怎么如此说话,我只是看中你头上戴的那朵头花,是想偷学做头花的工艺,我家有老婆,跟踪你干吗。"小虎这才明白,原来报案的就是这位姑娘,在场的警察与姑娘听了,都不禁扑哧一笑,不知后来如何,请看下回分解。

第十五回

廿三里市场萧条　北门街群商汇聚

　　话说那姑娘见后面有人紧追不放，误认为遇上了坏人，惊慌之中，惶惶逃进派出所内求警察帮忙，二警察见状，立即拦住小虎，并带进审问室，经盘问，原来只为观看姑娘秀发中的头花。"她头上的花虽好看，但亦不至于跟踪一小时吧。"警察追问道。"警察同志，你有所不知，我刚娶了老婆，我的老婆与这位姑娘一样漂亮，头发亦差不多长，我见她头上的花漂亮，心想，如果我老婆亦有这种花戴上，一定更漂亮，因为没看到店上有卖，我想一定是自做的吧，因此我想看看她是如何做成的，可恨一时看不清楚，所以才跟她这么久，唉，我亦自觉好笑。"小虎不好意思地道。"那你为什么不早说呢，若你当时说清楚，或许我亦会与你讲明白的。"姑娘觉得是自己误解了小虎，亦不好意思地道。"哎，姑娘，你这头花究竟是从哪儿来的呀？"小虎对姑娘问道。"这头花是我自做的，若喜欢就送你吧。"姑娘说道，伸手摘下自己的头花，交给小虎。"哦，这不行，我只想你教我如何做这头花，回家好给我老婆亦做一朵。"小虎不敢说出自己真实的用途。"这位小哥，既然你如此爱老婆，我心里非常感动，那我就教你吧。"姑娘将自己的头花拆掉，然后又慢慢地结回，并对每一动作进行讲解，如老师教学生似的直到教会小虎能自结为止。小虎学会了结头花，心里兴奋至极。"谢谢姑娘了。"小虎说着，对姑娘鞠了一躬。"小哥，我们还算有缘，这头花就送给你吧。"姑娘微笑着，将头花送给了小虎，然后挥挥手而走。

　　小虎见做头花的原料正是红色尼龙绸，不过那边料不能做，于是就跑到秀秀家，叫她的父亲从纺织厂买了二匹尼龙绸，又急急回义乌，准备试结上市。

　　头花新上市，顿时轰动了整个市场，造成了供不应求的局面，二匹尼龙绸很快就卖完，后来据说萧山纺织厂有尼龙绸卖，于是就去萧山购买，既近又方便，就这样，小虎又做起了头花生意来。

　　廿三里地下小商品市场已成了鸡毛换糖与经营小商品生意人的根据地，他们经常出现在市场中，工商人员为了打击投机倒把，亦每天在市场中转来转去，时间久了，双方都已认识，前者是弱体，因为属非法经营，而后者却是强体，有政府的支持，前者如羊，后者似虎，虎可伤羊，羊不敌虎。在那禁商的年代里，农商毫无还手之力，只得采取两种办法，其一是逃避，其二是行贿，事实证明，行贿更有效，他们把当时情境总结出一句话："佛不拜不灵。"若要在市场中求生存，必须先拜工商人员，然而总有一些固执的人存在，不肯去拜佛，结果，麻烦很快就降临。

　　一次，廿三里来了一位神秘人物，据说是北方人，他要购三万对塑料鱼虾，这使陈艳她们高兴之极，于是就分头串联，将干这行的人的全部现货集中起来，由陈艳负责与顾客交易，不料被工商人员知道了，不幸全被拿走没收。"你们不是说自做的产品可以经营的吗？"陈艳与工商人员辩理道。"你的数量太大，已属投机倒把行为了，所以要没收。"工商人员冷冷地回应道。陈艳无可奈何，又不敢与他们多嘴，只得作罢。

　　散市回家，陈艳来到小虎家，名花热情接待。"哥，嫂，我们乐村二三十户辛苦三四天结成的鱼虾全被工商没收了，这如何是好呀，真恐怖啊。"陈艳哭丧地道。"陈艳，干我们这一行的是三十六行中的最低行，若不忍气，就无法经营的，有什么办法。"小虎无奈地道。"这亦太缺德了，小虎，我们卖头花的亦该小心一点了。"名花插嘴道。"姐，我们别在廿三里卖了，去其他地方试试。"陈美亦插了一句。"傻瓜，如今山货市唯廿三里独有，到何处卖啊。"陈艳怪妹无知。"陈艳，你妹说得并非无道理啊，鸡毛换糖亦并非廿三里独有，在廿三里市场上，东阳人占半，我看到东阳县城试试亦无不可。"名花提出了自己的想法。"对，还是嫂聪明，这样好了，你在廿三里卖，我去东阳县城试试，这样两不误，或许会更好点。"陈美情趣盎然地道。小虎与陈艳听这么一说，觉得真行，于是，就决定这么办。

　　天蒙蒙亮，陈美起程，行走二十三里路，来到东阳县南门街，这里是县城最热闹处，人来人往，摩肩接踵，自有一番情趣。东阳与廿三里相邻，靠廿三里这边的东阳与廿三里一样，村村都是鸡毛换糖人，风俗习惯和语言上基本相同，在异乡，东阳、义乌的人互称兄弟，而且都会自觉地互相照应。东阳县城并没有山货市，那儿的换糖人全是在廿三里配的货，陈美将鱼虾提在手上试卖，换糖人见了，顿觉新鲜，既然东阳有卖，何必跑廿三里，而且在廿三里市场中，他们背着袋去买小商品，常会遭到当地工商人员的检查或骚扰，进货稍多一点就会被没收，但无法，因为廿三里山货市是唯一的，换糖者非去不可。陈美带去的货不多，又是她一人经营，因此很快就卖完了。

散市回家，陈美向姐汇报了情况，陈艳高兴极了，于是姐妹俩又到小虎家分享信息，并要求同去东阳，小虎同意与陈美做伴去试试。这时，名花已有七个月的身孕，但为了生意，她还是坚持着到廿三里市场经营。

陈美与小虎在东阳县城经营的事不胫而走，村人纷纷跟着去，一时间，南门街几乎成了第二个小商品市场。然而，东阳毕竟地气不足，顾客有限，人多了，生意就差了。"哥，这里人太多了，我俩去义乌城试试吧。"陈美又对小虎道。"行，下次就去义乌城吧。"小虎觉得陈美年纪虽轻，脑子倒灵，亦就同意了。

为了防范义乌县工商，小虎二人带了少量货，凌晨赶路，步行二十三里，来到义乌县府，见南门街靠县府东侧至朝阳门处最繁华，那儿有一个杂货市场，于是二人就参与其中，手提样品，陈虎还将自己的鲜艳头花插在陈美的秀发上，以便吸引顾客。陈美年轻漂亮，再配一朵鲜艳头花更引人注目，热闹处，自然亦有鸡毛换糖者的存在，因此，批发的，另买的都有，所带的有限山货瞬间即卖完，二人兴奋至极，又步行回乐村。

村人见小虎俩又去义乌县卖，而且相对无事，于是又一哄而上，跟随小虎去了义乌城经营。

随着时间的推移，鸡毛换糖业有了新的发展，他们不再是单纯的队伍，有许多已改为贩卖小商品，将从廿三里地下小商品市场中买的货贩运到全国各地去卖，这比鸡毛换糖的效益更好，因此，廿三里山货市越来越兴，外客越来越多，然而，工商打击亦越来越狠。

北门街是外商到廿三里的必经之路，为了拦截外商生意，小虎与同伴们通过商量，就决定移到北门街去另开市场。北门街只有行人而没有店面，其街并不热闹，二三十人一齐在街两侧各摊一块塑布于地上，摆设着各种不同的商品，顿时形成了一个小型山货市场，外商经过，见这里方便，就不再跑二十三里路程，去廿三里辛苦了。

北门街很快自发地形成了一条小商品市场街，参与的人越来越多，相对，廿三里山货市的人越来越少，并明显出现衰败现象。

摆地摊的大都是廿三里人，他们从早上赶二十三里路去北门街，站立着经营至中午十二时，夏天，经受着阳光的暴晒，冬天忍受着寒风的吹打，中饭都是从家中带去的冷饭冷菜，散市后，又要再步行二十三里路回家，真是苦不堪言，然而为了经济效益，他们还是心里热乎乎的，非常乐意。

"小虎，听说北门街如今非常热闹了，是吗？"北山问小虎道。"是啊，那里的生意比廿三里好很多，工商、税务都不收钱，就是来回辛苦点，站在街头经营，雨打日头晒的，有点受不了，若能弄条凳子，坐坐就舒服多了。"小虎对叔讲出了自己的想法。"这好办，听说我村的王丽丽就嫁在北门街，大概是八十几号门牌，你向她借条凳子坐坐，就说是我叫你去的。这人很好，一定会帮你的。"北山听说小虎在北门街经营如此辛苦，就想起王丽丽的事来，并要小虎去找她，一来有个照应，二来看看她最近的情况。

小虎听叔的话，这天，来到北门街，买来二斤苹果、二斤香蕉，先去找王丽丽家，北门街不长，很快就找到了。

"姑姑！在家吗？"小虎见王丽丽家的门开着，知道有人在家。"哎，谁呀？在家，请进来。"小虎进了屋，见内有两间屋，一间厨房厕所，另一间客厅，还有一些农具亦靠里放着，靠东侧是楼梯，楼上大概是房间。"姑姑，做早餐啊。"小虎亲热地打招呼。"哦！你……你是……"丽丽不常回娘家，认不出小虎来。"姑姑，我是陈小虎，我叔叫陈北山。叔叫我来看望你的。"小虎作了自我介绍，并将礼物放于桌上。"哦，你是陈小虎，你小的时候我看见过，转眼间都这么大了，还真认不出来，快坐，姑姑给你烧点心去。"丽丽见是北山的干孩子，更加热情起来。"姑姑，我已吃过了，你自己吃吧，我坐坐就走，还要做生意呢。"小虎谢过丽丽。"这怎么行呢，你第一次来家，应该给你吃双鸡蛋，这是义乌的风俗，怎可破例？你坐着，先喝杯茶，我马上就好。"丽丽给小虎倒了一杯茶，又忙着去敲鸡蛋。"小虎啊，你来看我，我已高兴了，怎么还去买这多礼品，我如何承受得起啊。哦！你说还要做生意，不知做什么生意？""姑姑，我是做头花生意的，如今就摆在北门街卖。"小虎应道。"不知你来多久了，生意好吗？""已来这里十几天了，生意还可以。"小虎如实告知。"哎，你来这么久，为什么不来姑姑家吃饭，我看你们摆地摊的，一摆就是大半天，还要来回跑这么多路，吃中饭时都自带冷饭冷菜，多辛苦啊，从今以后，你每天都到我家吃热饭热菜，不要忘记，啊，听到没有。"丽丽如吩咐亲孩子似的吩咐小虎，小虎听了，心里一阵发热，似乎重新得到了早已失去的母爱。"小虎，你叔现在怎么样了，我已多年不曾见过他了。"丽丽又关心起北山来了。"我叔以前很苦，如今我们赚钱了，他也幸福了。"小虎回答道。"哦，这就好，你叔是位可怜的人，你要好好待他，我看你生龙活虎的，一定是位聪明的后生，你待他好，我亦就放心了。"丽丽说着，鸡蛋亦烧熟了，她加了白糖，端到小虎面前。"小虎，你先吃鸡蛋，姑姑再给你烧素面去，跑了这么多路，一定饿了吧。"丽丽说着又去厨房忙去了。"姑姑，真的不饿，不要烧了。"小虎忙起身阻止丽丽上厨。"这怎么行呢，你稍等会儿，很快就好。"丽丽坚持着要为小虎烧素面。"姑姑，我真的不要，生意人时间就是金钱，我吃了鸡蛋就去忙生意了，以后我常会烦你，今天就不必了，谢谢。"小虎坚持着不让丽丽上厨。丽丽见小虎如此执着，亦就罢手了。

小虎吃罢糖鸡蛋，拜别丽丽去摆地摊，丽丽关心小虎，送去一条凳子，至十二时，摊主们纷纷取出从家里带来的冷饭冷菜，蹲身于摊边，一边做生意，一边吃着饭。丽丽为了小虎，特意切来块肥肉，买来豆腐，烧好送到摊上，让他吃得饱饱的，这使小虎感激不尽。散市了，陈小虎送还凳子，丽丽吩咐小虎，一定叫叔去她家玩。

"叔，我去了丽丽姑姑家，她待人非常热情，我如又见到自己母亲似的。她还送凳送饭的，真是一位善良可亲的好女性，还吩咐我叫叔去她家玩呢。"小虎一进门就对叔道。

"哎！她亦是一位苦命人啊，她嫁到北门不到三年，丈夫就出车祸而亡，生有一子，如今公婆都已亡故，她的孩子在上学，她独自一人在家，经济上又无来源，太孤独可怜了，我已好几年没见她了，真的该去看看她了。"北山心情沉重地对小虎道。"叔，你俩年轻时是否谈过恋爱呀？"名花接口问道。"亦可说谈过吧，但当时叔家无钱，她父亲不同意，亦就作罢了，如今已过将近二十年了，还提它干吗?"北山无奈地道。"叔,如今她已失夫,你又无妻,我看你俩正好相配,你愿意的话,我帮你说说去如何。"名花认真地道。"傻瓜,你肚子这么大了,这么多路如何去得,别提了,夫妻之事,是讲缘分的。"北山笑道。"小虎,我走路不便,那你顺便为叔牵牵线吧,以后亦可有个照应。"名花对小虎道。"要得,我看姑姑心好,相貌亦不错,我乐意,亦会尽力的。"小虎见名花这么说,心里亦开了窍。

次日,北山换上新装,戴上名花送给他的那只一直被他藏在箱底的上海表,打扮一番后,与小虎上路去北门街看望王丽丽。

"丽丽,我看你来了。"北山来到丽丽家门前,朗声叫道。"啊呀,是北山啊,快进屋坐,多年不见了,真难得。"丽丽满脸堆笑地迎接北山。"近来生活可好,身体怎么样?"北山关心地问道。"马马虎虎,听小虎说,你如今享福了?"丽丽问北山道。"是啊,我小虎俩既孝顺又能干,我是享他俩的福啊。"北山乐呵呵地道。"哦,小虎有媳妇了?"丽丽惊喜地道。"是啊,她啊,比小虎更能干,如今已怀有八个月的身孕了,我很快要做爷爷了。"北山兴奋地道。"那我就恭喜你了,你与小虎坐会儿,我去烧点心。"丽丽说着,进厨而去。"姑姑,我摆摊去了,你与我叔好好谈谈吧。"小虎知趣地急着摆摊去了。

王丽丽敲了五个糖鸡蛋,满满的一碗,端到北山面前。"北山,多年不曾与你见面,这次真难得来我家一趟,我有很多话要与你说。"王丽丽一边放碗于桌上,一边对北山道。"哎,这么大一碗鸡蛋,我怎么吃得掉呀,我俩分吃吧。"北山不好意思地道。"不行,一定要吃掉,这又不是饭,你这么大个子,吃得掉的,吃吧。"丽丽认真热情地道。"丽丽,你这么久不回娘家,为什么呀?""唉,说来惭愧,当时,我父亲要我嫁到北门,我是不愿意的,可他贪图县城地方大,无奈之下,就勉强嫁过来了,不幸的是仅过三年,丈夫又出了车祸,这使我更恨我父亲了,想想回家没什么意思,于是就不想回家了。"王丽丽见北山如此问,就告诉他缘由。"那你现在生活得怎么样啊,有没有困难。"北山关心起她的生活来。"我如今上无公婆,丈夫亦没,就与孩子相依为命,靠种点菜卖卖维持生活,还要培养孩子读书,你说我的生活好不好过?"丽丽对北山实情相告。"哦,确实不好过,我看你还是做点小生意较好。"北山想为丽丽参谋今后的生活方案。"如今这社会,动不动就是投机倒把,有什么生意可做啊。"丽丽叹着气道。"不要急,我问问小虎，他可能有办法。"北山很自信地对丽丽道。

二人久别重逢，说不尽的苦情劫难，道不完的卿卿我我，不知不觉，已到中午时分。北山去街上切了块肉，买来一些菜，二人一同上厨，做菜烧饭，又一同送饭给小虎吃。

当初，北门街仅有一家国营饭店。吃饭要粮票，农民没有粮票不能吃饭，因此摆地摊的人都从家里带饭充饥，这时，北门街已发展到五六十个地摊，约十一时半，大家都拿出冷饭冷菜，蹲在地上用餐，唯独小虎坐在凳子上吃着热乎乎的热饭肥肉，这使众摊主羡慕之极。"小虎，你好口福啊。"有人禁不住对小虎赞道。"小虎，你能不能帮我们买碗热饭吃啊。"有人想花钱买一碗热饭吃。"行，待会我与姑姑商量下，如果可以，明天中午就可以吃到热饭了。"小虎觉得此事并不难，于是就答应试试。"那就先谢谢小虎了。"众人顿时一阵欢呼。当时，北山与丽丽都在场，听到他们的提议，北山认为一则可以为丽丽找到生活出路，二则解决了众摊主吃热饭困难的事，一举两得，有何不可，于是暗暗与丽丽商量后就当场答复众摊主。"众摊主，你们辛辛苦苦做生意，连口热饭亦吃不到，这不是办法，今我向你们提个建议，想吃热饭的人，就向小虎说一声，饭菜由丽丽姑姑供应，但要给她一点报酬，饭菜供应分二级，一级的加两块肥肉，二级的青菜豆腐，价格是一级的一元，二级的五角，为了避免浪费，要先交钱预约，到时自然会送饭上摊，如果可以，今天预约好，明天中午就可以吃上热乎乎的饭了。"北山朗声向众摊主宣布了有关吃饭问题的规矩，众摊主兴高采烈地举双手赞成，纷纷当场向小虎交钱预购，时过十二点，生意已淡，小虎忙于收钱登记，五六十个摊全都登记上了。

王丽丽与北山回到家中，见小虎为自己带来商机，既高兴又愁，高兴的是现场就收来许多预购款，愁的是要烧五六十人的饭菜靠自己一人应付不了。"北山呀，这么多人的饭菜我怎么烧得出来啊，我要你帮我一把，行吗？"王丽丽求北山道。"行，我在家无事，你有钱赚我不帮你谁帮呀。"北山爽快地答应了。"那我们今天就准备，不要到时慌了手脚。"丽丽急不可待地对北山道。

北山买来十斤豆腐、五斤肉，丽丽在自己的菜田里拔来青菜，一并清洗了。准备好明日中餐一切事宜，两人这才放心地休息一会儿。

第二天，北山与小虎又一起去北门街，丽丽早已出迎于门外。"北山，小虎，你们来了。"丽丽情趣盎然地道。"丽丽,小虎要为你登记收钱,你家有没有一块门板,若有的话给他搭个门板摊,这样既便于生意,又便于为你登记收钱。"北山对丽丽道。"哎哟,我怎么没想到这一层,我家有块旧门板,再拿去二条四尺凳,这样,小虎就省力多了。"丽丽微笑着道。

北山、丽丽与小虎三人一齐动手,在北门街搭起了门板摊,小虎坐摊经营。相比之下,小虎比其他摊主舒服多了,这一来,众摊主又感到无比羡慕,有几位去近处租借门板搭摊,一块门板五角租费。在当时,五角钱亦算不错,在生产队需要劳动两天整了。

中饭时间到,北山与丽丽一起将饭菜送到小虎摊中,各摊主到小虎处自领,大部分都是一元餐,亦有极少数经济困难的吃五角的。吃完饭,他们自觉地将饭碗送到小虎摊边,放进准备好的箩筐中。最后由北山背回丽丽家,帮忙洗刷,又去准备第二天的菜。

晚上,丽丽一盘算,除去开支净赚了四十元左右,她高兴得合不拢嘴,想当初,自己的丈夫是民办教师,月工资仅十八元,这一比,她觉得发财了,她感谢小虎,更感谢北山的帮忙,想着想着,又想起当初与北山的恋情,不觉一片茫然。

北门街的摊位与日俱增,近处的农户见一块门板就能租五角钱,纷纷摆摊出租,从而形成门板摊街,不过半月,已发展到上百个摊位。摊位与顾客是并存的,有多少摊就有多少顾客,有一百摊,或许就有数百顾客都要吃饭,这一来,丽丽的快餐生意更红火了,因人太多,小虎亦无法再登记了,于是,丽丽就在自家门口搭起简易棚,专供客人们吃饭。由于人多生意忙,北山就一直在帮着买菜、烧饭、炒菜、洗碗,连晚上亦还要工作,这一来,因来回不方便,就住在丽丽家不回家了。

北门街是义乌火车站通往县政府的主要通道,摩肩接踵的人流影响了道路的畅通,为此,县政府经研究决定,将北门街的山货市搬迁到湖清门。

在农村,经商的经济利益大大超过了农业劳动的报酬,于是,农村劳力纷纷向非农经济方向发展,相对,重视农业生产的人越来越少,从而造成生产队劳力的紧张,收种误时。原来是社员要向队长讨活干,现在变成了队长求社员帮忙了,秋收时,大片农作物收不进来,为了解决劳力危机,队长决定将原口粮与工分三七分倒过来,即原三层按工分改为七层按工分派,即使如此,社员还是不愿参加集体劳动，于是，集体正处于危机时期。

1980 年，中央允许农田承包到户的政策出台了，于是，各村的农田很快就分到各户，产业自主权亦从此而开始，农民们欣喜若狂。与此同时，长期受管制的四类分子亦宣布脱帽解放了。

陈六弟得知从此四类分子全解放后欢呼雀跃："啊，解放了，自由了，可以经商了！"为了庆贺这一大喜事，他特意买来十筒大鞭炮放个不停。

陈北山比六弟更喜，他不仅为自己得到解放而高兴，更高兴的还是名花生了个胖小子，这真是双喜临门，整日里笑得合不拢嘴。

六弟、陈文、陈武听说名花生了，三人一起来庆贺，北山高兴，殷勤相待，四同年又欢聚一堂，一边庆贺双喜，一边又商量起今后重出江湖之事，不知后事如何，请看下回分解。

第十六回

承包制劳力自主　湖清门市场开放

话说陈六弟等四同年，为了庆祝名花生了孩子而欢聚一堂，北山设宴款待，四人同坐一桌，又念起了生意经，六弟一时兴起，向大家讲起了自己经历的一个真实的故事。

江西新县胡文乡，有位叫彭林的年轻人，在当地亦可算是消息灵通人士，据他了解，中国有两大羽毛加工基地，一是浙江义乌廿三里，二是福建莆田，前者明显优于后者，因为义乌廿三里有一个独一无二的羽毛市场作后盾。他认为人家能办到的事情自己亦能办到，就与好友王成、王笑商量后，决定要从鸡毛中闯出一条致富之路，于是向胡文乡个体劳动者协会贷款一万元作资金，由彭林与王成去义乌请师父来传授加工技术。彭、王二人糊里糊涂地从廿三里请来二位羽毛师父，招来未婚姑娘三十名，很快就办起了一个羽毛加工厂。未料到，生产十个月后，产品寄往广州毛行，却因质量不符标准而被退回，这可吓坏了彭林三人，经盘算，若就此罢休，要亏一万四千余元，这对贫困地区来说是一笔不可想象的损失。怎么办？三个人急得如热锅中的蚂蚁团团转，整日坐立不安。

为了兑现职工工资，一定得想办法将产品销出去，无奈之下，彭王二人想去上海找销路碰碰运气。列车停靠在义乌站，上来一位中年人，就坐在彭王二人的旁边，时近晚餐，中年人拿出随身带来的茶叶蛋、糯米馃等家乡特产请彭王二人吃，二人感激不尽，觉得中年人和善可亲，就将自己的困境向他诉说一番，然后唉声叹气，表示无奈。只见中年人笑笑，叫他俩不要灰心，并答应帮他在上海试试。

到了上海，中年人带着彭王二人东奔西跑，最后来到上海畜牧业出口总公司收购站，好说歹说地帮彭王二人将劣质鸡毛脱手掉。彭王二人悬着的心终于放了下来。第二天分手时，中年人给了二人一张名片，以作日后联系之用，这才知道，中年人就是义乌廿三里乐村人，名叫陈六弟。彭王二人从陈六弟这次无私的帮助中可以判断此人神通广大，想着自己辛辛苦苦办起来的羽毛厂仅十个月就倒闭了，总觉得于心不甘，经商量，决定写信给陈六弟，请他入股。

陈六弟讲完这故事后，问三人有什么看法。三人齐说去试试，不能失去这一大好机遇。在三人的支持下，陈六弟决定去江西跑一趟，此日无话，各自散了。

时已腊月，这天，下着鹅毛大雪，陈六弟来到胡文乡，走进事先约好的"周记"茶馆，正欲落座，却被撒落满地的公鸡毛所吸引，并连连摇头自语道："可惜啊，实在可惜。"他再也无心烤火，就出茶馆再走几家农户看看，不料均如此，待回到茶馆时，彭林早在等候着。"哎呀，老陈，你可来了，接你回信后，我已在此等候三天了，今天终于等到了，辛苦了，辛苦了。"彭林握住六弟的手不放。二人客气一番后，彭林带六弟来到落石村，六弟又望着撒落满地的公鸡毛时而叹惜，时而摇头。"老彭，恕我直言，你们之所以亏本，就是管理不善啊，你们看，这满地公鸡毛都是钱啊，如此经营，不亏才怪呢。"

胡文这地方的鸡毛原本无人要，更不知其价值如何，直至一年前，彭林办起羽毛厂后，才知道公鸡毛也可以卖钱。周阿毛是个闲散人，过年时，他见到处都扔着鸡毛，于是就拣了许多三把毛，卖给了彭林，得到好处后，最近又拣了许多刚杀的公鸡毛，意欲再卖点钱，不料彭林因亏本不收了，于是这些湿鸡毛全搁在家中，成了弃之可惜的累赘。放久了，由于鸡毛潮湿而发臭，他怕烂掉，就放在火炉边烤烘，正在此时，被走过来的六弟看见了。"老表啊，鸡毛见不得火呀，见过火的毛就会失去宝贵的光泽而变得不值钱了，而且还会变柔为脆，使不得啊。"六弟说着，走过去拿来正在烘的一根鸡毛，用二手指一掐，鸡毛顿时碎了，只看得周阿毛等人目瞪口呆。

晚上，陈六弟与彭王二人坐炉边，边烤火边商谈合作之事，在二人的迫切要求下，陈六弟决定入股共同经营羽毛厂。羽毛厂分四股，每股投资一万元，由陈六弟任厂长，彭林为经理，王成当会计，王笑为出纳。万事俱备，只欠东风，羽毛成为首先要解决的问题。

　　陈六弟赶回义乌，将入股的情况告诉北山等人，并要求他们协助，采购优质三把毛，三人愿意相帮，通过一番努力，购进上等的三把毛三千斤，运往江西胡文乡落石村。

　　陈六弟雄心勃勃地想在落石村干出一番大事业，然而另三个毕竟是外行，相处不到三月，由于意见不统一而产生矛盾，从而开始同床异梦，然而六弟毕竟是外人，虽是内行，却无法统揽大局，再加上谣传四起，女工们生怕企业再度倒闭工资无着落，亦纷纷离厂而去，不久，空荡荡的厂房内仅留下满地鸡毛，六弟看着如凉亭庙宇般的厂房，发怵了，预感自己正处于进退维谷的境地。

　　为了解决难题，陈六弟召集股东开会商量，会计王成拿出一张银行催款单交给陈六弟，六弟见一万四千元贷款要还，问大家怎么办，三人哑口无言。六弟问王成目前结算，要亏多少。王成回说大约八千元。陈六弟觉得四人无合力，全凭自己孤掌难鸣，于是就决定快刀斩乱麻，果断处理此事。"股东们，目前资金短缺，职工走尽，生产无法继续，怎么办？我看只有两条路，其一，每位股东再投资五千元以还贷款之用，重新招工且每月发清工资以鼓士气，四股东应同心同德应对困难，努力把厂搞好，这是上策。其二，若四股东同床异梦无信心办厂，可以退股，或解散，亏账分摊。大家认为怎么样，可发表自己的意见。"陈六弟提出了自己的看法。

　　"老陈，我家经济不佳，已无力再投资，如果可以，我还是退股吧，亏八千，我负二千，亦不要占厂里的便宜。"王成提出了自己的意见。"老陈，我与王成一样，还是退了吧。"王笑亦附和着王成道。

　　"老陈，其实我是有心与你合作的，但我一来外行，二来经济不行，如今想与你合作已没条件了，对不住，我有愧于你。若你愿意的话，这厂就你一人办吧，如果你不想，就散了吧，不管如何，我们还是朋友，以后有困难，只要用得上，我老彭一定尽力而为，大丈夫说到做到。"看来这彭林亦想退出，但比起前二位，倒是理性多了。

　　"各位，你们的情怀我理解，不过我亦有我的难处，你们都走了，我一个外乡人怎么经营，如今我光杆司令一个，要钱没钱，要人没人，如真是这样，亦要给我一点准备时间。依我之见，先留一个月的过渡期，在这期间，你们照常上班，处理好有关事项，我回家准备资金，寻找投资对象，待期限到时，再退还你们的股份，我想，亏了的钱全算在我头上，不要你们负担了，但今后，我还是有很多事求你们帮忙的，因为你们是本地人，沟通起来比较方便，你们说好不好。"六弟提出了自己的意见。"老陈，我们相交一场，虽分手了，但情义尚存，今后有需要帮忙的，只要你说一声，我们一定尽力而为，只是大家亏了的全要你负责，我们确实过意不去。"彭林不好意思地说道。"是啊，这就是太难为老陈了。"二王见六弟如此宽容，心里十分感激，于是一致同意六弟的解决方案。

六弟回家，先与北山商量，并把江西的情况作了详细介绍，北山一时犹豫不决。"北山，我俩都是老生意人，年纪亦不小了，当初，我们想凭自己的能力做生意，可是政策不允许，如今政策开放了，这是一次难得的好机会，自古道，三十不豪，四十不富，五十六十防死路，我们五十尚未到，但仅欠三年，我决定这三年中大干一场，若能成功，亦不枉此一生，否则，就会永远失去机会，我于心不甘呀。"六弟激动地道。"六弟，不瞒你说，如今这政策，我怀疑是暂时的，怕只怕到时政策一改变，我们又要吃亏了。"北山受一次打击后，胆子亦变小了，他不相信政策会这样长期不变。"叔，如今大家都在做生意，又不是少数，天有祸，大有伴，不要老是前怕狼后怕虎的，男子汉大丈夫，先干起来再说，需要资金我来承担，你只管跟着六弟叔去闯就是。"名花听叔如此胆小，禁不住插言道。"还是我的名花直爽，北山，你听听，怎么样。"六弟追问北山道。"那好吧，既然名花都这么说，那就跟你干吧。"北山终于答应了。

六弟见北山同意了，就开始筹划具体方案。"我打算这羽毛厂以我俩为主，据我估计，这厂前途无限，必赚无疑，所以，要做就做大一点，我计划启动资金最少要八万元，你我各四万，再叫陈文陈武参与帮忙，他二人经济较困难，没有投资的条件，我四人是同年，能照顾就照顾一点，我负责厂里的事务，你负责原料供应，会计交给陈文，出纳叫陈武，四柱头就这样定了，职工问题我认为先从义乌招三十名，待厂发展后再招当地人。产品的销路我有把握，生产的原料你有把握，因为你有名花这位红毛老手帮忙，因此，我认为万事俱备，这厂一定会很快红火的。"六弟详细地分析办厂的利弊关系。北山听了亦满心兴奋。"六弟，我是没问题了，你去找陈文陈武谈谈，不知他俩是否愿意。"北山对六弟道。"他俩的事包在我身上，我自有主张。"六弟笑笑道。六弟离开北山家，又找了陈文陈武详谈，二人亦乐意，北山就叫他俩先负责招收二三十名员工。

一切办妥，六弟先带四万现金去江西。名花从银行里取出四万交与北山，作收购三把毛所用。约半月后，北山已收了千斤三把毛，陈文陈武亦已招足了三十名女工。大家一齐赴江西而去。

一个月的期限已到，人员原料全已到齐，六弟退了原来的股份，落石羽毛厂又热热闹闹地开工了。

家庭联产承包责任制将集体土地分到户，意味着劳力高度集中的集体化解体，农民的产权自由，体现着政策的开放，贫穷的义乌应走向何方，这成了义乌县府必须认真考虑的核心问题。然而中央对改革开放的标准或程度，却谁也不清楚，究竟姓社，还是姓资，引起了强烈的争论。

新上任的谢书记经过一番认真的调查研究，觉得义乌没有任何优势可使百姓脱贫，唯一的希望只有寄托在自发的小商品市场中，然而政府究竟应不应该支持，没有确定性，为了义乌百姓的幸福，他特意跑到杭州，去请示省委领导，不料，省委领导亦与县委一样存在不确定性，当官的有当官的难处，在长期的政治斗争中风险极大，往往因不小心讲错一句话而被赶下台。"只要对老百姓有好处的事大胆去做，但要摸着石子过河。"这就是省领导的回答。

谢书记听了省领导的示意，心里有数，觉得既要为老百姓做好事，又要谨慎，于是决定开放湖清门市场。

"喂！稠城镇吗？请王书记来县委办公室一趟，有要事商谈，我是谢书记。"谢书记立即打电话给稠城镇王书记。

"报告！"不久，王书记来到县委书记办公室。"进来。"谢书记起身相迎。"王书记，今天我有重要事与你商谈，请坐。"谢书记热情让座，并亲自为他倒茶。"哦！谢书记啊，有事你下个命令就行，还要与我小书记商量什么。"王书记年纪大，资格老，性格直爽。"不是我的私事，而是为了义乌百姓的生计，县委决定开放湖清门市场，你有什么看法？"谢书记先征求王书记的意见。"好啊，应该开放，我大力支持，老百姓肯定欢迎的。"王书记应道。"既然你支持，这工作就由你来做，先组建一个市场管理办公室，在街两边用水泥板为商户建好摊位，建好后，每摊收取一天五角钱的管理费作为办公费用，建设资金由稠城镇先付，行动要迅速，这任务就交给你了。"谢书记严肃地道。"谢书记，叫我稠城镇出面还不如县委出面来得好。"王书记有些不理解。"老王啊，目前县委不能出面，湖清门属稠城镇管辖，因此你去办较妥当，你若有困难再来找我，我一定会帮你解决的的。"谢书记，开放湖清门，若犯了路线错误怎么办？"这是各级领导最纠结的事，王书记亦是如此。"为官不为民办事，不如回家卖红薯，怕什么，由我顶着。"谢书记坚定地道。"好，有你这句话我就放心了，今天，我总算见到真正的清官了。"王书记面露喜色，告别谢书记，安排自己的工作去了。

王书记回稠城后，立即派一位姓杨的干部去负责组织市场管理人员，并落实施工建摊事宜。

政策放开，"打办"撤销，整个形势都向有利于经商的方向发展，从而引发了小商品市场的成倍扩大，各种商品同样如此，其中包括上海、江苏、广东、温州等轻工业发达的地方产品，鸡毛换糖业也改变了性质，许多人变为以销售为主，前往全国各大小城市摆摊专卖小商品。人来人往，一时间，湖清门变成了全国的小商品集散地，义乌，开始进入兴旺时期。

名花生了小男儿，取名陈开放，由于交通不便，就由小虎一人经营头花生意。在湖清门，小虎与陈艳是隔壁摊，右面是衢州人，二兄弟，卖些针线胶木扣等不值钱的小商品，哥哥是长瘦个子，三十余岁，其弟中等身材，约二十五岁。"朋友，怎么称呼？"小虎问衢州客道。"哦，我姓谢，就叫我老谢好了。"对方客气地应道。"你此前在何方发财的呀？"小虎又问道。"以前没做过生意，如今政策开放了，想学着做。"老谢虚心地道。"我看你这些小商品都是过时货，赚不到钱的，想办法进点新鲜的来卖吧。"小虎见他摊上的货，觉得没花头，便对他提建议道。"没关系，我只是在学习，并不想赚钱。"老谢不在意地应道。"二兄弟，仅卖这点不销品，是为了学生意……"小虎对老谢两兄弟的行为感到有些难以理解。

从早上到收摊，各摊都忙忙碌碌，唯独老谢摊上一分生意亦没做过，还被收了五角管理费和五角税。真倒霉，小虎起了恻隐之心。次日，二兄弟又来摆摊，说昨天没一分生意，今天要到市场各处走走，去灵灵市面，二人轮流看摊，这样又过了一天，还是没做过一分生意，这样一连多天，但二兄弟并无灰心之意，继续每天正常摆摊。

"小虎，你的头花生意这么畅销，不知这货是何处进的？"老谢问小虎道。"是我自己做的。"小虎回应道。"哦！你还会这一手，不知又是何处学的。"老谢追问道。小虎将在上海跟踪那位姑娘的故事重述一回。"好小子，真有你的，想不到其中还有如此精彩的故事。"老谢情趣盎然地道。"小虎，你家里有几口人吃饭呀？"老谢又问道。"我家有叔，妻，还有一个三个月的孩子，连我共四口人。"小虎如实回答。"你小孩取名了吗？"老谢关心地问。"取名了，叫陈开放。""啊，这名字好，就是开放之年生的意思，好，好，真的好名字。"老谢呵呵笑道。"陈艳，你的鱼虾是从何处进的呀？"老谢又问陈艳道。"也是自己结的。"陈艳回应道。"那你又是何处学的呢？""是我嫂，就是小虎之妻教会的。"陈艳如实回答道。"小虎，看来你夫妻俩都是做生意的料，如今政策开放了，正是你们用武的大好时机，好好干，一定能发财的。"老谢兴奋地道。

政策开放了，朱一贵又活跃起来，他到江苏淮安五七学校的花扣厂进来二十箱铁皮花发夹，准备拿到湖清门卖，不料在义乌火车站将货从托运处提出后，被设在那儿的检查站所扣押，他一下子蒙了，明明政策开放了，为什么检查站要继续扣押商品打击经商人，究竟是怎么回事。货没了，他垂头丧气地来到湖清门小虎摊中，向小虎诉说自己的遭遇。"义乌县政府亦太过分了，既然湖清门市场都开放了，为什么还要派检查站作恶，我看新来的那个县委书记亦是糊涂官。"小虎不平地吼道。

"小虎，别激动，这事我弟弟有办法，到时叫他帮你拿回来就是。"老谢好像有把握似的对小虎与朱一贵道。"真的，你弟真的能为我拿回？"朱一贵有点不信。

不一会儿，小谢回到摊中，"老弟，这位客人有二十箱货被火车站检查扣押，你去一趟，帮他拿回来。"老谢吩咐小谢道。"行，我去去就来。"小谢说完，立即就走。

火车站离湖清门约二公里路程，约过了一个小时，小谢回来，叫朱一贵去领回被扣的货。这一来，使朱一贵不敢相信自己的耳朵，在场的人都惊呆了，想不到这小子如此神通广大，检查站如此凶猛的单位亦能买他的面子，顿时，众人对他尊重有加，一个个都想亲近他，于是，许多被工商部门没收过货物的人都纷纷求他帮忙，弄得他手忙脚乱，不知如何是好。

"喂，大家不要急，你们将自己被没收的商品写清楚，时间、地点、货名，再加上自己的姓名，写好后再交给小谢，让他一件件地要回，好不好？"老谢见这样乱哄哄的，解决不了问题，于是吩咐众人道。众人见老谢说得有理，于是纷纷散去，各自准备去了。约过半月，众人被扣的商品均被一一归还，一时间，老谢兄弟俩成了义乌的传奇人物，不过，后来他俩不再来摆摊，就这样消失了，在此同时，火车站的检查站亦消失了。

王丽丽继续做她的快餐生意，而且湖清门市场开放后生意更好，遗憾的是北山因忙于自己的生产很少再来帮忙，于是就请来四个帮手，仅两年，积累了不少钱，就计划着建造四间三层楼。

再说陈六弟在江西，通过一番努力，终于渐渐地恢复了元气，除了从义乌招去的女工外，还有五名当地女工留在厂中继续工作，而这五人都是家里很困难的姑娘，基本上家庭开支全靠她们赚点小钱来维持，因此，她们不想失去机会，并愿意留在厂中。

一天，陈六弟发现当地女工刘大妹正低着头一边穿毛，一边流着泪，六弟过去问其因，刘大妹哽咽着道出了自己的难处。原来刘大妹家里特别穷，母亲又被人贩子拐走了，父亲有严重的糖尿病，家里还有五姐妹，大妹是长女，已经十九岁了，最小的才八岁，父亲的病越来越严重，因此不得不去医院看病，不料医生说必须要截肢，然而家里又拿不出上百的钱，大妹觉得已失去了母亲，不能再失去父亲，怎么办，她想不出救父亲的办法，因此，她越想越觉得自己命苦，禁不住伤心流泪不止。陈六弟觉得大妹太可怜了，于是就起了恻隐之心，要大妹陪着去医院看看。二人来到医院，六弟见其父亲骨瘦如柴地躺在病床中，于是先安慰刘父一番，然后叫大妹陪同去交手术费与住院费，一共交进五百元。"大妹，你从今起不要去上班了，先照顾好你父亲再说，在这期间工资照付，若再需要钱向我要就是，你父亲的病治好了你再来上班，听见了吗?"陈六弟的慷慨之举不但惊呆了刘大妹，更惊动了医院中所有在场的人，于是，一传十，十传百，很快传遍了整个县城。

羽毛加工全凭手工进行，其规模取决于员工的多少，由于六弟的声望提高了，想进他厂的人亦大幅增加了，仅一月中，就新增加员工四百名。人多了，厂扩大了，从而造成资金周转困难的状态。

新县是农业县，很少有企业发展，落石羽毛厂的出现立即引起县府的关注，又正当改革开放注重民生之时，县府亦想发展地方企业，以便增加财政收入，陈六弟扶贫的美事传到县政府领导的耳中，他们觉得此人商德优良，于是决定给予一定的支持。县工商局和税务局的局长一同前往羽毛厂考察，见有四五百员工在上班，而且井井有条，看得出管理优良，于是就走进了厂长办公室。

"陈厂长，你好！"工商局李局长首先打招呼道。"哎哟，贵客临门，欢迎光临，有失远迎，请坐请坐。服务员，快给贵宾们倒茶。"六弟见两位身穿工商服与税务服的干部进厂，慌忙殷勤接待。"陈厂长，看你的厂，人气兴旺，看你的人，气势不凡，你的厂一定前途无限啊。"李局长笑呵呵地赞道。"托领导的口福，还可以，不知如何称呼你们？"六弟不知如何称呼对方，于是问道。"我是工商局的李局长，他是税务局的张局长，前来你厂看看有没有需要我们帮忙的，因此，打扰你了。""啊呀，原来是领导们大驾光临，真难得呀，我们初次见面，今天中饭我请客，好好喝几杯如何？"六弟朗声道。"那倒不必，我们想了解一下你厂的运作情况，还要去别的地方调查，忙着呢。"李局长直爽地道。"那好吧，我就简单地向你汇报一下吧。"陈六弟就将厂里目前的情况与今后发展规划作了具体汇报。不知后事如何，请看下回分解。

第十七回

六弟新县大发展 小虎初会谢书记

话说陈六弟向两位局长汇报了四个问题：一、产品的原料是一个企业的首要问题，义乌廿三里有成千上万的鸡毛鸡糖者，还有一个全国独一无二的羽毛市场，原料供应不成问题；二、销路是关系企业生存的主要问题，没有销路等于纸上谈兵，六弟长跑北京、上海、广州十来年，已与这些毛行建立了相当好的关系，因此，销路亦不成问题；三、资金问题，自己在这几年中已积累了五万元资金，他知道，小虎与名花所积累的资金肯定比自己多，因此，四五百员工的规模应该不成问题；四、员工问题，从义乌招来三十名熟练员工，再加上自己信任度打开，连当地人有四五百名员工，已经足够，无须再招。根据当前的规模与情况，陈六弟觉得游刃有余，并不存在什么困难。

"老陈，既然条件这么好，为什么不再扩大规模呢？"李局长问道。"李局长、张局长，你们有所不知，我一个外地人，在这儿办厂有诸多不便，有些事不能讲，只能自己心里知道，若办在我本地，再扩大不成问题，在这里不行。"六弟摇摇头道。"哦，有什么不同之处呢？"李局长追问道。"若在自己的家乡，要扩大规模可以贷款，这里人生地不熟的怎么行啊，谁来相信你呢？这是明显的事，因此还是低调点为妙，不要自讨没趣。"陈六弟微笑着道。"老陈，我看不见得吧，如今政策开放，从上到下都在抓经济发展，我们县政府亦在想办法发展自己的经济，支持先让少数人富起来的方针，并要对办厂的人扶持，特别是银行，要对有发展前途的企业提供有力的贷款。据我们调查与你在民间的信誉，正属于银行支持的类型，若你有意愿扩大规模，我愿效劳，我相信，银行一定会大力支持你的，你考虑一下吧，想好了，到县工商局找我，今天还有其他事，我们先走了。"二位局长起身，打着招呼而走。

陈六弟觉得自己善待职工，带大妹治好她父亲的病一事，已在社会中引起良好影响，这从招工中可以体现出来，今二位局长亲自来羽毛厂视察，并在言谈之中，大有赞赏之感，看来自己的措举可算是成功的，若真的能得到地方银行的支持，扩大规模，大干一场亦无不可。

随着改革开放政策的明朗化，各地方政府已开始将以阶级斗争为纲的方针转向发展经济与重视民生工程，其标准就是"不管白猫黑猫，抓住老鼠的就是好猫"，从而引起了地方政府之间的一场大竞争：都想把自己所在地的经济搞上去，让百姓富起来，否则，就会被上级领导看不上眼，被自己的域民骂无能。新县经济不发达，全县仅有八家私营企业。为了新县的经济发展，县委高书记派各局级干部下乡考察企业发展的情况，并要求他们尽力帮助企业解决困难，支持企业做强做大，因为，这是发展本县经济的唯一可行之路，新县的希望全靠这些私营老板。参加考察的干部都向县委呈上调查报告，高书记亲自一一细看后，决定召开一次企业家大会，共同商讨企业发展问题。

次日，陈六弟来到新县县委会议室参加会议，高书记在会上作了报告："老板们，你们是我新县的宝贝。我们县政府与全县人民美好生活的希望全寄托在你们身上，希望你们把握住开放政策的机遇，抓紧赚钱。为了你们的事业发展，县委会大力支持的，通过研究决定：一、为了帮助企业解决一些困难，县干部从主要领导与局长一级都要有专人负责联帮带工作；二、三年内各企业可以免税免管理费；三、银行将大力为企业提供贷款便利……"

高书记的报告引起在场人的热烈鼓掌，会毕，八位老板还与高书记一起同桌吃饭，这使陈六弟欣喜万分。饭毕，高书记还特意留下陈六弟谈一会，说六弟的羽毛厂是新县规模最大的厂，亦是新县最有希望的企业，因此，高书记要亲自负责羽毛厂的发展工作，并要求六弟打一个发展计划报告，并提出困难的部分，以便于解决，高书记还告诉他，只要有可行性，贷款不限。

陈六弟听了高书记的话，心里无比激动，便立即打电报叫北山来厂商讨发展事宜，北山接到电报后迅速赶到，于是四同年坐在一起，研究起扩大规模之事。

"根据我厂的实际情况与经济条件，目前的规模已是极限了，然而根据党的开放政策与地方政府的要求，我厂的发展空间还是非常之大。近日，县委书记亲自要求我扩大生产，提高经济效益。县府出台三年免税免管理费的优惠政策，若发展规划被县政府认可的，银行贷款可以不限，这是个千载难逢的大机遇，为此，今日我召集各位来此商量一下，如何来发展规模，提高经济效益，在座的都是商场老手，请发表一下自己的想法。"陈六弟说明了今天开会的目的。"好啊，我们终于交运了，只要有资金，当然可以扩大生产的，我支持。"陈武性急，第一个表示支持。"陈武，扩大生产当然是好事，但困难亦相当大，第一个瓶颈就是厂房问题，如今我厂租在人家的祠堂中，要扩大没地方，怎么扩大呀。"陈文担心的是厂房问题。"厂房的确是个问题，我看这样好不好，叫全乡各村为我们办分厂，原料由我们供应，技术员由我们提供，他们负责加工，销路由我们统一安排，工资由我们统一发，这样，既解决了厂房问题，又扩大了厂的规模，如果能得到政府支持与银行贷款，我认为一定能成功。"北山提出了自己的看法。"还是北山聪明，就这样办，请陈文写个计划书，到时我上呈县府，我看上级一定会同意的。"陈六弟觉得北山的意见比较可行，就决定按他的意思去办，当下无话。

　　不数日，高书记在胡文乡楼书记的陪同下来到落石村羽毛厂，陈六弟殷勤接待后，陪同参观了生产车间。见厂房就在一幢古老的祠堂中，高书记心里有些难受。"哎呀，这种屋怎么可以做厂房啊，真辛苦你们了。老陈，这样吧，你打张申请报告，到土管局审批厂房土地，到时我会向他们打招呼的；资金问题需要多少，我已同银行讲过了，你去贷就是。作为胡文乡的羽毛厂部，总不能如此寒酸吧？到时还有很多人来参观的呢！生产要搞上去，厂房亦要建好一点。老楼，这是你乡的事，你要多尽点心，听到没有？"高书记对楼书记严肃地说道。"这当然，这是我乡的龙头企业，我当然要尽力的呀。"楼书记表达了自己的决心。

　　胡文乡共三十六个村，在各方的努力下，每村都办有一个羽毛加工分厂，受业人员上千名，不过一年，胡文乡变成了全县最富乡。羽毛厂的事暂且按下不表。

　　廿三里是小商品市场的发祥地，如今，在义乌官方不算是第一代市场，有很多人不理解，特别是廿三里人。其实是因为当时廿三里属于不被官方认可的非法野市场，而湖清门是工商局发给了摊主营业执照，使摊主得以合法经营，所以，湖清门就成了第一代政府办的小商品市场，而且设立正规的市场管理办公室，这在全国来说，还是首个受政府保护的合法市场，从而引来了全国各地的商贩大胆地奔赴湖清门采购小商品。湖清门并不宽敞，容不下与日俱增的众多商客，仅一年，就变成了全县最拥挤的地段，于是，县政府计划建造规范的第二代市场。

第二代小商品市场建在新马路，虽简易，但摊主们不再受日晒雨淋之苦，而且每日都不断经营，不分赶集日与否，这就既方便了顾客的采购，又提高了摊主的经营效益。

为了义乌经济的快速发展与小商品市场的尽快规范化，第二代市场在夜以继日地建设，通过一年的努力，终于得以完工，并成为全国第一个由政府建设的合法市场，从而引来了各地外商的大量参与。二代市场设摊一千余个，建设市场的经费由各摊位均摊，这一来，既满足了摊主的需求，政府又不用出钱，真可谓是一举两得之事。

开业那天，稠城镇政府出面，在广场中搭了一个台，举行隆重的开业典礼，由王书记主持会议，据说县委书记还要作报告，这是义乌商界有史以来最盛大的会议，参加典礼的除各摊主外，还有来自全国各地的顾客，王书记致开幕词后，县委谢书记上台作报告。

县委书记是何等人物，谁也没见过，听说今天要为大家作报告，大家纷纷伸长脖子踮着脚，想一饱眼福。王书记首先拍手欢迎，台下的人跟着拍手，伴着一阵掌声，谢书记精神饱满、情趣盎然地走上台来。"各位老板们好！"谢书记上台后首先向台下人问好，台下又爆发一阵热烈的掌声。

"喂喂喂！这不是湖清门市场卖针线的那位老谢吗？"有人惊呼道。"对呀，就是他，这王书记会不会弄错啊。"有人见上台要作报告的人竟然是老谢，有些不敢相信。

其实，陈小虎早已看出这位县委书记就是与自己一起摆摊的老谢，这时，他正因自己曾经骂他是糊涂官而悔恨，心里一阵紧似一阵的难受，见大家在议论，更加无地自容。

"老板们，大家辛苦了，今天，我们盼望已久的第二代小商品市场终于建成交付使用了，为此，我们在这里开个开业典礼庆贺一下。大家都知道，我们义乌是一个落后的农业县，义乌的土地贫瘠，因此，靠农业就不可能有幸福的希望，义乌无山可依，无江可托，但义乌有许多善于经商的人才，而这些人才正是我们最宝贵的财富，这从小商品市场中可以得到体现，所以，若义乌想要富起来，别无他选，唯一的途径就是经商办市场。以前，由于经商被当资本主义尾巴来割而受到打击，如今，政策开放了，农民自由了，允许经商了，小商品市场亦兴旺了，义乌的经济正处于腾飞的开始，今后，我们的政策会越来越开放，市场会越办越大，生活会越来越幸福……”台下响起了长时间的鼓掌声。“同志们，其实与各摊主一样，我亦曾在湖清门市场中摆过摊，卖过货。我相信，台下有许多人都认识我，在你们中，还有许多和我很要好的朋友，在这里，我首先要谢谢大家在湖清门时对我的支持与帮助。由于我与大家一起摆过摊，所以我非常了解摆摊的辛苦与经营的困难，亦知道你们需要什么，现在，我既是你们的朋友，又是你们的父母官，所以，请大家相信，今后，我将一如既往地与你们同坐一条船，不管有什么困难，都与你们共同应对。团结就是力量，团结就能克服一切困难，让我们共同努力，为建设美好义乌奋斗吧……”

谢书记报告完毕，迎来了台下的一片欢呼雀跃。

陈小虎快快回家，见名花正怀抱小开放手结头花。“噢，爸爸回家啰，叫爸爸抱抱。”名花边说边起身，放下手中活，将孩子递给小虎。“唉！不要烦我，不要烦我。”小虎不耐烦地推开递过来的孩子，坐在凳上低头不再言语。“怎么了，平时，你回家第一件事就是抱孩子，今天怎么了，谁惹你生气了?”名花莫名其妙地对小虎道。“名花，不要提了，我今生从没有做过对不住人家的事，可是我却做了件对不住谢书记的事，真懊悔莫及啊。”小虎蹲足疾首地道。“你与谢书记根本没接触过，怎么会对不住他呢。”名花有些不明白。“唉！你不知道啊，我的摊与他的摊两隔壁，一起做了三个月的生意，竟还不知道他就是我县的县委书记，这还不算，我还骂过他是糊涂官，你说该死不该死。”小虎讲出了自己心中的纠结。“那你现在怎么知道他就是谢书记的呢?”名花追问道。“你有所不知，他帮商贩们从工商部门要回被扣商品后不久就失踪了，直至今天在开业典礼上才出现，并在台上作了报告，我这才知道那个老谢就是县委书记，因此，我觉得心中有愧啊。”小虎叹着气道。“哦！原来如此，不知者不罪，要不，你找他说个明白吧，何必如此自责呢。”小虎觉得名花说得不错，就决定去县政府一趟，向谢书记道个歉。

次日一早，陈小虎不去摆摊，却来到县委办公室，不料遇见了小谢。“小谢，你怎么在这里啊?”小虎惊喜地打招呼道。“哎呀，是老陈啊，好久不见了，真难得。我离开湖清门后，就一直在这里工作，你有事吗？"小谢热情地握着小虎的手道。"哦，原来如此，我有点事想找你哥，不知他在上班否。"小虎说明了来意。"我哥……"小谢似乎一时记不起来。"在湖清门你两兄弟是与我一起摆摊的。"小虎见小谢一时答不上来，就提醒道。"哦，老陈，对不住了，其实那老谢就是如今的谢书记，他为了开放小商品市场，了解市场的运营情况，特意与我深入现场，以摆摊为名，考察开放的可行性，实说了吧，我只是他的秘书，他并非我哥。"小谢对小虎说出了实情。"哦！原来你俩是在演戏的，我当初就怀疑过，你一个摆小摊的，怎么有如此大的能力，竟将被工商部门扣押的商品全数要回，原来都是靠谢书记之力的，我真是有眼不识泰山，当时还骂过谢书记是糊涂官，我心里有愧，今特意来向他道歉的，希望你帮个忙，让我见见他，行吗？"小虎向小谢恳求道。"老陈，没关系的，谢书记气量极大，这点小事他根本不会记在心上的，更何况当初你又不认识谢书记。好吧，我先去看看，你在我的办公室待会，不过，谢书记非常忙的。"小谢陪同小虎到了自己的办公室，给他倒了杯茶，然后去谢书记的办公室。

约过五分钟，小谢回到自己的办公室。"老陈，谢书记正忙着，他听说你来了很高兴，叫我传话，待他忙完后再来见你，还叫你与他一同吃中饭呢。"小谢告诉小虎道。"谢谢你了，一县之主，工作肯定很忙的，叫我与他吃饭那就不必了吧，下次再说吧，我就不麻烦他了。"小虎见谢书记工作这么忙，觉得不必为了自己这点小事去打扰他，说完，起身欲走。"哎，老陈，这不行，谢书记叫我一定将你留住，你走了我可怎么向他交代啊，坐下，再等会儿吧。"小谢拉住小虎不放手，小虎无法，只得重新坐下。小谢在小虎杯中又冲上了热开水。"老陈，谢书记是位难得的好官，他为了义乌的经济发展真的操尽了心，他一方面要统一领导干部的思想，另一方面又要做好群众工作。目前，政策开放的前景不明，至于应开放到何种程度，谁也不知道，说实话，县委县府内部还存在着姓社与姓资的剧烈争论呢。我曾在谢书记面前担心地问过，像义乌官方办小商品市场这种情况，全国尚未有前例，谢书记这样做，政治风险是否太大，他对我说，只要对老百姓有利的事就应该毫不犹豫地去做，其他一概不重要，其中包括自己的乌纱帽。他的一番话，使我感动得流下了热泪，因此，我是大力支持他的，若他因此而犯下了政治错误，我亦甘愿受罚。"小谢豪爽地道，小虎听罢，感慨万千，这才知道，二谢都是豪情侠骨之人。

　　时至十二时，谢书记才来到小谢办公室。"小虎啊，让你久等了，走，我们吃饭去。"谢书记热情地拉着小虎的手，与小谢一起去县府食堂。"谢书记，这不太好吧。"小虎不好意思地道。"这有什么，我们好久未见面了，我多想你啊，只是忙于工作，不能来见你，如今你来了，多难得啊，我心里高兴，我们朋友一场，要多来走走才好呢。"谢书记朗声说着，不觉来到食堂。"谢书记，你这么迟才来吃饭呀，你看，人家都吃过了，饭菜都已凉了。"食堂工作人员不好意思地道。"没关系，凉就凉了吧，只是冷待了我这位朋友了。小虎，对不住了，若不，我们去街上饭店吃点吧。""你工作太忙，时间紧，我反正冷饭吃惯了，只是太难为谢书记了。"小虎感动之极，他从来也没见过如此爱民的领导干部。

　　"小虎啊，自从湖清门一别，这还是第一次见面，不知你生意如何，有没有困难，或需要我帮忙的事。"谢书记边吃饭，边问小虎道。"谢书记，托你的福，我一切都非常好，今天来不是求你帮忙的，而是求你原谅我的。"小虎说出自己来的目的。"哦？你又没对不起我的事，求我原谅之事，不知从何说起？"谢书记听小虎突然求他原谅，被弄得丈二和尚摸不着头脑，于是放下筷子，一双眼睛凝视着小虎道。"那次一贯被车站检查站扣货时，我曾骂过县委书记是糊涂官，是我错了，不该如此骂，但我实在不知道你就是书记，若不是在二代市场庆典会上见到你，我怎么会想到县委书记竟与我一起摆过摊呢，我真是有眼不识泰山，今日，特来向你道个歉，请多多包涵，大人不计小人过。"小虎终于说出了压在自己心底下已久的话来。"小虎啊，在商言商，在官言官，在湖清门与你一起摆摊，我隐瞒了自己的身份，是我对不住你，并非你对不住我，应道歉的是我而非你，然而话又讲回来，我亦有我的苦衷，并非有意瞒着你，只是因为这是工作的需要。我作为一县之长，有人讲我的好，有人讲我坏，还有人去告我，这很正常，不管人家如何评价，但我始终抱着多为百姓办好事的理念在坚持工作。我与你相处约有三月之久，看得出，你是位勤劳、善良、素质优良的好人，又是商场的活跃分子，如今，我们义乌还很穷，县府的财政收入有限，没有经济，我们想做的许多事都做不了，因此，今后义乌经济的发展还需靠你们来发展，在我们的眼里，你们就是义乌的宝贝，我怎么会怪你呢，小虎，让我们一起携手，为改变义乌的穷貌而共同努力吧。"谢书记神情激昂地道。"小虎，谢书记为了义乌的发展已尽了全力，在他的时间安排上，几乎没有一分空闲的，在星期六、星期日这两天中，人家可以休息，而他这两天更加忙，安排着去农村了解农民的生活情况，农商们需要帮助或有哪些不满意的地方，这样的好领导，我们一定要全力支持他。"小谢禁不住插上几句。"谢书记，小谢，你俩是我一生中见到的最好的人，我一定会全力支持你们的工作的，只是我能力有限，作用不大而已。"小虎谦虚地道。"小虎，一个人的能力有大小，你只要做好自己的生意就好，钱赚得多，富起来了，就是对我最大的支持。"谢书记呵呵笑道。三人边吃边谈，小虎吃的虽是已凉了的饭，但心里却是热乎乎的，饭毕，三人散了，各做各的事去了。

小虎兴冲冲地回到了家，见小开放坐在童车上，名花认真地在做头花。"宝贝，爸回来了，来爸抱抱哦。"小虎满脸笑容地抱起小开放，轻轻地在他嫩脸上亲个不停。"小虎，看样子你见到了谢书记，怎么样，待你客气吗？"名花见小虎心情愉快，知道他已见过谢书记。"见到了，谢书记是位难得的好领导，而且还有那位小谢，其实小谢与谢书记不是兄弟……"小虎将见谢书记的经过一五一十地全与名花说了一遍，只听得名花心里痒痒的。"小虎，你运气不错，什么时候带我去见见谢书记如何？"名花对小虎道。"算了吧，人家太忙了，别浪费他的宝贵时间了。"小虎觉得无要事就尽量不要去麻烦谢书记。"怎么没要事，我有很重要的事与他商讨呢。"名花认真地道。"那就等待机会吧。"小虎见名花如此认真，就只得应付着道。

在新市场中，小虎的摊仍旧与陈艳的摊相邻，在经营空闲中，小虎禁不住将与谢书记接触的事讲与陈艳听，从而吸引了许多顾客的兴趣，于是，听者越来越多，不一时，小虎摊前站着数十人，都想听听这位刚来不久的县委书记为人处世之新闻，说者越说越精彩，听者越听越想听，瞬间，市场变成了说书场。市场管理人员见众多人站在一起不走，严重影响了通道来往之客，就过来交涉。"喂，在干什么，散了散了，这位摊主亦不要再讲了。"小虎见状，亦就停止不讲了，可是，听众们还没听过瘾，见工作人员来干涉，只得依依不舍地慢慢离开。然而，小虎短暂的叙述，早已深入人心，听众们一传十，十传百地很快将谢书记为义乌经济发展尽力的事迹广泛地传开了，谢书记的优良形象亦在社会中不知不觉地树立了。

一天，廿三里镇委书记突然来到陈小虎家，说是星期六谢书记要来小虎家访问，叫小虎当日下午在家等候着，这使小虎夫妻受宠若惊，不知如何是好。堂堂县委书记，怎么可能来平民百姓之家，真是不可思议。

　　星期六即到，小虎早早收摊准备欢迎谢书记的光临，下午一时许，谢书记与小谢俩，还有一名记者在廿三里镇委书记的陪同下，果然来到了小虎家，小虎夫妻慌忙出门迎接，不知后事如何，请看下回分解。

第十八回

谢书记走访乐村　李名花义救陈生

话说谢书记等人来到小虎家，小虎夫妻慌忙迎接进家。"谢书记、胡书记，我家房屋紧，不像样，见笑了。"小虎不好意思地道。谢书记举目四望，见小虎家二间房，内间厨厕一起，外间满地都是做头花的原料与一箱箱成品头花，还有尚未成品的布料，全屋没有一点空处，连坐的地方亦没有，名花倒了四杯茶，就放于一块正在做头花的木板上。"各位领导，请喝杯茶吧，对不住了，连坐凳亦没处放，就委屈各位，坐在编织袋上吧，里面装的是尼龙布，无妨，箱中是成品头花，不能坐。"名花就此款待四位。"谢书记，这儿条件差，还是去镇政府坐会吧。"胡书记看小虎家如此乱象，觉得面子上过不去，就请谢书记到镇政府去谈事。"这儿好，我就喜欢这种环境，因为这反映着创业者的实际情况，不存在任何虚假的成分。老胡啊，请问你，你镇想发展经济吗？"谢书记突然问胡书记道。"当然想啊，哪个书记不想自己的乡镇发展呀。"胡书记毫不思索地应道。"是真的还是假的？"谢书记追问道。"当然是真的。"胡书记应道。"我看不见得吧，若果真如此，你把自己创业的人放在螺蛳壳中怎么发展啊？"谢书记毫不客气地道。"谢书记，我们亦曾研究过，但土地没有指标，我们亦没办法呀。"胡书记为难地道。"解决困难本身就是党的工作，遇见困难就止步就不是好党员，目前，义乌只有经商的，而没有办厂的，这并非说明义乌人不想办厂，我想，像小虎这样的家，他完全有能力办厂，但办在哪儿？机器总不能露天操作吧，所以，若真的想让义乌经济快速发展，就得下决心解决厂房问题。胡书记，你立即打报告到土管局，有几户要办厂的，需要多少土地，今天就写好，时间不够晚上加班，明天送上去，要雷厉风行，时间就是金钱，如今改革开放才开始，谁先谁得利，所以，我们要争分夺秒，早一分钟好一分钟。今晚，我就与土管局局长沟通一下，尽力配合你们的行动，好吗？"谢书记严肃地对胡书记道。"太好了，谢谢谢书记的关怀与支持。"胡书记见谢书记如此果断，心里感激不尽。

"记者，你把小虎家的现状拍几张照片，以后有大用场。"谢书记转身对记者道。记者奉命拍下几张现场照片。

"谢书记，我与你初次见面，相互并不了解，听你一番话后，心里非常感激，不知是否有时间听小妇一番言语。"名花突然发言道。"好啊，既然来到你家，自然要听听你的高论，说吧。"谢书记与名花虽初次见面，但在湖清门时，曾听小虎说名花比小虎能干，这时，他倒想见识见识。"谢书记，我只是女流之辈，说错了请别见怪啊。"名花自先说明道。"女人半边天嘛，听小虎说你还是了不起的人物呢。"谢书记对名花赞道。"在你谢书记看来或许女人只是半边天，而在我家看来，女人不只半边天，不是吹牛，我在这家支撑着大半个天呢。"名花豪爽地道。"嘀，你倒是位直爽女子，我很喜欢像你这样性格的人，细说与我听听。"谢书记对名花的表述非常感兴趣。"谢书记，我相信，你对义乌的经济发展非常关心，而且一定有一套自己的发展宏图，怎样才能使义乌脱贫，你有你的思路，而我亦有我的想法，我们的目标肯定一致，然而在怎么做上或许存在差异，你是吃政治饭的人，一定着重在政治上构思，而我是在社会上混的人，想的是社会现实，我不懂政治，而在社会实践中的体会，你肯定不如我，若你的理念能与我的理念相结合，我想对义乌经济的发展一定能起到如虎添翼的作用，谢书记，你认可吗？"名花侃侃而谈后，问谢书记道。"妙极，继续讲。"谢书记微笑着赞道。"首先谈谈义乌的现状吧，义乌土地贫瘠，人多地少，从长期的集体化中证明，不管政府如何重视农业生产，农民如何拼命劳动，都无法解决吃饭问题，因此，义乌人靠土地是无法得到幸福生活的，必须寻找一条非农经济的道路来谋求发展。谢书记，你说对不对？"名花问谢书记道。"对，说得好，接着讲。"谢书记情趣盎然地道。"后面的事暂且不表，先说说我家的事，因为我家的事与整个义乌的情况相同，可作一对照。在我家的小开放出生前，我家由三个姓组成，并非一家人，由于缘分，才合为一家。我叔因经商而坐牢八年；我与小虎都是失去父母的孤儿，因此，从小就苦，还在杭城一起要过饭，那时，小虎是我的徒弟，一切都是我教他的，我的小名叫野猫，小虎的小名叫野狗，二人受够了人间苦难。现在，我家很好，除住房外，一切都很好，经济发展了，在乐村可算是数一数二的人家了。谢书记，你想知道其中的奥妙吗？"名花问谢书记道。"名花，你很会卖关子啊！讲，讲，我正听着呢。"谢书记呵呵笑道。"我在杭城讨了五年饭，小虎讨了两年，后来被小虎的叔知道了，就托人把小虎带回家。小虎的叔因自己经商而吃大亏，因此不允许小虎再经商，一直把他养在家中不准外出。而我却自由自在无人管教，但我亦不想一辈子流浪，亦想成家立业，后来，我觉得自己长大成人了，必须寻找一条正当的出路，发现三把毛能赚钱，就独闯上海，做起了三把毛生意，时来运转，我仅做了三趟就发财了。我几次要小虎跟我一起发财，但叔不同意，小虎是孝义之人，他只听叔的，可是他始终一事无成，他与我一起在杭城时人是聪明的，到叔家后变笨了。说实话，在杭城时我已经爱上了他，看他如今变得笨手笨脚的于心不忍，我想了一个办法，决定救救他。谢书记，你要听清楚，我怎么救小虎，与你今天救义乌百姓脱贫是一个道。"名花说到此时，特别提醒谢书记道。"名花，不要卖关子了，我正洗耳恭听呢。"谢书记有点着急地道。"一次，我去小虎家，看见两只鸡，我问他叔：'最早，我们的祖先的家鸡从何而来？'叔说是野雉关养久后不会飞了才变成家鸡的。我又问'家狗又是何动物变的呢？'叔说是野狼关养后变的。继而我又问：'若狗与狼相斗，谁胜算大？'叔答当然狼比狗凶。进而我说：'小虎与我相比，谁能量大？'叔是聪明人，经我这一问，他明白了我的意思，于是将我责怪一番。但我最后又说了一句：'叔，小虎关久了，亦会变成小狗的。'从那以后，叔就放小虎去鸡毛换糖了，后来终于还原了本性。"谢书记等人听到这里，禁不住笑出声来。"好一张利嘴，后来你叔又怎么样了呢？"谢书记追问着道。"叔毕竟是聪明人，经我劝说后，就不再管得那么严了。谢书记，我讲的虽是家事，但我觉得与义乌整体情况有点像，希望你作个参考，请勿怪小女多嘴。"名花谦虚地对谢书记道。"自古道，人才出民间，名花真奇才也。听君一席话，胜读十年书，名花，以后还要请你多多指教了。"谢书记十分感谢名花的真诚。

谢书记离开小虎家后，又在乐村走访了多家经商户，发现皆是房屋紧缺，虽有资金，却无发展空间，他意识到厂房应该是当前亟待解决的问题。

为了义乌经济的快速发展，谢书记召开了县委扩大会议，各乡镇书记参与，专门研究开发工业区的问题，并指示，今后的发展方向，应朝转商办厂方面发展。

话说谢书记走访乐村的事很快传开了，特别是陈小虎家，在义乌报上连照片都登出来了，据传谢书记与小虎早已是义结兄弟，感情特别好，再加上能说会道的李名花，与谢书记探讨发展义乌经济时，谈得头头是道，连谢书记亦十分佩服她，一时间，陈小虎夫妻成了整个义乌的新闻人物。

话说陈生判刑已有三年之久，陈母与素素十分挂念。"如今政策开放了，大家都在热热闹闹地做生意，我家陈生为什么如此倒霉，同样的事，又为何会出现两种完全相反的结果？苍天啊，太不公呀。"陈母在家看不到孩子，整日里如失了魂似的。"妈！不要太过伤心呀，哥经商坐牢并不是坏事，你不要因此而闹出病来啊。"素素安慰道。"素素啊，家里没有男人就没有阳气，我们母女俩度日如年，怎么过啊。"陈母说着流泪不止。"对了，妈，如今到处都在说小虎与谢书记相当亲密，我们何不求他去，我想他一定会帮忙的。"素素见母亲流泪伤心，自己亦一阵难过，后来，突然想起外面的传闻，就告诉母亲道。"小虎人虽好，可这样大的事，亦无能为力啊。"母亲叹气道。"妈，小虎又不是外人，试试何妨？这事就由我来办吧。"素素认真地道。"素素，人家这么忙，不要去麻烦人家了，这都是命，无法改变的，忍了吧。"陈母说着，又长叹一声。"妈，我不相信，我这就去他家。"素素不相信哥的命就如此差。"傻丫头，现在小虎尚在义乌城摆摊呢。"陈母看素素如此急，就提醒她道。"妈，没关系，小虎不在名花在，女人与女人好讲话，其实这种事名花比小虎更聪明，胆量亦更大，对，我就与她商量商量。"素素一时兴奋地道。"你一定要去妈亦没有办法，不过讲话要温和一些，不要没大没小的，名花是见过大世面的人，不像你那样什么也不懂，知道吗？"陈母吩咐道。

素素来到小虎家，见名花正在独自结头花，小开放在满地尼龙绸堆中爬着玩。"嫂子，这么忙啊。"素素向名花打招呼道。"哦，是素素啊，请过来坐。唉，你看，我家如此模样，让你见笑了，真不好意思。"名花见素素来家，忙起身相迎。"嫂子，你忙你的，我不过来玩玩，不耽误你的时间。啊呀，你看，小开放长得真可爱，黑发白肤的，长大后一定是位讨女人喜欢的美男子。过来，让姑姑抱抱。"素素说着，将小开放抱在怀里，哄着他玩。"素素啊，真难得呀，家母好吗？"名花关心地问道。"生活上靠你们大家帮助是没什么困难，只是我妈日夜思念着我哥，还经常暗自伤心流泪，我常安慰她亦没用，唉！真不知该如何是好。"素素说着，禁不住又伤心起来。"唉，太不公平了，做点生意，还要受此折磨，算什么理啊。"名花不平地道。"嫂子，听说你与谢书记非常谈得来，可否帮我哥求个情，我想，只要谢书记能帮忙，我哥一定能提早释放的，你说是不是。"素素趁机说出了自己的心里话。"素素，谢书记来过我家是事实，你哥是冤枉的亦是事实，为了你哥早日回家，我将尽力而为，不过，能否成功，可没什么把握，我明天一早就去找谢书记，为你哥抱不平。"名花原本就是爱替人抱不平的性格，见素素求她，亦就爽快地答应了。"多谢嫂子的仗义，我就知道嫂子一定会帮忙的。"素素见名花真的答应帮忙，心里高兴之极。

素素拜别名花，情趣盎然地回到自家，将此事告诉母亲，陈母听了，一直沉郁的心情顿时开朗起来。"谢天谢地，世上除名花外，再也找不到能救自己孩子的人了，她见世面多，政界、商界皆通，乐村可算第一能人，了不起啊。不管是否成功，我们都要感谢她，素素，她是大忙人，明天为我们去见谢书记，耽误了自己的事，我俩吃过中饭去帮她做头花，以弥补一点她的损失，你说对不对。"陈母是善解人意的人，不想名花因为陈生的事而造成家庭损失。"对，我们母女俩下午帮她做头花去。"素素非常认同母亲的说法。

次日一早，陈母俩又来到名花家帮她做头花，名花不让做，陈母俩不依，名花无奈，只得让做，然后将小开放交与她俩照顾，自己跑到义乌城见谢书记去了。

名花来到县委办公室，先找小谢，小谢告诉她老谢正在开会，待开完会再说，于是名花就在小谢的办公室等候着，可是这一等就是四小时，直至十一时，会才开完，小谢急忙陪名花去书记办公室见谢书记。

"哦！名花来了，欢迎欢迎，请坐。"谢书记见是名花，亲自为她倒茶。"谢书记，我来倒吧，你开了这么久的会太辛苦了，应该休息会儿。"名花见谢书记为自己倒茶，心里过意不去，忙上前去，意欲为谢书记倒茶。"不行不行，你初次来这里是客人，应该我为你倒茶，坐着坐着。真难得啊，今天怎么有空来我这里啊？"谢书记不让，一边倒茶，一边问道。"谢书记，我们是朋友，你上次来我家，今天算是回访吧，我看你忙得很，不知近来在忙些什么事？"名花问道。"作为地方政府，当然为地方人民解决当前迫切需要解决的事。今天开会主要讨论三件事，一是各乡镇开发工业园区的事，帮助有条件办厂的人解决厂房问题；二是税收问题，根据党的政策，办厂、经营都要交税，而根据当前义乌市场薄利多销的经营模式，若按国家税收规定，商人根本就没有利润可取，市场亦会失去生存能力，怎么办，经大家讨论，决定采取定额税，亦就是采取养鸡取蛋的形式定税，而不杀鸡取蛋，只要经济发展起来，市场活跃了，税收才会多；三是发展小商品市场问题，目前新马路市场不够大，大约还有半数人没有摊位，所以，正筹划着拓宽市场，建筑第三代市场。"谢书记简单地介绍了开会的主要内容。"谢书记，你真是义乌人民的好干部，这三件事正是当前最重要的事，在此，我先代表义乌人民谢谢你了，不过我认为，义乌的发展离不开党的领导，而更离不开义乌人民自身的奋斗，义乌经济的发展程度，与经商精英们密切相关，因此，除了引导外，保护精英的权利更为重要，如办企业，并非人人可办，做大生意亦非人人能做，商场如战场，千兵易得，一将难求，一般经营者如兵，做大生意办厂的如将，义乌的大发展，应该靠将而非兵，你说对不对？"名花提出了自己的观点。"说得很好，我们亦正在考虑此事，但尚未研究出具体方案来，在这方面，请你提出宝贵意见，我们非常欢迎。"谢书记非常欣赏名花的提议。"谢书记，既然你同意我的观点，那我亦就不客气了。《水浒传》中一百单八将各有专长，为什么偏偏拥戴宋江呢，因为大部分人都受过其恩惠甚至是救命之恩，亦正因如此，梁山才得以盛兴。如今，义乌城内，有许多因经商而落难的精英，至今还有被困于狱中无法发挥其专长的人，你说公平不公平？"名花突然话锋一转，转向陈生身上。"哦，还有这等事？你说得明白一点，我真的不知道。"谢书记惊讶地道。"我村有位名叫陈生的人，他人好口碑好，因背次品有机扣而被判刑五年，这算什么罪啊？如今政策开放，而明知他被冤枉，为什么还是不放人呢？他原是商场中最活跃的人，而如今却被关押着白白误时，无法发挥自己的才能，你说可惜不可惜，所以，我要求你谢书记，帮忙解救他出狱，因为这对他家人来说非常难，而对你谢书记来说，只是举手之劳，只要叫政法部门复查一下就行，对不对？"名花朗声道。"小精灵，这就是你来的目的吧，不过这事你说得亦对，我会认真安排的。好了，已十二时了，我们去吃饭吧。"谢书记呵呵笑道。"你请客还是我请客呀？"名花开玩笑道。"你来我这里，当然是我请了。"谢书记说着，与名花一起走向县府食堂去了。

名花回家后，将情况告诉陈母，母女俩十分高兴，并千谢万谢地感恩不尽。

　　光阴似箭，日月如梭，时过二月，陈生果真被提前释放回家，一家人相聚，有说不尽的辛酸语，道不完的亲情事。"孩啊，看你瘦得如此模样，妈心疼啊，如今回来了，妈又高兴极了，妈为你做好吃的，好好补养身体，这段时间，什么也不要去做，就陪妈说说话，好吗？"陈母拉着陈生的手，一边上下不停地打量，一边温柔地道。"妈，一别已有三年之久，是孩儿不孝，不能在你身边陪伴，只是苦了母亲了。"陈生看着母亲，流着泪水，伤心地道。"哥，你不在家，可知我母女俩多想你啊。这次你出来，全靠名花相帮啊，你得多谢谢她才是。"素素流着热泪对陈生道。"啊，原来如此，那待会儿去她家谢谢就是。"陈生感激地道。当日，陈生洗了个澡，晚饭吃得饱饱的，睡了一大觉，次日，吃了早餐，就急忙去名花家，见小虎已去义乌城，名花与小开放在家。"名花，你母子俩在家啊，今天，我特地来向你道谢的，这次我出来，全靠你帮助啊，真的太谢谢你了。"陈生说着，鞠躬行礼。"哎呀！是陈生回来了，快坐坐，我给你倒杯茶去。"名花见陈生来了，忙停下手中活，去为陈生倒茶。"名花，听我妈道，我这次回家，全靠你在谢书记面前求情。我昨日刚回家，我在外，家中的事你帮了许多忙，真不知如何谢你才好。"陈生再次谢道。"陈生，我们都是同村人，帮来帮去谁不是一样啊，又何必如此记在心上呢？你妈与素素亦不是常来帮我做头花了吗。哦，对了，不知你今后有何打算？"名花关心起他以后的生活来。"唉！我现在家无分钱，真不知该如何是好啊。"陈生叹了口气道。"陈生，你刚出来，我知道你有困难，其他忙我帮不上，若需要资金，你尽管开口，多没有，二三万元没问题。"名花慷慨地对陈生道。"那倒不必，若愿意，你借我二百元就够了，上万元的钱我实在不敢要。"陈生感激地道。"陈生，如今不比以前，市场竞争大了，现在市场正处于薄利多销时期，因此，没有上万的资金不可能有利可图的。或许你在牢中久了，不知道当前情况吧。"名花提醒陈生道。"谢谢了，你对我家的恩情，我早已还不清了，我不想再欠你太多，我是怕欠账的人，一旦欠了人家，就无法入睡，永不安宁，因此，即使借我二百元钱做路费，我已难以启齿啊。"陈生不好意思地道。"是不是想去大府州一趟啊？"名花问道。"是的，那厂长是我最信任的朋友，我想，他一定能帮我重新爬起的，所以说，我只要有路费就够了。"陈生说了实话。"好吧，我相信你一定能翻身的，不过二百元不够，除路费外，还要买套像样的服装，买些礼物等，不要被人看轻，带两千元去，你不要考虑欠账不欠账的，这点钱你就不要还了，就算我的一点心意吧，知道吗。"名花朗声对陈生道。"欠账还钱，不还怎么行，这钱我一定要还的，太谢谢你了。"陈生见名花如此大方，心里十分感激。

陈生在劳改农场中白白误过了三年，想尽快弥补损失，他欲加快行动，便身带名花资助的两千元钱，来到大府州有机扣厂。有机扣厂随着时间的推移，原产品已经过时，一年前，改换为织布厂，生产的是时兴的涤纶布。这天，员工们正在上班，忽听门外唱着催人下泪的哀歌。"北风那个吹来，雪花那个飘飘……""谁在唱歌呀，怎么唱得如此好听。"员工们正竖耳聆听，有人开口道。"总不会是义乌财神吧。"又有人发声道。"可能是吧，除他外，还有谁能有这么好的歌喉呀。"有人接着道。"不可能，听说他已判刑五年，这时他尚未期满呢。""不要乱说了，待我去看看便知道。"陶乖儿听大家议论着，便迫不及待往门外跑，不料，刚到门口处，突然与陈生撞了个满怀。"老陈，真的是你啊，你想得我好苦啊，怎么才来，员工们都想念你呢。"陶乖儿见是陈生，高兴得合不拢嘴，亲热地握着他的手久久不放。"小陶啊，谢谢你和全体员工的关怀，老陈坐牢了，如今变成穷光蛋了，连香烟、糖也买不起，我真的没脸见你们了。"陈生不好意思地道。"唉，我们是老朋友了，说什么有没有的，只要你来看我们，就是最好的礼物。我相信，我们全厂的人，包括厂长在内，都会非常欢迎你的，你慢走，我先去与员工们报个信，让他们高兴高兴。"陶乖儿说着，双脚如驼鸟似的飞跑着进车间去了。"员工们，真的是义乌财神来了，请大家欢迎一下。"陶乖儿对众员工朗声喊道。"嗬，义乌财神又来了，我们欢迎去啊！"顿时，车间内一片雀跃，员工们纷纷停下手中活，都到门外迎接义乌财神去了。"员工们好，今天我是空着手来的，因为坐牢刚出来没钱，因此没买糖烟送你们，只是心里想念你们，特来会会面而已，请大家体谅一下我的苦衷吧。"陈生见众人还是如此看重自己，心里十分难受。

喧哗声惊动了在楼上办公的韦厂长，听说陈生来了，他亦感到有些惊喜，于是，就带一班干部们一起下了楼，紧紧握着陈生的手，请他上贵宾室。"陈老弟呀，这么多年未来我厂，我们全厂的人都在惦念着你呢。"韦厂长亲自为陈生倒了杯茶，亲切地道。"唉！韦厂长啊，真是一言难尽呀，我被两个缺粮户害得好惨啊，真是好人不得好报哟。"陈生叹着气道，紧接着，把自己这三年多来的苦难一五一十地诉说一遍，只听得韦厂长一班人个个咬牙切齿地为他愤愤不平。他们十分同情陈生的不幸遭遇，经大家商量，决定帮陈生东山再起，但不知如何帮助，是否能东山再起，请看下回分解。

第十九回

韦厂长义助陈生　成衣店梅花初恋

　　话说陈生来到大府州，韦厂长出于义气，决定帮他东山再起。"陈老弟，我知道你如今正在落难之时，但亦不必灰心，我们重新来过。目前政策开放了，正是赚钱的好时机，根据你的为人与能力，要发展并非难事。今我厂已改为纺织厂，生产涤纶布，去年我们的生意很好，生产的布供不应求，我们的出厂价每吨一万八千元，给你算一万七千元，而市场价每吨二万元，你只要每吨赚三千元，年销五十吨，就有十五万元，因此，你仅一年就可发财，愁什么呀？"韦厂长以此鼓励陈生道。"韦厂长，你的好意我心领了，可是你说得容易，我身无分钱，虽然你给我一万七一吨，但我现在一千七百元亦拿不出，如何买五十吨啊。"陈生觉得自己没资金，无法做这么大的生意。"唉！老弟，你怎么一时聪明一时呆啊，老兄既然要帮你，怎么会不知道你的处境呢？资金问题我来解决，布你尽管运去就行，但你必须在义乌租个店面，租金我厂付，你只管卖就是，先运十吨，卖掉后再将钱汇过来，我自会再运第二批过来的，资金短缺可以贷款，这都由我安排。你不要小看你老兄，这点能量我还是有的，你相信否？"韦厂长朗声道。"好啊，韦厂长真是我的观音菩萨了，你这不是白送我钱了吗？"陈生兴奋地说。"谁叫我是你的朋友啊，既然是我认定的朋友，怎可有难不帮呢？对了，我还有一事必须与你说明白，现在运过去，你先积存在店面房中，因为此布是过农历八月后才开始有销路，你先租好房，然后打个电报给我，我立即发货就是，租房就以我厂的名义，谈好后我会派人来签合同付款的，以后，我还要以此合同为银行贷款所用呢。"不要说韦厂长经常打麻将，一旦办起事来都是十分认真的，若不，他怎可能担上此职呢，真可谓一品官一品才啊。韦厂长留陈生吃喝一天，陈生无心再留，急着回义乌而去。

陈生回到家，将大府州之行的情况告诉母亲与妹，她俩亦为之高兴。次日，陈生急急去义乌城寻找合适的租房，寻找半天，终于在城中路找到了二间，年租金谈好五千元，便忙打电报给韦厂长。不过三天，厂方来人，签了合同，整理好房屋，准备开业。

为了求个吉利，陈生请人看了个日子，定在六月十八日正式开业，还买来大小鞭炮，热热闹闹地举行了开业仪式，陈生涤纶布批发部就此开业了。

正如韦厂长所说，开业后并无顾客光临。开店容易看店难，陈生独自一人在店里坐不住，就常在近处走走消磨时间。陈生隔壁是一家"姐妹成衣店"，是二姐妹开的，专为人家做衣服，姐妹俩手灵心巧，长得年轻漂亮，生意相当不错，陈生觉得自己走远了布店无人不放心，于是就常坐在她姐妹俩的店里聊聊天。姐妹俩因是隔壁店，亦以礼待人，供他茶喝，时间久了，相互的心情亦了解了。"梅花，我看你姐妹俩生意红火，而我的生意却如此冷淡，真的很羡慕你们啊。"姐妹俩大的叫梅花，小的叫荷花。"老陈，我姐妹俩的是小生意，而你的是大生意，我们怎么可以与你相比呀。"梅花微笑着应道。"什么大生意小生意的，我看你俩每天都那么忙，细细毛雨涨大水啊，我怎么比得上你俩啊。"陈生称赞道。"你啊，刚做这行或许尚未懂，你这涤纶布是秋冬用的，现在虽无人来买，待到八月里，你定然忙得不得了，我们忙一年，或许没你一个月的利润多呢。"荷花接口道。"哦，有这等事？那我就托荷花的口福了，谢谢你。"陈生听荷花这么说，欣慰至极。"老陈，你这涤纶布是做西装的好面料，我做过，男人穿着非常帅，何不剪块自己做一套穿穿，我帮你做一套如何，隔壁邻舍的，我不收你加工费。"梅花慷慨地道。"真的，那就太谢谢你了，不过加工费还是要算的，免得我占了你们的便宜。"陈生经梅花提起，顿开了窍。"行了吧，隔壁邻舍，要互相照应嘛，或许我亦有求你帮忙的时候。依我之见，你最少要做两套，一套自穿，另一套挂在我店里当招牌，人家看到一定会向你买布做一件，这样，你的生意就会好起来的。"梅花为陈生出主意道。"行，说得有理，反正自己的布，又不需去买，就做两套试吧，但你要帮我做得精细一点，好吗？"陈生觉得梅花说得有理，于是立即去拿来一匹布叫梅花用多少剪多少。"你的两套西装是作广告用的，既为你的布料作广告，又为我的手艺作广告，我当然要尽己所能的，你放心，一星期内一定做好。"梅花烂漫地道。

一星期后，两套西装做好，梅花叫陈生试穿。"啊，美极了，陈老板更帅了，连我俩姐妹都喜欢上你了。"梅花看着陈生，上下细细打量一番，然后开玩笑道。"真的，真是如此吗？"陈生自看上下穿着的西装道。"不信，你去全身镜前照照，你穿上这套西装就是地地道道的美男子了。"荷花亦在一旁赞道。成衣店中自有全身镜挂着，陈生对着镜子一照，觉得还满意。"梅花，谢谢你，多少加工费？"陈生觉得这俩姐妹心灵手巧，手艺精湛之极。"隔壁邻舍的，还说什么加工费，算了吧。"梅花谢绝了。"亲兄弟明算账，我们邻舍归邻舍，我怎可占你的便宜呢，一定要算的。"陈生从来不占人家便宜，这时更是如此。"没关系的，现在天气尚热，不是穿西装的时候，这两套西装就挂在我店中当作招牌吧，人家见了，对你我的生意都有好处的，加工费的事以后再说吧。"梅花坚决不肯收，陈生大手大脚惯了，取出了一百元钱给了梅花。"你干什么呀，你两套西装的买价都不要百元钱，快拿回去吧。"梅花又推了回去。"哦，你说这两套西装不值百元钱，你又怎么知道的呢？"陈生有点好奇地问道。"我给你算过，剪下来的布共二斤二两，据你说进价每吨一万七千元，亦就是每市斤八元五角，两套西装的涤纶成本是十八元七角，加上里布扣子，共约二十一元，每套只有十元多点，你给我百元，不是太亏了吗？"梅花细心之极，她早已给陈生算过了。"梅花，你是精细之人，我可大不如你了，难怪赚不到钱。"陈生觉得自己做事太粗，若能如梅花一样细算，以后必定不会吃亏。"陈老板，你错了，大富靠命，小富靠勤，我们是做小生意的，当然要心细一点，否则，就很难赚到钱了，而你就不同了，是做大生意的，都是上万元交易的，口水都是钱，消让一点，就是成百上千的，或许我两姐妹干一个月亦不够，你说，我能与你比吗？"梅花伶牙俐齿，说得头头是道。"在事业上的事，有时候太粗心会造成大损失，然而过于细心，亦容易失去机遇，看来两者都需要吧，今后，若我能与你合作，共同互利，那就真的可说是天衣无缝了。"陈生心有所感地道。"老板，万事都要看缘分的。"梅花笑着回应道。

晚上，陈生躺在床上，梅花的影子始终占据在他的脑海中，觉得她聪明过人，她的长处正是自己所缺的，自己年已二十七岁，此前从未想过女人，这时，由于梅花的出现，突然想到自己应该到娶妻的时候了，然而却正值落难之时，家无分文，怎么结婚，这成了纠结之事，梅花最适合做自己的内当家，但不知她又如何想，一切心中无数，该怎么办，他久久不能入睡。

梅花二姐妹同睡于成衣店中，吃过晚餐无事，正在聊天。"姐，你看陈老板这人如何？"荷花向姐道。"怎么了，你喜欢他了。"梅花微笑着道。"姐！你怎么这样说话，我年纪尚小，是为姐着想呢。"荷花撒着娇道。"那你的意思是想帮我做媒嫁给他是不是。"梅花开玩笑地道。"我只是问你陈老板这人怎么样，又没提起谈婚论嫁，你就这么敏感呀，是不是瞒着我暗自有计划呀。"荷花一双秀目紧盯着梅花道。"去睡觉吧，我不跟你说。"梅花白了一眼荷花道。"姐，我看陈老板气度不凡，是做大生意的人。你看，他的仓库中积压着这么一大堆涤纶布，要一二十万元钱呢，如今一分钱亦没卖，而他心中却无事一般，我都为他着急呢，是不是。"荷花认真地道。"傻瓜，这是季节货，愁什么，待到八九月份时，他十吨布不过一星期便会卖完，你信不信。"梅花有把握地道。"原来如此。对了，我想，姐能嫁给他该多好啊。"荷花微微一笑道。"又说傻话了，人家是大老板，怎么会看上一个村姑呢，真是癞蛤蟆想吃天鹅肉了。"梅花嗔道。"姐亦不能这么说，万事都有争取的可能，你没争取，怎么知道不能呢，若你放弃的话，可别怪我去试试啰。"荷花呵呵笑道。"那你去吧，我保证不与你争。"梅花朗声道。

次日一早，陈生又到成衣店，梅花给他倒了杯茶。"陈老板，你啊，既然开了布行，就不能仅经营单一的涤纶布，比方说顾客向你购涤纶布，而做西装需要里布，你没有，顾客又要到别处买，这多不方便呀，因此，我建议你要多准备一些其他品种，以方便顾客，你说对不对。"梅花为陈生出主意道。"对呀，还是梅花想得周到，我一定想法进些其他品种。"陈生见梅花处处精细，于是，又增加了对她的情意。"陈老板，我姐对你特别关心，对其他顾客可没那么好呢。"荷花嘻嘻笑道。"真的，或许是缘分吧。"陈生亦呵呵笑道。"小小年纪，尽说些没规矩的话。"梅花对荷花嗔道。

陈生经梅花一提醒，觉得对极，于是将她的建议打电报告诉韦厂长。老韦是重义之人，于是，就帮陈生联络了好几家布厂。经过一番奔波，店里终于配齐了各种面料。那几家厂见韦厂长出面，自然按韦厂长同样的方式与陈生进行合作，这一来，陈生的布行便形成了规模。

随着改革开放的深入，义乌各种行业都开始兴起，其中亦包括服装业，而陈生处是义乌唯一的布行，虽季节未到，然而进店看布的人已经渐渐多了起来。陈生见顾客越来越多，就知道是走俏的前兆，为了防止到时忙不过来，就打电报给韦厂长，要求派陶乖儿过来帮忙。陶乖儿不是厂里的主要人员，韦厂长亦就同意了，这下可乐坏了陶乖儿，他兴冲冲地赶往义乌，来到陈生的布行，手勤，口甜，忠心耿耿地帮陈生张罗着门面。"老陈啊，我们的布行尚缺一点东西。"陶乖儿对陈生道。"缺什么呀？我可第一次开布行，什么亦不懂喽。"陈生好奇地道。"你们义乌没有其他布行，仅你一家，难怪你不知道，我们那边就很多，凡布行，都有塑料模特放在门面显眼处，将自己的各种布料披在模特身上作广告，我们何不亦买几个。"陶乖儿建议道。"你说得对，可是这模特不知从何处购得。"当初义乌还没有卖，陈生问道。"这有何难，叫韦厂长帮助买几对托运过来就是。"陶乖儿应道。陈生见陶乖儿说得是，就按他的意见，打电报给韦厂长，不几日，四对男女模特就运了过来，放在布行显眼处，披上自家的产品，使布行更加完善起来。

　　陈生见陶乖儿手勤口亦甜，心里喜欢，然而见他的穿着太过陈旧，有失布行形象，于是就请梅花为他新做两套衣服，一套秋装，一套冬装，这使陶乖儿受宠若惊，感恩不尽。陶乖儿换去旧装，穿上新做的秋装，冬装暂挂在墙上不穿，他对着镜子照照，见自己如换了个人的样子，心里欣喜之极。

　　夏过秋至，服装行业的老板们除做秋装外，开始选择布料做冬衣，这日，布行来了一个挺胸凸肚的大老板，见他油光光的黑发，胖胖的脸，白衬衫外穿一件笔挺西装，衣领处系一条花领带，脚穿一双闪亮黑皮鞋，约三十来岁，这就是常来购布的服装厂老板陈品生。

　　"陈老板，今天又来购什么布啦！"陶乖儿笑哈哈地向陈老板招呼道。"我只是过来玩玩而已。"陈品生一边应道，一边看着各种布料。"随便玩，我给你倒杯茶。"陶乖儿手勤口甜，给陈品生倒了杯茶。"小陶，你真是位勤快人，谢谢你。"陈品生见陶乖儿如此勤快便称赞道。"顾客至上，为了生意，当然要勤快点呀。"陶乖儿微笑着道。

　　陈品生将茶杯端在手中，一边品茶，一边不停地走动着看各色布料，突然看见墙上挂着一套新西装，不觉两眼发呆，只见这西装设计新颖，风格独具，无丝毫不当之处，他让陶乖儿从墙上取下，拎在手上喜不自胜地问道："你这西装是哪来的?"

"这套西装是布厂特意请上海一流师父做的,给我布行做广告用的。"陶乖儿喜欢吹牛,而且头脑敏捷,瞬间就编出了一套谎话回答陈品生。"哦,原来如此,为了提高产品档次,我曾跑过全国各大城市,其中包括北京、上海,去找西装样品,可惜总找不到称心如意的,最近才从上海服装公司买来两套,你看,我身上穿的就是刚从上海买来的,这套西装花了一千二百元钱呢,但我看还没你这套好看。"陈品生走到全身镜前照看自身的西装道。"陈老板,不是我说你,如果你这套西装要一千二的话,我这套就值两千元。不信,你穿着试试。"陈品生听了,果然脱去自己的西装,穿上陶乖儿的那套,一穿上,就觉得合身之极,对着镜子一照,真是美不可言。"陈老板,怎么样,你穿上这套西装,别说有多潇洒,人也好像年轻了十岁似的。"陶乖儿乐呵呵地笑道。"小陶,你说的是真的吗?若真如此,我就想买你这套西装了。"陈品生穿上陶乖儿的新西装,对着镜子左看右看地看个不停,根本不想脱还了。"唉!这是我厂的招牌,再贵亦不能卖的,陈老板,你千万别打这坏主意啊。"陶乖儿慌忙道。"这有什么不行的,大不了多给钱呗。你不知道,目前市场竞争激烈,我们服装行业靠的就是式样,我喜欢这种式样,所以,想拿回去就按此款式做,客户一定会非常满意的。我是你们的老顾客了,这点面子总要给的吧。"陈品生死皮赖脸地不肯归还西装。"不行不行,你怎可坏我规矩?快还我西装。"陶乖儿急了。"不卖亦得卖,穿在我身上就是我的,但我亦不要你吃亏,钱给你,我那套西装就白送你了。"陈品生从皮包中取出二千元钱,扔在桌上就走。"喂!不行啊,这西装不能卖的呀,陈老板!"陶乖儿见陈品生如徽州佬得宝似的穿了西装就走,心里一阵兴奋,但又故意边喊边追出了一段路。

傍晚,陈生回来,陶乖儿将陈品生强买西装的事一一说与陈生听。"陈品生是我们的顾客,他要西装样品,为的是扩大销路,我们本该支持他才是,如今他付给你两千元钱,还白给了一套上海西装,你赚得太多了。"陈生听了陶乖儿的一番叙述,若有所思地道。"陈哥,我并非不想帮他,只是这套西装是你为我所做的,我不想亦不敢卖啊,现在被陈老板穿走了,这钱应该归陈哥的。"陶乖儿说着,取出了两千元钱递给陈生。"小陶啊,我们亲如兄弟,我的就是你的,你的也是我的,既然衣服已给你了,这钱当然归你所有,你家老母亲正缺钱呢,快寄回家去吧。"陈生不肯接钱，陶乖儿死活不肯，二人相推良久，陈生没法，只得收下，次日，到邮局将这两千元钱寄给陶乖儿家去了。

人有脚头顺，大凡常去走动的地方，就会习惯地走去。成衣店对陈生来说，总有一种说不清的亲切感，吃过晚饭，陈生又来到成衣店中，梅花姐妹俩正在埋头干活，见陈生来了，梅花忙着倒茶让座。陈生对服装是外行，他不知道那陈品生所看中的是什么，这时，才想看看梅花所做每件服装的工艺，他反复看了又看，觉得其手艺果然精细之极，找不出半点欠缺之处，他突然感到，若以她的精良之作推向市场一定火爆，而姐妹俩的名气，也会同时如日中天。"梅花啊，你姐妹俩一天忙个不停，究竟能赚多少钱啊？"陈生试探性地问道。"我们做手艺的不比你们搞批发的，每天赚六七十已算很不错了。"梅花应道。"你姐妹俩手艺这么好，为何不办个服装厂呢？"陈生对梅花提议道。"老陈啊，你倒为我姐妹俩想得周到，但服装厂是那么好办的吗，一要资金，二要销路，三要厂房，四要人才，这四样缺一不可，像我这种姑娘家，见识少，哪有这个能力啊。"梅花呵呵笑着道。"哎，你这么想就错了，事在人为嘛，你说资金，布料我赊给你，厂房可以租，职工可以招，根据你的手艺，产品的销路根本不成问题，我看这四件事你都具备条件了，若你办服装厂，一定比人家强。"陈生继续鼓励她。"老陈啊，既然事事都由你包了，不就如你自己办一样吗？"梅花听陈生如此想帮忙，心里热乎乎的，不禁嘻嘻笑出声来。"梅花啊，你不知道，我是粗人办粗事，而做服装是细心之事，我自知太欠缺，技术是第一要素，我外行，而你是内行。你给陶乖儿做的那套西装，已被服装厂的陈品生老板以两千元钱的高价买去当样品了，这足以说明你技术精湛至极。因此，你有技术上的优势，若不办服装厂，实在是太可惜了。"陈生认真地分析道。"真的该谢谢老陈的一片真心了，不过要做好一件衣服，每处都要计算得十分周密，光靠我姐妹俩，一天实在做不出多少，多找几个人帮忙，质量很难保证，实在令人为难啊。要办厂，就得要办好，若没把握，就不如不办，我们一点经验都没有，更粗心大意不得。"梅花说出了自己的想法。"梅花，你想得真细心周到，我是粗汉子，什么都不如你。不过，前怕狼后怕虎的就成不了大事，若要成就大事，就必须敢字当头，遇到困难时再想办法克服。任何办厂的人，都不是万事俱备的，相对而言，我看还是你的有利条件多。"陈生再次鼓励道。"老陈啊，我两姐妹天生胆子小，又没见过世面，若老陈真想成全，我倒有个办法。"梅花突然神秘地道。"哦？说来听听，我知道你极其聪明，一定有好主意。"陈生惊喜地问道。"我与你合作或许能办好服装厂。你有男人魅力，抓大纲；我懂技术，抓细节。我们之间取长补短，同舟共济，这才是办好厂的最佳状态。不过话又说回来，你是大老板，我是不起眼的手艺人，不在同一档次上，不配罢了。哦！我只是说笑的，莫当真。"梅花坦率地道。"梅花，你没说错，若真心愿意与我合作办厂，我还求之不得呢。不过我一介匹夫，外面跑腿的事我会，厂里管理的事你操心，行不行？"其实，陈生很想办个服装厂，但觉得凭自己一人之力很难，如今梅花虽有技术，但要独自办厂确实亦不容易，若能二人合作，那就再好不过了。"老陈，自古道：人往高处走，水往低处流，谁不想搞点事业呢，我虽一女流，也想搞一番事业哩，如果你这么想，我就立即去租房，办执照，先招收学徒，培养技术人才，你说这一步如何？"梅花兴奋地说。"行，行，我们分头行动吧。"陈生亦愉快地答应了。

起先，陈生因忙于业务，不曾关注梅花姐妹，自从梅花为自己与陶乖儿做了服装后，才与她亲近起来，觉得梅花不仅精于服装工艺，而且聪明灵秀过人，心地善良，温柔可人，不知怎的，突然觉得梅花有的一切，正是自己缺的一面，这次与她的交谈，更了解她的内心世界，爱慕之心油然而生。陈生已是二十七的人了，因忙于事业，从没与女人这么近距离地接触过，梅花算是第一个，想起自己年岁已渐大，不禁想起了婚事来，认为，若能娶梅花为妻，才符合自己的心愿。

姑娘家亦总想自己能嫁个如意郎君，有的注重品貌，有的讲究富贵，梅花与众不同，只想嫁个有事业心的男人，与陈生接触后，觉得他既有魅力，又有事业心，正符合自己的择偶标准，心想，若能与陈生结合，那真是前世的缘分了，但她心里没底，并不知道对方是否看上自己，这就是婚姻的神奇之处，异床同梦，各有所思。

1986年9月中旬，占地4.4万平方米，设摊4096个，总投资440万元，工商、行政、税务、公安等管理机构齐全，银行、邮电、托运、饮食等服务单位进场，可容纳三万人在场内交易的大型小商品市场建成，场内摊位进行分类，服装摊、袜子摊各为一处，这体现着服装与袜子业的快速发展。

服装业需要挡车工，农村非常短缺，为了能进厂赚可观的工资，姑娘们纷纷想学技术。梅花在自家成衣店门口挂起了招徒广告，年轻姑娘们接踵前来，梅花对她们悉心教导，在工艺上要求极严，不准有丝毫差错，她正在为自己未来的服装厂培养高级人才，以免到时影响产品质量。

　　与韦厂长商量后，陈生去农村租来七间二层楼，与梅花一起选购了一整套缝纫机设备，布料是现成的，职工是受过专业培训的，万事俱备，在阵阵鞭炮声中东起服装厂正式开业了。不知后事如何，请看下回分解。

第二十回

城中路布行盈利　服装厂名花说媒

话说陈生的布行，到了八月份，生意果真进入旺季，服装厂的老板们都是上吨进货，陈生第一批仅运来十吨，不到一星期就卖完了，于是急打电报，要韦厂长再运五十吨，韦厂长照办，如此，就在一个下半年销了一百三十吨，每吨赚三元，共赚了近四十万元，于是将这笔钱用来办服装厂，与此同时，为了经营方便，又在篁园市场租来一个服装摊位，叫素素负责经营。正在这时，廿三里工业区招标，陈生买来十亩土地，准备建造厂房，钱不够，由韦厂长帮忙。

服装厂由梅花任厂长，陈生为经理，梅花在厂里负责技术指导，荷花负责培训技术人员，陶乖儿经营布行，素素负责销售，一切安排停当，各负其责。

素素已有了男朋友，名叫罗宏基，在乌鲁木齐市场经营服装生意。

在梅花的精心指导下，第一批西装出来了，素素让罗宏基带到乌鲁木齐去试销，顾客们见到如此精美的产品，都很喜欢，所以两百套西装很快被抢购一空，罗宏基立即打电报回厂，要求火速发货，越多越好。陈生与梅花见销路打开，喜出望外，于是就着手扩大生产。

一年后，工业区十亩土地的厂房建成，东起服装厂迁入新址，工厂规模比原来扩大十倍。当时，社会上的普遍月工资在六十至八十之间，而东起服装厂的月工资都在一百至一百二十元间，新厂开业，姑娘们纷纷都想进入，但梅花立了个规矩，即，凡进"东起"的挡车工，必须由荷花审核过，否则，一律不收，这一来，荷花的权力就大了，为了能进入"东起"，姑娘们都求荷花帮忙，然而荷花把关极严，必须对每个人进行技术考核，合格的，就同意进厂，不合格的，必须在培训班中继续培训，直至合格为止。

　　除阿土与木大外，陈茂、大良都在兰州摆摊卖服装，还有二位在石家庄，他们听说陈生的服装非常走俏，于是纷纷求陈生发货，陈生见他们一个个都混得不错，心中一阵欣喜。大良等人因在大府州曾丢了陈生的脸，就一齐向他道歉，并说明当时的实情，陈生知道是阿土与木大所为，事已过去，亦就不去追究了。

　　"东起"服装销到哪儿红到哪儿，很快成了当时的名牌，并在义乌服装业中拥有百分之五十的份额，货始终供不应求，客户们就先交款进行预购。

　　一日，陈生正在办公室看报纸，突然有一约五十岁的妇女来到办公室门前。"同志，请问梅花在哪儿上班呀？"妇女彬彬有礼地问道。"哦，就在隔壁厂长办公室。"陈生亦有礼貌地回应道。"谢谢了。"妇女道了谢，走了。这妇女原来就是梅花的母亲，她第一次来厂，特意来看看自己的女儿，梅花见母亲突然到来，忙起身相迎。"妈，你怎么今天突然想起来这里啊？"梅花惊问道。"梅花啊，你已三个月不曾回家了，妈想你啊，今天我是特意来看你的。"母亲呵呵笑道。"妈，你坐，我给你倒茶。"梅花说着，为母亲倒了杯茶。"梅花，你隔壁那位同志是谁啊？"母亲问道。"那位是经理，怎么了？"梅花回应道。"哦，原来是经理，好帅啊。"母亲双手合拢赞道。"你见过他？"梅花应道。"我刚才进来时，向他打听你的办公室，此人不但帅，而且非常有礼貌，声音洪亮，阳气充沛，真是位好男人。"母亲赞扬道。"那位就是我与你提起过的陈老板，如今我与他合伙办这服装厂的。""梅花，你今年二十一岁了吧？"母亲又问道。"对啊，是二十一岁了。"梅花应道。"不是妈多嘴，亦应该是找对象的时候了，不知是否有看中的人啊！"母亲突然话锋一转，提起梅花的婚事来了。"妈，此事不用你多操心，女儿心中自有数的。"梅花羞答答地应道。"妈怎么能不急呢？你看，我们解放村与你同年的姑娘大都抱上孩子了，而且都没你这样漂亮。我早已说过，家里缺阳气不热闹，就想你找个好男人，增一点阳气嘛，你怎么就不听话呢？今年二十一，明年就二十二了，这日子过得很快，你就是不当回事，妈已经急不可待了，知道吗？"母亲叨个不停。"好了，我去车间一趟，你在这里坐会儿。"梅花见母亲叨个不停，就往车间去了。

　　母亲见梅花听不进去，无奈地独自一人坐在办公室喝茶，良久，不见梅花回来，于是就走出办公室，又来到经理办公室。"陈经理你好。"楼氏见陈生坐在办公室中写什么，想与他聊几句。"哦，梅花在吗？"陈生问道。"在，我是她的母亲，刚才她去车间有事，我想与你聊聊天。""原来你是梅花的母亲，真难得啊，欢迎欢迎，进来坐坐吧。"陈生见是梅花的母亲，兴奋至极，随即起身相迎，并殷勤倒茶让座。"陈经理这么客气啊，老妇怎受得起啊。"楼氏受宠若惊。"不知伯母此来有何事啊？"陈生微笑着问道。"事倒没有，只是过来玩玩，看看她而已，不知她工作可好否，我梅花年纪轻，社会上的事又不懂，怕她得罪人家闹出事来，如今她当上了厂长，又不知能力行不行，我不放心，所以过来看看她。"楼氏温和地道。"梅花很好，她温柔心细，待人和善，手艺精湛，是位了不起的女性，你大可放心，厂里人都非常尊重她呢。"陈生知道做母亲的一片好心，便称赞梅花道。"哎哟，还是陈经理称赞得美，你一番话说得我心里开了花，谢谢陈经理，厂里这么多人，我谁也不认识，你陈经理亦是好，所以我有话无处说，就想与你唠叨几句。梅花不常回家，我亦不在她身边，没人照顾她，我心里一直放心不下，我看你陈经理倒是位心地善良之人，希望能帮我照顾一二，不知可否？"楼氏诚恳地道。"伯母，你梅花如此聪明绝顶之人，根本不需要人家照顾，相反，我还受她的照顾呢。"陈生哈哈笑道。"陈经理，你真是能说会道之人，很会哄人高兴，我家梅花怎能与你相比，你堂堂男子汉是天，梅花一女流是地，在事业上，男女有天壤之别啊，不过，虽然我知道你在哄我开心，但我听了还是心舒之极。说实话，女人有女人的难处，比如说在与人打交道方面，女人总有些不便之处；男人亦有男人的难处，比如说洗衣烧饭之类。因此，男女在外，都会遇上纠结之事，若能互补互助，互相帮助，至少在精神上会舒服一点，又如你与梅花，既然共同创业，你帮助她解决工作上的难题，梅花帮你洗洗衣服之类，这不是很好吗？你说是不是。"楼氏深有含义地道。"你说得对，我们正在如此做呢。"陈生随口应道。"我就知道你俩都是聪明人，应该这样长期下去，感情亦会长久，我亦就放心了。"楼氏呵呵笑道。"伯母，你可能有点误解了，我俩是正常的工作关系，并无其他关系。"陈生听楼氏话中有话，不禁面红耳赤。"是不是你已结婚了，怕闹出笑话来啊。"楼氏追问道。"这倒没有，我还是单身汉一个。"陈生实话实说道。"那就对了，我梅花亦是单身的，若有缘分，二人谈谈恋爱亦是正常的，我做母亲的支持你们，至于成不成，那就全凭你们自己了。"楼氏终于表达了自己的心愿。"谢谢伯母，不过梅花如此优秀，只怕我配不上她呢。"陈生低声道。"怎么可能呢，我第一眼看见你就中意，只是我女儿从未谈过恋爱怕羞，你主动一点，我会开导她的。就这样说定了，我得回她办公室了，记住，就照我说的办，再见。"只见楼氏挥挥手，笑眯眯地走出办公室。

梅花去车间检查质量，一去就是半小时，待她回办公室时，见母亲坐着发呆，便问："妈，你在发什么呆啊?""梅花，怎么去了这久才回来啊，工作有这么忙啊，可惜妈帮不上忙，累了吧，先喝杯茶休息会儿。"楼氏见女儿回来，高兴地起身相迎，并给梅花倒了杯茶。"妈，我去后你是否一直坐在这儿呀，你不出去走走?""我远的不敢去，就在隔壁坐了会儿，与那陈经理谈了几句，我俩还算谈得拢。"楼氏微笑着道。"你与他谈了些什么呀?"梅花听说母亲与陈生谈过话，顿时关心地道。"那陈经理谈吐得体，妈听听他说话都舒服。此人善解人意，是难得一见的好男人啊。"楼氏欣喜地道。"哦，他是怎么哄你如此开心的呀?"梅花好奇地问道。"他呀，说你是女强人，还说都是你在照顾他。是不是真的呀?"楼氏问道。"妈，人家是客气话，你不要信以为真，他怎么会需要我照顾呀?"梅花笑道。"不管他说的是真是假，反正我听了就是舒服。"楼氏欣慰地道。"还说了些什么?"梅花继续追问道。"我问他结婚没有，他回说没有，唉!男人呀，亦有男人的苦楚，我见他衣领上已脏了，亦不知已穿了多久，如果有女人陪伴着，怎么可能有这么脏呢?梅花，我看他一定是位好人，你们的办公室两隔壁，你应该关心关心他的生活。男人不会洗衣服，你应该主动给他洗洗，女人没有男人见识广，他亦会帮你拿主意，家和万事兴，厂和事业旺，这对你们今后的事业发展都是有好处的，知道吗?"楼氏认真地对梅花道。"妈，请你以后不要乱说话，这样会影响我工作的，知道吗?"梅花不满意地道。"怎么了，难道妈说错了吗?"楼氏莫名其妙地道。"我给他洗衣服事小，但让人知道就会产生误解说闲话，你知道吗?"梅花嗔道。"哦，这是正儿八经的事，说什么闲话啊，喜欢说的就让他们说就是，怕什么啊。"楼氏毫不在乎地道。"妈，你说得轻松，人家以为我们有什么不正常关系呢。"梅花为难地道。"有什么不正常关系?他没娶，你没嫁，就说在谈恋爱又怎么啦?妈就喜欢女儿谈恋爱，谈不成亦是正常的，谈成功更好，妈支持你，与人家又有何干?"楼氏精神振奋地道。"妈，他是真正的大老板，我这个厂长是他给我做的，你看，他堂堂大老板，要什么样的女人没有，能看上我吗?所以，你不要一厢情愿，到时害得我难以做人，知道吗?"梅花说出了自己的心里话。"你怎么如此自卑啊,我在义乌城走来走去,从没见过比你还漂亮的姑娘,我不相信这陈老板会不喜欢你,只要你主动配合,一定能成功,你信不信。"楼氏胸有成竹地道。"妈,我是你的亲生女儿,你说我最漂亮是亲情所致,与现实是有差距的,你已是五十岁的人了,与现代年轻人又有差距,所以,赶不上时代了,再不要为我的事操心了,好吗?"梅花拿母亲没有办法,只得安慰一番。楼氏见说不动女儿,当夜住了一宿,次日一早,不高兴地回家去了。

母亲走后,梅花内心荡漾,久久不能平静,心想:母亲虽有些急躁,但想法亦没错,如今自己已二十一岁了,应该到谈婚论嫁的时候了,陈生人品虽然不错,他喜欢自己的手艺,但并不说明爱自己的人,若贸然主动出击,万一被拒绝,那多尴尬啊!如果他真的喜欢自己,自会来求婚,何必急于一时呢,婚姻,毕竟要靠缘分的。

陈生在厂,素素在摊,陈母孤身一人在家无聊,就去服装厂看看。陈生见母亲来厂,心里高兴,就陪着她在厂里到处走走,二人来到服装车间,只见五百来人全在埋头加工,陈生在前,陈母随后,迎着一排排缝纫机而行,陈母不关心职工们的生产,却关注着每个年轻车工的脸蛋,几乎将五百号姑娘看得个透彻之极,然后回到陈生的办公室。陈母见室内有位姑娘正在整理桌上的文件资料,又把桌子先用湿毛巾擦过,再用干毛巾再擦一番,把整个办公室打扫得寸尘不染,使人舒服之极,但见她黑发披肩,白肤似玉,明眸皓齿,两腮红晕杏桃嘴,丰胸细腰瘦长腿,圆圆的屁股更显女人味。"好一副美人坯儿。陈生,你怎么将如此漂亮的姑娘当卫生工来使,多可惜啊。"陈母眯着双眼叹惜着道。"妈,她不是卫生工,而是我们的厂长,她怪孩不会整理办公室,因此常为我整理一下的。"陈生解释道。"哦,原来如此,难怪我怎么看她总不像是干粗活的人。"陈母微笑道。"伯母你好,你太夸张了,我都不好意思了,第一次来这里吧,请坐,我给你倒茶。"梅花见是陈生的母亲,忙去倒茶。"哎,姑娘别倒茶,我们聊聊行吗?"陈母阻止梅花倒茶,急着要与她聊天。"哎,伯母第一次来,我当然要倒茶,否则,就是我失礼了。"梅花边去倒茶,边哈哈笑道。"陈生,你看,这姑娘不但人长得漂亮,而且嘴巴亦如此甜,我在车间里看了这么多姑娘,就没一个比得上她,不知怎的,我第一眼看到她心里就无比舒服,真是有缘啊。"陈母兴奋地道。"伯母见笑了,请喝茶吧。"梅花殷勤地献上茶。"姑娘哪里人,尊姓大名?"陈母亲切地问道。"小女解放村人，姓吕名梅花，多蒙你孩子提携，在这里做厂长，同时亦谢谢伯母的夸奖了。"梅花笑着道。"像你这样好的姑娘谁都喜欢，我陈生是个粗汉，他只知道创业，却不懂谈恋爱，不瞒你说，今年已二十八岁了，只要他回家，我就催他找对象，可他总是害羞不敢接触姑娘，他说太丑的不愿谈，太美的不敢谈，怕人家回绝下不了台，你说说，像他这样的男人能娶到老婆吗，真是急死人了。"陈母说着，唉声叹气起来。"伯母，你多虑了，像陈生这样要相貌有相貌，要事业有事业的人，谁都想嫁给他，愁什么呀。"梅花安慰着道。"真的?""当然真的，梅花怎能骗你。"梅花笑着应道。"你附耳过来。"陈母神秘地道。梅花真的附耳聆听。"我要你嫁给他，如何?"陈母低声道。"伯母，你说笑了，我怎么配呢。"梅花听了陈母的话，顿时脸红耳赤，羞答答地离开办公室而去。"妈! 你刚才对她说了什么呀，害得人家不好意思的，多难堪呀。"陈生见梅花不好意思地离开，料到一定是母亲说了不应该说的话，于是责怪母亲道。"我想她嫁你，不很正常吗?"陈母呵呵笑道。"妈，你怎么可以如此直截了当地说呢，人家是姑娘家，她不尴尬吗? 真是的。"陈生怪母亲道。

　　陈母回家，回味梅花的影子，越想越喜爱，若能娶她为媳，真是前世修来之福，看她那圆圆的屁股，生孩育女一定很好，为了早抱孙子，她已急不可待了，想着想着，一整夜都没闭过眼，次日一早，她来到名花家，她知道名花口舌伶俐，欲请她帮忙说媒。

　　陈母来到名花家，名花正忙着做头花。"名花啊，这么忙啊!"陈母打招呼道。"伯母，今天有空啊，快进屋坐。"名花说着起身相迎，并为她倒茶。"名花，今天伯母有一事求您帮忙哩。"陈母开门见山地道。"哦，有什么事尽管说，我一定尽力而为。"名花爽快地应道。"不瞒你说，我家陈生今年已二十八岁了，至今媳妇无着落，这可把我给急坏了，我想请你说个谋，以了却我的心事，好不好呀。"陈母急切地道。"二十八岁的人了，真应该娶妻了，但不知可有意中人吗?"名花关心地问道。"我昨天去过厂里，见有一位美貌姑娘我很喜欢，而且还是服装厂的厂长，在我孩的办公室隔壁办公，俩人感情还不错，我怕陈生不懂谈恋爱，因此想托你助把力，若办成此事，我将感恩不尽。"陈母有声有色地说道。"好啊，这种机会一定不能放过，我明天就去说，而且保证说成功，你放心吧。"名花心直口快，很有把握地道。"太谢谢你了，我就知道你会帮我的，只要你出马，就有成功的希望，就这么定了，不耽误你的时间了，我家里还有事，先走了，谢谢，谢谢。"陈母千谢万谢笑呵呵地走了。

次日，名花受托来到陈生办公室，见陈生正坐着喝茶。"陈生，混得不错啊，如今发财了吧。"名花招呼道。"哎哟喂，是名花来了，真难得啊，快进来坐。"陈生见是名花，忙起身相迎，殷勤地倒茶让座。"名花啊，你今天怎么有空过来呀，有什么事吗？"陈生问道。"昨日，你妈来过我家，她说你正与那女厂长在谈恋爱，托我助把力，不知是不是真的。"名花直截了当地道。"唉，我妈这人就是爱多事，其实根本没这回事，我真不知道该怎么说才是。"陈生无奈地道。"陈生啊，你都二十八岁的人了，至今尚未婚配，你妈当然心急啊，不要说你妈，就是我亦为你急着呢，若姑娘的才貌通得过，就抓紧落实了吧，省得你妈常为此事而操心了，你说是吗？"名花关心地道。"名花，说实在的，我知道自己年龄大了，亦想娶个媳妇，但我总觉得太差的姑娘不想要，太优秀的又不一定娶得到手，我妈喜欢那女厂长，这不是喜欢就能娶到的事，谁知道对方是怎么想的呢，若万一人家一口回绝，那我的面子怎么放得下呀，真的很为难啊。"陈生在名花面前说出了自己的心里话。"陈生，我先问你，喜欢不喜欢那女厂长，说真话。"名花果断地道。"喜欢是喜欢，但我开不了口。"陈生低声道。"看你还是个大男人，胆子这么小，行吧，这事交给我来办，这女厂长在办公室吗？"名花问道。"可能在，你去看看便知。"

名花来到厂长办公室，见梅花正在打扫卫生。"厂长大人，你好。"名花敲了两声门，招呼道。"哦！有事吗，请进来说话。"梅花见门外站着一位气度不凡的少妇，便客气地应道。"果然是位貌美的女厂长，工作忙吧？"名花进门就夸奖梅花道。"说笑了，请喝杯茶，有什么事，讲吧。"梅花边倒茶边笑着道。"我想为丈夫做套有特色的西装，质量要好，针工要细，听陈生说你的手艺最好，所以要求你亲手为我做，价格不限，你讲多少就多少，决不还价，你看如何。"名花认真地道。"哦，你认识陈生？"梅花不知道对方来历，见她气度不凡，又不知与陈生的关系，因此非常谨慎。"我与陈生是同村人，而且两家关系密切，因此才想到这儿来做套好服装，钱的事好讲话，一千一万都不要紧，就是质量一定要是最好的。"名花道。"这位大姐，我厂此前没有这样的先例，你看这样行不行，我先与陈生商量后再说吧，我一人尚做不了主。"梅花不知对方的真实意图，使了个缓兵之计。"行，抓紧商量吧，我在这儿等候着你的回应。"名花笑着道。

　　梅花离开厂长办公室，来到陈生办公室。"老陈，有人找麻烦来了，如何是好呀？"梅花走进办公室，随手关上门反锁上，然后心慌意乱地道。"谁来找你麻烦的呀，不要慌，说来听听。"陈生见梅花如此慌张，就好奇地问道。"刚才有一位少妇进我办公室，我见她气度不凡，举止奇特，她说要我亲手为她的丈夫做一套西装，要上等工艺，价格上一千一万都不在乎，像她这样口气的人我从未见过，就好像《水浒传》中鲁达找镇关西麻烦一样，这使我心惊肉跳。我知道自己不是她的对手，连她的眼睛亦不敢正看一眼，我心里害怕之极，毫无应对之法，就借故逃了出来，她还说在办公室等我，你说该怎么办？"梅花颤声对陈生道。"傻瓜，那是我村的人，名叫李名花，是位有名的仗义好人，我因经商被判五年，就是在她的帮助下才提前释放的。""是不是受谢书记尊重的那位李名花呀？"梅花惊讶地道。"是啊，你不要看她只是女流之辈，她的本领大着呢，总的来说，她是位好人，但一旦有人触犯她时，撒起野来比谁都狠，就是谢书记亦得让她三分呢，因此，社会上称她是女中豪杰。"陈生添油加醋地赞扬道。"哦，真是闻其名不见其影，原来就是社会上传诵的名人李名花，难怪她有如此豪爽之气，今日总算见识到了，但我还是有点怕她，不敢与她对谈。"梅花心有余悸地道。"怕什么呀，其实她心好着呢，你与她多打交道，一定能从她身上学到很多知识。不要怕，大胆去谈就是，若真的遇到麻烦，再来找我不迟，去吧。"陈生鼓励梅花道。

　　梅花胆战心惊地回到自己办公室，见名花独自坐在办公室中品茶。"名花姐，让你久等了。"梅花客气地招呼道。"这么久了，商量好了吧。"名花若无其事地道。"名花姐，你真的是来定做西装的吗？"梅花怀疑地问道。"当然啦，难道我是来这儿与你开玩笑的吗？"名花微笑道。"当真是百闻不如一见，此前，我只知你的大名，如今一见，果然名不虚传，好一个女中豪杰，我看你另有目的吧。"梅花试探着道。"怎见得？"名花淡淡地道。"其实我的手艺全已传授给这些员工了，且所有产品都已按我的要求做，在严格的质量监管下，并不存在什么差错，不信，我陪你去车间随意拿一套看看，若有不如意时，再要求我做才算正常，现在，你根本没去车间，又没见过我亲手做的产品，而突然间要我亲手做不是借口是什么呢。"梅花听了陈生的吩咐后，胆子亦大了。"果然是位聪明姑娘，既然如此，我亦实话实说了吧，我先问你，陈生这人可好？"名花突然话锋一转，提起陈生来了。"陈生的人品当然好啊,他为人正直仗义,而且宽容诚信愿帮忙,他与你是同村人,怎么还要问我呢?"梅花不假思索地道。"说得好,那我再问你,必须老实回答,你喜欢他吗?"名花来了个突然袭击,不知梅花如何回答,请看下回分解。

第二十一回

工业区陈生结婚　宁波市名花显能

　　话说梅花见名花问她喜欢不喜欢陈生，这使梅花一时惊呆了。"名花姐，你这样唐突不觉得使人尴尬吗？"梅花顿时面红耳赤地道。"这有什么，婚姻之事说复杂就复杂，说简单亦很简单，说白了就是一句话解决问题，即喜欢或不喜欢。我与我丈夫亦谈过恋爱，不过没有托过媒人，我就问我丈夫，你爱不爱我，他说爱，我就说，爱我就结婚吧，就这样，我俩就结婚生子了，你俩同样如此，如果你喜欢他就说喜欢，你们的婚姻就成功了，若你说不喜欢，那就不要误了宝贵的青春，你要知道，如今陈生已二十八岁了，耽搁不起啊，真是如此，我要为他另找姑娘了，这就是我来你办公室的真正目的，知道吗？"名花心直口快，毫不掩饰地道。"名花姐，他又没向我求婚，我怎可随便表态啊，太难为情了吧。"梅花还是羞答答地道。"我说梅花，你亦太封建了吧，现在是我问你，陈生的事自然由我做主，若不，我何必来问你呢？"名花朗声道。"你是他何人，怎能为他做主？"梅花问道。"傻丫头，他托我说媒，我自然做得了主，否则，又何必托我呢？所以，你俩的事就是你说了算，知道吗？"名花口舌伶俐，梅花被说得无以应对。"既然陈生不嫌弃，我自然愿意。"梅花低着头轻声道。"这就对了，今后夫妻和气成家立业，若以后陈生敢欺负你，就告诉我，我一定替你教训他。好了，就这么定了，我的任务亦完成了，谢谢你的配合，再见。"名花哈哈大笑着离开办公室而去。

　　名花情趣盎然地来到经理办公室。"陈生，搞定了。"名花哈哈笑道。"什么搞定了？"陈生疑惑地道。"你与梅花的婚事啊，她已经同意嫁给你了，我正等着喝喜酒呢。"名花兴奋地道。"你不是要她亲手做西装的吗?"陈生问道。"唉,你这就不懂了,那只是借口罢了,为你说媒,得先看看她的相貌,我见她长得漂亮,这一关就通过了,人的相貌其次,重要的还要知道她的智商,因此,我以做西装为名,测试她的应急能力,在交谈中,她竟识破我的计谋,说我做西装是假的,可见她才貌齐全,肯定是个好姑娘,你娶了她,以后亦就幸福了,我亦放心,对吧。"名花微笑着道。"好一张利嘴,我服了你,同时亦谢谢你,到时一定请你坐上首。"陈生满心喜欢地道。"陈生,我的任务完成了,希望你速战速决,争取下半年把喜事办了,我还得回家告诉你妈,她正急着哩,好了,我该走了,你忙吧。"名花说着,告别而去,陈生一直送到门口。

陈生送走名花,心里一阵兴奋,于是就急着来到厂长办公室。"梅花,你终于答应我了。"陈生兴高采烈地道。"算你有能力,自己不主动,却请来一位尖牙利齿的女人来烦我,真的说不过她,只得答应了。"梅花羞答答地道。"我不敢在你面前求婚,是怕你拒绝了我下不了台,因此,请来我村口才最好的人来说媒,如今果然说成了,真的应该好好谢谢她了。"陈生欣慰地道。"名花这女人,不要说是你村最好,我看我们整个廿三里亦选不出与她配对的了,此人奇才也。"梅花赞道。

自从梅花答应陈生之后,陈生压抑多年的情感顿时全部爆发,二人情意相投,形影不离双进双出,沉浸在热恋之中。时至元旦吉日,进行结婚仪式,请来名花夫妇,大府州韦厂长及全体员工,亲朋好友,热热闹闹地庆祝一番,并发给前来祝贺之人每人一套西服。

大门口,来了两位神色憔悴的人,他们穿着一身褪色的旧裳,双手拢在破衣袖内,时而感叹,时而伸长脖子往大门内窥探,欲进又退。

"陈哥,阿土与木大这两名恶徒在大门口鬼头鬼脑地不知想干什么,我拿把扫帚把他们赶走吧。"陶乖儿边向陈生报告,边去拿扫帚欲出门驱赶。"小陶,千万不可胡来,今天是办喜事,要取彩,上门不欺客,这是规矩,你得去请他们进来才对。"陈生一边阻止,一边要小陶去请二位。"这种没良心的家伙,理他干吗,我可不想见他们。"陶乖儿嘟囔着不肯去。"快去请吧,待人要仁厚,奸恶没好处,只要看看他与我们的结果就什么都明白了。"陈生微笑着道。陶乖儿听陈生这么一说,也就情不自愿地去了。

陈生亲热地拉着阿土与木大的手，叫他俩坐在两个空位子上，旁边的二位客人看看阿土与木大的奸相，同时摇摇头，不声不响地离开自己的座位，挤坐在隔壁的宴席中去了。阿土与木大默默地坐着喝闷酒，正在谈笑的客人无一人愿与他俩搭腔。宴毕，陈生叫陶乖儿给前来贺喜的宾客各发一套西服以表谢意，陶乖儿一一照办，但他坚持不发给阿土与木大，陈生无奈，只得亲自把西服送到二人手中。二人见陈生如此厚道，不禁潜然泪下，恨不得狠狠给自己几记耳光，其形凄惨，其声哽咽。

　　话说小虎亦在工业区买来十亩土地，正在建筑之中。"名花啊，目前袜市特别热闹，生意兴隆利润高，我看头花的前途不如袜子好，是否亦去找货源试试啊。"小虎对名花道。"市场的行情你比我清楚，你觉得可以就行，我支持你。"名花毫不犹豫地道。"市场里大都是从诸暨进来的手摇袜，特点是价格便宜质量差，而质量好销路广的电机袜却进货难，你说该走哪条路？"小虎又问名花道。"好货有后，从长期的角度看，当然电机袜有发展前途，依我的意见就卖电机的。"名花分析道。"那好，电机袜出自宁波，我就去那儿闯闯。"小虎与名花商量后，就准备去宁波找货源。

　　上了火车，去宁波背电机袜的义乌人成群结队，小虎跟随而去，到宁波后，同行们分散而去，谁也不知道各人的目的地。小虎初到，不知袜厂在何处，同伴们又不愿带他，这使他一片茫然，无奈之下，只得自己慢慢打听，经过一番努力，终于打听到郊区的一家袜厂，待他到时，早已有七八名义乌人在排队等候着。厂方根据排队人数分配，每人只得到五百双次品袜，单价一元，义乌卖一元一角，每双赚一角，正品袜单价一元七角，因价高而无人买。

　　小虎背了五百双袜子回家，与名花叙述了宁波的情况，觉得这条路并不顺畅。"小虎，生意本来没有路，都是靠人闯出来的，其实，每行都能赚大钱，只是看你怎么做的，这样好了，我去试试吧。"名花久未闯荡，这时心里痒痒的，想出去闯闯。"你出去开放怎么办？"小虎担心开放没人照顾。"这不要愁，我托陈母照顾一下就行。"名花早有打算了。

　　名花独自来到宁波，先向当地人打听宁波最大的袜厂，因大袜厂名气大知道的人自然多，于是很快就打听到了。宁波国营第一袜厂就在宁波郊区，职工八百，503机五十台，日产量一万双。义乌人只购次品，正品反而没人要，名花去时，早已有十几人在排队买次品。名花来到厂长办公室。"厂长大人，我想买批袜子，不知有否。"名花问厂长道。"去排队吧，次品袜子不多。"厂长头也不抬地应道。"我要正品，次品可不要。"名花朗声道。"你不是义乌人吗？"厂长从不见有义乌人买过正品袜子，听名花说要正品，好奇地打量名花一番后道。"怎么，你不见义乌人买正品的吗？"名花反问道。"我看你有些与众不同，正品价高，你赚不到钱的。"厂长提醒道。"没关系，盈亏乃商家常事，不过我从不卖次品。"名花直爽地道。"那好，正品就不要排队了，你要多少？"厂长见对方气度不凡口气大，顿时另眼看待。"先买两万双试试，若好卖下次再来。"名花微笑着道。"我厂是不赊账的，你带钱了吗？"厂长见对方要这么多正品，一下不敢相信。"两万双不过三万四千元钱嘛，出门做生意这点钱总该带的吧，放心吧，点货付钱就是。"名花毫不在乎地道。"那好吧，我叫人拿货，你稍候。"厂长说着，急急出门而去。

厂长办完事回到办公室，见名花跷着二郎腿坐在办公室中抽香烟，知道此女必是老江湖。"女士，我已吩咐下去，给你点货了，到时你去检验一下便是。"厂长恭敬地道。"没关系，你给我包装好托运出去就是，来，抽根烟吧。"名花说着，递了根中华牌香烟给厂长。"好好，谢谢，你不去看货吗？"厂长边接烟边道。"看什么呀，我相信厂长的为人。"名花呵呵笑道。名花的大度举措，使厂长不敢相信，他有生以来还是第一次见到如此奇特的人，心里佩服之极。"客人贵姓大名？"厂长问道。"哦，我姓李叫名花。"名花回应道。"我姓蒋，蒋介石的蒋，就叫我老蒋吧，以后你若需要次品的话，我全留给你，我很喜欢你的气魄。"蒋厂长边自我介绍，边赞扬名花道。"谢谢蒋厂长了，我下次还会再来。"名花笑道。"欢迎欢迎，希望常来。"蒋厂长欣慰地道。

蒋厂长安排人将袜子办好托运手续后，名花告别老蒋回义乌，并将这次买袜子的经过告诉小虎。"名花啊，平时我见你细心之极，这次为什么如此粗心大意的，怎么连袜子质量都不看一眼，就这样糊里糊涂地买来呢，难道你就不怕厂家作假吗？"小虎责怪道。"这你就不懂了，人家是国营厂，凡国有企业都有一套规范制度的，正品次品都有专业人员在管理，若不，这厂还不乱套，因此，你大可放心。"名花向小虎解释道。"这就算对吧，但这么高的价，还有什么利润可取呀。"小虎又嫌正品价大高，愁不好卖。"这趟生意你不要想赚钱，就按进价一元七批发，要赚下次再赚，这就是生意法，若不信，你等着看吧，我包你在这厂里能赚很多钱。"名花很自信地道。"但愿如此吧。"小虎见名花如此说，知道她点子多，亦就无话可说了。

当初，在义乌袜市中，全都是价格便宜的次品袜，唯独小虎的摊上是正品袜，相比之下，小虎摊上摆设特别新艳起眼，因此，想买正品的全到小虎摊上买，而且价格又实惠，生意特别好，两万双袜不过三天就卖完，虽没利润，却卖出了好名气。

名花见打开了市场，于是第二次又去宁波，照样有十几个人排队买次品袜，那蒋厂长见名花来了，兴奋至极，立即吩咐停止卖次品袜，正排队买袜的人被弄得莫名其妙，不过厂长下令亦无可奈何，吵闹一番后只得快快离开，各自另找门路而去。

"老板娘，欢迎欢迎，今天所有的次品袜都给你，不再卖给他们了，先去办公室坐坐，你要的货我会叫人给你准备好的。"蒋厂长殷勤地将名花迎进办公室。"老蒋，谢谢你的关爱，来，抽根烟。"名花说着，递烟过去，她原本不抽烟，为了生意，自己亦叼上一支。"老蒋啊，你这正品袜子价格太高了，不好卖啊，上次两万双袜子只卖了几双零售的，还是积压着呢，是否可以降点价呀？"名花为难地摊摊双手道。"老板娘，我知道这价太高了点，但是我厂里亦没利润啊，其实这价亦仅够保本，如今厂里还积压着十几万双正品袜卖不出去，银行贷款到期要还，职工工资发不出，我们正准备破产呢。"老蒋诉苦道。"这怎么可能呢？"名花不相信地道。"老板娘，你真不知道，厂里五百员工，大部分都是政府工作人员的家属，工作吊儿郎当，不好管理啊，再则，税收百分之十，一分也少不了，我这厂长已经当不下去了，因此，我已提出破产，准备将所有机器设备包括袜子全部处理掉，还清贷款，发清工资，我亦可以自谋出路去了。"蒋厂长叹气道。"哎呀，老蒋啊，好好的厂，说破产就破产，这太可惜了吧。"名花为厂长而怜惜道。"没办法呀，老板娘……哦！对了，我看，如果将我厂的全部设备转让给你办厂，肯定不错，但不知你是否有意愿。"老蒋突然试探着问道。"老蒋啊，说笑了吧，你们都办不好，我这外行更办不好了。"名花笑笑道。"我们办不好，而你一定办得好。"老蒋不以为然地道。"怎见得？"名花好奇地问道。"其一，公办的科室人员太多，许多是白领工资的；其二，税收太重，而你是私办的，可以裁减三分之二的科室人员，又可免一年的税，就凭这两件事就能增加十来万元的收入，你说是不是。"老蒋细算着道。"老蒋说得倒没错，但我毕竟是外行，如果能得到你的帮助或许可行。"名花试探着道。"行啊，我看你这人很好交往，若当真你要厂，我一定尽力帮你。"老蒋坚定地道。"老蒋，在厂里，你的月工资多少啊？"名花此时亦想办袜厂试试，于是就想多了解一些情况。"我的月工资三百元，不多吧。"老蒋如实告知。"若我办这厂，你来当我的厂长，给你六百元如何？"名花问老蒋道。"那是高薪了，当然愿意。"老蒋欣然答应道。"那我就将厂里的一切全托你办理，包括招聘人员、技术、原料等，我做现成的，这行吗？"名花继续问道。"只要你支持我，一切都没问题。"老蒋见名花如此信任自己，欣慰至极。"那好吧，厂里的设备、价格怎么处理，你们商量好再给我答复，如果合理，我同意由你全权处理，行吗？"名花爽快地答应了。"没问题，既然你如此尊重我，今后我又与你站在同一条船上，我当然会偏向你，尽量压低设备的处理价格，你放心吧。这事暂不要外扬，否则我不好办事，待商量好之后，我再打电报给你，你就坐在家里等候佳音吧。"老蒋压低声音对名花道。"行，那就拜托你了，这里有条香烟，你拿去办事时使用吧。"名花说着，递给老蒋一条大中华香烟。老蒋见名花如此大度，推托一番后，终于接受了，当日，名花带五千双次品袜回义乌而去。

名花回到家，将袜厂的情况一五一十地讲给小虎听，小虎高兴之极。"名花，袜市如此热闹，我看办袜厂肯定前途光明，如今，袜摊上的袜子都是从外地背进来的，义乌还没有办袜厂的，我们算是超前了。"小虎兴奋地道。"事亦凑巧，刚好我们的厂房亦建好了，若此事成功，很快就可以投入生产，上次两万袜子虽没赚到钱，却已打开了销路，今后的生意一定很兴隆。"名花非常自信地道。

半月后，名花接到蒋厂长的电报，要她速往宁波商谈有关事宜，名花急急前往。来到厂长办公室，老蒋热情接待。"老板娘，经过半月的研究，厂里终于达成共识，决定所有机器设备以十万元的价处理，还有十万双正品袜子，以男袜每双一元五角、女袜每双一元三角的价一次性处理，我看以这样的价处理，你一定满意吧。"老蒋将厂里的决定告诉名花道。"老蒋，我亦不知道价格，我早已说过，一切都由你全权处理，你说行就行吧。"名花坦率地道。"老板娘，说实话，机器设备十万是给你好大的面子了，如今已有好几位商人愿意以十二万的价购买，但我不同意，回说已有买主了，如果你不要，我立即可以赚两万元，你信不信？"老蒋明白告诉名花道。"我相信你，但不知怎么办手续？"名花问老蒋道。"这个简单，我们签张合同，大约交二十四万元钱就可把东西全部运走。"老蒋回答道。"行，我们就签了吧，这事办好，我俩再签张合同吧。"名花要与老蒋签招聘合同。"行，你把设备运过去，我立即叫机手工来安装机器。还要给你叫职工，基本上以原职工为主，因为她们都是我的老职工，技术熟练，比较放心。"老蒋有条不紊地道。"老蒋，我的理念是疑者不用，用者不疑，既然请你，你就当作自己的厂来管理就是，反正我是外行，一切都相信你。"名花诚心地道。

名花签了合同，欣喜万分，急急告别蒋厂长，回到家中，与小虎二人忙着整理刚建好的厂房，准备安装机器。老蒋见名花如此信任自己，心里无比激动，帮名花拆装袜机、缝头机及倒丝机等，叫来五辆汽车，将设备与十万双正品袜一起运往义乌，还带了两名机手工去安装袜机，经过半月忙碌，机器终于安装完毕，老蒋又去购买原料，叫齐原厂里的挡车工，一同前往廿三里工业区小虎刚建成的新厂房。小虎看了吉日，准备开业大吉，不几日，新袜厂在阵阵鞭炮声中开业了。

小虎在摊上先卖宁波运来的正品袜，价格还是一元七角一双，顾客们见这袜质量好，回头客加新客，生意相当不错，待十万双袜卖完后，自己厂里生产的袜子正好接上，夫妻俩见生意如此兴旺，心里高兴之极。然而办厂毕竟不是那么容易的事，待投产时，染色成了大问题。当时义乌没有染色厂，而袜业必须染色，没办法，只得将尼龙丝运到诸暨去染，而诸暨盛产手摇袜，几乎家家户户都有几台手摇袜机，因此染色厂忙得很，染色要排队，当天运去的丝要等到第二天或第三天才能取货，去染色的人非常辛苦。名花是位事业心强的女人，为了解决染色难题，她就决定自办染色厂，一来可为自厂染色，二来可为义乌人加工。名花叫老蒋找来染色师父，又请师父购来染色设备与各种染料，经过一番劳碌，染色厂亦办起来了，不料问题又出来了：染色属污染性行业，染色后的污水排放在义乌江中，清清的江水顿时变清为污，如此自上而下，经下骆宅乡流向义乌城，从而引起了环保局的重视。义乌原本是穷县，没有工厂，亦没有污染现象，因此，环保局是个空闲单位，仅有正副局长、科长及其他工作人员四五名，并没什么事干，自从名花办起了染色厂之后，环保局的人亦突然之间不得安宁了，于是，局长带头，四五名工作人员迎江而上，找到了名花染色厂中。"老板娘，你厂的污水不能排放在江中。"施局长对名花吼道。"水往低处流,不排放在江中排放到何处呀?"名花无奈地道。"你自己想办法,总归不能排放在江中就是。"当时环保局从未见过此事,亦无先例,他们亦不知道该如何处理污水,但县政府曾有指示,即,政府各部门都要为各行各业的办厂人开绿灯,因此,他们亦不敢为难名花。"那我做个大池,让水流在池中可否。"名花问道。"当前又无别法,先试试再说吧。"施局长亦无计可施,暂时只能如此了。

江水受污染,其责是环保局,怎么处理污水,他们一点经验亦没有,怎么办,施局长召集全体工作人员共同研究想办法,他们非常清楚,建池蓄污水不是办法。"开深井,将污水放进深井中,往地下浸行不行?"一工作人员提出了自己的方案。"不行,那会造成地下水污染的,国家不允许。"吴科长反对道。"处理污水我们尚未有经验,我们必须与厂方共同试验,逐渐摸索出一种有效方案,我看先用漂白粉试试吧。"施局长见大家拿不出好主意来,只得提出了自己不太可靠的方法试试。开了一小时的会,亦没什么好结果,施局长决定由吴科长负责,专门针对处理名花染色厂的污染问题,吴科长带一名助手,每天到染色厂研究处理办法,他用漂白粉试验,不见有效,后又用砂土过滤法,又无效。晚上,名花叫人开了深坑,暗自将污水放入深坑中,放了一整夜,全池的污水都浸入地下,这使名花欣慰至极,正在她洋洋得意时,邻近的农民赶到厂里大吵大闹起来,原来,所有饮水井都被污染了。名花无奈,只得用抽水机将被污染的井水抽洗几遍,直至无污染为止,从此,再也不敢往地下浸水了。不解决污水问题,染色厂就难以开工,环保局亦无法批给营业执照,怎么办,名花只得请老蒋想办法,花钱买来处理污水的设备,请来宁波染色厂的师父传授处理技术,解决了污水问题,最后,终于在环保局批来了第一号染色许可证。

新袜厂厂房占地三亩,是二层楼,宿舍、办公室、仓库等占地三亩,全是七层楼,其余四亩为空间绿化,布局合理,环境优美,与以前的两间老旧房相比,真是天壤之别。北山原与小虎住在一起,后来见家做头花,二间屋太窄,又因丽丽丈夫已故,独自一人做起生意独力难支,就住在北门街王丽丽家。北山与丽丽原是青梅竹马,情意相投,只是时运不佳才未在一起,这时,新房建起,北山就与丽丽同居了。北山一边帮丽丽的忙,一边为江西的羽毛厂采购原料,他在名花的帮助下,继续与上海秀秀等长期合作,又开发了武汉、苏州、杭州等大城市的羽毛门路，加之廿三里毛市，因此，供应自己羽毛厂的原料绰绰有余。如今小虎已建成了自己的新厂房，给北山亦留有房间，他欣慰至极，亦常回家住几天。

一天，一家四口坐在一起吃晚饭。"叔，以前，我们受尽了人间苦难，如今终于翻身了，住房新的，厂亦办成了，生活亦富了，我们应该好好享受一番了。"小虎高兴地道。"小虎啊，你要好好孝敬你叔，若没有他的收养，你现在还不知道怎么样呢。"名花插嘴道。"名花，我家有了今天，都是你的功劳啊，若没有你的帮忙，我与小虎或许还在挨饿呢。"北山微笑着道。"我们一家四口，其实都是前世已定的缘分，否则，怎么会走到一起来呢，是不是。"名花乐呵呵地道。"对，酸甜苦辣都是一家人，如今，我们都享邓小平的福。对了，我们的厂名取了吗?"北山突然转了话题道。不知后事如何，请看下回分解。

第二十二回

陈小虎袜厂开业　李名花智斗红莲

　　按规定，办厂的应先批执照后办厂，表面上看来似乎非常合理，但在实际操作时亦会遇到麻烦。改革开放后，百业待兴，义乌人在长期辛苦经商后，逐步积累了一些资金，听说县府支持转商办厂时，一批人一时心血来潮，意欲办属于自己的厂，然而办厂并非易事，需要相当的资金和原料、销路、设备、技术、厂房等许多条件才能成功，因此，许多人先向工商局批来执照，但当办厂时，却发现许多难题无法克服，因而造成有执照无厂的局面，这种局面，在义乌格外明显。为了解决这一问题，义乌采取了先办厂后审批执照的办法，并开创了批一家像一家的新局面。小虎家办起了袜厂，而且已取得了成功，于是就决定取厂名去报审批以领执照，一家人正在商量着取什么厂名为好。"我看，这厂是名花出力办的，就叫名花袜厂吧。"小虎首先提议道。"不，你是当家人，应该取名为小虎袜厂才对。"名花推让道。"你们俩不要推来推去了，其实二人都为这厂出了不少力，这厂是你夫妻共同努力的结果，与你们的孩子小开放一样，亦是你俩相爱后的结果，因此，我认为就取名为开放袜厂为好，你们说对不对？"北山发表了自己的意见。"好啊，还是我叔有见识，这厂名有意义。"夫妻俩异口同声地赞扬北山一番后，就将厂名定了下来，次日小虎喜冲冲地跑到工商所报批去了。工商所为了义乌的经济发展，很快就将执照批下来了，其注册商标就定为"开放牌"。

　　蒋厂长的工资比原来在宁波时增加了一倍，再加上厂内没有官家子女无人刁难，因此他既卖力又负责任，使袜子在质量上更有了明显提高。不几日，"开放牌"电机袜在市场上成了品牌产品，买的人越来越多，生意越做越红火。

古老的义乌，原是一个贫寒冷落的小城，除短窄的县前街稍好一点外，其他弄巷都与乡镇差不多，自从第二代小商品市场建成后，义乌变成全国性的小商品集散地，顾客来自全国各地，市场四周的房租价飞涨，服务业蓬勃兴起，市场上的来往客商摩肩接踵，五颜六色、琳琅满目的商品令人目不暇接，义乌进入了历史上的最繁华时期。

　　袜子市场中约有五百摊，其产品来自诸暨、宁波、绍兴及广州等地，唯独小虎摊上的"开放牌"袜子是义乌本地产的，由于厂家直销，没有中间商，亦没有运输费，因此，他处于绝对优势之中，生意特别忙。

　　"小虎，生意兴隆啊！"朱一贵来到小虎袜摊中打招呼道。"哦，是表叔啊，请稍候，这时段太忙了，你进来坐会吧。"小虎一边忙着经营，一边叫一贵到摊位里面坐。"不要急，你先忙完了再说，我正有事与你商量呢。"朱一贵见小虎如此忙碌，只得暂在旁等候着。小虎忙了一个多小时，生意才没那么忙。"表叔，近来何处发财啊？"小虎问一贵道。"我在昆明做生意。"一贵应道。"生意可好？"小虎继续问道。"马马虎虎，但不能与你比呀。"一贵谦虚地道。"这次是上来配货的吧，想配些什么商品啊。"小虎又问道。"我在那里百货都卖，说实话，我在昆明市中有一个摊，我孩子振华在卖，而我负责配货，此外我在联系各县市的批发部，由于这些批发部货源短缺，因此我为他们供货，眼看冬季将临，气候转凉，那儿袜子短缺，根据他们的要求，这次我想进一批男女袜子，见你家生产这产品，因此想与你商量一下，是否能供应我一些。"一贵与小虎讲明了自己的目的。"可以啊，我们是亲戚，当然支持你，要多少，尽管说。"小虎爽快地答应道。"数量两万双，男女各半，但我已配了其他商品，现在钱不够，付一半，欠一半，行吗？"一贵有些难为情地道。"没问题，表叔又不是别人，你拿地址来，我明天就给你发过去。"小虎答应道。"那就谢谢小虎了。"一贵感激地道。此日无话，次日，小虎就按一贵的要求，把袜包装好，送托运处办理手续，运到昆明去了。

　　一贵在昆明租来两间屋，一间住房，一间仓库，他将运来的货放在仓库内，然后带样品跑各市国营批发部。起先，国营不与私营合作，后来，随着改革开放政策的逐步明朗，亦试着与私商合作了，一贵采取薄利多销的方法，赢得了各批发部的青睐，每去一次，批发部都会要一批货，正因如此，一贵的生意亦非常可观。

义乌市场有个最大的难题，那就是欠账，大凡欠账者，都是做大生意的人，他们为了效益，往往大批进货，因而造成资金短缺问题，这批人大都是有一万资金做两万生意，而摊主们为了自己的利益，亦想拉大顾客，当然，欠账者大部分都守信，然而难免有些不法分子混入其中，这些人，欠多了，就不再来义乌，这一来，害苦了好一批摊主。

西安有一位名叫徐红莲的女子，约四十岁，衣着时髦，肌肤洁白，虽徐娘半老，却风韵犹存，身边带一名妙龄少女，更是娇妖无比，她常来义乌市场进货，每月至少来两次，并且必来小虎摊上购袜，第一次购去一万双，第二次购去二万双，如此，每来一次都在增加数额，而且出手大方，从不欠账，待第四次来时，因购货太多，当付钱时发现袋里的钱不够付，尚欠三千元，于是说退还三千元钱的袜子。小虎对徐红莲的印象非常好，见她缺钱就主动提出同意欠，待下次再给。徐红莲客气一番后也就接受了，并表示下次一定还清。待第五次来时，徐红莲购了袜子，与前账一并付清，真的守信用至极，小虎十分欣慰。约过月余，徐红莲没来义乌，发一个电报给小虎，说家里有事一时来不了义乌，再过半月才能来义乌，要求小虎给她发十万双男女袜子，到时再来付钱，小虎见她一直信用经营，亦就毫不犹豫地将袜子发了过去，不料，从此徐红莲再无音讯，如消失了似的。时过两个月，小虎有些急了，知道这女子是个骗子，一下子，自己被骗走了十六万元钱，于是就将此事告诉了名花。名花得知后，亦不怪小虎，因为这种事在义乌经常发生，并非小虎一个，便叫小虎赶往西安她家催讨。小虎就叫名花看几天摊，自己坐车去西安，通过一番周折，找到了徐红莲的家，邻居说她常年在外不回家，问村人，说讨债的人很多，是避债在外，小虎没法，快快而归。

白白被骗去十六万元钱，实在气不过，名花想，像徐红莲这样的女人决不会一次罢休，肯定还会来义乌，不过再不会来袜市罢了，于是就每天到市场上去转，意欲碰碰运气，或许能撞上徐红莲，一连转了半月，终于在服装市场上看见了她。名花不动声色地走出服装市场，随即叫来两辆出租车，附耳向司机交代几句，又用大哥大通知小虎做准备，安排人手。

徐红莲拐走了小虎袜款之后，就做起了服装生意，经营服装的陈海良已成了她心中的猎物。徐红莲正在与陈海良谈生意时，有人向她喊话。"老板娘，青春路服装厂品种最多，而且物优价廉，比这市场中优惠许多，为什么不去那儿买呀？"一中年人为徐红莲指点道。"青春路在哪儿呀？"徐红莲听了，极感兴趣地道。"这还不简单，只要花五元钱的出租车费不就到了。"中年人说完后转身自走了。

徐红莲是喜欢收集商业信息的女子，听说青春路有厂家直销，就想去看看，于是离开服装市场，正巧见门口有辆出租车停着，就带着女儿上了车，交代司机去青春路一趟。徐红莲母女俩端坐于车内，小车缓缓地开动，有三辆小车紧随其后，穿过闹市，便直往城外狂驶。约过十分钟，徐红莲发觉有些不对劲，急对司机惊呼道："喂！停车，你怎么往城外跑呀。""请老板娘放心，很快就到。"坐在副驾驶座上的一名大汉冷冷地道。"快停车，我要下去，快开车门。"徐红莲顿觉不妙，一边尖叫不止，一边去开车门。司机不理不睬，只管快速行驶，车门自然打不开。小车继续向东疾驰，徐红莲母女俩急得如热锅中的蚂蚁团团转，只在车内蹲足疾首，可丝毫也起不了作用。

四辆小车飞驰一番后，突然离开公路，转了一个弯，进入了村野小道，不一时，来到偏僻山区，又转过山坡，车"吱"的一声，停在一幢小楼房门前，那里早已站着四位大汉，其中一位就是陈小虎，他们正在等候着这二位小姐的到来。

"老板娘，请了！"小虎见徐红莲母女下了车，忙抱拳施礼道。"陈老板好。"徐红莲见小虎突然出现在这里，心里已明白了是怎么回事，她身处异地，只得无可奈何地向陈小虎还了一礼。"好久不见了，请屋里坐。"小虎态度极为谦恭地道。这时，徐红莲母女身不由己，脸色苍白，耷拉着脑袋，只得跟随小虎进入客厅。徐红莲举目四望，只见客厅中沙发茶几，一派现代化陈设，十四个人分别就坐，徐红莲母女坐在长沙发中，两侧陪坐着两个凶悍大汉，一个个身材魁伟，拳大如斗，客厅内气氛平静，直吓得徐红莲母女心惊肉跳。"陈老板，你这是绑架我母女吗？"徐红莲终于熬不住了，神色惶恐地问小虎道。"哪里哪里，我们之间是老客户关系，怎说绑架了呢，不过，对那些专行诈骗的人，我确实会不择手段地给他一点厉害看看的，否则，我的厂还怎能生存得下去呢。"小虎说着，以眼示意身边的二位大汉，二位彪形大汉会意离去，不一会，强拉进来一位胖汉。"老周，你的十万元钱已欠了半年之久，亦该付了吧。"小虎对那胖子冷冷地道。"我何时欠你的钱？有证据吗？你们这是在绑架我！"胖子对小虎不屑一顾道。

"这么说，就是不想还了。"小虎怒道。"我根本没欠你的钱，何说还不还。"胖子似乎有恃无恐。"那好吧，这家伙有健忘症，你们带下去给他清醒清醒吧。"小虎挥挥手，叫他们下去。二大汉得令，马上把胖子拖入隔壁房间，"嘭"的一声，把门关紧，不一时，乒乒乓乓拳打脚踢声和胖子的惨叫声不绝于耳，不多久，惨叫声渐渐变成呻吟声，最后，连声音亦没有了，只听两汉子发出一阵狂笑。"看他长得胖胖的，谁知这么不经打，还没打过瘾就晕倒了，拿冷水来给他清醒清醒。"随着一阵泼水声，胖子又呻吟起来，并连喊救命。"喊吧，在这山野无人处，你喊破了喉也无人知。我让你再喊，看你还能喊多久。"汉子说着，又响起了拳打脚踢声，直至胖子没出声为止。

徐红莲刚才看见二位拖走胖子的人粗眉大眼模样，早已心中发怵，这时，听见隔壁房内的拳打脚踢声与胖子杀猪般的嚎叫声，差点昏死过去，心想，自己母女弱小身子，若被那凶汉斗大的拳头揍上一拳，哪儿还有小命？如果娇嫩的女儿被揍一顿，更是骨碎筋断了，看来今日在劫难逃，不还钱生命难保了。徐红莲正在恐惧时，二凶汉把奄奄一息的胖子如水里闷死的狗一般，拖出了门外，只见他浑身是血，连被拖过的地上都是殷红的鲜血。"拖到后山去，越远越好。"小虎恶狠狠地道。二汉子唯命自从，将胖子沿地而拖，直往深山处而走，约半小时后，二汉子又回原处，站立在小虎身边，似乎等待着小虎下令，进行第二个节目。

"老板娘，你看，若都像这种人，我们的生意还怎么做啊，真是的，为区区十万元钱，值得受这种苦吗？"小虎面对着徐红莲母女加重语气道。好汉不吃眼前亏，徐红莲强露笑容。"陈老板，生意人本该以诚取信，以和为贵，否则，就会引来极大的麻烦。我这次本想来与你结账，但见服装便宜，又想先做一趟服装生意，如果陈老板手头不紧，我下次再与你结账，若你手头紧，那就先还清你的货款，怎么样？"徐红莲虽是女流，但久跑江湖，脑子反应极快，自知无法脱身，只得找辞下台。"老板娘，正因厂里急需用钱，而债主们又长期拖欠不还，如果不是万般无奈，我亦不愿出此下策。你徐老板娘一直是守信用之人，目前我资金周转不过来，我们得互相体谅才是，你说对吗？"小虎始终与徐红莲客气相待，看不出丝毫为难之意。"既然这样，那就先结你的账吧，服装生意以后再做吧。"徐红莲说完，打开密码箱，付清了十六万元欠款。小虎见目的已达到，就叫人开出租车将徐红莲母女俩送回原处。

徐红莲是武汉人，她的丈夫原是武汉法院的一名科长，二人恩爱之极，生活上亦比较舒畅，不料，五年前，丈夫因癌症而亡，这一突发家庭变故，使得徐红莲失去了依靠。她婚前受父母疼爱而娇生惯养，结婚后又受丈夫的宠爱，因此没有受过苦，更没有参加劳动过，失去丈夫后，她不知如何生活，还要抚养年仅十三岁的女儿杨苗苗，为了生存，她想做点小生意，听说义乌市场很大，于是就带着苗苗与丈夫留下来的三千元钱来义乌批发一些小商品回武汉摆起地摊来，在经营中，发现利润还可以，于是就一直经营着地摊生意，因资金太少，配货量少，只能多跑几趟义乌，然而一个女人跑来跑去不但辛苦，而且还误了摆地摊的时间，于是就试探着赊账。在义乌市场上，对诚信的人来说，赊账并不难，徐红莲第一次赊账就成功了，开始时，赊的账第二趟去一定还清，后来觉得义乌老板很好讲话，赊账又没写欠条，于是就动起了歪脑筋，开始走上拐骗的道路，第一次拐骗了一万元，当时还有些害怕，就不敢来义乌了，她又到温州行骗，成功后又到广州，而且每次都能成功，她在拐骗道路上尝到了甜头，就放弃了摆地摊，转为专业拐骗，她将拐骗来的小商品原价或亏本卖给地方上的经营者，一连拐骗了五年之久，从未失败过，因此胆子越来越大，长期在义乌、温州、广州这三个市场中进行轮流拐骗，每年每个市场拐骗两次，多一次亦不干，这就是她的经营方式。然而久走夜路，必会遇上鬼，这次，算是败在小虎手上了。徐红莲不检查自己的缺德，却怪小虎太狠，她气愤难平，意欲报复，于是又动起了歪脑子来。徐红莲与丈夫虽仅做了六年夫妻，但因丈夫是司法界人士，相处久了，她亦懂了一点法律知识，她认为小虎用绑架用刑的方法逼债已是犯法行为，而且被打的那胖子是否还活着尚不清楚，倒是个严重问题，于是就到义乌县公安局报了案，欲置小虎于死地。

"呜哇呜哇……"随着警车的阵阵汽笛声，四名全副武装的警察来到袜市场，不由分说地带走了陈小虎。

在审讯室中，二名警官坐在上首，边上坐着一名记录员，小虎坐于下首。"你叫什么名字，几岁，家庭住址，详细报来。"一警官严肃地问道。"我姓陈名小虎，现年三十几岁，义乌廿三里乐村人。"小虎如实回答道。"你昨天早上在何处？"警官继续问道。"昨天早上在袜市摊上，后来与几位朋友去了王寸口山凹中玩。"陈小虎答道。"你认识徐红莲吗？"警官再问道。"认识，她是我的老客户，武汉人。"小虎笑答道。"她欠过你的货款吗？""欠过，她是守信之人，已还清了。"小虎心里暗笑道。"你绑架过她母女吗？""没有，昨天早上只是看在老客户的分上，请她到王寸口山凹中看过一场戏罢了。"小虎神秘兮兮地道。"砰"的一声响，警官重重地拍了一下桌子。"你还不老实交代，明明私设刑房，还说看戏，那被打的胖子现在怎么样了？"警官又问道。"哦！那胖子是主演，他好得很哪。"小虎呵呵笑道。"那胖子早被你们打得半死不活了，还说好得很，老实交代，现在他究竟怎么样了？"警官不信小虎所说。"警官，你听谁说的呀？"小虎突然问道。"是徐红莲亲口说的，她愿当面作证。"警官直爽地道。"那好吧，你们可以去现场查勘，那儿还留有演戏时留下的痕迹，可以证明我说的一切都是真的，怎么样？"小虎有恃无恐地道。"好吧，就去看看现场吧。"警官见小虎的神色不像是犯人的模样，为了弄清真相，便决定直接去现场看看，于是，四名警察与小虎同坐警车，直赴王寸口山凹。

三人来到三间楼房处，见一胖子正在门前的地畦中锄地种菜。"警官，你所说的胖子就是他，不是好好的吗？没骗你吧。"小虎手指正在锄地的胖子道。"哦！"警官弄不清真相，随口应道。"表妹夫，今天怎么有空来寒舍啊？"胖子见小虎与四名警官前来，忙停止手中的活，招呼道。"表舅，今天四位警官有事找你。把昨天的事明白彻底地告诉他们吧。"小虎说明了来意。胖子应一声，随后带警察来到家中。"胖子，请你将昨日的事向我们说清楚，不得有假。"警官严肃地对胖子道。"好吧，昨天早上十时许，我表妹李名花来我家，叫我演一场戏，我说不会，她说会教我，我问演给谁看，她说是一名债主。我与表妹从小一起长大，那时她怪点子特别多，常会出一些莫名其妙的点子闹着玩，我亦非常喜欢与她玩，而且总是玩得很开心。昨天，她又说要我演戏，我感觉似乎又回到了童年的时候，自然乐意，而且还要我演主角，我高兴至极，于是她就教我怎么演。时至十一时，我表妹夫带着一班人驱车过来，在他的示意下，我开始登场表演了。我演的是苦戏，被二名汉子拖到房间打，不过不是真的打在我身上，是打在一只箩筐中，我只是在里面嚎叫、呻吟一番罢了，演了一番后，二汉子在我脸上、身上泼了许多红墨水，然后沿地而拖，直往后山而去，这时，我的戏就演完了。当时，我表妹还吩咐我不要破坏现场，至少三天内保留原状，今天我才知道，原来是警官要来查勘，表妹果然英明，事事被她算到，不信，请二位警官去看看，地上还留着那红墨水的印子呢。"胖子一五一十地向警官说得明明白白。二警官听了胖子的话，顿起好奇之心，就叫胖子陪同去看地上的演戏痕迹，并照了相，取了样，准备带回去化验，并基本认定，胖子说的不假，徐红莲说的不真，于是，与小虎一起下山，回公安局去了，此事亦从此了结了。

话说江苏常州是个超百万人口的中等城市，在历史上是个商业繁华的闹市，然而在计划经济体制时开始萧条，但即便如此，与邻近城市比，人气还是较旺。城郊有个和平村，村中有个菜市场，市场边有块空地，空地中摆着三十余个卖小商品的地摊，摊主来自义乌、东阳与上海，东阳、义乌人的商品来自义乌小商品市场，上海人的商品来自上海。为了集体经济，村干部叫一名五十来岁的半老头向各摊主收地块费，每摊每天收一元。由于菜市场与小商品摊基本上连在一起，因此这地方还算是热闹处，地摊的生意亦还算不错。一元钱的地块费并不多，东阳、义乌人都很乐意交，可那些留着长发男不男女不女的上海年轻人常会刁难那半老头。半老头姓应，这天，他一早就去收费。"应老头，今天没开张，一元地块费就免了吧。"老应收至一上海青年的摊位时，遭到了刁难。"年轻人，这是村里的规矩，我是做不了主的。"老应温和地道。"那就先收人家的，待会我开张了再来收吧。"年轻人刁难道。老应无法，只得收下一位了。"应老头，你凭什么收费呀?"上海人的摊全放在一起，第二名青年又开始刁难了。"我是受村领导所托的，这土地是我村的，当然要收取地块费的，一元钱又不多。"老应辩解道。"你有证件吗?"青年继续刁难道。"我是本村人，还要什么证件不证件的。"老应不高兴地道。"收费没证件，谁知道你是什么人呀，先拿证件来再收吧。"青年不肯交费。"不交费就不要在这里摆了，把摊收了吧。"老应见上海人欺人太甚，亦发火了。"这地方又不是你的，凭什么不准我摆。"青年怒道。老应气得脸色青白，忍无可忍地蹲身掀掉摆地摊的塑料布，把青年人的小商品撒满一地。上海青年见了，更怒气冲天，跨步上前，一拳打去，正中老应头上，老应不防这一着，顿时跌了个四脚朝天。

黄松也在这里摆地摊，见上海青年出手打人，老应被打倒在地，忙上前劝解。"喂! 你怎么可以打人啊。"黄松对青年吼道。"是他先掀了我的塑料布，翻了我的摊，这种人不打还打谁啊。"青年亦吼叫道。"我看是你不交费在先的吧。"黄松责怪道。"你这人怎么如此不理智的，我们都是摆摊的，应该帮我才对，怎么还帮他说话呢?"青年人怪黄松道。"我们出外经商贪图平安,放在人家的地块上,交一元钱的费是合理的,你为了这点小钱与人吵架,太不应该了。"黄松批评青年道。"你想为他出头是不是?"青年人拉下脸来道。"为他出头又怎么样?"黄松见青年怒目以对,心里亦发火道。"那我们就单挑试试。"青年摩拳擦掌,摆好架势准备与黄松打一架。不知黄松是否应战,胜负如何,请看下回分解。

第二十三回

黄松常州斗恶徒　月仙商场拜名师

话说上海青年欲与黄松单挑，黄松正在犹豫之时，那老应见事情闹大，便起身悄悄溜走了。上海帮中十几名年轻人中有位老大，身高一米八，身材魁梧，粗眉大眼，拳大如斗，犹如立地金刚一般，使人见之而生畏，上海帮的这些小弟兄们经常闹事，全凭他的暗中指使，他们在此经商，总是抢占好摊位，把东阳义乌人看成乡巴佬，霸气凌人，东阳义乌人常受他们之气。这时老大见青年要与黄松单挑，便起身吼道："上海帮的弟兄们都站起来，为阿宝鼓劲助威。"那青年叫阿宝，老大要为他助威，上海人听了，纷纷起身立阵，立于阿宝身后。"阿宝加油，狠狠地打，我们支持你。"上海帮的众弟兄嚷嚷道。摆地摊的东阳义乌人占三分之二，其中有个叫李勇的，身高一米七，生得豹头凤眼，虎背熊腰，整个身体如铜鼎一般结实，他练得一身好功夫，见上海帮如此霸道，他看不下去了。"是东阳义乌的老乡全站出来，我们不能输给上海帮，那老大我来对付，其他的你们收拾。"李勇说着，第一个站立在黄松身边。东阳义乌的摊主们听了，一个个都起身站到黄松身后，准备与上海帮大战一场。

阿宝以老大为靠山胆大妄为，黄松有众多人助威有恃无恐，阿宝一个冲拳击向黄松面门，黄松亦不是省油的灯，他避过冲拳一拷手拷在对方的腰间，阿宝倒退数步，回身飞腿踢向黄松，黄松眼明手快，接住对方之脚只一送，阿宝顿时倒地。老大见阿宝输了，跨步上前，欲教训黄松一顿，李勇见状奋勇而出，拦在老大面前，老大知道来者不善，于是亦是一个冲拳打向李勇，李勇是习武之人，当然有应对之法，他反应敏捷，待拳到之时，一蹲身避过拳头，使一招乌风扫地，老大不防这一着，一冲拳上身前倾，下身突然被绊，整个身体因失去平衡而跌倒在地。老大在上海帮中有绝对权威，这时被一个乡下佬击败有失面子，于是起身再打，这次他吸取教训，认真应对李勇，先立好马步，然后改为弓步，紧盯对方，待机而出。李勇见了，微微而笑，在第一回的较量中，知道对方虽有蛮力，但下步不稳，并不是自己的对手，见对方又是一个冲拳打来，李勇眼明手快，一手抓住对方的手腕，一手以肘击其胸，只听对方哎哟一声，不敢动弹了。这一闷胸着实不轻，老大只觉胸口气闷，喉头发痒，差点吐出血来。"老大，再来一回。"李勇对老大冷冷地道。这老大吃了两次亏，知道自己不是李勇的对手，随即抱拳施礼道："对不住，我服输了。"

阿宝见老大与自己都被打了，心里不服，于是大叫道："弟兄们一起上。"上海帮的人见了，纷纷而上，东阳义乌人亦一哄而上，双方纠打在一起，哼哈哼哈地打起了群架。

菜市场的人见这边乱哄哄地打起了群架，纷纷赶过来看热闹，一下子，现场围观之人达数百名，正在此时，老应亦从村中集结了百人，一个个手拿棍棒，赶到现场。

双拳不敌四手，上海帮毕竟人少，在混战中，一个个都被打得头破血流，东阳义乌人亦有被打伤的。和平村的大队人马赶到，见还在殴打，于是就一齐上前，将十几名上海帮的人全拿下，直送去派出所。

村书记带着老应去派出所，汇报了当时发生的情况，并对黄松的义举赞不绝口。民警了解情况后，决定双方因斗殴产生的医疗费各方自负，上海帮的人无故闹事拘留三天。

摆摊的人大都租住在和平村，李勇与黄松很近，晚上，李勇来到黄松租房中。"黄松，你今天做得对，这帮上海佬平时老看不起乡下人，好的位子全被他们占领了，我早想教训教训他们，今天才算出了口恶气。"李勇乐呵呵地道。"老李啊，说实话，不是你站出来，东阳义乌人真的还有些怕他们，后来又见你制服了上海老大，东阳义乌人才胆大起来，不过，这次他们败了，今后还需防着点才是。"黄松提醒道。"怕什么，上海帮老大是强手，我与他交了手，知道没什么了不起，他已服输了，其他人更不在话下，放心吧，若再来，有我哩。"李勇朗声道。

"老黄在家吗？"黄松与李勇正在谈话时，门外有人找上门来。"哦，我在家，请进。"黄松听音，好像是老应的声音，就应道。门外一下子进来七个人，老应手中还拎着一袋优质苹果，约有五斤。"老黄啊，今天全靠你出面相救，否则，不知道上海佬还会怎样对我呢，真的该谢谢你了，空手来不好意思，仅带点水果，就算谢礼了，请不要嫌弃。"老应说着，把一袋苹果放于桌上。"哎，老应，这使不得，本应我孝敬你才对，怎可要你破费呢。"黄松慌忙阻止。"老黄，不要如此，否则我不好意思了哦，我给你介绍一下，这位是我村的书记，叫应大鹏，这位是村主任应正汉，这是我内人，这是我女儿月仙，在南京读大学，明年毕业，是她非要我来谢你的，她说对人要滴水之恩涌泉相报，若不是她，我真的还想不到来谢你呢，这二位是月仙的弟弟，应明应亮，一家人都过来谢恩了，我村的书记、村主任听说你如此仗义，亦过来表示感谢了。"老应将众人一一作了介绍。"李勇，帮我上茶。"黄松见这么多人一起来拜访，心中感激不尽，就叫李勇帮忙待客。"我来吧，泡茶是女人的事，怎可麻烦大男人呢。"月仙主动上前，给在场的人各泡了一杯茶。"老黄啊，真的太谢谢你支持我村的工作，以后若用得着处，尽管来找我或村主任，我们一定尽力而为。"应书记诚恳地道。"应书记，谢倒不用谢，这是我应该做的事，不过我有个问题想不通，还要请教书记一二。"黄松认真地道。"什么事，尽管说。"应书记朗声道。"你们每天收一元地块费，一天不过三十余元，还要付老应的工资，有什么花头啊？"黄松问道。"老黄啊，那块地原本是荒着的，给你们这些摆摊的利用起来并非坏事，不过若不收一点，村民那儿没法交代，收吧，真如你所说那样没花头，一半给老应当工资，另一半给村里当收入，一个月亦不过四五百元钱，为这点钱还要遭上海佬的有意刁难，真不知该如何是好。"应书记为难地道。"这有何难，承包掉不就没事了吗？"黄松坦率地道。"怎么承包，承包给谁啊？"应书记道。"只要合理，谁都会承包，其中包括我。"黄松应道。"好啊，承包给别人我不放心，若是你老黄，条件好说，你给个方案吧。"应书记兴奋地道。"我看那块空地足有十亩，每亩租金一万，十亩十万元，你村现成收钱，什么亦别管，行吗？"黄松问道。"价格倒不低，但不知你要这地何用？"应书记问黄松。"当然是办小商品市场啊。"黄松直说道。"老黄，开玩笑了吧，三十余个摊位，十亩土地，用得掉吗，花十万元租费，你还不亏大本。"应书记不以为意地道。"这你就不懂了，只要加以投资，建好规范摊位，然后进行招商，自然能成功。"黄松说出了自己的理由。"老黄啊，说起来很美好，但实施起来就困难了，一则，我村没钱投资，二则，招商没把握，万一失败了，我们可承担不起这么大的风险。"应书记为难地道。"要创业就要承担风险，若你不敢，就让我来吧，十亩地，租金十万元，其他一切你们就不必管了，建筑资金由我投资，摊位收费亦归我所有，请你们村两委商量一下，如果同意，那就签份合同，不同意亦无所谓，我只是为你们集体多收点钱考虑罢了。"黄松认真地道。"按老黄所说，是我村有利，没有人会不同意，不过程序还是要走的，这样好了，我回去开个村两委会，叫大家讨论一下，然后再签合同如何？"应书记觉得黄松一心为村集体利益着想，心里感激不尽。此日无话，各自散了。

老应一家人回家后，不免谈论黄松一番。"爸，这个黄松要承包十亩荒废的地，开口就是十万元，你说是不是太傻了哦。"月仙为黄松担心地道。"月仙，我怎么知道，我看呀，老黄这人气度不凡，他这么做一定是有他的道理在，不必担心他。"老应不在意地道。"不仅是十万元租地费的事，他还要投资建市场呢，又该多少钱啊。"月仙又问道。"十亩地，要建室内市场，就算简易的钢棚，也得四五十万元吧。"老应算着道。"哇呀，要这么多钱！"月仙惊奇地道。"我又怎么知道，听说老黄是义乌人，那里开放得早，比我们这儿富多了，义乌人都很有钱，我看呀，他若没钱，又怎么敢承包这地呢，你愁什么呀。"老应微笑着道。"月仙，读书人只管读好书就行，社会上的事你不懂，就不要多管闲事了。"母亲在边上亦插上一句。"爸妈，我明年就毕业了，毕业后就进入社会了，若社会上的事一点不关心，以后我怎么生存啊，所以，我从现在起，就要混入社会，亲身体验社会生活了。"月仙自有月仙的想法。

月仙今年二十三岁，在南京大学读书，俄语是她的特长。她再过一年就要毕业了，在大学最后的这段时间中，主要是到社会去实践，上课的时间很少。改革开放后，社会经济有了很大的发展，上大学的人亦多了，因此，分配工作上产生了难度。让学生走向社会，其中还包含着学生自己找合适工作的一面。月仙从小读书，从未涉及社会，对她来说，进入社会犹如进入另一所高级大学，且这所大学的知识更有深度，而她一无所知，必须从零开始，便成了社会上的小学生，从何而学，她无从着手。初见黄松时，月仙见他高谈阔论，很一套实践经验，觉得他就是自己理想中的新老师，于是产生了崇拜之感。她有许多问题弄不懂，意欲请教黄松，次日一早，就急急跑到黄松的住处。"老黄在家吗？"月仙在门口喊道。"哦，是月仙啊，真难得，快进屋坐。"黄松见月仙突然到来，忙殷勤相迎。"准备出摊了吧？"月仙问道。"还早着呢，至九点出摊亦不迟。"黄松笑答道。"老黄啊，你怎么一个人住啊，你老婆呢？""我还没娶妻呢。"黄松应道。"怎么不娶呀，我看你年纪亦不小了，应该娶妻了，否则，你一个人经商没帮手怎么行啊，你看，房间如此乱，若有个女人就不会这样了。"月仙说着，动手整理乱七八糟的衣物。"唉，我命运坎坷，娶不到老婆啊。"黄松叹了口气道。"说笑了吧，看你一表人才，心地善良，气度不凡，哪会娶不到老婆啊，我看是你要求太高了吧。"月仙一边为黄松整理房间，一边与黄松聊天。"月仙，别取笑我了，你今天突然来这儿，有什么事吗？"黄松转了话题问道。"并无大事，只是过来跟你聊聊而已。"月仙轻松地道。"嘀，一个堂堂大学生，与我这个大老粗聊得来吗？"黄松惊奇地道。"我这大学生是一无所有的消费者，而你这位大老粗却是每天有盈利的创业者，不向你请教还向谁请教啊。"月仙呵呵笑道。"月仙，你好一张利嘴，毕竟是大学生，我说你不过。"黄松谦虚地道。"老黄啊，我想拜你为师。"月仙认真地道。"你说笑了吧，我可是没文化的人，怎能成为你师。"黄松呵呵笑道。"是真的，不是玩笑，你没大文化但却有社会知识，而我虽有文化，却无社会实践，我毕业之后将步入社会，若不拜师，怎行得通啊，因此，我非要拜你为师不可。"月仙说明了拜师的理由。"月仙，社会上的事非常复杂，与课堂上所教的存在着相当大的差距，一时半响亦说不清楚，必须在社会实践中慢慢体会，并摸索着前进，在这过程之中，难免会碰到挫折，然而要想有成就，就不要怕挫折，只要下决心，逢山开路，遇水架桥，迎难而上，跌倒爬起，尝尽酸甜苦辣，不半途而废，最后一定成功。这就是我一生中的深刻体会，你能做到吗？"黄松侃侃而谈。"我的决心肯定有，但是我不知道应从何做起，讨饭不拜师，饿死无人知，大学毕业后，朝哪个方向走，这是决定人生命运的关键时刻，若没人指点，就有可能出现一错百错的状态，如果能拜你为师，指明方向，或许能起到事半功倍的效果，你说是不是？"月仙坚持自己的理念。"你话是说得没错，但不知你在学校里有什么专长？"黄松见月仙的理念很不错，觉得此女不简单，以后一定有出息，于是就想了解一下她的特长。"老黄，我其他课本的知识并不怎样，就是特别喜欢俄语，因此，我俄语讲得特别好，但真的进入社会后，又发现俄语在社会上根本无用武之地，因此，我担心自己在大学白读了三年，根本不如一个无文化的经商人。我在想，如果不上大学，将这时间花在经商上，或许会更好，但时间不能回转，只得从头开始，先拜你为师，好好学习你的经商知识，再做一个自食其力的好商人，你说对不对？"月仙问黄松道。"哈哈，你抬举我了。其实，你会讲俄语很了不起，如今政策开放，若你能去俄罗斯做生意，会讲俄语就是优势，每年赚百来万并不稀奇，怎说无用武之地呢。"黄松哈哈笑道。"老黄啊，我走出校门，就是社会文盲，光凭俄语就能经商吗？你亦讲得太天真了吧，我不管了，从今天开始，就跟定你了。"月仙讲了这么久，见黄松始终不表态，于是就使出女人的本能，撒起娇来。"哎，这怎么行啊，至少要你父母同意啊。"黄松见月仙突然撒起娇来，一时手足无措。"好，只要你答应，今晚我就叫父母来，到时可不要反悔啊！"月仙欣喜地道。"哎，真拿你没有办法。"黄松摇摇头，叹了口气道。月仙见事已基本成功，就蹦蹦跳跳地回家去了。

"爸，妈，我今天找到了非常满意的老师，大学毕业后，我打算跟着他学习社会学。"月仙回到家，欣喜地对父母道。"大学毕业不分配工作吗，还要去读书？"老应疑惑地问道。"爸，你不知道，如今大学生太多，基本上不分配，老师叫我们自己找。由于我突然走向社会有些茫然，我家既无靠山，又没门道，到何处找工作啊，因此，我得找个师父指导指导，以便于自己明确方向，你说对不对？"月仙征求父亲的意见。"错是不错，但不知你是从哪儿找到的师父。"老应问月仙道。"是义乌人，此人相貌堂堂，为人正直，见多识广，谈吐风生，举措文明，善解人意，疏财仗义，好结朋友，总归什么都好。"月仙津津有味地道。"哦，天下竟有如此优秀的人才，怎么被你撞见的呀。"老应好奇地道。"爸，怎说是撞见的呢，是女儿找到的。"月仙嘟囔着道。"嗬，是找到的，可否带爸去看看。"老应想见见这位奇人。"当然可以，不过我们尚未请师父酒呢，你看过之后，可要你请酒的。"月仙要求父亲道。"女孩拜师，当然要摆酒，但如今坑蒙拐骗的人极多，我不想自己的宝贝女儿上别人的当，所以要去会会你心里的这位师父。"老应做事细心，欲为女儿把关。"爸，你不要小看女儿的眼光，你见到他，肯定非常满意。"月仙很自信地道。"但愿如此吧。"老应微微笑道。

吃过晚饭，老应在月仙的陪同下前往黄松的出租房走。"月仙，这不是老黄的住处吗？"老应见来到黄松的住处，有些疑惑不解。"对啊，这就是老黄家啊。"

月仙告诉爸道。"是不是你说的那位师父就是老黄呀？"老应问道。"就是他，你认为怎么样？"月仙反问道。"傻丫头，弄了半天，原来是老黄，这老黄的人品倒不错，不知你想学他的什么知识。"老应见女儿说的师父就是自己心里崇拜的老黄，心里已有了底。"师父，我爸来了。"月仙向黄松打招呼道。"哦，月仙啊，你还是叫我老黄吧。老应真难得，快进屋坐。"黄松殷勤地迎接月仙父女进屋，并欲去倒茶。"师父，我来倒，你陪着我爸说说话。"月仙抢着为父亲与黄松各倒一杯茶。"老黄啊，我女儿说她拜师了，带我来会会她的新师父，不料就是你老黄，真的是始料不及啊。"老应呵呵笑道。"老应啊，我没一点知识，而你这丫头啊，死缠着要拜我为师，你说荒唐不荒唐，真没办法呀。"黄松摊着双手无奈地道。

"老黄啊，自从那次我被上海佬打，你帮我出头那天起，你一直是我心中最崇拜的人，而且你独闯常州，敢于打抱不平，一定有过人之处，再加上你要承包十亩土地建市场的举动，更可看出你是眼光远大、心胸宽畅之士。在社会上，她根本一点不懂，希望你能给她多多指导，我相信，在你的帮助下，她一定能成为文武双全的女中豪杰。"老应诚恳地道。"老应，过奖了，我哪有能力指导呀，不过既然月仙如此尊重我，就算做个朋友吧，今后互相学习，互相照应就是，你说对不对？"黄松谦虚地道。"那就谢谢老黄了，我们就当朋友走动吧，我女儿呀，虽算大学快毕业了，但还是小孩子气，说话口无遮拦，无轻无重的，有冒犯之处，请老黄原谅些。""月仙心直口快，心灵手巧，可爱得很，哪位男人娶了她，一定会一世幸福的，你生了个好女儿啊。"黄松称赞道。"老黄，谢谢你了，你忙了一天，亦该休息了，这事就这么说定了，我们先回去了。"老应已了解了真实情况，就要回家了。"师父，我看你堆在地上的这几套脏衣已有几天了吧，我带回家给你洗洗，晒干了再带来给你。"月仙早已将黄松的脏衣服装好，见父亲要回家，就带上脏衣跟随父亲而去。"月仙，这怎么行啊，我担当不起啊。"黄松不好意思地道。"没关系，师父的衣服当然应该由徒儿洗的，有什么不行的。"月仙边走边应道。

晚上，应强汉与妻同坐在床上聊天。"老应啊，你父女俩今天去了哪儿啊，谈些什么呀？"方氏关心地问道。"你的宝贝女儿要拜师，她心中的师父就是在市场上为我出力的老黄，我见他人品不错，所以亦同意了，不过，那老黄亦未必答应啊。"老应将当时的情况向方氏作了简单地叙述。"月仙从小受我俩宠爱，一直在学校读书，文化虽不少，但毕竟不能当饭吃，若在学校毕业后有工作分配倒也没事，但如果没有分配，进入社会，她一无所知，到时怎么生活呀。"方氏担忧地道。"这丫头说傻并不傻，正因如此，她才要再拜师学艺嘛，而且眼光亦不错，她竟然看中了老黄，真是缘分呀。""对啊，拜其他人为师，我有些不放心，可老黄这人，我一看就顺眼。既然女儿要拜他为师，那就请他来家吃个饭，一来作为上次帮忙的道谢，二来作为女儿的拜师酒，如何？"方氏认为老黄这人不错，于是欲请他来家做客。"好啊，还是夫人想得周全，这样好了，白天人家要做生意，待晚上请他来家，我们亦可留下足够的准备时间，好吗？""好，就这样办吧。"夫妻俩计划停当，各自盖被睡觉。

次日，一家吃过早餐，老应吩咐月仙请老黄来家吃晚饭，自己去菜市场准备菜蔬酒肴去了。

月仙一早来到黄松的地摊上。"师父，今晚爸请你去我家一趟，有事要相谈，你务必要去，从今天开始，我就跟着你学社会知识了。"月仙直截了当地道。"你当真要学？"黄松问道。"当然是真的，难道是与你开玩笑的吗？"月仙认真地道。"那好，今天就在这儿看看如何经商吧。"黄松微笑着道。

"老板，这布娃娃是怎么卖的呀？"一少妇问黄松道。"哦！美女，请问是给女童还是男童玩的？"黄松问少妇道。"嗬，玩布娃娃还有这么多讲究的呀？"少妇微笑着问道。"当然有啊，男女从小就有性格爱好上的差别，比如玩布娃娃，男童喜欢大点的，女童喜欢小巧一点的，不信，你大小各买一个试试便知。"黄松耐心分析道。"你如此讲来倒也在理，我是买给刚满月的女娃玩的，那就买个小巧的吧。"少妇满意地道。"哦，是个女娃，那一定长得如你一样漂亮可爱吧，长大后亦一定会嫁给一个当官的如意郎，恭喜你了。"黄松美美地赞扬一番道。"呵呵，你这老板心灵口甜，真是个会经营的生意人，谢谢你的称赞，但不知什么价。"少妇见黄松如此称赞自己，心里舒服之极，就想买一个。"女童玩的便宜，五元钱就够了。"黄松给了少妇一个小巧的布娃娃。"看在你刚才称赞我的分上，我就不还价了。"少妇取出五元钱，买走了布娃娃。"美女慢走，下次再来。"黄松望着少妇的背影，又客气了一番。

"师父，人家已走了，还空客气什么呀？"月仙嘟囔道。"这是经商规矩，叫作和气生财。懂吗?”黄松认真地道。“我看你是见到漂亮女人才如此殷勤的吧,我听了你那些肉麻腔的言语,鸡皮疙瘩起来了,说什么和气不和气的。”月仙不以为然地道。“我们是讲究盈利的,又不与人家谈恋爱。经商以盈利为目的,嘴甜生意好,这是在长期经商中得出的结论,绝对正确,唯有像你这样不懂经营的人才不理解,所以,你要好好学,慢慢就会理解的。”黄松对月仙教育道。

　　“老板,这电动胡须刀怎么卖?”一胖妇来到地摊前问黄松道。黄松见来了一位胖妇,身短腰粗,浓眉大眼,发音男不男女不女的。“美女,是给你丈夫买的吧。”黄松亲切地问道。“是啊,我丈夫生得满面胡,因此我想给他买把电动胡须刀,以便每天剃胡须。”胖妇解释道。“对啊,我看你如此漂亮,配个丈夫一定很帅的,应该打扮打扮,胡须长了有失帅气,你如此待丈夫好,一定是夫妻恩爱生活幸福的家庭,好羡慕你啊。”黄松对那胖妇赞不绝口。月仙在一边听了,禁不住笑出声来,为了不被胖妇看见,忙转身捂嘴暗笑不止,黄松见状,伸手暗打一掌在她屁股上。不知后事如何,请看下回分解。

第二十四回

和平村招商引资　孙老大服软认输

　　话说黄松送走胖妇后，见月仙还在嘻嘻地笑个不停。"月仙，你笑什么，疯了是不是?"黄松指责道。"我笑你，哈哈哈……"月仙笑得更加厉害了。"为何笑我?"黄松奇怪地道。"我笑你胡言乱语。"月仙一边哈哈大笑，一边用双手轻拍黄松的胸口道。"我怎么胡言乱语?"黄松追问道。"刚才，你说先前那位少妇漂亮，虽显得有些肉麻，但那少妇真的有些标致，倒也还马马虎虎说得过去，但后来那位胖妇，生得如此丑陋，我看见都恶心，你竟然也称她美女，她的丈夫满面胡，你还说他帅，你道不是胡言乱语又是什么。"月仙擦了擦笑出来的眼泪道。"你亦太幼稚了，这是商业应酬，有什么好笑的。"黄松解释道。"什么商业应酬不应酬的，人家买了东西了，这事不就完了，还讲这么多废话干吗，这不是画蛇添足，多此一举吗?"月仙强辩道。"好了，不跟你多说，今天在摊中第一次实践，你回家写篇体会明天交给我，看你怎么写。"黄松给月仙布置了作业。"好的，今天晚上请到我家来，到时我来接你，我回家准备一下。"月仙说完转身回家去了。

　　老应买来许多蔬菜酒肴，还杀了一只大公鸡，忙了半天，一切准备停当，叫月仙去请黄松来家。黄松不知何事，被月仙强拉硬扯地带到应家，举目而望，只见应家有三间简易楼房，虽缺现代家具，倒也整理得井然有序，一看便知是个勤劳人家。"伯父伯母好。"黄松先打招呼道。"老黄啊，难得难得，快屋里坐，月仙，给你师父沏茶。"老应夫妻热情相待。月仙听父吩咐，急忙为黄松沏了杯茶。"师父，请喝茶。"月仙双手端了杯热茶献上。"谢谢，谢谢。"黄松微笑着感谢月仙一家的款待。"老黄啊，我早想你来家里玩，只是觉得家里没什么可招待你的东西，今我女儿拜你为师，加上上次我被上海佬打，你仗义为我出头，我尚未谢过，今天我买来一些酒菜，请你一起吃个饭，就算一起谢了，请不要嫌弃。"老应说明了自己的目的。"老应啊，上次上海佬的事小事一桩，你还记在心里啊，这次月仙一定要拜我为师，其实我是不配的，见月仙如此单纯可爱，而且社会上的事她确实不懂，因此，我亦想教她一些，以便将来进入社会后能自如应对，于是就糊里糊涂地答应了，请老应不要见笑。"黄松谦虚地道。"老黄真的太客气了，月仙一直在学校里，世事不通，我作为父亲，又教不了她，如今有你老黄来教她，真是有幸之极，谢谢了。对了，待会书记、村主任也来与你会面，顺便谈谈你承包十亩土地的事，我已通知他俩了。""那好，我正等待着他们的消息呢。"黄松听说书记、村主任要来，喜出望外。不一会，书记、村主任果然来了。

"老黄啊，我正准备去你住处找你，后来听说你来我叔家，于是就赶来了，你生意好吧？"原来应强汉与大鹏的父亲是堂兄弟，与大鹏是叔侄关系。"书记你好，谢谢你的关怀，来，这边坐，村主任好，一起坐。"黄松见二位村领导都到了，满心喜欢。"月仙，叫你妈上菜吧。"老应见人已到齐，就吩咐上菜。月仙母女与应明应亮听了，一起端菜上桌。"各位，没什么好菜，一起来吧。"老应给大家倒上酒，然后叫动筷。"老黄啊，上次我们谈的十亩地之事，我召集村两委开过会，并征求过许多村民的意见，他们都说那块地已荒废了好几年，如果你愿意承包，没人反对，两委决定租期为五年，租金共十万元，不知你觉得如何？"书记边喝酒边谈起承包土地之事。"行啊，不过承包土地之事不是儿戏，我们要签过合同，还要交乡政府盖过章，并写明，十亩地是办市场用的，而且要盖钢棚，建摊位，地面铺水泥，还要修厕所等，大约需投资五六十万资金，请问，这笔投资款谁来承担。"黄松提出了自己的看法。"老黄，我村集体资金困难，哪里拿得出如此巨款呀，如今连办公费亦紧张，更不要说五十万了。"村主任为难地道。"既然你村没钱投资，那就只得我来投资了，但我要事先说明，谁投资谁收益，我负责出钱建市场，市场中的收入亦同样归我，其中包括管理费、租摊费，这行吗？"黄松提出了自己合理的条码。"老黄啊，这一算，你要投资六七十万元资金，你承受得起吗？"老应为黄松担心地道。"老应，这不用愁，既然要来承包，必然有此能力，但毕竟是六七十万元，我想十万元承包款分期付，每年付两万，这点面子你村总该卖我的吧。"黄松说出了自己的底线。"没问题，这事包在我身上。我们都知道，一下子投资这么多肯定有困难，大家都会理解。我村里的人都知道你老黄是位大好人，说实话，我还担心你亏了呢，只要你不亏就好，有困难我们一起帮忙来解决。"书记坦率地道。"为了避免有人捣蛋，我还想建一个民警值班室，请派出所派员过来值班，派来值勤的人工资由我付，这事还得由你书记与村主任出面联系。"黄松担心市场建成后治安上出问题，若没有政府支持则很难办。"这是应该的，维持社会治安是派出所分内的事，他们一定会支持，到时我会联系好的。"书记觉得黄松说得头头是道，心里无比佩服。一切基本谈妥，接着大家盛兴喝酒。

"叔，听说月仙已拜老黄为师了，是真的吗？"应大鹏突然问老应道。"对啊，今天就是请拜师酒的啊，亦特地请你二位替我陪酒的，大鹏，叔酒量有限，这事就拜托你与村主任了。"老应拜托道。"好啊，月仙这师父拜得好，我赞同，老黄，来，我敬你一杯，恭贺月仙拜了个好师父。"大鹏举杯，先敬黄松。"哎哟，不敢当不敢当，我敬书记吧。"黄松见书记先敬自己，有些不好意思。"老黄，不要客气，那就一起干吧。"大鹏举杯与黄松碰了一下，二人一饮而尽。"老黄，恭喜你收了个好徒弟，来，我敬你一杯。"应正汉亦举杯敬酒。"村主任大人，你我初次同桌饮酒，有缘啊，来，一起干。"二人碰杯，一饮而尽。"月仙，今天是你拜师之日，你亦敬师父一杯。"老应叫女儿敬酒。"爸，你知道女儿是从不饮酒的呀？"月仙为难地道。"拜师酒怎可不敬酒呢？不会喝就少倒一点，但这酒是一定要敬的。"老应强要月仙敬酒。"月仙，来，少倒一点点，哥有数的，意思意思吧。你师父是明白人，不会怪你的，礼到为好。"大鹏给月仙倒上一点点。"师父，来，徒儿敬你了。"月仙举杯，与师父碰了一下，二人一饮而尽。月仙喝了那杯里的酒，顿时呛了起来，呛了一会，又突然嘻嘻笑个不停。"月仙，你笑什么，规矩一点。"父亲见女儿突然笑个不停，觉得有失礼数，于是嗔道。"爸，我突然想起与师父在摊上的情境，因此禁不住笑出声来。"说着，不禁又哈哈大笑个不止。"月仙，你亦太没礼貌了。"大鹏亦怪月仙道。"各位，没关系，女儿嘛，就是这个样子。"黄松见月仙笑个不停，知道是为了摊上那胖妇的事而笑。月仙想起那胖妇的事一时止不住笑，为了避免尴尬，只得掩嘴离座，向厨房走去。"老黄啊，我女儿不太懂事，请不要计较。来，我敬你一杯。"老应举杯敬酒，不好意思地道。"老黄，我这杯是代月仙敬的，她太不懂事，以后还要请你多加指点呢。"老应举杯不停。"老应，你大可放心，只要多加时日，像月仙这样聪明的人，一定能教好的。"黄松自信地道。"那就谢谢老黄了，来，一起干吧。"二人碰了杯，一起喝下。最后，大家起立，共同干杯，宴席盛兴之极。

次日，月仙又来到地摊中，并将昨夜写好的心得体会交与黄松，黄松展开一看，只见上面写的题目是"初入商场"，其文如下：八月二十八日一早，随师去常州和平村地摊，体验经营小商品生意，颇觉有趣，但亦存在一些不解之处。第一位来买玩具的少妇长相还算标致，师父称她美女，倒也还说得过去。但第二位来买胡须刀的胖妇生得十分丑陋，使人看到就有恶心之感，师父竟亦称她为美女，还赞不绝口，我听着觉得很不自然，因为师父根本在说谎骗人，只是以销售为目的哄她上钩罢了，丑妇竟信以为真，误以为自己真的很漂亮，一时高兴，竟然价亦不还就买走了。我认为师父的做法属不诚之举，奸商所为。做人要诚，讲话要真，这是我在校受教育十一年的深刻体会，然而初涉社会时，却又觉得真实社会生活与校方的教育存在着很大的差距了。平时，师父横看竖看都是诚实仗义之人，使我崇拜万分，然而一旦经营生意，不管顾客如何，师父总是赞不绝口，其中掺和着许多不实之言，这样的知识我不想学，亦学不好，还是请师父教些其他实用的吧，谢谢。应月仙。

"傻丫头，你太幼稚了。"黄松看完月仙写的体会，呵呵笑道。继而，在文章后面写上批语。"兵不厌诈，商不厌赞"八字，并当即交与月仙。"月仙，美女是商者对女顾客的尊称，与美否无关，但对顾客买不买有影响，商者应以成功为目的。你尚未入门，好好思考吧，要不，你将这篇文章给你校的老师看看，听听他们有什么意见，或许对你有好处。"黄松知道月仙一时很难理解，一时半刻亦说不清楚，因此，认为唯有她的老师才能说服她。

月仙已有月余没去学校了，觉得师父说得对，于是第二天就带着自己写的《初入商场》一文赶赴南京，请学校老资格的施教授过目。"月仙同学，想不到你一月之内就拜师了，真不简单啊，而且你拜了一位很了不起的师父，他的实践经验非常丰富。你在文章中谈到社会与校方的教育存在差距之事确实存在，亦正因如此，才叫你们去社会实践的呀。自古道，在官言官，在商言商，三十六行，都有各自的行语或文化内涵存在，其间亦存在着相当大的差距，我们学校，讲的大都是文学语言，教的是以知识与人的素质为根本，但一旦涉及社会，就会发觉与事实有差距，这很正常，比如你师父是经商的，他首先考虑的是盈利，一切广告都是以盈利为目的，而我虽是老资格教授，但真正走向社会，或跟你师父去经商，我的知识就不起作用了，与你师父相比，我就变成了十分幼稚的小学生或幼儿生了，所以，你既然走向社会，就要千方百计地去适应社会，而不是一股脑儿地坚持校方的立场。说实话，整个社会上的知识是无穷无尽的，校方的知识与社会相比，只是沧海一粟，你不要以为大学生就了不起，其实，你与你师父相比，还差得很远呢。因此，你还是应该虚心向你师父学习才对啊。"施教授既赞扬又批评地向月仙指明学习方向。在施教授面前，月仙不敢撒娇，只是连连点头称是。

月仙拜别施教授，当日回家，天色已晚，吃过晚餐，急着来到黄松住处。"师父，我回来了。"月仙亲热地叫道。"哦，这么快就回来了，你的老师怎么讲呀？"黄松见月仙蹦蹦跳跳地进屋，觉得可爱之极，于是关心地问道。"师父，我把文章给施教授看了，不料他不但没赞扬我，反而说师父你是对的，我真弄不明白师父对在哪儿，我又错在哪儿。"月仙嘟囔着道。"月仙，我们在商言商，对顾客要和气，顾客因心情而消费，只有心情好时，才会买你的货，因此，多称赞顾客几句，并不吃亏。至于你说的那个胖妇，她虽生得丑陋一点，但称赞她美，她的心情自然就开朗起来，如果按你的逻辑，实事求是地说她丑妇，她还会买你的商品吗？所以，我在你文后批上"商不厌赞"，就是这个道理。如今商场竞争厉害，顾客不是在你处买就是在他处买，因此，和气生财起到关键作用，知道吗？"黄松亲热地对月仙道。"师父，如此说来，我有些懂了，但还不全明白，你道我与那胖妇相比，谁漂亮。"月仙突然有些吃醋地道。"那当然你漂亮啊，这还用说吗。"黄松毫不犹豫地道。"那你为什么从来没有叫过我美女呢？"月仙又撒起娇来。"傻瓜，你又不是我的顾客，称你美女有什么意思啊。"黄松奇怪地道。"哦，我知道了，你只是在经营时会哄女人欢心，平时就不会了，是吧。"月仙微笑道。"傻丫头，又说傻话了，好了，这么久了，该回家了，明天摊上见。"黄松下逐客令道。"你讨厌我啊，走就走。"月仙嘻嘻笑着欲走。"哎，月仙，与你父亲说一声，请他找一辆推土机，将十亩地推推平，新市场准备破土动工了。"黄松朗声道。"哦，知道了。"月仙应道，回家而去。

次日，月仙又来到地摊上。"月仙，昨日叫你办的事怎么样？"黄松问道。

"哦，我已与爸说了，他正在办呢。"月仙答道。"月仙啊，摊上的事暂时不要学了，以后有的是机会，从今天开始，你要学如何办市场，这比学摆摊更重要，而且这种机会亦很难碰到。今天，我要你办两件事，其一，你与你哥村书记去商量一下，就说新市场开始动工了，现在的地摊暂移到菜市场另一边；其二，以后你就与你爸一起负责建市场的事宜，先将场地推平，再请泥工砌墙围地，然后全部场地硬面化，这是第一步，这些任务交给你父女俩负责，需要多少钱，你到我这儿领，但你要把账目记清楚，知道吗？"黄松给月仙布置了任务。"行，师父，这些事新鲜，我乐意。"月仙兴奋地道。"月仙，你父女是办市场中的主角，一切都要你俩辛苦，我不是要你白帮忙，给你父女的月工资各一千元，这样行不行？"黄松问月仙道。"我们师徒之间还谈什么工资啊，我不要。"月仙坚定地道。"哎，我们桥归桥，路归路，这是我请你父女帮忙的事怎可不算工资呢，一定要的。"黄松亦坚定地道。"好啦，这事以后再说吧，我去了。"月仙说着，蹦跳着走了。

　　下午收摊后，黄松来到月仙家，一家人殷勤相待。"伯父，建市场不是件容易的事，因此需要你的大力帮忙，从今起，你父女俩就一心一意帮我了。你是本地人，办事方便，这主角戏就该由你来演了，而我的任务是筹集资金和市场规划等，月仙负责记账。工资的事我已与月仙说了，不知伯父有没有意见。"黄松征求意见道。"谢谢老黄如此信任我，我一定尽力而为，工资的事就免了吧。"老应受宠若惊地道。"伯父，我一切都托付给你了，担子不轻啊，工资是一定要的。我准备明天回义乌去筹集资金。月仙，旧摊要搬迁，若摊主们问起以后摊位之事，就告诉他们说，可以先报名登记，待建好后进入新的室内市场，从此不再受日晒雨淋之苦了，他们一定会高兴至极。你要做好这方面的宣传工作，知道吗？"黄松向月仙交代了任务。"好，我全听师父的。"月仙满口应顺地道。"伯父，我先放一万元现金在这里备用，我很快就会回来的，工程应该尽快上马，对我们来说，时间就是金钱，希望你辛苦一下吧。"黄松转而对老应道。"老黄，你放心吧，一切有我在。"老应拍拍胸脯道。是夜，黄松在月仙家吃晚饭，难免又谈了些办市场的事，酒足饭饱后，才回租房中休息。

　　办市场是一件非常复杂的大事，其中包括政策、人事与资金。政策方面，目前正是开放时期，官办小商品市场义乌开了个好头，并成了全国的典范，各地政府正在向义乌学习，因此没问题。人事方面要有人帮忙，今有村级领导与月仙一家的尽力亦问题不大。资金方面，黄松仅有二十几万元积蓄，据估计，这十亩地的市场至少要六七十万元，资金从哪儿来，这倒是个大问题。经过细细盘算，黄松决定两步走：一、借款，他与陈生、小虎最要好，而且他俩经济条件很好，向他俩各借十万没问题；二、以摊位预购的方式进行集资。只要这两件事做好了，资金问题亦可迎刃而解。

次日，黄松急急赶回义乌，先来到陈生家。"陈老板，好气派啊，你看，这么大的厂房，这么现代化的办公室，多舒服啊，真使人羡慕之极呀。"黄松走进办公室，朗声对陈生道。"哎呀，是黄老弟啊，今天怎么有空来这儿呀，你在常州混得不错吧。"陈生见黄松突然来访，忙起身热情相迎，并为黄松倒茶。二人坐定，开始喝茶聊天。"老兄啊，如今你是天，我是地，你发大财了，而我却还是穷酸得很哪。"黄松对陈生微笑着道。"好啦好啦，谁不知道你是商场能手啊，老弟，今天来我这儿，一定有事吧？"陈生知道，黄松是个大忙人，无事不会来这儿的。"知我者，陈生也。老兄，小弟当真遇上一件难事了，特来请求你出手援助，不知肯帮忙否。"黄松试探着问道。"老弟，你我多年相交，还客气什么，有事请讲吧。"陈生朗声道。"老兄，其实我这次去常州的真实目的是考察办市场的，据我观察，江苏省尚未有像样的小商品市场，因此，我想在那儿创办一个较规范的市场。如今我已承包了十亩土地，正处于破土动工阶段，但由于资金不够，因此想向你借十万元，借期为一年，可否？"黄松开口道。"没问题，你给我账号，我马上打给你。"陈生毫不犹豫地答应了。"还是老兄讲义气，老弟我无以回报，到时送你一个最好的摊位，就当供你卖服装吧。"黄松欣喜地道。"那就谢谢老弟了。"陈生见黄松要给自己一个好摊位，欣喜至极，觉得到时亦可在常州开一个服装窗口，以便提高自己的营业额。"陈老兄，每个摊一平方米面积，摊位分三个等级，一级的五千元，二级的四千元，三级的三千元，租期为五年。请你宣传一下，若有人想要的，先交一千元预约金，好吗？""这是好事，目前摊位紧张，想要的人很多，没问题，我一定为你助力，祝你成功。"陈生爽快地答应道。"那就谢谢老兄了，今天就谈到这儿吧，你我都有事，我先走了，再见。"黄松见事已成，还想去小虎家，于是就急着离开。陈生见黄松急着要走，知道他忙，于是就送他到门外，挥手而别。

黄松来到小虎家，以同样的方式，借到十万元，亦给了小虎一个上等摊位作报酬。当时，摊位是商家之宝，小虎自然高兴。

继而，黄松又去小商品市场大量宣传，使常州新建市场的消息传遍整个市场，从而，为常州市场的繁荣打下良好基础。

十亩地已推平，接着就开始弄水泥地，与此同时，为了便于联系，先建设三间临时办公室，供月仙父女工作所用，老应负责建筑工程，月仙负责预订摊位工作，并收取每摊位预付款一千元。由于宣传工作做到家，原有地摊的人每人至少要四五个摊，他们不仅自己要，而且还帮亲戚朋友预约，其中东阳人占半数以上。上海人经过上次与黄松的较量，知道自己不是义乌人的对手，如今摊位的主动权全落在黄松手上，为了生存，不得不老老实实地按规矩行事，纷纷向月仙交预约金。三间临时办公室门庭若市，交预约金的人和建筑工人等来往不绝，使月仙父女一时忙得不可开交。月仙每天都收好几万元钱，她从来没有经手过这么多钱，心里兴奋至极，这时，才感觉到师父的真正伟大。

黄松回到常州，见场面已经打开，心里欣慰至极，来到临时办公室，见月仙正忙着登记收钱，看她那么认真的样子，觉得可爱之极，亦懂事了许多。"月仙，忙啊？"黄松见月仙埋头工作，先向她打招呼道。"哦，师父，你回来了，你看，我每天都收了这么多钱，高兴极了。"月仙见师父回来，高兴得不得了，忙停下手中活，起身向黄松汇报道。"这么高兴啊，今后还有更多的钱等待着你收呢。"黄松笑着道。"真的？我就喜欢数钱，今后你赚钱，我帮你数就是。"月仙眯着眼道。"好了，人家等着呢，忙工作吧。"黄松见登记的人等候着月仙办手续，于是催道。"哦，我先登记再说，待会我有很多话要对你说。"月仙听师父的吩咐，先忙自己的工作。

"老黄，我要一等摊位，到时请给我留一个吧，我们毕竟是同摆地摊的老战友了，总要给个面子吧。"一东阳客向黄松要求道。"我们相处得不错，当然要给面子的，我早就想好了，凡老地摊者，一律摆一等摊，行吧。"黄松哈哈笑道。"谢谢老黄的照顾，我们就知道你是有情有义的人，今后，一定支持你的工作。"在场的几位老摊主齐声谢道。

"老黄，你好。"上海那老大见黄松在，忙上前打招呼。"哦，是孙老大啊，你好。"黄松见孙老大向自己套近乎，心里有数了。"老黄，我想请你喝杯茶，聊聊天，不知有空吗？"孙老大亲热地道。"好啊，今天我没事，与你聊聊当然可以啊。"黄松觉得自己办市场，像孙老大这样的人亦应该有所交往，而且要搞好关系，因为他毕竟是上海帮的老大，如果孙老大能帮自己管好上海帮，那是求之不得的事，于是就愉快地答应了他的要求，不知孙老大求黄松何事，请看下回分解。

第二十五回

常州市场喜开业　黄松再思出国门

　　话说孙老大带黄松来到一家酒楼，点了酒菜，二人一起就座，边饮边谈。"孙老大，今天我请客吧。"黄松客气地道。"哎，这次是我有事求你，当然是我请客的，你不要操心了，我俩还是第一次喝酒，难得啊。"孙老大热情地道。"孙老大，你是上海帮的头儿，能力大着呢，怎么倒求起我来了。"黄松惊问道。"老黄啊，我虽在上海帮中称老大，但与你相比我就是小弟了。"孙老大谦虚地道。"呵呵，你太客气了吧，我怎能与老大相比呀。"黄松笑着道。"老黄啊，我们相处已有一年多了，我对你的了解亦够多了，说实话，起先我还看不起你，以为只是个乡巴佬罢了，谁知你深藏不露，城府极深，回想你一步步走来，始终朝着一个大方向前进，其中包括为人处世，我为你的人生总结了两句话，一是诚信宽容易近人，二是该出手时就出手。如，你与同行及地方人的关系都搞得非常好，从而取得了发展基础，又如那次打群架，你的号召力那么大，后来我才明白，在常州你才是真正的老大，我自愧不如。你看，现在整个市场的话语权全揽在你的手中，我们上海帮的人不服也得服了，我真的对你佩服得五体投地了。"孙老大突然对黄松赞不绝口地道。"孙老大过奖了，其实，我们出门在外，全靠大家相互帮助才能立足发展，若相互攻击，那就不是经商之道，这就是和气生财的内涵所在，你说对吗？"黄松认真地道。"对啊，我这人生性粗鲁，但还仗义，不过和你相比，真是小巫见大巫了，今后还有许多东西要向你学习呢。"孙老大微笑着道。"话不能这么说，抬举我了吧，我并没有你说的那样高明，以后我们共同相处，共同帮助，互相学习，一起发展吧。"黄松朗声道。"老黄啊，我有句话很想对你说，但觉得说不出口。"孙老大难为情地道。"哎，我们之间还有什么说不出口的话呀，说，我听着。""我想与你结为兄弟，不知你会嫌弃否。"孙老大终于红着脸说出了自己的心里话。"在家靠父母，出外靠朋友，你愿与我结为兄弟，当然再好不过，我乐意。"黄松毫不犹豫地道。"那好，来，我们干一杯，从此以兄弟相称了。"孙老大兴奋地站起，与黄松碰杯饮酒。"孙老大，我比你年纪大，从此开始，我就称你为老弟了。"黄松朗声道。"老兄，再干一杯。"孙老大一时兴起，又与黄松干了一杯。"老弟啊，如今我正在建市场，以后还需你多多帮助才是，特别是你们上海帮的人，你要管管好哦。"黄松怕上海帮的人捣蛋，觉得必须由孙老大才制服得了。"没问题，既然你是我的老兄，今后亦是他们的老兄了，这事包在我的身上，保证他们不敢乱来，放心吧，不过也得让你多照应他们了。"孙老大亦向黄松提要求。"那自然，只要用得到哥的事，我一定尽力而为。"黄松应允道。"老兄，摊位决定生意的好坏，市场建成后，给我留一个一等摊如何。"孙老大说出了自己的最终目的。"老弟，实不相瞒，市场建成后，我准备自留十个最好的摊位给自己比较亲近而且帮过自己忙的好友，如今你既然是我的结义兄弟，就先给你一个吧，其他人一律抽签分摊。"黄松以实情相告。"老兄果然是情义中人，谢谢了，来，再干一杯。"孙老大最后又与黄松碰杯一饮而尽。二人酒足饭饱，兄弟亦结了，事亦讲好了，目的亦达到了，就各自告别而归。

黄松来到工地临时办公室，只见月仙父女俩还在忙着自己的工作。"师父，你到何处去了，我找你吃中饭亦找不到。"月仙尖声道。"我与孙老大一起喝酒去了，是他请客的。"黄松如实相告。"哎呀，你与他这样人在一起有什么意思，下次离他远点，我一直都看不起他。"月仙听说是与孙老大一起喝酒，顿时不高兴地道。"月仙，你怎么这样说呢，其实孙老大并没有你想象的那么坏，他既然请我，我当然要去啊，做人要宽容一点嘛。""这种人请你还有什么好事吗，一定有事求你吧，不要理他，更不要为他办事。"月仙嘟囔着道。"月仙，上次打架的事已经过去那么久了，冤家宜解不宜结，既然他已承认错了，就得允许人家改正错误，知道吗？"黄松辩解着道。"他这人凭自己有几斤力，就想欺负人家，太可恶了，你们东阳义乌摆摊的谁不知道啊，我看就你师父还蒙在鼓里呢。"月仙嗔道。"弱肉强食是自然之本性，人类经过五千年的进化，还是留有这种原始野性，这是一时无法改变的事实。以强凌弱，弱者同样习惯欺比自己更弱的人，这种例子比比皆是，包括你月仙亦是如此，因此，谁也无法改变现实，我们又何必容不下呢？不过，凡有这种坏习惯的人，自会得到应有的报应的，如上次与上海帮打架的事，不是他们吃亏了吗？所以啊，我们要向前看，不要老是对已过去的事纠结不放，知道吗。"黄松意味深长地对月仙道。"师父，我可不像他们，亦从来没欺负过别人。"月仙感到冤枉地道。"我虽没看到你欺负过谁，但我知道你有欺人之心。"黄松笑着道。"你怎知道我有欺人之心啊，何以证明。"月仙不以为然地道。"你第一次与我摆摊时就暴露了这种心态，我称那胖妇为美女，你说看到她就恶心，这表明你看不起丑妇，就等同欺弱，丑美是天生的，怎可歧视呢，而你又不是天下最漂亮的美女，你在比你更漂亮的女人眼里，或许如你看待胖妇一样，亦是嗤之以鼻呢，你说是不是啊。"黄松晓之以理。"师父，你读书不多，怎么理论倒有一套，我说你不过。"月仙知道自己说不过师父，只得作罢。"月仙，实践出真知，如果要想在社会上不受人欺负，唯一的办法就是要做好自己的事，比别人能干了，不但不受欺负，而且还会受到尊重。为什么那孙老大以前如此霸道，后来变老实了，如今又来巴结我？是因为我办事能力比他强，他为了在这里能生存下去，不得不巴结我，你知道吗？像这些事，你就根本不懂，因此，以后要慢慢在实践中学，社会上的知识比大学里丰富得多，你永远也学不完。"黄松温和地道。"师父啊，我刚上大学时，以为施教授是天下最有知识的人，如今看来山外有山，天外有天，师父你比施教授知识更丰富，而且更实用，我这师父拜对了。"月仙欣慰地笑道。

1988 年 6 月，义乌撤县改市，1993 年，占地一百二十亩，摊位二万三千余个的第三代市场建成投入使用，国务院副总理田纪云为中国小商品城题词。义乌提出"以商兴市"的口号，紧接着，各省市都纷纷响应，全国掀起了大办市场热。

通过一年的努力，钢棚式的室内小商品市场在常州建筑完工，黄松安排四个市场管理人员名额给和平村人，其中两个为市场管理，两个为卫生工。书记、村主任将卫生工的名额留给自己的家属，两个管理人员名额则分配给素质较好的党员；又安排孙老大与李勇负责收管理费，孙老大负责上海帮，李勇负责东阳义乌人；由月仙父女为办公室人员，负责日常事务处理；还有派出所二位民警，负责市场治安工作。一切安排停当，市场开始运作。

摊主们提包挑担，纷纷进入新市场，只见室内空间宽敞，货摊鳞次栉比、错落有致地分布着，五颜六色、琳琅满目的商品令人目不暇接，市场中的人群摩肩接踵，此起彼落的叫卖声和讨价还价的喧哗声，更显出市场的繁华景象，与原来的露天地摊相比，犹如进入天堂，使人感慨万千。

陈生与名花应邀，各带一名营销员来到常州新市场，黄松兴奋至极，便叫李勇、孙老大与月仙一起，去酒店设宴相待。

八人相继就座，服务员先倒茶，黄松忙于点菜。月仙见突然来了二名男女大款，一个是西服革履，衣冠楚楚，潇洒自如，一个是时装墨镜，风度翩翩，仪表非凡，二人各带一名美貌女郎，大有气势过人之感，特别是那女大款，黑发白肤，俏丽无比，身披一件风衣，脚穿一双高跟鞋，时髦之极，摘去墨镜，眼光如剑，使人不敢对视。月仙平时能说会道，这时，见二位大款的气派，觉得自己莫名其妙地矮了一截似的，只是低着头，双手在不停地抚摸着自己的衣角，不敢出声。

上菜了，黄松为陈生与名花作了介绍："各位，这二位是我同村大款，男的这位是办服装厂的，名叫陈生，女的这位是办袜厂的，叫李名花，他俩在事业上非常成功，亦曾帮过我许多忙，因此，都是我的大恩人。他俩在常州各有一个摊，是属厂家直销的，你看，销售员都带来了。""黄松，我可没你说的那样伟大，别吹牛了，现实一点吧。"名花呵呵笑道。"你客气什么呀，谁不知道你是女中豪杰啊。"黄松又赞道。月仙听黄松说女中豪杰，不禁偷目窃望，见名花笑得大方，虽有些威严，倒也可爱之极，不免心里有些好感。

"这位是廿三里人，姓李名勇，是信义之人，亦是我的知心朋友，今后市场上还要他帮忙。"黄松又将李勇介绍一番。"其人如其名，必是智勇双全之人。黄松，这朋友你交得好，一定能帮你大忙，有眼光。"名花称赞李勇一番道。"这位是上海人，人称孙老大，是我的结义兄弟，亦是信义之人，是我的帮手。"黄松又将孙老大介绍一番。"孙老大身材魁梧，一身豪杰之相，不过大凡豪杰，必有失算之虞，因此，希望多学些黄松的为人，一定会进步不少。"名花对孙老大评价道。"谢谢老板娘的指点，你说得对，我今后一定向老兄学些为人处世的知识。"孙老大见名花如此准确地评价，心里佩服之极，于是起身抱拳谢道。月仙听名花如此直爽准确地评价孙老大，不禁惊呆了，难道这女人会看相不成，真了不起，心里敬佩之极。"这位是我徒弟应月仙，是大学生，来我处学社会知识，其性单纯，其身可爱，今后，请大家多多照顾。"黄松又将月仙介绍了一番。"好一个大学生徒弟，黄松，我看这姑娘不错，你亦年纪不小了，而且你俩有夫妻相，今后就改徒为妻吧，行不行？"名花是个快言快语之人，说得黄松与月仙都不好意思了。"名花姐，不要取笑我，我与月仙只有师徒的分，没有夫妻的缘，你这样说，使人多尴尬呀。"黄松难为情地道。"我看啊，你这大男人倒不如我这妇道人家了，这里坐的都是好友，又无别人，怕什么。月仙，抬起头来让我看看。"名花转而向月仙道。"老板娘，不要为难我了，我怕你。"月仙不敢抬头，一边低头摸着自己的衣角，一边羞答答地道。"男大当婚，女大当嫁，我又不会吃掉你，怕什么呀？"名花听说月仙怕自己，禁不住哈哈大笑道。"我亦不知道。"月仙低声应道。"黄松，怎么回事，我有这么可怕吗，是不是我说错什么了？"名花见月仙始终低着头，于是就转而问黄松道。"名花姐，她尚在学校读书，是没见过世面的人，你这样大大咧咧地当众问她婚姻之事，她怎敢面对啊，好了，不要为难她了。""黄松，这叫为难吗，我是帮她啊，以你的才能，难道还配她不起吗？这事我管定了，慢慢来倒可以。"名花坚定地道。"名花姐，好啦，你看，人家多难为情啊，对了，我给你与陈生的汇款收到了吗？"黄松见月仙羞得低着头不敢言语，于是转移话题为她解围道。"区区十万元又何必如此急着还呢，钱是收到了，以后需要尽管开口就是。"名花毫不在意地道。"黄松啊，我们都是好朋友，暂时的困难谁没有啊，今后我们一定还有求你的时候呢。"陈生亦慷慨地道。"好，我们为今后的友谊共同干杯。"黄松见时间差不多了，就准备散席。"干杯！"众人一齐起身，一干而尽。

散席后，名花与陈生去旅馆，黄松陪他们一程。"黄松，这次赚了不少吧？"陈生拍拍黄松的肩道。"谢谢二位相帮，现在尚有两百多个摊位空着，若全卖掉，估计有二百来万元净利吧。"黄松微笑着道。"你这小子不错嘛，干得好啊。"名花赞道。"哪里哪里，与你俩相比，真是小巫见大巫了。"黄松呵呵笑道。"黄松，我与名花的二名营销员年纪太轻，以后还需要你多加照应才是。"陈生拜托道。"请放心，有我在，如同你们亲在。"黄松毫不犹豫地道。"那我就放心了。"陈生欣慰地道。"黄松，接下来你要做什么呀？"名花问道。"二位，其实办这市场并非一件容易的事，其中涉及政府部门，特别是工商税务部门，没有他们的支持，不行啊，因此，我得立即着手与工商税务部门的领导进行沟通。"黄松头头是道地说道。"真是神机妙算，说得对，应该如此，好了，不再远送了，回去忙吧，你看，你的徒儿正在等着你呢。"名花见月仙远远地站着等候黄松，就叫黄松不必再送了。"那好吧，请四位慢走，我回了。"

"送这么远啊，我以为你不回了呢。"月仙见黄松回到自己身边，撒着娇道。"怎么，有事吗？"黄松温和地道。"事倒没有，哎，我以为天下师父最伟大，然而见了陈生与名花后，就又觉得他俩的能耐并不在你之下啊，是不是？"月仙惊奇地道。"傻瓜，天下之大，能人多着呢，真是大惊小怪的，以后你慢慢就会知道的。"黄松回应道。"刚才我与他二位对坐着，心里总觉得有些畏惧，那陈生虽言语不多，但有一身豪气，使人摸不透其心，名花尖嘴利眼，更使人无以应对，说实话，我有点怕，再不敢与他俩碰面了。"月仙胆怯地道。"你不要说名花尖嘴利眼，其实她心地善良得很呢，很会帮人家的忙，只要有人求她，她都会帮忙，而且都能成功，因此，村人称她为观音菩萨呢，你若不信，以后我叫你见识见识，还有，她的社会知识比我还丰富，你若跟她学，一定受益匪浅。"黄松解说道。"不要，我今生今世永远跟着你，谁也不想跟了。"月仙说着，抱住黄松的手臂，将头靠在他的肩上微笑着同行。此时，黄松觉得热血沸腾，心里有说不出的甜蜜，这是他第一次与女性近距离接触。

次日一早，为了小商品市场的正常运行，黄松前往当地工商所进行沟通，他先找到所长办公室。"鲍所长你好。"黄松见鲍所长正在看文件，就亲热地打招呼道。"哦！是黄松啊，你的名气好大啊，我身为所长，自愧不如啊。"鲍所长见是黄松，忙起身相迎，倒茶款待。"鲍所长，太客气了吧，你是我们的父母官，我在贵地求生存，还需你多多相帮才是呢。"黄松谦虚地道。"黄松啊，你为常州办了件了不起的大好事。事先，和平村的书记早就与我沟通过，当时我答应他先办起来再说，如今果然办成了，而且规模还不小，可喜可贺啊，不过民有民的难处，官有官的难处，说实话，根据上级规定，办市场必须由工商部门出面，否则就属不合法行为，而我正为此事发愁着呢。"鲍所长为难地道。"所长，我知道你们一直都在暗中支持我，不过我亦不希望为难你们，但还是要你们想个万全之策，既要符合上面的政策，又能保证我们市场的正常运行。在政策上，你比我懂，因此，我今天是特地来请求你的。"黄松请示道。"如今形势发展这么快，真使人难以适应，在我们江苏省内，常州市场还是第一个如此大规模的，你说违法吧，这还是新鲜事物，是发展地方经济的最有效办法，你说合法吧，又违反了上级的有关规定。唉！真使人左右为难啊。对了，据说你们义乌在办市场这块是全国的典范，请把你们的经验介绍一下如何，我们亦可参照一些。"鲍所长倒是位善解民意的好人，这时，还要征求黄松的意见。"鲍所长，其实义乌小商品市场的发展过程亦是从自发性开始，由违法到合法逐步发展起来的，这还得感谢当时的县委谢书记的一番努力。当时，义乌经济条件比常州差很多，县政府的财政收入极其有限，后来，谢书记采取养鸡生蛋的方法，先将小商品市场细心认真地培养起来，尽量减少摊主们的开支，因此，税收与管理费只是象征性的收了点。后来，市场发展飞快，如今已扩大为占地一百二十亩，总摊位有两万多个的大市场，还被国家命名为'中国小商品城'。这一来，门堂大垃圾多，即使每摊不多收，总的数字也庞大了，如今，中国小商品城已变成义乌的摇钱树了。我看啊，常州是否可以按义乌的方式试试？"黄松实事求是地道。"黄松啊，我知道你是非常理性的商人，亦是善解人意之士，这样好了，你先打个可行性报告给我，然后我与上级探讨一下，再来决定常州市场的运作方案，如何？"鲍所长觉得尚没有这方面的先例可参照，义乌就算是唯一的典范。"行，谢谢鲍所长了。"黄松觉得鲍所长说得对，于是告别回家，准备着规划自己的一套方案来。

　　黄松回到办公室见月仙正在忙碌。"月仙，我去了工商所，鲍所长要我们写一个市场运行报告，你负责写一下。"黄松吩咐月仙道。"师父，这是行业性的东西，我不会呀。"月仙为难地道。"你这大学生不会写，我这初中生怎么写啊。"黄松亦有些为难地道。"师父，你先将内容写好，然后再由我重新组织文字如何？"月仙提议道。"看来只能是我们师徒共同完成了。"黄松觉得月仙说得有理，亦就同意了。

　　经过一整天的努力，市场运作可行性报告终于完成了，其主要内容如下：

　　一、市场占地面积十亩，性质是向和平村租用，期限为五年，钢棚式结构，设摊位一千个，市场性质为民办。内设管理办公室，工作人员六名，负责日常事务与收管理费；民警办公室，巡逻民警两名，负责治安工作；还有清洁工两名，负责打扫场内卫生。

　　二、市场管理费每摊每月一百元，作为日常开支所用，其中包括管理人员的工资等。

三、建议，为了市场管理规范化，请求工商部门派员来市场指导……

二人将市场运作可行性报告写好后，上呈工商所，所长与工商局探讨后，决定年内暂按此执行，待过春节后再作定论，名义上由工商所管理，实际上由原班人马继续管理。

黄松又去税务所沟通，税务所亦同意年内不收税，待春节后再作安排，就此，常州小商品市场实际上全按黄松的意见在运作。

小商品市场的事宜基本安排妥当，由于接连不断地奔波，黄松这时倒觉得累了，他从税务所回到办公室，已经有些支持不住了，见月仙正在忙工作，就躺在沙发上闭目养神，不一时，就昏昏沉沉地失去了知觉。月仙见黄松不言不语，脸色苍白，在如此冷的冬天里，竟然还满头冒汗，知道情况不妙，于是就尖声惊呼道："师父，你怎么啦？"月仙边喊边上前观看，不料黄松早已昏死过去了。"爸，快过来啊，我师父昏倒了，救命啊，救命啊！"月仙见黄松不知人事，急得大叫大嚷不止，老应、民警、李勇、孙老大等闻声，一齐奔了过来，见情况严重，就直送医院而去。

在医院里，月仙一直陪在黄松身边。经医生诊断，是过度劳累引起的，要求住院一段时间好好疗养，月仙这才放心了大半。

黄松躺在病床中，双目紧闭不省人事，月仙陪伴在他的身边，一边流泪哽咽，一边用湿毛巾给他擦脸上的汗。"师父啊，快醒醒啊，你这个样子我害怕啊，如今我该怎么办啊，我离不开你呀，快快醒来吧……"月仙流泪不止。

黄松昏昏沉沉地听到有人哭泣，吃力地睁开眼睛欲坐起身来，不料浑身无力，一动也不能动。月仙突然见师父醒了，高兴得跳起来。"师父，你醒了，谢天谢地。"月仙边流泪边笑道。"月仙，这是什么地方啊？我怎么会在这儿啊？"黄松奇怪地问道。"师父，你病了，这是医院，真是吓死我了。"月仙笑着道。"哦，是你一直陪着我的吧，谢谢了。"黄松微笑着道。"谢什么呀，只要你没事就万事大吉了，饿了吧，想吃什么，我给你去买？"月仙问道。"不，我什么都不想吃，只要你陪着我，其他什么都不重要。"黄松温和地道。"我陪着你，好好休息吧。"月仙紧握黄松的手柔声道，继而倒身于黄松身边，将头依偎在他的肩上，欣慰地微笑着。黄松见月仙紧紧相贴，一股女人特有的清香扑鼻而来，全身顿时火热起来，这大概就是书中所说的女人味吧，黄松觉得这时是人生中最幸福的时刻，他轻轻地抚摸着月仙的一头秀发，享受着男女之间的独特情感。

"嗒嗒嗒。"一阵敲门声响，月仙前往开门，只见李勇与孙老大二人手拎水果与食物进屋来看望黄松。"老黄啊，好些了吗？""二位破费了，我没事，只是觉得有些累罢了，没事的。"黄松轻松地道。"没事就好，我们亦就放心了。""二位请喝茶。"月仙给李勇与孙老大倒茶端上道。"月仙，我老黄太累了，还需要你多照顾一段时间才是。"李勇亦吩咐道。"二位是重情重义之人，多陪陪师父是我的本分，谢谢二位了。"月仙欣慰地道。"老黄，好好疗养，争取早点康复吧。月仙，我们还有事，先告别了。"李勇与孙老大见有月仙在，亦就放心地离开了。紧接着，和平村书记、主任，工商所、税务所各领导亦相继前来看望，使黄松感激万分。

黄松在病床上躺了两天，觉得精神好多了。"月仙，我觉得精神好多了，你陪我出去走走如何？"黄松对月仙道。"好的，我就扶你出去走走吧。"月仙见黄松想下床，心中欢喜，这意味着他的身体正在恢复。

月仙扶着黄松，走出病房，来到医院的花园中，见花园中有山有水，虽是人造的，但亦美观之极，假山中有花草石桥，水塘中有五色彩鱼，二人坐在池边的石凳上欣赏了一番。

"月仙，办出院吧，我还有许多事要做。"黄松对月仙道。"不行，你现在身体尚未真正复原，再住几天吧。"月仙不同意。"月仙，这次多亏有你照顾，谢谢你了。"黄松真诚地道。"你看，又来了，我俩之间还有什么谢不谢的。"月仙嗔道。"月仙，你跟着我快一年了，也该回校了，否则，会误了你前程的，知道吗？"黄松道。"怎么，你嫌我了？我刚入门呢，还想跟着学，我不走。"月仙见师父要赶自己走，不高兴地道。"唉，不是师父要赶你走，而是师父自己要走了。""好好的，你怎么就想走了呢？"月仙凝视着黄松道。"这里的戏已经演完了，我该换场了。"黄松意味深长地道。"怎么说演完了呢，不是刚刚开始吗？"月仙不解地道。"我是以办市场为目的的，既然市场办成了，任务亦算完成。明年，这市场就会由当地政府接收，因为政策不允许私人办市场，所以我决定，待那剩下的百来个摊位卖完后，就走。"黄松说出了自己的计划。"你去哪儿啊？我陪你。"月仙急切地道。"我打算出国，路太远，风险亦大，你还是不要去吧，你父母会担心的。"黄松拒绝道。"不行不行，如今我已少不了你，我一定要跟着你。"月仙见黄松不带她,心中慌了,于是,双手抱住黄松的腰,一头靠在黄松的肩上撒起娇来。"羞不羞啊,人家在看着呢。"黄松提醒月仙道。"我不管,反正我这样靠着你就觉得安全,如小时依偎在母亲怀里享受母爱一样舒服。"月仙不但不听,反而抱得更紧。"月仙,过了春节,我马上要去俄罗斯考察,那儿人员密集商品奇缺,一定是经商的好去处。""那好啊,我精通俄语,不正好为你所用吗?"月仙听说去俄国,顿时兴奋得跳起来道。"傻瓜,孤男寡女的,你不怕我欺负你吗?"黄松开玩笑地道。"呆子,我还想欺负你呢。"月仙哈哈大笑道。"好啊,去俄罗斯啊……"二人站起身来,不顾一切地欢呼不止,不知后事如何,且看下回分解。

第二十六回

黄松常州赚大钱　月容哭闹大院校

　　话说黄松因劳累过度而病倒，原无大碍，在医院中住了三日自然恢复正常，于是办理出院手续，在月仙的陪同下，回到自己的住处。

　　"月仙，这次多亏了你的照顾，真的太谢谢你了。"黄松对月仙诚恳地道。"师父，只要你没事就好，起先，我真的担心死了。"月仙欣慰地道。"唉！一直以来，我只知道独来独往，独自一人自由惯了，从未想过男女之事，如今看来，没有女人照顾确实不行，这次若没有你的细心照料，又不知道会是什么样的结果，或许真的到该娶妻的时候了，但又不知什么样的女人最合适，唉！真有些烦恼啊！"黄松若有所思地道。"师父，你这才想到娶妻啊，自古道男大当婚，女大当嫁，你如今已二十八岁的人了，再不娶，就变成'剩男'了。依我说，像你这样有能力的人，最起码要娶个有大学文化的姑娘才合适，你有社会经验，但文化有限，如今社会发展日新月异，今后出门创业，没文化不行，因此，娶个文化高的女人以弥补你的短板，只有文武双配，才能如虎添翼，在创业时，才会感受到得心应手，游刃有余，你说对吗？"月仙给黄松倒了茶后，边整理房间中的物件，边认真地对黄松道。"虽说如此，但谈何容易啊。"黄松叹了口气道。"谁说不容易啊！像我师父这样的条件肯定行，只要你愿意包在我身上就是。"月仙自信地笑道。"行啊，想不到我的徒弟还会做媒，那师父的婚事就包在你身上了。"黄松见月仙如此自信，禁不住哈哈大笑道。"行，一言为定，今年谈成，明年结婚，后年生个胖男儿，行吧！"月仙乐呵呵地道。"行，若真的能做到，请你上首，否则，拿你抵数。"黄松说毕，哈哈笑个不停。月仙听黄松突然说出如此话来，禁不住全身一热，不知如何回答是好。"不要胡言乱语，我一定给你找一个满意的对象就是。"月仙心里甜甜的，便微笑着道。

斗转星移，转眼过了重阳，秋过冬来，年香渐浓，这正是商事进入旺盛时节，大贾小商开始活跃起来，很快，剩下的两百多个摊位全部卖完了。黄松觉得常州的事业应该到了结束的时候了，心里就盘算着下一步行动。"月仙，摊位全部卖完了，我们应该告一段落，并将这里的后事处理好，接下来该进行第二个节目了，我打算先将市场经营权完全交给常州工商所，然后你去学校一趟，向老师汇报一下自己在社会实践中的体会，这有利于你明年毕业后的工作分配，我还得回义乌一趟，为下一个节目做准备，你说对不对。"黄松告诉月仙自己的打算。"一切都听从师父的安排，这么久未去学校，是应该去一趟了，师父想得真周到。"月仙柔声道。"好了，就这么定了。"黄松果断地道。"哎，师父！我想与你一起去工商所，想知道交接的过程，这其中一定有我可学的知识，我不想放过，行吗？"月仙恳求道。"既然你如此好学，那就一起去吧，但你应该尽量多听少言，知道吗？"黄松爽快地答应月仙的要求，月仙欣喜若狂，二人就此说定了。二人情趣盎然地回到黄松的住处，月仙先打扫卫生，然后忙着烧饭炒菜，一起吃过晚餐，月仙才告别回家。

晚上，万籁俱寂，月仙独自躺在床上久久不能入睡，想着白天师父对自己的那番话，心里有些纠结。师父已是二十八岁的人了，是应该到娶妻的时候了，应该帮他找个好姑娘才是，然而又觉得若有了师娘，很可能会有碍于自己与师父的深厚感情，若阻止他结婚，那又太不道德。自从跟了师父学知识后，月仙一直过着无忧无虑的生活，这是她一生中最美好的日子，这样的日子，她想永远不要改变，更不想被任何人破坏，其中包括未来的师娘，然而这又似乎是不可能的事，怎么办……月仙辗转反侧，久久不能入睡，直至鸡叫三遍，东方发白。

次日一早，月仙来到黄松住处，二人一起吃过早餐，双双前往工商所，见鲍所长还在办公。"鲍所长，你好。"黄松朗声向鲍所长打招呼。"哎哟哟，是老黄啊，今天怎么有空过来啊！哦，月仙你也来了，快进屋坐，真难得啊！"鲍所长边笑边与黄松亲热地握手，然后殷勤地为二人倒茶。"鲍所长啊，我黄松来这里办市场，一直来你帮了我不少忙，真使我感激不尽，不过如今市场办得差不多了，应该到结束的时候了，我欲将这事作个交代，然后离开贵地，另闯事业去了。"黄松开门见山地说明了自己的来意。"老黄啊，你急什么呀？说实话，我并不想你离开常州啊，还想与你长期合作呢，至于报酬，亦不会亏待你，最起码与我同等待遇，行不行？"鲍所长觉得自己办市场尚未有经验，若能留住黄松替自己管理就轻松多了，于是，他想留住黄松。"谢谢鲍所长的好意，我黄松是村野粗人，一直在江湖上闯荡惯了，留久了，脚底就痒痒，想跑，在此已有一年多了，因此，到该走的时候了。鲍所长如此抬举我，真使我受宠若惊了，不过非常抱歉，我还是决定要走。"黄松见鲍所长如此看重自己，心里感激不尽。"看来你老黄是做大生意的人，像我这样的小小所长根本看不上眼，不过我是真心实意的，既然你不愿，我亦无法，人各有志，对不对，但不知老黄你接下来欲去何处发财？"鲍所长见黄松不愿留下来帮自己，心里有些惋惜。"哦，鲍所长，你折煞我也，并非我看不起你，而是我不配呀，其实，我命薄如纸，心却高于天，我正准备与月仙一起去俄罗斯考察一番，若条件允许，就想在那儿大干一场，俄罗斯与我们是邻国，去亦方便，更何况月仙会俄语，据说那边商品奇缺，人口亦不少，这使我产生了极大兴趣，就下决心非去不可了，还请鲍所长多多体谅。"黄松见鲍所长如此看重自己，亦就将自己的计划毫无保留地说了出来。"哦！原来你是嫌常州地方太小，容不下你黄松这条大鱼，既然如此，人各有志，我想留也留不住，好吧，那就去俄罗斯吧，祝你旗开得胜，马到成功。"鲍所长见黄松去意已决，亦只得顺水推舟，不再劝说了。

黄松将市场的有关事宜向鲍所长一一交代清楚，然后与月仙双双离开办公室。"老黄，在俄罗斯发财后可不要忘记常来此走走，大家都会想念你的。"鲍所长见黄松俩走出工商所，心有所思地喊了一句。"谢谢鲍所长的关怀，我一定会再来看你的，拜拜。"黄松说完再次挥手告别。

二人离开工商所，黄松觉得又了却了一桩心事，心里轻松了许多，并长长地嘘了口气。"哎！师父，据说这姓鲍的平时官架子很大，心高气傲，很难亲近，今天为什么对你如此热情，倒也有些奇怪了。"月仙突然疑惑不解地道。"这有什么奇怪的，社会现实得很，有成就，就有人尊重，其中包括像鲍所长这类人，这或许叫'成就效应'吧，亦就是说，受人尊重的程度，取决于你事业上的成就，成就越高，尊重你的人就越多，相反，没有成就的人，自然是没人尊重你了。我成功地为常州办起了市场，而且效益显著，因此，深受鲍所长的赞扬，不过，若要想受到县委书记的当面赞扬，那我的成就就不够了。月仙啊，你要记住，若要受人尊重，首先要把自己的事业做好做大，不要怪人家的冷眼，知道吗？"黄松语重心长地吩咐月仙道。"哦！我懂了，这使我又增长了一点知识。"月仙欣喜地连连点头。"月仙，时间尚早，我们去你村书记那儿道个别吧。毕竟他们曾帮过不少忙，并顺便交代一下土地承包款的事，我们做人要有始有终，不能一走了之。"黄松朗声道。"对，我全听师父的。"月仙心悦地应道。

时过十时，二人来到应大鹏家。"哥，在家吗？"月仙尖声叫道。"哦！是月仙啊，我刚回家，快进屋坐。"大鹏边应边出屋迎接。"哦，老黄亦来了，真难得呀，今天是什么风把你吹来的呀，稀客啊！"大鹏见黄松同月仙一起来，心里一阵惊喜，于是快步上前，握住黄松的手久久不放，然后一起进了家。"应书记啊！你是大忙人，打扰了。"黄松朗声道。"哪里哪里，我想请你还请不来呢，更谈不上打扰不打扰了。"大鹏一边让座，一边热情地道，然后又叫妻倒茶接待。"应书记，我在贵地办市场，多蒙你的大力相帮，真的太谢谢你了，今来你家，是向你道别来的，我欲另闯码头去了。"黄松坐定，说明了事由。"哦，好好的，为什么要另闯码头啊，难道有什么人得罪了你不成？"大鹏惊疑地道。"那倒不是，请别误会，不过市场的事已差不多了，反正迟早要被政府接管的，这是大势所趋，谁也阻不住的，因此，迟走不如早走。实不相瞒，我欲去乌鲁木齐与俄罗斯考察一趟，若觉得可行，就准备在那边落脚做生意了，平时，我们亲如兄弟，因此特来告个别，我已与工商所交接了相关事宜，今后，那土地承包款一事，工商所自会承担，请你辛苦一下，去那儿联系就是。"黄松情意绵绵地道。"哎，我与你义重如山，你突然要离我而去，倒使我有些失落感，那承包费的事倒是小事一桩。唉！不知你这一去，又何时能再相见，但既然你决心要走，我亦无法，这样好了，就在这里吃个饭，叫村主任也过来，我们再好好叙叙，就这么定了。"大鹏说完，一边叫妻准备酒菜，一边叫月仙去请应正汉，黄松再三推辞，大鹏坚决不让。不一会，月仙请来应正汉，四人情趣盎然，一边喝酒，一边叙旧，谈得非常投机，一小时后，酒足饭饱，黄松有事在身，就与月仙告别而去。

"师父，该休息了，别忙坏了身体。"月仙见黄松忙了大半天，想必有些累了，于是柔声地道。"不行，李勇、孙老大亦曾帮我不少忙，我们不应忘记，亦要与他俩道个别。"黄松是位重义之人,他将所有帮助过自己的人都一一记在心上。"师父,那孙老大并不是好人,他还曾想打你呢,这种人还管他干吗?"月仙一直对孙老大有看法,这时听说师父要与孙老大道别,心里有些不舒服。"哎,人总有犯错的时候,后来他毕竟改好了,而且还对我特别忠诚,做人要有包容性,自古道冤家宜解不宜结,人在世上,朋友越多越好,仇人越少越好,只有这样,生命才有意义,活着亦就轻松了。"黄松趁机教了月仙为人处世之道。

在常州大酒店中,黄松请李勇、孙老大与月仙一起吃饭。"今天请各位来吃个饭,是特地向一直来帮助我的事业的各位道个谢,目前,市场已告一段落,我准备另开码头了,因此,又向各位告个别,谢谢了。"黄松诚恳地说明自己的目的。"老黄,我们相处一直亲如兄弟,怎么说走就走了呢。"李勇惊奇地问道。"对啊!老兄,你怎么突然抛下我们不管了呢。"孙老大亦依依不舍地道。"二位,实不相瞒,这次,我欲出远门,先去新疆考察,然后再去俄罗斯,生意好坏尚不清楚,因此不能与二位同往,若一切顺利,当我在俄罗斯落脚后,再叫二位一起去发财。我们之间亲如兄弟,我怎会不管你们呢。"黄松向二人说出了自己的真实计划。"老黄,既然是兄弟,那就有福同享,有祸同当,我们一同去吧,到时亦有个照应,如何?"李勇毫不犹豫地道。"对啊,我亦愿同往。"孙老大亦附和道。"不行不行,这次只是探路,我独自一人就够,去俄罗斯路途遥远,开支不少,你二人同去,那就会造成多余的浪费,没有那么必要,好了,你二人在此经营,等待我的好消息就是。"黄松见二人坚持要同往,就坚定地劝阻道。李、孙二人见黄松心意已决,亦就不敢再多言了。"既然你不肯带我同往,我亦没法,但希望你不要食言,到时一定叫我们一起去俄罗斯就是。"李勇无奈地道。"老兄啊,不管生意好坏,我都跟定你了,请不要忘记啊,我会一直等待你的好消息的。"孙老大附和道。"男子汉,大丈夫,怎可言而无信,放心吧,有酒一起喝,有钱一起赚就是。"黄松呵呵笑道。"月仙,你怎么打算啊?"李勇见月仙一直低头不语,似乎有什么心事似的,于是就关心地问道。"哦!我又不懂做生意,但我会俄语,因此,师父要去俄罗斯,就打算做他的翻译去。"月仙微笑着道。"好啊!真是巧妙之极,有你做搭档,老黄一切都方便多了。"李勇听月仙这么一说,顿时眉开眼笑地道。"月仙啊!你不仅要做师父的翻译,还要照顾好他的生活,你在他的身边,我们亦就放心多了。"孙老大亦欣慰地道。

　　四人边吃边聊，约两小时之久，终于散席各自回家。"师父！你真行啊！想不到像孙老大这等无赖亦会如此敬你，想不通啊！"月仙有些不解地道。"人啊，大都被利而吸引，有利自然有人跟，无利自然疏远你，这就是人类之天性，走到任何地方都如此，所以，在条件允许的情况下，多让利于人才会得到人家的尊重，以后啊，你要在这方面多体会体会，或许对你今后的为人有好处。""哦！知道了，我又增长了知识。"月仙欣慰地应道。

　　月仙拉着师父的手，双双来到市场办公室，黄松向在上班的工作人员说明自己要离开的情况，众人听了，纷纷表示惋惜之极。应强汉突然听说黄松要走，心里难受至极，急得差点流下泪来。"老黄啊！这里少不了你啊，你走了我们可怎么办啊。"应强汉声音有些哽咽地道。"伯父，我走了有政府接管，以后会更好，请放心吧。"黄松见老应如此看重自己，心里十分感动，于是就温情地道。"既然你一定要走，我亦留不住，那今夜到我家吃个便饭，亦好谈谈心里话，行吗？"应强汉恳切地道。"行，我正要向你道个别呢，我还得谢谢你一直以来对我的帮忙呢。"黄松爽快地答应老应的要求。

　　应强汉再无心上班，请了假，急急准备晚餐的酒菜去了。"师父，看得出我爸听说你要走心里难受至极，连他说话的声音都有些哽咽，当时我亦差点流下泪来，师父啊，你怎么牵动那么多人的心啊。"月仙困惑地问黄松道。"做人啊，要多为人家着想，有利可图时，要先为人家想七分，自己留三分，你付出七分，往往又会得到人家十分的回报，这叫作良性循环，但若占了人家的一分便宜，亦可能会产生十分损失的结果，以后啊，你应该在这方面多多关注与研究，这对你自己以后正确为人处世有好处。"黄松又告诉了月仙做人的道理。"哦！我知道了，这种知识学校里亦曾教过，但没你教得这样透彻罢了。"月仙诺诺应道。

　　晚餐，黄松与老应一家人同桌而吃。"老黄啊！我们相处已久，亲如一家，如今你要走了，我心里总不是滋味，难免有些失落感，这一别，又不知何日才能再相见啊！"老应依依不舍地道。"伯父，我这次只是暂时离开，很快就会回来看你的，放心吧。"黄松劝慰着道。"爸！这次我与师父一起是去俄罗斯考察的，很快就会回来的，到时一定与师父来看你。"月仙快语证实师父言语的真实性。"我相信你俩不会忘记我的，但不知何日动身。"老应问黄松道。"我想先回义乌一趟，与家人告个别，顺便准备一下行装，月仙回校向老师汇报一下实习的情况，然后再去新疆乌鲁木齐玩两天，那儿离俄罗斯近，一定能了解一些俄罗斯的风土人情，那里还有我村庄的人在做生意，我想与他们聊聊对自己有好处，最后去俄罗斯，待弄清情况后，再发货经营，这样，风险就少多了，伯父，你说对不对？"黄松将自己的打算告诉了老应。"老黄，你是胆大心细之人，想得非常周到，我亦无话可说，就祝你马到成功吧。"老应知道黄松是极其精明之人，自己亦无法多插嘴。"师父！我去学校很快就回来，回来后与你一起去义乌。义乌名气很大，但我从未去过，欲看看义乌究竟如何好，因此，你就在这儿再等一两天，带我同往如何？"月仙早想去义乌看看，这时绝对不想放过机会。"既你如此想去，那我就在此等你两天吧，你要快去快回，不要误了我的正事，知道吗？"黄松答应了月仙的要求。月仙欣喜若狂，调皮地道："还是师父好，谢谢了。"月仙吃过晚餐，各自睡觉去了。

在南京大学施教授的办公室中，一位女生正在向他汇报自己在社会中体验生活的情况，由于在校的教育与社会实际存在较大的差距，她的情绪很不好，而且将怨气撒在施教授身上。"施教授，你们这些老师，在平时上课时的演讲全是欺骗性的，把社会吹嘘得天花乱坠，其实，社会上的事根本不是你们说的那回事，我讨厌这个社会，更恨你们的虚伪。"女生情绪激动地道。"哦？有这等事，慢慢说来听听。"施教授见女生莫名其妙地责怪自己，惊奇地问道。"你们平时常教导我们努力学习，学好知识对社会做贡献，以后分配工作亦容易一点，然而社会上的事根本不是这样的，政府单位靠关系，私营企业靠外表，什么知识不知识的，根本用不上。"女生哭丧着脸道。"你举个例子听听。"施教授不以为然地道。"施教授，我在校一直勤勤恳恳地用功读书，成绩历来都是处于全校前三名，对不对？"女生从容地问道。"对啊，我们亦一直都称赞你啊！"施教授肯定地道。"成绩来自知识，这说明我的知识比一般同学高，正因如此，我很自信，觉得毕业后找份工作会比其他同学更容易，当真正去社会体验生活时，才发现，一切都是错的。"女生发牢骚道。"继续讲，怎么个错法？"施教授认真地听着，想知道其中的原因。"我与同班五个女生，连我共六人，一起去社会体验生活，她们在校的成绩平平，与我相比差得远，我以为自己一切都优于她们，因此很自信，总以为找工作比她们容易，不料大错特错。起先，我们的共同目标是去政府部门实习，但六个女生中，有两位特别漂亮的被录用了，剩下的四人知道政府部门无望，就去较大的私营企业试试，结果，比我漂亮的三位女生如愿以偿，唯独我这个丑女人被抛弃，你说政府公吗？社会平吗？"女生气愤之极地道。"啊！如果这是事实，确实不公平，但我看可能不完全正确，你再去找找，目前社会正缺有知识的人才，只要有知识，一定会有用武之地的。"施教授劝慰道。"得了吧，施教授，你们都是伪君子，从此我再也不相信你了，我恨政府，更恨社会，我恨所有漂亮的人，我还恨我的父母，他们为什么把我生得这么丑。我苦读了十八年，如今都不如一村姑，学校欺骗我，社会嫌弃我，这样丑的人活着还有什么意义啊，倒不如一死了之，呜……"女生说着说着，突然倒地大哭起来。

"施教授！施教授！"应月仙边尖声叫着，边蹦跳着进入办公室，突然看见女生倒地痛哭不止，忙上前劝慰。"哦！原来是月容姐啊，怎么了？有事起来说，我正有许多话要对你讲呢，快起来。"月仙见是自己同窗好友毛月容，心里一阵惊喜。月容见月仙春光满脸，更加伤心地大哭起来，一时间失去理智，突然站起身来，快步冲向墙壁，低着头狠狠地撞了过去，不料，至墙边时突然脚一软，站立不住，又倒在地上，头却撞在墙上，顿时头破血流，昏了过去。这一变故，使施教授与月仙始料不及，被吓得目瞪口呆，不知如何是好。"月仙！你在此照顾一下，我先叫救护车送医院，然后报警，你待在这里不要走，帮帮忙，帮帮忙，啊！"施教授见月容满头鲜血，吓得魂不附体，慌慌张张地出门而去。

在南京第一医院中，月容头上包着白纱布，躺在病床中，月仙正在细心照料着。月容头上的伤其实并不严重，因为当时是跌倒后头撞在墙上，这使她的冲力减少了许多，否则后果真不可想象，这时，她已恢复了理智。"月容啊，你怎么可以这样啊，我们年纪尚轻，还有许多事要做，怎可轻生啊！"月仙温和地道。"月仙，像我这样的人生而何乐，死而何悲，我真的不想活了，只是我最放不下的是我弟弟，他在读初中，家里没钱，父母为我姐弟读书已欠下了许多钱，本想待我大学毕业后有份工作，能为家庭分担一些，但又谁知我自身难保，你说我活着还有意义吗？"月容苦笑着道。"月容啊，你的成绩那么好，肯定能找到工作的，只是好马暂时未遇伯乐而已。我与你相比，一切都比不上你，或许我运气比你好点罢了，但你亦不要灰心，如在校读书一样，只要继续努力，一定会有好的结果的，你相信我的话，我们继续努力吧。"月仙对月容劝道。"对了，不知你通过社会体验生活后又是什么结果？"月容这时又想知道月仙的情况。月仙见月容问起自己的情况，就将自己与师父相处之事一五一十地告诉月容。月容听了，不但没有为之高兴，反而一时心胸气闷，不禁从口中喷出一口鲜血来，不一时，又昏了过去，这一次，比撞墙更厉害。不知月容生命如何，请看下回分解！

第二十七回

涉社会月容受阻　大学院黄松演讲

　　话说应月仙兴高采烈地将自己与黄松相遇相处的过程告诉月容，不料月容听了，不但没有高兴起来，反而更加忧愁。月容觉得自己的同学一个胜过一个，唯独自己如此狼狈相，想当初，自己的英语全校第一名，俄语在前十名，还会日语，会讲三种外语的人不多，自己受全校师生的尊重，亦感到自傲，月仙仅俄语好一点，不过仅在中等水平，平时，亦常来请教自己，这时，她却出了风头，而自己却落得这般地步，心里觉得无比不平，只觉心胸气闷，心跳加剧，头脑发昏，浑身的血如激流一般，直往喉头冲来，一时禁不住，如龙喷水似的喷出嘴来，头脑中一阵嗡嗡作响，再次失去了知觉。

　　月仙正说得起劲，不料见月容吐血如注，顿时大惊失色，再定睛看时，只见月容脸无血色，嘴唇发紫，早已昏死过去。"月容，月容，你怎么了？喂！月容，你不要吓我……"月仙见月容双目紧闭，知道情况危急，赶忙喊来护士，护士们见状，连忙为她挂水，月仙急得不知所措，急忙拿出手机，向师父求救。"喂，喂，喂，我是月仙，师父，快过来，我在南京第一医院，呜……"月仙边向师父求救，边哭泣着，正在通话时，不料手机没电了。再说黄松突然接到月仙的电话，又听说在医院中，而且月仙哭泣不止，最后通话中断了，他不知发生了什么事，但断定不是好事，他心急如焚，忙跑到老应家报信。应强汉听说女儿出事住医院，急得不知如何是好。"伯父，我们一起去南京吧，越快越好。"黄松果断地道。"好，赶快去火车站，不过此事暂且瞒过你伯母，免得她担心。"老应觉得黄松办事不错。"不行，火车太慢，还是坐出租车前往吧。"黄松急不可待，应强汉一切都听黄松的，于是，在常州叫来一辆出租车，急急往南京赶去。

南京第一医院 101 病房，主治医生与护士们正忙着抢救。月仙见情况危急，一边拿手机充电，一边叫护士站打电话给施教授。施教授得知月容病情危急，飞速赶往医院，他觉得自己责任重大，但又不知该如何是好，到达医院见月容昏迷不醒，被面上全是鲜血，月仙急急向施教授叙述当时的经过，只吓得他摇头叹气，在病房中踱来踱去。"唉！这怎么是好？"施教授无奈地道。"施教授，我已打电话给我师父了，他可是很有主见的人，只要我师父来，他一定有办法的。"月仙很自信地道。"那就好，但不知何时能到。"施教授听说月仙的师父会来，亦就放心了许多。

晚上十时许，月容尚在昏迷中，月仙与施教授都守护在病房中，月仙的手机响了。"喂！哦，师父来啦……我爸亦来了，好，你们在医院门口等着，我马上来接你们。"月仙听说父亲亦来了，忙告诉了施教授，然后快速下楼去了。

月仙急急下楼，来到医院门口，果然见父亲与师父都站在那儿等候。"爸，师父，你俩来得好快啊。"月仙欣喜地喊道。"月仙，听你师父说你病倒了，我不知你如何厉害，就慌慌张张地赶来了，如今好些了吧？"老应见月仙精神不错，亦就嘘了口气道。"月仙，究竟怎么回事啊？我接到你的电话时真是急死了，后来你又为什么把电话挂了？当时我不知道你发生了什么事，于是就通知你爸，说你住院了，现在好些了吧？"黄松见月仙能下楼来，估计并无大碍。"爸，师父，不是我病了，是我的一位同窗姐妹自寻短见昏迷在这里，见她又吐血如注，我一人在这里照顾她心里紧张，又想不出办法来，因此一时心急，就想起了师父，就打电话给你了，真是事不凑巧，讲了几句，手机没电了，对不住，师父！让你挂念了，我们上楼吧，我这位同学是因为自己找不到工作而想不通的，至今尚未醒过来，学校的施教授亦在那儿，他亦担心死了。"月仙一边上楼，一边将情况作了简单的介绍。

施教授早就听月仙介绍过，她的师父是位很了不起的社会活动家，而且事业上亦有很大的成就，很想会会他，只是无缘罢了，这时听说黄师父来了，心里一阵欣喜，于是就站在门口等待着，欲看看她的师父究竟什么模样，不一会儿，月仙果然带着二男来到 101 病房。"施教授，这二位分别是我的父亲与师父。"月仙向施教授介绍道。"黄师父，伯父，二位好。"施教授见黄松果然气度不凡，忙上前握手相迎。"这位是我校的施教授。"月仙又向黄松介绍道。"啊，施教授好，常听月仙说，你一直都非常爱自己的学生，如今亲眼所见，果然名不虚传，可贵啊。"黄松微笑着道。"哪里哪里，月仙每次见我，都称赞黄师父是了不起的活动家，而且事业上更有巨大成就，真使人羡慕之极啊。"施教授谦虚地道。"施教授，你抬举了，我是大老粗，怎可与你们知识分子相比呀，以后还要请你多多指教呢。"黄松朗声道。"黄师父，如今书本知识不如社会实践啊，你看，这位月容同学就是欠缺社会知识而轻生的，真没办法呀。"施教授转而指指房内的月容，然后长叹一声道。"师父，这月容啊，是学校的优才生，特别是英、俄、日三国语言学得特别好，她的成绩排名全校前三名，但当去社会找工作时，六名女同学一起去，两名最漂亮的被政府部门录取实习，三名亚漂亮的被私营企业试用，唯最优秀的她没被录取，她认为其原因是自己长得丑，她恨社会不公平，因此而轻生，住院后，我把自己的生活体验对她叙述一番，目的是给她一点启发，不料却更刺激了她，于是气得口吐鲜血再次昏迷，你看，现在尚未醒过来，我真的懊悔之极，不该讲自己的事，害得她如此模样。"月仙很内疚地道。"哦！原来只是为了这点小事，这样好了，待她醒来之后，交给我来解决吧。"黄松听了月仙的叙述，心里有了底。"那就太谢谢黄师父了。"施教授欣慰地对黄松道。"对了，不知月容的病情究竟严重到什么程度，我们去问问主治医生再说吧。"黄松急切地对月仙道。"行，我带你去就是。"月仙说着，陪同师父来到白医生的工作室。白医生对二人说，月容的病是气血攻心引起的，若要治好，必须要极力劝导，解除她的心病才可，否则，很难治愈此病。

时过十一时，夜深了，月容还是没醒过来，月仙叫黄松他们先休息，自己独自陪在月容身边，时至十二时，夜深人静，月仙睡意渐浓，她坐在月容的床沿边，不觉打起瞌睡来。月容昏迷了约八小时，一连挂四瓶水，这时，渐渐地苏醒过来，她微微睁开睡眼，见自己还是躺在病床中，月仙在打瞌睡，知道她为了自己而辛苦，心里有些感激，为了使她多休息一会，就不打算叫醒她，想起自己的处境与家庭的经济条件，想起父母对自己的寄望，不觉鼻子一酸，禁不住流泪不止，又哭出声来。月仙在睡梦中听到哭声，顿时醒了过来，见月容在伤心地哭泣，忙向她劝慰道："月容啊，你终于醒了，可把我担心死了，现在感觉怎么样？""月仙，谢谢你的照顾，唉，我的命好苦啊，官场与社会都嫌弃我，以后我怎么做人啊，生既无乐，死则何悲啊，我活着还有什么意义，呜……"月容说着，更伤心地哭起来。"月容，不要如此悲观，你的知识比我广，我亦没悲观，你悲观何来呀，我们尚年轻，以后一定会有前途的。"月仙劝慰道。"月仙，如今社会上大都以貌取人，你比我漂亮，以后肯定前途无量，像我这样长得丑的人，有谁会喜欢呀？我对不住生我，养我，助我读书的父母啊，既然社会容不下丑人，我还是一了百了为好啊。"月容声音颤抖着道。"千万不可，事实并非如你想象的那么惨，我已叫我师父来了，他说过，有办法帮助你，待天一亮，我就请我师父来，你先好好休息一会儿，好吗？"月仙听说月容还是想寻短见，一时急了。"算了吧，你师父又不是神仙，哪有这般能耐。"月容不相信月仙的话。"真的，我在校时，总以为施教授是天下最伟大的人，所以一直很崇拜他，但当我涉及社会时，却发现我的师父才是真正伟大的人，因此，离开校门就崇拜师父。许多事，学校教的与社会实际存在差距，于是我就要求施教授解释，但施教授说，在社会上，自己是小学生，我的师父才是专家，我觉得施教授说得不错，因此，有关书本知识的事，我就请教施教授，有关社会上的事我就听师父的，正因如此，我觉得每天都非常愉快。月容，自古道，讨饭不拜师，饿死无人知，你是不是亦与我一样，拜个师父如何？"月仙以自己的经历开导月容。"月仙，恭喜你拜了个好师父，不过我运气没你的好，起先我总认为成绩比你好，任何事都比你优秀，所以一直高高在上，想不到其他方面你都比我聪明，你刚去体验生活，就想到先拜师，在你师父的指引下，你省去了许多麻烦，而我怎么就想不到呢，这样看来，更多方面我还得向你好好学习才行了。"月容听月仙这么一说，顿时悟出了许多道理。"不要这么说，你始终是我学习的好榜样，我怎可与你相比呢，不过人各有长处，或许这方面你真的该学学我了。"月仙哈哈笑道。"月仙，你师父究竟是何等人物，听你一说，我真的很想见见他呢。""师父能耐大着呢，在他心中天下没有难得住他的事。"月仙很自信地道。"吹牛吧，哪有这么神啊。"月容不以为然地道。"信不信由你，天亮后见了师父，你自然就明白了。"月仙坚定地应道。经过这么一番交谈，月容的心情开朗多了，为了月容的身体，月仙不想再谈，要月容休息会儿，等待明天见师父。

次日清晨，施教授关心着月容的病情，草草吃了点早餐，急急往医院跑，黄松二人亦如此，在街上吃了点豆浆面包，来到 101 病房，与施教授先后进入。月容正坐躺在病床中，见三人进来，心里一阵激动。"美女，好点了吗？"黄松开口就是甜甜的一声美女。一直处于忧伤中的月容，忽听黄松称她为美女，这是她有生以来第一次被人称赞好看，她禁不住"扑哧"一声笑了出来。"美女，你这一笑更美了，身体好些了吗？"黄松微笑着再称她一声美女，这是他平时一直称呼女人的习惯。"黄师父，你不要这样称呼我，我不是美女，而是丑八鬼。"月容见对方身高一米七，国字脸，浓眉大眼，声音洪亮，估计就是月仙所说的师父了，于是苦笑着道。"哦，你五官端正，听说还是学校的高才生，若你不能称为美女谁还能称为美女呀，如今社会上人才奇缺，你是位难得的人才呀。"黄松呵呵笑道。"黄师父，不要如此取笑我了，如今我是被社会所抛弃的人，还称什么美女啊。"月容虽知自己处境困难，但听了黄松的甜言美语，心里还是觉得甜甜的，于是，对黄松产生了好感。"谁抛弃你啊，说来听听。"黄松追问道。月容将自己去社会体验生活中所遇见的不平又重叙了一遍。"政府部门的某些官员并不能代替政府，社会上的个别老板亦不能代替整个社会，整体而言，政府与社会是公正的，不过其中亦有一些非常不理性的因素存在，但事业要靠自己去闯的，若遇到困难就退缩，那就要怪自己，而不能去怪社会了。人要有志气，心胸要宽广，我是经商的，站在我的角度看社会，满世界都是商机，生意生意，是靠自己生出来的，而非靠人家给你的，我的文化不如你，但我会闯，虽三起三落，却从来没有放弃过，更没有被别人所抛弃。据说学校里都知道你会三国语言，但社会上并无人知晓呀，在我们义乌，外商开始增加，想找个翻译很困难，因此，像你这样会讲三国语言的人是大有用武之地的，只是你没有找对门路罢了。"黄松针对月容的情况，讲出了一番大道理，这使月容茅塞顿开。"师父毕竟是师父，你这一说我全明白了，但我还是不清楚接下来该怎么做。"月容一直阴沉的脸色终于现出了笑容。"我先问你，今后想在政府部门工作，还是想在企业部门工作，或者想自己经商创业？"黄松想先摸清月容的爱好。"想去政府部门如何，企业部门如何，自己经商又如何，你又有何能耐呢？"月容见黄松信口开河，有些不相信。"月容，我早就与你说过，对于社会上的事，我师父是最伟大的，他做不到的谁做得到？"月仙见月容不相信师父，禁不住插嘴解释道。"若你想去政府部门，我介绍你去常州工商所上班，月工资八百元；若愿意去私营企业上班，月工资一千元，不过话与你说明白，这只是试用期，今后如何发展还得靠自己的。你决定后，我立即陪你上班，行不行？"黄松很自信地道。"还有第三件呢，经商又如何？"黄松所说的前两件都是同校学生普遍追求的事，想不到这在黄松看来容易得如要风有风，要雨有雨似的。"实事求是，前两件是给人打工，容易得很，只要人去就行，而第三件是自己闯业做老板，就不那么容易了，第一要资金，第二要商品信息，第三要懂得经营，我看你尚未具备条件，最起码要亲临市场考察一年后才行。"黄松讲明了经商的难处。"施教授，你给我选选，我走哪条路比较合适，我一时尚决定不下。"月容想想三件都好，但不知选哪条路好，于是，欲请施教授帮她拿主意。"月容啊，我看三条路都好，我替你高兴着呢，你真的是因祸得福了，今有贵人相助，前途无量啊。"施教授呵呵笑道。"月仙，你看如何？"月容见施教授与自己一样，转而又问月仙道。"我看啊，你还是到工商所上班比较轻松。常州小商品市场是我师父一手办起来的，如今转交给工商所了，因此，那鲍所长非常尊重我师父，他要安排一个人当然容易得很，而且有我师父的人情在，以后在工作上亦就轻松多了。"月仙发表了自己的看法。"哦！既然如此，那你又为什么不去工商所上班呢？"月容听她这么一说，倒反问月仙道。"我是想跟师父去俄罗斯，发挥发挥自己所学之长，至于以后走哪条路，尚未考虑呢。"月仙说明了自己的想法。"施教授，你说月仙的这选择对吗？"月容又问施教授道。"我看月仙的想法很好，既跟师父学经商，又能发挥自己的特长，再好不过了。"施教授毫不犹豫地道。毛月容是有心机的女子，她听月仙说，他的师父一年就赚了三百万，施教授虽是高级知识分子，年收入亦仅四五万元，如此算来，月仙的师父一年的收入，施教授就得干七十年左右，如果自己去上班，几世亦赚不到这么多的钱，如果月仙学得师父的本领，到时赚起了大钱，而自己还是在打工赚小工资，那就更加无地自容了，不行，我与月仙是同班同学，而且成绩比她优秀，今后的发展一定不能比她差，还是先学本领，再自己发展为好。"黄师父你真的愿意帮我吗？"月容看着黄松的脸突然问道。"既然来了，当然要帮你啊，你以为我是假意的吗？"黄松惊奇地应道。"那好，我不想上班，而想选择经商，但由于经验不足，打算先跟着你学一年，然后再自己创业，若成功了，一定不忘你的恩情，如何？"月容终于下了决心，大胆地说出了自己的主张。"这……"黄松想不到月容会有这样的主张，觉得身边已有月仙跟随，月容又要跟着，感到有些不妥，一时有些失措。"黄师父，我知道自己长得丑，跟着你有碍于你的面子，若真的为难，那就算了吧，就当我没说过，对不住了。"月容见黄松有些为难，心里一阵冰凉，原已喜悦的脸色，顿时又阴沉下来，她低着头，不好意思地对黄松道。月仙见月容亦要跟师父走，禁不住心里有些纠结，她一直与师父相处得好好的，不想有人再插一脚，特别是女人，她一时茫然了。"黄师父，月容姑娘是我校的高才生，学习一直很认真，然而当走向社会时，似乎又失去了方向，她很快就毕业了，如果没人指点，恐怕发挥不出自己的特长，因此，我希望你帮个忙，就辛苦你一年吧，算我求你了。"施教授觉得月容的决定不错，而黄松却有些犹豫不决，为了月容的前途，他向黄松求情道。"施教授太抬举我了，我不过粗鲁村夫，有何德何能啊，今已有月仙跟随，若再带着月容，只是有些不便罢了，既然你施教授这么说，那就依你便是，但话还是要说明白，我只是带她在社会上走走，体验一些实际生活，至于能学到一些什么知识，还是要靠她自己的悟性。真正的社会并不那么乐观，或许与你们学校所教的有些差距，有些事或许很残酷，没什么准确的标准，大都是成败论英雄，以经济为标准，因此，我是经济主义者，以赚钱为目的，在理论上没你施教授那么精通，知识上更不用说了。今后，月容若有发展就更好，若一无所成可别怪我。"黄松坦诚地对施教授道。"听黄师父的一番高见，使我茅塞顿开，我原以为学校与社会之间存在相当的矛盾，原来是处在两个不同的世界，学校教的是德、智、体，而在社会中要靠自己的拼搏，社会是所综合大学院，而我们只是其中的一小部分，你是大学院的专家，我是分学院的教授，因此，我必须承认你才是我的老师，今天有缘与你相遇，真是荣幸之极，请受我一拜。"施教授说着，深深地抱拳施礼。"施教授，折煞我也。"黄松急忙抱拳还礼。"月容，还不谢谢师父。"施教授与黄松客气一番后，又对月容道。"谢谢师父收留我。"月容听施教授的吩咐，赶忙起身道谢。"月容，你身体尚未复原，怎可起身，快躺会儿。"黄松见月容突然欲下床，忙关心地劝慰道。"师父，我的病是心病，听说你愿带我闯江湖，心病早已一扫而空，精神亦比以前更好了，你看，我还像病人吗？"月容边说边下了床，并哈哈大笑起来。众人见月容春光满脸，都为她的快速复原而高兴。"各位，我今天特别高兴，一来，我有幸与黄师父相遇，二来月容身体恢复，并因祸得福，得贵人相助，为此，兴奋之余，我请大家去酒店吃顿饭庆祝一番。"施教授兴高采烈地道。"好极，这酒席我来请，大家一醉方休。"黄松朗声道。"不行不行，你黄师父既治好了月容的病，又帮了我的忙，这酒我请定了，就不麻烦你了，若你要请，下次吧。"施教授坚持不让黄松请客。"施教授，怎好意思让你破费呢，这不好吧。"黄松不好意思地道。"就这么说定了，月容，你真行的话，现在就一起去，不远处就有酒店。"施教授果断地道。"行，没问题，那就走吧。"月容情趣盎然地道。"施教授，那就恭敬不如从命了。"黄松见施教授执意要请客，再坚持自己的意见就不好意思了，于是亦就答应了。

一行人进入酒店，施教授点来好酒好菜，然后边喝边畅谈世事，施教授谈了学校的事，黄松谈了社会上的事，二人各有自己的境界，月仙与月容谈了自己的看法，几方合起来，其实反映了整个社会的现状，很值得好好研究一番。

"黄师父，月容虽说身体已无大碍，但毕竟没有完全康复，我看还是让她休养几日再走，趁这间隙，我想请你为我学校全体师生上一堂社会学，你是这方面的专家，而这正是我校欠缺的，至于报酬问题，你尽管提就是，请你不要推辞。"施教授觉得黄松身上有无尽的实用知识，对全校师生十分重要，对学生走向社会时更能起到借鉴作用，或许能避免像月容这样的事再发生，觉得机会难得，于是就向黄松提出自己的请求。"施教授，你太高看我了，我不过初中文化，怎叫我去大学讲课呢，你不是让我去被你校的师生笑话吗？使不得，万万使不得。"黄松觉得自己水平有限，有失众望。"经商一年，胜读十年书，我只要你讲述社会上的实际和你是如何取得成就的，这对你而言，是十分轻松的事，你既帮助了月仙、月容，为什么就不愿再帮帮我更多的学生呢，而这些学生又不要你带在身边，只给他们讲一堂课，这是公德啊，而且功德无量啊，我希望你不要只顾自己赚钱，而不愿为社会做贡献，我看得出，你并不像这类人。"施教授软硬并施，逼黄松就范。"施教授果然是厉害人物，我说不过你，既如此，我就试一次，不过报酬就免了吧，讲不好请不要见笑就是。"黄松见施教授说得条条是道，一时难以推辞，亦只得勉强答应下来。

次日，施教授忙于布置场景，在学校大门口挂了"热烈欢迎黄松先生莅临指导"的大幅标语，学校有上万师生，因为没有那么大的室内会场，于是就在各教室中安装扩音机。师生们听说有位社会专家来校讲课，顿觉鲜新之极，于是纷纷奔走相告，有人说黄松是高级知识分子，有人说是经商能人，亦有说是企业大老板的，一时间，黄松被说得神乎其神，师生们都想早点见到这位神秘之人。

第三天，施教授要月容在医院再住几日，以便养好身体，月容很想听听黄松的演讲，但黄松亦叫月容继续休养，月容知道都是为自己好，无奈之下，亦只得作罢。

在施教授的陪同下，黄松与月仙一起来到南京大学，教师与学生代表们早已等候在校门前。"热烈欢迎黄先生莅临指导！"师生们高呼欢迎口号，热情地迎接黄松进了校门。不知后事如何，请看下回分解！

第二十八回

黄松再次收女徒　黄浩龙潜遇劫难

话说黄松从鸡毛换糖到如今的经商办市场，风风火火一路走来，从来没有受到过如此隆重的礼节待遇，这使他激动万分，顿时觉得自己的身份高了许多，激动之余，一边微笑着向大家频频招手表示感谢，一边与施教授走进校内，不一时，来到一间播音室，只见室内整理得干干净净，内有书架沙发，还有一个播音台，施教授请黄松坐在播音台中，面对一排话筒演讲，施教授与月仙陪伴于左右。

黄松出生以来从未见过如此场面，更未演讲过，心里难免有些紧张，这时他有些悔意，觉得不应该答应施教授来这里，但事已至此，如今是非讲不可了，然而又不知道从何讲起，他知道，上万师生正在等候着他的发言。黄松端坐讲台，一边喝了口茶润润喉，一边思考着如何开场。

"南京大学的领导们，教授们，同学们，大家好！"黄松一开始先向全校师生问好。施教授坐在黄松身边，见黄松发言声音洪亮，禁不住鼓掌助兴，掌声通过话筒，传至学校各室，顿时，全校掌声雷动，经久不息。

"今天，我受施教授邀请，来贵校讲讲学校与社会实际生活的一些区别与关系，希望能对师生们有一些启发作用。总的来说，学校是学知识的场所，大家的目的是学好知识，为社会做贡献，因此，学校的生活比较单纯。然而当毕业后进入社会时，却是另一个世界了，而这个世界往往关系到自己的前途与生活质量，相对而言，是个较复杂的世界，亦或许与学校中的理念存在相当大的差距，使人一下子无法适应，从而使一些同学产生了抱怨情绪，可是这是无法改变的现实问题，唯一的办法就是要承认这个现实，在这现实中，自己想办法去适应，而不退缩。"施教授见黄松说得精彩之极，于是又鼓起了掌。

黄松接下来又以月容为例，举了学生在社会上碰到的现实问题，又讲自己离开校门初入社会时的感受，继而叙述了从鸡毛换糖到经商办市场中的深刻体会，最后，讲了总结语。"同学们，首先，我们要肯定，学校是伟大的，老师是无私的，他们将自己一生所学全部教给了你们，并衷心希望你们今后出人头地，只有你们有成就，才会给学校带来荣誉，只要你们有前途，老师们就会高兴，希望你们不要辜负学校与老师的期望。相对，社会比学校复杂许多，因为你的利益往往会牵连到其他人的利益，因此，社会的路是坎坷不平的，每个人都会遇到这样或那样的困难，这与在校时一样，当考试时，亦会碰到一时做不出的难题，其实，这并非题目本身难，而是你平时没有学好罢了，因此，在社会上碰到困难时，不要去怪社会不公，更不要怪社会无情。其实，社会是非常现实的，大家首先要检查的是自己，比如说做同样的事业，为什么总有一些人成功，而有一些人失败呢？因此，要做像模像样事，都是如在学校做作业一样，做不出是自己的事，而不要为困难提出种种理由，要迎难而上，出现困难想办法破解，如登山一样，登得越高越吃力，然而亦越有成就感。同学们，政策是开放的，社会是公正的，事业的成就程度是靠自己的，我的讲话完毕。最后，希望学生们毕业后昂首挺胸地大胆走往社会，大显自己所学，为自己的前景，为国家的富强，为社会的发展努力奋斗吧。"黄松讲毕，施教授再次鼓掌。

"黄师父，真的是人才出自民间，想不到你有如此高的境界，讲得好，讲得好，我自叹不如啊。"施教授呵呵笑道。"哪里哪里，让施教授见笑了。"黄松谦虚地道。

黄松演讲完毕，正要告辞，不料门外站立着许多师生，纷纷要黄松签个名作留念，黄松盛情难却，只得一一签名，不料来者越来越多，使他无法应付，施教授见状，觉得这不是办法，于是叫师生们各回教室，等待与黄松照相留念，众人听了，觉得这是好办法，就各自高高兴兴地回教室去了。施教授见全校师生情趣盎然，就叫黄松去各教室与师生们照相留念，一直忙了约三小时之久，黄松师徒才告别走出校门。

"师父，想不到你的演讲水平亦这么好，在校时，施教授的演讲水平全校第一，今天听了你的演讲，才知道你比他略胜一筹，因此，我为你感到自豪。"月

仙拉着师父的手，情趣盎然地笑道。"傻瓜，人家是高级知识分子，师父怎能与
施教授相比呢，今后再不要胡言乱语了。"黄松见月仙如此看高自己，心里亦甜
甜的。"师父，接下来怎么办？"月仙关切地向黄松道。"待月容身体完全康复后
再带她一起去义乌，或许还要等几天，这样吧，先叫你父回去，我们再等候几天
吧。"黄松认真地对月仙道。

　　二人来到医院，先看望月容，见月容独自坐在病床中发呆。"月容，好些了
么？"月仙一进门就关心地问道。"哦！师爷，月仙，你们回来了，我的病没问
题，不知师爷讲得可好？"月容见黄松与月仙来看她，顿时精神振奋，高兴地问
道。"月容，师父讲得可好呢，我看，施教授还没师父讲得好呢。"月仙又在月容
面前讲起了师父演讲时话音如何如何的洪亮，形容如何如何的得体，举例如何如
何的妥当，词汇如何如何的丰富，只听得月容心里痒痒的。"月容，不要听她胡
言乱语，我可没那么伟大。"黄松听月仙又在胡吹，就赶忙接口否认道。"师爷，
我相信月仙不是说假话，我已知道你能力不凡，恨只恨当时没跟你们一起去，从
而失去了亲听师爷精彩演讲的机会，遗憾啊，实在遗憾之极。"月容懊悔地道。
"月容，不要灰心，这次失过，还有下次，今后跟紧师父，机会一定很多。"月仙
兴致勃勃地劝慰道。"月容，以后你千万不要再叫我师爷了，你把我叫老了，我
听了有些不自在，还是跟月仙一样叫吧。"黄松听月容师爷师爷地叫，很不习惯。
"我的施教授亦称你为师，我叫你师爷没错啊。"月容认真地道。"我是个跑江湖
的大老粗，叫我师父亦已为过了，怎能称师爷呢，还是现实点吧，以后再不能叫
师爷了，知道吗？"黄松坚定地道。"那好吧，以后我跟着月仙一起叫你师父吧。"
月容见黄松如此坚定，也就答应道。"月容，你的身体什么时候康复，我们就什
么时候去义乌。我们还有许多事要做，但目前还是你的身体最要紧，现在，你什
么亦别管，专心养身体就是，好吗？"黄松和蔼地吩咐道。"师父，我真的已经康
复了，你看我像有病吗？"月容一心想去义乌看看，此前，她听说义乌是中国的
小商品世界，城市建设亦非常现代化，是新兴城市，繁华无比，而且常有外国人
出现，她的心里早已着了迷，只是没机会去而已，如今师父说要去义乌，心里兴
奋至极，恨不得现在就走，不料听说是为了自己的身体而耽搁着，更急得直跺
脚。"不行不行，再休养四五天吧。"黄松不放心地道。"天哪，再要我在此待四
五天，真的没病亦会待出病了啊，不行，今天就走吧，生意人时间就是金钱，不

能再为我而耽搁了。"月容心急如焚,立即整理行李欲走,黄松急忙上前阻止。"月容,若你真的认为没问题的话,还是去主治医生那儿问问,医生说可以出院就出院吧。师父,你说对不对?"月仙见月容的身体好多了,于是她亦想早点去义乌。"这样亦好,那就问问医生再说吧。"黄松觉得月仙说得有道理。于是,三人一起去主治医生那儿。经主治医生诊断,月容基本恢复,但吩咐她平时要注意保养,不可受刺激,万事多包容,更不可与人斗气,否则,此病很容易复发。三人听了心中有数,于是决定准备行装,明日就去义乌。

次日,四人从南京上车,强汉在常州下了车,黄松三人直往义乌而去,月仙月容坐在车窗口旁一边看着窗外风景,一边兴致勃勃地笑谈着自己今后的奋斗目标,月仙一直是开朗性格,而月容是内向型的,这时,月容却突然变了个人一样,从来亦没有像现在这样开心过,两个姑娘说说笑笑,黄松见她们如此开心,亦觉得欣慰至极。

三人在车上说说笑笑,不觉已到义乌站,下了车,叫了一辆出租车,直接送到乐村黄松家。改革开放后,黄松在商事上有些成就,于1982年建三间二层楼,在农村,他家还算不错。月仙月容紧随黄松走进家门,只见中间是客厅,上首挂着一幅字,字体为行书,只见上联写的是"小鼓响醒狮吼山川",下联是"糖担行潜龙追风云",中幅是小楷字的《换糖赋》约五百字,行书走笔顺畅,刚健有力,小楷工整清晰,行书配小楷,给人的第一感觉就是舒服。"好漂亮的书法啊!"月仙月容心里有同感。

"爸,妈,我回来了!"黄松刚进门就叫父母。"哦,松儿回来了。"母亲虞氏听到黄松的声音,忙从厨内出来,见除了儿子外,还有二位姑娘。"哦,二位姑娘还是第一次来家,先喝杯茶,我为你们烧点心去。"虞氏不知姑娘什么身份,上门不欺客,先去烧点心再说。"伯母,我们不饿,你休息着吧。"月仙客气地道。"姑娘不必客气,第一次来做客,一定要吃点心的,这是我们义乌的风俗,先慢慢喝茶,一会就好。"虞氏边说边进厨去了。

黄松的父亲黄浩是位残疾人,是单腿的,他正在床中休息,听说儿子回来了,就急忙起床,拄着拐仗走出房间。"松儿,这次这么久才回啊,生意好吗?"黄浩关心地问道。"好,很好,我还收了两位女徒呢,是大学生,她俩要跟我学经商。"黄松笑呵呵地对父亲道。"好啊,年轻人应该好好学点本领才是,我儿亦应该教教她们。"父亲见自己的儿子竟收了两位女大学生，希望其中的一位是自己的媳妇，黄松年龄不小，他早想抱孙子了，今见儿子第一次带姑娘回家，心里高兴之极。"伯父，你儿子能耐大着呢，我们想跟他学点，你不会反对吧。"月仙笑着对黄浩道。"我高兴都还来不及，哪会反对呢。"黄浩笑呵呵地应道。"伯父啊，你生了个这么好的儿子，有福啊！"月容亦微笑着道。"托你的口福，谢谢你。"黄浩听到两位可爱姑娘的甜言蜜语，心里一阵欢喜。

虞氏很快烧来四碗糖鸡蛋，每碗五个，让黄松等人享用，其中包括黄浩。"伯母，这么多鸡蛋我可吃不完呀，拿只碗来，我吃两个足够了"。月仙见五只鸡蛋太多，而伯母自己却没有，因此觉得不好意思，月容亦觉得如此。"吃得了的，你们年纪轻轻，鸡蛋又吃不饱的，吃吧，不要客气，到了我家就如你自己家一样，你们吃得饱饱的伯母才高兴呢。"虞氏和蔼地道。

"吃吧，不要客气了。"黄浩亦劝道。"那就吃吧，来，我们一起来。"黄松也劝道。四人吃蛋，虞氏又去烧素面，吃完鸡蛋，又吃素面，月仙月容吃得饱饱的，再加上伯父伯母的善良之心，觉得欣慰至极。

吃罢点心，黄松陪二人上楼，楼上三间，两边是房间，中间是书房，书房中摆设着书架、写字台，还有各大小不同的毛笔和宣纸，一看便知道黄松不但会经商，而且爱好书法。"师父，楼下的那幅字是你写的吧。"月仙朗声问黄松道。"是的，我从小爱书法，因此趁闲时学着练练。"黄松承认道。"师父，你的书法很美啊，什么时候亦教我们练练。"月容喜欢书法，但自己又不会，于是就想跟他练书法。"其实练书法并不难，只要常练常写，久而久之，自然熟能生巧了。"黄松微笑着道。"师父，你爸的腿怎么少了一只，是先天的吗？"月仙突然关心起伯父来了。"唉，说来话长，我爸原先身体好好的，而且还有一身好功夫，不料"文化大革命"时期，只因得罪了造反派而失去了一只右腿，害得我父从此终身残疾，如今想来还心有余悸呢。"黄松见月仙提起父亲的腿，心里一阵难受。"怎么，伯父的腿是被造反派所害的？究竟怎么回事，说来听听。"月容听了有些好奇，并要求黄松说个明白。三个坐在书房中，边喝茶边聊天，在月容的要求下，黄松道出了事情的经过。

一九六七年，"文化大革命"进入第二年，各造反派正忙于武斗之时，义乌的鸡毛换糖业却飞速发展，黄浩与同村十多人在龙潜县做生意，同住在大众旅馆，生意虽不太好，但还是过得去。时至年边，生意特别兴旺，过年了，父母们都给孩子们发压岁钱，因此，正月里所有儿童的袋里都有钱，他们喜欢买换糖担中的玩具，特别是气球。为了多赚点钱，换糖人就不跑乡下，专带气球和氢气放在街上卖。龙潜的主街中山路，长达十里，宽约四十米，乐村人为了互相照应，在主街上每隔五十米设摊卖气球，黄松的摊设在荷花池边，隔五十米处就是父亲黄浩。

正月初十，农村无事，年轻人都喜欢到街上走走，中山路因此而热闹非凡，有的带着小儿买这买那，让自己的孩子高兴高兴，路边的气球摊更加耀眼，生意亦特别忙。总的来讲，龙潜人善良的多，但亦难免有几个坏人出现。季宝的父亲是龙潜县造反派的司令，威震全县，正因如此，季宝身后有一班小人跟随，季宝年仅二十，一直以来游手好闲，他凭借父亲淫威，无故欺压百姓，加之有小人相助，更加恶胆包天，几乎每天都要寻事取乐。这天，季宝又带着四名随从，来到中山路寻事取乐。他们见中山路整条街上每隔五十米都摆有一副糖担，担子上面飞挂着各色的氢气球，每个糖担周围都站着许多男女顾客，五名恶少无事寻事，他们的嘴上都叼着一支烟，见气球可爱，就拿着烟在气球上烫，气球遇火而爆，他们见爆而乐，直把所有飞挂的气球全毁掉，才狞笑着拂袖而去。摊主们见五位恶神愤怒之极，但正月里求财不求祸，虽气球被毁，但亦毫无办法，只得自认倒霉，不敢与之辩理，只希望他们早点离开，以减少损失。五恶徒沿街作恶，不一会来到黄浩处，又开始作恶了，一只气球被烫破了，接着意欲再烫，这下黄浩忍不住了。"朋友，适可而止吧。"黄浩开口道。"烫几只气球玩玩而已，狗一样地叫什么。"季宝不以为然地又烫了一只。黄浩见对方不听劝，顿时怒不可遏，上前一把抓住季宝的手，使劲一甩，将季宝甩出丈外。季宝从未见过有人敢与他对抗，这一甩甩得他昏了头，知道自己不是黄浩的对手，既不甘心，又不敢上前。"朋友，好大的力气啊，来，握个手吧。"只见一位浓眉大眼、胖大个子的汉子突然上前招呼道。"在家靠父母，出门靠朋友，照应照应吧。"黄浩误以为此人比较理性，为了化解纠纷，亦愿意与他握手言和。双方一握手，只见对方加大手劲，黄浩知道对方正在测试自己的手劲，于是亦加大手劲，用力握住对方。殊不知，黄浩是习武之人，手劲非同一般，这一握，使对方承受不住，顿时痛得弯下身子求饶不止。"好手劲啊，我服输了，季宝，我们走吧。"这汉子名叫李飞豹，是季宝的保镖，在龙潜境内，一般三四名汉子近不得他身，季宝之所以敢胡作非为，与这人有很大关系。季宝见李飞豹亦不是黄浩的对手，亦就不敢发作，于是就跟着飞豹快快离开了。

五恶的离开，使黄浩嘘了口气，庆幸自己没有大麻烦，然而事情并没有那么简单，约半小时后，一阵哭叫声从荷花池方向传入黄浩的耳朵中。不好，这些恶徒在欺负孩子黄松了，他还是十五岁的小儿，怎经得起这些恶徒的欺负，于是，为了孩子，他不顾一切地奔向黄松经营处，只见黄松的气球全被烫破了，担子亦被推倒了。黄浩忍无可忍，一个箭步，冲向正在欺负黄松的季宝就是一巴掌，这一掌打得不轻，只打得季宝一头撞在地上半天起不来。那飞豹见主子被打，就奋不顾身地冲上前，一个冲拳向黄浩头部打去，不料黄浩一偏身，随手抓住来者手腕，以四两拨千斤的手法，只一拉，飞豹一拳没打中，反而失去重心，一头向荷花池的桥头撞去，黄松练武出身，其招式是连贯性的，随手又在对方的臀部再补上一掌，这一送，使飞豹前倾的速度更快，眼看就要冲进荷花池中，幸好他急中生智，一手抵住桥墩，这才没有倒在河中，这时，他知道敌不过黄浩，于是就发了狠话。"好，我知道你厉害，是好汉的不要走，回头再与你算账。"说完，招招手，五人一起走了。

黄浩见五人已走，忙上前扶起倒在地上的黄松。"身上有没有被打伤？"黄浩首先关心的是黄松的伤势。"打是没打我，只是气球全被烫破了，担子亦被踢翻了，我一时急了，就哭了，爸，我们回家吧，不要卖了，我怕他们又来找麻烦。"黄松见刚才打斗的场面有些恐惧，怕父亲吃他们的亏。"孩子，不要怕，有爸在，我们把气球卖完就回家。"黄浩安慰孩子道。

天渐渐黑了，街上行人少了，卖气球的人纷纷收摊回到旅馆，在吃晚饭时，大家谈起遇五恶的经历，一个个都恨之入骨，顾客们听了，亦纷纷讲述了一些五恶的不良行为。吃过晚饭，同伴们有的去街上玩，有的打扑克，黄浩父子为了避免不必要的麻烦，就早早在客店中休息。晚上九时许，同伴突然来报，季宝带着四五十名造反派直往旅馆而来，并扬言要找黄松父子算账。黄浩听了，觉得黄龙不及地头蛇，好汉不吃眼前亏，还是避避为好，旅馆的服务员听说季宝来找黄浩父子的麻烦，出于好心，叫他父子到近山处躲一躲，待风头过后再回旅店。黄浩觉得只能如此，就带着孩子一同上了山。山上阴森森的，一片漆黑，分不清东南西北，二人只向柴草密处走，黄浩在前引路，黄松紧随其后，二人前后不差三米，走着走着，突然"轰"的一声巨响，黄浩踩着野猪弹应声倒地，并失去了知觉。黄松见父亲突然倒在柴草中失去知觉，顿时惊恐地狂呼猛喊。"爸，爸！你怎么了，爸……"黄松见爸躺在地上一动不动，任凭他喊亦不吱声，在这野外山上又找不到人帮忙，他毫无办法，只是呼天喊地地痛哭不止，他想下山叫人帮忙，又怕父亲没人照应，他想守在父亲身边，又怕父亲没人相救再也醒不过来，怎么办是好啊……黄松一边痛哭流泪，一边抚摸着父亲的身体，在黑暗中，看不见父亲伤在何处，从上身摸到下身，当摸到腿时，发现裤上全是热血，再摸时，不觉更为吃惊，父亲的右腿已经没了，惊慌之中，黄松脱下自己的中山装，将父亲的伤口包得紧紧的，然后解下皮带，扎在父亲的腿中，以防血往外流，父亲还没醒，得赶紧送医院抢救才是，于是，他慌慌下山，来到山脚最近处的一家农户。"救命啊！救命啊……"黄松一边敲打着门，一边狂叫不止。农户一家三口，半夜里忽听有人喊救命，他们不知发生什么事，听喊声急，于是就全都起来往外观看。黄松见屋内亮起了灯光，瞬间有人出来，忙双膝跪地。"大伯，行行好吧，救救我爸啊，我爸被野猪弹炸伤了，一切工资费用我会付的，行行好吧，再迟怕来不及了，救救我爸吧……"小黄松一边跪在地上拉着汉子的裤脚不放，一边号啕大哭不止。汉子四十多岁，他的孩子二十余岁，父子俩正在年轻力壮之时，汉子听说是野猪弹炸伤了人，更是大惊失色。"孩子，快拿块板，救人要紧。"汉子见情况危急，就与孩子一起拿了木板，带上手电筒，与黄松一起赶往出事现场，见黄浩还是死一般地躺地上不动，于是三人一齐动手，将黄浩抬上木板，飞也似的抬下山，直往龙潜中心医院方向而去。到达医院已是午夜时分，三人先送黄浩到急救中心，幸好晚上医院不忙，医生立即抢救，通过吊水消毒处理，这才放心了许多，黄松在灯光下发现父亲少了右腿，禁不住又流泪痛哭起来。"小朋友，不要伤心，你爸没有生命危险，待会自会醒过来的。"白衣医生见黄松如此伤心，就向他劝慰道。"大伯大哥，谢谢你们的救命之恩，你俩辛苦了，这点钱给你们买碗酒喝吧。"黄松一边流着泪，一边从衣袋内取出一百元钱递给那汉子道。"小弟弟，救人一命胜造七级浮屠，怎可要你的钱，你父伤势严重，还要花很多钱呢，留着为他治伤吧。"汉子不肯要黄松的钱。"大伯，半夜三更，你父子愿帮忙我已感激不尽了，怎可白帮呢，这钱一定要收的。"黄松坚持要付工资。"好了好了，我父子亦只能帮到这里了，钱收回吧。孩子，我们该回家了。"汉子边说，边拉着孩子走出急救室，然后消失在茫茫夜幕中。

　　黄浩住院月余，身体虽复原，但从此就永远失去了右腿，既不能干活，又不能经商，一直留在家中很少走出家门，从而造成了生活困难。黄松当时还是小学生，还有个弟弟叫黄科言，在读一年级。黄松小学毕业，十六岁上初中，但由于家中缺劳力，经济困难无法再读书，就回家务农，由于尚未成年，生产队给他评为三分底分，就是劳动一天三分工分，当时二角分红，做一天只有六分钱。黄松觉得这不是办法，六分钱根本解决不了家庭困难，于是又跟着村人学做鸡毛换糖生意了。不知后事如何，请看下回分解。

第二十九回

小黄松失学换糖　毛月容从师学艺

话说黄松说出了自己与父亲在龙潜的悲惨遭遇，只听得月仙二人同情得泪水满盈。"师父，你爸失去了劳动能力，你又尚未成年，那以后的生活怎么过呀？"月仙一边用手帕擦泪，一边关心地问道。"唉！当时，我家已困难到了极点，我爸自身难保，我又未成年，弟弟更年幼，没有办法，这家庭重担就只能落在我肩上了，于是我决定放弃读书，跟随村人一起去做鸡毛换糖生意，想以此来保证家庭最起码的生活，为此，我起早贪黑地拼命干，曾去过江山，到过遂昌，但是因换糖人到处都很多，一时亦赚不了多少钱，为了多赚点钱，我十七岁那年就独自跑到江西鹰潭去鸡毛换糖，在鹰潭没有见其他的换糖担，因此，生意非常好，一个月中，竟赚了二百多元钱，我高兴极了。那天，我将换得的鸡毛带去火车站托运时，发现有很多人在卖冬笋，一问价，仅三角一斤，而义乌的价是五角，据说上海的价更高，于是我就打算做这生意，便回家将三把毛卖掉，身带现金去鹰潭收购冬笋了，当时，我收了一百斤冬笋，就直接托运到上海，由于第一次去上海，下车后不知东南西北，于是先看看零担房中自己的冬笋到了没有，原来货是随客车而到，只见冬笋已在库房。那时打击投机倒把的力度非常大，为了避开工商"打办"人员，当时不敢提货，而是先联系买主，大凡冬笋，一般都是集中在菜市场卖的，于是我就打听菜市场在何处，经过一番打听，终于找到了一个很大的菜市场，观察一番后，发现市场中有五个摊在卖冬笋，售价每斤五元，好价钱，这使我欣喜若狂。'老伯，这冬笋多少钱一斤？'我故意问一六十上下的老伯道。'老少无欺，四元一斤。'老伯和气地应道。'这么贵呀，能便宜点吗？'我有意与他讲价。'不行，我这里不讨价，要就买，不要就算了，反正我的货不多，待会儿就卖光了。'老伯毫不客气地道。'既然这么好卖，那为什么不多进些货呢？'为了弄清其货源是否充足，我又追问道。'小弟弟，这还要你教吗？昨天晚上运来五百斤货，我们五人分了各一百斤，你想，偌大一个上海市，怎够卖呀，所以，我劝你，要买就赶紧，迟了就没了。'老伯说了实话。'老伯，我看你是位老实人，说实话吧，我这次从江西带来一百斤冬笋，你要的话就给你吧。'这时，我觉得该到出手的时候了，于是就对老伯说了实话。'哦！真的？'老伯听说我有一百斤冬笋，顿时惊呆了。'当然真的，你看，我还带来样品呢，货全是托运来的，就在零担房。'我将随身所带的样品给老伯看。'好，三元一斤我全要。'老伯见了样品情趣盎然地道。'行，不过事先说明，我要现金交易，一手交钱，一手交货。我先与你到零担房看货，你验过付钱后我再付你提单，冬笋的重量是托运时过了磅的，不会错，货你自己提就是。'我将交易规矩告诉了老伯。'没问题，这样的交易我又不是第一次，如果可以的话，你下次给我多搞点来，这货我不嫌多。'老伯兴高采烈地道。'没问题，这次我是试试看的，有钱赚我自然会多运过来的，打算回去后立即再运，到时我找你就是。'我欣喜地答应了他。'小弟弟，下次什么时候来，告诉我，我亦可做个准备。'老伯急不可待地道。'一星期吧，你把钱准备好就是。'双方谈妥，交易顺利，这一趟，我赚了很多钱，心里兴奋至极，认为自己发财了。"黄松讲得起劲，月仙月容听得出神。"师父真能干，后来呢？"月仙觉得还没听过瘾。"第二趟运去多少货啊。"月容正在兴致时，还想继续听。

　　一星期后，黄松又运去了五百斤，又到菜市场见那老伯，老伯欣喜若狂，同在卖冬笋的见了，纷纷赶来要求分一点，由于平时他们都是有货共享的，因此老伯亦同意大家各分一点，于是，老伯叫一个人做帮手，凑齐货款，当即买下了黄松手上的提单，各摊主还提出要黄松再交易。这样，一连三次，黄松赚得乐开了花，这下真的发财了。黄松带巨款回家，并与父母讲明了自己的生意的情况，父母听了高兴得合不拢嘴，并称赞黄松不止。黄松见父亲衣衫破旧，自己亦多年没做新衣了，于是就去廿三里供销社撕来十丈布，请来裁缝师父，一连做了一星期，做足了一家四口人的四季衣衫。

　　有了充足的资金，胆子亦变大了，十八岁那年冬天，黄松独自闯到江西修水县鸡毛换糖，那儿从来没见过做这生意的人，因此，过年时的鸡毛全当垃圾丢掉的。为了让人们把宝贵的鸡毛留起来，黄松早做准备，每次挑担至农村，都会大力宣传，通过这一措举，农户知道鸡毛的宝贵，就都收藏起来，等待黄松去收购。过了农历十二月二十，各户纷纷开始杀鸡过年，黄松以一角钱一只公鸡毛的价收购，在每村都能收到几担，至正月初八，已收到了四千余斤公鸡毛了。当时，义乌每百斤统毛价值一百余元，四千斤就值五千元左右，为了使鸡毛早变成钱，黄松就先将四千斤毛运到南昌站去托运，不料碰到工商人员，四千余斤毛全被没收了，一分钱亦未拿回来，这一来，黄松正火热的心，如被凉水突然浇头一样，全身都凉了，由于伤心过度，还生了一个月的病。"啊，这工商人员亦太缺德了吧。"月仙愤愤地道。"他们凭什么呀？"月容亦不服气地道。

第二年，黄松于心不甘，又到鄱阳境内收鸡毛，同样亦收了四千余斤鸡毛，这次，他吸取上次的教训，不敢再去南昌托运了，而是改为走公路。于是他去联系托运，不料回说鸡毛不可办托运手续。"这可怎么办？不托运这么多鸡毛怎么带得去义乌呢？"黄松觉得束手无策。为了能使鸡毛运回义乌，他不得不采取非常措举，于是，他等候在托运处的门口，欲待主管下班回家时，跟他到家中再求情。主管五时下班了，黄松离那姓贺的主管二十米远远跟着，不料老贺到了转弯处，不知去了哪个方向，一时跟丢了，这天就白等了一天，第二天又去，这次仅离老贺十米跟着，约跟了二十分钟，终于见老贺走进了自己的家，于是，黄松做了记号，离去，到街上买了些礼物，准备送去老贺家。

次日早上，老贺上班去了，黄松带着五条庐山牌香烟与一些水果去他家，贺夫人不知黄松的来历，客气地将黄松迎了进去。黄松说明了原因，请贺夫人帮帮忙，贺夫人是位心慈之妇，听了黄松的诉说，心里有些同情，于是就答应试试，但礼物她绝对不收。黄松见对方愿意帮忙，心里一阵激动，千谢万谢地离开贺家，贺夫人见无法退回礼物，亦只好作罢。

第三日，黄松再去托运处，老贺一反常态叫将鸡毛晒干后拿来托运。黄松这才放下了心。

第四日，黄松将所有鸡毛全晒在晒场上，不料工商人员又来找麻烦了。"喂，这鸡毛拿到供销社去收购。"工商以命令的口气向正在晒毛的黄松道。"哦，供销社要的吗？这正好啊，我正愁没人要呢，既然这里的供销社要，我何必运到义乌呢，湿鸡毛可能不要吧，待我晒干了，一定拿到供销社去卖，亦能免去我许多麻烦，谢谢你的提示。"黄松微笑着对工商人员道。"湿鸡毛供销社不收的，你在这里晒吧，干了再拿去收购吧。"工商人员见黄松说得有理，亦就信以为真地走了。

下午五时以后，老贺下班回家，黄松就将工商要收购鸡毛的事向他诉说一番。"这帮人尽干缺德事，不要怕他们，你明早在大家上班前将货送到车站库房，一进库房就是国家的货，他们无权干涉，然后你大胆坐进客车，到九江，再转运至衢州，然后至义乌，路上你还要辛苦两次。"老贺将托运的事详细作了说明。"太谢谢老贺了，有你的帮忙，我就放心了。"黄松见老贺如此热心，就感恩不尽地道。

次日一早，黄松叫来一辆双轮车，将四十麻袋鸡毛全拉到车站，老贺早在车站等候了，见黄松把货拉来，忙叫他放入库房内，吊好签，过了磅，开了单，一切手续办理完毕，这才轻松地嘘了一口气。七时过后，工作人员纷纷来上班，工商人员亦来看鸡毛，不料发现鸡毛不见了，询问车站工作人员，都说不知道，他们找不到鸡毛，亦只得无可奈何地走了，黄松坐在去九江的客车中，望着工商人员的无奈表情，脸上露出胜利的笑容，更感谢老贺的帮忙。这一趟，他毫发无损地将鸡毛全部运回家中，并叫村人帮忙拣三把毛，自己又去江西贩运冬笋去了，这年农历十二月至正月，仅两个月就赚得二万余元钱。"师父，好险啊！"月仙惊喜地叫道。"师父，好精彩的故事啊，若能将你的故事编成电视剧就更好了。"月容亦禁不住赞道。"师父，以后又怎么样了呢？再讲一段吧。"月仙还想继续听师父的故事。"好了，你看，已五时了，准备吃晚饭吧。"黄松见天色已晚，就不讲了。月仙、月容虽觉得尚未听过瘾，但见师父不愿讲了，就尊重师父，不再强求了。

吃过晚饭，三人一起出去散步，农村没有好玩的地方，黄松陪她俩来到一个水库口，上了堤坝，欣赏着水库的夜景，在月光的照耀下，水面闪闪发光，使人心旷神怡。"师父，趁这好天气，还是再讲一段你的故事吧，我还没听过瘾呢。"月仙又要求黄松讲故事。"师父，反正没事，还是听故事有趣，再讲一段吧。"月容亦道。黄松见二人如此喜欢听自己的故事，于是又讲起了自己鸡毛换糖的故事。

为了经济效益，黄松喜欢独来独往，不喜欢结伴而行，他一直善于割头水，亦就是说去从来没人去过的地方。二十岁那年，他带着现金，去江西山口乡收鸡毛，这次，他改变了过去的经营方式，觉得凭自己一人的能力有限，于是就联络本地敲饼糖的人，叫他们收公鸡毛，自己愿出五十元一担的价格收取。以往，敲饼糖的人不要鸡毛，听说黄松愿出五十元一担的价，都愿意为他代收，而且是顺便收，又何乐而不为呢，于是，他就在旅馆中坐镇，现成收货付钱，这些人得了利益，一个个奉黄松为上宾，黄松亦以礼还礼，常请他们吃饭，这样一来二往，敲饼糖的人都成了他的好朋友。这天，黄松又在山口饭店请四位敲饼糖人吃饭，吃完后，黄松去窗口付钱，不料后面跟来两名扒手，其中一人紧靠在黄松身边，趁他不注意时将手伸进黄松的口袋，另一名就站边上遮住人家的视线，两名扒手配合得非常好，眼看就要到手，不料被黄松发现了。"喂！你干什么？"黄松觉得自己的口袋中有动静，立即警觉起来，回头看时，见有人正将手伸进自己的口袋中，他知道这人就是扒手，于是就喝道。"怎么了，你不要乱说话，否则，对你不客气。"那扒手竟然有恃无恐地怒对黄松道，但毕竟做贼心虚，那只已伸进黄松口袋之手，快速地收了回来。"扒你的钱又待如何，外乡佬，讨打是不是！"另一位扒手上前指着黄松的鼻尖道。"你敢！"黄松忍无可忍地大吼一声，准备与那扒手大干一场。四位敲饼糖的忽听黄松与人吵架声，立即快步赶了过去，"谁敢动手，你二人有眼无珠的，知道这位是什么人吗？"冲在最前面的对二扒手怒骂道。"叭、叭"二声，紧接着二扒手被二位敲饼糖的重重甩了两个耳光。"有眼无珠的东西，竟敢扒我老黄的钱，今天不打死你才怪。"第四位敲饼糖的又在二扒手脸上各打一巴掌。两名扒手被打得丈二和尚摸不着头脑，心想，一个外乡佬，怎么会有这么多本地人为他出力呢，于是二贼禁不住多打量黄公几眼。"看什么，若缺钱，向我讨亦可以，怎么可以偷呢，偷不成，还想打我，太过分了吧。"黄松见二扒手惊奇地望着自己，就狠狠地教训了他们一番。"二七佬，还不向黄师父道歉，你俩不想好好离开此地了？"敲饼糖的人大吼道。众怒可畏，二扒手见对方人多势众，知道若不依从就不能全身而退，只得低头弓身向黄松赔礼道歉。黄松不愿再与之纠缠，亦就挥挥手叫二名扒手赶快走，并谢过四位敲饼糖人的义举。从此，黄松成了山口乡的名人，人见人尊重，再也无人敢欺负他了。

"后来呢？"月仙见黄松不讲了，于是又问道。"这鸡毛换糖的故事是讲不完的，重要的是你怎么去体会其中的内容，学到哪些对自己有借鉴意义的东西，知道吗？"黄松讲故事的目的，是让二徒学些做人的知识。"听了师父讲的真实故事，我才知道师父从小就懂得做人的道理，而且每次遇难时，都处理得非常准确妥当，真是天生商才啊。"月容心有触感地道。"还是月容聪明，我们做人，不能走错一步，否则，就会造成一步错步步错的不利境地。义乌有句方言，叫作'出六居四'，意思就是当你赚到一百元钱时，首先要付出六十元给帮助过自己的人，或周围与自己有关的人，以此来扩大自己的人事关系，营造一个和谐氛围，这就是'和气生财'的重要基础，人事关系处理得好，朋友多了，即使你有落难时，亦会有人帮你走出困境的，所以啊，师父讲的故事并不是好听不好听的事，更重要的是想教你们做人的道理，懂吗？"黄松语气深长地对二徒道。"哦！知道了，以后再听师父讲故事，一定会从这方面多去理解的。"月仙、月容齐声应道。

夜深了，三人一起回家，黄松睡在弟弟的房间里，自己的房间叫月仙、月容睡，一夜无话。

次日一早，天气晴朗，三人梳洗完毕，吃过早餐，黄松带二徒来到工业区，先到陈小虎厂看望，三人信步走进开放袜业有限公司，只见有上百名身穿统一工人服的职工正在上班，车间内原来的 503 袜机不见了，全改换成双针筒的高级韩国机，产品质量亦提高了，看得出，管理比上次规范了许多，黄松非常钦佩小虎俩的才能。"师父，这家公司好大啊，是不是国营的啊？"月容见开放袜业有限公司如此气派，羡慕地问黄松道。"这家公司是我村陈小虎的私办企业，这样的企业同村有好几家呢。"黄松兴致勃勃地应道。"哦！他这么有钱，想必一定是有文化的人吧。"月容误以为老板是位高级知识分子。"他有什么文化，从小失去父母，小学毕业后就去要饭了，改革开放后才开始创业，其妻亦是要饭出身的。"黄松向月容作了简单的介绍。"师父，是不是就是上次来常州的那位漂亮少妇李名花的公司啊！"月仙插嘴问道。"对啊，就是她夫妻俩办的公司啊，如今她的'开放牌'系列袜名气可大着呢，其产品还出口海外呢，如果月容想找企业工作的话，就给她的公司当翻译吧，月容，你愿意吗？"黄松问月容道。"这夫妻俩真厉害，若早几天碰到这样的机遇，我当真喜欢之极，可现在我的心变高了，还是跟着师父先学习一年再说吧。"月容欣喜地道。"师父，上次我怕见名花姐，如今我真的很想见到她，不知道在不在厂里。""这又何难，我们来这里，就是要你们见见她，他们夫妻俩是大忙人，不过我的面子还是会卖的，待会儿一定能见到他夫妻俩的。"黄松很自信地道。三人边看边走，不觉来到电梯口，进入电梯，来到七楼，这里全是管理人员的办公室，不一会，来到总经理办公室，只见宽敞的室内摆设着高规格的红木办公桌，高大的皮凳中坐着一位漂亮女士，正在忙着看资料，靠墙处放着一套高贵的红木茶几茶座与沙发，墙边有一台七十寸的电视机，看得出，这里就是贵宾接待室。"嫂子，在忙什么啊！"黄松见名花正在埋头忙业务，于是就朗声招呼道。"哎呀呀，是黄老弟啊，你是什么时候回家的啊，怎么不提前打个电话给我呀，哦，还带来二位美女啊，这位是月仙，我认得，这位……"名花见黄松三人齐来，忙离座上前迎接，但她不认识月容，于是就问黄松道。"唉！没办法呀，这位名叫毛月容，是月仙的同班同学，是大学的高才生，她的成绩是全校前三名，而且精通英、俄、日三国语言，是难得的人才啊，可是当涉及社会时，六名女生一起去应聘，五名漂亮的全被政府与企业录用了，唯她没被录取，她气愤之极，就想寻短见，后来月仙要我帮忙，我见她可怜，在她的强烈要求下，我只得收她为徒，并与她约好，带她一年，然后自寻出路。"黄松用义乌方言与名花交谈，月仙月容听不懂。"黄老弟，你真是菩萨心肠，一定会有好报，如果她因找不到工作而轻生，那就到我公司来上班吧，我正缺会英语和俄语的人才呢，若有她在，与外商交易就方便多了，你说是不是。"名花听黄松介绍月容的情况，就想要她。"嫂子，我亦与你的想法相同，刚才我正与她说过，可惜她变了，说要跟我学一年后再作决定，你说我有什么办法？"黄松无奈地道。"没关系，让我跟她说说。"名花爱才如命，准备亲自出马。名花示意三人围茶几而坐，然后去倒茶。"名花姐，你坐着，我来倒吧。"月仙见名花要为自己倒茶，忙起身去倒茶，"唉！怎么可以让客人倒茶呢，月仙快坐着，我来倒。"名花不让月仙倒，月仙坚决不让，名花见月仙如此懂事勤快，心里一阵喜欢，亦就让她倒了。月仙给各人倒了茶，与他们坐在一起，觉得名花并不是可怕之人，而且觉得亲热无比，于是，从内心里喜欢上了她。"月容，你若想工作的话，就来我公司吧，我会把你当技术人才对待，月薪二千元，比一般员工高一倍，待遇从优，如何？"名花开始做工作了。"哦！名花姐，我知道你是位极能干的女士，我内心里非常崇拜你，可是我是位丑女，人家都不喜欢，认为有失单位形象，而你却不嫌我丑，反而以高工资请我，这使我感激不尽，谢谢你的好心，如今，我有自知之明，不想求职了，只想跟师父学点经商知识，以后打算自己打拼了，不过我一定会记住你的好意。若以后有需要我帮忙时，我一定会尽力帮你的，谢谢名花姐了。"月容谢绝名花的邀请，说明了自己的想法。"好啊！想不到你年纪轻轻，竟有如此高大志向，了不起，我支持你，只要你跟师父认真学一年，你一定能成为一名商场精英。黄老弟，好好培养她吧，名师出高徒，只要月容下大决心，一定能成功的。"名花见月容已有了自己的打算，亦就不再强求了。"月仙，你今后有什么打算?"名花转而问月仙道。"名花姐，其实我的志向没月容那么高，很简单，一切听师父的，我相信，他一定会给我安排好的。"月仙微笑着道。"哦，你原来如此信任你师父啊，小心师父把你卖了啊。"名花觉得月仙非常单纯可爱，于是就开玩笑地道。"不会的，若真如你所说，就让他卖吧。"月仙自信地道。"月仙啊，与你开玩笑的，我知道，你师父是位大好人，你跟他没错，以后若师父对你不好的话，你打电话给我，知道吗?"名花亲热地道。"好的，以后肯定有求于你，我正愁你不愿意呢，谢谢名花姐了。"月仙欣喜地道。

　　"嫂子，小虎哥在家吗?"黄松问道。"哦，他正出差去呢，有要紧的事吗?"名花见黄松问小虎，知道必有事而来。"我想与他商量个事。"黄松应道。"能与我讲讲吗?"名花认真地道。"是正事，当然可以，而且还想你帮忙呢。"黄松朗声道。"那就说吧，只要帮得上，我一定帮你。"名花豪爽地道。"嫂子，实不相瞒，常州的事已经结束，接下来我想先去新疆考察几天，然后去莫斯科发展，据我估计，那儿人口密集，还是俄国的政治中心，一定非常繁华，而俄国轻工业不发达，小商品奇缺，义乌商人极少去那里经营，因为义乌商人不会俄语，今我有月仙月容相帮，一定能快速发展，因此，待我觉得可行时，就打电话给你，为了不浪费时间，要你接电话后立即将你的'开放牌'系列发运给我，行吗?"黄松将自己的计划告诉了名花。"好大的计划，我支持你，没问题，只要接你电话，我立即发货，好好干一场吧，只要你赚到钱，我亦高兴。"名花见黄松计划缜密，而且还为自己销货，自然高兴之极。"我就知道嫂子会支持我的，你这儿讲好了，我还要去与陈生商量一下，我想他的服装一定亦好卖。在莫斯科市场，我打算以你的"开放牌"系列与陈生的服装为主。"黄松接着道。"陈生的服装质量不错，名气大，销路亦广，在莫斯科一定好卖。"名花赞同地道。"既如此，你先给我每种袜子一百双做样品，随身带去试试，如何?""当然可以。"名花说完，立即打电话给后勤室，要他们准备好样品。四人谈得高兴，不觉时至中午，名花留三人吃了中饭后，黄松三人拜别名花，带着样品又去陈生服装厂。欲知后事如何，请看下回分解。

第三十回

师徒三喜逛商城　梅林村须新换糖

　　话说黄松三人在名花厂里带了各种袜子样品离开后直往东起服装厂而去，免不了又与陈生热谈一番，然后同样带走系列服装样品，告辞离开，直至天黑才回家。此夜无话，次日早上，黄松在月仙月容的要求下，直往义乌城而去，欲逛逛闻名遐迩的义乌小商品世界。三人信步来到稠州路，只见路上车水马龙，行人摩肩接踵，两边商店密布，月仙月容好奇地东张西望。

　　"好热闹啊，南京虽大，但却并没有义乌热闹。"月容惊奇地赞道。"师父，你看，你们义乌亦有黑色人种啊？"月仙突然看到有几位黑种人在行走，于是就问黄松道。"傻瓜，义乌市哪有黑种人啊，那些黑种人是外商，他们是来义乌经商的。"黄松笑呵呵地回答道。"哦！原来如此，师父你看，那边还有白种人呢？"月仙又见路上有几位黄发女人在行走，于是又惊奇地问道。"那是欧洲商客，多着呢。"黄松微笑着应道。"哦！义乌的外商比南京城还多呢，难怪义乌如此繁华。"月容插口道。"不但来义乌的外商多，义乌走向世界的人亦很多，义乌不但是全国最大的小商品市场，而且还是世界上最大的小商品集散地，因此，我们的市场被国家工商局命名为'中国小商品城'，这不是浪得虚名的吧？"黄松自信地道。三人边走边看，不一会，已到小商品市场门口。"月容，进入市场，同迷宫一样，很容易分不出东南西北，走来走去会迷失方向找不到原路，为了避免走散，我会给你买个手机，到时好联系，我与月仙都有手机，你亦应该带一个，那边有手机店，我帮你买。"黄松知道月容家境不好，就决定给她买手机。"师父，我虽家境不好，但不想师父破费，算了吧，待我赚到钱后再说吧。"月容自己没经济条件，虽很想有手机，但为了减轻父母负担，还是熬着不买，这时见师父主动为她买，心里一阵温暖，但毕竟不好意思。"我们常在外走动，手机不能少，不过几百元钱的事，就当师父送你吧，我们走。"黄松见月容不好意思，就慷慨地带着二徒走进手机店。进了手机店，月容见柜台中放着各种式样的男女手机，心里痒痒的，这是她一直以来的愿望。"月容，你看看，你喜欢哪种式样?"月仙问道。"月仙，怎么可以叫师父出钱，还是算了吧。"月容虽喜欢，但是不想要师父出钱，不觉咽了一下口水道。"月仙，你给她选一个，我付钱。"黄松见月容不肯自选，就叫月仙为她选。月仙听师父吩咐，看中了一个红色的，觉得颜色鲜艳，小巧玲珑之极。"月容，就买这种款式吧，你看，多漂亮啊。"月仙征求月容的意见道。"好是好，只是不好意思要师父破费啊。"月容既想要，又不好意思地道。"老板，拿这款手机出来，多少钱?"黄松朗声吩咐老板道。"好的，八百元。"老板边将手机从柜中取出，边报了价。黄松二话没说，就付了钱，老板收了款，将手机交给月容，月容满心喜悦地接了过来，一边如得了宝贝似的抚摸着新手机，一边谢过师父。出了手机店，月仙一边走，一边教月容如何使用手机，不一会儿，三人一起进入小商品市场。只见市场内一望无际的商品摊位如海洋似的，购货的客商摩肩接踵来往不绝，真的是茫茫市场大如海，碌碌客商为财来。"哇! 好大的市场啊!"月仙见市场如此景观，禁不住拍手称奇。"师父，这市场有多大的规模啊?"月容亦惊奇地问道。"哦! 这里整个中国小商品城经营面积为四百七十余万平方米，商位七万余个，有一千九百余个大类的四十多万种商品在这里交易，是名副其实的小商品海洋，购物者天堂，这里的商品已出口到全世界二百一十二个国家与地区，境外企业经登记批准在义乌设立办事处的有六百一十五家，来自一百多个国家和地区的八千多名外商常驻义乌，联合国难民署等机构在义乌建立采购中心，全球海运前二十强中有八家在义乌设立办事处，如今，义乌小商品城居全国各大专业市场榜首……"黄松滔滔不绝地为二徒介绍中国小商品城的情况。"师父，我们上二楼看看。"月仙见电梯上的人上上下下的特别多，于是亦想去看看。"好的，月容，我们就上去看看吧。"三人上了二楼，只见又是另外一个大世界，其摊位都是店面式的，比一楼高档，面积亦大许多，其商品亦高贵许多，一望无际的商铺错落有致，价廉物美的商品琳琅满目，商人们的讨价还价声此起彼伏，通道中的人流不停地来往忙于商事。"啊，此时此景，我真正感受到什么是小商品世界，购物者天堂了，月容，你的感觉如何？"月仙情趣盎然地与月容道。"我与你同感，不过，不知他们这么多商品，是从哪儿弄来的，我想不明白。"月容一边回答月仙，一边搔头自言自语地道。"这些商品的来源主要有三种，一是厂家直销，二是厂家代销，三是摊主采购。什么叫集散市场？就是集世界商品，又销往世界各地，知道吗？师父为什么带你们来这里？因为这里是商人必来之处，你二人欲学商，就得从这里开始，首先了解货源信息，然后任你发展。"黄松认真地对二人道。"哦！师父为我们想得真周到。"月仙兴奋地道。"我在校时，老师是以书教书的，如今跟师父学，却是另一种方式，我觉得这种以事教事的方式更容易接受，难怪有人说，经商一年，胜读十年书，起先我不信，如今信了。"月容若有所思地道。"月容，你说的并不全对，目前，在中国小商品城摆摊的大都是文化有限的义乌人，一般经营可以，但若是遇见外商，这些摊主就没有办法了，因为他们不会英语，因此，文化与经商必须结合，这样，在经营中才会得心应手，事业才会有较大的发展，而你二人，有文化基础，却无经商经验，我想，只要你们努力学一定能成为商场精英的。"黄松朗声鼓励二徒道。"谢谢师父的信任，我们一定用功学。"二徒齐声道。

爱漂亮是每个女性的天性，月容在市场上，不停地观看着每位来往女商的行装打扮，只见一个个都穿戴时髦，手里都拎有漂亮的小提包，脚上穿着发亮的高跟鞋，走起路来，嗒嗒响，看上去既神气又漂亮。"师父你看，这些女人手中的提包不知从何处买的，我很想买一只。"月仙问黄松道。"这里是购物者天堂，你想要的全有，到时我给你买就是。"黄松微笑着道。不一会，三人来到皮包市场，只见一排排的摊位中都挂满各式各样的大小皮包。真是色彩各异，款色万种，只看得月仙目不暇接，欣喜若狂。"月容，我俩各选一只，你喜欢哪种款式呀？"月仙天真地要月容同选。"我不想买，你买吧。"月容知道自己没有经济条件，虽亦喜欢，但还是忍着不买。"买吧，二人各选一只吧。师父付钱。"黄松知道月容的心情，就豪爽地道。"师父，我真的不要，你给月仙买一只吧。"月容坚持不买。"美女，过来，这里有最适合你俩的手提包，批发价给你，过来看看，若中意，买二只，若不中意，亦不要紧，来来来。"远处一位美貌少妇见三人想买提包，忙向二女亲热地打招呼。义乌的摊位大都是漂亮的女人在经营，在出面经营方面，女性比男性更有吸引力，而这些女性特别会研究男女之间的事，他们知道，大凡男女同来的，不是恋人就是情人，在这种情况下，只要抓住女人的心，生意就会成功，一般男人都是听女人的。那女摊主见黄松师徒的亲热情境，心里早已有了主意，于是就十分甜蜜地喊月仙二人为美女，这亦是经商人的习惯称呼。月仙月容被少妇温柔的语言迷了魂，情不自禁地走了过去。"二位美女，不是本地的吧，看样子就像个文化人。"少妇又赞道。"哦，老板娘，你怎知道我们不是本地人，又怎知道是文化人呢？"月容惊奇地问道。"这还不容易，你若是本地人，我向你打招呼时你一定会以方言回答，而且看你们的举动一定是第一次来这里。看你俩斯文的表情，估计还是大学生，对吧！"少妇微笑着道。"太厉害了，想不到你们义乌人不但善于经商，而且还会看相呢。"月仙二人听了少妇的一番言辞，禁不住相对一笑，钦佩地道。"二位美女，你看看在市场上行走的女性，哪一位没有漂亮的手提包呀，这是现代女性的时髦，不是我想赚你的钱，而是你俩赶不上时代了，或许是刚从大学出来，不知道外面世界的变化吧。"少妇又亲热地笑道。"老板娘，依你看，像我们这年纪，那种款式的手提包较适合。"月仙禁不住想买了。"哦，如果是大学生，当然档次要高贵一点的，我给你选一款，包你满意。"少妇边说，边拿下一只挂着的玲珑手提包。"这款式是刚上市的新产品，是目前最好销的，可以肯定，你俩只要一提在手上，一定风度大发，人更漂亮，这位帅哥，你说是不是？"少妇将小巧玲珑的手提包递给月仙，微笑着道，见黄松站在边上不语，就有意与他搭话。"好了，你给她俩各一只，多少钱，我付。"黄松见时间差不多了，就打算买下。"还是帅哥豪气，这样好了，这新款式零售价每只二百元，上千只批发价一百五十元，看在帅哥的面上，就按批发价算吧。"少妇呵呵笑着对黄松道。黄松见价格尚合适，就付了三百元钱，月仙月容欣喜若狂，高高兴兴地拎在手里左右摆弄地试验着。"帅哥，难道你就不打算买一只吗？"少妇见两只买了，又想再销一只，于是又对黄松朗声道。"老板娘，我手里不是有一只吗？"黄松本来不想买。"帅哥，你这种过时包实在有失风度了，最起码要一款与服装相配的才气派吧！我们都是义乌人，我是实话实说的，是不是。"少妇甜言蜜语地道。"你很会做生意，既然这么说，那就给我一款最高级的吧。"黄松觉得少妇说得不错，就打算买一只像样一点的提包。"好的，我就知道帅哥是位大度大量大气派的大老板。"少妇边称赞道，边去拿来一只最高级的提包。"老板娘，我想请你猜猜，我师父是干哪行的？"月仙见少妇如此精明能干有些好奇，于是想考考她。"美女，这还用猜吗，一看就知道是位商场老手。"少妇毫不犹豫地笑道。"你凭什么知道他是经商的?"月仙见她果然猜中了，但不知她凭什么判断。"其一，来这里的大都是商人，其二，根据他的穿着气度，其三，根据他的谈吐，这些都是你师父举手投足之间已显露出来的与众不同的商人气质，因此，你的师父是商人无疑。"少妇娓娓道出了自己的理由。"好厉害的女人。"月仙月容听少妇这么一说，顿时目瞪口呆。黄松又付了三百元钱，买了一只高级提包，带着月仙月容离开提包摊。"美女、帅哥，慢走，下次再来。"少妇又以甜言蜜语送行。

"师父，你们义乌人真会做生意，而且嘴巴特别甜，使人听了舒服得很，是不是其他人亦这样啊?"月仙惊奇地向黄松道。"嘴甜不要本钱，要想有经济效益，就必须这么做，这有什么奇怪，只要你多加注意，就会发现所有的经商人都是如此，这就是商者的必备条件，你俩亦要学会，这不仅是商人如此，而做人亦是一个道理，嘴甜不吃亏，知道吗?"黄松严肃地教导二徒一番。

三人不觉进入鞋市场，只见一望无际的都是鞋摊，似乎走进了鞋的海洋，一年四季的鞋都有，其品种足有上万种，真使人目不暇接。"哇!这么多漂亮的鞋啊，月容，我们买一双吧。"月仙见花花绿绿的各种鞋子，满心喜欢，于是又想买一双。"好了，不要见一样买一样了。"月容心里虽亦喜欢，但因囊中空空无钱而作罢。"美女，过来看看吧。"一位年轻姑娘见二人想买鞋，立即甜甜地向月仙二人打招呼道。月仙见年轻姑娘向她打招呼，亦就顺水推舟地走了过去，月容与黄松见月仙过去，亦跟了过去。"美女，看你俩的身材最宜穿高跟鞋，女人啊，以苗条为美，苗条者以高而显，你俩虽漂亮，但尚欠一点高度，因此，穿上高跟鞋更能增添美色，不信试试?"年轻姑娘讲出了一番理由，然后主动地选了一款最时髦的高跟鞋递给月仙。月仙听了姑娘的一番赞扬心里特别舒服，又见递过来的闪闪发光的高跟鞋，顿觉爱不释手。"美女，什么价呀?"月仙不习惯地向摊主称呼问价。"不贵，一百二十元。"姑娘微笑着报了价。"可以试穿吗?"月仙心里喜欢之极。"可以，当场试试吧，若不合适再换一双。"姑娘亲热地应道。月仙见姑娘答应，就坐在摊上早已准备好的凳子上试穿，觉得舒服之极。"合脚吗? 起来走几步看看。"姑娘见月仙穿好，又叫她试步。月仙听了，真的起身试步，她刚站起来，姑娘立即拍手称妙。"哎呀!多好看呀!身也高了，人亦更美了，你看，亭亭玉立的，如西施一般无二，妙极了！"姑娘眯着眼赞不绝口。月仙听了她的一番称赞，心里更加舒服，于是决定买下。"师父，我要。"月仙一双妙目望着黄松道。"月容，你亦选一双吧，一起付钱。"黄松见月容站在一旁不言语，知道她内心的纠结。"师父，我就不必了吧。"月容知道又要师父破费，心里觉得不妥。"没关系，既然月仙要了，你亦要一双，我来付钱就是。"黄松坚持要月容买一双。"美女，再拿一双同样的，她的脚与我一样尺码的。"月仙见月容不好意思，就自作主张给她要了一双。摊主见状，自然乐意，月容见月仙为自己要了一双，只得半推半受地接了过来。"帅哥，你自己亦买一双吧，我看你脚上的皮鞋已旧了，而且质量亦没我的好，难得走一趟，就顺便一起买一双吧，价格给你优惠点。"姑娘见黄松气度大方，就极力向他推销起来。"行，那就给我亦拿一双吧。"黄松见摊上皮鞋的款式确实不错，于是亦选了一款合适自己的款式。然后，一起共付了三百九十六元钱离开。"帅哥、美女，慢走，下次再来！"姑娘妙语相送。三人高高兴兴地离开了皮鞋市场。"不知怎么回事，我总觉得到了义乌，到处听到的都是甜言蜜语，义乌果真与众不同啊，如果今后我嫁到义乌该多好啊。"月仙情不自禁地对黄松道。"傻瓜，那就嫁到义乌吧。"黄松呵呵笑道。"义乌人要我吗？"月仙娇滴滴地朝黄松笑道。"那就看你的缘分了，只要你努力，我想没问题的。"黄松微笑着道。"那就谢谢师父了。"月仙哈哈大笑道。

"师父，你们义乌人是不是每个人都如此能言善语呀？"月仙禁不住问黄松道。"虽不能说全都如此，但经商的人可以说是基本如此，因为经商以和为贵，古语云，'和气生财'，因此，和气待人就是经商的基础，这与学校一样，没有小学的基础，就不可能学会初中、高中与大学的知识，而和气是由语言来表达的，没有文明的语言就达不到和气的标准，在美妙的语言得到人家认可时，就会产生和气效应，进而又转化为生财的效果。在公平竞争剧烈的情况下，为了达到经济效益，商人们自然而然地懂得如何吸引顾客的道理，甜言蜜语只是其中的一种方式而已，你俩若真要学经商，就必须先学商业语言，然后步步跟上，知道吗？"黄松趁机教二徒经商的基础知识。"哦！原来如此，知道了。"月容点头称是。"师父，我看她们不仅能言善语，而且还会察言观色，随机应变，欲学会这一套，或许比考大学还难呢，可能我不行吧。"月仙觉得自己学这一套有点难度。"要经商就非学不可，今后商业上的成就，取决于你学到的程度，除非你放弃经商这条路，现在还来得及，自己决定吧。"黄松严肃地道。"好吧，我跟着你慢慢学就是。"月仙见师父如此认真，只得乖乖应道。"我早已下决心，好歹跟师父学一年，永不反悔。"月容亦表态道。"那好，除了认真学之外，还要有自己的悟性，知道吗？""知道了，谢谢师父的教诲。"二徒齐声道。

师徒三人在中国小商品城逛了一整天，回家吃了晚饭后，各自休息去了，月仙与月容同床而睡，在睡前，不免谈论一番白天的体会。"月容，白天在市场上逛了一天，见那些义乌商女一个个都如此精明，我觉得自己不行，或许永远学不会，你比我聪明，一定能学会的。"月仙说出自己的心里话。"月仙，你错了，你跟着师父已有一年了，而我才不久，据我观察，相对而言，师父是偏爱你的。"月容亦对月仙说了心里话。"月容，你怎么能这样想呢，其实师父公平得很，师父给我买的东西，不是同样亦给你买了，你这么说太冤枉师父了。"月仙见月容突然说师父有偏心，顿时惊讶地道。"好了好了，不过一句玩笑而已，你何必如此认真呢？"月容忙呵呵笑道。"月容，以后千万不能再说这种话了，我不想再听见，师父确实是好的，知道吗？"月仙认真地道。"好了，我以后不说就是。"月容见月仙如此认真，更知道月仙爱师父之深，悔自己不该在月仙面前说这种话。

次日一早，三人前往义乌城办理出国护照，办完护照，又从银行换来一万人民币的美金，准备着在俄国时开支所用，一切行装都准备好后，晚上，三人再次去工业区，与陈小虎、陈生等告别，难免又有一番商谈。

第二天，师徒三人从义乌上火车，直往乌鲁木齐方向而去。义乌至乌鲁木齐路途遥远，需四天四夜的车程，坐在车上无聊，月仙月容又要求师父讲鸡毛换糖的故事给她们听。黄松答应她俩，于是就讲起了乐村前辈们在鸡毛换糖中的精彩故事来。

清朝光绪年间，乐村有位名叫陈须新的人，此人父母早亡，独自一人生活，个子不高，却生得虎背熊腰，浑身钢筋铁骨似的结实，一条长辫子常绕在头上，只见他圆脸大耳狮子鼻，目光炯炯，浓眉低垂，一对八字胡二头翘，显得特别威武勇猛，一张薄皮嘴能言善辩，爱说有趣的新闻轶事，为此而深受村人的青睐。在农闲时，人们常围着他，要他讲一段有趣的故事，而他亦乐意把自己浪迹江湖的所见所闻讲给村人听，他讲故事与众人有些不同，边讲边配合故事情节手舞足蹈地做些即兴表演，脸上的表情亦与戏台上的角儿一样。每次演讲，大伙总是听得如痴似醉，乐而忘返。

　　陈须新十岁就上五台山拜师习武，至十八岁时下山。村人不知其武功究竟学得如何，常缠着他要求露一手，陈须新被缠不过，亦曾表演过两手，让大伙一饱眼福，人们亲眼见他用双手托起过一头大水牛和纵身飞上瓦房，至于其他功夫，亦就无人知道了。陈须新八岁丧父，二十岁丧母时，因家境贫困无钱葬母，只得卖掉家中仅有的一亩田作为丧葬费用，自此，他一直孤身一人，以鸡毛换糖为生。这年八月初八，陈须新挑着糖担来到东阳梅林村，这是他常来的地方，村中央有幢廿四间头，是全村人口最集中处，他如往常一样，把担子歇在廿四间头的天井中，手里摇着拨浪鼓，口喊换糖号："鸡毛、鹅毛、羊毛、猪毛、破铜烂铁、龟底鳖壳，破衣破鞋破棕衣换针换糖啰！"梅林村的男女老少闻声全往廿四间头方向跑。"啊！八字胡来啰，快去看啰。"人们呼亲唤友欢天喜地地拉扯着，廿四间头的天井中瞬间人头攒动，场面顿时热闹非凡。梅林村的人并不知道陈须新的真实姓名，只因他常留着二片八字胡，也就习惯地称他为"八字胡"。陈须新在做买卖时善于说笑，常逗得大家笑弯了腰，因此，只要听说八字胡到，全村人都会轰动起来，想来听听他的新鲜笑话，或与他开开玩笑乐一乐。

　　"八字胡！你这么久不来我村，我们以为你早去世了呢。"一汉子开玩笑道。"唉！朋友，我当真生了一场大病，差点见不着你们了，到今天为止，我已十八天没吃饭了。"陈须新哭丧着脸，没精打采地道，继而耸耸双肩，一双眼睛斜睨着，倒也像个久病初愈的模样。"八字胡，你既十八天没吃饭，怎么还能活到今天，而且还来我村做生意，骗谁啊。"一妇人凑趣道。"这位大嫂，你不信我亦没法，我真的十八天粒米未进呀，不过……不过酒肴却吃了不少，每餐靠三大碗粉干吊吊命。"陈须新说着，以手擦眼，装作十分可怜的样儿。众人见了，禁不住哈哈笑出声来，继而，又见他突然把斜睨的上眼皮往上一翻，顿时眼球外凸，黑眼珠仅露出一点点，作了个白多黑少的斗鸡眼怪相，在场的人顿时一阵哄然大笑。"八字胡，你的下巴怎么无毛啊！是常在马桶口摩擦之故吧？"一少妇尖声问道。"小妹妹，你看，我的下巴多少还有毛根儿，那马桶是你常用的，我常见你在马桶口磨擦屁股，连二腿交叉处的毛也被摩擦得光光的了，不信，你拉下裤子给大家看看。"陈须新与少妇开玩笑道。"你这八字胡要死哩！"少妇想不到陈须新会用这种话回应，顿时满脸通红，羞得再也不敢多嘴。"八字胡，你有老婆吗?"一汉子笑问道。"秧要嫩,精要老嘛,急什么呀?"陈须新的嘴角上下不停地翘着,样子十分滑稽。"讨老婆要先学会生孩子,我看,你连生孩子都不会,哪个姑娘愿嫁你啊。要不要我教教你呀。"那汉子哈哈大笑道。"谢谢这位大哥的好意,早先,我当真不懂怎样生孩子,现在我可全会了,这还得谢谢你那位老婆,昨天夜间你不在家,你老婆悄悄拉我进房,教我如此这般地怎么生孩子,我向她学了整整一夜,终于学会了,再也不必麻烦你了。"陈须新边说边表演着生孩子的动作,在场的人全都笑得东倒西歪,不知后事如何,请看下回分解。

第三十一回

梅林村德豹欺生　除恶徒须新动武

话说陈须新正与汉子开玩笑之时，突然有人大吼道"八字胡，我看你这张臭嘴比女人下面那东西还不如哩！"

陈须新闻声望去，见说这话的是位三十来岁的大汉。但见他身高一米八，衣冠不整，瘦长的脸儿铁青，阔嘴歪斜、獠牙毕露，也是满面胡子，一看就知是位凶悍人物。陈须新常来此村，村里的人差不多都认识，却从未见过此人。

"朋友差矣！我的嘴与大家的一样，都是横生的，我看你的那张嘴却与众有所不同，而女人那东西是竖的，一横一竖怎能相提并论呢。看，你的嘴一只角上翘，一只角下拉，倒真有点像女人那歪×呢。"陈须新边说，边用自己的两只手的大拇指与食指交叉比画着，令众人看得捧腹狂笑不止。

这歪嘴大汉并非等闲之辈，他姓卢名德豹，十岁时父母双亡，是由叔父带大的。其叔父是经商之人，不便长期将他带在身边，就给了武师相当一笔钱，托武师收他为徒让他学武功。十七岁时，叔父带他出门经商，不料这卢德豹常偷叔父的钱去嫖赌，后被叔父发现了，一怒之下就把卢德豹赶出了家门。卢德豹走投无路，就干起偷盗的勾当来了。有一次，他在山路口打劫民财时正好遇上一位武林高手，只一掌就打歪了他的那张嘴，后经多次医治均不见效，从那以后，一张嘴就这样歪歪咧咧定型了。卢德豹很少住在梅林，只因他常在外做些缺德事，激怒了武林中人，纷纷扬言要追杀这武林败类，卢德豹闻讯不敢在江湖中混了，就逃回了梅林村隐居起来。村里人很少与其接触，并不知他这次突然回家长住的原因，更不知他在外头从事什么行业。卢德豹在外虽无恶不作，但在村里人面前却死要面子，他性子暴而又不善言辞，陈须新的巧妙回击顿时使他无地自容，终于兽性大发，欲以武力教训陈须新，挽回自己的面子。

"换糖佬！你的嘴倒有点厉害，但不知你手上功夫如何，我倒想领教领教。"卢德豹恼羞成怒。"朋友过奖了，小人不会武功，不过陪你玩几招倒也还可以，但要真打实斗我可不在行。"陈须新嘻嘻笑着道。陈须新学得一身武功，从来也没使用过，见这家伙欲以武压人，心中大为不满，也就想试试对方究竟有多大的能耐。

"大家闪开，今日我要与这位货郎比试武功了。"卢德豹大喝一声健步上前，双手往外推开围观之人，围观的人随即跌倒了七八名。

陈须新见对方来势汹汹，欲抢占先机，急忙后退数十步，立一个平马，双掌往胸前一交叉，摆一个长拳起手式，表示双方仅磋商武功，并非真打，继而朗声道："朋友！我俩仅是玩玩，点到为止，请手下留情啊。""别啰唆了，看招！"卢德豹暴跳如雷，随手就是一记冲拳，直向陈须新的面门狠狠击去。

陈须新见对方不立架势，起手就是一个杀手，根本不像是比试武功，倒像要取自己生命一般，便有了防范之心，叫一声"好拳！"左掌便斜劈向对方手腕。

卢德豹见对方反应敏捷，掌力如风，只觉得手腕一麻，已知这八字胡不是盏省油的灯。他见一拳不着，便飞腿又是一脚，朝陈须新的心窝踢去。

陈须新以左掌挡开对方的冲拳后，变左掌为拳，变平马为弓，把左拳靠于左腰间，而右掌仍竖于胸前，待卢德豹右腿飞来时，右掌一翻用了七分力，迅速劈向对方的脚踝。

卢德豹心知不妙，但时已晚矣，脚已踢出一时无法收回，于是脚踝上又是一麻，便再也无法站稳，不得不在原地转了一圈。他在江湖中厮混多年，对各派武功招式都略知一二，开始，见陈须新使的只是普通长拳的起手式，因此并不在乎，谁知他左右开弓竟如此分毫不差，方知对方武功不在自己之下，也庆幸对方没在自己转身之际乘机进招，不然，必会被对方击中而在村里人面前出丑。心想，今天我无论如何都得把这八字胡击败，不然自己面子丢尽，不要说在江湖上混饭吃，就是在村里也无颜抬头见人。因急于求胜，就急不可待地使出少林拳中最凶猛的虎拳，来一个猛虎下山势，直取对方的头部。

陈须新见对方使出了凶狠的虎拳，恶狠狠地向自己面门袭来，叫一声"来得好!"便审时度势立定了恶虎拦路式。

卢德豹见了,不觉吃了一惊:"怎么这换糖佬也会使虎拳,难道他与自己师出同门不成?"

在虎拳中,最忌以猛虎下山式去攻拦路式,若攻必败无疑。卢德豹深知厉害,只得变换招式,来一个猛虎展尾,欲先乱对方下步。

陈须新见卢德豹的第一招是取人之命的恶招,已料这人是缺德恶徒,他原本可趁对方转身之机使招取胜,但为了不让卢德豹在村人面前难堪,便留有余地,不料对方却不知好歹,又用凶狠的虎拳来对付自己,心中恨他不懂武林规矩。这时见他用猛虎展尾来破自己的拦路式,便急使反趋步避之,而拦路式却依然不变。

卢德豹见一展不着,继而再展。对使这"虎展尾",师父曾对他有过嘱咐,无论如何都不得一式三展,因为一展、二展不着足以说明对方武功在自己之上,再展也是枉然。假如再展,反而会被对方看出破绽,趁机取胜。但卢德豹只知虎尾展能破拦路式,并不懂其他破招法,故不得不犯忌一连使了三展。

陈须新一连避过二展,已知对方心虽毒而艺不精,待第三展来时,他便腾空一跃,双脚正好落在对方的头顶上,若发狠心,只需在他的印堂穴中顺便踢上一脚,这卢德豹便非死即伤,可是陈须新并没这样做。他仅在卢德豹的背上轻踢一脚,而且只用了六分力。

卢德豹只顾破对方的拦路式,不料对方一纵身,便使他展了个空,自知不妙时已经来不及了,只觉一股强劲的冲力冲击脊背,顿时站立不稳,身子前倾而倒地。这一跌说起来不轻也不重,不过嘴着地满口泥,歪嘴唇擦破了皮,鲜血直往外冒而已,但这足以使卢德豹吃尽了苦头。

陈须新见卢德豹一个狗吃屎跌倒在地,按比武规矩胜负已分,忙上前把卢德豹扶起,并有礼貌地道:"好汉承让了,对不起。"

卢德豹生来就凶猛好胜,这时在村里人面前竟被一换糖佬击倒于地,他不怪自己武艺不精,却怪陈须新太可恶,于是,就趁对方拉自己之机,突然点了陈须新的乳中穴,然后起身快快而去。

陈须新见卢德豹在村里人面前丢了面子,内心也有些过意不去,让他在自己身上占点便宜也就不在乎了。当时他并不知道点了乳中穴有多厉害,身子不疼也不麻,也就算了。

大家见卢德豹已走，就悄悄与陈须新诉说那卢德豹平时的险恶为人，提醒他以后再不可与这种人争斗，以免遭其暗算。陈须新微笑着点头称是，感谢大家的关心。

从那以后，陈须新依然在东阳各地做鸡毛换糖生意，一连几天，总觉得心中不舒服，但还是坚持着做生意。东阳是百工之乡，每逢八月十三必在城内开物资交流会，大小商贩，卖药艺人全接踵而至。特别是木器、篾器类，全城处处可见。邻县农民也纷纷赶来，欲趁会场货多捡些便宜。因此东阳城内，大街小巷人流穿梭不绝，为了烘托气氛，县府还特请金华最有名的戏班前来助兴。

陈须新是个戏迷，只要听说哪里有戏，不管路有多远都要赶去看。听说这次来的金华戏班非同一般，特别是精彩的武场，一般的戏班武打表演都是些花架子，唯独这戏班用的是真武术招数，而且这戏班的行头主还是远近闻名的一流武术师，其武功深不可测，这就更勾起了陈须新看戏的兴趣。

戏台搭在广场中央，四周摆着十几个小吃摊，还有卖甘蔗的，做面人的和卖小玩意儿的。戏没开演，台前早已人山人海。陈须新将担歇于戏台角不远处，边看戏边卖些小百货。一阵先锋号的哇哇声过后，即刻鼓锣齐鸣闹起了花头台。戏班工作人员把小黑板上的戏名挂于台柱上，一看，演的是《武松打店》和《金棋盘》。

闹毕花头台，戏就开始了。

台上的武松是武小生扮演的，但见他相貌英俊，举止潇洒，举手投足洋溢一股英雄气概，武姿十分精彩。孙二娘是武旦扮演的，但见她一张俏脸儿腮凝新荔，明眸皓齿，丰姿洒脱，举止飘逸，娉娉婷婷，犹如杨柳迎风，与武松打斗时更是灵巧柔美。那武松使了鸳鸯连环腿，眼见就要击中孙二娘的身体，只见孙二娘轻身一纵，就好比燕子般地飞上了戏台梁上坐着，美女含笑，春风得意。少许，见她又巧妙地使了个倒挂金钟，双脚勾着台梁，身侧上垂，头上仰，秋波荡漾。那武松见了，也是那么轻轻一纵飞身上梁。此时，孙二娘心中一慌，失脚从梁上掉了下来……台下观众见状，一阵惊呼，眼看这年轻漂亮的武旦不死即伤，大伙的心呼呼乱跳。谁知这孙二娘果真了得，待头将落地时仅伸出右手食指往台板上轻轻一点，身子就在空中倒竖着一动不动，优美的动作使台下好一番轰动，观众鼓掌声此起彼伏，经久不息。孙二娘如此倒立了分把钟，见她食指又一使力，身子便腾空而起，在空中连翻三个筋斗，然后轻轻落地使了个一字腿。这一绝妙的动作又赢得了观众的一阵掌声。继而，孙二娘又与武松以真功夫打斗起来。

陈须新被台上的精彩表演吸引住了：这哪儿是演戏呀，这一指点地分明是少林派中的一指功啊，即使在少林寺中也难得见到呢！他曾听师父说过，这一指功必须要在武功练得出神入化时才能练就，看来这年纪轻轻的武旦，其武功已不在自己师父之下。一个年轻戏子，竟能练就如此精湛的武功实在难得。陈须新正在想着，不觉胸腔内一阵难受，禁不住连咳不止。

随着长时间的鼓掌声，武松打店的戏演完了。工作人员又拿着一块小黑板，向观众示意，上面写着"休息十分钟"字样。台下观众便开始嗡嗡地议论着这出戏中的有趣情节。

"货郎！我们的行头主请你去一下，他有事问你呢。"戏班打杂的彬彬有礼地来请陈须新。

"你是叫我吗？"陈须新历来与戏班无干系，以为他叫错了人。

"对！是叫你，行头主正等着你呢。"打杂的肯定地说。

"那就请带路吧。"陈须新挑着担子，莫名其妙地随打杂的去了后台。

"行头主，货郎来了。"打杂的对正在卸妆的武旦道。

"哦！你好，请朋友这边坐。"武旦亲热地跟陈须新打着招呼。

"啊！你怎么会是男的？"

"怎么，你当真以为我是女的？照你这么说，我扮得还真有些像了。"行头主微笑着道。

"行头主，你在台上的表演使我大开眼界，我亦曾在五台山习过武，我师父是现在少林寺方丈的徒弟，我看了你使的一指功就知道你是少林派的人，不知我该如何称呼你才对？"陈须新为能见到这样一位少林中人而万分高兴，故想明确他与自己的关系。

"哦！原来你是真空师兄的徒儿，那你就应该叫我师叔了。"行头主呵呵笑道。

"行头主，不知你有没有搞错，我已经28岁了，我师父已年过花甲，你怎会是我的师叔呢！你弄错了吧。"陈须新听行头主说与自己的师父是师兄弟，怎么也不敢相信。

"贤侄，错的是你，我今年已是 52 岁的人，你叫我师叔并不冤枉呀，不过我现在是化了妆，你看不出来罢了。"行头主哈哈大笑道。

陈须新呆呆地望着眼前这位神奇的师叔不转眼，许久，还是不敢相信他已经52 岁了。在他的眼中，行头主不过十七八岁而已。

"请问贤侄，你家住哪里，姓甚名谁，近来是否与人打过架？"师叔忽然认真地问陈须新。

"我是义乌廿三里乐村人，姓陈名须新，五天前，曾与东阳梅林村一人比过武……"陈须新就把当时与卢德豹比武的情景一五一十地向师叔叙述了一遍。

"这家伙也太可恶了，比武应点到为止，岂可伤人性命。"师叔听了陈须新的叙述，不禁愤愤不平。

"那倒不是，他没那么大的能耐。"陈须新对师叔的说法不以为然，以为卢德豹不是自己的对手，也不可能要自己的命。

"贤侄，你有所不知，我在台上演戏时，听到你的咳声有异就知道你被人点了死穴，你的命不会超过三个月，所以我才叫你来这里问明原因的。"

"什么，他竟点了我的死穴，那可怎么办呢，难怪这几天我总觉得胸闷难熬，浑身不舒畅。这家伙真正可恶，我与他无冤无仇，他为什么要这样狠毒，我非找他算账不可。望师叔救我一命，为我解开穴位如何？"陈须新听说自己被卢德豹点了死穴，大惊失色，心想这位师叔既叫自己来，一定能帮自己解开死穴。

"请师侄放心，待我将戏演完后，一定帮你解开。"

台上鼓锣又响，师叔忙登台去演《金棋盘》中的樊梨花去了。

戏落幕后，师叔为陈须新打通了关节解开了死穴，并给了他六服药，嘱其每天早晚各服一剂，陈须新感恩不尽："师叔救命之恩，徒儿没齿难忘。请问师叔高姓大名，以后徒儿好铭记心中。"陈须新说着一揖到地。

"贤侄不必行此大礼，师父有言在先，我等习武之人，应以武德为重，万万不可无辜伤人。我为你解穴，只是出于武德，并不要你报什么恩。像你这样的人，我亦曾救过成千上万，也从来不许人家报什么恩。故江湖上人称我为"道德公"，其实我不配，不过是人家为我捧场而已。"行头主态度温和地对陈须新道。

"哦！原来师叔就是名震江湖的道德公唐展雄大侠，久仰久仰，难怪师叔有如此武功，小侄眼拙，真是有眼不识泰山了，请受小侄一拜。"陈须新说着，便又躬身一拜。

"贤侄，你我同门，这样就不太好了，习武之人，礼到即可。我们要以办大事为重。如今清廷腐败，江湖是非混淆，常会恶人得势，好人受欺，所以我等必须除暴安良，维护江湖正气。你说的那歪嘴，我看一定就是那江湖败类卢德豹，他不务正业，常在江湖上做些偷鸡摸狗的勾当，更可恶的是他还与朝廷勾结，陷害义和团英雄，民愤极大，故常有人向我说起这歪嘴的罪行，要我出手除之。我也曾寻找过他一段时间，欲为民除害，只是没碰着他。去年他常去金华山区一带抢劫民财，我又特意赶去，却又不见其影。后来听说他逃到严州方向去了，因我当时有大事在身，不便去严州追杀他，才让他活到了今天。不料这次他却在东阳出现了，这正是除掉他的好机会，可惜师叔还有要事在身，欲托师侄代为除之，不知意下如何？"唐展雄经过琢磨，已料定点陈须新死穴的人就是歪嘴卢德豹。

陈须新见眼前这位师叔不但武功深不可测，而且言行溢出一腔正气，对江湖之事见多识广，大有群龙之首的风度和气派，并不像是一般武林中人，钦佩之情便又增了几分。自己与歪嘴豹斗了一场，仍不知对方的底细，而唐师叔虽未与歪嘴豹接触，却已知道了他的一切，并把除暴安良的担子视为己责，可见师叔的侠义行为并非一般人所能及。报仇雪恨、铲除卢德豹本是自己的事，只是这卢德豹心狠毒辣，且武功不低，实在难以铲除，于是就激动地对师叔道："师叔不提我也非报此仇不可，只是我目前还没有制胜于他的把握，还须师叔指点一二才是。"

"铲除卢德豹不能说只是你的私仇，你应该站在为江湖除害的角度考虑问题。少林虎拳凶狠无比，何况他还会点穴，我亦知道你还没有制胜他的把握，不过我会教你对付他的招数，目前，唯有猎拳才能克制虎拳。这猎拳源于打虎英雄武松之手，江湖中很少有人知晓。当年武松平定方腊以后，隐身杭州太和寺中，无聊之中把自己的一身武学编画成谱，那时我太祖父在太和寺当杂工，平时与武松非常亲近，武松晚年就把拳谱交与我太祖父，要求我太祖父代代相传弘扬光大。后来，这拳谱就一代一代地传到我的手中，而我又对其中的招式进行练习，并加以详细研究，发现武松打虎时并非真正全凭蛮力打死老虎，其中也有点穴法。我按其法练了又练，觉得有些得心应手时，为了验证实效，曾好奇地在自家水牛身上试过，被点穴后的水牛果然马上就卧倒在地。我一时急了，自己只会点穴不会解穴，就请江湖上一流武师帮忙为水牛解穴，一连请了数位都无法解开，不一会儿，好好的一头大水牛就死了。所以这猎拳不能外传，若被坏人窃取此功，将会给江湖带来无穷的灾难，而我自己亦不常使，除非在万不得已时才用上一回。我与你初次见面，但从言谈中已知你为人忠厚老实，所以也就放心传你几招，供你对付那卢德豹时使用，但我要告诉你，你今后千万不可滥用，更不可危及无辜，你听懂我的意思吗？"

"多谢师叔教诲，我一定记在心中。"陈须新见师叔如此看重自己，心里非常惬意。

且说这唐展雄身子虽生得像女人一般，却练得身骨如铁，其肤似石，且武德高尚有侠义心肠，因此很受江湖人的尊重。当时清廷腐败，盗贼四起，加之外国列强纷纷入侵，使百姓处于水深火热之中，有志之士纷纷揭竿而起，太平天国兵败以后，义和团运动又在全国各地蓬勃兴起，唐展雄就是义和团中的一位骨干。他奉命前来金华八县联络武林侠士，策应义和团共御外侮。清廷对国外势力一贯妥协，而对义和团却血腥镇压从不手软。唐展雄为了便于工作，以戏班行头主身份暗中活动，在当地展开除暴安良行动，他的侠义之举因此深受百姓赞扬。卢德豹暗通官府，陷害义和团成员的行径早已引起了义和团的重视，就将铲除卢德豹的任务交给了唐展雄。他见陈须新忠厚老实，又受过卢德豹的暗算，故有意帮他解了死穴，并传授他对付卢德豹的武功，但为了慎重起见，并没告诉他自己的真实身份。

陈须新对唐展雄的言行十分敬佩，解穴后，心情也舒畅了。八月十三在东阳演完戏，戏班子接着去武义、衢州、兰溪等地演出。陈须新跟着师叔寸步不离。唐展雄一边演戏，一边教陈须新练猎拳。唐展雄教他的只是猎拳中的六招十八式，招招皆是狠招，无半招花拳绣腿，陈须新的武功本来就有基础，又经师叔的悉心指点，进步自然很快。不到一月，陈须新终于练成了这六招十八式，出于对卢德豹的仇恨，就急着告别师叔离开戏班，寻找那歪嘴卢德豹报仇雪恨去了。

这天，陈须新挑着糖担又去东阳梅林村鸡毛换糖，仍旧在廿四间头的天井中歇担营业。

且说卢德豹那次与陈须新打斗，论武功，其实只在伯仲之间，由于他心情暴躁急于求胜，心中根本不把对方看在眼中，为了能在村人面前显显自己的威风，就大打出手，见一时难以取胜，就急不可待地使出厉害的虎拳，谁知对手也会虎拳，在不了解对方的情况下急忙进招，结果才让陈须新钻了空子，自己不但没有占到丝毫便宜，反被对方乘虚而入击倒在地。这一来，不但没达到在村人面前显摆显摆的目的，反而倒了大霉，恼羞成怒之下，就趁陈须新来拉自己之机，暗暗点了对方的死穴，以此出口恶气。卢德豹心下盘算，陈须新被点穴后，一定活不过三个月，听这八字胡又来村做生意了，他着实大大吃了一惊：按理说被点了死穴已一月有余，虽然不至于丧命，但至少也该武功全失而不能外出经商。八字胡的到来使卢德豹大惑不解，于是卢德豹就赶到廿四间头欲看究竟，他夹在人群中观望，果然是那八字胡不假，只是精神上有些不振罢了。他暗暗沉思，难道是自己点歪了不成？

"八字胡，你上次与我村的卢德豹过招，是你赢还是他赢呀？"一汉子向陈须新问道。

"你说的是嘴巴像女人下面那东西的那人吧？哎哟哟！这歪嘴豹实在难看，不过也不用愁，我是专医歪嘴的能手。歪嘴怕打，只要狠狠地打他几巴掌，歪嘴也就不歪了，若不信，我医给你看看。"陈须新说着，就用自己的双手狠拉自己的两嘴角，将其硬往两边扯，然后双手一放，嘴却歪着不动，继而伸出双掌放在面前，作了照镜子的姿势道："你们看，我的嘴是不是歪了。唉！太难看，太难看，待我把它医正过来。"陈须新说着，就提起右掌，只听"啪！"的一声，上翘的嘴角随着响声顿时下垂。"唉！上翘难看，下垂更难看。"陈须新又伸出双手掌当镜子一照，然后，提起左掌在左嘴角上狠狠一巴掌，下垂的嘴角就又往上翘了，就这样，左一掌右一掌的一连打了七八掌，嘴角亦左翘右翘地翘个不停。"哎哟哟！我这歪嘴可能不可救药了，还是拿把刀子把他割掉算了。"

陈须新这次是特意来寻卢德豹报仇的，夹在人群中的卢德豹早被他瞧见了，他想在众人面前不便先出手，故有意以恶言相激，浓烟熏野猫似的要赶卢德豹出洞。

卢德豹性如烈火，哪里经得起陈须新这般侮辱，这时直气得脸儿发紫，歪嘴颤抖，只见他大喝一声窜出人群："八字胡，休得狂言，老子今日非收拾你不可。"卢德豹说着就一个黑虎掏心，直向陈须新的前胸抓去。

陈须新早有防范，为了诱他上钩，故意装出全身乏力的样子，见卢德豹一爪抓来，只是一闪，只限于使对方抓了个空，嘴里却嚷嚷："歪嘴巴，休得妄为，老子今日身体不舒服，且让你三分，若过几日身体好时，我一定会与你比个高低的。"

卢德豹连连出拳攻击，陈须新只一味躲闪不还手，卢德豹误以为对方确实失去武功，心中不觉一阵高兴，便欲趁机除去陈须新，紧接着使出一招饿虎觅食直取对方项部。

陈须新见对方来势凶狠，又是一闪，惊慌地大叫大嚷道："歪嘴巴，你好狠毒呀！"

卢德豹见陈须新只有招架之功，没有还手之力，于是便又大胆地使出一招猛虎取阳的恶招，飞腿直向陈须新的胯下踢去，并大吼一声："去你妈的！"

陈须新见了，双脚一软，跌倒在地，口中仍大呼小叫着："你是怎么搞的，这不是要我的命吗？"

卢德豹万万没想到陈须新今日竟如此窝囊，自己的脚还未踢到，就慌得如狗似的趴在地上，见他那狼狈相，甚觉好笑。然而正在他右脚猛力踢出还来不及收回之际，陈须新已如皮球似的朝自己独立着的左脚飞滚而来，在卢德豹心知不妙时，早被陈须新抓住了左脚踝，只一扳，"哗"的一声，卢德豹的身已如一顺棵树似的倒在地上。

陈须新随之一个鲤鱼打挺立起身来，拍拍身上的灰尘，瓮声瓮气地道："怎么，你这两下三脚猫的功夫，也敢与老子比试武功，你做梦去吧！老子今日不高兴，要是高兴，我早就一拳打死你了！"说着，挑起糖箩担就走。

"八字胡，你往哪里走，我今日非与你见个高低不可。"卢德豹见陈须新占了便宜想走，急忙爬起来追了上去，拖住陈须新的担子不让走。陈须新见自己的后糖箩被卢德豹拉住，便使出一招猴子哥挑担，把头转了个身，趁势把前糖箩向卢德豹的脸上送去，那山货盒的一角正触着卢德豹的眼角，卢德豹不防这一招，只觉得眼角一阵剧痛，忙用手捂住伤处，直气得哇哇大叫："八字胡，我今日与你拼了。"

陈须新见对方被激得如疯狗一般向自己扑来，就把担子往地下一甩，咣当一声，山货盒倒了，小百货撒满一地，他拔腿就往廿四间头的大门外跑，并大叫大嚷："歪嘴巴！你只是洞内狗，有胆量就跟我到外面斗，老子陪你斗三百回合。"

"八字胡！难道我还怕你不成，你就是逃到天涯海角，我也要抓住你剥皮抽筋。"卢德豹紧追不舍。陈须新见卢德豹追来，心中暗喜，于是回头大骂不止。卢德豹追得快，他就逃得快，追得慢，他就逃得慢，始终保持着十几米的距离。

卢德豹见陈须新占了便宜想跑，十分恼火，他哪里肯放过，于是就使出全力奋起直追。两人一个逃，一个追，瞬间就远离了梅林村，来到一僻静的山沟里，这就是陈须新早已观察好的地方。陈须新做出一副跑不动的样子，跌坐于山路边的一块大岩石上，喘着粗气，摇着脑袋对卢德豹道："歪嘴巴，休息一会儿，太吃力了，我不跟你玩了。"

"八字胡，休要装腔作势，谁与你闹着玩，这里正是你的葬身之地，待我送你上西天去吧。"话音刚落，卢德豹已窜到了陈须新的眼前。只见陈须新突然卧于岩石上，左手直伸，掌心平放于岩石上头，右手微握放于胸前，左腿直伸，脚尖向外，右腿上弓，脚掌贴岩。这一睡有个名堂，叫作武松醉睡岩。

卢德豹不知江湖还有一路猎拳，只道陈须新这时力乏，便咬牙切齿地使出一招猛虎捕羊，双爪一齐向陈须新的二肋抓来。

陈须新见爪将到，左掌就势向上一挥，隔开抓来的双爪，右拳与右腿同时击向卢德豹。一隔两着，卢德豹早已胸中一拳，头中一脚，一时头昏眼花，胸中则翻腾不已，恶心得难受，嘴一张，便吐出一口鲜血，惊恐中急忙使出一招猛虎出洞，恶狠狠向陈须新反击。

这猛虎出洞一连三招，最厉害的是后两招，那就是飞腿踢心与虎尾取阳，使人防不胜防。

为了对付卢德豹的虎拳，唐展雄与陈须新早有计划并如戏班演戏前似的排练得滚瓜烂熟。陈须新对先进攻的双爪只闪不架，注意力早集中于对方的双腿，故卢德豹使出的后两招也不过只点着了他的衣边而已。

卢德豹见一连三招招招落空，就快速使出了"虎展尾"。这"虎展尾"如前所述是一展三招，先展对方下步，后点阳位，再击其心。

陈须新见了，叫一声："来得好！"先避过第一展，又闪过第二展，待第三展来时，随即使出猎拳绝招"武松拖虎尾"，双手紧紧抓住飞来之脚，随之往后一拖。卢德豹一脚被抓仅一脚落地，哪里经得住陈须新的猛力一拖，只觉得身子一晃，便跌倒于地，情急之下，慌忙使出了"猛虎骚痒"，陈须新只放手一送，便很快侧身避过。卢德豹见一招得势，便乘机使出了"猛虎转身"。谁知陈须新未等卢德豹转身，早已一个箭步上前按住对方的头一通猛打。

卢德豹见败局已定，不得已使出了最后一招叫"猛虎翻岩"的绝招，陈须新见对方用双手来扳自己的双脚，急按其头，先使出一个"蜻蜓倒竖"，然后来一个"武松骑虎"，稳稳地骑坐于卢德豹的脊背上，举起铁拳，连连击打对方的脑袋，只打得卢德豹惨叫不止。

这时，胜局已定，陈须新本可以就势轻易击毙这歪嘴豹，但他觉得自己还有一招点穴法还没试过，不知究竟功效如何，欲在这恶徒身上试验一下，若是灵验，也可算以其人之道还其人之身了，于是，他就用重手法点了卢德豹三关穴，只见被点后的卢德豹顿时全身如绵瘫痪于地，口吐白沫，呜呼哀哉了。

陈须新见卢德豹已死，就站起身来，拍拍自己的衣襟，长长地嘘了一口气，然后，提起右腿，咬咬牙，狠狠地把死尸踢下山沟。欲知后事如何，请看下回分解。

第三十二回

四恶虎仗势欺人　严州府须新打擂

　　话说陈须新恨卢德豹点了自己的死穴，又恨他在江湖中为非作歹，于是赶至梅林欲报仇雪恨，通过一番打斗，终于将卢德豹打死于少有人来往的山坑中，然而，当卢德豹真的死后，却又突然害怕起来，毕竟是条人命，以后，官府知道过来查案怎么办，这里人虽不知自己是哪儿人，但却都知道是义乌廿三里地域，陈须新越想越觉得不放心，于是赶忙往回家的路上跑。梅林至乐村五十余里，赶至家已是半夜了，他趁夜深人静，带着家中所有积蓄与换洗衣衫，打成包袱，腰佩一把防身短刀，匆匆离家，独自逃难而去。

　　在黑夜中，陈须新悻悻而行，不知该去何处避难，正在为难之际，突然想起自己少年时在五台山习武，有个与自己日夜相处的师兄方俊峰，据说是严州府人，但不知具体地址，于是，就决定暂去严州找师兄去。陈须新在路上登山涉水，少不了辛苦一番，过浦江，到兰溪继而进入严州，不觉来到黄龙山地面。黄龙山是个家逾千户的山镇，四面环山，风景秀丽，陈须新正行走于山路之中，忽听有人呼救之声，他不知这山区发生什么事，于是疾步朝发声处飞跑过去，不一时，来到事发现场，只见山路上有一只敲糖担的箩筐倒于路边，而另一只却在半山腰间，山路间撒满饼糖块，一名约四十岁的汉子失脚跌下峭崖，幸好峭壁上有棵树，树杈钩住了汉子的衣服，那汉子被挂于半山腰间，上下不得，连喊救命不止。陈须新见情况危急，可是自己又下不去救，怎么办，只急得他直跺脚不止。"朋友，不要急，我想法救你，再坚持一会儿，我去找山藤把你拉上来，听见了吗？"陈须新朝汉子大声喊道。"好，谢谢朋友了。"那汉子见有人救他，欣喜地应道。陈须新抽出随身所带的短刀，放下背着的包袱，在山上寻找山藤，不一会，已砍了许多，他急急背着山藤，来到出事处，将山藤的一头放下山去，不够长，再接上一根，一连接上三根，才到那汉子身边。"朋友，快将山藤扎在腰间，我可拉你上来，千万要结牢固，知道吗？"陈须新见汉子已拿到山藤的一头，于是就向他吩咐道。"好，太谢谢你了。"汉子边将山藤扎在自己腰间，边向上面道谢。为了安全，陈须新将山藤的一头扎结在路边的一棵大松树上。"朋友，扎好了吗？"陈须新向山下喊道。"扎好了，开始拉吧。"那汉子在下面高声应道。陈须新听说已扎好了，于是就使劲往上拉，那汉子身重约一百五十斤，陈须新花了九牛二虎之力，终于将他拉了上来。"朋友，辛苦你了，不知高姓大名，何处人氏。"汉子上了山崖，感谢一番后，就问起对方的来历。"我是义乌廿三里人，姓陈名须新，是来严州寻友的，但不知朋友为何掉下山崖了？"陈须新报了自己的姓名后，又问汉子道。"哎，我是义乌苏溪人，姓楼名善，在这里做敲糖换鸡毛的，由于走路不小心，被路边的柴根绊了一脚，就滚下山去了，幸好遇见你这位大好人相救，否则真的生命不保了。"汉子说出了自己出事的缘由。"既然我们都是义乌人，那就是同乡了，但不知你在这里的敲糖帮有多少人，生意好不好。"陈须新听说是苏溪人，顿时亲近起来。"我们帮共六人，苏溪的仅我一人，平畴乡的二人，其余都是你们廿三里乡人，帮中的老土地、常伯都是廿三里人，我只是帮中的一担头，全帮人都住在黄龙山村。"楼善简单地介绍了自己的情况。"原来如此，现在你的担子糖托全没了，以后怎么做生意啊？"陈须新关心地问楼善道。"如今生命保住还算运气了，糖担可以再买一副，糖坊里有卖。"楼善应道。"哦！原来这里还有糖坊，不知离黄龙山有多远？"陈须新听说这里有糖坊，于是就追问道。"糖坊在严州府郊区，离黄龙山仅十五里路，我明天一早就去买一副。"楼善如实告诉了陈须新。"楼兄，我有一事欲求你帮忙，不知肯否。"陈须新觉得这里有糖坊，自己在外无行业，就打算在这里继续老本行，以敲糖为生，以免坐吃山空。"陈老弟，你今天救了我的命，我正愁没机会报恩呢，什么事直接吩咐就是，我一定尽力而为。"楼善见陈须新有事相求，顿时爽快答应了。"老兄，实不相瞒，我是来这里避难的，若老兄愿意，就带我一起去糖坊买一副担子，我们一起敲糖如何。"陈须新说出了自己的打算。"这又何难，反正我要去的，明天一起同去就是，今天就先到黄龙山住下，一切我自会安排，我帮中有规矩，新来的担头必须要得到老土地的同意，我想老土地与常伯都是你们廿三里人，一定好讲话。"楼善情趣盎然地道。陈须新见楼善如此热情，心中大喜，于是，二人走下山来，约行一小时，已到达黄龙山村，楼善陪同陈须新住进宿店。"陈老弟，按帮规，新担头必须先拜见老土地与常伯，接下来还要请宴，你先等着，我去见见老土地再说吧。"楼善告诉了陈须新帮中之规。"行，就辛苦老兄了。"陈须新是老江湖，当然知道江湖上的规矩。傍晚，各路糖担相继而归，楼善来到老土地房间，将陈须新救自己与想做敲糖生意的事告诉了他。老土地听毕，觉得陈须新这人仗义，而且又是与自己同乡，顿时产生好感，于是，当即吩咐楼善带陈须新来客堂相见。

楼善见老土地吩咐，立马回到自己的房间，叫陈须新与自己一同前去见老土地。不一会，陈须新在楼善的陪同下来到客厅，见客堂上首端坐着二位汉子，东首坐着的汉身高一米八，生得身材魁梧，脸如关公，约五十岁，西首坐着的汉子身高一米七，生得身材灵巧，脸如诸葛，四十五六岁，一看便知，二人都是商场老手。"江湖八大家，金、皮、烈、拐、歌、流、别、淫。"陈须新脸朝堂上的老土地与常伯朗声道。"天下四大帮，丐帮、马帮、戏帮、敲糖帮。"老土地见陈须新讲起了江湖术语，已知对方是位老江湖，随即以同样的术语回应道。"陈老弟，这位是我帮的老土地，这位是常伯。"楼善不懂术语，不知道陈须新与老土地讲什么，就向陈须新作了介绍。"老土地，常伯，请了。"陈须新再次向老土地与常伯行礼道。"请了，哦！据说新担头亦是廿三里人，既然都是同乡，就不必如此多礼了，若你有意在我帮混饭吃，你得按我们的帮规办事，今晚你请客，让大家吃餐水星头吧。"老土地告诉陈须新道。"老土地，这江湖规矩我懂，新担头初入门，应该火星头吧。"陈须新在五台山学艺时，师父曾教过他许多术语，知道水星头就是粗茶淡饭，火星头是盛宴，亦知道老土地就是敲糖帮的小帮主，他叫自己吃水星头是为了省点钱，但陈须新觉得自己初来乍到，为了以后好相处，他不想因此而失面子。"各位，陈须新今天救了我的命，就是我的救命恩人，今晚就我请客吧，叫所有担头都来，互相认识认识吧。"楼善虽不懂术语，但这规矩是懂的，于是就主动提出请客。"楼兄，新担头请客，这是规矩，你就不要争了。"陈须新不让。"老土地，常伯，陈须新救我的命，今晚我请客是天大的礼，若还要他请客，那就太无理了，虽说帮中有规矩，但这次特殊，因此，今晚非我请不可，你们说是不是。"楼善见陈须新不让，就请老土地与常伯主持公道。"陈须新刚入帮，按理应该由他请，但你为了报恩，愿为他代请亦符合情理，你俩说得都有理。常伯，你看如何是好。"老土地见二人争执不下，于是就想听听常伯的意思。"今日陈须新义救楼善是件好事，楼善报答救命之恩义不容辞，陈须新按规请客更不能破例，二人都出于江湖大义，这并非坏事，为了减少麻烦与不必要的浪费，依我之见，名义上是陈须新请客，而钱由楼善来付，这样，陈须新按规办了，楼善亦报了恩，大家看如何？"常伯是位聪明人，平时，帮中有为难之事，都由他出主意解决。老土地听后，表示同意，陈楼二人见老土地亦同意常伯的主张，亦只得不再争论了。于是楼善就欣喜地叫宿店老板端上好酒好菜，七人一桌，共同欢饮起来。在席间，陈须新知道老土地姓朱名万川，虽是廿三里人，但年轻时已招婿于黄龙山，每年仅正月里回去一趟，过元宵又回黄龙山，常伯谢益智同样长年在黄龙山，仅过年时回廿三里一二个月，因此，对廿三里所发生的人事并不太清楚。

次日，朱万川带领陈须新与楼善前往和兴糖坊。糖坊老板是佛堂人，姓江名宇，身高一米七五，生得浓眉大眼狮子鼻，全身肌肉发达，是位习武之人，虽已年过花甲，但却红光满面。江宇原在佛堂开武馆，但后来发现自己众多徒弟中，却有一半家庭困难，过着半饥半饿的生活，他是位慈心人，为了解决他们的困难，他决定改行，于是就在严州府郊区租来十三间楼房开起了糖坊，伙计都是自己徒弟，他们一边营业赚钱，一边学习武艺，所得的利润一半给徒弟们当工资，一半留给自己作开支所用，由于他经营得当，因此生意兴隆，人缘亦好，在整个严州府，有二十四个敲糖帮，经营者上百名，全都从和兴糖坊进货。糖坊有个规矩，只要敲糖帮中的老土地出面担保，就可供给新敲糖者一副担子，并赊一次糖，亦就是说不要一分资金，就可以立即营业，待糖销完后再付糖款，不收担子的钱，这样，既可帮助一些困难户，亦为自己扩大营业，可谓是一举两得的好事。糖坊内设宿店、饭馆，还有供顾客们娱乐的赌场，因此，和兴糖坊可算是远近闻名的热闹场所，来往之人不绝。

朱万川亦是习武之人，与江宇特别有缘，二人称兄道弟，十分投机。朱万川带着二人见了江宇，说明了缘由，江宇二话没说，就叫伙计挑来两副担子，并各给了六十斤捏饼糖，楼善因前副担子的钱没付，就付了这副担子及六十斤糖的钱，而陈须新在老土地的担保下，就一分不付地领了担子及六十斤糖。担子的事解决了，江宇留三人吃中饭，席间，江宇与朱万川不觉又欢谈了一些古今趣事，吃过饭，三人拜别江宇，回到黄龙山，继续做起了敲糖生意来。

每逢农历十月十五，严州府都要开盛大的庙会，一连三天，热闹非凡，庙会期间，总有四五个戏班搭台竞艺，据说这次还有人设擂台比武，这更吸引了练武之人的兴趣，江宇、朱万川等人更加高兴，于是决定，糖坊与黄龙山的人放假三天，全去赴会乐一乐。

十月十五很快即到，江宇与朱万川都带人去赴会，共有六十余人，一路上行人众多，严州城内人山人海更是热闹，来到广场，只见擂台高筑，左右台柱上悬挂着一副对联，上联是"南拳北腿同扬中华之武威"，下联是"少林武当共显民族之尊严"，横幅是"以武会友"。

和兴糖坊与朱万川敲糖帮的人都一块站在广场中。"看擂台上的对联，这摆擂的或许是武德高尚的人。"江宇看了对联后对身边的朱万川道。"嗯，可能吧。"朱万川回应道。"这四虎居心叵测，是严州府最大的恶棍，千万别信他们。"身边一汉子提醒江宇道。"嘀！有这等事？"江宇疑惑地道。"信不信由你，待会就知道了。"汉子见江宇不信，补上一句后就走开了。

原来摆擂的是严州臭名昭著的义结四恶，大哥吴天虎，身高一米八，身材魁梧，浓眉倒竖，眼似明星，鼻高嘴大八字胡，人称北山虎，约五十岁，此人智勇双全，可惜行为不端，是四恶之首；二哥张地虎，身高一米七五，身材肥胖，浓眉横生，眼似铜铃，狮子鼻，鲶鱼嘴，满脸胡，人称南山虎，约四十五岁，此人粗臂肥腿，力大无穷；三哥李国虎，身高一米七，短眉鼠眼薄皮嘴，山羊胡，约三十五岁，此人能说会道，却黑白颠倒，人称阴阳虎；四弟杨家虎，身高一米六，生得鼠目獐眼坦鼻子，此人喜欢挑衅寻事，欺压百姓，常在民间胡闹取乐，人称败家虎，三十来岁。这四虎学得一些功夫，常在社会上耀武扬威出风头，在武功上，虽不是很高，但四人如一体，一旦有事，四人联手，闹你个永不安宁，地方上烦他们不过，只是忍让他们，久而久之，助长了四虎的恶习，误以为整个严州府唯他们独尊。这次，他们要摆擂出风头，官府知道他们的恶习，有些担心出事，但为了给十月十五会场助兴，亦就同意摆擂，但立了规矩，不准伤人，并为之写下对联以示善意。

随着三通鼓响，四虎上台亮相，各自进行介绍后就端坐于上首，又响过一通鼓，那败家虎首先出场。"朋友们，今天是十月十五会场，为了助兴，我杨家虎特来此亮相献艺，亦可让大家一饱眼福。若表演得好，请大家拍手助兴；若认为武艺不精，可上台比试。"杨家虎说完，就急不可待地打起了一套洪拳。不料，待他打完收势后，台下竟无一人拍手赞他。"朋友们，看样子你们都不懂武术，竟然看不出我的武术精妙之处，若有不服者，请上台比试比试。"杨家虎手痒痒的，他目中无人，想找个人出出气，显显自己的威风。

严州府是南宋时期农民起义领袖方腊的根据地，一直来习武之风不减，偌大一个严州府自然大有武师存在，见杨家虎如此傲慢，当然有人出场，杨家虎话音刚落，一位二十余岁的年轻汉子早已忍不住了，于是飞身上台，欲与之比试。"好汉，让我来领教几招吧。"年轻汉子一上台，就抱拳施礼向杨家虎挑战道。"好啊，那就来吧。"杨家虎早已等得不耐烦了，见有人上台挑战，顿时兴奋至极。二人当即起招，年轻汉子急不可待，首先发招攻击，杨家虎见对方来势凶猛，亦就不客气地见招拆招，二人你来我往地打了五六回合，不料年轻汉子力不从心，渐渐处于下风。"万川，你看，这年轻人血气方刚，但功力有限，看样子不是那杨家虎的对手。"江宇对身边的朱万川道。"那杨家虎心狠手辣，这年轻人可能要吃大亏了。"朱万川亦是习武之人，看得出其中的因果。

杨家虎见对手只有招架之功，没有还手之力，于是趁机发起猛攻，双拳连连击中对方身体，此时，年轻汉子早已精疲力尽，怎经得起杨家虎的重拳攻击，不一会，便被击倒在地，口鼻流血，一时失去了知觉。按规矩，比武应点到为止，但这杨家虎目中无人，为了出风头，竟然提脚接连猛踢动弹不得的年轻汉子，一直把他踢下台去，年轻汉子的同伴们见他躺在地上一动不动，知道情况不妙，就急急将他抬走了。"摆擂不按规矩，太缺德了。"台下人看不惯杨家虎的恶劣行为，开始起哄了。"有本事的请上台来，叫什么呀！"杨家虎见台下人起哄，就傲慢地道。"张敏，你去教训教训这小子，记住，教训后立即下来，不要与其他三位斗，知道吗？"江宇对身边的一后生吩咐道。"是，师父，我去去就来。"张敏听了师父的吩咐，立即向台上走去，不一会，飞身上了擂台。"好汉，我来领教一番，请手下留情。"张敏对杨家虎抱拳施礼道。"行，尽管使出本领就是，不说留情不留情。"杨家虎见又一后生上来，以为与前者一样，便不把他放在眼中。

张敏见这家伙如此傲慢，亦就不与他多讲，立即发招晃一拳，对方急着应对，不料使了个空，张敏紧接着趁机使了实招，一拳击向对方的腰间，对方因顾此失彼而被击中，正在慌乱之时，张敏飞速又使了一招乌龙扫尾，对方更不知所措，顿时四脚朝天，跌倒在地，张敏见胜败已定，上前狠狠地只一脚，就将这不可一世的杨家虎踢下台去，在此同时，张敏亦飞身下台，回到江宇身边。台下观众见张敏三招就将杨家虎踢下台来，顿时一阵欢呼："好，打得好！"

台上端坐的另三虎见四弟被打下台去，一时惊慌失措，吴天虎与李国虎赶忙去救人，张地虎心情暴躁，立即站立台中，大叫大嚷道："有本事的上来，不要占了便宜就想溜。"话音刚落，只见台下走出一大汉，并飞身上台。"朋友，我来会会你。"陈须新站在朱万川身边，见上台的大汉有些眼熟，但一时又想不起来，这时，见张地虎要那大汉报上名来。大汉朗声道："严州方俊峰。"陈须新听了，顿时喜出望外，原来这正是他要找的师兄。"老土地，江老板，这正是我要找的师兄，你们在这里慢慢看，我去台前作个策应。"陈须新说完，就向台前走去。"张敏，岳山，你俩一起去，这四虎不怀好意，要见机行事，不要让陈须新吃亏。"江宇吩咐二徒道。"是，师父，我俩去了。"二徒听师父吩咐，紧随陈须新而去。

方俊峰与张地虎在台上已打了三十回合，二人棋逢对手不相上下。吴天虎与李国虎将奄奄一息的四弟抬至台后，由李国虎看护着，吴天虎回到台前，为张地虎压阵。吴天虎见二弟久取不下怕有闪失，若一连被伤两弟，有失四虎威名，情急之下，他暗暗取出随身准备的小铁丸，甩手射向方俊峰的面门，不料却打中了他的左眼，顿时，方俊峰左眼珠变瞎，只痛得他哇哇惨叫不止。"比武用暗器，不是人！"台下观众见吴天虎用暗器伤人，顿时起哄，场面一片混乱。"畜生，我与你拼了！"随着一声尖叫声，一英俊少年纵身飞上擂台，直向发暗器的吴天虎冲去。"孝娣，使不得，快走，不要管我。"方俊峰不顾一切地阻止那少年。陈须新见师兄被暗算，顿时怒火纵生，飞身上了擂台，走到方俊峰身边。"师兄，我是陈须新，不要怕，我为你报仇。"陈须新安慰师兄道。"哦！我的师弟来得正好，这是我的孝娣，你照顾一下，不要让他胡来，拜托你了。"方俊峰这时最关心的还是自己的孝娣，他知道，孝娣根本不是这四虎的对手。"好，我知道了，小弟，你照顾好哥，我去会会这恶徒。"陈须新说完，转身来到张地虎面前。"张地虎，是你发先招还是我先发招？"陈须新似笑非笑地对张地虎道。"朋友，先报上名来。"张地虎见对方有些威武，倒也不敢轻看。"义乌陈须新。"陈须新朗声应道。"好，那就接招吧。"张地虎见义乌人亦赶来打擂，倒也有些好奇，于是就立马发招，凭借自己的神力，起手就是一记冲拳，朝陈须新面门打去，陈须新见来势凶猛，忙左脚前移横于右脚前，仅一步，使对方打了个空。"啊！这陈须新看不出还会走丁字步，了不起啊。"江宇对身边的徒弟们赞道。"师父，什么叫丁字步啊？"徒弟们不懂得丁字步的作用，就问师父道。"这丁字步是避其锋，转其后，趁机攻击的最好招数，可学起来就不那么容易了。"江宇解释道。张地虎见打不中对方，转身再打，不料陈须新轻松地拖着丁字步并不还手，这使张地虎转来转去地只是空转空打，过了五六个回合，只打得张地虎晕头转向，觉得对方一直都在自己的背后，他有些恐惧了，于是就使了一招反乌龙甩尾，欲击倒背后的对手。陈须新见对手右腿往后扫来，就纵身一跃，跃到了对方的前面，而张地虎随着后扫的腿已转了身换了位，这一来陈须新又在他的后身了。陈须新觉得对方的锐气已磨是差不多了，于是就决定采取攻势，待对方蹲着的身刚站起之时，使起了鸳鸯连还腿，张地虎站立不稳，被陈须新踢得东倒西歪，这时，张地虎只有被踢的分儿，却没有还手之力，直到被踢下擂台跌倒在地，陈须新才罢手。

吴天虎见二弟亦被打下擂台，气得哇哇大叫道："义乌佬，我来会会你。"陈须新见这家伙用暗器伤了师兄早已恨之入骨，见吴天虎自找上门，顿时精神振奋。"好，我正要找你算账呢。"于是，二人立马起招，你一拳我一脚地打了起来。吴天虎打的是虎拳，陈须新亦陪着他打了几路虎拳，待摸清对地方的功底套路后，陈须新转而使出了熟练的猎拳来，吴天虎从来没见过这套拳，因此摸不清其中的奥妙，而陈须新却早已知道破解这虎拳的办法。吴天虎见一时不能取胜，于是尽用狠招，一个猛虎下山，双手直往陈须新二肋抓去，陈须新早有防备，飞腿踢中其胸，吴天虎胸中一阵疼痛，回首使一招猛虎捕羊，双手直取对方颈部，陈须新提脚欲踢对方胯下，吴天虎吓了一跳，忙收回双手护住下身，不料陈须新只是虚腿，见对方双手下护，他亦同时收腿，大叫一声"玉柱顶天"，只见他左拳击向对方的下巴骨，吴天虎顿时不能张口。陈须新又喊一声"二郎戏珠"，右手的食指中指直向吴天虎的双目插去，只见这家伙二目外凸，流血如注，只痛得在台上哇哇大叫不止。

"师兄，我们走。"陈须新护着方俊峰，走下了擂台，孝娣紧随其后，张敏、岳山见陈须新破了擂，欣喜万分，亦随后而去。观众们见四恶虎的威风扫地，顿时欢呼雀跃："义乌英雄，好样的，义乌英雄，好样的……"欢呼声荡漾在严州上空，久久不散。

　　江宇见擂台已破，方俊峰受伤，忙叫陈须新叫辆马车，先送方俊峰去糖坊疗伤，其他所有人随后，离开这是非之地。马车很快叫来，江宇与陈须新、俊峰兄弟坐马车先行，糖坊离严州不远，不一时便到。江宇不仅武功高强，而且医术精湛，到达糖坊，首先为俊峰敷药治疗，然后称赞陈须新见义勇为，为义乌人争得荣誉。不知后事如何，请看下回分解。

第三十三回

陈须新喜结良缘　陈显学嵊县走运

　　话说江宇为方俊峰敷药治眼，吩咐静养数日，日常生活由孝娣照顾，陈须新见师兄伤势严重，一时不放心，于是亦住在糖坊中，每日里都要去看望四五次。

　　三日后，方俊峰的伤势开始好转，陈须新一早就去看望，不料一进门，发现孝娣正在梳头发，但见秀发如瀑布，黑长过臀部，身材苗条，似风飘杨柳。"啊！小弟……"陈须新见小弟突然变成了女孩身，一时惊呼起来。"哦！二哥，你早。"孝娣见陈须新这么早就来，忙施礼道。"哦，小弟怎么变成了女儿身了？"陈须新惊奇地问道。"师弟，过来，我慢慢与你聊吧。"方俊峰见师弟如此惊奇，就准备将自己家的情况向他说明白。"师兄，究竟怎么回事啊，她明明是个女的，怎么你还称她为小弟？"陈须新不解地问道。"师弟莫急，听我慢慢道来。我妹名叫孝娣，而你却误听为'小弟'。那年，我与你在五台山分离后，就回到自己的家，后来父母双亡，家中仅存我兄妹俩，我兄妹见父母不在，家境又不好，于是就以卖艺为生，我妹随我浪迹天涯，为了方便，就女扮男装。这次来严州会场，见四虎比武缺德，因此想教训教训他们，不料却中了暗算，我妹虽练过一些武功，但只不过是花拳绣腿好看罢了，真正打起来可就不行了，那天在擂台上我受伤了，我妹上台欲与之拼命，那时我真担心死了，幸好你来帮我解了围，否则，我妹必受四虎之害了，我真的该好好谢谢师弟了。对了，与我分手后，师弟又是怎样，又怎么会来严州的，现在可好吗？"方俊峰说出自己的情况后，又关心起陈须新的事来。"师兄，我一直独身生活，你比我好，还有个亲妹妹相伴……"陈须新又将自己在东阳怒打卢德豹的过程与来严州的原因告诉了师兄。"哦！原来如此，怪不得你在擂台上的招式我看不出来，原来你使的是猎拳，师弟，你真行。"方俊峰赞扬道。"师兄，你以后有什么打算吗？"陈须新关心起师兄以后的事来了。"师弟，我倒无所谓，我担心的是我的妹妹，她今年已二十岁了，该到出嫁的时候了，我做兄长的应该为她找个婆家才是，否则，我对不住她，更对不住爹娘了。"方俊峰说出了自己的心事来。"师兄，我看你还是与我做敲糖换鸡毛生意吧，关于你妹的事，我们慢慢再商量，我看她如此美貌可爱，一定能找到好郎君的，你说对吗？"陈须新与方俊峰在五台山时原本情义非同一般，这次相见，很不愿再分开了。

后来，方俊峰的眼治好了，并真的与陈须新一起做敲糖换鸡毛的生意来，孝娣一直随兄生活，长住于糖坊中，为糖坊做点事，江宇对他们三人特别照顾。在江宇的撮合下，陈须新与孝娣结婚了，三年后，还生下一子，取名陈显学，这时，清政府灭亡，已到了民国时期，陈须新夫妻回义乌后觉得习武不如习文，于是就培养显学读书。十九岁那年，显学中了秀才，不料陈须新因病而亡，显学因家庭原因而放弃学业，回家务农。当时，由于农村不重视文化，因此，秀才可算是了不起的高级文人，地方上要写封信，打官司写状纸的，都请陈显学代写，并付一点笔墨费。这样，显学边务农，边代写文书，母子俩倒也还不愁吃穿。陈显学是位勤劳人，每年农历十二月时由于农事不多，亦会与村人一起去嵊县做鸡毛换糖生意。在嵊县做鸡毛换糖生意的乐村人有十多人，都停驻在开元村，那时没有汽车，廿三里去嵊县约二百三十里路，换糖人都是步行去的，要走三天才能到达，在换糖经营时，村人们都穿着粗衫土裤，唯陈显学身着洋布长衫，显得一派书生气。一次，开元村有一户建新房居新屋大摆宴席，陈显学挑担去经营，当时，房东正在新屋中挂对联，殊不知，在农村，这挂对联十分讲究，谁挂上首，谁挂下首有严格规定，然而结婚、寿宴与居新屋又各有不同的规矩，因此，挂对联属于非常困难的一件事，需要请文化程度较高的人帮忙才行，开元村有文化的人不多，房东就请来几位年长有经验的人来帮忙，但在挂对联时发生了争论，一时决定不下。陈显学算是当时的文人，他喜欢看对联的书法与句子，他歇担于门口，却一直在看挂着的对联，见众人各持主见争执不下，于是就开口道："寿宴以亲为大，居新屋以友为大。"在场的人听了，觉得此人说得似乎有些道理，又见他身穿长衫，文质彬彬，一派书生模样，知道此人一定是有文化的人，于是就请他帮忙挂对联。陈显学亦不客气，叫东家理出朋友对联，并按年岁排好，又叫理出亲戚对联，亦按年岁排列。"亲戚与朋友同龄的，以朋友对为大，本村人是主，外村人是客，本村与外村的，以外客为大，就按此程序挂吧。"陈显学朗声道。在场的听了，茅塞顿开，就按陈显学的方法挂对联，再无人提出质疑了。对联挂完了，大家满意了。"各位，怎么还少了一副对联啊？"陈显学检查了全部挂着的对联后，对大家发问道。"什么对联啊，送进来的已全部挂上了，没有剩下的了。"一位年长的应道。"居新屋请酒，必须要有陪对，而这对联应该由房东自己写的，怎么没见啊。"陈显学朗声道。"哦，还要陪对啊，我去问问东家吧。"一帮忙的说完，就匆匆去找东家去了。不一会儿，东家来了，是位六十多岁的老头。"先生，我第一次建新房，因此许多规矩并不懂，至于陪对什么的更不清楚，我是没文化的大老粗，请先生多多指教。"东家恭敬地向陈显学鞠了一躬道。"哦，原来如此，那请你拿张红纸与笔墨来，我为你写一副吧。"陈显学见东家不识字，就想帮忙为他写一副陪对。"好，谢谢先生了。"东家欣喜若狂，于是就吩咐取纸笔来。不一会儿，一切准备停当，有人为他磨墨，在场的人好奇，都想看看这位先生如何写对联，于是，十几人一齐围着陈显学看热闹。只见陈显学不慌不忙，放好纸，提起笔，挥手写对联，不一时，对联写好了，大家一看，只见走笔流畅，书法健美，大有龙飞凤舞之势，上句是"蒙有亲友赠厚礼"，下句是"愧无美酒待嘉宾"。众人看了，拍手称赞："妙啊，真是神来之笔！"论书法，所挂的对联无一能及，论句子，主客无不为之欣慰。"先生，你为我家既挂对联又写对联，辛苦了，不知要多少酬金？"东家一边感谢一边问酬金。"献丑了，要什么酬金啊，我只是个换糖佬，算了吧。"陈显学微笑着道。"这怎么行呢，你帮我忙，自然要酬金的，我不想要你白帮忙。"东家坚持要付酬金。"真的不要，只要大家高兴就是，我只是顺手帮忙而已，何必动不动就要钱呢。"陈显学坚决不要。"既然先生不肯受，我也没办法，这样好了，我家连请三天客，这三天先生就在我家吃吧。"东家过意不去，想留陈显学吃三天。"不必了，我还要做生意呢。"陈显学觉得吃饭是小事，做生意才是正事。"先生，你只管在我家喝酒吃饭，生意的事我帮你就是。"东家豪爽地道。"我是换鸡毛的，你怎么帮我呀？"陈显学莫名其妙地道。"这有何难，我有五子三女，如今都已成家，五子中有三子娶了本村的做媳妇，三女有两个嫁在本村。你知道我村有上千户人家，只要我吩咐八个子女在全村一号召，村里的鸡毛谁也拿不走，全是你的，只要你在我家坐吃三天，我包你能收到四五百斤鸡毛。你想想，你三天内，自己去换毛，能换多少啊。"东家说出了自己的理由。陈显学听了，觉得东家说得没错，自己若去农村中经营三日，虽辛苦，亦做不到三十斤鸡毛，东家真的能为自己收到四五担鸡毛，倒也是件好事，而且还能享受三天好酒好菜，于是就欣喜地答应下来。这东家人口多，大孩子还在绍兴府中为官，因此在开元村中算是豪强人家，一家人勤劳和善，深得村人喜爱。东家说到做到，在请客时，他当即为陈显学收鸡毛，村人平时有事求他帮忙，东家都会尽力而为，这时听东家要帮陈显学收鸡毛，这种小事谁都愿意，于是纷纷都将各自家的鸡毛、猪毛、羊毛等禽畜毛送到东家处，东家叫人收拾起来，装于麻袋中，三天过后，真的收齐四五百斤，一起交给陈显学，而且没花过一分钱。时至十二月廿七，生意告一段落，同伴们都要回家过年，每人基本上都收来两袋毛，一起挑回廿三里去，陈显学有四五百斤之多，而且自己力气比不上同伴，即使挑两袋亦挑不动，于是他请了开元村的四名强壮汉子，开工资叫他们挑担，自己空着手，随同村人一齐回到乐村。从此，他成为乐村的敲糖能手，而且每年都会去开元，因为他在开元出了名，又能得以东家相助，基本上，开元村的鸡毛全是他的，其他敲糖的一根毛也收不到。

嵊县习惯用水糖换鸡毛，嵊县人并不是全很老实，他们把要换的鸡毛晒得很干燥，有意蓬得很松，所以看上去很多，其实斤两有限，而在换时他们有个贪小的不良习惯，经常会拿一只鸡毛换好几次，他们有意拿来极粗糙的陶器装水糖，当水糖倒进陶器后，就会提出再加一点，而且要求接连不断地加，一直闹到经营者烦躁不愿加时，他又会提出不换，将鸡毛要回去，把水糖倒回糖桶中，然而由于水糖厚陶器粗，一时无法倒干净，于是就留下粘在陶器中的许多水糖，他们就是喜欢占这点小便宜。乐村的小伙子陈大山十八岁那年第一次去嵊县换鸡毛，与同伴们一起住在开元宿店，第一天，他一早挑了十五里路来到红石村，当做到第二个门口时，有一位五十多岁的妇女拿来一畚箕鸡毛换水糖，通过手抓，估计有四只鸡毛，当时基本上是每只鸡换二两水糖，四只鸡毛应该换八两，那妇女亦同意。给了她水糖后，不料突然来了个三十来岁的男子，大概是那妇女的孩子，说糖太少，不换了，并将鸡毛要回去，把糖倒回糖桶内，由于陶器粗糙，里面还留有一层厚厚的水糖，他欲拿走陶器。陈大山原本以为生意已做成，不料被这家伙破坏了，当时他正在年轻气盛之时，心里顿时怒火纵生，见那家伙拿罐欲走，立即上前夺过那人手中的罐，抓了糖箩中的一把鸡毛，将糖罐中剩留的水糖擦干了，然后给还了陶罐，使那人占不了一丝便宜。男子见对方如此行为大为恼怒，顿时破口大骂，并猛力一脚，将大山的二只糖桶踢翻了，桶内的水糖全部流在地上了。陈大山见这家伙踢翻了自己的糖桶，水糖全没了，他忍无可忍抽出毛竹扁担，使尽全力，狠狠地往那男子下身扫去，一连扫了三扁担，只见那男子倒于地上喊爹叫娘地哭叫不止。那妇女大喊救命，村人闻声赶来，顿时将陈大山围在中央。陈大山见他们人多势众难以力敌，情急之下，只得边打边突围，直往村外而跑去，后面之人紧追不舍。村边有幢九间头，门口站着一位白发红颜的老者，六十余岁，看上去虽是老年，但精神饱满。陈大山见后面的人快要追上，情急之下就大喊救命，并不管三七二十一地逃进九间头去。后面的人见了，大喊着向九间头追去。"不要乱来，这是我的家，没我的同意就不能进去。"那老汉拦住了众人的去路。"这家伙打伤了我们村的人，我们要抓住他报仇。"一汉子说明了追击的理由。"他既然逃进了我的家，就是我的客人，你们回去吧，这事由我来处理。"老汉坚持不允许众人冲进自己的家。众人知道这老汉有功夫，而且他有三个孩子，都在省县级做大官，村人谁都不敢冒犯他，见有他出面干涉，亦只得作罢，于是，各自回家去了。老汉回家，问陈大山为何被追击，陈大山说出了自己的遭遇。老汉是明理之人，见陈大山处境危险，就留他在家，直至半夜人静之时，才叫他悄悄离开。

陈大山回到开元宿店，将自己所遇之事告诉同伴们，大家听了，都愤愤不平。"不要急，此事由我来办，我要告他一状，教训教训这些贪小便宜的小人，以示义乌人不是好欺的。"陈显学说出了自己的意见。"好，应该教训教训，否则，我们很难在此经营了。"同伴们齐声应道。

次日，陈显学为陈大山写好状纸后，又去上次帮写对联那房东家，与老汉商量后，老汉愿意陪同陈显学一起去嵊县衙门告状。第二天，陈显学、陈大山与老汉一起赶到嵊县，没想到嵊县的县长就是廿三里乡陶店村的人，看了陈显学的状纸后大怒道："这等刁民，太无王法了，必须教训教训他。"出于乡情，何县长留三人吃饭，三人当夜住在嵊县客店中。次日，何县长派了四十名全副武装的警察，乘坐一辆汽车，在陈大山等人的陪同下，直往红石村开去。汽车很快到达目的地，几个警察守住村口的路，见有出村的男人就抓，不一时，抓了十余人，使全村的人不敢乱动。村人知道闯下了大祸，几位村中长辈汇集商量对策，决定请那位白发长胡的老者出面讲和。老者带领村中有名望的长辈来到陈大山身边，要求与之讲和，陈大山见是老者出面，出于他帮过自己的情面，亦就愿意讲和。"各位长辈，你村的人砸了我的糖担，坏了我的生意。我从义乌赶到这里，奔波了二百三十里路程，如今没了糖担，就不能做生意，这一切损失该如何赔，请你们主持公道，若有个合理的解决办法，也就罢了，否则，非抓人坐牢不可。"陈大山朗声道。"小兄弟，我村人砸了你的担子是不对的，我向你道个歉，但事总要解决的，至于赔多少钱，我们心中没数，还是你自己说吧。"老者诚恳地道。陈大山原本是要索赔一千元钱，还要抓人坐牢，见这位善良的老者出面，心也有些软了，就说赔六百元钱算了。老者当即答应，叫来那踢担的，当场狠狠地把他骂了一顿，并要他如数赔钱。那踢担子的知道自己错了，见许多全副武装的警察特为此事而来，他不知陈大山是什么来头，心里早已恐慌万分，这时见老者为自己讲和，心里感激万分，觉得不被抓进去坐牢已是万幸了，于是，他东借西借地凑齐了六百元钱交给了陈大山，并连连道歉赔不是。"好了，事已解决，我们亦收队了。踢担子的，我警告你，以后若再敢踢人家的担子，一定不轻饶你，知道吗？"警长见事已解决，就训了那踢担子的汉子一顿，然后收队上车，自回嵊县而去。

　　此事总算解决了，陈大山为了感谢那老者的帮助，便约了陈显学与那房东，一起来到老者家，取出一百元钱作为酬金，不料这老者死活不肯接受。"小兄弟，出门做生意不容易，我们做人要规矩，得饶人处且饶人，留得一分情，以后好做人，有时候，吃亏就是占便宜，万事不能任性而为，这是做人的道理，希望你能听我几句。我家有钱，因此，我绝对不会收你的。"陈大山等见这白发老者如此大方，都钦佩之极，于是就拜别而走。从此，嵊县人再也不敢小视义乌换糖人了。

　　话说开元有个富户，名叫罗善生，年已花甲，娶妻虞氏，夫妻恩爱，生有三子一女，长子在绍兴府为官，次子在嵊县为官，三子随父在家开酒坊，小女名叫罗国女，生得美貌如花，被称为"开元第一大美女"，已十八岁了，由于家富人美，因此求婚的人接踵而来，有官方的，亦有富豪的，可是说来奇怪，都没被罗国女看中。陈显学每年都在开元做生意，由于他人才出众，深受开元人的尊重，听说开元罗国女是大美女，心里有些好奇，觉得自己年龄不小，亦该到娶妻的时候，于是就想见见这位美女，他以换糖为名，常在她家门前转，终于有一天见到了她，觉得果然长得漂亮之极，于是就想托媒说说。陈显学找了个能说会道的媒婆前去说媒。陈显学在开元名气极大，人缘亦不错，罗善生亦非常尊重他。媒婆受陈显学之托前去说媒，罗善生征求女儿的意见，不料罗国女早对陈显学有爱慕之心，于是很快就答应了。陈显学想不到这么快就成功了，他喜出望外，就决定尽快将亲事定下来。罗善生仅此一女，将其视为掌上明珠，加之家庭富裕，为了女儿的幸福，就决定在乐村买十亩地作为嫁妆，陈显学自己亦已买了十亩地，这一来变成了二十亩，于是就变成乐村的富户。罗国女嫁过去之后，生了四男一女，长子名亦荣，次子名亦华，三子名亦富，四子名亦贵，小女取名杏花。斗转星移，转眼间中华人民共和国成立，土改时，由于陈显学土地多，被划为富农成分，土地被分出，家境开始衰落，其母孝娣因病而故。光阴似箭，陈显学六十岁那年，又遇上了"文化大革命"，他成了四类分子而被批斗，残酷的阶级斗争使他中风了。从此，一家的生活负担都落在五个孩子身上。

集体化解决不了农民的温饱，怎么办？晚上，陈显学将五个子女全叫到床前，吩咐他们各自谋生去，只要能活命就行。这时，最大的亦荣才二十岁，亦华十七岁，亦富十四岁，亦贵十一岁，杏花才九岁，这么一群小孩，叫他们怎么谋生去，国女担心之极，但亦毫无办法。陈亦荣觉得自己身为长子，就应该挑起家庭的重担，于是决定去嵊县继承父亲的旧业——鸡毛换糖。"哥，还是我去吧，你是正劳力，家里做工分还得靠你，我的底分只有三分，对家庭起不了什么作用，因此，还是我比较适合。"亦华为了家庭利益，决定自己去。"亦华，你年纪小，不知换糖之辛苦，到嵊县要跑二百三十里路，一趟生意做下来，还得将货挑回来，不是一般人可以忍受的，你就不要去了。"亦荣见亦华如此懂事，知道为家庭分忧，心里感激至极，但毕竟年纪太轻，万一出了事怎么办，于是他拒绝了亦华的提议。"哥，你是一家之主，父亲中风在床，其他弟妹都年少，家中少不了你的照顾，你就在家吧，让我去试试，好，你再去不迟。嵊县太远，可以到近点的地方去做，比如说诸暨亦可以，一天路程，再辛苦亦没关系，我受得了，哥，你再想想吧。"亦华争辩道。"唉！都是我无能，竟然让你们过上这种生活。"坐在床上的父亲流泪捶胸地叹道。"唉！可怜的孩子们，娘亦不知道怎么是好啊，都怪娘没用，害得大家受苦了，呜……"国女站在一边，竟然一把鼻涕一把眼泪地哭出声来。"妈，不要哭，家里还有没有钱？"亦华问母亲道。"亦华呀，家里哪还有钱呀，眼看就要过年了，不要说为你们做新衣过年，就是吃亦成问题了，否则，你父怎么会叫你们各自谋生去呢？"母亲愁容满面地道。"没关系，我来想办法，保证一家人过个快乐年。哥，家里还有两只大公鸡、三只母鸡，这五只鸡就卖掉给我买副换糖担，队里分来六十斤红糖就给我做资本吧，我就到诸暨去做生意，来回方便，我努力好好做一个月的生意，回来一定能过个好年，你相信我，我会加油的，请你照顾好一家老少，好吗？"亦华知道家境困难，欲以自己的努力来脱离困境。"亦华，五只鸡，六十斤红糖是家里所有能卖的东西，如果你能赚到钱，没事，但若亏了，那我们一家就只好上吊了，知道吗？"亦荣见弟提出如此大胆的冒险计划，心里不踏实，因为家里已到了赚得起亏不得的境地了。"哥，就这样赌一把吧，否则，我家永远也翻不了身。"亦华豪爽地道。"亦荣，没办法了，只能这样赌一把了，一家的命就捏在亦华手中了，是死是活全靠他了。"父亲觉得没其他办法可想，只得依了亦华。"既然父亲这么说，赌就赌一把吧，亦华，就由你做一次主吧。"亦荣见父亲亦支持亦华，亦就无可奈何地同意了亦华的主张。

乐村人的鸡毛换糖业主要集中在嵊县、诸暨与遂昌三个区域，相对来讲诸暨最近，亦华卖了五只鸡，办了一副糖担，买来一些针线，煎了十斤生姜糖，就这么简单，于农历十二月初一，拉着独轮车，跟随村人，一起前往诸暨县姚江公社做鸡毛换糖生意，路程全长一百四十里，连续步行十六小时才到达，路上，亦华带着干粮，没花一分钱。

住在姚江客店，亦华每天起早贪黑，风雪无阻，三饥两饿地一直做到农历二十九，总算换来四袋鸡毛，于是就将所换来的废旧卖给当地收购站，总共卖了三十多元钱，准备回家过年，见路边有一家肉店，就买了五斤肥肉，欲带回家中一起享用。三十日一早，亦华挑着两袋鸡毛，共约一百四十斤重，前往直埠火车站去上车，姚江至直埠有二十里路程，十七岁的亦华力气并不大，一百四十斤重的担压在他肩上已经超限了，但他还是咬着牙挑，当挑到直埠时，早已筋疲力尽了，他放下担子，坐在候车室中只顾上气不接下气地喘息不止，额上的汗水如下雨般地往下流，内衣全湿了。十时许，火车进站，旅客们纷纷争着上车，十几个同伴亦挑着一担鸡毛上车，由于亦华担重，且力气不足，他咬着牙拼命往火车上挤，可总挤不过人家，眼看人家都上去了，唯独自己一人上不去，他急得哭了，他知道这是最后一列火车了，这时上不去就无法回家过新年了，家人还在等候自己拿钱买年货，原本已筋疲力尽的亦华，又通过这一番折磨更无力气了，只觉得双脚一软，身不由己跌倒在地，那列车毫不留情地开走了，亦华眼巴巴望着渐行渐远的列车，心如刀绞。列车看不见了，车站里空无一人，唯独亦华还跌坐在站台上，呼呼的寒风与沙沙的落叶与他做伴。在地上坐了约四十分钟，亦华觉得不是办法，于是又咬了咬牙，挑着两袋鸡毛重新回姚江宿店而去。欲知亦华能否回家过年，请看下回分解。

第三十四回

陈亦华诸暨换糖　陈亦荣遂昌出事

话说陈亦华只有把鸡毛挑到直埠的劲，却没有挑回姚江之力，他舍不得将辛辛苦苦换来的鸡毛丢下不管，于是只得歇歇停停地慢慢挑回姚江。挑去直埠时只花了不到两小时，挑回姚江时却花了五小时，当挑到宿店时，只累得全身无力，跌坐在床上一动亦不动。

大年三十傍晚，姚江人敲锣打鼓地开始向军属拜年，欢庆春节的鞭炮声此起彼伏，男女老少穿红戴绿地欢呼雀跃，一年中最美好的时刻终于到来。亦华昏昏沉沉地躺在床上，热闹的鞭炮声与人们的欢呼声惊醒了他。"啊，不好，人家都过年了，而我的父母兄妹们却无分钱，他们都等着自己带钱回家过年，不行不行，我得赶紧回家，不能睡在这儿。"亦华想到此，顿时一跃而起，他拉来独轮车，将四麻袋鸡毛装上车。"老板，我要回家过年了。"亦华准备停当，向老板告别。"喂，亦华，天已黑了，你回家要走一百四十里路太辛苦了，还是和我们一起过个年吧。"老板见亦华这时还要回义乌过年，非常惊讶地道。"谢谢老板，我家父母正等着我回家呢。"亦华一边谢过老板，一边拉着独轮车就走。

野外一片漆黑，亦华拉着独轮车一脚高一脚低地在路上行走，前半夜，还能看到村庄中的灯光，听到鞭炮声，至后半夜，什么也听不见了，四周黑幕茫茫，似乎整个世界仅留下自己一个人，北风萧萧，野草瑟瑟，田野荒凉寂静得令人心悸。到达诸暨县城区，要横穿铁路，铁路与公路交叉处是上坡，亦华奋力往上冲，不料因力气不够冲不上，独轮车又倒了回来，再冲，还是冲不上，这半夜三更的又找不到人帮忙，怎么办？亦华无可奈何地坐下休息一会，待养足精力后再冲，但不能坐得太久，他想尽早回家，于是，坐了十五分钟，觉得差不多了，就鼓鼓劲，推着独轮车奋力而上，这下可真的给冲上去了，不料时运不佳，刚刚冲上坡，独轮车正处在铁路中，突然一辆火车飞速而来，只吓得亦华胆战心惊，一时慌了手脚，独轮车失控，飞也似的滚到路边的水沟中去了。亦华慌忙离开铁路，庆幸自己没有被撞着，急急去找独轮车，不料一根车把手已断，车不能推了，再看四袋鸡毛时，只见全落在水里，原本四袋鸡毛只有三百多斤的，如今变成了六百多斤了，他欲将四袋鸡毛从水中捞上来，却并不那么容易了。半夜里，人们都已进入梦乡，陈亦华却在黑色的野外拼命地从水中捞鸡毛，他没有人帮忙，他花尽了全身之力，一直忙了两个小时，才把鸡毛捞上来，鸡毛虽捞上来了，但车的把手没了，怎么办？于是他就在路边的树上折来几根树枝，欲捆绑在断了的把手中，但却没有绑捆的绳子，怎么办？只得解下自己腰间的皮带扎了一下，虽不太好用，但总比没有好一点。

大年三十夜，陈显学一家同坐一桌准备吃年夜饭，可是桌上仅放着一碗青菜。"爸、妈，我要吃鱼肉。"最小的杏花虽不太懂事，但却知道今日是大年三十夜，应有好菜好肉吃，见桌上仅一碗青菜，便有些失望地想吃鱼肉。显学听了，望着可怜的女儿只是一阵苦笑，然后鼻子一酸，什么话也说不出来。"杏花，要吃鱼肉就待会儿，等你二哥回来一定给你吃个够。"国女连哄带骗地劝慰自己可爱的女儿道。"天都黑了，二哥怎么还不回来啊？"杏花望望全家人，天真地道。"小妹若饿了，那就先吃吧。"亦荣心里不好受，但亦没办法。"大哥，我要等二哥回来一起吃，吃完年夜饭，你们都要给我压岁钱，好不好？"杏花的小同伴们都已分到压岁钱了，她亦想分到自己的压岁钱。"好，待二哥回来，一定给你，好了，先吃饭吧。"亦荣知道大家都饿了，觉得亦华可能一时回不了家，就叫大家先吃。"你们吃吧，亦荣，扶我到床上，爸不饿。"显学心里难受，吃亦吃不下，就想躺在床上休息。国女见状，禁不住泪水满盈，忙走进厨房，暗自流泪。亦荣知道父母此时的心情，只得扶父亲上床，然后叫大家先吃饭，而自己却以去看二弟为名，走到门外暗暗地哭泣一番，这年除夕，全家过得凄惨之极。吃过年夜饭，村人都在享受着春节的喜悦，陈显学一家却早早而睡。"显学啊，你不要难过，我想亦华是个好孩子，今天回不了家，明天一定会回家的。"国女知道自己的丈夫因亦华没回家而难过，于是就劝慰道。"唉，我怕的是亦华会不会出问题，生意好坏我并不在乎，只要人回来就好，你看，人家都回家过年了，怎么他一个人在外面，我怎么会不担心啊。"显学愁容满面地对妻子道。"亦华少年老成，他一定不会有事的，放心吧。"国女尽力安慰丈夫，但她自己心里却难受至极，禁不住又暗自流下泪来。

过了三十，就是正月初一。国女睡不着觉，早早起来做家务，见亦荣起得比她还早，只是坐在凳上发呆。"亦荣，这么早起来干什么，何不再睡一会儿。"国女见亦荣心情不好，就对他招呼道。"妈，我睡不着啊。"亦荣苦笑着应道。"亦荣，你去路边看看，或许亦华回来了。"显学听亦荣早已起床，就吩咐道。"爸，亦华身在诸暨，哪能这么早就回来呀？"亦荣知道爸过于想念亦华，因此，却忘了现在是什么时间了。"哦！那就吃了早饭再说吧。"显学经亦荣一提醒，才明白过来，知道亦华不可能这么早就回来，是自己昏了头。吃过早饭，亦荣母子俩一齐出门去村口等待亦华回家，一开门，只见一阵寒风吹进了家，使母子俩一时转不过气来，又见门外飘着鹅毛大雪，路上已积着一层雪。"妈，外面这么大的雪，风又大，你不要去了。"亦荣见外面寒风呼啸，怕妈受不了，就劝阻道。"唉，老天怎么就这样狠啊，这大雪天地，亦华怎么回家啊？"国女遗憾地叹道。

亦荣撑着一把伞，冒着寒风暴雪，独自向村口走去，这时，野外已变成一片银色世界，鬼叫一般的北风，吹得亦荣举步维艰，村人全躲在家中不敢出来，唯独亦荣一人站立在生产队仓库门前，不停地向路口张望。雪茫茫，路皑皑，路上没有行人，亦荣呆望着白色世界，心里一阵茫然，他失望了。亦荣一直等到十一时，觉得已到吃中饭的时间了，看来亦华是不可能回来了，于是就准备回家去，他一边往家走，一边时不时地回望，希望能偶然发现奇迹，当他最后一次回望时，果然发现五百米外有个影子在慢慢移动，而且是朝自己的方向而来，他顿时激动起来。"是不是我弟呀？"亦荣急忙转身，凝望着那移动的影子。那影子十分缓慢地朝乐村方向移动，不一会，看清了是有人推着独轮车而行，当推到上坡时，不料一不小心，车轮滚到旁边的水沟而翻倒，随之，人也倒在了路边。"哎呀不好，这正是亦华。"亦荣看清了那推车人正是亦华，顿时飞快冲上前去，定睛一看，见亦华躺倒于地上一动不动。车连四袋鸡毛全翻在水沟里，雪，不停地下着，亦华的身上旧雪加新雪，风，呼啸而过，亦华已经失去了知觉。"亦华，亦华，你醒醒……"亦荣见弟弟倒在地上的积雪中昏迷不醒，顿时惊呼不止。

"我要回家，我要回家……"只见亦华迷迷糊糊不停地低声叫着。"亦华，我们回家吧，我背你，爸妈正在等着你呢。"亦荣见亦华如此模样，一边流着泪，一边哽咽地道，然后，背起亦华，急忙往家里走。

"爸，妈，亦华回来了。"亦荣未进门，就高声喊叫道。"哦，亦华回来了，亦华回来了！"国女高兴得连叫不止。父亲听了，高兴得流下热泪，弟妹们也一个个欢呼雀跃。"亦荣，亦华怎么了？"母亲见亦荣背着双目紧闭的弟，顿时大惊失色道。"肯定是劳累过度吧，让他躺在床上休息会再说吧。"亦荣将亦华放在床上躺下，一家人围在他的身边叫他的名字。"我要回家，我要回家……"只见亦华紧闭着眼睛，连续重复着同一句话。一家人见可怜的亦华如此模样，一个个都痛哭不止。"不要哭了，让他静静行不行。"躺在床上的父亲道。"好了，大家不要哭了，我去叫村人帮助，先将翻在沟里的车与鸡毛拿回家来。"亦荣说着，出门去了，母亲见亦华瘦小的身材十分憔悴，心疼地为他端来热水洗脸，又给他生火取暖，陈亦华这是已熟睡了。不一会，在四位村人的帮助下，一车鸡毛被拉了回家，发现车架上挂着用塑料布包着的一块猪肉，亦荣不但没有高兴，反而难过地流泪不止。"妈，亦华带回这么大一块肉，快煮着让弟妹们吃吧。"亦荣将肉递给母亲，并吩咐道。"好，我这就去烧。"母亲一边哽咽道，一边上厨去了。半小时后，肉煮熟了，饭亦烧好了，母亲叫大家吃中饭，杏花高兴极了。"哦，中午有肉吃了。"

母亲去叫亦华吃饭，可是亦华还是熟睡不醒。"显学，亦华怎么还不醒啊？是否生病了？"国女担心地道。"亦荣，快去叫赤脚医生过来看看。"显学亦有些担心，于是就吩咐亦荣道。"好，我这就去。"亦荣立即请村中的赤脚医生去了。不一会儿，赤脚医生背着药箱过来了，经检查，不见有病。"亦荣，你弟没什么病，依我看只是劳累过度吧，多让他休息一会儿就没事的。"赤脚医生诊断后，告诉亦荣道，然后告辞而去。

陈亦华因劳累过度，一直睡到次日中午才醒，一家人见他醒了，全都高兴之极。"哥，我卖废品得了三十多元钱，如今全交给你，分给弟妹们各一元压岁钱，过年了，大家高兴高兴，给爸妈各五元，作为孝敬他们的吧，其余的快去廿三里买些好菜好肉等，再买一只大公鸡。这次我没及时回家，害得全家没钱过年，我对不住你们，因此，我们重新过一次迟到的春节吧，我看全家人没一件新衣服，待拣出红毛卖了后，再给大家各做一套新衣衫吧。"亦华其实早有计划，他拼死拼活地做生意，就是为了让全家人过上好一点的生活。"亦华，你替家里人想得如此周到，却苦了你自己，看你做了一趟生意，人都瘦得像猴子一样了，快吃点饭吧，其他什么事都先别管了，别饿坏了身子。"母亲见亦华如此懂事，心里高兴之极，又见他瘦了许多，心里难受得很。"好，大家一起吃吧，哥，我俩扶爸下床。"亦华说着，与哥二人扶着父亲下床吃中饭，饭桌上，除了一碗青菜外还有一碗红烧肉，一家人欣喜地同桌而吃，饭毕，亦荣分给弟妹们各一元压岁钱，三个小孩高兴得合不拢嘴，亦荣又给了父母各五元，父母不肯要。"爸妈，这是亦华第一次赚了钱孝敬你们的，就收下吧。"亦荣坚持着要父母收下。"爸，妈，这是做儿子的一点孝心，不可嫌少，以后赚了，再来孝敬不迟，这次只是想全家人过个快乐年，因此，一定要收下的。"亦华劝慰道。"亦华，你赚点钱多不容易啊，爸妈只要见你回来就比什么都高兴了。"父亲欣慰地道。"既然爸妈不肯要，那就先由哥放着，什么时候需要，到时再给吧。"亦华见父母不接，就叫哥放着。

　　过了年初三，亦荣叫全家人一起拣三把毛。年初八一过，亦华又去诸暨换糖，又过一个月，生意结束回家，但收益并没有上次那么好，仅赚了五十元钱，然而对家庭而言，还是增加了可观收益。将三把毛拣完卖掉，又得了百元钱，亦华去廿三里撕来十来丈布，为父母兄妹们各做了一套新装，这是多年来全家最高兴的一年。由于换糖的收入比生产队劳动高出几十倍，一家人商量后，亦华决定带哥一起出去鸡毛换糖。

　　陈显学因中风在床上躺了五年之久，由于病情恶化不幸逝世，可怜他连同四类分子的帽子一起带进了棺材之中。时至一九七八年，地方政府加大对鸡毛换糖的打击，鸡毛换糖者纷纷被关入"学习班"内，亦荣亦华两兄弟同时被关了进去，母亲见状，整天愁眉不展，加之身体原本虚弱，不料也不治身亡。父母双亡，家庭无主，亦荣兄弟从学习班出来，办完母亲的丧事，开始商量着以后的生活。"哥，父母没了，长子为父，全靠你了，如今家里没有个女人，就不像家了，你已二十五岁了，应该到娶妻的时候了，有了嫂子，家务就有人管，你看，烧饭炒菜，打扫卫生，缝缝补补的，没女人不行啊。"亦华对哥提醒道。"弟，按理，你我都到娶妻的时候了，但你要知道，如今我们是四类分子的家属，哪个姑娘愿嫁呀，算了吧。"亦荣为难地道。"按你这么说，我们命中注定都要做光棍了吗？"

亦华不以为然地道。"我是没本事娶妻了，要不，你先娶吧。"亦荣苦笑着道。"那怎么行呢，你长我幼，你尚未娶，我怎么娶啊？"亦华反对哥的说法。"没关系，大路朝天，能者上前，我不怪你就是。"亦荣毫不在乎地道。"哥，你不在乎，村人在乎啊，到时人家都会怪我不懂规矩的，我看这样吧，你到遂昌山区做生意，山区人不知道我家的情况，到时找个老实姑娘，你就连骗带哄地带回家来成亲如何？"亦华给哥出主意道。"做人怎么可以骗呢？即使一时骗到家来，到时发现了家庭的政治情况，还不是要走了，这一来，不但婚姻不成功，反而会被人讥笑的。"亦荣不敢做这样的事。"唉！看来我兄弟俩当真是一世做光棍的命了。"亦华长叹一口气道。"哎，亦华，听说年边的生意诸暨好，平时的生意却不如遂昌，我们是不是去遂昌试试。"亦荣提起遂昌，倒也真想去那儿试试。"我在诸暨已习惯了，不想再换码头了，既然你想去那儿试试，那就去吧，若真如你说的那样，以后带我同去亦不迟，你说对不对。"亦华觉得先去一人到遂昌试试亦可以。

父母没了，三个弟妹在读书，需要一人照顾，农历三月，亦荣去遂昌换糖，亦华在家照顾弟妹。傍晚，弟妹们放学回家，亦华为他们炒菜烧饭，准备吃晚饭。"二哥，我马上初中毕业了，但学校不准我上高中了，怎么办？"亦富哭丧着脸对亦华道。"为什么，你的成绩又不错，干吗不让你读？"亦华惊奇地问道。"据校方说，我是四类分子子女，不准上高中。"亦富十分委屈地道。"哦，原来如此，既然是政策规定，那我们亦没有办法，没关系，以后就跟哥鸡毛换糖去吧。"亦荣见弟如此委屈，只得无可奈何地劝慰道。

话说陈亦荣乘车来到遂昌，停驻在金岸村的一农户家。东家姓金名小元，婆妻刘氏，生有一女一子，女孩已十八岁，长得有些标致，取名金一花；男孩十三岁，取名金一男。俗语云，在山靠山，在水靠水，金岸是山区，一家人靠树木为生，虽有少许田地，但只能种些蔬菜为家庭日常生活所用，见有换糖人来，就留宿收点小钱，以弥补日常开支之用，亦荣留居，金家供给一宿二餐，收费一元钱，这对双方都合理。亦荣为了多赚点钱，早出晚归，从不言累，每天总是空担而出，满筐而回，吃过晚饭后，都要整理担子，准备着第二天一早再出门，数过当日收入的钱，然后放进内衣袋中。十八岁的金一花，说大不大，说小不小，看上去已是成熟的大姑娘了，但却小孩子气尚存，她对糖担上的小商品十分好奇，对陈亦荣更有好感，见他每天晚上都在数钱，她不知亦荣身上究竟装了多少钱，觉得鸡毛换糖这行当不错，于是每到亦荣归来时，总要与他交谈一番。"亦荣，我看你天天见钱，生意不错啊。"一花微笑着道。"赚点小钱呗，有什么了不起啊。"亦荣一边点钱一边回应道。"细细毛雨涨大水，只要日日见增长，肯定不错的。"一花赞道。"别笑我了，像我这种行当，在别人眼中就是讨饭生意。"亦荣谦虚地道。"谁说的呀，在我看来是最好的行当。"一花不以为然地道。"你抬举了吧。"亦荣见一花如此可爱的形象禁不住呵呵笑道。"哇，你笑起来真好看，亦荣，你身上的衣服脏了，脱下来我给你洗洗吧。"一花突然说出要为亦荣洗衣服。"哦，这可担当不起啊，不行不行，我自己会洗的。"亦荣不好意思地道。"唉，你整天都这么忙，哪有工夫洗衣服啊，而我反正在家无事，给你洗洗又何妨。"一花坚持着道，亦荣觉得一花并不像开玩笑，于是就叫她明早帮着洗洗。

晚上，辛苦一天的亦荣独自在床中，不知怎么，这晚与平时就是不一样，他辗转反侧，始终难以入睡，一花的影子总是在脑子中闪个不停，觉得她生得漂亮可爱，而且温柔纯洁、善解人意，多好的一位姑娘啊，只可惜自己是四类分子家庭，否则，一定要争取娶她为妻。他从小至大，从不敢与女孩子接触，因为自己出身不好，村中的姑娘亦避他远远的，他曾感受过父爱与母爱，但如今父母全不在了，再也找不到关心自己的人了，可是这一花突然愿为自己洗衣服，觉得已失去的母爱又重新回来了，因为，除母亲外，从来没有人为自己洗过衣服，但不知这一花是可怜自己，还是爱自己。

次日，亦荣一早挑担出去做生意，一花将他的一身脏衣服拿去溪边洗，待亦荣傍晚归来，一花为他洗好的衣服亦晒干了。"亦荣，今天生意怎么样啊？你的衣服洗过已晒干了，喏，给你。"一花满脸带笑地地将折叠整齐的衣服交给亦荣道。"谢谢一花，太谢谢了，我不知该如何报答你是好。"亦荣见一花手捧着干净整洁的衣服，心里无比感激。"谢什么呀，你住在我家就是我家的人，你衣服脏了没人洗，自然应该我帮你洗的，这就是人情味，对吧。"一花大大方方地道。"一花，像我们做这讨饭生意的人是不受人尊重的，你如此对待我，怎不叫人感激呢，今天我是遇上了观世音菩萨了。"亦荣对一花称赞道。"真新鲜，哈哈哈哈，我还是第一次听到如此称赞我的人，我喜欢。"一花听亦荣如此称赞自己，心里舒服之极，于是哈哈大笑道。"你人长得美，心也善良，称你为观世音菩萨一点不为过呀，真的。"亦荣认真地道。"好了好了，我知道你们做生意的人嘴巴甜，我且问你，你们义乌有山吗?"一花话一转，却问起义乌的情况来了。"哦，我们义乌亦有山，不过廿三里是平原，怎么，你想去义乌玩吗?"亦荣一边整理担子一边道。"哦，平原好，走路亦平坦，你家里有几口人吃饭呀?"一花又问起来亦荣的家事来了。"我家父母早亡，如今五兄妹一起生活，四个兄弟我为大，还有一个小妹。"亦荣如实告诉了一花。"哦!那你家的家务叫谁做啊?"一花听说四个大男人带一个小妹，不知道他家如何生活。"长兄为父，二弟为母，其余三人尚在读书，我与二弟只能一人出外做生意，一人留守家庭照顾三个弟妹，没办法呀。"亦荣叹了口气道。"哦!真难为你两兄弟了，对了，我看你年纪亦不小了，为什么不娶个老婆料理家务啊。"一花关心地问道。"娶老婆有这么容易吗，要人家愿意才行啊。"亦荣为难地道。"那你谈过恋爱吗?"一花又问道。"没有，我只知道做生意，没有想过谈恋爱，说实话，我也不懂恋爱。"亦荣苦笑着道。"傻瓜，谈恋爱要男方主动的，你自己不主动难道要叫女方送上门不成?"一花见亦荣如此老实，禁不住骂道。"一花，如果在做生意上，我不怕苦不怕累，但若叫我去谈恋爱，确实有点怕，你说，叫我如何开得了口?"亦荣十分为难地道。"亦荣，其实我亦不懂谈恋爱。我村有个治保主任，叫金黑狗，这人生得獐目鼠眼，而且好事不干专干坏事，我非常讨厌他，但他却偏偏想娶我，我几次回绝他，他还是厚着脸皮向我献殷勤，我还是不理他，这或许是他一厢情愿的恋爱吧。"一花突然提起自己的事来。"这就对了，如果我第一次主动去谈恋爱，碰到如你一样的姑娘，那我还如何做人啊，所以说，谈恋爱难呀!"亦荣摆摆手道。"亦荣，你不要误解，你与黑狗大有不同，那黑狗长相丑，又不做好事，而你长相帅，又会做生意，我看任何姑娘都不可能那么无情的。我对黑狗无情，并不等于对你亦无情啊，我是嫌弃黑狗，但并未嫌弃你啊，若不，我又怎能为你洗衣服呢。"一花见亦荣有些误解，急忙辩解道。"一花，并不是我误解你，而是我自己没用，既不懂谈恋爱，又不会谈恋爱。"亦荣谦虚地道。"现在我俩不是谈得很好吗，还说不会谈恋爱。"一花嘻嘻笑道。"现在我又不是与你谈恋爱，所以就不怕你，若真的是谈恋爱的话，我可一句亦说不出来了。"亦荣也嘻嘻笑道。"亦荣，其实我俩已经是无意中的恋爱了，知道吗?"一花一边哈哈笑道，一边回自己的房间去了。亦荣被弄得丈二和尚摸不着头脑，难道这就叫作谈恋爱吗?晚上，亦荣独自躺在床上，回忆起刚才的一幕，心里甜甜的，他仰望着楼板，久久不能入睡。

　　"嘭嘭嘭"，一阵敲门声惊动了金小元一家。"谁呀？半夜三更干吗呀！"金小元起床喊道。"查夜的，快出来开门。"外面有人高声喊道。"哦，来了。"小元见是查夜的，就慌忙披衣下床去开门。门开后，十几个民兵一拥而入。"叫那个换糖佬起来，我们要查他的证明。"黑狗对小元吼叫道。小元见是黑狗，知道来者不善，于是无奈地去叫亦荣起床。黑狗见了亦荣，二话没说就叫人把他架走，还把糖担也一同搬走，通过一番吵闹，一帮恶徒带着亦荣消失在门外的黑幕中。欲知后事如何，请看下回分解。

第三十五回

黑狗设计除情敌　　亦荣交运结良缘

　　话说金一花正在睡梦中被吵闹声惊醒，她不知家中究竟发生了什么事，就睡眼惺忪地起了床下了楼。"爸，家里发生了什么事啊，吵吵闹闹地使人睡不好觉。"一花见父母都坐在凳子上发呆，就发问道。"哦，那黑狗叫来一帮人，将那陈亦荣给带走了，连担子亦被挑走了。"父亲将发生的事如实告诉了一花。"什么，他凭什么啊，那你为什么不阻止他们啊。"一花听说亦荣被无缘无故地带走，一时吃惊地道。"他们有十几人来，我怎么阻止得了啊。"父亲摊摊双手，无奈地道。"爸，亦荣住在我们家就是我们家的人，欺负他就是欺负我们，知道吗？你亦太软弱了，不行，决不能让亦荣吃半点亏。"一花说完，怒气冲冲地从厨房拿来一把菜刀，冲出门外而去。"一花，一花，半夜三更的你要去干什么呀，快回来。"父母见一花怒气冲冲地带刀冲出门外，一时慌了手脚，一边叫喊一边跟了上去。"爸，妈，你们在家待着，我去砍了黑狗这小子。"一花说着，飞快地消失在黑幕中。殊不知，这金一花乍看起来似乎是位温柔的女性，其实，一旦触犯她，发起火来时，却如母老虎似的会与人拼命，其父母不放心，只得远远地跟随其后不放松，生怕她闹出什么大事来。

　　且说金一花来到黑狗家，见门关着。"黑狗，出来！"金一花举起菜刀拍打着门，厉声尖叫道。"谁呀，有事吗？"黑狗的父亲在屋里应道。"叫黑狗出来，我有事问他。"一花毫不客气地道。"哦，是一花呀，他出去了，尚未回家呢。"其父应道。"既然不在家，那就再说吧。"一花见黑狗不在家，于是就找村书记说话，村书记家离黑狗家并不远，一会儿就到。"书记，书记，开开门，我有急事问你，请开开门。"一花用手拍着门道。"谁啊，半夜三更的有什么事啊？"金书记在屋内应道。"我是一花，有要事问你。"一花报了自己的名。"哦，是一花呀，稍候，我马上来开门了。"金书记听说是一花，就答应来开门。不一会，门开了，金书记将一花迎进了家。"金书记，今夜黑狗带来十几人，闯入我家将住在我家的义乌换糖客连人带担地带到哪去了，他凭什么带人，你作为一村之主，应该知道吧。"一花严厉地问金书记道。"哦，当时黑狗曾与我提起过，说他与你在谈恋爱，义乌换糖客亦在与你谈恋爱，他为了得到你，所以想赶走义乌人，但我确实不知道他会干出什么事来，当然，黑狗是同村人，我亦支持他娶你，其他事我就不清楚了。"金书记实话实说道。"可笑，我既没与黑狗谈恋爱，又没与义乌客谈过恋爱，这都是黑狗在胡说。义乌客住在我家中，如今不知被黑狗带到何处去，我有责任将他追回来，否则，我就砍死黑狗。"一花大怒道。"听说你经常为义乌客洗衣服，有没有这回事？"金书记突然问一花道。"对，有这事，义乌客忙于做生意，衣服脏了没人洗，他住在我家，我帮他洗洗又何妨？这与谈恋爱有什么关系？如果黑狗一定说我与义乌客在谈恋爱，那我偏与他谈，我宁可嫁给义乌客亦不愿嫁给黑狗这坏蛋。"一花气愤地道。"如今婚姻自由，你嫁给谁是你自己的事，谁也阻止不了，这黑狗不在家，可能将义乌客带到公社去了吧，你去公社看看如何？"金书记心里明白，黑狗真的不是什么好人，于是就向一花暗示道。"好，谢谢书记了，今夜我非弄个明白不可。"

　　公社就在金岸村，一花怒气冲冲，不一会就到，见门大开，里面有灯光，于是就手执菜刀，大踏步冲了进去。

　　黑狗等十几人正在武装部长朱庆吉的办公室中。"朱部长，这换糖佬不规矩，勾引良家妇女，因此，希望公社好好教训教训他。"黑狗向朱部长说明了自己的目的。"哦！有这等事？请你说清楚一点，他怎么个勾引法。"朱部长听完黑狗的汇报后，追问道。"他经常去东家女孩金一花房间骚扰，还将脏衣服给她洗……""黑狗，你给我出来！你凭什么把亦荣抓到公社来，凭什么，凭！什！么！……"一花闯进公社，大叫大嚷地走向部长办公室来。"喂！你要干什么？"朱部长见一花二眼通红，手执菜刀，一股杀气地闯进办公室来，一时有些惊慌地道。"我今天非砍死这无恶不作的黑狗不可。"一花见黑狗等人正在朱部长面前告状，顿时怒火三丈，举着菜刀，疯了似的要砍向金黑狗。黑狗见状慌忙逃避。"喂，不得胡来，大家快劝住她。"朱部长怕出事，赶紧叫大家劝阻，在场的民兵们见朱部长吩咐，就一齐上前，夺下一花手中的菜刀，一花还是疯了一般地不肯罢休。"请大家静下来，有事好好说。黑狗，究竟是怎么回事？"朱部长问黑狗，黑狗不敢回答。"朱部长，这姑娘就是黑狗的女朋友，名叫金一花，是与我们同村的……"一民兵见黑狗不好意思说，就代为他说道。"放屁，谁是他的女朋友啊，像他这种只干坏事不干好事的家伙，不要说金岸村的姑娘，就是狗亦不会嫁给他，不知羞耻的家伙，我一定饶不了你。"一花听说自己被当作黑狗的女朋友，更加怒火冲天。"一花，你不要急，慢慢与我讲，我会给你主持公道的，好吗？"朱部长见情况有些复杂，便想了解一下金一花的情况。"朱部长，你将亦荣关在哪儿了，他有什么罪？请你立即将他放了。有事找我就是，何必欺负外乡人呢？有本事直冲我来，我一定奉陪到底！"一花情绪激昂地道。"一花，请你不要激动，我先问你，你究竟与谁在谈恋爱？"朱部长一时弄不清三人的关系，于是就问一花道。"其实我与他二人都没谈恋爱。黑狗说我是他的女朋友，只是他一厢情愿罢了，而我却一直看他不顺眼，我与亦荣更没谈过恋爱，若黑狗说亦荣勾引我，那是十分冤枉的事，如今他既然这么说，我偏愿意与亦荣谈恋爱，又怎样了呢，更何况亦荣比黑狗好几十倍，我嫁给他有何不可，这是婚姻自由嘛，朱部长，你说是不是。"一花豪爽地对朱部长道。"那倒是，自由恋爱是宪法规定的，我去问问亦荣再说吧，他就在隔壁屋中。"朱部长说完，就独自走出办公室，到隔壁屋内，只见陈亦荣独自一人蹲在屋中。"陈亦荣，你是哪里人，结婚了吗？"朱部长直接地问道。"我是义乌廿三里乐村人，尚未结婚。"亦荣见公社干部来问他，就如实地回应道。"说实话，我亦是廿三里村人，如果你真的喜欢一花的话，直说无妨，我支持你，不要怕他们。"朱部长知道换糖人在外不容易，出于乡情，欲为亦荣助力。"朱部长，我真的没对一花做过对不起她的事，他们是故意找我麻烦的。既然你我同乡，请帮帮忙吧，我一直都是规规矩矩的生意人。"亦荣身处外乡，孤独无助，听说朱部长也是廿三里人，顿时兴奋起来，并求他帮忙。"亦荣，你如果没结婚，就娶了一花吧，我看这姑娘还不错。"朱部长微笑着道。"朱部长，我确实尚未结婚，虽有些喜欢一花，可人家不愿意怎么办？"亦荣为难地道。"这你就不用愁了，她刚对我说，嫁给那黑狗不如嫁给你，我看得出，她对你很有心，否则，半夜三更的怎可能为你而与黑狗拼命呢？你若喜欢，这事就由我来说吧。"朱部长看不惯黑狗的行为，就想主动为亦荣撮合。"若一花愿意，我当然愿意啊，既然朱部长这么好，那就麻烦你说说看吧。"亦荣听朱部长这么说，心里美美的，于是就兴奋地答应了。"那好，我帮你说说看，说不成别怪我，万一说成了，到时请我喝喜酒吧。"朱部长呵呵笑着，走出门外去了。

"各位，自由恋爱是受法律保护的，一花要与谁谈，谁也没法阻止，现在，亦荣尚未结婚，一花尚未出嫁，他俩亦有权谈恋爱，谁想破坏，按破坏自由恋爱论处，今天的事到此为止，一花可以带亦荣回去了，夜深了，散了吧。"朱部长最后做出了决定。黑狗与十几个民兵见如此结局，都面面相觑。一花与亦荣满心喜欢，感谢朱部长不尽。

一花带着亦荣走出公社大门，见父母正站在门口等候。"爸，妈，你们怎么来了？"一花惊奇地道。"一花，爸妈正担心着你哩，现在没事了吧？"父亲关心地问道。"我们又没犯法，能有什么事啊，你看，亦荣不是也出来了吗？走，我们回家吧。"一花呵呵笑道。"没事就好，没事就好。亦荣，他们没有对你怎么样吧？"母亲对亦荣道。"老板娘，这次多亏一花的帮忙，我原以为麻烦大了，想不到一花来公社一闹，那公社武装部长竟支持我，于是就放过了我，真的太谢谢一花了。"亦荣欣慰地道。"好了，这事不要再说了，妈，闹了这么久，我们都饿了，回家弄点吃的吧。"一花觉得自己有些饥饿，想必亦荣也饿了，于是要妈回家烧点心。

不一会，四人摸黑回到了家，进了门，拉亮灯，母亲忙着上厨炒年糕，一花三人坐下喝茶聊天。"爸，在公社里，黑狗他们说我是黑狗的女朋友，我一听就发火，他们还怀疑我与亦荣在谈恋爱，其实都是胡说八道，我既没与黑狗谈恋爱，又没与亦荣谈过，我对朱部长说了实情，既然黑狗因此而为难亦荣，我偏要嫁给亦荣，气死这黑狗，不料朱部长却支持我，说恋爱自由，谁想阻止就是破坏宪法，这下好了，那黑狗什么话也不敢说，为了以后他不再来纠缠，所以，我打算与亦荣结婚，不知爸是否同意？"一花直言不讳地对父亲道。"哦！你怎么就如此草率行事呢，婚姻大事，不是儿戏，你应事先与父母商量，而且更要与亦荣通个气，你怎知人家又是怎么想的呢，太草率了啊。"父亲见一花突然要嫁给亦荣，而且当着亦荣的面说，这使他一时不知所措。"爸，你亦太古板了，任何事都是一句话的，婚姻大事亦如此，我愿嫁给亦荣是我的事，亦荣同意不同意是亦荣的事，若他同意，就结婚，若不同意，就拉倒，有什么草率不草率的。"一花干干脆脆地道。"你看，你看，大姑娘家，一点也不知羞耻，亦荣，一花年轻不懂事，不要与她计较。"父亲见一花口无遮拦地说了那么多，倒觉得不好意思，忙向亦荣解释道。"老板，一花是位单纯可爱的好女孩，我非常喜欢她。现在她不过是一时被黑狗所逼而说气话罢了，我们不可当真。我一个换糖佬，怎配她如此漂亮的女孩呢，说笑了，说笑了。"亦荣一直没有这样的奢望，只是苦笑着道。"亦荣，谁在说气话，谁在说笑了，真人面前莫说假，假人面前莫说真，现在坐着的，我都当你们是真人，所以我说的都是真话，而你却似真非真，似假非假地搞什么怪，如果你把我当真人，就说句真话，到底喜欢还是不喜欢我，其他都不要讲了。"一花听亦荣的一番模模糊糊的话有些不自在，于是就果断地问道。"当然喜欢啊。"亦荣见一花有些火气，忙乐呵呵地应道。"那你愿意娶我吗？"一花追问道。"这个……"亦荣一时说不出口。"什么这个那个的，很简单，愿意就愿意，不愿意就不愿意，不要婆婆妈妈的。"一花急不可待地道。"说实话，我很想娶你，但我的家庭并不那么好，到时你不要反悔就是。"亦荣当然喜欢娶个老婆为家里人帮着做家务，但他担心的是一花是真心还是一时的冲动。"只要你愿意娶我，我就嫁鸡随鸡，嫁狗随狗，不管你家境如何，我都会与你共同应对，我一花历来说到做到，决不反悔。现在，你已表明愿意娶我，接下来要做的就是领结婚证的事了，我问你，到金岸公社登记，还是到廿三里公社登记？"一花听说亦荣愿意娶她，进而又提出结婚登记的事来。"我娶你，当然要到廿三里公社登记的，到时你到大队、公社开张户籍证明，与我同去廿三里公社登记就是。"亦荣兴奋地道。"爸，妈，你们都听到了，你们眼前的这位女婿会做生意，人也好，比那黑狗强多了吧，满意吗？"一花见与亦荣谈得差不多了，于是就转向父母道。"一花啊，婚姻之事靠的是缘分，既然你与亦荣有缘，我们做父母的也就不必多说了，好了，年糕炒好了，一起吃吧。"母亲一直听在耳里，这时，见一花俩谈得差不多了，便端上年糕，让大家一起趁热吃。从外表上看，一花似乎是一位非常温柔的姑娘，其实，她在行事上是位极其果断的人，决定要做的事，就要一鼓作气地做妥当为止，这就是她的性格。"亦荣，我们既然说到这分上，那什么时候去办理结婚证？"一花对亦荣道。"让我把这趟生意做完吧。"亦荣回应道。"不，要办就速战速决，生意以后可以再做，结婚是大事，为避免夜长梦多，我明天就去大队、公社开户籍证明，我俩马上照张相，取来相后一起去你家，在廿三里办理结婚登记证，然后，你做你的生意，我在家帮你做家务如何。"一花毫不犹豫地道。"这么急啊，好，我听你的，明天我就不做生意了，先将我俩的事办好。"亦荣见一花如此直爽，心里正求之不得。次日，二人真的去大队开了证明，又去公社盖了章，继而照了相，要等三天才能取照片，亦荣见事已办妥，于是又想去做生意，一花不同意，要他好好休息三天，待取了相片后再回义乌办理结婚证，亦荣无法，只得听从一花的主张。三日很快过去了，亦荣俩从照相馆取来双人照，高高兴兴地回家，次日一早，就急不可待地带着户籍证明与双人照前往义乌。

亦荣俩来到乐村，已是傍晚，亦华正准备为弟妹们烧晚饭，见哥带着一位姑娘回家，心里有些疑惑。"哥，回来了，这位……"亦华望着亦荣惊奇地问道。"哦，亦华，这是你未来的嫂子，我俩明天就准备去公社办理结婚登记手续，今后，我家总算有女人做家务了。哎！真是谢天谢地了。"亦荣微笑着对亦华道。"哥，嫂，好啊，从此我家解放了，嫂，你一路奔波，辛苦了，坐会儿，我为你烧饭去，弟妹们，快过来见过嫂嫂。"亦华听说真的是嫂进家了，一时兴奋至极，忙叫弟妹们拜见新嫂嫂，弟妹们听亦华的吩咐，一个个都去拜见嫂嫂，家里顿时热闹起来。一花见亦华举措文明，亲热无比，而且弟妹们都长得帅美可爱，心里顿觉温暖之极。"哦哟哟，弟妹们真乖，嫂嫂初次进门，给你们分糖吧。"一花从包里取出准备好的纸包糖，分给每人一包，弟妹们又高兴了一阵。"叔，你休息着，烧饭炒菜是女人做的事，就让我来做吧。"一花见亦华去上厨，急忙上前阻止亦华。"哎，嫂，你刚来，一路辛苦了，今天你必须休息，怎可刚进门就叫你操劳呢，快去坐着喝杯茶吧。"亦华不让，要一花喝茶休息。"叔，以前你家没有女人没办法，如今嫂子来了，怎可叫你大男人做家务呢，还是让我来吧，从今以后，家务的事就再不要你操劳了，一切都由我负责了。"一花坚持要自己上厨。"亦华，就让嫂子做吧，你过来，我们还有事要商量呢。"亦荣见二人互不相让，知道亦华的好意，就借故支开他。亦华听说哥有事要商量，亦就不再坚持了，他走到哥身边坐着。"亦华，你嫂子是位心口如一的直爽人，没有虚情假意的表象，所以我娶了她，从此，我们一家都要和睦相处；再则，我家房子紧，我俩结婚，连房间也没有，没办法，只能委屈你了，晚上，你去楼上与弟弟们紧一紧，哥俩就睡在父母留下的床上了；还有，你明天到廿三里去切块猪肉，买点好菜，就算一家人庆祝一下吧，喏，这些钱你拿去开支吧。"亦荣向弟交代后，取出一百元钱交与亦华。

吃过晚饭，弟妹们都上楼而睡，亦荣俩睡在楼下。"一花，我家房子紧，没单独房间，委屈你了。"亦荣觉得家中寒酸，不好意思地对一花道。"傻瓜，我嫁你是看中的人厚道，又不是为了房子，而且你的弟妹们都长得非常有灵气，我更加心满意足了，如今，我已跟定你了，即使皇宫里有人要娶我，我亦不愿去了。"一花微笑着道。"那就太谢谢你了，我的弟妹们当我为父，都非常尊重我，而我亦非常努力做生意，尽量满足他们的需求，因此，一家人虽然家境并不好，但却和和睦睦地一起生活，倒也觉得欣慰至极，所以，我希望你以后要好好待他们，好吗？"亦荣对一花诚恳地道。"家和万事兴，一家人和睦比什么都重要，这你不用吩咐我亦知道的，我亦喜欢这么做，你放心吧。"一花笑着道。"一花，我二弟亦华已二十二岁了，亦该到娶妻的时候了，如果有好的姑娘的话，你留点心，到时给他介绍一个，以便了却我的一桩心事，好吗？"亦荣觉得自己的婚事已了，这时又关心起亦华的婚事来了。"亦荣，我看亦华人长得帅，而且还能说会道，我看他的婚事就不要我们操心了吧。"一花觉得亦华能干之极，婚姻之事根本不需要人家帮忙。"哎，亦华真的是我的好弟弟，他一心为整个家着想，哪儿还会顾自己的事啊，你作为他的嫂，是应该关心关心他的，至于他自己会不会谈恋爱，那是另外一回事，知道吗？"亦荣认真地道。"好，我听你的，到时我给他物色一个便是，好了，奔波一天，早点睡吧。"一花一边答应，一边上床宽衣睡觉，亦荣见一花累了，亦就不再多言，上床与一花同被而盖，共枕而睡，不一会儿，二人进入甜蜜的美梦中。

亦荣五兄妹原本只有三张床，亦荣亦华同睡楼下父母的床，亦富亦贵同睡楼上的一张床，杏花另睡一张床，一花来了，亦华与亦富亦贵三人同一床，亦华觉得哥娶了老婆，自己亦该娶了，但即使有姑娘愿嫁给自己，不要说房间，就是床也没有，想着想着，禁不住心一酸，流下了泪来。

次日一早，亦荣与一花早早起床，一花上厨，亦荣开门观看天气，见天上风云密布，似乎要下雨一般。"一花，天气不太好，可能今天要下雨了。"亦荣对正在上厨的一花道。"下雨怕什么，带伞呗，今天就是下雪也要去办登记手续的。"一花毫不在乎地道。"行，那我俩就带伞去吧。"亦荣赞同一花道。

"亦华，叫弟妹们起来吃早餐吧。"一花烧好早餐，见亦华他们尚未起来，就高声叫道。"好，我们马上起床。"亦华听嫂嫂在叫，欣慰地应道。不一会，弟妹们纷纷起床，洗过脸，刷过牙，一齐都来吃早餐。"嫂，你一来，家就像家了，你看，饭亦有人烧，地亦打扫得干干净净，多好啊。"亦华见嫂将家里卫生搞得很好，顿觉有舒适之感，于是就对一花赞道。"叔，我初来乍到，年纪亦小，但我有一颗忠于家庭的心，我一定会做好家务事，不过，若有做错或者做得不够之处，还请叔谅解。"一花虚心地道。"嫂，自从父母去世后，我们兄妹一直当哥为父，如今嫂来了，自然当你为母，而且你的言行都证明你是位非常贤德的人，因此我们都非常尊重你，我等都是粗手粗脚的大男人，没像你这样细心，所以，今后还需嫂嫂包容一些才是。"亦华见一花说话贤惠，心里欣慰至极，庆幸哥哥娶了一位好嫂嫂。"叔，谢谢你的抬举，人难免有错，只要互相尊重包容，家庭条件再苦亦是甜的。今早，我与你哥去廿三里公社办理结婚登记证，家里的弟妹们你照顾一下，我们办好就回来，从此，我们就一起高高兴兴地一起过生活了。"一花笑容满面地道。"哥嫂，你俩先去，我待会将一些家事安排好后还要去廿三里买点菜，嫂刚来，我们一家庆贺庆贺。"亦华情趣盎然地道。一花觉得亦华举止聪明办事细心，心里有说不出的舒服。

早餐毕，亦荣俩带伞出门。"亦荣，你看，天上乌云开始散了，太阳光那么强，可能不会下雨了，伞就不要带了。"一花走出家门，仰头望天，见虽乌云与太阳同在，但似乎阳光并不比乌云弱。"晴带伞，饱带饭，还是带去吧。"亦荣还是坚持着带伞。一花觉得言之有理，于是就同意亦荣的意见。

二人来到公社办公室，文书与一位村干部正在聊天。"孙文书，听说农村要分田单干了，四类分子都要摘帽了，阶级斗争亦不搞了，这不是修正主义吗？"村干部疑惑不解地问孙文书道。"'四人帮'粉碎了，邓小平出来了，中央发出了两种不同的声音：一种是改革开放，分田单干；另一种是'两个凡是'，继续走以前的社会主义道路。究竟哪种声音是对的，我们基层干部很难说啊……"孙文书为难地回答道。

"孙文书，你好，我俩来办理结婚登记，请帮个忙，喏，这是我们的喜糖，意思意思，请别嫌弃。"亦荣向孙文书说明来意，并送上喜糖，亦给了那村干部一包。"哦，好啊，恭喜恭喜，你看，你的媳妇还挺漂亮的。"孙文书见是来办结婚登记的，一边讲着彩语，一边忙着为他俩办理手续。"孙文书，我看你笑容满面，讲话和气，待人热情，就知道是一个为人民服务的好干部。"一花见文书文明礼貌，禁不住赞扬不止。"做人啊，和睦相处总不会错的。"孙文书微笑着道。

办好登记手续，告别孙文书，二人来到供销社，亦荣要为一花撕布做新衣。"一花，现在提倡从简办婚事，但新衣服还是要做几套的，什么布料好，你自己选吧。""就做两套换洗的就行，一套红的作喜庆，一套蓝的可换洗，这就够了，不要浪费。如今赚点钱不容易，可以节约的尽量节约，过生活不是一天两天的事，要细水长流为好，知道吗。"一花认真地道。

亦荣夫妻撕了几丈布回家，亦华也已买了许多菜回家了。"嫂，对不住了，因为我家成分不好，你与哥的婚事就从简了，客人不请了，就我们自家人一起，买一些好菜，庆祝一下好了，你说行不行？"亦华征求一花的意见道。"行，没意见，这样很好，省去了许多麻烦，一切你来安排就行。"一花是位非常理性的姑娘，自然同意亦华的主张。"谢谢嫂嫂的理解与支持，那就这样办了。"亦华欣慰至极。

"嘟嘟嘟……"门外哨子声大作，有人在高喊："吃过中饭到生产队开社员大会，有重要事情宣布，请大家一定要去……"不知生产队开什么大会，请看下回分解。

第三十六回

乐村喜行承包制　亦华缘结金发女

话说金一花正准备上厨烧中饭，忽听外面哨子声四起，各生产队都要开社员大会。"亦荣，生产队有什么重大事情啊，看势头或许很要紧的吧！"一花向亦荣道。"谁知道啊，大概又是有关阶级斗争的事吧。"根据长期以来的经验，亦荣觉得最近并无生产上的事，各队齐开大会，估计又要开政治性的大会了。"讲来讲去还是老一套，这种会就不要去了吧。"一花讨厌开会。"吃过中饭反正无事，去听听无妨。"亦荣还是想去听听。"去就去听，不过你要多听少言，免得生出麻烦来，知道吗？"一花关怀地吩咐道。"一花，我家属四类分子家庭，一直都受社会歧视，因此，从小就不敢多言。你放心吧，我不会乱说的。"亦荣苦笑着道。

"亦华，你与我一起去开会吧，听听究竟说些什么。"吃过中饭，亦荣约弟同去。"哥，你一人去吧，我一直讨厌开会，亦不想听什么报告。"亦华一口回绝亦荣道。"那好吧，我去听听吧，回来再告诉你。"亦荣见亦华不愿去，而自己作为一家之主，就不能不去了。

生产队没有开会的场所，社员们都乱哄哄地站立在粮仓门口的晒场中，生产队长站在粮仓门前的台阶上，社员们有的在说笑，有的在议论。"社员们，大家静静，大家静静，今天有重大事情要宣布，是喜事，不是坏事！"队长的开场白吸引了社员们的心，原来乱哄哄的场面顿时鸦雀无声。"社员们，昨晚大队开了生产队长以上的干部会，村书记传达了公社的指示，现在，我向大家汇报一下会议精神，请大家听明白。第一，从今以后，我们生产队的所有土地都要分到户。"队长刚讲到此处，只见晒场里的社员们一阵轰动，顿时欢呼不止。"啊！单干啦，我们有自主权了！""喂！喂！喂！大家静静，大家静静，这不是单干，你们不要弄错。"队长见下面得意忘形的样子，倒也有些紧张起来。"喂！队长，分田到户不是单干是什么呀！"有人问道。"我告诉你们，单干是资本主义，这就是犯法的事，千万莫乱说，如今我们还是坚定不移地走社会主义道路，现在分田到户叫作土地承包制，知道吗？各户承包土地后，一切耕种肥料都由自己负责，征购任务按田亩分配，自己去交，所收的粮食都归自己，虽如单干时一样，但不能叫单干，知道吗。"队长交代了土地承包制的性质。"管他什么土地承包制还是单干，我们只要有地种就行。"社员们又开始议论开了。"喂！大家静静，还有一件事要宣布，从今以后，所有四类分子的帽子全取消了，亦就是说再不存在四类分子了。"队长高声宣布道。亦荣听了，差点兴奋得叫出声来，但还是忍住了，只是高兴在心里。会开完了，社员们纷纷散去，亦荣半跑着回到自家。"亦华、一花，好消息。"亦荣未进门就兴奋地叫嚷着。"什么事啊，有如此高兴吗？像小孩似的。"一花见亦荣有些反常的样子，禁不住嗔道。"一花，真的是天下最大的喜事，亦华，我们全家从此都解放了，四类分子取消了，我们都是贫下中农了，还有，生产队的土地全分到户了，哈！哈！哈……"亦荣说着，禁不住哈哈大笑不止，他有生以来没有如此高兴过。"哥，真的，不会说梦话吧！"亦华听到如此大的好消息，还是有些半信半疑。"当然真的，这又不是我一人听到，而且这三天马上就要分田了，不过千万莫叫单干，要叫土地承包制，知道吗？"亦荣情绪激动地道。"哦，哥，知道了。"亦华知道哥从不说假话，于是心里乐开了花。"哥，四类分子的帽子摘得太迟了，若早一年摘的话，我就可以升学了。"一直不语的亦富突然哭丧着脸道。"三弟，这没办法呀，你虽有些冤枉，但亦贵与杏花就交运了，唉！真是命啊，大哥二哥与你是苦命的，我们无缘升学，但有缘经商，如今真的开放了，任何人都可做生意，今后就跟哥一起做生意吧。"亦荣知道亦富此时的心情，于是亦劝慰一番。"哥，怪只能怪自己的命不好，我听说中央正在批判'两个凡是'，看来今后的形势会越来越好，社会越来越开放，生意会越来越好做。如今，四类分子取消了，田也分了，我们还是为自家的事早作安排吧。"亦华向哥提出了自己的主张。"弟，田分到户后，我家的劳力不成问题，我所担心的还是你啊。"亦荣温情地道。"哥，有什么可担心的，我又不是小孩子。"亦华惊奇地道。"亦华啊，你已是二十二岁的年纪了，也到了成家的时候了，可是目前连房间也没一个，不知怎么是好，紧接着，亦富亦贵都已长大成人了，做大哥的怎么不担心啊。"亦荣叹了一口气道。"哥，不用愁，我们用功赚钱，到时造几间新房就是。"亦华轻松地道。"话是不错，但是现在上面不办建房用地审批手续，即使赚到钱还是没办法呀。"亦荣摊摊双手道。"哥，房屋全村都紧，又不是我一户，上面不批没办法，那就等着吧，总有一天会批的。"亦华苦笑着道。

　　三天以后，全村开始分田，社员们欢呼雀跃，整个田野都是人，他们将属于自己的田插满红旗，有的还烧香放鞭炮拜祭土地公和田公田婆。一时间，整个田野热闹非凡，都在庆祝这一美好时刻，亦荣一家六口，分得三亩田。

　　忙了整整一天，一花买来一些好菜好酒，上厨为一家人做晚饭。"亦荣，我们家的田分来满意吗？土质好不好呀？"一花关心地问道。"什么好不好的，只要分到户，最差的土质亦会变好的。"亦荣呵呵笑着应道。"哥，接下来，这三亩田应该种些什么？"亦华问哥道。"弟，这你就不用愁了，这点田我一人种已差不多了，你只管去做生意赚钱就是，有了钱，什么都好办，家里的事就不要你管了，哥希望你尽快找个好姑娘，这就是我最关心的事，知道吗。"亦荣认真地对亦华道。"谢谢哥的关爱，只是太辛苦哥嫂了。哥，我早就想去远一点的地方经商，目前，义乌小商品市场已经开放了，全国各地小商品欠缺，生意越来越好做，利润亦越高，因此，我欲独闯乌鲁木齐。"亦华道出了自己的打算。"亦华，乌鲁木齐那么远，而且人生地不熟的，哥放心不下，可不可以到近一些的城市去啊。"亦荣见弟如此大胆，心里却有些担心起来。"要赚钱就要冒险，不入虎穴，焉得虎子，哥，我就是喜欢打头阵。"亦华满有信心地道。"亦华，既然你决心如此大，哥亦无法阻拦，以后自己小心就是"。亦荣知道弟是机灵之人，自有办法应对世事的，于是亦就勉强答应了。

　　时过立冬，北风呼啸，南方的天气阴冷无比，亦华从新马路市场配来许多商品，装了两编织袋，挑到义乌火车站上车，然后在上海转车，独自直往乌鲁木齐而去，路经四天四夜，到达目的地，一下车，分不清东南西北，先问旁人，找到群众饭店，暂时安顿下来。

　　乌鲁木齐的天气零下10摄氏度，比南方更冷，幸好饭店有暖气，并不觉太冷，住了一宿，次日一早，准备营业。亦华带了一些商品，拿了一块塑料布，准备去街上摆地摊。出了饭店，寒风刺骨，为了赚钱，亦华还是冒冷而去，来到街上，行人稀少，亦华欲摊开塑料布，不料一阵寒风迎面而来，将手中的那块塑料布吹走了。"唉！这样的气候怎么经营啊？"亦华独自站在街上，凝望着被吹得老远的塑料布直发怵。室外寒风刺骨，街上行人稀少，地摊无法摆，亦华只得快快回到饭店。群众饭店是乌鲁木齐最大的饭店，吃住兼备，有上百号客房，收费中下，顾客来自全国各地，由于天气寒冷，一般都在饭店内活动，自古道人多成市，因此，群众饭店自然而然地成为寒天的一个特殊市场。亦华原以为来到乌鲁木齐可以创一番事业，不料条件不行而束手无策，觉得自己投入的资金已不少，辛辛苦苦来到此地，若就此罢休实不甘心，这时，只急得他如热锅中的蚂蚁团团转，不知道怎么是好。亦华不甘心受困于房间内，于是就出房到处走走，饭店是二层楼，全有暖气供应，整幢楼全住满了旅客，走廊中人来人往如同一个小城镇一般，一楼有大厅，服务台负责登记住宿顾客，还兼卖一些烟酒与副食品一类的商品，亦华见了，灵机一动，顿时有了主意。

亦华做事果断，立即快步上二楼自己的房间，从编织袋中取出各种商品，带一块塑料布，下了楼，将塑料布摊在大厅的角落，放上商品，在那儿摆起地摊来。群众饭店中避寒的人常在大厅中走动，见有人在大厅里摆地摊，顿觉新鲜之极，于是纷纷围上看热闹，见地摊上的商品都是日常生活中不可少的，而且鲜艳美观，更是乌鲁木齐看不见的，原本无聊之极的顾客们这时更想买几样新产品乐一乐，男的买电动胡须刀，女的买头巾，不到一小时，塑料布上的货全卖完了。"喂，客人，还有没有呀？我们亦想买。"顾客们见货全卖了，有点失望地问道。"有，你们稍候，我上楼去取，很快就来。"亦华原本只是带几样商品试试，不料如此好销，他兴奋至极，于是就急急上楼再取。亦华觉得大厅里人杂混乱，品种多了，自己一人无法应付，于是就拎了二包袜，男袜一包，女袜一包。在大厅里等候的顾客们见亦华取出新艳的袜子，厚厚的，正适合当时寒冷天气所用，于是你要我亦要地将袜子抢买一空。亦华如此一连上下跑了五趟，天色已晚，就叫顾客们明天再来，这天就算结束买卖了。

次日，亦华又去大厅摆地摊，不料大堂经理出来阻止，说不能在那儿经营，亦华无法，只得作罢。"生意刚有起色，不料又中断了，怎么办……"亦华越想越懊恼，他在房间里踱来踱去，搔头抓耳地想着办法，良久，终于想出来一个办法。

　　三天后，在大堂服务台中，服务员正在忙于业务，突然来了一位金发女郎，但见她金发碧眼白脸蛋，丰胸细腰美如画，好一位漂亮姑娘，只看得那服务员出了神。"小姐，这里不是有一位卖小商品的？现在怎么不见了呢？"金发女郎举目在大厅里张望一阵后，对服务员发问道。"哦，这大厅里禁止买卖，他在二楼203房间门口放着卖呢，有什么事吗？"服务员见她是找卖小商品的亦华，于是就向她示意道。"谢谢，我是向他买东西的。"金发女郎微笑着边谢边上二楼而去。金发女郎上了二楼，来到203号房间，只见那儿真的摆着一个钢丝床式的小商品摊，有几位顾客正在买东西。"老板好！"金发女郎向正在经营的亦华打招呼道。"哦！你……"亦荣见突然来了一位外国美女，顿时看得傻了眼，却忘了如何回应，他有生以来从未见过如此漂亮的姑娘。"老板，我是俄罗斯人，听朋友说你处有漂亮的花头巾卖，因此今日特地慕名而来的。"金发女郎微笑着向亦华自我介绍道。"哦，有的，美女，我这就给你拿。"亦华见这俄国女郎既漂亮，又会讲中文，而且语言亦非常温和，心里顿时有了好感。"啊！这袜子亦这么美观，我要买几双。"金发女郎见了男女袜子喜欢之极。"好的，你要几双自己选吧。"亦华拿出一条花头巾给了金发女郎。"哇，你的商品真美，你看，每样都如此新鲜，怎么乌鲁木齐的商店中就没见着呢。"金发女郎见钢丝床摊中全是新奇商品，喜欢得不得了。"美女，这批货是刚从义乌进来的，此地当然没有啊。"亦华微笑着对女郎道。"哦，义乌是什么地方啊，我可从未听说过，是大城市吧。"金发女郎惊奇地问道。"义乌是浙江省的一个县，那儿开放得早，有个全国最大的小商品集散市场，你要什么货就有什么，繁华得很呢。"亦华自豪地道。"真好，你是义乌人吗？"金发女郎好奇地问道。"对，我就是义乌人。"亦华应道。"这么繁华的地方我真的想去看看，到时你带我去如何？"金发女郎欣喜地道。

　　"行，到时你跟我去就是。"亦华朗声应道。"好，就这么说定了，今天中午我请客，请不要推辞。"女郎见亦华愿意带自己去义乌，心里兴奋至极，于是提出请亦华一起吃中饭。"请客就免了吧。"亦华觉得要女郎请客太不好意思。"老板，我看你这人很有商业头脑，而且经营文明有礼貌，因此，我想与你交个朋友，所以，这客我请定了，而且你亦非去不可。"女郎半认真半撒娇地道。亦华见女郎如此认真，觉得若回绝了会扫她的兴，于是就答应与她一起吃中饭。女郎买了一百多元钱的货，亦华给她包装好，其他顾客相继前来买货，女郎陪在亦华身边帮忙，一直忙到十一时，亦华才收摊，二人下楼吃中饭。女郎点了一个红烧肉，一个牛肉，一个羊排，一个鱼和一碗青菜。"老板，喝什么酒？"女郎问亦华道。"来瓶啤酒吧。美女，这么多菜我们俩吃得完吗？"亦华见她点了这么多菜，觉得过于浪费。"不多，我们慢慢吃，不要急。"女郎温声道。"美女，我与你初次见面，相互又不了解，你何必如此客气啊！"亦华觉得此女平白无故地请客，一定是另有目的的。"老板，实不相瞒，我是在此留学的，马上就要毕业了，回国后准备做记者工作。目前，中国刚进入改革开放时代，在乌鲁木齐的私商并不多，见你在饭店中摆设地摊非常有特色，因此想了解一些你的情况，这对发展经济来说意义十分重大，希望你可以配合我。"女郎说出自己的目的。"哦，原来如此，不知美女怎么称呼？"亦华终于明白了女郎的心思。"我叫阿丽娜，今年二十二岁，请问老板如何称呼？"阿丽娜报了自己的名后，又问亦华道。"我姓陈名亦华，与你同年。"亦华也报上了自己的名。"好哇！怎么如此凑巧，竟与我是同年出生，真是有缘啊。"阿丽娜呵呵笑道。"阿丽娜，你家中的父母是做什么工作的？"亦华禁不住关心起她的家境来了。"哦，我父母与你一样，亦是经商的，目前正在莫斯科市场摆摊经营小商品生意呢。"阿丽娜如实告诉亦华道。"那里的生意好做吗？"亦华继续问道。"还可以，我家的开支与我留学的费用都是我父母赚出来的，否则，我哪有钱留学啊。"阿丽娜应道。"你父母都卖些什么货，货源又从哪儿来的呢？"亦华想了解一下莫斯科的市场信息。"以服装为主，货物全是国产的。外商不多，有几个印度的，还有少数越南的。"阿丽娜道。"有中国商吗？""没有见过。"阿丽娜摇头道。"如果我想去莫斯科经营，你能帮忙吗？"亦华终于说出真正的目的。"好啊，当然可以，过几天我就要回莫斯科了，到时我带你去就是，而且我还会帮你解决吃住问题，我非常欢迎你去那儿发展。"阿丽娜听说亦华想去莫斯科，心里兴奋至极。"阿丽娜，我可从未去过国外，许多事不懂，但不知去莫斯科要办什么手续？""这不用愁，到外事局办张出国证就行，我陪你去就是。"阿丽娜轻轻松松地道。"那好，谢谢你了，我真的想去莫斯科看看。"亦华也兴奋地道。"亦华，你现在卖的商品精美之极，在莫斯科根本见不到，若到那儿去卖，一定抢销之极，所以，你还是尽早去为好。"阿丽娜催促道。"对，我亦想尽早行动，但到莫斯科的货运线路没有开通，有些难啊。"亦华为难地道。"哦！这我倒不知道，要不先随身带点去试试？如今中国正走向开放时代，我想不久一定会开通的，到那时，你就如虎添翼了，对吧。"阿丽娜献计道。"现在无其他办法，亦只能按你说的做了。"亦华觉得阿丽娜说得没错，亦就同意这样试试再说。二人边聊边吃，约吃了一小时，就准备分开了。"亦华，我要走了，请你给我一张名片，以便联系，如何？""我们做小生意的哪有名片啊，我给你个电话号码好了。"亦华觉得以后还有事求她，给个电话号码是应该的。"好，留了电话号码就方便联系了，你报来，我记下。"阿丽娜拿出笔记本，叫亦华报号。亦华与阿丽娜各自都报了联系号码，然后二人依依不舍地分开了。

晚上，亦华独自睡在床上，阿丽娜纯情可爱的形象始终占据在他的脑海之中，由于出身不好，他从来不敢与女人接触，想不到这次竟与一位外国姑娘如此接近，还与她一起吃饭，而且非常投缘，这种异性的情味更是初次感受到，觉得甜美之极，可惜的是稍纵即逝，如果能去俄罗斯经商，或许还能与她再次接触，但是否能成功，还是一个问题，她说能帮自己办理出国证，到莫斯科还能帮助解决吃住问题，不知是真是假，难道天下真的还有如此好的姑娘吗？亦华不敢相信，不过，第一次先少带点货去试试倒也无妨，路，总是人去闯出来的。

次日中午时分，亦华突然接到一个电话。"喂！是亦华吗？今天我去外事局给你联系出国证的事，据他们说，义乌人要到义乌去办，乌鲁木齐不能办。没法，希望你尽快回义乌一趟，好吗？"看得出，阿丽娜是位诚信姑娘，这么快就为自己去外事局咨询过了，看来只得回义乌一趟了。从义乌带来的货，卖了五天，仅剩不到十分之一的货，再卖一天，差不多就卖完了，这天，亦华将所剩的货全摆放在钢丝床的摊上，准备做最后一天生意，第二天就回义乌去，时至十时许，不料阿丽娜又来了。"亦华，还有花头巾吗？我一起的同学都要，叫我给她们买几条，还有袜子、电动剃须刀等，她们准备回家时带点礼物给家人。"阿丽娜依旧那样亲热可爱地道。"阿丽娜，货都差不多卖完了，花头巾已没有了，电动剃须刀也没了，袜子亦不多了，下次吧，我正准备明天回义乌呢。"亦华见阿丽娜突然到来，心里一阵兴奋。"哦，你赶紧回去把出国证的事办好，我亦正准备回国呢，你速去速来，我等你，我同学要的货待你回来再说吧。"阿丽娜听说亦华的货已卖得差不多了，而且准备回义乌去办出国证，顿时兴奋至极。二人仅接触两次，就如老朋友一样亲热无比，中饭，阿丽娜又要请亦华吃饭，亦华坚决不让，非要自己付钱不可，阿丽娜无奈，只得让亦华付钱，二人又高高兴兴地吃了一餐中饭。

　　亦华卖完了货，又上车回义乌去了。经过四天四夜的奔波，亦华回到了家。"哥，嫂，我回来了。"亦华未进门，就向哥嫂招呼道。"哦，叔回来了，快休息会，我给你先倒杯茶，饿了吧，马上给你做饭。"一花殷勤地为亦华倒茶做饭。"亦华，生意怎么样啊，怎么几天就回来了？"亦荣关心地问起生意情况。"好，好得很，就是带去的货太少，那儿的利润非常高，还没有义乌商去过。这次，我准备带亦富同去，叫他在乌鲁木齐做，而我却要去俄国闯闯，或许俄国比乌鲁木齐更好。"亦华将自己的打算告诉了哥。"亦华，既然乌鲁木齐的生意好做，那就在那儿长期经营吧，不要这山望见那山高了，何况外国毕竟不比国内，许多事还摸不准，语言又不通，我劝你还是不去的好。"亦荣对弟要出国的念头有些不放心。"哥，乌鲁木齐如今生意虽好，过不了多久，义乌商一定会蜂拥而至，因此，我们的眼光要放远一点，正因为去国外难度大，所以去的人就不多，这是有利有弊的事，做生意要想做大，就有必要冒险，我的性格就是喜欢闯，去冒一次险我很乐意，而且有位俄罗斯人愿帮我，这是千载难逢的好机遇，因此，我不想放过。"亦华坚持自己的主张。"弟，哥劝已劝过了，听不听由你，好自为之吧。"亦荣见弟如此坚决，亦就不再劝了。"叔，饭烧好了，快吃吧，别饿坏了身体。"一花做好饭，炒好菜，端上了酒，一家人围桌而吃。"哥，家里的事就托你与嫂辛苦一下了，待我赚到钱，为家里想办法建几间好房子，以后两个弟弟结婚时可用。"亦华说出自己的理想。"弟，目前还是你自己的亲事要紧，待你娶了妻，再给亦富亦贵想办法不迟。"亦荣最关心的还是亦华，因为他已二十二岁了，正当娶妻的时候了。"哥，只要赚到钱，什么都好讲话，没有钱，一切都是空的，我的事自己心里有数，哥尽可放心。"亦华底气十足地道。"那就好了，哥也不多讲了，你自己知道就行。"亦荣欣慰地道。

　　吃过中饭，亦华去廿三里买来许多好菜，有猪肉、羊肉和一条大鲤鱼，还有虾，再买来一些糖果，回后交给嫂，准备晚饭所用。时至傍晚，弟妹们都回家了，见二哥回家，都欢呼雀跃起来，"哦，二哥回来了，一定带好吃的回来了！"家里顿时热闹非凡。"弟妹们，哥回来了，给你们买来许多好吃的，晚饭让你们吃得饱饱的，还有水果、饼干、糖，想吃什么吃什么，二哥赚到许多钱，让大家高兴高兴，来吧，先吃糖果，待会儿嫂嫂给你们炒菜烧饭。"亦华呵呵笑着，将一袋糖果与两袋水果全放在桌上。"哦，吃糖果啰！"弟妹们一阵轰动，全围在桌边吃起了糖果来。

　　晚上，亦华与亦富亦贵同睡一床，亦华问亦富愿不愿意跟他一起去乌鲁木齐做生意，亦富欣喜至极，兴奋地道："二哥，我早想跟着你做生意了，在家里我已经待得不耐烦了。""那好，这次我就带你去，不过，做生意并不好玩，是非常辛苦的，到时可不能后悔哦！"亦华呵呵笑道。"二哥，我不怕苦，你能做到的我一定能做到。"亦富坚定地应道。"二哥，我也要去。"亦贵听说三哥也要去做生意，心里痒痒的，亦想去做生意。"亦贵，你还在读书，先读好书再说，当初我们想读书还读不成呢。"亦华见可爱的亦贵也想去做生意，立刻阻止他道。亦贵虽觉扫兴，但不敢违抗二哥之命，只得作罢，当夜，三人谈了一个多小时，然后才入睡，不知后事如何，请看下回分解。

第三十七回

扬鞭跃马俄罗斯　　安营扎寨莫斯科

　　话说次日陈亦华什么事也不做，只带着亦富前往义乌城外事局办出国证。进了外事局，只见办公室中仅有两人在上班，似乎闲得很。"同志！办出国证是否是这里办的呀？"亦华向一女工作人员问道。"谁要办出国呀？"女工作人员用疑惑的目光看着亦华道。"当然是我呀。"亦华很自信地道。"你？你出国干吗呀？"女工作人员有些不相信。"出国做生意呀，如今不是开放了吗？"亦华微笑着道。"哦？做生意到处可做，为什么要出国啊？"女工作人员不以为然地道。"同志，你管这么多干吗？究竟是不是在这里办出国证手续嘛？"亦华有些不耐烦地道。"按理是应该在此处办，可是这里还没有办过私商出国证，是否可办，我还得请示领导，你稍候，我联系一下再说。"喂！局长，有一位农商要办出国证……哎……是私商……哦……好，我知道了。"女工作人员打了一通电话后对亦华说："老板，我们局长说尚没有私商出国的先例，还要请示县委书记呢。""那什么时候能答复啊？"亦华这才知道，原来办出国证这么麻烦。"李局长说，他请示县委书记后马上会亲自对你说的，还交代我好好接待你呢。请你不要急，先坐会儿，我给你倒杯茶。"女工作人员说着，殷勤地为亦华倒茶，约过二十分钟，李局长匆匆来到办公室。"老板，对不起，让你久候了，私商出国，在我局还是第一次，因此我不敢做主，刚才我与谢书记联系过了，他说只要是做合法生意的，我们都要大力支持，既然书记这么说了，我亦放心了。小王，你快给这位老板办理手续吧。"李局长向亦华说明情况后，又交代女工作人员道。"李局长，照你说来，我还是第一个走出国门的生意人了。"亦华有些惊奇地道。"当然喽，否则，我还去请示谢书记干吗？老板，你了不起啊。"李局长哈哈笑道。"谢谢李局长的称赞。"亦华觉得自己是义乌最早出国的人，心里兴奋至极，不一会儿，出国证办好了，于是就忙着去进货了。

这时，新马路第二代小商品市场正建成开业，亦华两兄弟在市场中配来四袋各式各样的小商品，叫来一辆三轮车，先运回廿三里乐村。"哥，出国证已办好，货也配好了，我与亦富准备明天就动身去乌鲁木齐了，家中的一切都交给你了。"亦华向亦荣交代道。"亦华，你刚回来，难道就不想多留在家中几天吗，这么急干吗？"亦荣觉得亦华刚回家才两天，又急着要出门，有些依依不舍道。"哥，对我们生意人来说时间就是金钱，更何况那边还有人等待我们呢。"亦华觉得一切都已办妥，就应该去乌鲁木齐了，他不想让阿丽娜等得太久。"亦华，既然这么急，哥亦无法，希望你到乌鲁木齐后，千万要将亦富安排好，你知道，他毕竟从未出过门，年纪也太轻，我觉得有些不放心。"亦荣知道亦华行事果断，而且万事精干之极，他并不为亦华担心，却不放心从未出过门的亦富。"大哥，你放心吧，我并非你想象的那么怂。若我不出去磨炼磨炼，那就永远不成才了，何况还有二哥带我去，怕什么呀。"亦富见大哥为自己担心，立马豪爽地道。"亦富，乌鲁木齐离家那么远，怎叫大哥不担心的呀，真是初生牛犊不怕虎，你二哥还要去俄国呢，到时将你一个人丢在乌鲁木齐，叫谁照顾你啊。"亦荣温声道。"哥，你不必担心，我只是去俄国试试，带去的货亦极少，不超过十天就会回到乌鲁木齐的。你大可放心，我不会丢下亦富不管的。"亦华见哥如此担心亦富，就不以为然地道。"亦华，亦富毕竟年纪尚轻，你多多关照就是，其他话就不用多说了。"亦荣无可奈何地道。

当晚，亦荣买来好菜，一家人好好吃上一顿晚饭。次日，亦华亦富告别大哥大嫂出门，直往义乌火车站而去，经过四天四夜的奔波，终于来到群众饭店，亦华打了个电话给阿丽娜，阿丽娜立即赶至饭店。"亦华，出国证办好了吗？"阿丽娜开口就问出国证的事。"办了，义乌私商还是我第一个办出国证呢。"亦华朗声道。"哦，不简单哪。既然办好出国证了，我们明天就走如何？"阿丽娜听说已经办好出国证，就立即想走。"不要这么心急，这次，我带我弟弟来这里做生意，他从未出门过，我还要带他做几天生意，待他能单独经营后，我们再去不迟。"由于亦富初次经商，亦华不放心，想带他几天再离开乌鲁木齐。"那还要等多少天呀?"阿丽娜似乎急不可待的样子道。"多则一星期,少则三五天吧。"亦华爽快地道。"二哥,只要带我两天就够了,你不要让人家等待太久,两天以后就放心去吧。"亦富不知道阿丽娜与二哥的关系,但看得出,他俩的亲密程度并非一般。"亦华,我看你这位弟弟非常有灵气,一定不亚于你,那就带他两天再说吧,我等你就是。对了,我的同学需要的商品带来了吗?"阿丽娜觉得亦华带几天刚来的弟弟做生意合情合理意,亦就愿意再等几天了。"哦,带来了,都在包里,我给你拿来。"亦华说道,解包取货,给了阿丽娜一百多元钱的货。

由于上次亦华已在群众饭店打下了基础,周边人都知道这里有人在卖小商品,于是一传十,十传百的,很快就传开了。乌鲁木齐有个建设兵团,连同家属有超过百万的人,听说群众饭店有最新鲜的小商品卖,纷纷慕名前来购买。亦华帮亦富拆了晚上睡的钢丝床,放于 203 房间门口,钢丝床上放置着刚带来的各种小商品,就这样开始经营了,顾客比上次更多了。一天做下来,生意比上次更好了,一连做了两天,亦富觉得并没有太大难处,为了让二哥早去俄罗斯,他决定自己单独经营。"二哥,我看做生意并不是很难的事,现在我已经懂了,你在与你不在已不再有差别了,就让我单独经营吧,你就与那位姐姐去俄罗斯吧,若那边生意比这里好,再带我去那儿一起发展吧。"亦富说出了自己的主张。"亦富,你真的能行吗?不过生意就是这样做的,若我去了俄罗斯,你一个人在此,千万莫与人家争吵,我们是出来赚钱的,万事以和为贵,小便宜给点人家为好。但不可贪人家的小便宜。自古道:量大福大,在任何场合对任何人讲话都要和气,千万不可霸道。只要你做到这一点,你就永远不吃亏,知道吗?"亦华见亦富非常懂事,就嘱咐他今后做人的道理。"哥,我一定按你的吩咐做就是。"亦富将二哥的话记在心里。

亦华觉得亦富在语言行为上都比较符合经商的条件,就放心了许多,为了早点去俄罗斯,就打了个电话给阿丽娜,要她准备启程。阿丽娜接到亦华的电话后兴奋至极,忙通知四名俄罗斯女同学,准备回国,并约定两天后在机场等候,一行六人同去俄罗斯。亦华买来去俄罗斯的机票,次日无事,就在一旁观看亦富在摊上的经营,看他是否真的能独立经营,一天下来,觉得还可以,于是就放心之极,"亦富,二哥要去外国了,这里全靠你自己了。其实,做生意并没有多大技巧,只要你态度好,言语甜蜜,多讲称赞话,使顾客都喜欢你,你的生意就一定能成功。因此，不管别人对你如何，都不要去计较，要紧的就是言行之中都要讲究文明礼貌。只要你能做到这一些，你的商人标准亦就合格了，懂吗？"亦华又对亦富认真地道。"二哥，我懂了，希望你去俄罗斯马到成功，早点回来看我。"亦富娇声应到。

次日，亦华整理好行包，难免又有对亦富的一番嘱咐，然后依依不舍地离开群众饭店，叫来一辆马车，直往乌鲁木齐机场而去，阿丽娜与四个女同学正在候机室门口等待他，亦华见她们嘻嘻哈哈在聊天，他听不懂俄语，不知道在聊些什么，但看得出五人都很高兴。"阿丽娜，让你们久等了。"亦华向她们招呼道。"哦，亦华，你来了，快进候机室吧。"阿丽娜见亦华到了，满心欢喜地道。四个女同伴见亦华的到来，一个个都睐着碧眼上下打量着，似乎遇到稀世珍宝似的，然后又叽里咕噜地交谈起来。"阿丽娜，她们在说什么呀？"亦华忙问道。"她们在讲你哩，说你长得非常帅，还说我俩正在谈恋爱呢。"阿丽娜神秘兮兮地道。"那你为什么不给他们解释呀。"亦华不好意思地责怪道。"这有什么可解释的，又不是什么坏事，就让她们说去吧，不要理她们就是。"阿丽娜毫不在乎地道。

到达莫斯科，同样是十一月的好天气，乌鲁木齐虽冷，但是莫斯科更冷，但见白茫茫的野外冰霜交加，一望无际，路上不见行人，似乎来到了北极世界。二人坐在出租车上，约行半小时，只见前面有几幢二层楼。"亦华，前面就是我的家，我父母一定欢迎你。"阿丽娜指着前面好几幢房子道。"哦，你们的家离莫斯科有多远啊？"亦华惊喜地道。"我家就在莫斯科的郊外，离市中心亦不过三公里路吧。"阿丽娜微笑道。不一时，车已到家门口，二人下了车，阿丽娜付了车费，与亦华双双下了车。"啊，好冷啊。"亦华觉得寒风刺骨，一时受不了。"忍着点，进了屋有暖气，这里的气候比乌鲁木齐冷，到时我给你买件毛大衣。"阿丽娜十分关心地道。"这怎么行呢，我自己有带钱来的。"亦华谢道。二人来到家门口，门紧关着，阿丽娜上前叫门，很快，里边就有人来开门。门开处，只见一位四十几岁的胖妇笑脸相迎，见了阿丽娜，高兴得合不拢嘴，并亲热地拥抱在一起，嘴里不停地咕叽着，亦华不知道她们在讲什么，只是站在一边觉得有些尴尬。胖妇就是阿丽娜的母亲，她就只有阿丽娜一个女儿，因此一直把阿丽娜当宝贝，这时，见女儿回家，自然兴奋至极，阿丽娜的父亲正在屋内，听说女儿回家，顿时匆匆赶来相迎，难免又是一番亲热。胖妇突然见亦华呆呆地站在一边，便惊奇地将他上下打量一番，然后又与女孩叽咕几句后，竟然呵呵笑个不停，并上前握住亦华的手久久不放。可惜亦华听不懂她的语言，但觉得胖妇对自己无比尊重。紧接着，一家三口如迎贵宾似的拉亦华进屋。屋内有暖气，温暖无比，胖妇忙着为亦华上厨炒菜，准备着晚饭的酒肴佳菜。在客厅中，阿丽娜又与其父交谈不休，这一来却冷落了陈亦华。阿丽娜当然知道亦华的心情，与父亲交流一番后，就叫父亲去帮母亲上厨，而自己却与亦华交流起来。"亦华，不好意思了，我已一年没回家了，因此我父母与我的话就多了，请原谅吧。"阿丽娜不好意思地道。"没关系，这是应该的，亦很正常，我理解。"亦华微笑着道。"我父母对我说非常喜欢你，他俩都欢迎你来我家，只是你听不懂俄语，他们亦不会汉语，在交流中有些不便，以后，我们还要长期相处，因此，你要学会俄语，好吗？"阿丽娜对亦华柔声道。"阿丽娜，我一点基础都没有，如何学呀？"亦华为难地道。"其实学俄语并不难，像你这么有灵性的人一定很快就学会，我教你，一天学两句，一个月就学会六十句，这不难吧？"阿丽娜认真地道。"好啊，只要你教我，每天学会两句，我一定能做到。"亦华听说阿丽娜愿意教自己俄语，呵呵笑道。"那从现在开始学吧，我先教你两句常用语。第一句是'你好'，与人见面时少不了；第二句是'拜拜'，与人分别时少不了。行吗？"阿丽娜笑着道。"好啊好啊，阿丽娜，你真善解人意。"亦华听了，顿时拍手称快，高兴得如小孩似的跳了起来。"那好，你听好。'你好'的俄语称'特拉斯汇仅'，'拜拜'的俄语是'达斯威达尼亚'。"阿丽娜一字一句地教道。亦华跟着一连念了两遍，然后问道："这样对吗？""对，念得很准，今天就是将这两句学好记牢，明天再教你两句，不久的将来，你一定会学得很好。"阿丽娜对亦华鼓励道。亦华听阿丽娜的鼓励，心里兴奋至极，于是，又不停地念起了新学到的两句俄语。晚饭烧好了，阿丽娜的父母叫亦华俩吃饭，其父母早已将饭菜端了上桌。"特拉斯汇仅。"亦华用刚学到的俄语向阿丽娜的父母招呼道。阿丽娜的父亲突然听到亦华会讲俄语，一时惊呆了，凝望着亦华与阿丽娜，半晌也说不出一句话来。"这到底是怎么回事？"阿丽娜只是站在一旁暗笑，觉得亦华挺有趣可爱。亦华不知道自己刚学会的俄语是否标准，呆呆地等着阿丽娜的父母的反应，这一来，餐厅中却一时间鸦雀无声。后来还是由阿丽娜解开谜底，她告诉父母，是刚刚才教他的，想不到亦华立即就用上了。父母听了，顿时哈哈大笑不止，并称赞亦华聪明能干，亦华虽听不懂他们说什么，但知道是在称赞自己，于是也跟着笑了起来。

　　吃过晚饭，阿丽娜父母早早进自己的房间休息，这期间，难免亦要关注女儿与亦华的关系，他俩觉得，如果亦华能成为自己的女婿，那该多好啊！

　　亦华与阿丽娜同坐于客厅中，两人在喝茶聊天，为了帮亦华了解当地情况，她给亦华讲述起莫斯科的情况来。原来"莫斯科"三个字翻译成汉语是森林中城市的意思。莫斯科是俄国首都，虽然城市面积大，但绿化面积更大，当时商贸市场正处于市中心位置。早先，苏联解体后，俄国经济处于十分困难时期，百姓的生活用品更加紧缺，由于天气寒冷，百姓买不到保暖棉衣，因此流传着"不怕饿死，只怕冻死"的俗语。阿丽娜的父亲天生机灵，其母生来口甜，二人相配，正好是经商的好搭档，在莫斯科市场形成前，夫妻俩就在马路边摆地摊经营小商品生意，当时，一起摆地摊的有印度人、越南人，还有中国的福建人和浙江温州人，阿丽娜父亲一开始仅是向这些摊中批一点卖卖，时间久了，大家熟了，摊主们就长期给阿丽娜的父母供货了。后来，有位以色列商人承包了那片地，办起了商贸市场，用上百只集装箱摆设成经营市场，整个市场分成三个区块，分别为老毛区、黑毛区和太阳区。老毛区以俄罗斯本地产品为主，黑毛区以独联体产品为主，太阳区以中国产品为主。因为这个市场全由集装箱组成，因此称它为集装箱市场，而太阳区又转包给越南人，当时，中俄关系不如俄越关系，所以，在莫斯科，越南人多于中国人。阿丽娜简单地介绍了市场的情况后，亦华才知道市场的大概情况，并下决心要在莫斯科好好闯一番事业。"阿丽娜，我在这里发展必须去太阳区弄个摊位，能买到吗？"亦华向阿丽娜道。"目前太阳区的摊位空着呢，到时候叫我父亲给你买一个便是。"阿丽娜爽快地应道。"太谢谢你了。"亦华兴奋地道。"你现在仅带来点样品，叫我母亲试卖就是，价格你自己定，我母亲很会经营，你大可放心，若利润好，再回义乌发货。行吗？"阿丽娜为亦华出主意道。"好啊，我遇到你真是运气，省下了许多麻烦。"亦华感激地道。"知道就好，今天辛苦了，早点休息吧，请上楼。"阿丽娜担心时间晚了，妨碍亦华休息。亦华客随主便，就跟阿丽娜上楼而去。上了楼，只见两边厢是房间，东厢是阿丽娜的，西厢是客房，南边是阳台，有许多盆景。阿丽娜陪亦华进入客房，客房中布置整齐，与楼下一样，亦有暖气供应。"早点休息吧，晚安。"阿丽娜陪亦华进了房间后，打算离开。"阿丽娜，再陪我一会儿吧。"亦华见阿丽娜欲离开，顿觉心慌，想与她再谈一会儿。"怎么了，我俩明天还要去集装箱市场实地考察呢，今天早点休息吧。"阿丽娜见亦华还想与自己再谈，就含情脉脉地道。"阿丽娜，说实话，我突然来到异国，独自睡床上有点害怕，你能陪我一个晚上吗？"亦华爱阿丽娜至极，竟突然说出了心里话。"不行不行，这太突然了吧。"阿丽娜听了，白嫩的脸蛋顿时泛起了红晕，慌忙连连摇手道。"我太爱你了，既然你不愿，那我亲你一下总可以吧。"亦华觉得自己太冒失了，于是就赶紧改口道。"好吧，那你就在我的额上亲一下吧，只能亲一下。"阿丽娜觉得亲一下不成问题。亦华见他同意了，就上前去亲她的额，阿丽娜微闭双眼，接受他的亲吻。亦华二人都是初次相接，其欲火更加旺盛，仅此一吻，顿时热血沸腾，再也无法控制了。亦华不满足吻她的额，于是将嘴往下移吻她的鼻子。"你超限了。"阿丽娜柔声道。"哦，我失控了。"亦华见阿丽娜亦无反抗之意，就温声道。"你得寸进尺了。"阿丽娜见对方的嘴又往下移，意欲亲自己的嘴，于是低声道。"我不仅是得寸进尺，还要进丈呢。"亦华情欲大发，不仅使劲地亲吻她的嘴，还将她的苗条之身紧紧抱住不放。"啊！轻点，我都喘不过气来了。"阿丽娜被对方紧紧抱着，深感他对自己的爱，心里暖暖的，但嘴上还是这么说。是夜，一对恋人就这样如胶似漆地一起度过了欢乐的一夜。次日，亦华将从义乌带来的小商品以一元钱的货标上两元钱的价交给阿丽娜，阿丽娜又将标价翻成俄文，交给其父母带到集装箱市场去卖。两人双双一起去市场，观察市场的行情。阿丽娜家离市场并不远，约 3 公里路，坐公交车仅一站就到，两人信步进入市场，只见数百集装箱一排排构成街状，人行道上用钢棚盖着以防日晒雨淋，集装箱分两层，一层经营，二层为仓库。两人先来到太阳区，经营者都是福建与温州人，卖的全是中国货，身在异国，见到中国人与中国货，亦华顿觉亲近感。"朋友，你好啊！"亦华走到一摊上向经营者打招呼。"哦，你是哪个省的呀？什么时候来的？"摊主是位四十来岁的汉子，见亦华讲汉语，十分亲热地回应道。"我是浙江义乌的，来此玩玩，不知道这里生意如何？好的话，我亦想在此发展。"亦华说出了自己的心里话。"生意倒还可以，但是物流无法开通，进货难啊。"汉子遗憾地道。"只要生意好，那我们想办法开通物流就行。"亦华朗声道。"哦？你有办法吗？"汉子听对方的口气不凡，便急切地问道。"要在此发展，必须解决物流问题，我想，办法总比困难多，只要努力去做，总能办到的吧。"亦华很自信地道。"好啊，如果你能办好物流，这里就有赚不完的钱。这事就拜托你了，我们在此经营的人全都会感谢你的。今天中饭我请客，怎样?"汉子欣喜地道。"请客倒不必了，何况是为了我自己的方便，不管如何，我一定会尽力去做的，不过这并非容易的事，要花时间和精力的，你们等着吧，总有一天会通的。"亦华朗声道。

亦华与阿丽娜离开汉子后，又在太阳区转了一圈，在交谈中都谈到物流的问题，于是亦华就下定决心要解决此事，否则在莫斯科就很难发展。离开太阳区，又在老毛区与黑毛区转了一圈，发现市场的货源与产品种类并不多，亦华觉得这里是个经商的好地方，发展的空间相当大，再加上与阿丽娜的关系，亦华就下决心长期在莫斯科发展了。

傍晚阿丽娜的父母收摊回家，告诉女儿亦华的货非常好销，并问还有没有货，阿丽娜告诉父母这次亦华只是来考察市场的，带来的仅一点样品而已，这使父母遗憾之极!他们将卖得的货款全数交给女儿，阿丽娜又交给了亦华。亦华见一天就全销完，心里兴奋至极。

第二天，阿丽娜一家与亦华再去集装箱市场，父母去摊上经营，阿丽娜与亦华又去逛市场，通过一天的忙碌，了解到集装箱摊位价为8000美元，其中包含税收、管理费，只要付8000美元就可以长期经营。另外，俄罗斯百姓很穷，由于缺乏经济来源，在买商品时只拣便宜货，并不讲究产品的质量，哪怕是次品亦不在乎，这正合义乌小商品市场的性质，当时，义乌小商品市场被称为世界上最大的次品市场，如诸暨手摇袜仅不到七角一双，童装十几元一套，外国人觉得连工资亦不够，若义乌小商品市场的便宜货在莫斯科卖，俄罗斯人正求之不得。

为了便于亦华与父母沟通，阿丽娜在教亦华俄语的同时，又教父母汉语，其父母欣喜之极，为了速成，改每天两句为四句。后来，父母知道女儿已与亦华同居了，就催促二人及早办理婚事，亦华与阿丽娜亦同意了。于是亦华与阿丽娜就选个吉日，简单地举行了婚礼，从此就正式成为夫妻了。

亦华在阿丽娜家住了一个星期，想起了年轻的亦富独自在乌鲁木齐有些放心不下，于是就约阿丽娜同去看望。阿丽娜觉得有理，就告别父母，随亦华一起坐飞机去乌鲁木齐。

再说亦富在乌鲁木齐群众饭店独自经营。自从亦华去俄罗斯后，群众饭店中不时有义乌商人进驻，都学亦富，各自在自己房间门前摆起了钢丝床摊，经营着小商品生意，一时间，群众饭店又成了乌鲁木齐唯一的小商品市场，这更增添了饭店中的热闹，于是，饭店中来往人流不绝，饭店的生意兴隆无比，真的是人多成市，货多成商。这使群众饭店名气远扬，无疑，亦为乌鲁木齐今后的经济发展打下了良好的基础。不知后事如何，且看下回分解。

第三十八回

刘灵儿作文犯难　陈亦富宿店遇艳

话说乌鲁木齐市工商局局长姓刘名霄汉，娶妻袁氏淑花，同单位工作，生有一儿一女。儿子刘远生，大学毕业后，分配在市公安局任办公室主任。女儿刘灵儿十九岁，在读高二，一天，老师要求学生写一篇"改革开放后的新疆"的作文，这却难住了所有学生，而刘灵儿作为班长，其压力更大，这使她心事重重，不知道从何处下笔。星期六那天，为了子女，刘局长夫妻亲自下厨，为一家人做好菜欢度假日，吃中饭时，发现平时活泼可爱的灵儿变得忧郁寡言了，这使刘局长夫妇有些担心起来。"灵儿，怎么了，身体不舒服吗？"刘夫人关心地问灵儿道。"没什么。"灵儿低声应道。"你平时都活泼得很，今天怎么一语不发，到底怎么回事？"父亲追问道。"真的没事，只是老师布置的作业有些难，因此我正想着作业的事呢。"灵儿道出了真情。"平时你不是很优秀吗？怎么就难倒了你呢？"母亲惊奇地道。"妈，这次有些特殊，不是难倒我一人，全班学生都被难倒了。"灵儿为难地道。"什么作业这么难，哥给你想办法，快说来听听。"刘远生不以为然地道。"班主任要我们写一篇'改革开放后的新疆'的作文，你说难不难。"灵儿终于说出了自己的心事。"啊，这倒真的有些难了。"刘远生搔搔头皮，亦觉得确实不容易。"灵儿，这不是作文难，而是你没有切身体会之故，因此，你需要到社会上走走才行，当你了解到社会的变化，再来写这篇文章亦就不难了，知道吗？"父亲为女儿出点子道。"对呀，我怎么没有想到！爸，还是你行，给我指条路吧，到何处体会才好？"灵儿听父亲这么一说，顿时明白过来，于是又恢复了平时的活泼。"傻瓜，难道你不知道乌鲁木齐何处人最多最热闹吗？"父亲呵呵笑着道。"哦！我知道了，群众饭店！对，吃了饭我马上去群众饭店。"灵儿兴奋至极，立即端起饭碗，狼吞虎咽地吃起饭来，未待父母吃完，把碗一搁，急不可待地起身要走。"爸，妈，哥，你们慢吃，我去群众饭店了，拜拜。"灵儿边说边背着背包向门外而去。"灵儿，急什么，吃饱饭再去不迟，灵儿……"母亲见女儿这么急的样子，一下子被惊呆了。"唉！这孩子……"父亲摇着头呵呵笑着道。

灵儿在校时，常听人说群众饭店来了义乌商人在房间门前设摊卖商品，由于产品奇特吸引人，使饭店热闹起来，但并未亲眼见过，她觉得，群众饭店的变化跟老师布置的作业有很大的关系，于是就急不可待地来到群众饭店，问过服务处，来到二楼，见果然有人在摆摊经营。二楼人来人往非常热闹，灵儿见许多人正围着摊买货，由于人多，一时看不清摊，于是就拼命往内挤，花了九牛二虎之力，终于挤进去了，她发现钢丝床上放着许多平时见不着的新产品，觉得新鲜之极。"美女，想买点什么？"摊主边卖货向灵儿打招呼。"你问我吗？"灵儿听摊主温和的语气后应道。"是啊，美女。"摊主一边给顾客付货一边与灵儿说话。"多谢老板了，让我先看看吧。"灵儿听老板称她美女，心里甜甜的。"好，那就慢慢看吧。"老板收取顾客的货款，继续与灵儿说话。"帅哥，你好，想买点什么啊！"老板在收取顾客货款的同时，又对新来的一位年轻人打招呼。"我想买双袜子，不知哪种款式好。"年轻人看着众多的款式举棋不定。"如今天气寒冷，还是毛巾袜实用，其他品种虽好看，但不保暖。"老板为年轻人介绍道。"那好，就给我拿两双吧。"年轻人觉得老板说得有理，于是就决定买毛巾袜。"好，我给你包两双，这袜既牢又暖，买的人多，你穿着一定舒服得很，每双一元四，价格亦便宜，我们经商的讲名气，二八卖二六，不赚钱，出来此地，先打开市面再说，请朋友多多为我做宣传，下次来时还会再优惠价给你的，谢谢帅哥的光临。"老板口中念念有词，全是打动人心的话语，使人听了舒服之极。灵儿一边在看摊中的商品，一边在听老板的俏语，听得入迷时，禁不住抬头打量这位能说会道的年轻老板，但见他年纪与自己差不多，身高一米七有余，黑发如云，长得眉清目秀白脸蛋，红唇白齿国字脸，与人交谈时笑脸常开，好一位难得一见的美男子，这使灵儿忘记了自己在干什么，一双妙目紧看着老板不转眼。"美女，想好了吗，要不要我给你选啊！"老板见其他顾客都买了已离开，唯灵儿一人还站着看自己，禁不住又问道。"哎！我是园中看花，已花了眼，不知买什么好，请帅哥为我选一件吧。"灵儿见老板突然问话，才回过神来，她原本不来买货，见老板如此热情，过意不去，就想买一两件意思意思，她不在乎什么货，亦不在乎价钱。"我看你人漂亮，衣着亦时尚，若配一条花围巾会更美，你说对不对。"老板笑眯眯地道。"那就拿一条吧。"灵儿毫不犹豫地道。老板为灵儿包了一条花围巾，灵儿付了十五元钱。"帅哥，你是哪儿人，怎么称呼呀?"灵儿见顾客已全走了，就想了解一下摊主的情况。"哦，我是浙江义乌人，刚来这里不久，就叫我小陈吧。"老板微笑着道。"义乌人，哦，义乌人了不起啊，听说义乌人都非常能干，这话不假啊。"灵儿平常听说过义乌人都非常能干的故事，这时，才真正体会到能干的事实。"哪里，哪里，是吹的吧。"老板谦虚地道。"凭你从义乌闯到乌鲁木齐来经商，就说明你的胆量不小，再加上你对答如流的口才，更证明你是有本领的男子汉，我非常钦佩你。"灵儿赞扬着道。"过奖了，那是环境所逼，义乌原是最穷的一个小县，改革开放后才开始发展起来的，本地没什么资源可开发，因此，义乌人才跑到全国各地去寻找出路的，不谈这了，让你见笑了。"老板似乎不愿谈这话题。"同样的政策，同样的贫穷，为什么义乌却成了全国最早开放的县城呢?这又说明了什么呢?"灵儿听了，不以为然地道。"哦，我们只谈商事，不谈政治，更不去研究什么课题，对不住。"老板对灵儿的提问并不感兴趣。"帅哥，说实话，我是高二的学生，在学校里，我有许多问题想不通，请教老师，亦得不到满意的答复，在我眼中，你是位聪明非凡的汉子，可否请你去我家中一叙，我请客，如何?"灵儿觉得，若能请这位老板去家中细谈，对自己的作业一定有很大帮助。"美女，谢谢你的好意，可惜我是经商的，没空去你家享受啊。"老板对灵儿的提议婉言谢绝道。"你不愿意帮我吗?"灵儿望着老板失望地道。"不是不愿帮你，而是实在走不开，我总不能放弃商事到你家聊天吧。"老板为难地道。"你真的不去?"灵儿急了。"真的不能去。"老板坚定地道。"如果我非要你去怎样?"灵儿认真地道。"哦，看来美女在威胁我了，我不去，你又待怎样?"老板有些发怒道。"好，那就走着瞧吧，我一定能如愿以偿的。"灵儿微笑着，边说边离摊而去。

晚上，亦富独自躺在床上，回想起白天那美女与自己奇怪的交谈，觉得非常不对劲，他不知何时得罪了她，更不知她来摊的目的，她为何要请自己到她家，这一切都使人匪解，又见她离开时冷笑的模样，更使人不寒而栗，看得出，她一定不会就此罢休,或许很快就会叫人来找麻烦。这时,他身在异乡,觉得孤独无助。唉!二哥不知何时回来,要是有他在该多好啊……亦富想着想着,不禁潸然泪下。

再说灵儿离开群众饭店回到家,已经是傍晚时分,父母正在等她吃晚饭,由于灵儿长得活泼可爱,全家人一直宠着她,菜,放满了一桌,灵儿不到,大家都不吃。"这丫头,在干什么呀,怎么还不回家。"母亲有些等急了。"你看,这不是回来了吗。"父亲见灵儿低着头,嘟着脸,拖着沉重的脚步,慢慢进了家门,于是就对妻道。"啊呀,你怎么了,有谁欺负你了吗?"母亲见灵儿垂头丧气的样子,就知道一定遇上了什么不开心的事了。"妈!是那群众饭店摆摊的老板欺负我,呜……"灵儿一边说,一边倒在母亲的怀中哭了起来。"什么,摆摊的竟敢欺负我的女儿,好,待吃好晚饭,你陪我去,妈妈好好教训他一顿。"母亲发怒道。"妈,你动不动就教训人家,讲得这么难听干吗?"灵儿见母亲要教训人家,顿时止哭责怪母亲道。"哦?又怎么了,他欺负我的女儿,做母亲的当然要教训他,这有错吗?"母亲见女儿又不想为难欺负自己的人,倒觉得有些奇怪。"妈,人家又不是有意的,他亦有他的难处嘛,这么凶干吗?"灵儿嘟着嘴道。"妹子,究竟怎么回事啊,你先说清楚点,哥给你想办法。"刘远生听得莫名其妙,想知道事情真相。"唉,对了,我哥是民警,好极了,这事只有哥能帮我了。"灵儿顿时开心起来,于是走到哥面前拉着哥的手,不停地摇晃着。"好妹子,你还没说清楚呢,哥怎么帮你呀。"刘远生微笑着道。"哥,群众饭店中有很多义乌人在摆摊经营小商品生意,为了写我的作文,我去采访过,有一位非常帅的年轻人,他非常会经营,而且口才亦是一流水平,于是我想请他到家来吃餐饭,顺便请教他许多问题,但因为他很忙,就拒绝我了。哥,你是公安干部,有权将他带到家里来,对吧?"灵儿天真地讲出自己的想法。"哈哈,傻妹子,你想得美,公安就可以随便带人的吗?我可没这能耐,你另想办法吧。"刘远生呵呵笑着拒绝了灵儿的要求。"哥,你太坏了,我打死你,这点忙都不愿意帮。"灵儿边骂边用小嫩的拳头拍打着刘元生的前胸。"好了,好了,哥不能帮你,父亲帮你吧,不要闹了。"父亲知道女儿的脾气,亦知道大概的情况,于是就打算帮宝贝女儿一个忙。"还是我爸好,谢谢爸爸了。"灵儿见父亲愿意帮忙,就欣喜地上前,殷勤地为父亲敲背。"灵儿,群众饭店摊位众多,怎么能找到你想要找的那位摊主?"父亲向灵儿问道。"爸，他在二楼 203 房间。那个摊主姓陈，义乌人，年龄与我相仿，长得很帅，是位美男子，摆摊的没一个能比得上他。他说话的声音亦很好听，他确实与众不同，好认得很呐。"灵儿喋喋不休地道。"灵儿，你如此称赞他，是不是喜欢上了？"母亲呵呵笑道。"妈，他的那模样，哪个女人不喜欢呀，到时你见着，肯定亦会喜欢的，但我警告你，他来了要客气点，不要凶巴巴的，若坏了我的正事，我可就对你不客气了，知道吗？"灵儿正儿八经地道。"知道了，我的宝贝。"母亲微笑道。

　　当夜，正当亦富伤心流泪之时，突然有人叫门："屋内有人吗？"听到叫门声，亦富慌忙擦干眼泪应道："谁啊？有事吗？""工商局的，想找你谈谈。"门外人应道。"哦，来了。"亦富听说是工商局的，顿时大惊失色，知道来者不善，祸事终于来了，他颤抖着身子，慌慌打开房门，只见门外站着二位穿工商服装的人。"哦，是工商领导。欢迎光临。"亦富见了威严的工商人员，强颜欢笑地道，并殷勤地将二人迎进了房。工商人员一边打量着房间，一边取出工商证件，并向亦富展示。"老板，我们是工商局的，这位是我们的刘局长，是特意来看望你的。"其中一位工商人员介绍道。"哦，是局长大人亲临。请坐，我给你泡茶。"亦富见是局长亲临，更加惊慌失措。"老板，生意可好，请问贵姓大名。"局长朗声道。"小人姓陈名亦富，是义乌人，我有执照，是合法经营的，亦是规矩之人，生意嘛，马马虎虎。"亦富诺诺应道。"哦，义乌人了不起啊，看你年纪轻轻，不远万里来此创业，不简单啊，你适应这里的生活吗？"局长和蔼地问道。"还可以。""在这里有没有什么困难呀？"局长继续问道。"没困难，工商人员没来找麻烦，谢谢局长的照顾。"亦富笑着道。"如今开放了，工商部门支持你们，怎么可能找你麻烦呢？你们义乌开放得早，成效显著，我们都要向义乌学习。我们市政府已经下文，决定开放市场，群众饭店毕竟不是长久经营之地，我们打算建立一个专业商贸市场，但由于经验不足，不知如何规划，又担心建大了没人来，建小了不显眼，因此我们特意来拜访你，请你帮个忙，提提自己的看法与建议，你愿意吗？"刘局长坦诚地说明来意。"好啊，这亦是为我们着想啊，一星期前，群众饭店仅我一人经营，如今变成了 20 多个摊，我相信，过了一个月，群众饭店的摊位就饱和了，以后怎么办，这正是我们所担心的，依我看，建一个千个摊的规模不算大，若愁没人来，招商的事由我负责，但这里存在一个大问题，就是物流问题必须解决，否则就谈不上发展了。"亦富听说要办专业市场，顿时兴奋起来，一切愁容全消失了。"说得好，那我们就共同合作，一起发展吧。这样好了，你根据自己的想法，写份报告，星期一送到工商局来，我在办公室等你，好吗？"刘局长欣喜地道。"行，一定照办。"亦富爽快地答应了。

刘局长告别亦富，回到了家，灵儿正在等候，见父亲回来，赶忙笑脸相迎。"爸，见到他了吗？"灵儿拉着父亲的手，急不可待地道。"见到了，那义乌人果然帅得很，我看他年纪与你相仿，能力却比你强百倍，是个了不起的人物，以后一定发大财。"父亲称赞道。"那你为什么不带他到家里来啊？"灵儿见父亲称赞亦富，就急问道。"人家与我初次见面，怎肯随便就来啊，换成是你，亦不会轻率地到陌生人家里去啊，对不对？"父亲笑着道。"那就是说你没请他了，真扫兴，他不来，我的作业怎么完成啊，身为父亲，一点儿也不为女儿着想，不理你了。"灵儿见父亲没请亦富，顿时拉下脸来，不高兴地离开父亲。"傻瓜，请人家要找机会的，今天请不来并不等于下次不请，爸想办法给你请来就是。"父亲呵呵笑道。"真的，那明天吧，明天星期天，我在家等着。你无论如何都要请他来，好吗？"灵儿见父亲愿意请亦富，哭丧着的脸又露出了笑容。"急什么？我刚才说了，要找机会的，你慢慢等吧。"父亲不耐烦地道。"那要等到什么时候呀，时间久了，作文写不出，我还有面子吗？不行，明天我与你同去，非得将他请来不可。"灵儿急不可待，开始撒娇了。"好好好，星期一吧，我想办法请来就是，这总可以了吧。"父亲被缠不过，终于答应了。"这还差不多，爸，一言为定，可不要反悔哦。"灵儿嘻嘻笑道。"行行行，快休息去吧。唉，真拿你没办法。"父亲说完，拍了灵儿的头一下，快步进卧室休息去了。

刘局长走后，亦富欣喜若狂，原以为大祸临头，却变成了天大的喜事，见刘局长和蔼的脸蛋，听他那动听的话语，使人舒畅之极。不错，如今到处政策开放，哪有为难商人之理，义乌市场开放大见成效，乌鲁木齐亦要发展，刘局长要学习义乌经验，正说明他是开放型的领导，若这里真的建成专业大市场，一定会成为义乌人的乐园，因此，为他们出点力也是应该的，何况自己亦从中得到利，和平共处，共创双赢又何乐而不为呢？于是精神兴奋，一时不能入睡，就取了纸笔，当夜书写报告。

次日一早，亦富觉得自己的商品反正已不多，于是就带着写好的报告去市工商局找刘局长，来到刘局长办公室，果见刘局长正坐在办公室。"刘局长，您好！"亦富礼貌地招呼道。"哦，贵客光临，有失远迎，小陈，请坐请坐。"刘局长见亦富果然来了，便热情地接待了他，还亲自为他倒茶。"刘局长，您所布置的任务我已完成了，喏，这是我昨夜写的报告，请您过目，不过由于文化有限，写得不太好，请多加指点。"亦富恭恭敬敬地将报告呈上。"好啊，你还真有心，连夜就写好，谢谢了。"刘局长兴奋至极，急不可待地拆开观看。"哦，想不到小陈的字写得这么漂亮，了不起呀！"刘局长第一眼看去，见报告中的字体刚劲有力，整体上清楚整齐，于是就惊奇地道。"刘局长过奖了。"亦富谦虚地道。"好极了，小陈，你不仅书法了得，而且文采也相当好，逻辑清晰，很有研究价值，我们正在研究如何开放市场的问题，其中一些难处，都在你的报告中得到解决，这样好了，我立刻召开会议，你也列入参加，中饭我请客，就这样定了。"刘局长看完报告后，精神振奋地道。"刘局长，这可担当不起啊。"亦富觉得刘局长如此近人，还要请自己吃饭，有些不好意思地道。"这有什么，我请你帮忙解决市场的事，吃餐饭是应该的，工商局食堂的菜不太好，就到我家去吧，我要好好做几个菜款待你，请你不要推辞，就当卖我一个面子吧。"刘局长诚恳地道。"这……怎么好意思呢？"亦富受宠若惊地道。"好了，就这么说定了，我要赶紧召集开会，你不要走，我就召集几位有关领导来这里开。"刘局长说着，匆匆离开，不一会儿，叫来五位领导，与亦富一起坐着开会。在会上，刘局长先介绍了亦富的身份，然后朗读了亦富写的报告，并谈了两个主要问题，即招商和物流，刘局长觉得这两个问题都已在亦富的报告中得到解决了，新建市场的困难也就不成问题了。刘局长说完，赢得了一片鼓掌声，紧接着，五位领导纷纷上前与亦富握手，亦富从未见过如此大的场面，一时觉得不知所措，但心里还是欣慰至极。

　　袁淑花是办公室主任，当然也参与了五人会议，她听丈夫介绍后，知道这就是灵儿喜欢的那位美男子了，这时，她特别留意观察亦富的一举一动，在她看来，亦富不但相貌长得很帅，而且气度不凡，心想：若能成为自己的女婿该多好呀。淑花正在想着，丈夫走近，在她的耳边说了几句，淑花会意，微笑着匆匆而走。吃中饭的时间到了，刘局长亲切地拉着亦富的手道："小陈，走，我们吃饭去。"亦富觉得盛情难却，只得随局长而去。二人坐车，不一时来到一幢高楼大厦前，上了电梯，进入五楼，来到宽敞的套房中。"小陈，这就是我的家，随便坐。"亦富走进客堂，见里面沙发中已坐着三人，尚未转过神来，只见一小姑娘蹦跳着飞跑过来。"帅哥，你终于来了，你终于来了，哈哈哈……"原来这小姑娘正是灵儿，她见父亲果然请来亦富，高兴之极，急忙上前，亲热地拉着亦富的手，如三岁小孩似的又说又笑，似乎见到多年不见的父母一般。"哦！是你啊，你怎么在这里啊?"亦富万万想不到在这里会遇到灵儿。"这是我的家，奇怪吗?"灵儿嘻嘻笑道。"是你的家，那刘局长……"亦富有些不相信。"刘局长是我爸。"灵儿自豪地道。"小陈，我这女儿不大懂礼貌，请不要与她计较。"刘局长见灵儿得意忘形的样子解释道。"哦，刘局长，你的女儿活泼可爱，我喜欢。"亦富忙应道。"帅哥，我早说你非来我家不可，这回你信了吧。"灵儿顽皮地对亦富笑道。"当时我不信，现在我服了你。"亦富见灵儿如此单纯可爱，于是笑答道。"灵儿，不可胡来，人家是客人，要文明点。"母亲见女儿不知深浅，就嗔道。"妈，我俩又不是第一次相见，帅哥不会计较的。帅哥，是不是?"灵儿说着，一双妙目望着亦富不转眼。"是啊，我们是朋友，当然不计较。"亦富随和着道。"灵儿，帮妈端菜去，客人饿了。"母亲有意想拉开二人的距离。

"妈，你觉得他帅吗?"灵儿跟母亲来到厨房，低声问道。"帅不帅跟你有什么关系，又不是你的男人。"母亲不以为意地道。"妈，如果你喜欢，我就争取呗。"灵儿微笑着道。"傻瓜，你还在读书呢！不知羞耻的东西。"母亲嗔道。"妈，我说是谈恋爱，这跟读书有什么关系。"灵儿撒着娇道。"谈恋爱了，还有心思读书啊，算了吧。""不，我就要谈，否则，这么帅的男人会被人家抢走了，我不甘心。"灵儿嘟着小嘴道。"好了好了，随你自己，快上菜吧。"母亲纠缠不过，就催促着上菜。

在席间，刘局长向亦富介绍了自家每个人的情况。"哦，刘局长，看来你家是官家族，而我却是农民族，农民怎么可来官家做客呀，惭愧惭愧。"亦富不好意思地道。"小陈，如今政策开放了，官家不如商贾，领工资的比不上经商老板啊。"刘局长不以为然地道。"亦富哥，当官的规矩太多，不自由，我就喜欢经商的，自由自在。"灵儿插嘴道。"哦，对了，小陈，最近我灵儿想写一篇作文犯了难，题目是"改革开放后的新疆"，这文章中包括政治、社会与经济三个层面，而灵儿没有实践体会，缺乏这方面的知识，所以很难写好。你是经商的，有实践经验，希望你给她提供相关素材，可以吗?"刘局长趁机为女儿引线道。"可以，群众饭店中正反映着乌鲁木齐的变化，而这仅是市场经济发展的序幕，目前，当地正进行着宏大规划，将来一定有大发展，就从这儿着手，一定能将这篇文章写好。"亦富简单地提出了自己的意见。"好啊，真是听君一席话，胜读三年书，使我茅塞顿开，谢谢亦富哥了。"灵儿听亦富的指点，欣喜地道。"灵儿，写这文章的开头，要像凤凰头一样漂亮；中间段要有充足的内容，如猪娘肚一样饱满；结尾要写得健壮有力，如虎尾一样有神。只要你把握好，我觉得这篇作文并不难。"亦富为灵儿出点子道。"谢谢亦富哥的精心指点，我心里终于有数了。亦富哥，吃菜。"灵儿兴奋至极，于是，就殷勤地为亦富拣菜。不知灵儿如何写好这篇文章，且看下回分解。

第三十九回

亦华初会刘局长　黄松新疆探村人

　　话说陈亦华非常关心弟弟陈亦富的生活与生意，匆匆与阿丽娜从莫斯科上飞机。当时没有直达乌鲁木齐的航班，要经北京后再转火车才能到达。二人风尘仆仆地来到群众饭店，开了房间，这时天已黑了，双双吃了点饭，就急不可待地去看望陈亦富。"亦富，二哥回来了，请开门。"亦华拍着房门高声叫道。"哦，二哥回来了，想死我了！"亦富听到二哥叫门声，欣喜地应着去开门，见了亦华，立即上前紧抱亦华不放手。亦华见弟有些瘦了，心里怜悯之极。这时，兄弟二人久别重逢，都流下了热泪。阿丽娜站在一边，见亦富的相貌高矮与亦华十分相像，又见兄弟情义如此深重，她亦禁不住流下热泪来。"哥！她怎么亦来了？"亦富突然见阿丽娜正用手帕在擦自己的眼泪，不知她与二哥是什么关系，就惊奇地问二哥道。"哦，亦富，我已与她在俄罗斯结婚了。从今以后，她就是自己人，你要叫二嫂了。"亦华忙解释道。"二嫂好！"亦富听说这位漂亮的俄女郎就是自己的二嫂，顿觉欣喜之极，于是就恭恭敬敬地向二嫂行了礼。"二弟，你辛苦了。"阿丽娜还礼道。"哥，嫂，里面请。"亦富陪哥嫂进屋。阿丽娜见屋内有些乱，忙去整理物件。"二嫂，你歇着，我来吧。"亦富见二嫂帮她整理房间，不好意思道。"弟，你兄弟俩这么久未见面，坐下好好亲热亲热。我无事，就让我整理吧。"阿丽娜柔声道。"那怎么好意思呢。"亦富见二嫂如此贤惠，心里有些不好意思地道。"没关系，我们都是一家人了，还有什么不好意思的。你与你二哥谈心去吧。"阿丽娜边整理边对亦富说道。

　　"亦富，你在此可好？生意怎么样啊？"亦华关心地问弟道。"二哥，还可以，货已卖得差不多了。我想啊，我们从义乌辛辛苦苦背着货来此，仅一星期就卖完，这样下去太辛苦了，如果能托运就好了。"亦富说出了自己的心事。"是啊，我这次去了莫斯科，所带的货一天就卖完了。若物流不通，生意虽好亦赚不到钱啊。因此，我这次回来，就是要想办法解决物流问题啊。"亦华觉得弟与自己的想法一样，知道亦富是一位有商业头脑的人，倒觉得欣慰至极。"哥，其实解决这问题并不难，我最近遇到贵人了，只要他相助，我想一定能事半功倍的。"亦富微笑着道。"哦！有这等事，快说来听听。"亦华听说有贵人相助，顿时惊奇地问道。亦富见二哥急不可待的样子，于是就将自己与灵儿相遇、与刘局长所谈的情况一五一十地全说了出来。"好啊，真的是船到桥头自然直，一人不为一人愁，看来我们要时来运转了。"亦华拍手称妙道。"二哥，我正要与你商量如何合作呢，你经验丰富，先出个主意吧。"亦富见二哥高兴的样子，就急着要商量个操作方案。"亦富，物流问题说易不易，说难亦不难。先从易的方面讲，目前政策已开放，正是百业待兴之时，各地政府响应中央号召，纷纷转向经济建设方向，为了区域经济发展，地方政府都会支持我们的事业，这是毫无疑问的。然而在难的方面讲，物流还是新事物，政府亦没经验，如何去实施，还得自己去争取。首先，我们有两个问题要解决。第一，物流不能仅为自己一家服务，要给所有经营小商品生意的人方便，因此，我们要设立两个窗口，亦就是说供货的义乌一个窗口，主要是收货，乌鲁木齐一个窗口，负责提货商的工作。两个窗口都要雇用许多装卸工，还要联系好运货车辆。第二，要办营业执照以合法经营，从而求得政府的支持。这两个问题都要花时间与精力去解决，为了开通物流，看来今年我们就不能做小商品生意了，先集中精力办好物流的事再说。对我们来说，这是大工程，凭我兄弟俩不够，大哥在家务农，经济效益不高，我想还是叫大哥放弃农事，将承包田租给人家算了，我们三兄弟一起干吧，你以为如何？"亦华说出了自己的方案。"二哥想得真周全，但俄罗斯的物流又怎么解决呢？"亦富觉得国内的事只要花精力去做并不难解决，但超越国界线的事有难度。"关于俄罗斯的事我亦想好了。到时我们办个托运处，申报时就填乌鲁木齐与莫斯科两条线路。莫斯科那边的窗口叫阿丽娜去办，她是那边的人，比我们方便，而且她父母亦是经商的，我想她会有办法解决的。只要物流通了，今后去莫斯科经商的人一定会很多，对不对。"亦华侃侃而谈。"好，就按你的方案行事吧。哦，对了，明天我带你去见刘局长，将你刚才所说的方案告诉他，请他指点指点。在这里，我们还有许多事要求他帮忙呢，他这人还好，我相信，他一定会帮忙的。"亦富觉得自己在乌鲁木齐官场没人，办托运处这事要与政府沟通，若能得到刘局长的帮助，那就方便多了。"好啊，我正想见见这位刘大人呢。"亦华听说明天去见刘局长，心里欣喜之极。兄弟俩久别重逢，有说不尽的心里话，既谈了商事，又谈了家事，一直谈到十二时。夜深了，亦华俩才告别亦富回自己房间中休息。

次日，亦富摆摊卖货，亦华夫妻在群众饭店走了一圈，发现已有三十几个义乌人在经营小商品生意，饭店中亦热闹了许多，只见人来人往如同市场一样，仅过了十来天，想不到改变如此之大，这使他感慨万千。下午五时许，亦富收摊，陪同哥嫂坐出租车，一起来到刘局长家就乘电梯上了楼。"刘局长在家吗?"亦富朗声叫门。"哦，谁呀?"刘局长在房内应道。"刘局长，我是亦富啊。"亦富见刘局长在家，忙报上名。"哦，是小陈啊，我来开门了。"刘局长听说是亦富，兴奋地开了门，见门口还有另一男一女，男的与亦富长得很像，女的是位金发女郎。"哦，三位请进屋坐。"刘局长亲热地将三人迎进房中。"哦，是亦富哥呀，快请坐，我正想你呢。"灵儿亦在家，忙蹦跳上前拉住亦富的手道。又见亦华与亦富模样相仿，气质更不凡，还有一位极其漂亮的金发女郎，她惊奇地问亦富:"亦富哥，这人与你这么像，是谁啊?""他是我二哥，这是我二嫂，他们刚从莫斯科回来，我特地陪他们来你家玩玩。"亦富简单地介绍道。"好啊，我说怎么与你如此相像，原来是亲兄弟，二哥二嫂你们好，欢迎来我家玩，请坐请坐。"灵儿见是亦富的哥嫂来家，欣喜万分。刘夫人与远生见了，亦纷纷起身相迎。亦华进了客堂，快速扫了一眼，见客堂正中挂有一块大牌匾，上写"上善若水"四个大字，牌匾下方有两块玻璃框，分别有刘局长的全家照和工商局人员的集体照，边上还有一个大书框，摆满了各式各样的书籍。"好啊，刘局长，官家的客堂毕竟与民间不同啊，气派气派。"亦华开玩笑地道。"老陈，别开玩笑，如今政策开放，官民平等，各尽所能。我一眼便看出你气度不凡，必是经商精英。说句实话，再过三年，你或许能赚千万元钱，变成了大商贾，而我依然是局长，按现在的工资算，我可是做一辈子局长亦得不到千万元的钱呢，因此，我这局长哪能与你这商贾相比呀。"刘局长哈哈笑道。"刘局长真会说话，至少民要求官，官不必求民，这就是官民之别啊。"亦华呵呵笑道。"老陈，这么说你又错了。如今改革开放，我们做局长的要有政绩，若没政绩就不配做局长，若需创造政绩，就必须发展经济，而发展地方经济靠谁？要靠民啊，因此，我们求民的事多着呢。"刘局长侃侃而谈。"呵呵，毕竟刘局长有理论，我讲你不过，但今天就是我来求你的，不知您帮忙否。"亦华开始言归正传。"哦，什么事啊，我一定尽力而为，不过下次我若有事求你，你亦愿帮吗？"刘局长神秘地笑道。"厉害，刘局长，担局长的要风有风，要雨有雨，何来求民之处呀。"亦华也神秘地笑道。"你先说求我什么事，当我有求你之时再说，行吗？当然，我求你之事绝不是要你为难的，知道吗。"刘局长认真地道。"那好，今天，我来的目的是与你商讨义乌与乌鲁木齐物流的事，想请你帮个忙，在乌鲁木齐找几间房子，设一个收放货物的窗口，一为客商便利，二为本地的市场经济发展服务，你认为可否。"亦华说出了自己的想法。"妙极了，妙极了，这事既能解决你的难处，又能解决我创政绩的难处，而且又回答了我俩'你求我，我求你'的问题，又何乐而不为呢？放心，场所的事包在我身上就是，你着力去义乌方面办事，那边办好了，相信，我这边肯定亦办好了，谢谢老陈了。""刘局长，我求你办事，你怎么反过来还谢我呢。"亦华听刘局长这么一说，顿时欣喜万分。"现在不是你求我，而是我求你赶紧去义乌办好此事，难道不应该谢谢你吗？"刘局长又神秘地一笑道。二人相对，你望我我望你一阵，然后一齐哈哈大笑起来。"刘局长，如此看来，民求官，官求民二者都在其中了。"亦华说完，禁不住又一阵哈哈狂笑。

亦华与刘局长谈得开心，其他人听得出神。"亦富哥，你二哥好厉害啊，我爸从没像今天这样开心过，看来他二人是棋逢对手了。"灵儿坐在亦富身边低声道。"我二哥能说会道，但与你爸相比，毕竟还是比不上啊。"亦富微笑着回应道。"不，我看还是你二哥能干，在讲话时的气质方面，你二哥比我爸大方，表情更自然。"灵儿不以为然地道。"那是我二哥久跑江湖练出来的。"亦富低声应道。"老陈，你二兄弟长得一个模样，说起话来又那么有亲切感，你们来了，我家就热闹起来，我非常喜欢。以后要多来，这里就当你自己的家吧。"刘夫人柔声地对亦华道。"二哥，你两兄弟一定要常来我家玩，否则，我会想你们的，行吗？"灵儿天真地道。"好啊，既然你一家不嫌弃，我一定会常来你家的，希望你们有机会时亦到我们义乌去玩玩。"亦华兴致勃勃地道。"一回生，二回熟，我们就当朋友去走动吧。"远生插嘴道。"亦富，事业要做，该玩时亦要玩，今后你要陪哥多来我家玩玩，不要见外，我们一家人都喜欢你，知道吗？"刘局长如吩咐孩子似的对亦富道。"谢谢刘局长了，我一定会常来的。"亦富感激地道。"亦富，时间差不多了，不要妨碍刘局长他们休息，我们该走了。"亦华见该说的话都说了，就打算告别。"老陈，急什么呀，我们再聊会儿吧。"刘局长真诚地挽留道。"谢谢你们一家的款待，下次一定再来拜访。"亦华起身抱拳施礼谢道。刘夫人、灵儿、远生见亦华他们要走，都一齐起身挽留一番，亦华一一谢过，然后与亦富、阿丽娜告别而去。

晚上，刘局长夫妻躺在床上。"老刘，我看亦富的二哥不同一般啊。他的相貌、人品、口才与气魄，都是世上少有的。若他与你是同事，其能力一定不亚于你啊。"刘夫人称赞亦华道。"唉，真是人才出自民间啊，若他在官场，一定是块领导的料，可惜啊，不过，如今他商海中拼搏，前途亦光明的，或许是只有财运没有官运吧。"刘局长遗憾地道。"老刘，他兄弟俩长得一模一样，都那么有灵气，相对而言，只是亦华比亦富老练，其他都差不多，真是一对可爱的好兄弟。"刘夫人羡慕地道。"那是因为亦富没其二哥世面见得多。我看了亦富的那份报告，就知道其见解不同凡响，今后一定不比其二哥差，如果他能将乌鲁木齐至义乌的物流开通，就可以验证他的能力了。"刘局长意味深长地道。"老刘，我问你一件事，你要说真话，行吗？"刘夫人神秘地道。"什么事啊，神秘兮兮地，夫妻之间，哪有不讲真话的。"刘局长嗔道。"你喜欢亦富吗？"刘夫人突然认真地问道。"这小子长得可爱，我喜欢。"刘局长毫不犹豫地道。"你喜欢，我亦喜欢，而且灵儿更喜欢。"刘夫人紧接着道。"哎，淑花，你这是什么意思啊？"刘局长听夫人突然说出这样的话来，惊奇地问道。"难道你看不出亦富与灵儿正在互相喜欢吗？"刘夫人提醒着道。"你怎么知道他俩的心思的。"刘局长有些不信。"哎，真是大男人，只知道工作上的事，连女儿的事也不放在心上。他俩正处于恋爱之初呢，难道你一点也看不出来吗？"刘夫人责怪道。"那可不行，灵儿尚在读书呢，太荒唐了，想办法阻止她。"刘局长有些紧张起来。"不妥，如今自由恋爱，不能说她，不然可能会产生相反的效果。说实话，灵儿已对我说了，目前只谈恋爱不结婚，如果谈成了，等大学毕业后再结婚，这样，既不妨碍谈恋爱，又不耽搁学业。我想灵儿还是有头脑的，这事你就别管了，顺其自然吧，好吗？"刘夫人劝道。"唉，这种事，做父亲的真不知如何是好。这样好了，这事就交给你办吧，一定要管好自己的女儿，不许她越雷池半步，知道吗？"刘局长无奈地道。"知道了，我会小心应付的，放心吧。"刘夫人说完，二人熄灯而睡。

次日，亦华夫妻与亦富三人，在乌鲁木齐上车，赴义乌而去。在车上无事，三人聊起了家常来。"亦富，二哥真看不出，像刘局长这样的家庭，竟然会对你如此热情，是什么招数呀？"亦华惊奇地问道。"二哥，其实我亦没有什么招数。只是那灵儿为了写一篇作文，主要内容是改革开放的变化，因她没有体会过实际生活，故而缺乏第一手资料，无从下手，于是来我摊上，要我帮她提供有关素材……"亦富将与刘局长一家的相识之事一五一十地重述了一番。"亦富，我看刘局长一家都非常喜欢你，而那灵儿更加爱你，你是不是与她恋爱了？"亦华关心地问道。"二哥，没那回事，我与她家的地位差别太大，怎么可能呢？"亦富红着脸道。"亦富，就凭灵儿拉你的手的亲热度就可以看出，不管你喜欢不喜欢，她肯定是喜欢你的。"阿丽娜肯定地道。"亦富，我看这姑娘长相不错，而且家庭条件这么好，如果你能娶到她，那就是福啊，因此，哥建议你努力争取，我估计有百分之七十的把握，试试看吧。"亦华向亦富劝道。"二哥，我怎么开得了口呀，算了吧。"亦富为难地道。"求婚总是男方为主动，你不谈怎知人家不愿呢，何况求婚本是正常之事，若你喜欢，试试又何妨呢？"亦华继续劝道。"二哥，这姑娘长相是不错，但一旦撒起娇来，我真的没办法。"亦富讲出了自己的心里话。"亦富啊，你没与女人多接触，根本不了解女人的内心。撒娇是女人的天性，并非灵儿一人如此，而女人撒娇是有对象的，一般都是在亲人面前才会撒娇的，如果在你面前撒起娇来，正好证明是喜欢上你了。今后你注意一下，女人从不敢在一般人面前撒娇。你们大男人根本不知道女人的心，只有我们女人才知道女人的心，我见灵儿看你时的眼神就知道，她非常爱你，只要你表示爱她，据我判断，就有百分之百的把握，不信，你试试就知道。"阿丽娜向亦富分析道。"真的？如此说来，我真的要去试试了，谢谢二哥二嫂的关心了。"亦富微笑着道。"这就对了，找个机会试试吧。"亦华欣慰地道。"亦富加油，祝你成功。"阿丽娜鼓励道。

在四天四夜的车程中，三人谈了家事、国事，又谈起今后自己发展的理念，不觉已到上海，然后转车，回到义乌，于是匆匆回家，难免又与亦荣夫妻亲热一番。"亦华亦富，这一趟生意如何？俄罗斯那边怎么样啊？"亦荣关心地问起了生意情况。"俄罗斯去了，生意亦可以，只是货运存在大问题，因此，这次回来就是要解决货运问题。我想开通莫斯科与乌鲁木齐两条线路，因此需要很多人手。依我看，农业的收效太低，又那么辛苦，哥，要不将承包田放弃或租给人家，我们三兄弟一起干吧。"亦华将自己的想法告诉亦荣道。"如果有把握，当然经商好，只是对农民来说，一直当土地为宝，一下子舍不得放手而已。"亦荣有些舍不得。"大哥，我们兄妹五个，从小到大一直都依靠土地生活，但从来也没有好日子过，你还嫌苦得不够吗？如今改革开放，百业待兴，正是改变贫穷的好机会，此时不闯，更待何时啊？"亦富对大哥责怪道。"好吧，土地自然有人要，我马上租给人家就是，接下来我们三兄弟就一起干吧。"亦荣听亦华亦富如此有信心，知道他俩不是无知之人，就欣慰地答应道。三兄弟谈三兄弟的事，一花拉着阿丽娜在一边谈起了自己女人的事。"阿丽娜，你长得真漂亮，难怪我家亦华喜欢你。而且你还会俄语、汉语，真了不起啊。"一花亲切地拉着阿丽娜的手微笑着道。"大嫂过奖了，我哪有你美啊？看你黑得发亮的秀发，白里透红的瓜子脸，笑得迷人的容貌，瘦体丰胸的身材，处处都体现着东方美女好形象，我真的自愧不如啊。"阿丽娜见一花对自己如此亲热，心里兴奋至极。"我的弟妹真会哄人，毕竟是有文化的留学生，竟将一个粗鲁的村妇夸得像天仙一般，了不得啊，佩服佩服。我的文化水平低，不仅相貌，口才也大不如你，以后我们都是一家人了，一定要向你学习学习。"一花呵呵笑道。"嫂子，你如此伶牙俐齿地我怎么说得你过，我服输了。说实话，我正当心着来此人生地疏的怎么过日子呢，所幸遇上了你这位贤惠的好嫂子，我放心了，当有困难时，我就靠你相帮了，嫂子，是不是。"阿丽娜亲切地道。"你来前，这个家就是我一个妇人，如今你来了我可有伴了。既然是一家人，就是一条心，以后，我们有福同享，有祸同当就是，说实话，我很喜欢你。"一花真诚地道。"那就谢谢嫂嫂的抬举了。"阿丽娜欣喜地道。二妯娌畅谈了一会，又双双进厨，为兄弟们准备晚餐去了。

吃过晚饭，因家中没有房间，亦华带阿丽娜去廿三里旅馆住宿。

次日，亦富带着准备好的申请报告，决定去义乌交通局做物流执照。原来准备三兄弟同去，由于当地的风俗有"三足三路，讨饭无路"之说，因此，亦华带上阿丽娜先行，亦荣亦富迟往一步。四人来到交通局，工作人员回说先要将营业地址、仓库、注册资金都写清楚，于是，四人又在城区寻找房屋，一天忙到晚，终于租到四间屋。由于天晚工作人员已下班了，只得等第二天再去。在交通局的支持下，终于领来执照，准备开业。事情基本办妥，接下来是顾客的问题。亦华叫亦富先去乌鲁木齐，通知群众饭店中的义乌摊主，义乌至乌鲁木齐的货运线路已开通，有货都可以去义乌托运。摊主们听了，欣喜若狂，一个个都要回义乌配货托运。这时，群众饭店中的商品经营户已有五十多家了。亦华又叫阿丽娜回莫斯科安排好收货点，以防货运到时无法收放。在义乌，由亦荣、亦华和一花暂时工作，另外，收到顾客的货时，再临时叫几名装卸工帮忙。就这样，托运处开始挂牌营业了。当时，由于义乌的市场经济蓬勃发展，带动了其他行业的兴起，许多人买来汽车，以帮人运货赚钱。见亦华的托运处开业，这些私车纷纷去托运处承包运输业务。这一来，车辆的问题亦迎刃而解了。

义乌至乌鲁木齐的线路已有五十几个客户。亦富通过努力与刘局长一家的帮助，收发处亦得以落实，装卸工亦是刘局长帮忙请的，在那儿问题并不大。然而莫斯科线路上根本没有客户，亦华就自己配了一个集装箱的商品，准备待阿丽娜落实存货点之后再发车。过了约半月，亦华接到阿丽娜的电话，得知托运收货处在莫斯科港口码头，亦华欣喜万分，就立即发车。亦华一心想在莫斯科发展，这时见货已发出，就决定去莫斯科，托运处的事就交给了亦荣夫妻……

"旅客们，乌鲁木齐站到了，请大家准备好自己的行李，下车时请注意安全……"列车到达乌鲁木齐，车厢里的旅客开始在货架上取下行李，准备着下车。黄松起身，亦做好下车的准备。"师父，后来怎样了呢？"月仙问道。"傻瓜，我们到站了，你没听见广播叫了吗？"黄松见月仙还坐着想听故事，忍不住笑道。"这么快就到站呀，该死的火车，开得这么快干啥，我正听得有兴致呢。"月仙遗憾地道。"月仙，都听了四天四夜了，还不嫌长啊，真是的。"月容见月仙听师父的故事入了迷，便提醒她道。"师父的精彩故事，我十天十夜亦听不厌。正讲到有趣时，车到站了，师父的故事尚未讲完就不讲了，真扫兴。"月仙不高兴地道。"好了，好了，快下车吧。"列车进站缓缓而停，车上的旅客纷纷下车，黄松师徒三人亦随流而下。三人出了站，来到群众饭店。黄松开了两间客房，月仙与月容一间，自己一间，由于长途坐车，有些累了，各自休息一会，不觉太阳西下，到了吃晚饭时间，三人起床，一同去饭厅吃晚饭。黄松突然听到有二人用义乌方言在交谈，忙上前打招呼。"同年哥，是哪儿人呀？"只见谈话的二位突然听到黄松用方言招呼，忙转头望了一眼。"哦，你怎么来此啊，我们是下骆宅人，你呢？"

其中一人反问道。"我是廿三里人，来此玩玩而已。"黄松微笑道。"客气了吧，义乌人到此，没有来玩的，一定是想来此摆摊的吧。"那人不相信。"真的，我来朋友处玩的。"黄松认真地道。"你朋友叫什么名字，干什么的呀?"那人再问道。"姓陈名亦富。"黄松报上了名。"啊! 这人名气可大啰，他是乌鲁木齐的大红人，了不起啊。"那人惊呼道。"哦，怎么个红法，说来听听。"黄松听那人如此称赞亦富，倒想听听其中真相。不知那人说出了什么惊人之语，请看下回分解。

第四十回

师徒考察商贸场　亦华异国助黄松

　　话说黄松在群众饭店吃晚饭时遇见了义乌老乡，是二兄弟，哥名骆天福，弟名骆天寿，都在乌鲁木齐商贸城经商。黄松提起陈亦富之名，顿时引起了二人的关注。"同年哥，陈亦富是乌鲁木齐工商局刘局长的女婿，市长的亲信，商会的会长，物流的老板。不管是官是民，求他帮忙的人很多，是个大忙人啊，你想找他，可不那么容易啊！"骆天福朗声道。"同年哥，我知道找他不易，但要他来找我却就容易了，对吧。"黄松轻松地道。"哦，你的面子不小啊，看来你亦不是一般之人了。"骆天寿惊奇地道。"没什么，一般，一般。行了，我们先吃饭吧。"黄松说着，向二兄弟挥挥手，然后与月仙月容一起吃饭去了。黄松点来几个菜，师徒三人一起吃。"师父，刚才你与那二人说什么的呀，我一句也听不懂。"月仙向师父问道。"那二位是我的老乡，是在此做生意的。在外地，老乡相见亲热亲热罢了，没什么，我们用方言交谈，你自然听不懂了。"黄松应付着道。吃过晚餐，三人回房，睡觉时间尚早，月仙月容就到师父房间聊天。"师父，现在反正无事，你还是继续讲列车上没讲完的故事吧，我真想知道后来亦华三兄弟到底怎么样了。"月仙喜欢听故事，要师父接着讲。"故事是十天十夜亦讲不完的。接下来，我就带你进入真实的故事当中，至于这故事如何发展，你自己去体验吧，从中又能学到什么，就凭你们两个自己的接受能力了。月容，你说对吗？"黄松拒绝了月仙的要求转而问月容道。"师父，按你这么说，接下来的故事是要我俩自己用心去体会了，从今往后，我俩就是故事中的主人翁了，是不是？"月容深有感触地道。"对了，还是月容聪明。月仙啊，你要好好向月容学习。"黄松呵呵笑着道。"我本来就傻嘛，哪能与月容相比呀。"月仙听师父称赞月容，有些吃醋地道。"师父，你的教育水平真妙，我们院校的众多教授无一能与你相比，你的这套教法，既能吸引人，又易懂，佩服佩服。"月容欣喜地赞道。"月仙月容，今晚好好睡一夜，明天你俩就要进入故事之中，准备准备去吧。"黄松意味深长地道。月仙月容听了，知道师父要休息了，于是就告别而去。

"月容，师父为什么总是赞你聪明啊，难道我真的那么傻吗？"月仙回到自己的房间中，不高兴地道。"月仙，但我总觉得师父喜欢你多于称赞我，难道你不觉得吗？"月容不以为然地道。"你是在说反话了吧，他常赞你聪明就是喜欢你啊，他从不称赞我就说明不喜欢我了，我心里总觉得他有偏心。"月仙嘟哝着道。"月仙，但我是觉得师父偏你的多，平时，他喜欢与你说话，而与我说话的时间很少，不过，如今不去计较那些了，偏你亦好，偏我亦罢，师父是绝顶聪明之人，从一举一动中可以感受到，他都是为我俩增长知识的。他在列车上讲了四天四夜的故事，我知道，你已听得入了迷，已经被故事中的情感所吸引，但师父讲的情感并非主题，重要的是让我俩借鉴其中的经商经验，多学些商业知识。据我分析，师父在列车上讲的是《商海》第一集故事，已讲完了，至于接下来的第二集，是要我俩自己用行动去讲了，这就是师父聪明之处，难道你还看不出来吗？"月容娓娓道出了自己的想法。"哦！原来如此，经你这么一说，我终于明白了。月容，你厉害，现在我承认，你真的比我聪明。"月仙听了月容的一番话，茅塞顿开，于是转忧为喜地道。"好了，知道就好，早点休息吧，明天我们就要亲自登台亮相了。"月容说着，盖被而睡。

次日，黄松带二徒来到乌鲁木齐商贸城。张目四望，只见市场繁荣无比，宏伟的室内市场摊位鳞次栉比，错落有致地分布在每个空间，五光十色的商品令人目不暇接，忙碌的人群摩肩接踵，叫卖声、讨价还价声此起彼伏，真可谓万商云集，人声鼎沸，好一个商贸城。黄松跑来跑去见识多广，可他除义乌市场外，从未见过如此规模的市场。三人逛游市场，不觉已到十时，黄松取出手机，打起了电话。"喂！我是黄松……你在哪儿……哦，我在大门口等你……知道了，拜拜。"黄松挂了电话。"月仙月容，我们到大门口等人，我的朋友很快就来接我们。"黄松朗声叫道。二徒见师父叫她们，就跟随他去大门口等待着。过了十几分钟，只见不远处有辆黑色轿车朝大门方向飞速而来，很快到达大门口，"嘶"

地一声，轿车在黄松身边停住，门开处，走出一位西服革履的汉子来。"松哥好啊，我已盼你好久了，我们终于见面了，走，我们吃饭去。"汉子满面笑容地上前握着黄松的手道。"富弟，你是这儿的大红人，名声好大啊。"黄松呵呵笑着道。"松哥，这两位是……"汉子见黄松身边的月仙月容正在关注着自己，他不知道二女的来历，于是就问黄松道。"哦，这是南京大学的学生，想跟我来体验一下生活。月仙，月容，快叫一下哥。"黄松向汉子介绍后，转身对二徒道。"哥，你好！"月仙月容听了黄松的吩咐，忙上前向汉子施礼道。"好啊，松哥，你艳福不浅，竟有二位美女相陪。二位美女好，请一起去吃中饭。"汉子哈哈笑着道。紧接着，三人上了轿车，飞速开向一幢大酒店，进了门，服务人员纷纷向汉子行礼："陈老总，您好。"汉子微笑着点头致谢。"服务员，有三位贵客到来，请给我安排一处雅间。"汉子向站台女士吩咐道。"好的，请陈总随我来。"女士说着，陪同四人一起来到二楼的雅间，四人坐下，服务员先倒四杯茶，然后就去准备上菜。"二位美女，坐了四天四夜的火车，辛苦了吧。"汉子亲切地对月仙月容道。"多谢老总关怀，还好。"二女齐声应道。"松哥，我大哥早就打电话告诉我，说你松哥要来乌鲁木齐考察。我非常欢迎你来，希望你在此多住几日，我们久未见面，好好聊聊吧。"汉子用义乌方言与黄松道。"富弟，其实我亦没时间在此多留。说实话吧，我来此主要是向你了解一下你二哥在莫斯科的情况，我马上就要去那儿考察集装箱市场的行情，由于那儿人生地疏，所以要求你二哥帮忙。其次，让二位学生体验一下乌鲁木齐市场经济的生活。我打算住两天就走。"黄松说明了自己的真实目的。"松哥，我二哥娶了一位俄国女人为妻，在集装箱市场摆摊经营，由于我二嫂聪明能干，既会说俄语，又会讲汉语，而且又是最早进入集装箱市场的义商，因此生意极好，如今发大财了，还建了一幢自己的别墅，好得很哪，若你去，他一定很高兴，要找他并不难，就去集装箱太阳区，一定能见到，不过，为了方便，先打过电话给他，使他提前有了准备。"汉子热心地对黄松道。"那就谢谢富弟了。"黄松激动地谢道。由于二人都以方言交谈，月仙月容听不懂，根本不知道二人说些什么。

　　酒菜上来了，五人边吃边谈，一直吃了一个多小时，才散席而去。汉子因工作忙，匆匆自去。黄松三人又到商贸市场玩去了，至下午五时，才回到群众饭店。"师父，一起吃中饭的那汉子是谁啊？看得出，他一定很有钱吧。"月仙想知道那汉子的来历。"那汉子是我同村从小一起长大的好友，他在这里发了大财，是整个乌鲁木齐的大红人，工商局局长的女婿，商会会长，物流老总，知道吗？"黄松自豪地道。"哦！真伟大啊，叫什么名字啊？"月仙追问道。"他叫陈亦富。"黄松笑答道。"哦，是不是就是你故事中的那位同名的呀。"月仙惊奇地道。"正是啊，你觉得怎么样？""哦！难怪长得这么阳光。那就是说后来他就与灵儿结婚了，是吗？"月仙又问道。"是啊，是灵儿大学毕业后才结婚的，现在她正与亦富一起在创业呢。""哎呀，这灵儿多幸福啊，真使人羡慕。"月仙自言自语地道。"这有什么好羡慕的呀，各有各的命。要羡慕人家，何不自己去争取。"月容见月仙如此说，就不以为然地道。"月仙月容，你二人听好，从今天开始，你俩都已进入师父讲过的故事当中，现在，你俩已经接触故事中的人物了，接下来的故事如何发展，全是你们的事，因为你们都已经成为故事中的主要人物。今天开始的故事，就是第二集的开始，到时讲这故事还是师父我，然而听故事的人却变了，究竟是谁呢，一定不是你们，或许是我的孩子们吧，或者说你们的孩子吧。而接下来的故事精彩与否，不是靠我讲的，而靠你们做的，因此，你们就努力去吧。"黄松意味深长地道。"哇！想不到师父还有这一手，这样说来，比在校中的考试还难啊，我肯定不行。月容，怎么办。"月仙有些为难地道。"月仙，师父的意思就是叫我们直接进入社会，也就是说更深入地去实习。如果站在故事的角度来说，在实践过程中遇到的困难越多越精彩；如果站在创业的角度来说，越顺利越好；如果站在科学的角度来说，世上没有一帆风顺的事，有拼搏才有成就，若不，天下就没有贫富之分了。师父，你说对吗？"月容说出了自己的一番见解。"对啊，还是月容聪明。"黄松又称赞着月容道。月仙听了，难免心里又产生了醋意。

在群众饭店住了两宿，黄松决定启程，去北京坐飞机到莫斯科，于是先乘列车到北京。到北京后，月仙提出要在北京玩一天，黄松觉得难得来京城一趟，玩一玩亦应该的，于是，就订旅馆住下，在天安门、故宫等景区游玩一天，然后坐飞机去莫斯科。

客机很快到达莫斯科，黄松取出手机拨号喊话，然后走向候机室大门口等待着。过了约半小时，只见一辆黑色轿车飞驰而来，不一会儿，就停在大门前的停车位中，门开处，有一衣冠楚楚的男子下了车，边打招呼边向黄松走过来。"同年，你好啊！"黄松见亦华来接自己，欣喜若狂。"同年，好难得呀。"亦华哈哈笑着，上前亲热地握着黄松的手道。"亦华，你家离这里远吗？"黄松微笑着问道。"不远，约半小时路程。二位美女，请上车去我家休息吧。"亦华亲热地向月仙月容招呼道。"谢谢亦华哥。"二女已知道来接的是陈亦华，于是就笑答道。四人上了车，亦华开车前驰，路边房少树多，驰过了公园，来到了草坪，草坪中有一幢红瓦白墙的别墅，四周有围墙，种满各种树木。好一个优雅之所，黄松感慨万千。"三位，这里就是我的家。"亦华说着，轿车开进围墙内停下。墙内空间宽畅，内设假山鱼池，亭阁走廊，佳树盆景，还有菜园果树。月仙月容东张西望，不时啧啧称奇。"三位，里面请。"亦华下车后招呼大家进屋休息。"亦华，外面环境如此之美，就让我们在此欣赏一下吧。"黄松见园内环境优美，就想仔细欣赏一番。"那好，我先去准备准备，你们玩一会儿吧。"亦华说着，进屋去了。不一会，只见阿丽娜呵呵笑着走出门来，手里还拿着一只开水瓶与三个茶杯，走到亭阁之中，放在石桌之上。"请三位村客过来喝茶，我还要与亦华去准备饭菜呢。"阿丽娜亲切地道。"哦，谢谢嫂嫂了。"黄松呵呵笑着谢道。阿丽娜为三人倒好茶，然后进屋忙去了。黄松师徒坐在亭阁中喝茶聊天，觉得环境优美，舒畅之极。"哇！师父，在这种优美的环境中，真如处身于仙境，真舒服啊！"月仙欣慰地道。"你觉得舒服，以后就想办法也买一套吧。"黄松朝月仙笑笑道。"师父，你又在取笑我了，我哪有这种福分啊。"月仙不好意思地道。"这有何难啊，只要你争取，我想一定能办到。"黄松不以为然地道。"师父，看来莫斯科的生意挺好做的，若不，亦华怎能造这么高贵的别墅呢。"月容若有所思地道。"是啊，正因如此，我才带你俩来这里的，知道吗？"黄松认真地道。"师父，亦华的妻子与父母都是当地人，他的条件好，我们可比不上啊。"月仙有些遗憾地道。"你俩不是会俄语吗？我们既会俄语，又会汉语，已经足够了，其他的并不重要啊。"黄松自信地道。"对，我们比上不足，比下有余。与其他义乌人相比，我们的优势就大了。"月容亦有信心地道。"对呀，还是月容聪明。"黄松又称赞月容道。"黄松，吃饭了，快进屋吧。"亦华在门前叫道。"月仙月容，我们去吃饭吧。"黄松招呼二徒一起进屋吃饭。黄松进了屋，见宽敞的客厅装饰得富丽堂皇，所有家具全是上等极品，一派豪华景象。走进饭厅，大圆桌上已摆满了各种高质佳菜，鸡、鸭、鱼、肉，山珍海味一应俱全。"亦华，这么多菜，多少人吃啊？"黄松惊奇地问道。"没别人，就我们五人。"亦华回应道。"这么多菜，我们五人吃得完吗?"黄松道。"没关系，吃不完剩下就是。"亦华毫不在乎地道。"那岂不是太浪费了。亦华，我们都是农村人，要节约为本，吃饱为好，浪费了太可惜啊。"黄松有些委婉地道。"黄松，我在这里从未有家乡人来过，你还是最早的，太难得啊。今天我高兴得很，想好好款待你，即使浪费些亦无所谓，只要你满意就行。来，我们喝酒，二位美女喝酒还是喝饮料?"亦华为黄松上酒，回头又问月仙月容道。"哦，我俩不会饮酒，就喝饮料吧。"月仙月容齐声道。亦华又给二女倒上饮料。"嫂嫂，一起来吃吧，还在忙什么呀。"黄松见阿丽娜还在厨房中忙，就朗声叫道。"哦，你们先吃，我还要烧碗青菜。"阿丽娜在厨房中应道。"黄松，你这次来，是想在这里发展吧。"亦华问道。"是啊，不会妨碍你吧。"黄松笑答道。"你说哪儿话来，莫斯科这么大，有赚不完的钱，何况已有许多义乌人来了，你来这里，我有伴聊天，高兴还来不及呢。对了，这二位美女又是怎么回事啊。"亦华不知二女的底细，就问黄松道。"我到这里发展，自己不会俄语，因此带来两位会俄语的当翻译，否则，我就无法经营了。"黄松介绍道。"哦，原来如此。我就知道，你黄松一直筹划甚密，看来你是有备而来的，佩服佩服。"亦华听了赞道。这时，阿丽娜端一碗青菜豆腐上桌，并一起坐下吃菜。"亦华，我第一眼看到你老婆，就知道她不但漂亮，而且还贤惠得很呢。你看，她不但会汉语，而且还会做中国菜。你的艳福口福都不浅哪。"黄松看着阿丽娜称赞道。"松哥，你过奖了，我哪有你说的那么好啊。"阿丽娜见黄松称赞自己，不好意思地道。"哦，对了，听说你们已有了孩子，怎么没看见呢?"黄松突然向亦华问道。"对，我们是有孩子了。已五岁了，取名陈京科，北京的京，莫斯科的科，听说你要来，怕吵着你们，因此叫她爸妈带着。"亦华回应道。"那你就不对了，我正想看看你的宝贝孩子，你却将他藏起来了，真遗憾呀。一定很可爱吧，我听了这名字就喜欢，北京是中国的首都，莫斯科是俄国的首都，你选了两个国家首都名的其中一个字作自己孩子的名字，含意好深啊，这孩子长大后，一定前途无量啊。"黄松哈哈大笑道。"那就托松哥的口福了。"亦华夫妻齐声谢道。"亦华，如今太阳区的摊位什么价位呀?"黄松转移了话题，问亦华道。"我买来时仅八千美元，这几年涨价了，要一万五千美元了。来的人越来越多，或许还会继续涨。如果你想在这儿经营，我看还是早买为好。"亦华实事求是地告诉黄松道。"一万五就一万五，明天就帮我买一个，再租个仓库，我来的货多，仓库少不了，这里我不熟，一切就都拜托你了。摊位买好，我就打电话回去叫发货，准备与你做伴，在此长期经营了，怎么样？"行，一言为定，一切我都会给你准备好的，放心吧。"亦华爽快地答应道。

吃过晚饭，亦华夫妻陪黄松师徒上了二楼，见装饰豪华，有三间客房、一个大书房，书房内挂着许多名人书画，还有一个放满各种书籍的长书柜，另有一间高雅的会客室，摆着高贵的沙发茶几。别墅是二层半式的，再上楼，一半盖着瓦，下面堆放着一些不常用的物件，另一半是平台，放置着各种各样的奇花异草，还有供人休息的石桌石凳，一眼望去，又是一处世外桃源。参观了别墅，觉得时间尚早，亦华又约黄松去书房交谈，阿丽娜约月仙月容到会客室聊天，直至晚上九时，才各自去休息。

次日，吃过早餐，亦华夫妻带黄松师徒来到集装箱市场，见市场内人来人往热闹非凡。莫斯科是俄国的首都，亦是苏联时的首都，苏联解体后，虽然各独联体国家各自为政，但是莫斯科依然是商业活动中心。兴起的集装箱批发市场，激起了独联体国家小商们的购买热情，并成为他们的后勤部，不但如此，与俄国相邻的印度、越南、巴基斯坦的人亦纷纷赶来，参与经营。黄松看着有各种肤色的人流，觉得这里的发展空间非常大。太阳区的摊主以福建人为多，温州人为次，还有几位上海人，义乌人仅有十来名；产品的种类不多，大都是些价格低廉的次品；由于资金不足，每次仅托运四五个包，再加上海路运输，时间长，每运一次，长则两个月，短则四十天，因此，资金周转十分缓慢。黄松了解到这些情况后，立即有了自己的主张。

亦华在太阳区为黄松买了一个摊。当时，由于人民币在俄罗斯不通用，黄松随身带的美元又不多，便向亦华借了一万五千美元付了买摊的款。摊已买好，黄松急着打电话给小虎与陈生，要求他俩火速发两个集装箱的货，二人各发一个。长期在莫斯科经营，必须要有自己的生活用房，黄松托亦华租来一套房与两间仓库，此后，师徒三人就住进了自己的租房中。于是三人每天在租房中休息吃饭，白天去集装箱市场转，如此过了一星期，觉得这样的日子过腻了，而货物迟迟不到，依亦华的说法，尚需等一个多月，黄松觉得太无聊，就决定先回义乌再说。"月仙月容，我看你俩离家这么久了，反正在此无事可做，是不是应该回家看看为好?"黄松亲切地道。"师父,我听你的。"月仙立即应道。"师父,在此无事可做,回家看看亦好,我正想去学校走走,顺便再去看看父母呢。"月容发表自己的想法。"那好啊,既然大家都这么想,就决定明天回去吧。"黄松见她俩与自己同感,就决定趁早走。于是三人就准备好行李,告别亦华夫妻。黄松给了月仙月容各两千元钱作为回家时的费用,二人欣喜若狂。

三人在莫斯科机场上了飞机,很快到达上海,黄松要坐火车回义乌,月仙要回常州,月容要去涟水。"月仙月容,今日暂与你俩分别,一个月后,我会打电话给你们的,到时还是到此再相会,你俩回家后好好休息一会吧。"黄松亲切地吩咐道。"师父也是,我们不在你的身边,可要自己保重了。"二徒依依不舍地与黄松挥手告别而去。

月仙出了机场,告别了师父,心里怀念着自己的母校,更想念着一直关心着自己的施教授,于是就往南京大学而去。

月仙到达南京大学,如同回家一样高兴,来到施教授办公室。"施教授,施教授,我回来了。"月仙如同小儿回家见娘似地大呼小叫道。"哦,是月仙来了,快进屋坐。"施教授见月仙活泼可爱的样子欣喜万分,急忙将她迎进办公室去,殷勤地为她倒茶。"施教授,我这次随师父去了乌鲁木齐,又去了莫斯科,一路走来,又学到了不少知识。"月仙自豪地对施教授道。"哦!我的学生出国了,不简单。月仙,你能说说这次行程的体会吗?"施教授呵呵笑道。"我这次与师父、月容先去了乌鲁木齐,参观了商贸市场,见到了不少大人物,然后又去了莫斯科,考察了集装箱市场,又见到了一批商场精英。施教授,外面的世界真美,我所见到的人一个比一个更强,而这些人基本上文化都有限,不要说上大学,连高中亦没上过,他们走南闯北,落地开花,一个个如天上雄鹰,山中猛虎,我始终不解的是,他们的这些本领是如何练成的?"月仙将自己这次所遇到的事一五一十地告诉了施教授。"月仙,人才出自社会,与这批人相比,我自叹不如了。"施教授听了月仙的叙述,谦虚地道。"那倒不是,在传统文化方面,你施教授可算一把好手,但在闯荡江湖方面,或许真的不如他们,对不对。"月仙平时非常崇拜施教授,见他如此谦虚,倒有些过意不去。"还是我的月仙说得好。知识是无穷无尽的,永远也学不完。我学的只是文化知识,其他的一概不会,如果你能在学到我所教的同时,又学到社会上的实用知识,到时,你一定会变成青出于蓝而胜于蓝的出色人才了。"施教授微笑道。"施教授，我生来就有些笨，没有你想象的那么好，但我会努力去争取的。"月仙不好意思地道。"自古道，只有学生的状元，没有先生的状元。月仙，你一定行。"施教授一直喜欢月仙的诚实，他真心地鼓励道。"谢谢施教授的鼓励，我会努力的。"月仙欣慰地道。

月仙告别施教授，回到常州自己的家，见过父母兄弟，晚上，月仙取出师父给的两千元钱，交与父亲："爸，这是师父给我的，交给你吧。""月仙，家里不需要用你的钱，你自己放着吧。如今你长大了，身边少不了花钱，留着吧，啊。"父亲柔声道。"爸，我与师父一起，都是他开支的，不需要花自己的钱，反正放着没用，还是爸放着吧。"月仙坚持着递过去。"月仙，你要懂事一点了，与师父一起，怎可都要他开支呢，这样不行，不能尽吃人家的，做人要有来有往，互相尊重，不能只进不出，老占人家的便宜，知道吗?"父亲严肃地批评道。不知后事如何，请看下回分解。

第四十一回

莫斯科物流受阻　应月仙义乌托媒

　　话说月仙将师父给她的二千元钱交给父亲，父亲觉得自己的女儿如此单纯可爱，心里欣慰至极。"月仙，你这次回来，什么时候再去俄罗斯啊？"父亲接过钱，关心地问道。"师父说，货要过一个月以后才能到莫斯科，在那儿无事，叫我们先回家看看父母，再到学校去见见老师，到时会通知我的。"月仙如实对父亲道。"月仙，自古道，穷客人富盘费，人在异国，身边不可少钱，得放点钱防着点。就把一千元放在我这里，我代你保管，另一千你自己放着，以备应急之用。"父亲将一千元钱交还给月仙。

　　吃过晚饭，月仙粘着母亲聊天。"月仙，这次去了异国，感觉怎么样，师父对你好吗？"母亲轻轻摸着月仙的头发，和蔼地道。"妈，以前在家时，我觉得爸妈是世上最伟大的人，后来上大学时，又觉得施教授最伟大，但跟随师父后，又觉得师父最伟大，但这次去了乌鲁木齐与俄罗斯，一路走过，见过许多伟大人物，看样子一个比一个更厉害，这才深深体会到'山外有山，人外有人'的深层含意啊。"月仙激动地道。"看来我宝贝女儿越来越聪明了，那师父对你怎么样啊？"母亲称赞一番后，又关心起女儿与师父的关系。"师父当然很好啊，否则，他怎么会给我二千元钱呢。在我的心中，他与父母一样，无微不至地关心我。"月仙自豪地道。"那他有没有那点意思呢？"母亲眯着眼神秘地道。"哪点意思啊？我不懂。"月仙见母亲神秘兮兮地，不知何意。"傻瓜，就是男女之间的事啊。"母亲见女儿不懂自己的意思，就点明道。"妈，你想到哪儿去了。师父是什么人，我配吗？真是癞蛤蟆想吃天鹅肉了，真是的。"月仙听母亲说起男女之事，觉得脸红耳赤，羞答答地捶打着母亲道。"月仙，恋爱之事，说不清楚，或许师父喜欢你，你何不找个机会试探一下。"母亲为女儿出点子道。"妈，我可说不出口，万一他回绝了，那叫我如何做人啊，太羞人了，我不干。"月仙不好意思地道。"月仙，你年纪也不小了，该到论嫁的时候了，若能嫁给师父那样的人，我们一家都就享你的福了。试试吧，妈支持你。"母亲温和地道。"妈，不说了，我睡去了。"月仙不好意思地离开母亲，自去睡觉了。

月仙独自躺在床上，回想起母亲的一番话，久久不能入睡，又想起与师父长期接触的过程中，师父对自己始终都是那么关爱，特别是为他打扫房间时，自己曾答应为他介绍对象，他也曾说，若介绍不成要拿自己抵数，虽说是玩笑话，但心里还是舒服得很，她不知道师父这句玩笑话中，有没有一点点真意，如果真的能嫁给他，那又该多好啊，然而师父那么有魄力，而自己又那么没用，怎么有资格与他相配呢，她不敢再往下想了。

月仙在家玩了三天，觉得实在无聊，她想着师父，不知道他在家又干什么事，于是就告别父母，决定前往义乌，与师父一起度日为妙。

再说月容，在上海与月仙分别后，想起自己两个月没有回家了，这次回家不能被人看轻，摸摸口袋里师父给她的两千元钱，觉得自己从来没经手过这么多钱，这时，她特别有底气，精神上亦好了许多。她想：有了这么多钱，就该好好地风光一番。她来到一家服装店，买了一套漂亮的服装，对着镜子一照，觉得自己漂亮多了，但发型太土，于是又到理发店，做了一个好发型。自古来，人是七分生，三分扮，小年无丑妇，经这么一打扮，倒也有点像美女。月容满意地上车直往涟水县而去。到了涟水城，买来两袋水果孝敬双亲，然后来到沙谷村。月容家住在两间清朝时的旧屋中，父母以农为生，生活艰难，一直来勤俭持家，还供两个儿女读书，实在不易。"爸、妈！我回来了。"月容进家门后亲切地叫父母道。"哦！是月容回来了，看你这身打扮，新衣新裤新皮鞋，还有漂亮的发型，若不是你叫我，妈还一时不敢相认呢。快坐着，妈给你烧点心去。"母亲见可爱的女儿回家，欣喜若狂地道。

"月容，看你这身打扮，要花很多钱啊，你这钱是从何处来的呀？"父亲见女儿的打扮，虽觉得漂亮，但他知道家里困难，没钱供她花，不知道女儿的钱是从哪儿来的，于是就疑惑不解地问道。"爸，女儿很快就要毕业了，在毕业前，老师安排我们去社会体验实际生活，我是在南京市政府办公室实习的，每月工资一千元，已经两个月了，发来两千元，女儿自己留了一些，我知道，爸妈辛辛苦苦地一直为我姐弟操劳，如今我第一次发来工资，应该孝敬孝敬父母为是，喏，这一千元钱就代表女儿的孝心了。"月容为了自己的尊严，编了一套假话哄着老实的父亲。"哦！看来我们一家的苦日子终于要熬出头了。"父亲哈哈大笑道。月容出身贫寒，从小就跟父下田，随母下厨，一直来养成勤劳的习惯，为此，父母俩一直都非常喜欢她。这次回家，还是如此，她倒是一位有孝心的好女性。

话说黄松买了一些父母喜欢的礼品回到家中，父母欣喜若狂。"松儿，这次去俄罗斯还顺利吗？"父亲关心地问道。黄松见父亲问起，就将自己这次去俄罗斯的过程全告诉了父亲。"哦！松儿比我能干，你真行，为父放心了。"父亲听后，欣慰地道。"松儿，你都二十九岁了，做生意固然重要，但娶媳妇亦不能再拖了，人比钱重要啊。妈最关心的还是你的婚姻，是不是该娶媳妇了？"妈有些着急地道。"妈，你不要这样急，我肯定不会做光棍的，放心吧。"黄松笑道。"哎呀，妈叫你娶妻时，你每次都是这么说的，我再不相信你了，我要你马上结婚。"妈认真地道。"妈，娶老婆不是买菜，是要彼此情愿的。你要我结婚，与谁啊，真是的。"黄松见母亲急不可待的样子，就无奈地道。"不要推三推四了，我看上次来的那两位大学生不是很好吗，你随便娶一位都行。"妈果断地道。"不行，她们会同意吗？"黄松不以为然地道。"怎么不会，我看她俩都会同意的，若不，怎么会到我家来呢。"妈肯定地道。"妈！你误会了，她俩是来体验生活的，不是如你想的那样。"黄松被说得哭笑不得。"松儿，你不知道女人的心，而妈是女人，女人最知道女人的心，我从她俩的眼神中早就看出来了，她俩都喜欢你，不信，你找个机会试探一下便知。"妈给他出点子道。"我可讲不出口。"黄松红着脸道。"你讲不出口，我去，妈是讲得出口的，这是正事，有什么讲不出口的。"母亲情绪激动地道。"妈，你不要胡来，人家姑娘家是要面子的，你这样做到时会弄得大家都尴尬的，知道吗？"黄松急忙阻止道。"好了，你什么都别管，妈是有数的。"母亲眯着眼睛笑着道。

"伯父伯母在家吗？"门外有人叫门。"哦，谁呀？我来开门。"黄母听有人叫门，忙前去开门。"哦！是月仙啊，快进屋坐。我一家人正想着你呢，来来来，伯母给你泡茶烧点心去。"黄母一边呵呵笑着，一边殷勤地拉着月仙的手，欣喜地走进门去。"伯母，师父在家吗?"月仙见伯母如此热情，心里欣慰至极，但不见师父的影子，忙问道。"哦，你师父一早就出去了，待会儿就回来。你歇着，伯母给你烧点吃的。你来了，我就高兴，坐着坐着，啊。"看样子，黄母高兴至极。"伯母，别劳你了，我不饿，你亦坐会儿吧。"月仙见伯母如此好客，不好意思地道。"月仙，不要见外，伯母是当你为自己的女儿看的，你到这里就当你自己的家吧，不要客气，好吗?"黄母和蔼地道。"伯母真好，太谢谢你了。"月仙见伯母如此热情，心里无比温暖，她将随身带来的一大袋水果放在桌上，又从包里取出两盒双宝素来拿着，去看望在内间的伯父。"伯父，你好，月仙来看望你了，没什么可孝敬您的，特买来两盒双宝素给您补补身。"月仙进房后，亲热地对黄浩道。"哎哟，还是月仙有情义。你来看我，我已经感激不尽了，怎么还买东西来，怎么承受得起啊。"因身体原因，黄浩常躺在床上，见月仙来看望自己，心里感激不尽地道。"伯父，你身体不好，我们晚辈的本就应该多来看看，何况你一家人都对我那么好。只是我年纪轻，不太懂事，有不周之处，请谅解一些。"月仙谦虚地道。"月仙，你非常懂事，我从心里喜欢你，如果我松儿能娶到像你这样聪明贤惠的媳妇该多好啊，可惜我们没这样的福分啊。"黄浩望着月仙，若有所思地道。"伯父，您说哪儿话来，像师父这样能干的人要什么好的姑娘没有，我怎么配得上他啊? 放心吧，伯父，到时师父一定会给你娶个比我强百倍的好姑娘进家的。"月仙见伯父如此称赞自己，心里欣慰至极。"月仙啊，我松儿年纪不小了，他只知道做生意，把自己的终身大事全抛在脑后不管了，你常在他身边，多劝劝他，好吗? 伯父拜托你了。"黄浩诚恳地道。"好的，我一定多提醒他几句。"月仙爽快地答应了。"月仙，快过来吃点心，你一定饿了吧。"伯母烧好三个甜鸡蛋，端上了桌，叫月仙道。"哦，来了。"月仙听到伯母的叫声，忙出房门，来到客堂中。"伯母，我每次来你都这么客气，我倒觉得不好意思了。"月仙微笑着道。"你说哪里话来，伯母粗人粗语，你别怪招待不周，否则，我松儿会怪我的，知道吗?"黄母呵呵笑道。"伯母真会说话，那我就恭敬不如从命了。"月仙谢过黄母，低头吃着甜鸡蛋。"月仙，我越看越觉得你漂亮，不知道我松儿是否对你有点意思?"黄母坐在一边凝望月仙一番后突然对月仙道。"伯母，你误解了，师父喜欢的是月容，不是我。"月仙见伯母突然问起这样的话，禁不住有些酸味。"不会吧，月容有什么好的，我不信。"黄母不以为然地道。"真的，他常赞月容聪明，而叫我傻瓜。不信，你问问师父就知道。"月仙苦笑道。"如果真是这样，那就是他有眼无珠了。不行，这事我非问个明白不可，终身大事，怎可黑白不分。"黄母有些着急地道。"伯母，其实我也知道月容比我聪明。在校时，她成绩比我好，特别是俄语比我讲得更好。师父去俄罗斯经商，俄语很重要，他是有事业心的人，当然喜欢月容了，这我很理解，如果他俩以后能发展为夫妻，那才是天生一对，地造一双的好搭档呢。"月仙说出了自己的想法。"月仙，你二位姑娘对我来讲，怎么都觉得看你比看她舒服得多，松儿怎么会喜欢她呢，我不相信，或许你有些误解了吧，不过有一件事我要对你说明，他常叫你傻瓜，请不要误会，在我们义乌，常称自己喜欢的人为傻瓜，如松儿小时，我们亦常叫他傻瓜，他或许是喜欢你才这样称呼的，知道吗？"黄母为自己的孩子辩解道。"伯母，师父对我一直都很好，他怎么称呼我都不在乎，你多虑了，好了，时间不早了，今夜我去廿三里旅馆住下，明天再来你家玩吧。"月仙觉得师父不在，还是住旅馆较合适。"我家有房间，你何必去旅馆呢？月仙，松儿很快就会回家的，待会儿再说吧。"黄母见月仙要住旅馆而急了。"没关系，伯母，反正我来你这里要多住几天，你与师父说一声，我明天再来就是。"月仙说着，背起包就走。黄母站在门口，无奈地望着她走远，直到看不见。

月仙来到廿三里旅馆，开了房间，独自躺在床上，不觉回想起伯父伯母的话，禁不住一阵茫然。从伯父伯母的眼神中可以看出，他们是真心喜欢自己的，而师父却偏偏称赞月容不止，难道他真的喜欢月容吗？二十三岁的女性，早已是成熟的人了，她原本平静的心，却被伯父伯母软语一激，这时的月仙，情窦初开，一时使她控制不住，一整夜都想着黄松这个人。她开始妒忌起月容来，觉得没有月容，或许追求师父比较容易，月容无疑变成了自己的情敌，她越想越觉得不对劲，于是决定主动出击，然而，又觉得自己没有必胜的把握，怎么办，正在无计可施时，她突然想到名花来，对，求她帮忙，一定能事半功倍，想到此，才安然地睡着了。

次日，月仙不去师父家，反去名花家，并买了一些礼物。在开放袜业有限公司中，名花正在自己的办公室。"名花姐，你好。"月仙兴致勃勃地走进办公室叫道。"哦，是月仙啊，什么时候来的啊，真难得，快坐，姐给你倒茶。"名花见月仙突然到来，欣喜地道。"我昨天来的，今日特来看望你，没礼物给你，就买了些水果，请勿嫌弃。"月仙将一袋水果放在桌上，朗声道。"哎呀，我说月仙啊，我们之间常来常往，何必买礼物，只要人来就行，记住啊，下次可真不能买了。"名花笑着责怪道。"名花姐，我昨天来这里，师父不在家，晚上住在廿三里旅馆中。在我的心目中，除了师父就你最亲，因此，我就跑到这处坐坐，不会妨碍你的工作吧。"月仙恭敬地道。"不妨碍不妨碍，你来我正高兴呢，你师父昨天就在我这儿呢，我们谈了生意上的事，或许他回家时你已去廿三里了。"名花为月仙倒了茶后道。"哦，原来是在你家，他有没有谈到其他事，比如说我的事?"月仙知道师父常来名花家，她想试探一下师父背后是否说了什么。"你师父这人啊，有个怪脾气，谈起生意上的事就无止境，可是他从来不会谈女人的事，为此，我昨天有意问起你的事，可他只是笑笑，然后马上又转移话题，唉，真没办法。"名花无可奈何地道。"哦，不知名花姐如何问他的?"月仙听名花在师父面前特意提起过自己，心里特别关心。"我说他快三十岁了，早该结婚。他回说缘分没到，不可强求。我就说月仙不是很好吗。他却笑而不语。你说怪不怪?"名花眉飞色舞地道。"谢谢名花姐的抬举，不过，师父并不喜欢我。"月仙面无表情地道。"何以见得?"名花惊奇地问道。"平时，我们三人一起时，师父总是称赞月容聪明，而对我却常称傻瓜，你说这样还会喜欢我吗?"月仙委屈地道。"呵呵，月仙，那就是你的错了。我常称我的孩子为傻瓜，难道我亦不爱自己亲生的孩子了吗? 在义乌，傻瓜就是宝贝的意思，爱过头才会这样称呼的，这正说明你师父爱你超过了爱月容。而在我的眼中，第一次在常州看到你时，就觉得你与师父有夫妻相，而对月容，至今印象都没有了。放心好了，师父肯定喜欢你，而不会喜欢月容的。"名花呵呵笑道。"真的? 如此说来我就放心了。名花姐，请不要见笑，实话说，我真的很喜欢师父，已经到了时刻想念着他的程度，但是，月容确实比我聪明，如果她亦爱上师父，那我肯定不是她的对手，怎么办?"月仙喜忧参半，喜的是名花的一番陈述使自己有了底气，忧的是，月容的存在威慑着自己与师父的关系。"月仙，正因如此，你还需主动争取，自古道日久生情，只要你长期粘着师父不放松，你一定会成功，而且我亦会帮你在师父面前说几句。放心吧，我相信，你们一定会修成正果的。"名花自信地道。"名花姐，我很崇拜你，亦相信你有能力，正因如此，我今天才会来求你的。"月仙称赞名花道。"月仙啊，不是我吹牛，只要我名花决定要做的事，还没有不成功的例子。这样好了，你暂时不要与师父见面，一切听我的，我自有安排，知道吗？"名花认真地道。月仙听了，心里欣慰至极，诺诺称是。然后，名花在她的耳边如此这般地说了一番，月仙点头同意。

原来黄松先去了小虎厂里，与他夫妻俩谈了半天乌鲁木齐与俄罗斯的事，又去了陈生厂里，同样也是谈生意上的事，陈生好客，晚饭请他喝酒，二人因高兴，酒亦喝多了，待回家时已半夜，父母已睡，于是就独自上楼睡觉，一直睡到次日中午才起来。父母见他起来，就将月仙来过家的事告诉了他，黄松这才知道，于是忙拿出手机打电话，不料不通，急赶到廿三里旅馆，又不见人，究竟去了哪儿呢，他一时茫然了。黄松觉得月仙在此并无熟人，仅与名花较投机，于是就急急跑到名花办公室去。"嫂嫂，嫂嫂，月仙来过吗？"黄松未进门就大叫大嚷道。"什么事啊，大呼小叫的。"名花不轻不重地道。"我说月仙有没有来你这里。"黄松用手擦着额头上的汗道。"没有啊，她若要来，那一定先来你家啊，怎么到此来啊。"名花装作惊奇的样子道。"糟糕，会去哪儿呢，难道出事了。"黄松有些慌了。"喂，究竟是怎么回事，快说来听听。"名花认真地道。黄松将事情经过告诉了名花。"原来如此，或许因你一家人无意中得罪了她而回家了吧。"名花有意试探着道。"不可能，我父母视她为宝，我就不用说了，怎么会得罪她呢，这事真有些怪了。"黄松搔搔头皮道。"老弟，月仙不是小孩，不会丢失的，放心好了，她肯定有什么突发之事赶回家去了。"名花劝慰道。"不行，月仙平时不会这样的，若有突发之事，一定会先打电话给我。我担心她出事，得赶紧去常州一趟，我实在放心不下。"黄松焦虑之极。"急什么，要去也得明天去，今天就在此陪我吃中饭，没别人，就你我二人在办公室中吃，我们谈谈心，好吗？"名花柔声道。"嫂子，找不到月仙，我哪还有心吃饭呀。"黄松不安地道。"现在急也没用，吃过中饭，我帮你去找就是，这么大一个人，还愁找不到，我倒不相信。"名花不以为然地道。黄松听名花这么说，亦无言以对，只是焦躁地坐着长吁短叹不止。名花叫来一位员工，吩咐他到厨房端饭菜到办公室，二人边吃边聊。"黄老弟，看样子你非常爱月仙，是吧？"名花开始试探地道。"她是我徒儿，我当然爱她啊，这还用问吗？"黄松毫不犹豫地道。"那你爱月容吗？"名花又问道。"我对她俩一视同仁，并没有区别对待啊。"黄松见名花突然问起此事，有些奇怪地道。"我看你的两个徒儿各有春秋。现在只有我二人在，我问你，你的心里是如何评价她二人的?""论智商，月容稍高一筹；论人品，月仙高一筹。"黄松果断地道。"黄老弟，你年纪亦不小了，该到结婚的时候了。嫂子要你从二徒中选一个，你喜欢谁?"名花直截了当地道。"嫂子，太突然吧，我尚未想过，叫我如何回答啊?"黄松见名花突然问起这种事来，一时不知所措。"现在考虑亦不迟啊，我俩之间谈谈又何妨。"名花认真地道。"我想啊，如果在创业上，月容比月仙能干；如果在生活上，月仙比月容更体贴。"黄松想了一下后道。"对，你分析得很对。据我观察，月仙性格温柔，是位贤妻良母型的女性，而月容做事认真，但城府太深，容易夫妻不和。一家人过生活，贵在和睦，只有和气，生活质量才会好，否则，钱再多也过不上好生活。夫妻间，一刚一柔为好，夫妻俩能力相仿，各执己见就容易产生不和，一般来说男的是外当家，女的是内当家，男的在外面创业搞外交，女的在家做家务。男女各守其分为传统风俗，但亦有特殊情况的，如我与小虎，由于环境所迫，我比小虎吃苦多，生存能力亦比他强，特别在经商方面，他更不如我，这是他自己亦承认的，因此，有关危难之时，都以我说了算，他一直不会与我争强斗胜，我家的刚柔是颠倒了，是女刚男柔型的，不过，不管颠倒不颠倒，都必须有主次之分，否则，就会产生家庭不和。因此，如果我换成你，我一定会娶月仙为妻，你说对不对。"名花温声地道。"嫂子，你是绝顶聪明之人，见识多广，我一直都非常崇拜你，而且你都是为我好，然而我的心一直在想着如何将生意做强做大，从来没想过男女之事，你虽话说得不错，但婚姻之事毕竟是双方面的事，并非你想怎样就怎样，万一人家不愿意，以后我还怎么做人。"黄松为难地道。"大傻瓜，只要你愿意娶月仙，其他事就不用管了，一切包在嫂子身上，知道吗?"名花见黄松终于露出了真相，于是就呵呵笑道。"嫂子，那好，这事就拜托你了，但月仙现在到底去了哪儿，我还是担心之极啊。"黄松又急躁起来。"月仙保证丢不了。这样好了，你明天去她家看看，我在各处找找，我们分头找她，我就不相信找不到她。"名花果断地道。"亦只能如此了，明天一早，我就去常州，这边就拜托你了。"黄松见名花如此帮自己，心里感激不尽，千谢万谢后，拜别名花，回家去了。

　　其实，月仙就躲在隔壁的书房中，黄松离开后，名花就叫出月仙，名花早将与黄松的谈话录在录音机内，叫月仙坐好，将谈话的内容全放一遍，只听得月仙惊喜交加，热泪满盈。"名花姐，接下来我们该怎么办呀?"月仙急切地问道。

"接下来嘛，你今晚就乘夜车回常州，他明天必来看你，到时你装病在床，看他态度如何，有事我们电话联系就是，知道吗?"名花出主意道。"那好，我一切听你的。"月仙见名花如此精明，心里钦佩之极。不知道黄松是否去了常州，请看下回分解。

第四十二回

师徒三因情纠结　莫斯科黄松开业

　　话说月仙听了录音，又听名花的吩咐，心里兴奋至极，急忙告别名花，连夜乘车返回常州。再说黄松与名花一起吃中饭，谈起婚姻之事时，觉得名花说得没错，自己年纪不小，应该到成家的时候了，而月仙的突然失踪，更使他坐立不安，晚上，他亦没睡好觉。次日一早，黄松告别父母，急急去义乌上车，直奔常州而去。

　　黄松到达常州，来到月仙家，急进家门，见其父母都在家。"伯父伯母，月仙在家吗？"黄松一进门就问道。"哦！是黄松啊，快坐坐，伯母给你倒茶去。"月仙的母亲见黄松来了，殷勤地为他倒茶。"黄松啊，你真难得呀，我月仙在家，不过身体有些不舒服，正睡着呢。"其父如实告诉道。"哦！她生病了？快带我去看看，不知病得怎么样，要不去医院看看吧。"黄松听月仙病了，一时有些慌张。"那好吧，我们去看看吧。"老应见黄松如此关心月仙，亦就陪着他去月仙的房间。"月仙，月仙，你师父来看你了。"老应拍着房门叫道。"哦，爸，我马上来开门，请稍候。"月仙有气无力地应道。门开处，只见月仙穿着睡衣，一身病态的样子。"师父，你怎么来了啊？请进来坐。"月仙见师父果然来家，十分佩服名花的见解，但还是装作生病的样子道。"月仙，你的病要不要紧，要不，去医院看看吧。"黄松见月仙有气无力的样子，十分疼爱地问道。"师父，不大要紧，只是有些发烧，现在已经好多了。"月仙见师父如此关爱自己，心里欣慰至极。"那就好，你想吃什么吗？师父给你买。"黄松听说并无大碍，也就放心了许多。"不要买，师父，我给你倒杯茶。"月仙说着，欲出门去倒茶。"我不喝茶，月仙，你身体不好，还是多休息会儿吧。"黄松温声道。"师父，我前天去了你家，你不在，当晚我住在廿三里旅馆中，不料发起高烧，于是，我在第二天早上就乘车回家了，真对不起。"月仙诉说了自己突然不见了的原因。"哦！原来如此，那天我在陈生家多喝了几杯，回家时夜已深了，第二天，我父母告诉我你来过的消息，我立刻赶往旅馆，但又不见人，打电话也不通，这可急坏了我，于是就到处找，后来找到名花那里，她说可能你有急事回家了吧，我觉得她说得对，就这样，我就坐车来你家了。名花真是料事如神，果然是你因病而回家了，谢天谢地，你没出大事就好了。"黄松庆幸地道。"师父，你大不必为了我而如此紧张，我如何担当得起啊？"月仙感激地道。"月仙，你身体欠佳，不宜多说话，还是多休息为好，师父就不烦你了，我到常州开旅馆住下，待你身体好了，再与你去义乌，好好玩几天，然后一起去俄罗斯，免得我再为你担心，好吗？"黄松关爱之极，似乎怕再次失去月仙一般。"师父，麻烦你了，我听你的就是。"月仙觉得这样亦行，看看以后又会如何。

黄松住在常州旅馆，每天买许多补品来看望月仙，一连三日，使月仙实在过意不去，于是就叫黄松不要买了，说身体已经完全康复了，并要求同去义乌。黄松见月仙已经康复，欣喜若狂，于是就双双买了车票，一起往义乌而去。

黄松与月仙双双回到乐村。黄浩夫妻见月仙失而复得，欣喜之余，每天都甜言蜜语地哄着月仙，再不要她住旅馆了，一日三餐，如待公主似的养着，不让她有半点委屈，这使她十分过意不去。月仙在黄松一家的宠爱下一连过了一星期，虽过着如神仙一般的生活，但还是忘不了名花的帮忙，饮水不忘挖井人，她想去名花那儿道谢，并且再请教一下以后又该怎么办，于是，她就向黄松提出了自己的想法，而黄松觉得有理，应该出去走走，他不放心月仙单人去，就想陪同一起去。

黄松与月仙一路上说说笑笑地来到名花办公室，凑巧小虎也在。"黄老弟，看你俩神采奕奕的样子，真像一对夫妻啊。"名花见二人恩恩爱爱的样子，知道自己给月仙出的点子起到了效果，于是就开玩笑道。"多谢嫂子的提醒，那天她当真回家去了，你啊，真料事如神呀。"黄松呵呵笑道。"哦！真的是这样，那我就要怪月仙的不是了。为什么不告而别，月仙，你给我说清楚，过来，这里让他们两个大男人说话，我与你进内间说去，走。"名花听黄松说完，就边责怪边拉着月仙进了内间。二人来到内室，名花打开门，见里面陈设简单，有沙发茶几，还有一个热水器，茶几上放着四个瓷茶杯，其他什么也没有，这是间用来与贵客谈生意的雅间。二人进入雅间，月仙关上门，突然上前紧紧抱着名花不放手，然后嬉嬉笑道："我的姐真厉害，果然不出所料，他来我家看我，我装病了，他担心死了，带我到他家后，连他父母亦更加对我好了，每天问长问短不止，真使我受宠若惊了，这是我有生以来最受尊重的时段，太谢谢姐了。"月仙抱着名花的腰，甜甜地笑着道。"月仙，看你如此兴奋的样子，姐亦高兴，不过，事情还没那么简单，那月容也不是省油的灯，你还得提防点，知道吗？"名花见月仙如此喜悦，又提醒道。"哦！那以后我又该怎么办呢？"月仙听名花这么一说，随即松开抱着的手，恍然地问道。"你坐下，听我慢慢道来。"名花要月仙坐下说话。二人在沙发上坐定，名花倒了两杯茶。"月仙，你不要认为男人都是那么神气彪悍，其实男人亦有脆弱之处，而他们的脆弱之处，亦正是我们女人的强项，因此，他们很需要我们的帮助，特别是个人生活中，他们更不会自理，如居家卫生、衣着打扮、烧饭炒菜等方面。今后，请你在这些方面多多帮助你师父，日子久了，他才会觉得身边的女人不可少，感情亦因此而生，再加之你努力争取，主动出击，我想你一定会成功的。"名花又教了月仙一招。"还是姐了解男人，谢谢你的指教。"月仙觉得名花说得在理，欣慰地谢道。"我是过来人，自然知道男人的心理，听我的，决不会错。"名花自信地道。

　　名花与月仙在雅间谈了许久，两个男人在外间也交流了如何发展经济方面的见解，四人一直谈到太阳西下才散。

　　再说月容，回家后，为了报答父母养育之恩，每天都忙着帮父母干活，但到晚上，独自又想着自己今后的前途。她觉得，自己在知识上胜了月仙一筹，然而在相貌上又逊她一筹，因此，在事业上可能比月仙的成功率高，而在婚姻上，或许不及她了，如果到时月仙嫁了个好丈夫，而自己却嫁个不起眼的男人，那不是太丢人了吗？不行，无论如何不能输给月仙，于是，她就下决心先在相貌上下功夫，她开始注重自身的打扮，每天搽粉点红，一月做三次发型，还觉得天天穿着上海买来的漂亮服装不够，又去县城再买来一套时髦的服装，一切都满意了，唯一的缺陷就是身材尚不如月仙，于是，每天早上，与一些爱跳舞的姑娘学跳舞，以助长自己的气质。如此过了月余，突然接到师父的电话，要她马上去义乌，准备赴俄罗斯，月容回说在上海机场等候，到时再打电话联系。为了不误时，月容告别父母，提早一天到上海，开了旅馆住下。晚上无事，她独自去逛街，繁华的上海，晚上照样车水马龙，热闹非凡，各店面的装饰灯光忽红忽绿使人目不暇接。"啊！好美的灯光啊，如果能将这样的灯光做成什么商品或小儿玩具，那一定热销之极。"月容若有所思地暗道。

晚上，接到师父的电话，说次日九时许在上海机场等待。第二天，黄松与月仙果然风尘仆仆地来到机场与月容相见，于是，买了三张机票，飞往莫斯科而去。

师徒三人到达莫斯科，住进租房，月仙月容忙于打扫卫生，黄松打电话给亦华，问货到了没有，亦华回说尚未到，这使黄松十分扫兴。货没送到，什么事亦不能做，师徒三人每天白天在市场上转来转去，晚上去亦华家聊聊天，这样又度过了二十多天，货终于到了。师徒三人见货已到，忙到港口提货，叫来搬运工将两个集装箱的货全搬进租房。当时，义乌的经济刚在初兴时期，农商的手头并不宽松，在莫斯科经营的已有十几人，他们都是共同拼一个集装箱托运，而黄松却一次性运来两个集装箱的产品，可算是大手笔的大生意了，这使太阳区的人目瞪口呆。

晚上，黄松吩咐二徒，要她俩分货经营，一人卖袜子，一人卖服装，每天卖多少货，收多少钱，都要记得清清楚楚，不得有半点差错。为了公平，黄松叫二人抽签，其结果是月仙抽的是袜签，月容抽的是服装签。"师父，我卖服装，可不可以穿上产品当模特，以此来吸引顾客啊。"月容突然向师父道。"当然可以啊，月仙亦穿上。二人既是营业员，又是模特儿，再好不过了。"黄松觉得月容的主意不错，就呵呵笑道。"师父，服装穿在身上可以当广告，但这袜子穿在脚上怎么打广告呀。"月仙觉得自己吃亏了，到时一定服装好卖，这样一来，她就明显输给了月容。"不要紧，到时我叫小虎托运一些模型过来就是。"黄松觉得月仙说得有理，于是就劝慰道。

第二天一早，黄松叫人将货拉到市场，一些放在摊上，一些放在集装箱上面的仓库中，然后，三人各选一套上好的服装穿在身上，如演员似的站在摊内叫卖。在太阳区内，黄松的摊顿时显现鹤立鸡群之势，顾客们纷纷被吸引过来，再加上月仙月容都会讲俄语，更增加了热闹气氛。月仙原本年轻美貌，活泼可爱讨人喜欢，月容有意粉面红颜打扮一新。二位年轻女郎的亮相，使得顾客们纷纷上前，观看新鲜产品。苏联解体后，俄罗斯与独联体都存在经济困难，百姓手头都紧，买不起高贵的产品，因此，市场里摊中叫卖的大都是价格便宜的次品，然而并不是所有国家都没有较富的人存在，这如菜市场一样，肉食比青菜贵，但并不等于肉无人要，而且想买肉的人依然存在。由于整个集装箱市场没有看到像样的产品，唯独黄松的服装、袜子特别鲜艳，而来买货的顾客都是商贩，他们从集装箱市场批发买的货全散布在各地各国去卖，自然也要批一些高品质的产品卖，以满足不同顾客的需求，这一来，黄松摊上的生意，顿时兴隆起来。集装箱市场有个规矩，早上七时上班，下午五时下班，下班以后，不许任何人进入市场，晚上有保安巡逻，保卫着市场内的绝对安全。

是夜，黄松盘点一天的营业，竟有三十万元人民币的营业额，取利百分之三十，得利约九万元，黄松觉得开门红，吉利得很。月仙月容看初经营就如此可观，顿时欢呼雀跃不止。

黄松这次两个集装箱的货款约四百万元人民币，已付一半，尚欠一半，按第一天的销售情况，两个集装箱的货不到一个月必销完，而托运需一个半月，如此看来，到时又要断货，于是，黄松急打电话与小虎、陈生商量，要二人立即各发一个集装箱的货。小虎与陈生听说自己的产品在俄罗斯如此好销，欣喜之极，自然立即为黄松发货。

黄松的租房共三间，一楼是仓库，二楼是生活用房，黄松房间在东厢，二徒在西厢。次日一早，月仙一觉醒来天已大亮，却不见月容在床。"月容这么早去哪儿了呢？"月仙自言自语地道。她不见月容，就自己上厨房做早餐去了，待做好早餐去叫师父，不料发现月容正在师父房间里为他整理房间，洗刷衣服，擦皮鞋等，不但把师父的房间整理得干干净净，还将师父人也打扮得漂漂亮亮，这一下，可把月仙看傻了眼。这些事正是名花姐教自己必须做的事，月容又怎么知道的呢，难道她也有高人指点不成？坏了，果然不出名花姐所料，这女人不是一盏省油的灯，得认真应付才是。

吃过早餐，三人坐车进入市场，月容亲热地拉着师父的手腕而行，月仙在后跟着，心里不是味道。"不知羞耻的东西。"月仙暗骂道。来到自己的摊位，月容取下挂着的服装样品，用刷子认真地刷去灰尘，又重新整齐地挂上，然后又将摊内的卫生搞了一遍，使整个摊看上去格外整洁漂亮。"还是我的月容聪明能干，你看，多整齐啊。"黄松笑呵呵地道。"师父，我们做生意，不但摊的形象要保持美观，人亦是如此。"月容说着，上前为黄松拉拉衣角领口，然后又叫师父转过身，在他的后背用手捋捋拉拉的，把黄松的衣服搞得整整齐齐。"好了，师父，今天又是一个好运日。"月容为师父整理一番后，讲了一句吉祥语。"好，托月容的口福，今天的生意一定比昨日更好。"黄松听月容一早就讲吉祥语，心里更加赞扬月容不止。师父与月容如此亲热，却一时冷落了月仙，这时，她觉得尴尬之极。

莫斯科集装箱市场中出现了独一无二的精品摊的消息不胫而走，纷纷赶来黄松摊买货的人比第一天更多，这一天的营业额更可观，师徒三人欣喜若狂。收摊后，黄松特地买来许多好菜欲庆贺一番。

晚饭，月容下厨炒菜，月仙在一旁帮忙。见月容炒菜动作非常熟练，月仙惊奇地问道："月容，看你炒菜如此熟练，是什么时候学会的呀？""我出身于农村家庭，家境贫寒，因此，从小就跟父下田，随母下厨，所以，不管农活家务我都会的。"月容自豪地道。"月容，你真了不起，但我却一事不会。"月仙赞道。"月仙，我的命没你的好，我正羡慕你呢。"月容对月仙赞道。

炒好菜，二徒端上桌，黄松开出一瓶五粮液，为二徒倒酒，月仙不会喝酒，就为她倒了一杯饮料。"今天，为我们的生意旗开得胜先干一杯。"黄松举杯，兴奋地叫道。"好，为我们的生意兴隆干杯。"月容举杯与师父碰了一下，毫不犹豫地喝下满满的一杯。月仙见月容一口喝下一杯烈酒吓了一跳，难道月容不知道这是烈酒吗？她受得了吗？"师父，来，酒喝了，吃块肉。"月容喝完酒，师父又给她倒满一杯，月容将一块肉搛在黄松的碗中。"师父，酒无单杯，徒儿敬师父一杯。"只见月容起身，又与师父碰杯，然后一饮而尽。月仙见她又一杯下肚，顿时傻了眼。"还是月容豪爽。"黄松见月容一饮而尽，知道她酒量不小，于是也一饮而尽。"师父，我们一连两天生意做下来，都那么顺利，如我俩喝酒一样，这两杯酒代表两天生意。明天是第三天了，为了第三天的生意，我俩再干一杯，来，一干到底，三元及第。"月容举杯，一饮而尽，眼都不眨一下。"行，谢谢你，好一个三元及第。"黄松一时高兴，一饮而尽。"师父，我们的生意不是只有三斧头，来，再敬师父一杯，代表四季发财。"月容又举杯敬师父，看样子她的酒兴才开始。黄松见她说的都是彩语，又见她脸不改色的样子，相信她还承受得住，于是也一饮而尽，这时，一瓶五粮液全倒光了。"师父，再来一瓶，今天高兴，我俩来个尽醉方休。"月容似乎尚未过瘾，要师父再开一瓶。"师父，不要喝了，再喝要醉了。"月仙见他二人一连喝下这么多酒，担心二人醉倒，便阻止道。"月仙，你喝你的饮料，我与师父喝酒正高兴，不要多嘴。"月容见月仙欲阻止师父，心里觉得扫兴，于是就不客气地责怪道。"月容，真看不出你的酒量如此大，既然这样，那我只得奉陪了。"黄松见月容酒未过瘾，于是就又开出一瓶五粮液。"师父，来，先吃点菜。"月容又为师父搛了一块肉。黄松给月容与自己倒满了酒。"师父，与你说实话，我至今还没有喝醉过，要说有多大酒量，我自己亦说不清楚。今天高兴，多了不喝，就喝六杯如何？"月容豪爽地道。"行，就喝六杯，若再喝，你不醉，我可要醉了。"黄松朗声道。"好，一言为定，这第五杯酒，祝师父五福临门。"月容说完，先干为敬，黄松也一饮而尽，继而，二人又倒满酒。"师父，这第六杯酒，祝你生意场上六六大顺。干杯！"月容起身，与黄松碰杯后一饮而尽，黄松也跟着饮干。"师父，我虽是女流，但从来说一不二，酒喝到这里为止，要喝下次再喝吧，接下来就吃饭吧，如何？"月容当真说话算数，她喝完了酒，就准备吃饭。黄松觉得酒已喝足了，是该吃饭了，心里欣慰至极，于是，三人一起吃饭。

　　晚上，黄松与月容喝了一瓶半白酒，早早睡着了，而月仙却在床上辗转反侧，久久无法入睡。她以前只知道月容的成绩比自己好，其他事并不太了解，通过两天的接触，突然觉得此人深不可测，不但学习比自己好，而且任何能力都比自己强。自己深深爱上了师父，看样子，月容也深爱师父，名花虽教了自己一套办法，但却又被月容占了先机，月仙觉得要与月容竞争，自己根本没有取胜的把握，怎么办？月仙越想越沮丧，在毫无办法的情况下，她决定趁夜深人静时，打个电话给名花，向她诉说一番。"喂！名花姐吗？"月仙拨通电话后，向对方道。"我是名花。月仙，夜深了，怎么还不睡啊，有什么事吗？"名花问道。"名花姐，货已到了，生意做了两天，非常顺利，你的袜子很好销。"月仙将生意的情况作了简单的叙述。"好啊，谢谢你告诉我，以后要好好做生意。对了，你与师父的情况怎么样啊？"名花问道。"名花姐，算我笨，师父总是喜欢月容的，我没办法啊。"月仙哭丧着道。"怎么会这样呢？你没有照我的办法做吗？"名花有些不解地道。"我本来想按你教的去做，但每次总是被她抢上先机。她给师父做的一切，似乎都与你教我的那套一样，这太奇怪了吧。"月仙莫名其妙地道。"月仙，我早就与你说过，月容不是盏省油的灯，要你提防着点，如今果然如此，叫我怎么办。"名花在电话里责怪道。"名花姐，我知道自己的灵性不如月容，但我有些不甘心，因此，请你想办法帮帮我，求你了，否则，我输定了。"月仙恳求着道。"月仙，你亦不必那么自卑，她有她的长处，你有你的长处。你比她长得可爱漂亮，这是她无法与你相比的，特别是你的笑容更美，因此，你不管面对师父或商场顾客，都要笑脸相迎，这样，在生意上可打动顾客的心，在师父面前，能打动师父的心。你暂时按我说的去试试，到时，我另想办法在你师父面前为你说几句，就这样吧，夜深了，休息吧。"名花又为月仙献计道。"好，多谢了，休息吧。"月仙听了名花的吩咐，顿时转忧为喜。

次日，由于月仙睡得迟，时至七时多才醒，见月容不在，知道她早已起床，于是急忙起床上厨去，见月容正忙着为师父洗衣服。烧好早餐，见月容在忙着晒衣服，月仙去叫师父吃饭。"师父，吃早餐啰，今天天气好，生意也一定好。"月仙记着名花的吩咐，满脸堆笑地去叫师父。"哦！月仙，今天这么开心啊。"黄松见月仙今天的精神特别好，欣慰地看着她道。"师父，我什么时候不开心过呀。"月仙柔声道。"我看你今天笑容满脸的，比任何时候都迷人，真的，我喜欢看你这样的笑容。"黄松眯着眼笑道。"真的？谢谢师父的赞扬，我一定多笑。"月仙欣慰至极。

三人吃过早餐，又来到摊中，开始着第三天的营业。这天，三人经营比前两天迟到了约半小时，门口早已有十几个顾客站着等候，门打开，大家一哄而上。"顾客们，慢慢来，不要急，保证每人都有货。我们做生意以诚信为本，货真价实，不带次品，若有次品掺入，以一赔十。大家放心吧，你们有钱赚，我们才有利，希望你们赚得越多越好，一回生，二回熟，以后我们都是好朋友。"月仙满脸笑容地对顾客们道。"好漂亮的东方美女。"只见几位独联体国家的顾客在喁喁私语着。在经营的过程中，顾客们还时不时地与月仙讲几句笑话。月容看在眼里，难免产生一些醋意。

师徒三人在集装箱市场一连做了二十余天生意，每天都是那么兴隆，使整个太阳区的人非常羡慕。一天，突然有位来自独联体的客商来到黄松的摊上。"老板您好，今天配多少货啊。"月仙见来的是熟客，就笑脸相迎。"美女，我有事与你商量。"客商和气地对月仙道。"什么事，直说吧。"月仙微笑着道。"美女，这么多人在，有些不便吧。"客商不好意思地道。"没关系，这里都是熟客，大胆说吧。"月仙微笑道。"不好意思了，我上次在你摊上批来三千双厚袜，拿回家经营时，发现有一百双是薄型袜，因此，我想将这百双薄型袜换成冬袜。"客商觉得人多时讲此事有损摊的形象，就想暗暗与月仙商量，不料月仙让直说，便当着众人之面说了。"老板，这好办，你看看墙上，我们经营的规矩公开贴着，若有掺假，以一赔十。你那百双薄型袜带来了吗？只要情况属实，我们当场兑现。"月仙见有这等事，还有些不信。"美女，我没说你以假充真，这或许是装货时弄错了吧。"客商并不是来索赔的，而是想换成厚的。"不可能，我们的货都是从厂里直接装好运来的，你买了三千双，就是装的三袋，不可能掺假的哦。"月容在旁插嘴道。"这位美女，如你所说，是我骗你不成？那我就拿给你看看便是。"客商对月容的态度表示不满，他说着，从一只编织袋中取出百双薄型的春秋袜来。见贴的商标图样是"开放牌"，月仙月容目瞪口呆，不知此事如何处理，请看下回分解。

第四十三回

应月仙商场成名　毛月容独自创业

话说黄松这日摆好摊后就去其他市场转转，顺便了解一些商业信息，却不料在自己摊中发生一起不测事故。为了诚信度，黄松在自己的摊上挂了一块牌，上写"若有以劣充优，愿以一赔十"。而这天，顾客带回百双薄型春秋袜，要求调换厚的冬袜，这原本是合理之事，然而月仙却要按自己的规矩办事，不但不要退回百双春秋袜，还要赔他千双冬袜，这一下可激怒了在一旁的月容。"月仙，你疯了是不是？顾客自己要求换百双冬袜，而你却偏偏要赔他千双，这是什么逻辑，可知道千双冬袜价值二千余元啊，你是在此做生意还是做好人呀？"月容对月仙厉声道。"月容，师父平时一直教导我们，做生意要以诚为本。师父在牌上写的就是诚信的经商理念，我按规矩赔他千双袜正是诚信的表现，若不赔他，那就是自己失信了，我没错啊。"月仙面带微笑地道。"我看你是真正的伪君子，平时在师父面前一派谄媚相，而实际上根本不管生意上的盈亏，像你这样的人不配做师父的徒弟。赔他千双袜绝对不行，要不，待师父回来再说。"月容火气更大，极力阻止月仙赔袜。月仙见月容出言不逊，再加上平时早已对她不满，于是也拉下脸来。"月容，你不要欺人太甚，你要知道，我俩是有分工的，你卖你的服装，我卖我的袜，有关袜的生意，请你不要多嘴，一切都由我自己负责，关你什么事。"月仙毫不客气地道。真是，冰冻三尺，非一日之寒。二徒平时在师父的感情上早已互相不满，今日在为赔袜一事的争论中，禁不住全爆发出来，而且越争越凶，最后，发展到互相指着鼻尖对骂起来。二女的争吵，吸引了市场中人流的好奇心，顾客们纷纷赶来看热闹，有的在喁喁私语。

黄松听旁人说太阳区发生了争吵，他怕出大事，就慌忙飞跑着赶回，又见自己的摊前人山人海，便知情况不妙，于是就急急往前挤，只见二徒还在不停地对骂着。"你俩在干什么呀，还不快住口，像什么样啊！"黄松见二徒争得脸红耳赤，便严厉地喊道。"师父，你来得正好，这位顾客上次买了三千双冬袜，回去后发现其中掺有一百双春秋袜，他提出要换，这也算合情合理，然而月仙却说要赔他一千双冬袜，你说她是不是疯了？"月容见师父来了，就急不可待地叙述了事情的经过。"原来是为这点小事而争的，这好办得很，就按规矩办，月仙没错，应该赔他一千双冬袜。"黄松听月容的叙述后，果断地道。"师父，你亦疯了吗？可是这位顾客他自己提出要换的呀。"月容不相信师父亦与月仙一样傻。"卖袜的事你就别管了，我们要按自己的规矩办。月仙，拿两条凳子过来，你我都站在凳子上，这里站着太多顾客，大都是独联体人，我想与众人说几句，我不会俄语，汉语他们听不懂，因此我要你为我翻译，我说一句，你翻一句，来，我们马上行动。"月仙听师父吩咐，拿过来两条凳子，二人并排站着。"各位顾客，大家好。今天，我摊上发生了一件不愉快的事，就是这位顾客前几天从我摊中买去三千双冬袜，回家后发现其中夹有一百双薄型袜，于是就要求换，这是很正常的事，然而为了诚信经商，我们特立有规矩，喏，就挂在这里，上面写着，若以劣充优，以一赔十，这是我与厂家签约中也有的条款，所以，这位顾客的春秋袜不但不必换，而且我们还要赔他一千双冬袜。有人说，这不是亏大了吗，不，因为我们的产品是开放袜业有限公司的名牌产品，不存在任何次品，也就是说绝对是优质的，所以才会有以劣充优，以一赔十的保证。有人说，那为什么会有薄型袜混在其中呢，据我估计，应是包装时有失误，绝对不是有意所为，我非常相信开放袜业有限公司的诚信度，公司的老总是我从小一起长大的好朋友，我相信，这次所赔的一千双冬袜，他一定会承担的，我不过是为他先付而已。顾客们，我们经商的要以诚信为本，共赢为实，如果没有你们的利益，就没有我们的利益，更没有厂家的利益，我们在无意中已成为命运共同体，为此，让我们创造一个良好的合作环境，共同经营，一起发财吧。"黄松演讲水平很不错，月仙翻译水平也可以，数百顾客聆听后，顿时暴发出一阵雷鸣般的掌声，那换袜的顾客见黄松如此慷慨，激动得流下热泪来。从那以后，月仙的袜生意一天比一天好，人们经过她的摊时，都会有事无事地朝月仙微笑着打招呼，然而，与月仙站在一起的月容，却被冷落了。约过了一个月，月仙的袜子全卖完了，而月容的服装却尚存半数。

晚上无事，月仙月容坐着喝茶聊天。"月仙，在经营方面，我真的不如你，你的袜子卖完了，而我却仅卖了一半，我佩服你。"月容不好意思地道。"月容，你万事都比我聪明，或许我运气比你好，抽签时抽到了卖袜，亦或许这里袜比服装好卖之故吧。"月仙见月容心情不太好，就劝慰道。"月仙，我不知道哪儿不如你，人们总是愿意向你示好打招呼，而没人向我打招呼呢。"月容有些不解地道。"月容，我们卖货是服务性行业，因此，我们对待顾客的态度要特别好，一举一动，都要具备相当的吸引力。师父说过，我们在经营时，都要笑脸常开，而我常见你一天到晚老是板着脸说话，这或许是经商之大忌吧，月容，这方面你是否要改改？"月仙的性格单纯直爽，心里怎么想就怎么说。"月仙，你说得对，但一人不知一人事，我自己知道，不管我怎么笑，但总比不上你笑得那么自然、漂亮、可爱、媚人，这是天生相，强求不来啊。月仙，我俩已相处这么久了，不管如何，总是缘分。今夜在此，仅你我二人，我就实话实说了，看得出，你一定非常爱师父，而我亦非常爱他，开始时，我总觉得自己各方面都比你能干，于是就下决心与你竞争一下，不料在最近才发现你比我能干，你的袜子全卖完了，而我的服装却尚存一半，这是无可争辩的事实。自古道，成败论英雄，因此，我不得不承认自己输定了。月仙，我诚恳地对你说，像师父这样好的男人并不多，希望你好好把握机会，不要轻易放过，争取尽快与他结婚。我已决定另谋出路了，好吗？"月容心情沉重地对月仙道。"月容，谢谢你的好意，但师父究竟是怎么想的谁知道啊。"月仙茫然道。"傻瓜，师父是经商的，当然要娶一个有利于他事业的好搭档，而你正具备这个条件，这还用怀疑吗？好了，就这么定了，待服装卖完，我就要离开你们了。"月容仰首望着窗外之天，眨眨眼，差点流下泪来。时过一月，剩下的服装在月仙月容的共同努力下，亦已卖完，这时，义乌发过来的货尚未到，三人又空闲下来。真是无巧不成书，月仙月容突然接到施教授打来的电话，要她俩到院校领取毕业证书。黄松无货卖，在莫斯科无事，估计货要过一个月才到，于是，黄松给了月仙月容各五万元钱，离开莫斯科，飞往上海。

黄松回到义乌，付清了小虎与陈生的货款，难免又谈了一些生意上的事。黄松告诉了名花冬袜中掺了百双春秋袜的事，并赞扬月仙怎么以诚取信的经过与结果。名花觉得月仙的处理非常妙，虽赔了千双袜子，但因此而扩大了知名度，觉

得是为厂家做了个最有价值的广告，关于千双冬袜的损失，自然由厂方承担，并
又对厂里的管理制度加强了有效改进。小虎还告诉黄松一个好消息，说义乌城稠
州路段开始建房，小虎决定买四间店面房地基，要黄松一起买，黄松欣喜若狂，
当即同意，由于自己要去莫斯科经商，就要求小虎一起买下八间，黄松先给小虎
三百万元，一切都托小虎代办，小虎全答应了。"黄老弟，现在事业上已有成就
了，你的婚姻之事想得怎么样了？"名花望着黄松关心地道。"唉，真有些为难，
我是想月仙月容二人娶一，但她俩各有千秋，至今尚无法决定呢。"黄松有些为
难地道。"黄老弟，别怪我心直口快。不管是人品或经营方面，月仙都比月容好，
这次，月仙的袜子提早卖完，月容的服装尚存半数，就是最好不过的证明，而且
月仙善解人意，月容太过自傲，到时过起日子来，月仙一定比月容好相处。我是
劝你娶月仙为好，当然，最后决定权还是在你自己手上。"名花果断地道。"嫂子
说得亦是，到时我问问月仙吧，不知她是否愿意。"黄松点头微笑道。"这就对
了，希望稠州路的房子造好后，在那里吃你的喜酒。"名花见黄松同意了，欣慰
地道。

　　再说月仙月容回校，领来毕业证书，施教授问二人今后的打算，月仙说要继
续跟随师父去莫斯科经商，月容要说自己创业。施教授觉得月仙跟随师父这么
久，已学得了很多经营上的知识，今后一定有很好的结果，而月容从师时间短，
要独立创业难度大，于是要求月容在校任教。月容觉得在校任教领工资没花头，
与像师父那样一个月赚几百万元相比，就是天壤之别，于是就拒绝了施教授的
要求。

　　月仙离开施教授，兴致勃勃地回到自家，急不可待地将五万元钱交给了父
亲。"爸，这些钱是师父给我的，你收着吧。"月仙欣喜地对父亲道。"月仙，你
怎么如此不懂事，竟然向师父要这么多钱，快送回去，我们无功不受禄。"父亲
见女儿递给他这么多钱，一下惊呆了。"爸，这不是女儿向师父要的，是他自己
给我的，而且给月容也是五万。"月仙自豪地道。"师父多给了你，应该主动退
还，你拜他为师是为了学艺，即使师父好心，你亦不能拿他过多的钱呀，你仅为
他现成卖卖货，有如此大的价值吗，太无知了。"父亲见女儿如此不懂事，便责
怪道。"爸，你亦太大惊小怪了。师父仅一个月，就赚了三百万元钱，在他眼中，
区区五万元算什么？没事的，放心吧，师父待我们好着呢。"月仙见父亲如此大

惊小怪，禁不住嘻嘻笑道。"什么，一个月赚了三百万？"父亲听说一个月赚了三百万，更加惊呆了。"对，三百多万，以后还要赚得更多，知道吗？"月仙二手叉腰，眼望父亲，很自豪地道。"哎呀，天哪，你师父真厉害，了不起啊。"父亲乐得眯着双眼，捧着五万元钱，颤抖着手进内屋去了。

月容离校后，先住在南京城中，觉得自己不好意思再去莫斯科跟月仙一起随师父经商，卖服装是她有生以来第一次直接面向顾客做生意，而且与月仙相比，自己是失败的。她原本是虚荣心极强的人，丢不起这个面子，因师父给了她五万元钱，便欲以此钱作资本，自己经营些什么，但一时不知从何开始，于是就无心回涟水，欲在南京找点什么生意做做。晚上，她独自走出旅馆，在街上边散步边思考，但由于一直在校读书，社会上的知识有限，商界的事更不懂，要她突然想出条商路来，确实不易，在街上散了一小时的步，就是想不出一条可经营的路来，觉得累了，就快快回到旅馆，脱衣而睡，在床上躺了一小时，始终难以入睡，于是重新起床，披衣坐在窗边，呆望着窗外的景色，只见南京城的夜景极美，四处灯光明媚，特别是现代化的变色灯光，忽红忽绿，禁不住想起小时玩萤火虫时的情趣，对了，这萤火虫怎么会发光呢，如果将萤火虫的荧光取下放进透明的塑料管内，做成玩具，变成一种商业化的产品，那一定好销之极，唉，可惜取下来的荧光不久就会永灭，对了，如果用科学方法制造一种化学荧光，那就不会永灭了，但自己又不懂化学，还是一种空想……为了自己今后的前途不亚于月仙，月容还是苦苦地不断思考着，想啊想，始终想不出好办法来，她累了，就又躺回到床上，可是还是辗转反侧，久久不能入睡，如此一直想到后半夜雄鸡高唱，突然想到施教授，在学术方面，觉得还是他见多识广，于是就决定再回校去请教施教授，或许他有办法。

"施教授，您好！"月容手拎一袋礼物，走进施教授的办公室。"哦，月容，你还未回家啊？"施教授见月容突然重返学校便惊奇地道，并招呼她坐下说话。"施教授，多谢您多年来对我的教导，使我学到了不少知识，如今我毕业了，突然要离开您，心里总觉得有依依不舍的感觉，因此，我买了一点礼物孝敬您，以表对您的感谢，请勿嫌弃。"月容对着施教授恭恭敬敬地道。"哎哟，还是我的月容贤惠，还送这么贵重的礼物，谢谢了。哦，对了，不知你今后是怎么打算的？"施教授笑呵呵地收下礼物，并问月容今后的打算。"施教授，我跟了师父已有约四个月了，亦学到了不少商业知识。在我看来，其实做生意并非难事，只不过是进货售货的问题，货进得好，生意自然就好。我仔细想过，世上没有不散的宴，我不可能一世跟着师父走，于是就决定自己闯事业。"月容向施教授说出了自己的打算。"好啊，月容说得对，你有独自创业的精神非常好，我支持你。"施教授见月容提出自己大胆的主张，知道她的思考能力很强，而且气度更不凡。"施教授，我知道你一定会帮自己的学生创业的，如今当真要请教你一件事呢。"月容微笑着道。"哦，什么事啊，只要我帮得上的，我一定尽力而为，说吧。"施教授见月容当真有事求他，就惊奇地问道。"施教授，请问你，萤火虫为什么会发光，能不能用化学方法来制造这种荧光，再用这种荧光做成小儿玩具卖？你知识多，一定知道一些，是不是？"月容提出了自己的问题。"月容啊，你这个问题提得有些特别，不过我并没有化学方面的专长，若要弄清楚这个问题，我可以介绍你去找一个人，他是专门研究化学的博士，或许他会告诉你的。"施教授不好意思地微笑道。"好啊，我就知道，施教授一定有办法，但不知那位博士姓甚名谁，现在何处？"月容听说施教授愿意介绍，顿时欣喜若狂。"这人姓黄名科，在上海复旦大学专做研究工作，已取得好几样研究成果。我想对他来说，要解决你的荧光问题并不难。他是我最要好的朋友，我有他的名片在，我给你，自己去找他吧。"施教授说着，从口袋里取出一张名片给月容。"谢谢施教授，请你先打个电话给他，以便我去找他时，他心里有个数。"月容怕突然去找黄科不被接待，要施教授先联络一下。施教授觉得月容说得没错，就按月容的意思与黄科通了电话，并约定星期一到复旦大学见。

月容回到旅馆，在房间中暗暗自喜，她想不到事情会那么顺利，觉得荧光研究成功之时，就是自己发财之日，她越想越高兴。离星期一还有三天时间，她觉得时间过得太慢了，恨不得马上去上海与黄科见面。月容在南京待烦了，于是就乘火车去上海，开了旅馆，在那儿又等了两天，终于到了星期一，于是就精心打扮一番，满怀期待地去见黄科。

月容来到复旦大学门口，先打电话与黄科联系，黄科接电话后，立即出来迎接。月容见黄科身高一米七五，脸白如玉，眉清目秀，戴一副金丝眼镜，好一副白面书生的帅样，就从心底里喜欢他。"黄博士，你好！"月容微笑着上前打招呼。"哦，你就是月容啊，快里面请。"黄科见月容打扮得漂漂亮亮，举措大方，倒也不敢轻视。月容随黄科来到实验室，只见到处摆设着器材药瓶，再前行，里面有一间会客室。"月容请坐。"黄科示意月容坐在沙发上，为她倒了杯茶后，亦坐在另一条沙发上。"黄博士，不知你老家何处？"月容笑问道。"我是浙江义乌人。"黄科如实应道。"哦，是义乌人，但不知何乡何村？"月容听说是义乌人，好奇心顿起。"义乌大得很，即使我讲了你亦不知道。"平时有人问，黄科都只报县名不提村名。"义乌并不大，我去过，依我看，你是廿三里的吧。"月容眯着眼道。"哦，看不出你小小年纪，倒也知道得不少啊。"黄科见月容报出了廿三里来，惊奇地道。"奇怪了吧，如果你报出村名来，我或许就能知道你家的事呢。"月容神秘兮兮地道。"你吹牛的吧，我可不相信。"黄科见眼前这位姑娘如此神奇，有些不解地道。"这有什么可吹的，你是研究科学的，而我是研究易经的，只是各有所长而已，有什么好奇的。"月容从容地道。"好，如果你能知道我家的情况，我就帮你研究出荧光，否则，我就不给研究了。"黄科好奇地道。"男子汉，大丈夫，一言为定，请报村名。"月容果断地道。"我是乐村人。你猜吧，我家有几口人？"黄科道。"乐村边有三间二层楼，你就住在那儿。你的房间在二楼西厢，你有个兄长，住在东厢，中间是书房，你父母住在楼下，你父亲缺了一只腿，是不是？"月容扳着手指经过一番思索后，终于说出了他家的情况来。"真是神了，你怎么就知道得如此清楚，难道你去了我家不成。"黄科听了，顿时惊得站起身来，凝视着月容道。"你要不要算算有关婚姻的事？"月容正在兴头上，还想与他再说几句。"愿听其详。"黄科好奇地道。"据命推算，你兄弟俩的婚姻要到明年才有，明年你家是双喜临门，如果超过明年，你二兄弟的婚姻就困难了，知道吗。"月容神秘地道。"真有此事，目前我尚未有对象呢，有这么快吗？对了，我再问你一句，你算不算得出我哥是做什么的？"为了验证月容的算法灵不灵，黄科给她出了个难题。"你哥嘛……我得算算。"月容有意装腔作势地推算了一番。"啊，你哥啊，是位了不起的商人，如今，他在异国发了大财，可喜啊。"月容兴奋地道。"月容，我服你了，我哥如今真的在俄罗斯将生意做得很好。不问了，我马上研究荧光粒子吧，大概一月以后，一定研究成功。"黄科见月容这姑娘如此聪明，心里佩服之极，于是就答应为她研究荧光粒子。

其实，月容见黄科的相貌有些像黄松，何况她知道黄松有个弟弟在上海的大学读书，再加上也是姓黄的，听说在家时名叫黄科言，而现在只少了个言字，月容原来就是聪明绝顶之女，经她分析，很有可能就是黄松之弟，因此，她以算命的方式来测试是不是黄科就是黄松之弟，通过一番证实后，这才知道黄科果然就是黄松之弟。为了吊住黄科的胃口，这时，月容还不想告诉黄科自己与黄松的关系。

月容见黄科已答应自己的要求，就欣喜地离开复旦，回到自己的住处，晚上无事，难免又思考自己今后之事。月容已是二十四岁的大姑娘了，应该是谈婚论嫁之时了，然而对姑娘来说，总想找个自己心中满意的男人，可是这并非易事。初见黄松时，月容觉得是自己心目中的白马王子就是黄松，她有心想占为己有，不料月仙早已盯上他不放，为了自己的终身大事，她曾下狠心与月仙暗争，不料还是功亏一篑。正在丧气之时，却又突然遇上了黄科，觉得他眉清目秀，比黄松更帅，而且还是博士，她觉得，这正是上天赐给自己的好机会，一定要把握住，别再让它失去。

再说黄科，他是一位非常单纯的书呆子，从小上学开始就一直都沉浸于书本中，不像黄松那样喜欢东奔西走，他喜欢过自己宁静的生活，他在校时，从不离开校门，在家时亦不愿离开家门，而是一直都专注在学习中，因此，他的成绩一直都处于学校的前列，如今，他又成为研究博士生，又专注于研究工作，关于社会上的事，他根本不懂，对自己个人生活的事，从来也没去想过，如今，他已二十七岁了，从未谈过恋爱。

因为创业心切，月容等了一星期，觉得度日如年，不知黄科研究得怎么样，于是就急不可待地去复旦大学看看，并买了二瓶补脑汁、二盒双宝素与一支人参作礼物。月容来到校门口，打电话通知了黄科，黄科接电话后很快地将她迎了进去，见月容带着一大包东西，去实验室不合适，于是带她到自己的住所去。黄科住在宿舍楼五层，上了电梯，来到房间，见内有书柜书桌，除柜内桌上堆满了书外，连地上也乱七八糟地全是书，北墙边有一张简易床，床头边也是书，被也没叠好，连同一些换下来的脏衣服堆在一起，床底下还有十来双未洗的脏袜子，发出一阵刺鼻的霉味。"黄博士，看你头光光，面挣挣，一派书生气，想不到你的房间如此不堪。唉，男人啊，亦有难处的吧。"月容见房间中如此混乱，禁不住叹口气道。"月容，见笑了，平时，我一直关注着研究工作，对自己的生活细节却并不太注意，请理解一些吧。"黄科听月容这么说，忙蹲身去拾床底下的脏袜。

"好了，让我来收拾吧。你做研究工作辛苦了，应该找个女人为你收拾收拾了。"月容见黄科不好意思地自己去收拾脏袜，就蹲身帮他收拾。"真对不住，月容，不好意思了。"黄科有些尴尬地道。"没关系，你坐着休息会，我帮你收拾收拾。"月容边收拾边道。

月容边为黄科收拾房间，边与他谈荧光粒子的事。约过了半小时，将所有脏衣物全放在外面的洗衣槽中，将书整理整齐，将地擦干净，整个房间变得干干净净，然后，月容又为他洗衣物去了。黄科眼看着月容整理房间如此熟练自然，心里感激不尽，心想，自己真的到该娶妻的时候了。不知后事如何，请看下回分解。

第四十四回

李孙同往莫斯科　月容上海遇麻烦

话说月容为黄科忙了两小时，终于忙完了，她觉得腰酸背痛，于是用自己的手，捶了捶后腰。"黄博士，以前，我总觉得男人天生比女人强，今天才知道，男人亦有不如女人的地方。男人啊，正如公鸡一样，只知道昂首高唱，虽长得一身好毛，却不知如何传宗接代，男人在社会上雄心勃勃，而对自己的生活环境却毫不在乎。要知道，不注意房间的卫生，脏物很容易污染空气，当你睡觉时，你所呼吸的全是污染空气，这有害于身体。人若身体不健康，就一切都没有意义了，所以，我劝黄博士几句，以后这方面要多注意才是。"月容认真地对黄科道。"多谢月容的指教，以后我一定注意便是。今天太谢谢你了，中饭我请客，请别推辞。"黄科见月容做得好，说得是，便十分感激地对她道。"你为我研究荧光粒子，自然该我请客，怎么反要你请客呢？为了感谢你为我帮忙，我带来一点礼品，只是意思意思，中饭嘛，我们去饭店吃吧。"为了亲近黄科，月容欲请黄科吃饭，与他多聊几句。黄科见月容如此关心自己，亦愿意随她去吃饭。

月容点来四菜一汤，与黄科坐在雅间内，二人边吃边谈。"黄博士，男人有男人的难处，女人有女人的难处。在个人生活的细节方面，男人不如女人，而在社会创业方面，男人比女人有灵感。以我为例，由于家庭经济困难，父母又无能力，而我是大学毕业，有点文化，但真正要去创业，却又觉得无从下手。我求你帮忙研究荧光粒子，其实就是想以此来制造荧光玩具，而是否好销，目前还不清楚，但我会努力将它推向市场的，然而，在产品成本、利润方面，我一无所知，有多大风险，更不清楚，因此，我一直来，始终心事重重，唉，我恨自己，为什么不是男人啊!"月容对黄科诉说道。"月容,我知道你是位负责任的好女人,而且,你的灵性比我强,但我会尽力帮你成就大业的。其实,荧光粒子的原料并不贵,但需要许多化学原料配制而成,更要经过无数次实验才能成功,我相信,一定可以做到,而你的思路一定是对的,据我所知,目前国家提倡生一个孩子,改革开放后,社会经济有了好转,父母们视子如宝,而玩具市场中还没出现过荧光粒子,因此,只要你的产品出来,一定抢销之极,你说是不是。"黄科非常同情月容的处境。"谢谢黄博士的支持,以后,你尽力去研究去,房间的卫生就由我包了,保证你有个舒适的睡觉环境就是。"月容开心地道。

从那以后,月容每过一天就去黄科房间整理一次,使他的房间始终保持干干净净,整整齐齐,这使黄科欣慰至极。

再说月仙,她总觉得与师父在一起的生活过得非常开心,然而,当离开师父时,又觉得无所事事。在家里,没有好玩的地方,也没有合适的人可谈心,过不了三天,就想去师父身边,她正这样想着时,突然师父打来电话,要她去常州市场,将莫斯科经营的情况如实告诉李勇与孙老大,并请他二人自己决定是否愿意去俄罗斯一起经商。月仙听师父吩咐,立即去市场,把莫斯科的情况告诉他二人。李孙二人听了,兴奋至极,认为只要能与黄松在一起,不管生意如何,都无所谓。二人决定,与月仙同去义乌见黄松。

三人一起来到黄松家,黄松客气地接待了他们,经过一番商量,因李孙二人资金不足,凑不起一个集装箱的货,若要与人家拼凑,不知道要等到何年何月,为了让商品早点到达莫斯科,黄松决定自己补足空缺,三人拼一箱,这才使李孙二人放下了心。不过,黄松要李孙二人不能卖一样的商品,不要自家人与自家人竞争,二人同意了。经过一番劳碌,又发出一个集装箱,由于路上要耽搁四五十天,因此,叫李孙二人在常州再经营一段时间,免得在莫斯科白白浪费时间。李孙二人办完事后,就回常州经营去了。月仙回家无事,就留在廿三里,住在名花厂里,她既喜欢与名花聊天,又能与黄松相见,生活过得非常充实。

日月如梭,转眼过了二十余天,黄松觉得该去莫斯科了,于是先打电话给月容,不料,月容却回说不去莫斯科了,决定自己创业。黄松觉得月容的决定有些突然,担心月容经商经验不足,又担心她的资金问题,她究竟想干什么,黄松一无所知,当然,人各有志,黄松无权干涉,只得顺其自然了。"师父,既然月容不想去，没关系，卖货的事我一人够了。"月仙听说月容不去莫斯科，心里一阵高兴。"月仙，我总觉得她在经商方面尚未成熟啊，学经商必先学做人，许多地方她不如你啊。"黄松忧心忡忡地道。"师父，我哪及她呀，过奖了吧。"月仙见师父称赞自己，心里欣慰至极。"是啊，她虽比你聪明，但做人方面她不如你啊，而这是比任何东西都重要的，如果做不好，其他长处还有什么意义呢?"黄松有些惋惜地道。"好了好了，既然她不愿，又何必强求呢，让她去吧，一人不要为一人愁，顺其自然吧。"月仙见师父失去月容就像失了魂似的，于是就劝慰他一番。

黄松带着月仙，又去了小虎与陈生厂里，要求两个厂每月各发一个集装箱的货，若缺货时，想办法去同行中调取，不管如何，都必须供足货源。小虎与陈生都答应他的要求。一切都安排好后，二人就去上海，坐飞机前往莫斯科，在莫斯科，又等了一星期，货才到。货出摊，顾客蜂拥而至，一个个都向月仙亲热地打招呼，月仙既卖"开放牌"的系列袜，又卖"东起牌"系列服装，一时忙得不可开交，黄松见了，觉得她一人忙不过来，于是就上前帮忙。由于顾客们相信月仙的诚信，而且月仙人长得漂亮，嘴巴亦甜，因此，吸引了众多顾客，生意一天忙到晚，只累得师徒二人汗流浃背。

收摊回家，月仙忙着做晚饭。"月仙，这一天下来，太累了吧。"黄松关心地道。"不累，生意如此好，我高兴还来不及呢。"月仙欣喜地道。"你忙了一天，还要做晚饭，我真过意不去。"黄松不好意思地道。"师父，我是越忙越高兴，没事做我才不高兴呢。"月仙微笑着道。"如果月容在，你就不会这么忙了，唉，不知她为什么不来了。"黄松这时又想起了月容。"师父，你怎么又提起她来了，难道你真的少不了她吗?"月仙不满地道。"我们相处久了，多少总有些感情吧，这很正常啊。"黄松笑道。月仙听师父这样说，心中一股酸味直冲喉口，便怒道："师父，你是不是喜欢上她了，如果真喜欢她，就应该当面表明，我想她一定会同意的，现在讲还有什么用呢?""月仙，你误解了，我是说师徒感情，并非是你想的那种感情。"黄松见月仙发怒了，知道她是误解自己了。"什么误解不误解的，师徒感情也好，男女感情也罢，都是由你自己决定的，谁管得着啊。"月仙见师父说是师徒感情，顿时转怒为喜道。饭烧好了，月仙端菜上桌，为师父夹菜端饭。"师父，现在就你我两人，我问你句话，你必须说实话，行吗?"月仙满脸堆笑地道。"什么话呀，神秘兮兮地。"黄松微笑着道。"我与月容，你究竟喜欢谁，要说实话。"月仙面对师父眯着眼道。"当然喜欢你啊，这还用说吗？"黄松毫不犹豫地道。"真的，你喜欢我什么呢？"月仙听说喜欢自己，顿时心花怒放地道。"你人长得比月容漂亮，心地善良，表里无异，忠诚老实，勤劳可爱，没有野心，是个值得信赖的好徒弟。"黄松称赞着道。"师父，除了师徒，还有其他吗？"月仙听了前半句正高兴着，突然听师父说自己是好徒弟，顿时凉了心。"什么意思啊，你是我的好徒弟还不够啊？"黄松惊奇地道。"不够，不要谈师徒，现在只谈男女，你是男人，我是女人，你不懂吗？"月仙认真地道。"哦，原来如此，这叫我如何说呢……"黄松见月仙如此认真的样子，就知道她的意思了，但突然之间又不知如何表达好。"师父，不要拖拖拉拉了，我是爱你的，你只回答一句话就行，喜欢不喜欢我？"月仙急不可待地道。"喜欢，喜欢。"黄松兴奋地道。"师父，喜欢二字不是随便讲的，可要负责任的，知道吗？"月仙既高兴又严肃地道。"哦，师父什么时候说话不负责任过吗，喜欢就是喜欢嘛，有什么可骗的。"黄松笑呵呵地道。"那好，喜欢就是爱，既然我被你所爱，那就是你的爱人。请问，爱人是什么概念？"月仙追问道。"爱人就是我最爱的人，还有什么概念吗？"黄松文化不高，无法用语言来表达其概念。"男女之间的爱人就是夫妻的概念，现在，我与你尚未结婚，但你已承认我是你的爱人，就是未婚妻的概念，既然话都说明了，就应该认重考虑，现在反悔还来得及，否则，从现在开始，我就是你的未婚妻，你就是我的未婚夫了，就与师徒关系不同了，知道吗？"月仙要确认黄松是否真心爱自己。"男子汉，一言既出，驷马难追，决不反悔。"黄松朗声宣誓道。月仙见黄松当面宣了誓，欣喜若狂，放下手中碗，离开座位，紧紧抱着黄松的脖子不放手。黄松见月仙突然在背后抱着自己的脖子，一股暖流从背上传至心房，顿时全身热血沸腾，他再也控制不住了，忙起来转身，面对面地紧抱月仙的身体。二人如胶似漆地亲吻起来。

自古道，女人头发长见识短，殊不知，女人身上自有一种制服男人的特殊功能，那就是含有芳香的体温，一旦将这种体温侵入男人的心房，不管多刚强的男人亦会被迷得神魂颠倒，从而变成了百依百顺的俘虏。月仙把一双玉臂抱着黄松的脖子，白嫩的脸蛋依偎在他的后脑，将丰软的酥胸紧紧地贴在他背身上，继而，又将自己含有芳香的体温缓缓地输送进黄松的心房。在月仙体温的刺激下，黄松全身的血液开始沸腾，一种莫名的情欲顿时如压缩已久的核料触了电似的爆炸了，于是，情不自禁地紧紧抱着月仙，不顾一切嘴对嘴地狂吻不止，而这种动作，正是男女爱情程度的一种体现，从而，亦开始从师徒关系改变为恋爱关系，进而又改变了生活关系，更决定了自己今后的命运。

随着时间的推移与实践的考验，孙老大开始认识到社会上人外有人，山外有山，他知道，仅凭自己的一点蛮力根本无法在社会上立足，通过与李勇交手，发现自己微不足道，又见黄松在事业上成功，相比之下，自己是那么的无能。孙老大还算理性，他改变了自己的理念，逐渐向黄松与李勇靠近，而黄松与李勇一心以事业为重，冤家宜解不宜结，见孙老大有悔改之心，亦就原谅了他。如今，通过长期接触，都已成为好朋友。这天，孙老大约了李勇在酒店喝酒商谈。"李勇，我以为黄大哥只顾自己发财，早已忘了我们呢，想不到他如此重义，还叫我们一起去发财，真难得呀。"孙老大兴奋地对李勇道。"自古道，量大福大，正因为他有这等肚量，所以才有这样的福啊。因此，以后我俩必须好好向他学习才是。"李勇朗声应道。"李勇啊，黄大哥带们去俄罗斯固然是好事，不过我俩的条件不行啊。"孙老大为难地道。"生意靠自己做，条件靠自己创造，去了再说吧。"李勇豪爽地应道。"不行，我俩都不会俄语，到时语言不通，如何经营啊，得事先有个准备才是。"这孙老大平时看起来似乎有些粗鲁，这次要出远门，他倒想得十分周到。"对啊，到时我们身在异国他乡，语言不通，怎么经营啊，还是你想得细，我们亦该想个办法才是。"李勇经孙老大提醒，顿时觉得情况严重。"黄大哥有月仙月容相帮，生意自然好做，我们亦请个翻译如何？"孙老大征求意见道。"孙老大，我们资金不足，条件有限，不能与黄大哥相比。依我之见，我二人买一个摊，请一个翻译，这样能节省许多开支，若今后生意好，赚到了钱，再另做打算如何？"李勇发表了自己的看法。"亦只能这样了，目前还早，待我们去俄罗斯落足后再请翻译不迟，反正运去的货要两个月才到，就先托月仙帮个忙，叫她与南京大学的施教授打个招呼，你说如何。"孙老大觉得请翻译还是月仙有门路。"行，就这么定。"李勇觉得孙老大说得对，就决定请月仙帮忙，于是就打电话将二人的计划告诉黄松。

随着时间的推移，莫斯科集装箱的生意越来越好，市场的规模不断扩大，从而造成摊位的紧张，黄松买来时的摊位价一万五千美元，如今已涨到二万美元，看势头，还要再涨。黄松觉得李勇与孙老大资金上有些不足，而且大家都是好朋友，既然叫他俩来此发展，就一定要让他们赚到一些钱，见李孙二人尚未到莫斯科，又怕摊位再涨价，于是与月仙商量后，就为他二人各买了一个摊位。当李勇打电话给他时，黄松早已付了钱买好了，并告诉李勇，让他俩放心，摊位的钱以后赚到钱再说，关于翻译的事，每人各请一位，一切开支，包括工资在内，全由黄松负责，以便减轻他二人的经济负担，可在莫斯科顺利经商。李勇与孙老大知道后欣喜若狂，称黄松为观音菩萨。

黄松觉得月仙太忙，长此下去怕累出病来，于是决定再找一位会俄语的，反正李勇、孙老大亦要请两位。他先打了个电话给施教授，要他帮忙请三位俄语水平较好的女学生。在南京大学中，待业的大学生很多，她们非常羡慕月仙月容的运气好，听施教授说黄松又要三名女翻译，欣喜若狂，纷纷争抢着要报名，弄得施教授一时慌了手足，后来，经过精心筛选，才选了三位俄语成绩最好的学生，叫她们准备着，到时黄松自会来领取。

约过一月，两个集装箱的货基本卖完，黄松决定先回义乌一趟，叫月仙独自守摊，并请亦华帮忙照顾月仙，亦华同意了。

黄松回到义乌，交代小虎与陈生每月发一集装箱货不可耽搁，又去稠州路看看建房的情况后，匆匆赶赴南京大学，受到施教授的热情款待。施教授叫来三位女生，黄松见个个漂亮之极，心中欢喜，就决定带她们一同去俄罗斯，叫她们准备好，等待电话通知。黄松告别施教授，又去常州，约好李勇与孙老大，通知三女生，一同在上海上飞机，前往莫斯科。

六人风尘仆仆来到莫斯科，黄松先安顿五人住在旅馆中，然后为李孙二人租房，为了节省开支，李孙二人同租一间房，由于货不多，就不额外租仓库了，货物就放在集装箱的二层，三位女生仍住旅馆，因为这时，黄松与月仙已经同居了。

三位女生，一位叫张茜梅，一位叫杨素花，一位叫何美美，怎么分配？李孙二人先叫黄松选一位，黄松要月仙选，月仙觉得三人中茜梅更可爱，就选她为自己的搭档，素花给李勇，美美跟孙老大。

货运到了，李孙二人准备着开张，为了显示东方女人的魅力，黄松选了最时髦的女服装，给三位女生穿上，一来树立良好形象，以吸引顾客，二来可为自己做服装广告。女生们为了自己的形象，纷纷搽粉染红地打扮得漂漂亮亮，各自在自己的摊位上亮相，再加上会讲标准的俄语，顿时吸引了顾客们的眼球，给太阳区的气氛增添了活力。"好美的东方美女。"独联体人赞不绝口。

不到半月，李孙二人的货早已卖完了，他们又要回义乌进货。这一来，差不多两个月的时间，这摊上都无货经营，这使得李孙二人犯愁了，不但摊位空着，还要养女员工，这怎么是好？黄松觉得这不是办法，于是就主动借给他们两人各一百万元人民币，让他们回义乌多进点货。李孙二人欣喜若狂，感恩不尽。

黄松这次进来两个半集装箱的货，货源十分充足。杨素花与何美美相对无事，每天帮月仙卖货，四位美女同站一摊，如戏台角儿似的更具吸引力，过往顾客都会有事无事地站会儿，看看东方美女的风采，暂享一时眼福。

再说月容，开始时，每隔一天去为黄科打扫一次卫生，后来，索性每日去黄科家，帮他料理日常生活，久而久之，使黄科到了少不了月容的程度，再加上她为了达到目的，有意识的诣媚，单纯的黄科已被月容迷得神魂颠倒。

通过月余的辛苦，黄科终于研究成功了，荧光粒子如粟米大小，体质较轻，如萤火虫的光一般无二，研制出的样品约一两，黄科兴奋地给月容看。"啊！终于成功了，多漂亮啊，谢谢黄博士了。"月容见黄科果然研制成功，她欣喜若狂，一时失态，一双纤手紧抱着黄科的腰，将小嘴凑在他的脸上狠狠地亲了一下。黄科有生以来从未与姑娘家有过肌肤接触，月容的这一举措使他惊呆了，月容的小嘴虽一触即离，但一股莫名的情香早已传进了他的心房，全身已如火一样地燃烧，脸如戏台上关羽的脸一样发红了。"太好了，谢谢你了，唉，这荧光虽研制成功了，但怎么制作成玩具，又成了新问题，黄博士，我俩再想想办法吧。"月容一心想着荧光粒子的研制成功，然而却又不知道如何变为商品投放市场。"月容，我只重视研究工作，但却不懂商业上的事。如今，既然粒子研究成功了，我的任务亦就完成了，接下来的事就得全靠你自己了，我可帮不上忙了。"黄科是老实人，说的自然是老实话。"没关系，接下来的事我自己想办法吧。对了，你研究了月余，辛苦了，这一两粒子我带走了，不知该付多少钱。"月容见黄科如此辛苦，准备付他丰厚的工资。"不贵，原料费不过百元，你帮我打扫卫生这么久了，我们双方就不算经济账吧。"黄科虽然花了月余时间为她辛苦研究，但他还是非常感谢月容对自己生活上的照顾，不好意思向她算工资。"这怎么行，我可不想占你的便宜，至少要给你二千元吧。"月容虽是农村女性，但她生来就有男性的气派，家穷没法，一旦有了钱，可是一位大手大脚的人，她毫不犹豫地取出二千元钱，递与黄科。"月容，我真的不要你的钱，我知道，你刚开始创业，需要很多投资，你的家境又不是那么好，快收回吧，我有月工资，在过生活上绰绰有余。"黄科死活不肯要月容的钱。"黄博士，我平时最讨厌贪小便宜之人，若你为我付出辛劳却不收报酬，我内心就会一生一世永不安宁，因为我始终是欠你的，所以你非收不可，否则，你就是看不起我了，我还好意思拿你的研究成果吗？你若再这样，我可要发火了。"月容柳眉倒竖，秀目发红，极其严厉地道。黄科见月容的样子，不禁心里有些恐惧，亦就不敢多言了。"黄博士，你的好意我心领了，刚才我有些失礼了，别怪哦。这钱一定要收下，以后我还要再求你帮忙的，而我亦会常来看你的，好吗？"月容觉得自己不应该用这种态度对待黄科，又立即改变了态度，柔声对黄科道。"那好，这钱我就收下了，什么时候要我帮忙尽管来就是，我一定尽力而为。"黄科不好意思地收下二千元钱，月容这才放了心。

月容离开黄科，回到自己的住处，欣喜地拿出闪闪发光的荧光粒子，琢磨着如何制成玩具，正在此时，突然接到母亲打来的电话，说父亲患上了胃癌，有生命危险，目前正住在涟水中心医院中。月容听说父亲患上了胃癌，顿时大惊失色，她一直非常孝顺父母，亦依靠父母关爱才上了大学，这胃癌是要命的病，怎可怠慢，于是就急不可待地要母亲赶快送父亲到上海最好的医院治疗。月容对上海并不太熟，为了治父亲的病，她不得不求黄科帮忙。黄科听说月容的父亲得了胃癌，知道情况危急，于是忙赶到月容住处，商量到何医院医治，见月容惊慌失措啼哭不止的样子，黄科非常同情。"月容，不要过于悲伤，有困难我们要共同面对，上海复旦医院是我们复旦大学的附属医院，医院的领导我都熟悉，我先去联系一下，争取尽早将你父住院问题解决，到时，你父来了可以马上住进医院。好了，你在此休息，我去办理手续。"黄科是位心慈之人，见月容愁眉苦脸的样子，心里亦不好受，于是，就想与她分忧，帮她跑医院联系。"那就多谢黄博士了。"月容感激地道。

黄科通过关系，一切非常顺利，把医院的事告诉了月容，正在此时，月容的母亲打来电话，说已到达上海火车站，月容接电话后，急不可待地与黄科赶往火车站，接父母直接去复旦医院，在办理住院手续时，不料要交十万元预付款，这下可吓坏了月容一家。月容的父母都是务农的，平时省吃俭用地供月容姐弟俩读书已经负担很重，哪还有什么积蓄，十万预付款对他家来说是难以承担的天文数，一家人不知如何是好，母亲为了看病，东借西借，仅凑了一万元，月容师父给她的五万元仅余四万元，总共凑起来亦不过五万元，即使以后不花一分钱还是不够，怎么办，母女二人待在付款窗口急得如热锅中的蚂蚁团团转。父亲知道后，觉得自己拖累了整个家庭，即使看好了病，以后家庭负债累累，生活怎么过，于是十分痛苦地要月容不要治了，月容见父亲如此痛苦，伤心得号啕大哭不止。不知月容如何解决这一难题，请看下回分解。

第四十五回

毛月容时来运转　黄科言否极泰来

　　话说月容一家因无钱不能为父治病而抱头痛哭不止，站在一边的黄科见状亦禁不住流下泪来。"月容，哭也不是办法，待我与院长商量一下，看可不可以暂时少交一点。"黄科流着泪对月容道。而月容继续号啕大哭不止。黄科擦擦眼泪，离开月容，来到院长办公室。"胡院长，这月容是我的女朋友，她爸患上胃病要开刀，要先交十万才能住院，现在她仅带来五万元，是否可先交五万元住进来，余下的五万元我来想办法，如何？"黄科向胡院长求情，怕他为难，就谎称月容是自己的女朋友。"哦，原来是黄博士的女朋友，那就先住进来再说吧。"胡院长听说是黄科的女朋友，就爽快地答应了，并打个电话给收费处，然后叫黄科立即去办理住院手续。黄科见事已成功，跑步前往，叫月容先交五万办理好住院手续。从此，母女俩轮流服侍着父亲。

　　黄科刚刚参加研究工作不久，院校只发给生活费，他没有积蓄，这时，他觉得自己既答应了胡院长，就得做到，可这五万元钱到何处拿呢，他想了良久，决定厚着脸皮向哥借钱。"哥……对，是我……是这样的，我正准备研究一个科目，需要五万元资金，但我没钱，今特意打电话给你，是否可以帮帮我……对，五万元够了……好好好，还是我哥好，谢谢了。"黄科听哥在电话里答应了，于是就兴奋至极，觉得终于可以帮月容渡过难关了。

　　月容的父亲在医院开了刀，割去了半个胃，在医院中养病月余，黄科每天都去看望，相处时间久了，感情亦加深了。"月容，这黄博士人长得帅，学问亦高，前途更广，今后你嫁给她，妈就无后顾之忧了。"母亲称赞着道。"妈，还不知道人家喜欢不喜欢我呢。"月容见母亲谈起自己的婚事，羞答答地道。"月容，妈是过来人，若他不喜欢你，又怎能每天来看望呀，妈知道，他是百分之百喜欢你的。"母亲微笑着道。"既然妈喜欢他，女儿亦就喜欢他了，但不知道是否有缘。"月容低声对母亲道。"只需二人互相喜欢，自然就成了缘分，这还有疑问吗？"母亲呵呵笑道。

通过月余的疗养，父亲的病已经稳定，月容这才放心了许多。一天，护士为父亲输液，细水管中有空气，水液中产生了白点，这白点如珍珠似的又圆又亮，为了排除空气，护士用手指向白点上弹，直将这些白点弹完为止。月容凝望着护士的动作，突然心有灵感，顿时高兴得跳起来。"妙啊！如果将荧光粒子装进这种细管中，那不就成了绝妙的玩具吗？"月容高兴得自言自语道。

下班后，黄科惦记着月容父亲的病，又去看望他，月容就将自己做荧光玩具的想法告诉了他，黄科觉得新鲜之极。"月容，这种细管我实验室有，明天我给你带一段来先试试，若好的话，再大批量生产如何。"黄科为月仙出主意道。"那太好了，你明天一定要带来。如今经济这么紧缺，我正等着要投产赚钱呢，若能赚到钱，不但我家的债务可以还清，而且还要好好孝敬我可怜的父母呢。"月容微笑着道。

月容父亲隔壁的病床上躺着的是一位淮安人，四十来岁，与月容的父亲同样的病，差不多时间开刀，由于他家经济条件好，家人为了使他早点恢复身体，常会买来许多珍贵的补品为他补身体，因此，他的身体情况要比月容父亲好很多。

黄科收到哥汇来的款，一看，竟汇来十万元，他欣喜若狂，未待下班时间，就匆匆赶赴医院，为月容交了所欠的款。为了感谢胡院长的帮忙，黄科决定去谢谢他。"胡院长，今天我已交清了月容所欠的住院费，谢谢你了。"黄科对胡院长诚恳地谢道。"哎，大家都是同系统的人，帮来帮去是常事，谢什么呀。对了，不知你伯父的病情可好？"胡院长关心地问道。"我伯父看上去似乎有些稳定，但恢复得却没隔壁那淮安人那么好。"黄科实事求是地应道。"这种病不可能马上恢复，要慢慢地养，只要不再复发，这病自然就好，不然，就不可救治了。"胡院长提醒黄科道。"多谢胡院长的提醒。对了，胡院长，你能否给我提供癌细胞的样本，我想研究研究它的活动规律，以便今后找出一些防止它扩散的办法，或许对病人有好处。"黄科对任何事物都有研究的兴趣，越难，就越觉得有必要去研究。"好啊,如今,全世界都在研究癌细胞,你能去研究当然是好事,我乐意提供给你,若你能研究出有效方法,你就是世界性的名人了。"胡院长乐呵呵地道。"那好,只要你能提供样本,我一定认真研究,至于成功与否,如今还不好说,反正我实验室中有现成的设备,研究起来亦比较方便。"黄科见胡院长愿意提供样本,心里高兴至极。

这天,黄科一下班,就带着一根塑料细管来医院。月容接过细管,兴奋至极,就叫母亲在医院服侍父亲,自己与黄科去住处试做玩具。来到住处,月容将荧光粒子装进细管内,然后将二头用塑料胶布接好,就成为一只闪闪发光的手链,月容试戴着,然后挥舞着手,欢呼雀跃不止。"黄博士,我们成功了,可以大胆投产了。对了,不知这细管何处买,是否可以大批量买到。"月容担心起细管的货源来。"月容,这不用管,医疗器材公司有很多这种细管,到时我带你去批发来就是。"黄科的实验室常需要这种细管用于研究,所以,他知道这细管的来源。"唉,黄博士啊,如今万事俱备,只欠东风,我已身无分钱,生活都成了问题,怎么还有余钱去买大批细管呀?"月容突然苦恼起来。"月容,不必愁,资金问题我来想办法,我们先做一千条试试,如果好销,再增加产量如何?"黄科提出了自己的想法。"那好,我们先去批发一些细管,试销成功后再说吧。"月容见黄科如此帮自己,心里欣慰至极。

哥汇过来的十万元钱,交医院五万,尚剩五万,有了这五万元钱,黄科胆子亦大了,他听月容的话,先去医疗器材公司批来一千元的细管,与月容当夜就做成了千条荧光手链。据计算,每条成本为五分,千条不过五十元。月容提着包,带着千条荧光手链,先到近处的常州市场试销。各摊主见了可爱的新产品,纷纷争抢着要。月容给摊主的批发价每条一元,由于货太少,只给了二位摊主各五百条。月容收了一千元钱,兴致勃勃地赶回上海,将情况告诉了黄科,二人欣喜若狂,于是,当夜又加工了五千条,第二天,再去常州,又卖掉了,月容觉得货供不应求,自己与黄科加工有限,于是就想办法叫人加工。黄科毕竟是在上班的人,月容自己还要去推销产品,要想大批量生产,必须要招许多工人,在上海,人生地疏,不是适合生产的地方,她决定还是回涟水老家比较妥当,于是就叫母亲照顾父亲,自己告别黄科回家去发展。涟水是个经济较落后的县城,人力资源丰富。月容以按劳取酬的方法,每加工一条三分钱的价,请人加工。农村许多妇女都闲着无事，听说有钱可赚，而且又不必外出，自然都乐意。黄科亦非常赞同月容的主张，他知道这产品供不应求，就为月容大胆批来细管，让月容大胆生产，又为她制出更多的荧光粒子。月容有了黄科的支持，生产规模逐渐扩大，每天能生产上万条手链，于是，她不再局限于供应常州，并向宏大的义乌市场发展，她的生意越做越红，月利润可达十几万，她发财了。

月容父亲隔壁病床的那淮安病人突然胃癌发作而死亡，这更引起了黄科研究的兴趣，他明明看见那人的身体比伯父恢复得快，却突然就死了，而伯父看上去脸色憔悴，却依然无事，究竟是什么原因？为了弄明白，黄科细问淮安人家属，得知他生前吃了不少补品，其中包括人参、虫草等贵重补品。为此，黄科从胡院长处拿来癌细胞样本，通过实验，发现对癌细胞的控制，大忌吃补品，宜吃清淡食物。于是，他要求伯父不要吃荤，多吃蔬菜为好，经过黄科的照料，月容的父亲终于慢慢地恢复健康而出院。

话说在莫斯科，李勇卖玩具系列，孙老大卖床上用品，由于资金不足，每隔一月必回义乌组货。李勇发现市场上有漂亮的荧光手链新上市，便批发了三万条试卖，结果不到一天就被抢购一空，于是，他就立即又赶回义乌，批了十万余条，随身带一万条，其余托运。在集装箱市场中，这手链供不应求，恨只恨托运太慢，批价一元五角，售价三元，其利极高，而李勇只是无可奈何地干着急。义乌市场中卖荧光手链的摊主们经营脱货，就纷纷主动找到涟水月容家付定金订购。这手链全是手工操作，一时产量上不去，月容只得按收取定金单先后供货，一时间，月容家门庭若市，购货的人来往不绝。月容一天到晚没有空闲的时间，为了生意，她已有一个多月没去上海了，黄科见月容这么久没来，心中十分惦念她，于是，就趁双休日，跑到涟水去看望。"月容，一月不见你，你瘦了许多，是不是该休息一段时间了。"黄科十分怜悯地道。"黄科，我既要收发货，又要检验质量，还要管理上百员工，你说我还有休息的时间吗？"月容不满地道。"那交给我来干，你亦可休息一天。"黄科觉得月容的工作确实无人代替得了，为了让她休息，便提出愿为她代劳。"得了吧，你既不懂业务，又不了解情况，有力亦帮不上啊。"月容知道黄科为自己好，但她还是不放心，怕他弄错了会造成更大的麻烦。黄科见她手足不停地在忙碌，而自己却一点也帮不上忙，心里非常难过。次日，黄科告别月容准备回上海。"黄科，这段时间我实在太忙，因此情绪不太好，对你的关心亦不够，有得罪之处请谅解。我知道你一直都对我好，没有你的帮助，我经济上翻不了身，父亲的病亦治不好，这些恩情我时时记在心上，永远不会忘记。在经济上，你已帮我投入十五万元，我都有账记着，如今我已赚到不少钱，亦该还你了，而这玩具亦有你的一份功劳，因此我决定连本带利还你三十万元，如果你同意，就给我一个账号，我马上汇给你，你说好不好。"月容与黄科商量道。"月容，钱的问题以后再说吧，反正我不急着用，做生意资金越多越好，先放着吧，即使要还，我亦不要你如此高的利润，我帮你是出于好意，从未想过要你的好处。月容，我在这里反正帮不上忙，那我就回上海了，记住，有什么困难请打电话过来，到时我们可以共同应对。"黄科吩咐一番后就走了。

　　黄科离开月容后，觉得很久没与施教授会面了，这次正好顺便去看看他这位老朋友，于是在南京下车，直往南京大学而去。"老施，在忙什么呀？"黄科来到办公室，见施教授正在办公桌上写什么。"啊，是老黄啊，这次是什么风把你吹过来的呀，我们好长时间没见面了，真是难得的很哪。"施教授见黄科突然到来，欣喜万分，忙起身相迎，紧握着黄科的手笑呵呵地道。"这次是从月容家过来的，顺便来看看你，怎么样，工作还可以吧。"黄科朗声道。"还行，马马虎虎。对了，如今月容要你帮忙研制荧光粒子的事怎么样了。"施教授还不知道已研制成功投入生产的事，一边为黄科倒茶，一边问黄科道。黄科见施教授问，就一五一十地将研究与投入生产的经过细细讲了一遍，施教授听了，顿时拍掌叫好。"老黄啊，月容是我的学生，我非常了解她，此女绝顶聪明，做任何事都非常认真，这方面与你有相同之处。但她亦有个缺点，那就是太冲动任性，受到刺激时，她就容易失去理性，而爆发野性。我总觉得她阴阳生反，她性刚如男，有一股闯劲，她宜动不宜静，或许不安心于家务事。如果是男性，她一定是闯天下的一把好手。老黄，你俩相处这么久，你怎么评价她？"施教授评了月容的性格后转问黄科道。"对，老施评得很对，我亦觉得她是绝顶聪明之女，不要看她小小年纪，社会知识可不少。老施，奇怪的是她还学过易经，还会算命看相呢，而且准得很哪。"黄科神秘地道。"哦！有这等事，我倒从未听说过。"施教授不相信地道。"真的，我与她初次见面，她便能算出我的来历，还有家庭情况，都说得一清二楚无差错，你说奇怪不奇怪？从那以后，我就一直佩服她，在我心中，她就是一位最了不起的姑娘。"黄科称赞道。"老黄呀，我们都是老朋友了，我问你，是否喜欢上她了，你说句心里话。"施教授见黄科不断称赞着月容，觉得或许是已爱上了她。"老施啊，不瞒你说，我真的喜欢她的那股闯劲，而且既聪明又勤劳，像她这样的人，在大学里面确实少见。不过是我一厢情愿罢了，不知人家又是怎么想的呢。"黄科也说出了自己的心里话。"老黄，我认为，在科研方面，你比她聪明，而在社会研究方面，她比你聪明。你俩都是绝顶聪明之人，可以说是天生一对，地造一双，如果能结成夫妻，互补互成，那就是天下最完美的一对了。这样好的机会，为什么不去争取呢。"施教授鼓励黄科去追求月容。"天下无媒不成婚，月容是你的学生，如果我俩要结为夫妻，只能是你施教授亲自出面成全了。"黄科见施教授如此说，就趁机要他说媒。"行，朋友以义为重，既然是老黄的事，施某自然尽力而为。"施教授呵呵笑道。"对了，施教授，我还有一事相求。如今月容独自管理上百职工的厂，确实忙不过来，你们学校里实习生中是否可请二位去帮忙，月工资一千，这样，既可帮月容管理工厂，他们又能学到管理方法，还能得到工资，这不就是一举三得的事吗？"为了减轻月容的工作压力，黄科请施教授帮忙。"可以，体验生活是每位大学生必须进行的任务，这事就交给我吧。"施教授一口应允了。"那好，下星期六我再来，到时我向你要二名管理生就是。"黄科见施教授答应了，就欣慰地道，然后告别回上海了。

　　由于没有条件，月容在家办的是家庭工厂，她将原料发给村人，待村人做成产品后再收回。由于产品数量庞大，且全靠母女俩收发产品，这工作压力无疑是非常重的，再加上没有库房，原料无处放，把月容忙得焦头烂额。按月容的思路，她不会满足现状，她还要继续发展玩具系列，向做强做大方向发展，为了自己的目标，她决定向县政府审批工业用地。

　　自古道上有天堂，下有苏杭，相对来说，浙江、江苏区域较有灵气，而江苏又有苏南苏北之分。在历史上，苏南优于苏北，特别是改革开放后，长江以南的房屋都是高楼大厦，而长江以北的却是平房泥墙为多。苏北的土地极多，少则平均每人三四亩，多则七八亩，当有人问为什么苏北比苏南穷时，苏北人就回答说是太多的土地拖累了他们，因为他们每天只顾忙生产，根本不知道外面的世界在不断地变化着。涟水县亦想发展市场经济，但本地人并没有这个能力，县政府亦束手无策。突然见月容要审批土地建房办厂，陶县长亲自上门考察，见月容家三间房全堆满了各种原料与产品，几乎连走动都困难，月容母女正忙于收付货物，人来人往门庭若市。陶县长暗道："此女子真了不起啊。"

陶县长是在村书记的陪同下来到月容家的，毛书记向月容作了介绍。"啊！是陶县长光临啊，欢迎欢迎。唉！陶县长，你看我这家……没办法呀，连坐的地方都没有，怎么办？"月容见陶县长亲临，有心要招待一番，可家中无处坐，便很不好意思。"没关系，正因你家房屋紧，所以才要审批工业用地的嘛，这不是很正常吗？月容啊，我看你是个了不起的女强人，小小年纪，有如此大规模的事业，我钦佩至极啊。现在你太忙，待你有空时，请你来县府一趟，我想与你好好谈谈发展经济的事，行吗？"陶县长似乎对月容的事业很感兴趣。"谢谢陶县长的抬举，到时一定来拜访你。"月容见陶县长如此近民心，受宠若惊地道。最后，陶县长给了月容自己的电话号码，以便于今后联系。

改革开放后，各省都在拼经济。经济的发展与否，已成了衡量一个领导好坏的标准。陶县长一心要将贫穷落后的涟水发展起来，他工作勤奋，处事果断，百姓见他办事得力，于是纷纷都去求他，而他有求必应，正因如此，他成了县府中最忙碌的一位好干部。他不但上班时没空，而且在双休日亦不停，下乡去百姓家了解民情，知道百姓最关切的问题，然后根据百姓的需求去做实际工作。他的实际工作百姓看在眼中，因此，涟水县的男女老少都称他为菩萨心肠的好领导。

月容每天早上五时起来，不停地忙到晚上，十时许才勉强休息，她的工作压力是超限的。夜深了，她想着如此沉重的工作压力迟早会拖垮身体，但又想不出什么办法来解决，她想，除了父母，黄科就是最关心自己的人了，她知道黄科是真心帮自己的人，可惜他是在上班的，如果他是不上班的农民，与他共同办好这玩具厂一定前途无量，看他一股脑儿地在做研究工作，既辛苦，报酬亦低，还是叫他辞去工作为好，但又不知道他愿不愿意。月容正在想着，电话突然响了，原来是施教授给她打来的电话，说黄科叫他找两名懂财务的工作人员帮她管理玩具厂的事已经谈好了。月容听了，禁不住热泪满面，觉得黄科真好，竟然想得如此周到。

又是一个双休日，黄科急急来到南京大学，去了施教授处，带着已谈好的二名财会系女生，一个叫张云花，一个叫江雨芳，匆匆赶往涟水月容家。"月容，月容啊！"黄科未进门就大呼小叫地喊道。"哦！黄科，你来了，快进屋来。唉！你看，家里如此模样，连坐的地方也没有，怎么办？"月容见黄科带着二位女生进来，已知其中之事，忙笑脸相迎。"没关系，这二位是财会系的学生，懂管理。为了减轻你的负担，我特地请施教授请来的。现在房屋紧，暂请二位住旅馆，我给她二人分工了，这位叫张云花，负责财会工作，进行分发工作，这位叫江雨芳，负责出纳工作，这样一来，你就可以减轻许多压力了。对不对？"黄科兴致勃勃地对月容道。"谢谢你的关怀，你先安排二位住下，待会我们一起吃中饭后再作具体安排，就这么定了，现在我太忙，无法招待二位，请谅解。"月容正忙于发放原料，一时放不开手，只得托黄科帮忙照顾二位刚来的女子。

月容一直忙到中午，慌忙去饭店炒了几个菜，叫黄科与二名女子一起来吃饭。"二位美女，不好意思了，并非我有意怠慢，真的是太忙了，请谅解。"月容先向二女子道歉道。"老板娘客气了，正因你工作太忙了，所以施教授才要我俩过来帮忙的。"张云花俩齐心道。"谢谢二位体谅，那我们就边吃边聊吧。"

"吃过饭后你们稍作休息，一时许，再来我家。你们一位是会计，负责所有财务工作，还要发放加工原料，另一位是负责出纳工作，具体做的是将加工好的产品收回并整理好。然而，你俩虽各负其责，但还需要互相合作，销售的事就由我来负责，行吗？"月容对二人的工作进行安排后征求意见道。"没关系，我俩反正都是学财会的，亦知道自己该怎么做。"云花爽快地应道。"那好，就你张云花负责会计工作吧，希望以后进出账目要记清楚，江雨芳负责出纳，掌管钱财。二人每月清理核对一次账目，必须四角对平，分毫无差。今天下午，二位美女先跟着我适应一下，明天开始，你二人就得负起各自的责任来了，好不好？"月容边吃，边为她二人分配了任务。"行，老板娘，我们保证完成任务。"二人自信地应道。"对了，还有报酬的事，根据黄博士的意见，你二人的月工资为一千元，这是高级工程的级别，而我们现有员工的月薪不过八百元，而且他们需要劳动十余个小时，我是将你二人当作左右手看待的，因此，工资是高的，责任亦是非常重的，整个厂的命运已经全交给你二人了，知道吗？"月容语重心长地对二女子道。"多谢老板娘的信任，我俩一定会把这个厂当成自己的厂来细心呵护的，请放心吧。"二女子非常感激月容的信任，同时起身表示自己的决心。

四人吃过中饭，各自午休去了，不知后事如何，请看下回分解。

第四十六回

陶县长招商引资　毛月容涟水投资

话说黄科与二女子稍作午休后，就去月容家，只见月容早在忙碌着，月容见她们按时来了，就叫她二人去了解业务情况，然后教她们如何操作，二女子生来灵性，很快就懂得了大概，次日，月容要她俩直接操作，自己陪伴着把关，一连三日，二女子就有了独立工作的能力了，这使月容与黄科都欣慰至极。

有了二女子的相帮，月容的工作压力减轻了大半，于是，她又准备着筹建厂房的事。她先打了个电话给陶县长，陶县长回电要她直接去县政府商谈，月容欣喜若狂，急急赶往县府，县长的秘书小姜接待了她，并告诉她说，陶县长正在接见来访百姓，要待会儿再见。月容从早上八时半一直等到十时许，还不见陶县长来，她再也等不住了，很快就要吃中饭了，家里还要好多事等待着她去做，于是就告别小姜，自己离开县府，回家而去。

十二时许，月容忙了一阵后，正准备休息会儿，只见从不远处驶来一辆黑色轿车，直开至月容家门口才刹车而停，车门开处，下来一位衣着朴素的中年人，月容定睛一看，正是一县之主陶县长。"哎呀，是陶县长啊！真难得，你怎么到这里来呀。"月容见陶县长亲自到家，顿时惊慌失措地道。"月容啊，今天有十几位老百姓来访，有许多难题需要解决，小姜告诉我你已到了，可是我又一时走不开，待办完事后，发现你已走了。我知道你有要事商谈，对经商人而言，时间就是金钱，于是我就急着趁午休时过来一下。"陶县长微笑着道。"谢谢陶县长如此关心，我家里太乱，我们另找地方谈谈吧。"月容觉得自己家中乱长八糟连坐的地方都没有，想找个体面一点的地方与陶县长谈谈。"不必了，我知道目前你最需要解决的就是厂房问题，为了你的生产，我们现在就去看地方，再不能耽搁了。上车吧，我们现在就去看地方，在工业区内，你自选一块吧。"陶县长十分果断地道。月容见陶县长办事如此雷厉风行，只得恭敬不如从命了。

陶县长与月容上了车，由秘书驾车，直往涟水工业开发区而去。改革开放后，为了地方的经济发展，县委采取招商引资的方针吸引外商，其优惠条件是三年免税。工业用地每亩一万元，工业区就在县前街，县府亦是新建不久。县前街其实就是一条宽畅的新建公路，向东西两边延伸，南北是一望无际的土地，这些土地早已被政府征用为工业用地，任由厂商的选择。轿车开进工业区，车速减缓，陶县长向月容介绍了工业区的情况。月容觉得离县政府较近的地为好，陶县长支持了她的想法，于是，叫秘书将车开到县府边的土地停车，在陶县长的亲自陪同下，月容定下了十亩土地。陶县长又带着月容到县府办公室，说明了县府招商引资的优惠条件与发展地方经济的理念。考虑到月容的实际情况，陶县长愿意亲自挂钩月容玩具厂，指定月容所属的湖山乡负责具体支持，并落实一名副乡长长期为月容办事，如建房工程的设计，承包施工，办理执照等，一切与政府有关的事全由这位乡长负责沟通落实，这就大大减轻月容的压力了。为了改变涟水穷貌，陶县长非常珍惜每位来投资的厂商，他愿意不厌其烦地为厂商们服务，他知道，工业区没有厂家的投入，就成了空文，他将工业区视为整个涟水县的命脉，发展涟水经济，为涟水人做点实事，是省委书记叫他来这里的任务与目的，否则，他觉得有愧于书记，有愧于人民。在陶县长心里，月容是位难得的本地企业家，如果加以引导，一定能成为涟水的一个典范，因此，他有心培养她。这天，他就准备花一天的时间，与她谈心拉感情，吃中饭了，陶县长叫秘书到厨房将饭菜端到办公室，与月容一起用餐。"月容，你还有什么困难吗？"陶县长边吃边问。"陶县长，谢谢你的关怀，不过说实话，女人管厂，毕竟有许多不便之处，而且内外事务太繁杂，有时我真的受不了。"月容叹了口气道。"如果你愿意的话，我给你找一位有管理能力的干部为你服务，条件是工资要你付。可以试试，如果你满意就留用，不满意就叫他回原单位工作，如何？"陶县长为月容出点子道。"好啊，我相信，只要你陶县长介绍的一定错不了。"月容欣喜地道。"那好，我一定为你找一个好干部为你管理。"陶县长呵呵笑道。"陶县长这么好，我不知道该如何报答你好。"月容感激地道。"月容，不要说什么报答了，这是我的工作。如果要说报答，你成立公司的注册资金最好是用美元，因为目前我县需要外汇，这就是你最大的支持了。另外，我县招商引资各个乡有任务，你的公司属湖山乡，你十亩土地由湖山乡负责围围墙，这费用开支都由湖山乡政府承担，这亦是我们优惠政策的一部分，今后围墙内的建筑费用就得全由你自己承担了，知道吗？"陶县长把具体事宜与月容交代清楚。"太好了，关于注册资金的事，我决定为一百万元人民币，我有办法将美元打进账号的，请放心吧。"月容慷慨地道。"好极了，你为我们涟水县争创外汇，我代表涟水人民谢谢你了。"陶县长听月容说有办法打入美元，欣慰至极，因为她为自己创造了政绩。

　　不几天，陶县长派一位名叫韦文生的文化局副局长到月容厂里任厂长，此人三十余岁，气派得很，月容十分喜欢，就将厂里的一切事务全委托他负责，经过一段适应期后，韦文生就有条不紊地开始工作了，而月容自己担任起总经理来，在紧要关头把把关而已，工作自然轻松多了。

　　关于陶县长要求用美元注册的事，月容时时记在心头，这时她的工作压力轻了，就着手解决这注册资金的问题，自己没有美元收入，但她知道师父在俄罗斯全是用美元交易的，因此想着与师父交换一下一定可以办到，后来仔细一想，觉得还是与黄科先商量再说，或许叫他出面更合适。这天，她心情特别好，觉得很久没去复旦大学了，就决定去看看黄科。月容先打电话与黄科取得联系，然后乘车来到复旦大学，见黄科正与另一位研究生在研究什么。由于一时走不开，黄科就将房间的钥匙给了月容，叫她先休息会儿，自己待会儿就到。月容拿着钥匙来到黄科房间，开门一看，只见灰尘满地，衣物满床，屋内霉气刺鼻。"唉，真的是不太懂事的大男人。"月容见屋内一塌糊涂，以手掩着鼻子，皱着眉道，然后进内，忙于为他整理房间。

　　黄科一直忙到下午四时多，才匆匆下班回房，见房间整理得焕然一新，心里欣喜至极。"月容啊，又麻烦你了。"黄科见月容还在忙着擦桌凳，便上前感谢道。"黄科啊，我早已与你说过，房间每天都要打扫干净，脏衣物当天就要洗净，否则，房间里就会产生臭味，会对身体造成不良影响的，你身为博士，怎么连这点基本生活常识也不懂，以后怎么过日子啊。"月容见黄科下班回来，边为他擦桌子，边责怪着道。"月容，我整日里忙于研究工作，对家庭之事，确实不太习惯呀，你虽说得不错，但我实在做不到，怎么办？"黄科见月容责怪自己，知道是为自己好，就搔搔自己的头，无奈地道。"既然你的工作那么忙，自己又不会搞卫生，那就娶位贤妻吧，看你年纪亦不小了，该到娶妻的时候了。"月容提醒道。"月容，你说得对，我是该到娶妻的时候了。对了，月容，你不是会算命吗，请给我算算，我什么时候结婚，能娶到怎样的女人？"黄科喜欢月容，他不知对方的心意如何，但又不敢当面表明，他觉得月容算命准，就请她为自己算一命。"既然你如此相信我，那就为你算一命吧，请把时辰八字报上来。"月容见黄科竟相信自己的算命术，觉得十分好笑，于是就决定再与他玩一次。黄科真的报上了自己的时辰八字，月容闭目屈指细细推敲一番，然后朗声道。"黄科，你的缘分已快了，据我推算，你在今年农历八月十五就可拜堂成亲了，恭喜啊。""我不信，目前我还没有这样的女人在谈恋爱呢。"黄科听月容这么说，有些不相信。"你命中注定，就是今年农历八月十五这天结婚，而且还是双喜临门，到时，自有姑娘与你拜堂的，你愁什么。"月容神秘地道。"那好，我相信你，但到时若你骗我，那就拿你抵数了。"黄科呵呵笑道。

"黄科，今日有一事与你商量。我已与我县的陶县长商量好，以公司的名义报批了十亩工业用地，注册资金为一百万元人民币。陶县长要求我们以美元注册为好，能帮县府创外汇，由于我们没有美元过手，你是否可想办法帮陶县长一个忙，因为陶县长确实是一位民间少见的清官，这次已经帮了我的许多忙，以后还要请他帮忙。还有公司的名称，我想了很久，觉得还是叫容科公司好，因为，这公司是我们二人合作的结果，而且以后还要进行长期合作，你说是不是。"月容将自己的打算全告诉了黄科。"谢谢你对我的信任，关于美元的事，我与我哥联系一下再说，我相信，哥一定会支持我的。"黄科听月容说将她的"容"字与自己的"科"字作为公司名称，心里欣慰至极，于是就答应月容试试。二人在食堂中一起吃过饭，月容告别黄科住在旅馆中。

晚上，黄科打电话给哥，说自己成立了公司，注册资金需要三十万美元，要求哥为他想办法。

黄松在莫斯科突然接到黄科的电话，听说他成立了一个公司，兴奋至极，随即回电愿意帮忙。他反正回国时要用人民币组货，于是就决定将美元打入弟给他的账号中。

次日，月容又来到黄科房中，黄科告诉说哥立即汇美元到账号，月容见事已成，兴奋至极。"黄科，你的这位哥这么好啊？"月容试问道。"我哥对我胜似父母，我上学的费用全是他提供的，他支持我的研究工作，在经济上，只要我提出来，他就会无条件地支持，因此，我常会以自己有一个如此好的哥而自豪。我哥是位了不起的农商，他喜欢闯荡江湖，而且很有一套经验，到任何地方他都不会吃亏，这不是吹牛，以后有机会的话，我陪你见见他如何。"黄科大力赞扬了自己的哥一番。"我当然很想见见你这位了不起的哥哥，到时请你引见引见就是。"月容听黄科这么说，心里暗笑道。

事已办妥，月容告别黄科离开上海，觉得施教授帮过自己不少忙，这时心情正好，于是就去南京大学走一趟，她买了一些礼物，前去见施教授。施教授见月容来访，热情接待。"月容啊，听说你发了，而且正在审批公司，好啊，你将成为我的学生中第一位企业家，可喜可贺呀。"施教授呵呵笑道。"施教授，承蒙你的精心教导，这只是刚走出的第一步，要成真正的企业家，尚有许多路要走，以后还要施教授帮忙呢。"月容谦虚地道。"月容啊，我的知识有限，已没有值得教你的东西了，不过，我对你还有一件心事未了，你年纪不轻了，工作又那么重，应该找个男朋友共同创业为是，不知你是否有合适的对象，若心中有人，就该及早结婚了，这样，对你的事业有帮助，你说是不是？"施教授突然提起月容的婚事来。"施教授，我知道，你的言下之意是在为黄科说媒，是不是？"月容见施教授提及婚事，心里早已明白，于是就一针见血地道。"月容果然是绝顶聪明之人。黄科非常喜欢你，他自己说不出口，曾多次要我帮忙，这或许你心中亦已知道吧。"施教授见月容不说已知，便说明了实际情况。"施教授，我月容朋友不多，这一生中，除了父母，就是你与黄科是最值得信任的人了。我当然知道黄科现在的心情，不过现在还不到时候，只要有缘分，自然会有结果的。"月容微笑道。"那你是不是喜欢黄科呢。"施教授追问道。"施教授，我已为他算过命，农历八月十五是黄科结婚的日子。黄科只管放心就是，到那天，一定有姑娘与他拜堂成亲的，而且他肯定亦会满意的，到时你施教授尽管去喝喜酒就是，其他什么也别管，行吗？"月容十分神秘地道。施教授被月容一番话说得糊涂了，月容的葫芦里究竟卖的什么药。

招商引资，是当时涟水县的头等大事，陶县长曾亲自带领干部前往义乌去招商，他们冒着风雪，下乡去各厂家游说宣传自己的优惠政策与政府的惠商措施，由于招商并非易事，效果并不显著。对招商工作，县府有任务给各乡，亦有奖励给各乡，那个乡招进来的厂商，或那个乡本地的厂家，都属本乡所管，与政府有关的事，都由乡政府派人为厂家办好，三年后的地税给乡政府所用，因此，哪个乡招进来企业多，哪个乡就光荣，领导的政绩也越大。"容科玩具有限公司"已经批下来了，王乡长专门为这公司负责联系工作，公司是他一手经办审批的，接下来他着手厂房的设计与招标等工作。王乡长工作认真负责，月容放心之极，要求先将厂房建好，以便于厂里的生产与管理。

当时的涟水县，与二十年前的义乌生活水平与经济情况差不多。二十年前，义乌来了个清官谢书记，他以市场经济取代农业生产的兴商理念，改变了义乌历史上农民的困境，使义乌农民越来越富。二十年以后的今天，涟水亦来了位清官陶县长，他欲以招商引资的方法来振兴涟水。那儿有太多空闲的农民正在失业中，他想在本地建一个庞大的工业群为农民解决受业问题，然而，在没有企业基础的涟水，突然要建立一个可观的企业群，当然不是件容易的事。一个企业，必须有相应的产业链相配套，如企业所需的原料、配件与技术人才等，而这些涟水都没有。在陶县长亲自努力下，发动各乡领导班子纷纷外出到工业发达的地方招商引资，如义乌、温州、东阳、广州、福建与自己所在的江苏，亦曾引进了不少企业，但由于条件不成熟，有的是乘兴而来，扫兴而归，把买来不久的土地转让给别人，还有将工业用地用来开发房地产的，这使陶县长烦恼之极，他想来想去，还是觉得月容的容科公司较安稳，于是就决心好好培养她的公司发展壮大，希望她将成为整个县的一个好榜样，为涟水人民争口气。

一天，陶县长安排一个容科公司的骨干会议，会址设在湖山乡会议室，参加人员有乡书记、乡长、副乡长、韦厂长、月容和黄科，会议内容是研究新产品，扩大规模，将公司建成现代电子系列玩具的大公司。关于技术开发问题，陶县长把这任务交给黄科来负责，不料黄科却有些为难，因为这关系到知识产权问题，学校有学校的一套规定，黄科不能违反学校规矩。陶县长当然不知道复旦大学的规矩，但又与他们不熟悉，沟通起来又不方便，而容科公司的发展，少不了与复旦大学的配合，怎么办，陶县长不得不向省委李书记求援。为了家乡的经济发展，李书记自然乐意，于是就派自己的秘书，去复旦大学了解一下实际情况。秘书领命，前往复旦，去见大学书记，洪书记听说是省委书记的秘书光临，便殷勤相待，秘书说明了情况，认为大学帮助地方经济发展，是合情合理合法的事，至于如何帮助，那就是校方的事了。洪书记觉得有理，通过党委研究，决定派一个由师生组成的考察组，前往涟水进行考察。他们先去县府，陶县长欣喜若狂，叫人先为他们安排好住宿，然后陪他们去沙谷村月容的家，考察组的人看到在如此恶劣的环境中发展经济，深受感动。然后，陶县长又带他们到工业区月容的工地，见那儿正在紧张地进行施工，门口还挂着一幅幢景图，厂房、宿舍、会议室、办公室、娱乐场、花园绿化分布合理，美观大方，考察组的人看了，顿觉欣慰至极。

考察组在涟水宾馆住了三天，经过考察与研究，决定以股份制的方式与容科公司合作，校方负责研发技术，厂方负责生产销售。所得利润，厂方为百分之七十，校方为百分之三十。月容觉得行，因为赚钱靠自己一家总有很多困难，技术方面更需要与大学合作，如今，社会不断发展，顾客对商品的要求更高，于是，就欣然同意签了合同，从此，学校专心研究新产品去了，月容继续催促工程早点完工，以便提早生产新鲜的科技玩具并投入市场。

公司里的事基本都由韦厂长说了算，月容相对轻松了，为了需要，她准备买辆小车，于是决定先去学驾驶。

通过三个月的拼搏，一千平方钢棚式的简易厂房终于交付使用，月容急不可待地搬进了新厂房，厂房内没有一根柱，看上去茫茫一片，气势不凡，具有大家的风范，月容欣慰至极。除厂房之外，又在边上搭几间作为办公、管理人员住宿及临时食堂所用，不过虽是简易房，比起在旧屋中，倒觉得如天堂一般了。工业区在野外，行人稀少，为了安全，韦厂长聘了两个门卫，日夜保卫着厂里的安全。宽敞的厂房使生产有了发挥空间，韦厂长为了经济效益，先招来百余名年轻姑娘进厂生产，姑娘们原来在农村无事干，进了新厂，觉得终于有了自己的一份工作，心情舒畅至极，更有自豪感。在全厂员工的努力下，经济效益比之前增加一倍。

这时，月容学会了驾车，领来了驾驶证，买来了一辆红色小轿车，为了厂里进出方便，她就长住在涟水宾馆内，一来与县府近，二来去自己的厂方便，三来又对自己总经理的形象有帮助。从此，月容就在涟水宾馆中坐镇指挥，运筹帷幄。

厂房已建好了，接下来需要建其他配套建筑，按设计，要建千套宿舍楼，每个员工都分给一套现代化的套间，让她们高兴地分享着容科公司经济发展的红利，还有舒适的办公室、会议室、娱乐场、健身房和美好的绿化环境。月容想得美美的，但突然想到如此大的投资可能会对自己今后的活动资金产生影响，于是就跑到县政府与陶县长商量贷款的事。根据当时涟水县的优惠政策，每个企业投资多少，就可贷款多少，月容投资一百万元人民币，就可贷款一百万元，陶县长就叫来涟水县工商银行的行长与月容直接谈。由于对陶县长直接挂钩容科公司的事早有耳闻，行长见容科公司要贷款自然支持，月容要贷一百万，行长同意了。第二天办好手续后，银行将款打入了容科公司的账号。

　　月容见黄科已有两个星期没来过涟水，此时她想念着他，于是就拿起手机，拨通号码，给黄科打了电话，只听黄科有气无力地回应说自己近来身体欠佳，请假休息。月容听说他病了，顿时惊慌起来，她怕电话里说不清楚，立即驾着自己的红色小轿车，直往上海驶去。小轿车飞快到达复旦大学，月容慌慌来到黄科房间，叫门进入，见黄科躺在床上，脸色发白，似乎病得不轻。"黄科啊，你病成这样，为什么不去医院看看呀？这么大的人，怎么这样不懂事，连自己的身体也照顾不好，快起来，我马上陪你去医院。"月容见他大白天盖着被躺在床上，知道病得不轻，否则，他一直忙于研究工作，不会无缘无故地躺在床上，她与他长期接触办事，早已产生了深厚的感情，他的病，使她心急如焚。"月容，谢谢你的关怀，不过我已经好多了。我已两天没吃东西了，现在你来了，却突然觉得饿了，我很想吃点东西，请你给我买碗面条来，或许吃了面，身体亦就好了。"黄科见月容如此关心自己，说明她是有爱心的，于是就求她买碗面。"好，你稍候，我去去就来。"月容听说他已两天没吃东西了，这时饿了，就急急出门为他买面条去了。校门外有家面馆，月容买来一碗排骨面，打了包，急急回到黄科房间，扶黄科坐起，端上面条，黄科确实饿了，就坐在床上狼吞虎咽地吃完面条。"够了吗，要不要再买一碗？"月容见他一口气将面条吃完了，怕他尚未饱，就温声问道。"够了够了，现在我身体好多了，我们好久没见面了，我很想你，既然你来了，就陪我说说话吧。"黄科吃完面，欣喜地道。"黄科啊，这段时间，我们的厂房建好了，我们已搬进新厂生产了。为了工作方便，我暂住在涟水宾馆中。职工宿舍楼正在建造中，为了把公司做强做大，陶县长还特意请来李书记帮忙，与你校洪书记取得联系，并签订了合同，你校负责技术开发，我们公司负责生产销售，利润三七开，即你校三成，我们公司七成，签约时你不在，我就自作主张签了字，不知你有否意见。"月容向黄科介绍这段时间的工作情况道。"好啊，这才是合作共赢嘛，既扩大了我们的生产，又提高了我校的研究兴趣，很好，我大力支持。"黄科听了，兴奋地应道。"黄科，待你身体好点后，你陪我一起去见见你们的洪书记，一则拜访拜访他，二则联络一下感情，三则谈谈工作细节，行吗？"月容征求意见道。"没问题，这是应该的，我身体没问题，我们现在就可以去。"黄科听月容要见洪书记，立即要下床去见。不知后事如何，请看下回分解。

第四十七回

高科技投放市场　毛月容扩大生产

洪书记是复旦大学的主要领导，他所在学校有着许多科技人才，这些高科技人才如何发挥作用，成了改革开放后亟待解决的问题。当初，洪书记认为复旦是名牌大学，这里的人才应该到体面的国有企业中才能发挥应有的作用，然而国营单位只是重政治，而非技术，若与私企合作，觉得又太低贱，有失复旦的名气，后来，通过李书记的启发，决定与月容的私企试试。这天，洪书记召集学校的一些技术专家在开会，研究着下一步的行动方案。"各位专家教授，今天，我请大家来这里开个会，目的是围绕党的中心任务，发展市场经济，把我们的祖国建设成具有中国特色的社会主义强国而努力。目前，我们的国策正从阶级斗争转向经济建设方面，全国各地都在纷纷响应改革开放号召，广东特区为我们立下了榜样，而作为具有相当科学知识的复旦大学应该怎么做，这是摆在我们面前亟待解决的问题。最近，涟水县的容科玩具有限公司已与我们进行了合作，要求我们帮他搞技术开发工作，他们生产的是小儿玩具，而我们有这方面的技术优势，根据党的指示，我们的技术应该为生产服务，把自己的技术推向市场，为市场经济的发展贡献自己的力量，因此，请大家提出自己的看法，或开发产品上的一些方案，谢谢，接下来就请大家讨论一下吧。"洪书记向在场的专家教授们说明了开会的目的。

"同志们，我认为我们复旦大学并非一般的大学，而是具有国际性影响的名牌大学，在座的亦并非一般人，而是具有相当科学知识的高级知识分子，而作为高级知识分子来说，我们的眼光要看得远一点，我们的动作要做得大一点。刚才洪书记说要与容科玩具有限公司开发新产品，而且是小儿玩具，我觉得不妥，因为像这样的小儿玩具只是乡村小百姓小打小闹的事，而不是我们高级知识分子要做的事。目前，我们要做的事很多，如，可为国家研制无人驾驶飞机，生产机器人等，像这样的大项目，才是我们复旦大学应该去做的事，如果我们的成果显著，今后我校的知名度会更高，所以，我认为，要干就干大事，像这种小打小闹的事宁可不干，谢谢，我的话讲完了。"一位名叫余百思的无线电教授发表了自己的意见。"好！余教授讲得好。"在场人有几位表示赞同，并鼓掌叫好。

"同志们，听了余教授的发言，我认为讲得很好，可是有些与现实不符。如果按照余教授的思路，从大项目大动作入手，就需要大单位大资金的支持，否则，目前我们的研发资金就存在问题。据我所知，国家财政欠缺，在这方面没有列入财政预算，因此，我们虽有雄心，亦无从下手，如果真想要我校的知识发挥作用，我认为必须先易后难，先从容易处入手，然后渐进而行，逐步做大。如今，既然容科公司愿与我们合作，再好不过，一，他们项目小，风险不大；二，与私商合作，简便快捷，无后顾之忧；三，与私商交易，老板说了算，不存在烦琐事；四，互利共赢，各尽其能。所以，我觉得与容科公司合作比较实惠。谢谢，发言完毕。"潘善农教授发表了与余教授不同的看法，在场人几人鼓掌支持，同样有人叫好。二位教授发言后，下面开始议论，有支持余教授的，有赞同潘教授的。

"各位，请静静，刚才，二位教授已发表了自己的看法，我觉得都没错，我看这样好不好，余教授觉得研发大项目符合我们的校情，就请余教授负责这方面的工作，其中包括向中央财政部争取财政预算，或寻找投资单位；潘教授主张先易后难，以容科公司为突破口，那就请潘教授负责容科公司的具体研发工作。今天的会就暂时开到这儿，以后的事，看情况而定，散会。"洪书记最后作了决定，教授们各自散了。

话说月容去看望黄科时，他正处身体欠安之时，听月容说要去拜访洪书记，他愿当即同往。为了黄科的身体，月容要黄科休息几天再去。过了两天，黄科觉得身体好了，于是就急要求月容同去见洪书记，月容见黄科脸色好了许多，就同意一起去见。

"洪书记好！"月容俩来到书记办公室，见洪书记正在办公，月容朗声招呼道。"哎呀，是毛老板光临，有失远迎，请二位坐。"洪书记见月容俩来办公室，顿时欣喜地道，并亲自为他俩倒茶。"洪书记，工作忙吧。"月容坐定，品了一口茶，然后问洪书记道。"工作嘛，说忙，不忙，说不忙，却总是有些事要做的，总是觉得思路上还没头绪的感觉。"洪书记搔搔自己的头道。"如今是改革开放紧要关头，广东特区的影响正在继续蔓延，真的是一石激起千重浪，作为高等大学，如何去理解、适应，这倒是非常重要的，洪书记，你说是不是？"为了了解洪书记的为人及其对当前改革开放政策的看法，月容问洪书记道。"改革是我们国家的大动作，当然不能轻举妄动，不过，如今有了广东的成功经验，那就好办多了，然而我校的专家教授们还是各执己见，分歧颇大。前两天，我们刚开过一次讨论会，让大家发表各自对开放政策的看法，结果产生了两种意见，一是主张与大单位合作，进行大投资，做大项目，如制造军民两用飞机等；二是与私营企业合作，先从小项目入手，从易到难，逐步发展，而在座的对这二者都有支持，听起来都有相当的道理，唉！我亦不知道该怎么办为好。"洪书记将那天讨论的情况向月容说了一遍，然后无奈地道。"那最后的结果如何呢？"月容惊奇地问道。"后来嘛，我就果断地要主张做大项目的余百思教授负责联系大项目，叫主张与私商合作采取先易后难模式的潘善农负责开发你们容科公司的小儿玩具产品，至于谁的效益好，那就全靠他们的努力了。"洪书记微笑道。"洪书记英明，这一来，我看哪，余教授输定了。"月容听了洪书记的决定，肯定地道。"哦？何以见得。"洪书记见月容如此肯定地说，不以为然地道。"洪书记啊，像制造飞机这种大项目是国家有计划的，并非像余教授那样，凭一时心血来潮，说干就可以干的，别的不说，就叫你打一张可行性报告，也得一年半载的，还要交各部门研究讨论，即使同意，也要列入下一年的财政预算，目前，我国的经济较困难，要投资大项目还不太可能，所以，我才说余教授输定了。"月容娓娓道出了自己的看法。"月容，照你说来潘教授是一定赢了？"洪书记呵呵笑道。"潘教授与我合作，绝对不输，只是赢多赢少的问题，而且可以立竿见影。"月容坚定地道。"老板娘，其实我也是支持潘教授的，其中原因是：一，我校缺乏研究资金，研发小儿玩具可以，大项目却无法承受；二，收效快，可以边研发，边投放市场；三，沟通方便；四，无什么风险。正因为这四个原因，我就暗地里支持潘教授，他如今正在研制小型无人机玩具和一种遥控小汽车。我相信，凭他的知识，很快就会研制成功，到时你去投产就是。"洪书记微笑着说出了自己的心里话。"真的？

洪书记真好，但不知这潘教授现在研究得怎样了，你能陪我们一起去看看吗？"月容听洪书记支持着自己欣喜若狂，拍手称妙。"或许他正在忙着呢，好，那我们就去看看吧。"洪书记见月容急着要见潘教授，就答应了她的要求。

洪书记在前，月容黄科在后，三人行了一阵，前面有个小花园，园边有间小屋。"老板娘，那间小屋就是潘教授的研究室。"洪书记用手指着小屋向月容介绍道。"哦！这里倒是幽雅之处，是个研究的好地方。"月容见小屋紧靠花园，环境优美，就称赞道。

"潘教授，开开门，有贵客光临。"洪书记走到小屋门前叫门道。"哦！是洪书记啊，我马上来开门了。"屋内的潘教授应着，并开了门。"潘教授好！"月容见开门处，走出来一位五十余岁的半老头，估计就是潘教授了，于是就上前招呼道。"这位是月容姑娘，容科公司的总经理。"洪书记向潘教授介绍道。"哦！老板娘好，很高兴与你一起合作。"潘教授精神振奋，上前与月容握手。三人进入研究室，潘教授为大家倒上茶，都坐了下来。"潘教授，辛苦你了，不知近来你的研究成果怎么样了？"月容关心着研究的玩具样品，于是就急不可待地问道。"哦！目前，我正在研究无人驾驶小飞机玩具，图纸已画好了，接下来就要按图纸制作了，估计十来天就可拿出样品来，快了吧。"潘教授轻松地道。"潘教授，可不可以给我看看图纸啊。"月容很想知道新产品的模样。"当然可以，你亦应该知道的。"潘教授说着拉开抽屉，取出几张图纸，让月容黄科细看。月容看了，觉得这无人直升机小巧玲珑可爱之极，顿时欣喜若狂，高兴得蹦跳不止。"潘教授，这小玩具确实美观得很，投入市场一定畅销之极，为了早日成功，请你加把油，越快越好。"为了新产品极早投入市场，月容催促潘教授道。"行，我会努力的，不过你还要增加机器设备，这玩具是用塑料做的，因此，需要进塑料压机，待这些生产设备办好了，新产品亦可以生产了。"潘教授交代月容道。"哦，这压机从何处买呀？贵吗？"月容不知道机器的来源，就关心地问道。"不贵，约四五万吧，广东有卖。"潘教授道。"机器买来，在技术方面，我们不会怎么办？"月容为难地道。"这不用愁，关于技术操作的事由我们负责，但工资还是要你付的。"潘教授与月容说明了条件。"这个自然，工资肯定是我付的，一个厂，如果没有设备技术人员，就无法发展壮大，今后，我们或许要更多的技术人才呢。"月容非常理性地道。与潘教授谈了一个多小时，最后，月容向潘教授要来卖机器的地址、电话号码，然后拜别离开，回涟水了。

在涟水宾馆中，月容交付给韦厂长任务，要他去广东购买塑料压机，暂购两台试试。韦厂长接受任务后，自己准备去了。

通过韦厂长的一番努力，塑料压机终于运回到厂，潘教授得知后，立即赶来，与几名助手一起，先将二台压机安装好，并将早已准备好的模具装上，打出了无人机的各种部件，然后开始精心拼装，最后，一只美观大方、小巧玲珑的无人驾驶直升机终于呈现在众人面前，并在潘教授的操作下，在空中来回翱翔。无人小飞机在新厂房前试飞，全厂上百员工都在观看，见试飞成功了，大家都欢呼雀跃不止。"啊！我厂的新产品研制成功了！"

试飞成功后，潘教授留一名技术人员在厂里作技术指导，并叫月容抓紧生产，尽快投入市场，月容爽快地答应了。

第一批生产了一万架小飞机，月容先拿到离涟水较近的淮安批发市场去试销，不料一时轰动了整个市场，很快被抢购一空，批发价为五元，成本价约二元，看来经济效益尚可观。为了满足顾客的需求，月容又要韦厂长增加机器设备，再买十台压机，从而形成了相当规模的生产线。

再说莫斯科集装箱市场，应月仙与张茜梅正在经营，突然来了二位西装革履的黄发客商，但见他们风度翩翩，精神饱满，一看便知是与众不同的大商客，二人走到摊前，瞪目看了摊上的货，又摸摸样品的质量。"美女，这服装怎么卖啊？"高个子指着一件西装问价道。"老板，这种式样三十美元一套，是实价。"月仙微笑着道。"哦，价格倒不贵，这料亦不错，不过这式样不对。"高个子眨眨眼睛，沉思一会道。"哦，老板，你要什么式样啊，若我摊上没有，而你需要量多的话，可以定购啊。"月仙见他气度不凡，估计是位大商客，于是先吊住他的胃口道。"不瞒你说，我是俄罗斯国防后勤部军装承包商，我要购买的数量大得惊人，你可能承受不了，但我喜欢你的布料，因此无意中问问而已。"高个子微笑着道。"哦，数量惊人，不会是一万套吧？"月仙惊奇地道。"美女，你刚开始经商的吧，一万套亦算惊人吗？我每年需要为俄军提供各式服装起码也得五百万套啊，像你这样的小摊能承受得了吗？真是开玩笑了吧。"高个子呵呵笑道。"哇！五百万套，不吹牛吧？"月仙与茜梅二人顿时张大嘴雀跃起来。"谁与你开玩笑呀，真是大惊小怪。"高个子认真地道。"那好，老板，我亦与你实话实说了吧，你不要小看我这个小摊，这里只是驻莫斯科的销售窗口，我们的后面还有一个庞大的公司呢。我们公司在全世界有十多个国家都设有这样的窗口，难道还承担不了你五百万套军装的业务吗？你亦小看我公司的能量了。"月仙为了拉住这笔大生意，于是亦虚张声势地道。"哦！原来你是公司直销的，请问你的公司设在哪儿，叫什么公司？"高个子听说是公司直销产品，顿时热情起来。"我们的公司在中国义乌，叫东起服装有限公司，规模大得很呢。如果你真想做这笔生意，我就叫我们的老板直接跟你谈，如何？"月仙一边说，一边叫茜梅给二客各一包早已准备好接待贵客的香烟。二客见了高贵的中华牌香烟眉开眼笑，竖起大拇指，向月仙二人示好。"二位美女，既然你们的老板忙，那就请他过来直接与我们谈吧。"看样子，这二位是真客。月仙知道这笔生意非同小可，于是就急急打电话告诉了师父。黄松接到电话，飞快赶到摊上，由于不会俄语，就叫月仙为他翻译，请二客商去近处酒店畅谈。四人来到一家豪华酒店，月仙叫服务员上四杯咖啡与一些西点，四人落座，边喝边谈业务。黄松吩咐月仙，首先了解一下对方的底细，然后再谈业务，月仙会意。"二位老板年轻有为，但不知该如何称呼？"月仙彬彬有礼地向二位客商问道。"我叫普里夫，他叫谢可夫，不知你二位又如何称呼？"高个子做了自我介绍后，又问月仙道。"我叫应月仙，这位是我的老板，叫黄松。"月仙回应道。"哦，看你老板气度不凡，一看便知是位久经商场的能人，而你相貌不俗，口舌伶俐，生来就是经营的料，我们非常乐意与你们合作。"普里夫兴奋地道。"多谢普里夫先生的抬举，但不知你们是如何将国防部的服装承包过来的，真不容易啊，佩服佩服。"月仙根据师父意思试探对方道。"唉！说来话长，苏联解体，变共产主义为资本主义，当时，国家处于混乱之中，不知资本主义又如何走，于是，各地方政府就各走各的模式。国防部原来的军装全由国营单位提供，解体后，这些单位全散了，于是全由私商承包。为了竞争业务，我们花了很大精力与费用，最后，终于争得了承包业务，与后勤部签了约，冬装是六十美元一套，夏装是三十美元一套，不过，这其中百分之十不应是我们所得的，这其中的弊端就不用说了，但是由于数量大，利润也是可观的。后来，听说中国实现改革开放后，市场经济比俄国活跃，产品价格较低，特别是义乌的中国小商品城，市场大，物美价廉，为此，我亦曾去义乌考察过，只见那儿人来人往，车水马龙，果真热闹得很，我关注的是服装行业，发现价格便宜得使人不敢相信，我曾想在义乌采购军装，但一时又找不到，由于人生地疏，又不懂汉语，所以不敢冒这风险，今日来到你摊，我一眼便认出是中国货，就禁不住与你谈上几句。"普里夫简述了自己找货的过程。"普里夫，你好厉害啊，佩服佩服，但如果你与我合作的话，应该怎么合作，走哪些程序呢？"月仙听了普里夫的简介后，将话锋转入正题道。"美女，我早已听说过你摊的名气很好，今日相见果然事实，一看你们相貌就知道是诚信之人，然而，听说中国有句俗话，叫作先小人后君子，我们要做的生意不小，你们虽不是不可相信的人，但我们还是要按规矩办：一，我们要签订合同，明确交货方式、数量与价格；二，我们要先交百分之五十的预付款，以证明我们的诚信；三，我们要提供购货样品；四，你们必须在期限内按质按量付清定购数量，然后我们付清你们的剩余货款；五，为了慎重，这个合同签订后，必须要通过你们驻俄外交官签字作证。说实话，我们还是第一次与国外私商交易，不想冒大风险，这是我想到的五个主要方面，当然，其余的细节可以慢慢商量，你说是不是。"普里夫说出了自己的条件，月仙听了后，望望黄松，黄松点点头表示同意。"普里夫先生，你说得在理，这不仅是你的规矩，我们义乌基本上亦是如此，但不知你们先订多少数量，什么式样，我们可事先做个准备。"月仙追问道。"先订一百万套试试吧，明天我送样品过来，好吗？"普里夫爽快地答应道。"那就谢谢你了。"月仙欣喜若狂，忙叫服务员上菜用饭，在席间，黄松陪普里夫二人喝了二斤白酒，四人高高兴兴地喝了一个多小时，才散席各自而归。

散席后，月仙随黄松回到住处。"师父，这下发财了，如果先签订一百万套军装，每套赚一美元，就是一百万美元，按现在的市值价，抵人民币就是八百万元，我们发大财了。"月仙欢呼雀跃地道。"不要高兴得太早，要知道，现在尚未签合同呢。"黄松见月仙如此兴奋，便提醒她道。"怎么不可能，我看普里夫不像是奸商，根据他所讲的，都是符合逻辑的呀。目前，俄罗斯物资短缺，纺织业没有我们国家繁荣，为了利益，他必须与我们合作，这是明摆着的事实，还有什么差错吗。"月仙十分把握地道。"但愿如此吧，不过得靠运气，我想，如果运气好的话，应该没问题。"黄松微笑道。是夜无话，二人甜甜而睡。

次日，普里夫真的带着样品来到黄松的摊上，黄松欣喜之极，与月仙又陪普里夫去酒店，进入雅室，普里夫取出一套夏装，交与黄松。"黄老板，我们初次交易，先购一百万套衬衫，颜色草绿色的，单价三十美元，我们的原则是互利共赢，昨天我已说明，百分之十留于官场开支，我的利润百分之十，你的利润也应该百分之十，如此算来，你给我的价格应该是二十四美元，与你现在的价基本相同，你没有吃亏，如果同意的话，我们就签约，签约后，我马上付你预付款，你必须在六个月内交清一百万套衬衫，如果第一次交易成功，我们马上签约第二批货，你说如何？"普里夫讲明了交易的程序。

黄松觉得普里夫讲得合情合理，并没有讨价还价的理由，于是就欣然同意，当即签了约，然后去驻俄馆办了手续，普里夫没失信，当即将预付款汇进黄松的账号，总价二千四百万美元，预付一千二百万美元。事成以后，黄松又请普里夫一起喝酒。二人都是豪爽之人，通过两次见面，似乎机缘相投，情意相合，从此变成了好朋友。

黄松签单后，虽欣喜若狂，但毕竟事大，心事重重，他不想耽搁，第二天，将摊上的事交由月仙辛苦，自己火速上飞机回义乌而去。

黄松急急回到义乌，匆匆去陈生厂中，将与普里夫签单的事告诉了陈生，陈生听了，惊喜万分，想不到黄松有如此能力。"黄松啊，你真行，这么大的单你也敢承担，然而我却无法生产这么多的产品啊。"陈生为难地道。"陈生，你嫌生意太大吗？不管如何，我是将这任务交给你了，至于如何完成，那是你的事，我可不管了。"黄松呵呵笑道。"没法子，我只有在这期限内生产十万套的能力，余下的只得托同行代做，六个月一百万套，需要十多家公司的共同努力，我马上联系各公司行动，当然，他们有利益都会乐意接受的，放心吧。"陈生很自信地道。不知后事如何，请看下回分解。

第四十八回

....

俄罗斯黄松接单　莫斯科李勇运转

话说黄松给陈生交代了有关交易几个重要事项：一，衬衫属军需产品，首先要保证质量，要用最优质的布料加工，只能比样品好，不能比样品差；二，单价每套六十元人民币，交货后一次性付清；三，如果这次生意成功，下次继续合作。他要陈生将此三条与合作公司说明，希望他们诚信合作，黄松交代完毕后，先打一千万人民币给陈生账号，作为预付款，陈生兴奋至极，随即开始行动。

黄松离开陈生，来到开放袜业有限公司，与小虎夫妻谈了这次生意的情况，小虎夫妻惊奇万分。"黄老弟真厉害，不过一年，你就成了亿万富翁了。"小虎哈哈笑道。"黄老弟，你给陈生销了那么多服装，到时可不可以将我的袜子也推销给那位普里夫呀。"名花觉得军队需要服装，肯定亦需要袜子。"嫂子，这次只是小试，待成功后我再向他提就是，我相信，他会要的，放心吧。"黄松自信地应道。"那就先谢谢你了。哎，现在你与月仙的事发展得怎么样了？"名花突然关心起黄松与月仙的事来。"哦！发展得还可以。"黄松不好意思地道。"什么还可以，说明白点。"名花不满意地道。"她已经答应我了，我亦愿意与她结婚，这不是还可以吗。"黄松情趣盎然地道。"这就对了，你父母终于放心了，我的任务也完成了，那什么时候能吃你的喜酒啊。"名花呵呵笑道。"我想待这笔大生意做成后再结婚，或许要半年以后吧。"黄松沉思一会道。"哦，对了，黄老弟，估计我们在稠州路的房屋到农历八月将完工，我看你与月仙的结婚典礼就选在八月半吧，行不行？"小虎笑呵呵地道。"好啊，八月半，大团圆，是个好日子，我支持。"名花鼓掌称妙。"既然你夫妻俩都认为好，那就听你俩的吧。"黄松见小虎俩对自己的婚事如此热情，心里感动之极，也就点头同意。

　　黄松告别小虎俩，匆匆赶回自家。"爸，妈，我回来了。"黄松未进门，就大声喊道。爸妈听到黄松的声音，慌忙出来迎接。"黄松儿，怎么这么久才回来啊，快进来，妈给你烧好吃的。"母亲高高兴兴地拉着黄松的手进了家，接着为他泡茶，继而急急上厨去了。"松儿，生意怎么样啊？"父亲亲切地问道。"爸，生意很忙，最近，我与俄国军需商签了一份合同，订了一百万套军装，价值二百四十万美金。这次回来，就是为落实生产服装而来的，今已与陈生谈好，六个月要交货的。若这次成功，可得利润可能上亿元，到时，我家可真的发财了。"黄松兴奋地将这趟生意的情况告诉了父亲。"哦！我儿真行，不过钱真的赚得太多亦没用，该撒的还是要撒掉点，比如做善事一类，今后为自己留个好名声，知道吗？"父亲听说如此大的生意，心里甜甜的，觉得儿子比自己强多了。"松儿，钱要赚，娶老婆更重要，有钱没人有什么用，你都快三十的人了，妈最关心是婆媳妇，你要为妈想想，不要只顾赚钱。家中无小孩，对老人来说是最不愉快的事，如果你娶了妻，生了子，我们家就热闹起来了，即使你不在家，我们亦不会有寂寞感了，知道吗？"母亲听黄松说了一个大单，虽心里高兴，但这并非她最关心的，她希望黄松能早点娶媳妇，自己早点抱孙子，这时，她一边端来点心，一边对黄松道。"妈，你愁什么，你儿子既然能赚到大钱，难道就无能娶妻吗？如今财运通了，桃花运亦到了，待这笔生意做成功，在稠州路的房子也造好了，今天我已与小虎夫妻俩商量过，决定于今年八月中秋节举行婚礼，到时请你二老坐上首，接受我夫妻俩的叩拜，行了吧。"黄松每次回家，母亲总要提起此事，他知道母亲对自己的关怀，趁此时，黄松给母亲来了个惊喜。"松儿，是真的吗，你不要老是哄我啊，如果是真的，那媳妇是哪位啊，是月仙还是月容啊。"母亲眯着双眼，乐呵呵地笑问道。"妈，你说月仙月容哪位好。"黄松有意问母亲道。"我看二位都好，论聪明，我看月容好，论贤惠，我看还是月仙好。在我心里，总觉得月仙比较亲近好相处，只要是其中的一位，妈都喜欢。"母亲乐呵呵地道。"妈，你好眼力啊，我要娶的正是月仙，以后，她会好好孝敬你与爸的。"黄松哈哈笑道。"真的，那好极了，真是天从心愿，我心中的石头终于落下了。"母亲乐得合不拢嘴。

　　这日，在陈小虎的陪同下，黄松去稠州路观看了自己新房的建筑情况，见与小虎一起的八间店面房五层正在封顶中，宏伟的大厦，宽畅的路面，处在义乌最繁华的位子，心里舒畅之极。"小虎，谢谢你的帮忙，辛苦了。"黄松感谢小虎道。"哎，我们亲如兄弟，说什么谢不谢的，你也帮了我不少忙啊。"小虎客气地道。"我能帮你什么忙的？"黄松不解地道。"你为我销售了这么多袜，难道不是帮了我的忙吗。"小虎感激地道。"哦，这也算帮忙吗，这是为了我自己的生意着想的呀。"黄松朗声道。"黄老弟，其实啊，人与人之间，只要有善心，理性进行和睦相处，良性互动，帮来帮去的事自然皆在其中了，你说对不对？"小虎若有触感地道。"哦，小虎啊，你怎么突然说出这样有学问的话来了，真了不起，我自感不如。"黄松惊奇地道。"我一个小学生，哪有什么学问啊，只是经历的事多了，才有这样的感悟罢了。"小虎微微一笑道。"对，我亦有同感。"黄松呵呵笑道。

离开工地，黄松独自游玩小商品市场，看看最近有没有什么新鲜的品种，刚到市场门口，只见许多人围着看无人驾驶直升机玩具的表演，塑料做的直升机不过拳头大，红红绿绿颜色多样，在表演者的遥控下，直升机飞来飞去，忽高忽低，在空中游走自如，看得众人瞠目结舌。"老板，这飞机怎么卖啊？"黄松见飞机这么可爱，便好奇地向表演者问价道。"三十元一架。"表演者开口回应道。"批发价多少？"黄松追问道。"这是新产品，是试销的，没货，我只零售的。"表演者说了实情。"那你现在有多少货，我全买下。"黄松朗声道。"不多，仅带三十架。"表演者回应道。"那好，就按你的价，我全要了。"黄松果断地道。"真的？"表演者不敢相信黄松会全要。"难道我与你开玩笑不成，一手交货，一手交钱就是。"黄松认真地道。"好，全在这儿。"表演者放下背在肩上的背包，拉开拉链，放于地上点了货，正是三十架不错，黄松当即付了款，高高兴兴地拎走了。他又在市场中转了一圈，发现在大市场的各摊中，亦有许多新产品出现，而且越来越先进高贵。

黄松在市场中转了一圈后，拎着飞机玩具，来到小虎家，要小虎钉一只木箱，将玩具装入其内，在托运袜时一起运往俄罗斯，小虎点头同意。事后，黄松在家休息几天，就急着去俄罗斯了。

黄松来到莫斯科，月仙欣喜若狂。"师父，你这么久才回来呀，想死我了。"月仙娇声道。"才十多天，就这么想我了？"黄松不以为然地道。"师父，你不在，我就觉得度日如年了，知道吗？"月仙柔声道。"好了，以后不要再叫'师父'了，要改口了，如今我俩已是夫妻了。"黄松见月仙还叫他师父，听了有些别扭。"那叫什么呀？"月仙嘟哝着道。"就叫名字好了。""这怎么叫得出口呀？"月仙叫惯了"师父"，一下改不过来。"那就叫松哥好了，行吗？"黄松提议道。"行，松哥。"月仙叫了一声，然后不好意思地用双掌捂住脸道。"嗳！这就对了，既亲切，又顺口，以后就一直这样叫吧。"黄松见月仙真的叫他为松哥，倒觉得非常亲切。"松哥，你这次回去这么久，究竟做了些什么事啊？"月仙关心地道。"我这次回去做了好多事，而且都非常重要……"黄松将自己与陈生安排做服装的事，稠州路建房的情况，与买来玩具飞机的事一五一十地全告诉了月仙。"你爸妈可好吗？"月仙听后，又关心起二老来了。"我爸妈其他都好，就是怪我至今还未娶妻，他二老正等待着抱孙子呢。"黄松微笑道。"那你怎么说呢？"月仙心里甜甜地道。"我说已与月仙讲好了，决定今年中秋节结婚，正好我们的新房也造好了。"黄松情趣盎然地道。"那你父母又怎么说呢？"月仙追问道。"我父母自然乐得合不拢嘴，高兴得不得了啊。"黄松哈哈笑道。"松哥，你父母如此关心宠爱你，今后要好好孝敬他们为是，特别是你爸，为了一家人的生活而残脚，如今走路不便，身体不好，我总觉得太可怜了，我们结婚后，一定要好好服侍他。"月仙激动地道。"是啊，我父劳碌一世，亦没好日子过，如今条件好了，可我们又不在他身边。我想，待新房建成后，我们结婚了，你给我生儿育女，与我父母一起住进新房，共享天伦之乐，到那时，我们一家该多好啊。"黄松乐呵呵地道。"你倒想得美，谁与你生孩子啊。"月仙笑骂道。"当然与你生啊，我父母等急了，我也熬不住了，来，我现在就想。"黄松看了可爱的月仙一眼，突然上前抱着她的身体，直往房间内跑，继而，将自己的身体压在她的上面……

话说复旦大学的洪书记名国豪，四十二岁，其父洪鸣天与母亲赵英姿都是复旦大学有名的教授，父亲精通电子学，母亲精于化工，都曾在美国、英国留学，他们原想以自己的所学，为国为民做点应有的贡献，不料在"文化大革命"期间被打成"臭老九"关押起来，不要说发挥才能，就连人身自由也没有了，他们曾怀疑自己所学害了前程，也曾悔恨不该回国任教，由于长期的残酷逼害，父亲含冤而亡，母亲虽活下来，但已身体虚弱，不能工作了。洪国豪当年也在复旦大学读书，后来随知识青年下乡去了大西北。改革开放后，政策落实，其父母被平反，为了弥补他一家的损失，党组织叫洪国豪去上海市党校学习三年，然后又分配到复旦大学工作，由于工作出色，继而被任命为党委书记。受父母的影响，他不想让宝贵的知识随人的去世而被带走，他想趁改革开放之东风，将所有人的知识都发挥于社会生产之中，为人类做出贡献，但由于改革开放初期的政策方向并不太明朗，因此觉得有些无从入手，听说容科公司很需要学校的技术帮忙，于是他就想先从此处入手，慢慢打开科技大门，然后开拓大市场。后来，洪书记又了解到黄科与月容的关系，他觉得复旦与容科的关系正与黄科与月容的关系相仿，为了把事业搞好，他要黄科扮演这场戏的主角，既代表容科公司，又代表复旦大学的利益，并指示他长驻容科公司，以便于及时联络，从此，黄科成双方合作的核心人物。

在毛月容心里，黄科是她最信得过的人，当在为难时，她第一个想到的就是黄科，可惜的是他不能常在自己的身边，听说洪书记派黄科常驻容科公司工作，心里兴奋至极，于是就暂时安排他住在涟水宾馆中，与自己日日相伴，事事商量。

容科公司的产品供不应求，为地方经济的发展带来了希望，县府离公司很近，陶县长几乎每天都来月容处商讨公司的远程规划，这天，三人一起，又在探讨发展规划。"老黄啊，目前你们对公司的新产品研究的情况怎么样了？"陶县长关心地问黄科道。"陶县长，目前我们已研究出两种新产品，一种是无人飞机，比原来的飞得更远更高，另一种是遥控小汽车。我看，这两种新产品一定会受到市场欢迎的。"黄科向陶县长汇报道。"好啊，看来公司的产品种类越来越多，前途光明啊。月容，目前销售情况怎么样？"陶县长转问月容道。"销售不成问题，供不应求，都是客户自己找上门来的。"月容实事求是地道。"月容啊，我们的公司正在飞速发展之中，从长远看，我们要向规范化方向努力，随着我们业务的扩大，将来可能会越来越忙，因此，我建议成立一个销售科，有关产品的销售方面，全由他们来负责，你是否向施教授联系一下，聘请几名有专业知识的人才来公司帮忙。"陶县长建议道。"好，人员分工清楚，便于管理，这事我会请施教授帮忙的。"月容同意陶县长的建议。"月容，我们公司的生产正在热火朝天地进行，然而职工宿舍、办公室和一些公共设施都没有，食堂也是临时的。为了早点实现规范化，我们是否应向工程队催促一下，让他们抓紧一点。"黄科急不可待地道。"黄科啊，这事我比你还急呢，只是合同中的期限是元旦前交付使用，他们没违约就不好说了，我们急也无用啊。"月容无奈地摊摊双手道。这日，三人谈了一个多小时，陶县长因有事而离开。

陶县长离开后，房间中仅黄科与月容二人在，孤男寡女在一起，难免有些悄悄话。"月容，你说我在今年中秋交桃花运，是真的吗？"黄科笑问道。"当然是真的，我骗你干吗。"月容微笑道。"那我的女朋友在何处啊？"黄科不信道。"你的女朋友当然是在你自己的心中啊，难道你一点感觉都没有吗？"月容毫不犹豫地道。"没有啊，我怎么一点感觉都没有呢？"黄科惊异地道。"你在说谎，绝对不可能，我不相信你心中没有任何姑娘的影子。"月容肯定地道。"那你实在太冤枉我了，我心中除了你外，根本没有其他女性，真的。"黄科实事求是地道。"我可不是你的女朋友，不要胡思乱想，啊！"月容抿嘴一笑道。"月容，再过三个月就到中秋节了，你说过，到中秋节就会有人与我拜堂成亲了，若不，就拿你抵数，这是你自己说的，可不要反悔哦。"黄科认真地道。"对啊，我是说过的，但现在时间尚未到，急什么，是不是熬不住了？"月容朝黄科笑笑道。"对，我熬不住了。"黄科见月容妩媚的笑容，禁不住上前抱住她的身体，在她的脸上亲了一下。"哎！你不要乱来，男女授受不亲。"月容见黄科突然失控，就柔声道。"什么男女授受不亲的，我就喜欢你。"黄科呵呵笑道。"黄科，我与你说实话，不管你中秋与谁结婚，我要你守住一个秘密，那就是不论在什么时候，对什么人，都不能说我们俩是男女朋友，否则，中秋的婚礼就会破灭的，知道吗？"月容神秘地道。"那又是为什么呢？"黄科不解地道。"天机不可泄漏，特别是我的事不能跟你哥说，知道吗？"月容认真地道。"为什么不能跟我哥说，他是我心中最好的人，他一直都在支持我，如果你知道我哥是什么样的人，就不会如此不相信我哥了。"黄科惊奇地道。"唉！你不要胡思乱想，我并不是不相信你哥的为人，我只是根据时辰八字推算，在中秋之前，你都不能在你哥面前提起你结婚的事，当然，当你在那天拜堂成亲时，你哥自然会知道的，到那时，就可以公开了，知道吗。你一定要听我的话，否则，我就永远不理你了。"月容认真地道。"好，我听你的就是。"黄科见月容并无恶意，就答应了她的要求，但他始终不解，究竟是什么意思。

黄松回莫斯科，将买来三十架飞机玩具之事告诉李勇，要他试卖，李勇觉得新鲜之极，并感谢黄松对自己生意的关心。约过了四十天，李勇收到了飞机玩具，他兴奋地与黄松试飞，果然好玩之极，心想：此玩具一定好卖之极，只可惜价格太高，他抚摸着可爱的玩具爱不释手，待细看时，发现包装的塑料袋中印有容科公司出产的字样。"黄松，你看，这玩具是容科公司生产的，厂址就在江苏涟水县，我想，如果直接向厂方购买，或许价格不用这么贵吧。"李勇告诉黄松道。"哦，我倒没注意是什么公司生产的。对了，我曾听我弟说过，他办了个容科公司，不知是否就是这个公司，要不，我打个电话问问。"黄松突然想起弟向他要美金注册办公司的事来。"有这等事？快打电话问问，若是你弟的公司，那就好办多了。"李勇兴奋地道。

"喂，是科言吗，我是你哥，上次你不是说办了个容科公司吗，不知是生产什么产品的……"

黄科正与月容一起在涟水宾馆中谈事，突然接到哥从莫斯科打来的电话。"黄科，是谁打来的电话呀？"月容问黄科道。"是我哥从莫斯科打来的电话。"黄科应道。"你不要忘记我与你说过的话，不能向你哥提我的名字。"月容听说是黄松打来的电话，忙提醒黄科道。"哥，对啊，我与学校共同办了个容科公司，是生产玩具的。怎么，有事吗？"黄科经月容提醒，就不敢说与月容合办公司的事。"弟，你的公司是生产什么玩具的？"黄松问道。"哥，我们原是生产荧光玩具的，最近又研发了一批小飞机玩具，不过，由于初办，规模并不大，尚在试行阶段，怎么了？"黄科简单介绍了公司的情况。"那就对了，但不知你们的直升机玩具的出厂价是多少？"黄松追问道。"怎么，你知道我们的直升机玩具？我们的出厂价是每架五元。"黄科回应道。"价格便宜，你给我运一个集装箱过来，就到亦荣托运处运就是，他就是义乌到莫斯科物流的老板，我的货全是在他那儿托运的，荧光手链也运一些，行吗？"黄松急着要弟立即运货。"哥，目前生产规模不大，货供不应求，可能一时满足不了呀。"黄科听哥要一个集装箱的货，一时有些为难地道。"那我不管你，你必须尽力完成任务，我这里很好卖，到时我把钱打给你。"黄松强制性地道。"那好吧，我尽力就是。"黄科见哥说很好卖，一时欣慰至极，就答应了他的要求。"月容，我哥要一个集装箱的货，可能要一个月给他生产吧。"黄科对月容道。"那其他客户就缓缓吧，先给你哥再说吧。"月容应道。

容科公司自从生产小飞机以后，产品就被淮安市场的两家批发商所承包，他们基本上每隔半月必来一趟公司，然后批发给其他小贩，小贩批到货后，就分散在全国各大中城市进行零售，黄松在义乌市场门口见到的小飞机，就是小商从淮安市场中批发来的。半月后，淮安批发商又去涟水容科公司要货，不料被销售科的人拒绝，批发商急了，于是双方就争吵起来，管理人员纠缠不过，就向韦厂长汇报，韦厂长觉得突然停止提供老客户的货有些不好意思，只得与月容商量，经月容同意，就暂时给半数给淮安批发商，半数给黄松。

且说李勇得了三十架小飞机，由于数量太少无法赚钱，于是就索性不卖，给常来批发的老客户每人一架作礼品相送。客户们见如此可爱的小飞机欣喜若狂，纷纷要求李勇想办法弄一批来，李勇说过两个月以后可能有货，并叫他们准备好款，到时前来取货就是，客户们兴奋至极，于是每天都在盼望小飞机的到来。

光阴似箭，日月如梭，转眼过了三个月，容科公司的货到了，李勇提货开卖，客户们纷纷抢购，一时间，整个摊都被顾客围得水泄不通，李勇与杨素花忙不过来，孙老大参与帮忙，仅一天，就卖了四分之一的货，批发价是一百卢布，约合人民币十元。这天，是李勇到莫斯科以来生意最好的一天，他高兴之极，为了感谢黄松，晚上，他请黄松月仙一起去酒店吃饭，素花、孙老大也一起参加。

"老黄啊，这次多亏你的帮忙，想不到这小飞机如此好卖，在此，我先谢了。"李勇朗声向黄松施礼道。"李勇，我们都是好朋友，这不过是我一个电话的事，说什么谢不谢的。"黄松哈哈笑道。"老黄啊，你一语值万金啊，你一个电话就为我赚得上百万元钱哪。"李勇兴奋地道。"李勇，我弟说这批货的款是一百二十万元，到时你要尽快汇过去，不要我弟为难，知道吗？"黄松提醒道。"那自然，过不了一星期，我一定全数汇过去，老黄，请你再给你弟打个电话，叫他继续运来，如何？"李勇怕断货，急着要黄松提早打招呼。"李勇啊，我们做事要讲诚信，你就先将货款付清以后再说吧，否则，我怎么好意思再向人家要呢，更何况那公司又不是我弟一人开的，是不是？"黄松觉得第一批货款未付，又要第二批，这有些不符情理。"李勇，那就抓紧先将第一批的货款汇出去再说吧。"月仙也插嘴道。"行，按理应该如此，只是我怕此货断销，因此而情急罢了。"李勇理性地道。"孙老大，你的生意情况如何呀？"黄松转问孙老大道。"我可没李勇运气好，不过比起常州来自然好很多，而且还能与你老黄常在一起，即使不赚钱，我也已心满意足了。""哦！你倒是心平得很，孙老大，其实生意这东西谁也说不清楚，或许运气好时，你一下子就发财了，我认为一半是靠打拼，另一半是靠时运，只要持之以恒，我想总有时来运转的时候，你说是不是？"黄松见孙老大的心情不太好，于是就有意劝他道。"黄大哥，我认为生意好坏听天由命，该你赚的钱一定会赚到，不该你赚的钱硬求无益，因此，只要与我一起的人和睦相处，欢乐度日就满意了，其他东西就顺其自然吧。"孙老大朗声道。"说得好，孙老大，我俩干一杯。"黄松听了，觉得有理，于是起身与孙老大干了一杯，然后，四人同起，共干一杯后散席。不知后事如何，请看下回分解。

第四十九回

普里夫为子相亲　张茜梅跑马庄园

　　酬谢帮自己创造商机的人，是商场中的规矩，黄松给李勇赊来一个集装箱的货，使李勇感激不尽。李勇请客后，黄松与月仙回到自己的住所。"松哥，你是不是太傻了。"月仙责怪黄松道。"什么意思？"黄松见月仙怪他，一时觉得莫名其妙。"在李勇没委托你的情况下，你自作主张为他赊来一个集装箱的玩具，价值一百二十万人民币，进价每架小飞机五元，售价十元，南北之利，又如此好销，不过半月就能赚到上百万元钱，你为什么不自己赚，而有意奉送他人呢，这不是傻瓜所为吗？"月仙不满地道。"哦，原来仅为此事。我说月仙啊，钱这东西，没有亦不好，没钱难过日子，然而太多了亦没什么意义。如今，我们廿三里共三人在此经营，我与亦华生意较好，李勇生意并不太好，我的心里总觉得不好意思，自古道，一户富，十户妒，如果一起的人经济差距太大并非好事，因此，我一直在想着如何帮他尽量与我们缩小差距，如果他赚的钱多了，我的心里就会好过一点。我打电话要我弟发一个集装箱过来，原本可以自己卖，但我们是卖服装的，如果为了利益又卖玩具，这无疑会造成李勇的不满，你说有意思吗，更何况我叫他们来这里是为了赚钱，他们赚不到钱我心里好过吗，所以，月仙啊，我们不要只顾自己赚钱，也要为与自己一起的人想想，是不是？"黄松将自己内心深处的想法告诉了月仙。"松哥，你的心情我理解，但这一送就是上百万元的钱啊，这人情亦太大了点吧。"月容发牢骚道。"月容，量大福大啊，你想想，我们与普里夫一笔交易就能赚到上千万，这一百万又如何呢？对我而言，一生一世已用不完了，又何必去争那一百万呢？邓小平同志说得好，让少数人先富起来，然后带动大家一起富，多伟大的词句啊，这就是中国特色社会主义的内涵所在。若只管自己富，那就是资本主义了，这样，会产生许多贫富之间的社会矛盾，从而造成社会的不宁，知道吗？"黄松热情地对月仙解释道。"松哥，我知道你一片善心，我只是觉得这百万巨款送人家有些可惜，又不知道与普里夫的交易是否能顺利完成。"月仙觉得黄松心虽好，但不知好心有没有好报。"月仙，我一直相信'量大福大，好心必有好报'这句话，你想想，普里夫为什么要把这大单送给我而不是送给李勇或孙老大呢。"黄松呵呵笑道。"你啊，就是生就的一副福相，李勇他们没你那么好。"月仙见黄松高兴，她也欣慰地嘻嘻笑道。

苏联解体后，俄国经济受困，自身难保，于是进行了改革，即：学美国，变社会主义为资本主义，实行了总统制，为了尽快恢复经济，中央的经济权下放至州市，由于各州的理念不同，因此，其政策亦各异，但总是为了发展市场经济开绿灯，说白了就是大路朝天，能者先上，生者自生，灭者自灭。在这种大开放政策的作用下，各州市都开始活跃起来，赌场、妓院都开始挂牌营业，不过三年，贫富差距开始明显拉大，六七年后，出现了暴富户，普里夫就是俄国十大巨富之一。

普里夫自有一家服装加工厂，占地百亩，员工千名，管理人员上百。平时，他不太管厂里的事，常与高官们一起玩，所谓高官，最起码是州市一级的官，他举止不凡，行事大方，在官场中很有一套，深得官方的喜爱。他仅生一个孩子，叫普申科。普申科喜欢打篮球，不喜欢经商，年纪二十三岁，是国家级球员，生得体强力壮，亦帅得很，普里夫视他为宝。眼看儿子长大了，普里夫急着为儿子找对象，曾为儿子物色了许多官家女儿，可是普申科总是不喜欢，问其原因，回说不喜欢俄籍的，他喜欢东方式的姑娘，这使普里夫十分为难。普里夫初次到黄松摊位时，发现月仙与茜梅俩生得黑发白脸，身材苗条十分性感，于是就想为自己的宝贝儿子介绍一个，后来发现月仙是黄松的女朋友，就想打茜梅的主意。普里夫是聪明绝顶之人，他知道，若要成功，必须先过黄松这一关，正因如此，他常与黄松有联系，或与之会面吃喝，或常打电话聊几句，始终保持亲密关系。

这天，普申科回家，普里夫告诉他说集装箱市场有一位美若天仙的姑娘，既会汉语，又会俄语，是位难得的好姑娘，并要他去看看，普申科点头同意，于是就打扮一番后直往集装箱市场而去，不一时，父子俩来到太阳区，普申科见到张茜梅后，非常喜欢，要求父亲尽力帮他将她娶到手，父亲见孩子喜欢，表示一定想办法。

次日，普里夫与黄松通了电话，要他到酒店聚谈，黄松听后约月仙回家。三人坐定后，边喝咖啡边谈。"老黄啊，我有个孩子，今年二十三岁了，是国家篮球队的队员，常去中国交流，可是他不会汉语，因此很不方便。为了便于交流，我想请一位既会汉语又会俄语的人教他，但我想来想去始终想不出适当的人选，后来我发现你摊上的那位张茜梅不错，为此，我今天来向你求个情，请她教我的孩子学汉语，不知道意下如何。"普里夫开门见山地道。"好是好，不过她要做生意，没时间啊。"黄松见普里夫如此诚心，亦非常理解，但茜梅毕竟在摆摊，不可能一人多心。"没关系，她白天摆摊，晚上抽一两个小时教教就是。"普里夫十分理解地道。"她白天摆摊，晚上教汉语，太辛苦了吧。"黄松有些为难地道。"我知道是有些辛苦，但我会给她满意的报酬，希望你能从中帮帮忙，到时我与孩子一起来，顺便我也可以学几句汉语，若能成功，我与你之间的交流也就方便多了，对不对？"普里夫急切地道。"那好吧，我会将你的意思告诉茜梅的，至于她愿不愿意，那可是她的事了。"黄松见普里夫说得在理，也就同意试试。普里夫见黄松答应帮忙，欣喜万分，于是千谢万谢地告别而去。

次日，黄松将普里夫的意思转告茜梅，茜梅听了惊喜之极，这是她第一次遇见有人请自己教汉语，而且还是老外，觉得一生所学，如今终于有了发挥的空间，而且据说还有满意的报酬，于是当即就答应了。黄松打电话把消息告诉普里夫，普里夫父子欣喜若狂，立即买来许多礼物，晚上请黄松、月仙与茜梅一起去酒店请拜师酒。席间，普里夫父子先敬黄松月仙一杯，感谢他们的牵线搭桥，第二杯敬茜梅，感谢她愿收自己父子为徒，茜梅有生以来第一次受人如此尊重，欣慰至极。"二位，你们要学汉语是好事，不过我是摆摊的，因此只能顺便教你们几句，白天没时间，只能每晚七至八时教一小时，星期六、星期日休息，每天学三句，我相信，无须一年，你二人基本上都会讲汉语了，从明晚开始，你们就来我的住处学习吧。"茜梅表明了自己的主张。"如今，我们已请了拜师酒，因此，从现在开始，就该称你为张老师了。我父子俩没有一点汉语基础，张老师教起来一定非常辛苦，因此，我们必须要付给相应的报酬，据说老黄给的月工资是二千人民币，而我打算与老黄同样报酬，亦二千元吧，不知张老师意下如何？"普里夫朗声道。"不要这么多，反正是晚上的时间，意思意思就行。"茜梅见普里夫出手大方，倒觉得不好意思。"不多不多，如果我们去中国学汉语，估计要十万二十万呢，因为我父子在俄国还有自己事业，不可能丢下事业而出国，因此，求教于你是为了方便，这二千月工资已经太少了，到时还会另有补偿。普申科，拿钱出来，交与张老师。"普里夫说着，叫孩子将事先准备好的钱交与茜梅。"张老师，请勿嫌少，收下吧。"普申科从随身带来的包中取出用包装纸包好的一包钱交与茜梅，并有礼貌地道。茜梅见普申科长得比父亲还高大，而且身强力壮，气度不凡，极有男人味，心里顿起爱慕之心。"小哥，这么多钱我受不起，请收回吧。"茜梅见他递上一包钱，一时不敢接。"张老师，这里是一年的报酬，不多，请收下吧。"普里夫解释道。"茜梅，既然他俩如此诚心，那就收下吧。"黄松知道普里夫是俄国十大巨富之一，这点钱不算什么，于是就支持她收下。茜梅见黄松这么说，也就不再推却了。

茜梅回到自己的房间，拆开包装，见里面竟是五万元人民币，她一下子惊呆了，她是安徽凤阳人，出身于农村，家境并不好，上学的费用全是各路亲戚相助的，她从来也没见过这么多钱，这时，觉得普里夫父子可能搞错了，于是就赶忙重新包了回去，决定第二天他们来时交还。

第二天，普里夫父子兴致勃勃地来到茜梅住的宾馆，茜梅见了，忙将那包钱还给普申科。"小哥，你搞错了，这么多的钱我受不起啊。"茜梅微笑道。"怎么，没搞错啊。"普申科惊奇地道。"你看看吧，这里面是五万元人民币呀。"茜梅朗声道。"对啊，这是你应该得的报酬啊。"普里夫插嘴道。"按你说二千一月，一年也不过二万四千元足够了，但这里是五万元呀。"茜梅不解地道。"我说每人二万四一年，我二人就是四万八，余下二千是当茶水钱的，这是合情合理的事，请张老师笑纳吧。"普里夫解释道。"哎呀，我真的受之有愧啊。"茜梅不好意思地道。"张老师，这点钱不多，如果没有顾虑，我给你十万元亦愿意，只是我们经商人有个规矩，做任何事都要多方考虑，黄松给你的工资是二千，按规矩我不能超过他，否则，他会误解我捣他的蛋，从而引起同行的不满，其实我给你年薪五万是应该的，为了避免误解，请你不要把给你的实际钱数告诉黄松，只是你我心里有数就是。说实话，我的资产高达十多亿美元，区区五万元人民币根本看不上，如果你急需用钱时，尽管开口就是，不要说工资不工资了，师生关系非同一般，没关系的。"看来普里夫这人想得很周到。茜梅见普里夫如此说，心里欣慰至极，觉得他有那么多钱，而自己家中却一贫如洗，既然诚心付出，也就不客气地收下了。这天晚上，她教了普里夫父子三句，即"你好""欢迎光临""再见"，并在纸上写下字，汉语下面注上俄语，要他们回家后认真背读，然后接着再学另三句。

普里夫父子初学汉语觉得非常有意思，于是每天晚上早早就去宾馆，一连学了一星期。普里夫毕竟是位大忙人，由于商事繁忙，不能每天去学汉语，后来就断断续续地去几次，其主要目的是想通过学汉语来培养孩子与茜梅的感情，以便孩子娶她为妻。

普申科见茜梅生得黑发如瀑、肌肤似玉、黛眉入鬓、凤目含春、红唇白齿玲珑鼻、桃腮红晕瓜子脸、长臂如藕、玉指纤纤、瘦腿丰胸、步而姗姗、酥胸高如山、臀部肥似坡、千妖百媚，犹如西施再生，柔情似水，更似貂蝉重现，他有生以来从未见过如此漂亮的姑娘，第一次见到时早就被她的美色所迷住，于是，趁学汉语之机，每天晚上早早赶来与茜梅相会，边学汉语，边谈爱情，暗思：若能娶她为妻，一生无憾了。

茜梅觉得普申科身高一米八，体强力壮，衣冠楚楚，气质不凡，据说家里还是俄国十大巨富之一的家庭，想起自家经济困难之极，自己虽上了大学，却连买件像样的衣服都困难，如今，竟请她教汉语，一时倒觉得有些受宠若惊，为了多赚点工资，为贫穷的家庭减轻负担，她非常乐意，但除此之外，从未想过其他事，于是每天晚上，都尽全力认真教普申科学汉语，不敢越雷池半步。

普申科学了个把月的汉语，他很想向茜梅表明自己的爱慕之心，但话到嘴边，看到她仪表万方，又不敢开口了，他担心万一被对方拒绝了，自己就不好下台，只得将爱慕之情苦苦地埋在心里。

这日，普申科早早来到宾馆，茜梅还在吃晚饭，他在一旁等候着。"张老师，你白天上班，晚上又要教我汉语，如此辛苦，我心里总觉得对不住你。"普申科不好意思地道。"没关系，只要你学好汉语，我就非常高兴，如果你学不好，反而我不好意思了。"茜梅微笑道。"张老师，如今你已辛苦了月余，是否可以放松一下，或者去外面散步游玩一天，或者我陪你去我家玩玩？"普申科建议道。"哦，你家离这儿远吗，有什么好玩的呀？"茜梅有意无意地问道。"我家大得很呢，有自己的大公司，占地百亩，还有豪华别墅，占地四十亩，内设花园游乐场、跑马场，我家养着四匹马，无聊时我们可以骑骑马，还有花园，园内有奇花异草、假山鱼池、梅花鹿和亭阁楼台、荷花池，如果你喜欢运动，内有篮球场、跳舞厅，总的一句话，你喜欢什么玩什么。"普申科兴奋地告诉茜梅道。"哇，听你所说，你家变成了自己的王国了，这么大的家业，该多大的财力呀。"茜梅听了普申科的叙述，觉得不可思议。"我家是俄国十大巨富之一呀，你不相信，我明天就陪你去玩玩如何？"普申科认真地道。"你家就在莫斯科吗？"茜梅问道。"对啊，就在郊区，不过十几分钟的车程，快得很。"普申科激动地道。"我来莫斯科后，一直都守在摊中，除摊以外，至今尚未离开过市场，不过我是黄老板的员工，领他的工资，就必须为他服务，要出去玩，就要经过他的同意。这样好了，我与老板商量一下再说吧，他同意就去你家玩一天，他不同意亦就算了，好不好？"茜梅被普申科一吹，真的想去玩一天。"好极了，我想你老板是位非常大度的人，一定会同意的。"普申科听说老师愿意去家，欣喜若狂，拍手称妙。

次日，茜梅将普申科邀请自己去他家玩的事告诉了黄松，黄松觉得茜梅来这么久尚未请过一次假，出去玩一天也是应该的，但他不放心女孩家独自出去玩，于是就决定陪她一起去，顺便了解一下普里夫家中的真实情况。茜梅听说老板亲自陪自己出去玩，心里兴奋至极，立即打电话告诉了普申科，普申科接到电话，高兴极了，马上驱车赶来。黄松叫月仙辛苦一下，自己与茜梅乘普申科之车，直往他家而去。

普申科驾车出了宾馆，上了平坦宽阔的水泥路，路上车辆不多，在笔直的公路上飞驰约二十分钟，来到郊外，过了一个小山坡，又是一片平原，路边全是茂盛的树木，似乎进入了林场，树木深处，隐隐有所大院，只见粉墙黛瓦的白色围墙内，显现着翅角飞檐的亭阁楼台和红瓦黛砖欧式的豪华建筑。普申科在大院边停下，门口守着四名保安，看到车，知道是主人回来了，其中一名保安殷勤地上前鞠了一躬，然后拉开车门，示意主人下车。三人相继下了车，走进了大院，院内有几人在打扫卫生，有几人在养花浇水。"黄老板，张老师，这里有二幢别墅，东边这幢是我父母住的，西边这幢是我住的，我父母今天不在，先到我的别墅中坐会儿吧。"普申科介绍道。"哎呀，好大的气派啊，你独自一人，怎么要住这么大一幢别墅呀。"茜梅惊叹着道。"其实啊，我并不常住这里，而是住在体育馆的日子多。"普申科微笑着应道。"那不是太浪费了吗?"茜梅有些不解地道。"这是我父亲的长远打算,他认为娶妻后总该有所体面的房屋,因此他就早给我安排好了。"普申科作了说明。"哦,你父亲想得真周到,但不知你有对象了吗?"茜梅关心地道。"尚未找到对象。"普申科低声道。"像你这样的家境与年龄,怎么可能没有对象呢,我不相信。"茜梅有些不相信。"真的没有,因为一般的女人我不喜欢,喜欢的女人或许她不愿意,我不知该如何是好。"普申科不好意思地道。"那你谈过恋爱吗?"茜梅追问道。"没有,这方面我有点害羞,因此不敢谈。"普申科搔搔头皮道。谈话间,三人来到西厢别墅,管理人员见主人到,殷勤地将三人迎了进去。进了别墅,有几人在擦地擦门窗,见主人回来,一个个都向他打招呼问好。黄松见里面装饰得富丽堂皇,陈设的都是高级红木家具,大厅中挂着巨大一幅山水画,只见高山流水,气势磅礴,使人感慨万千;旁边是茶室,茶几上放着高级茶具,柜上放着许多茶叶西点等相应食料;后半间是厨房与餐厅,整个场面布置合理得体,大有高贵之感。三人来到茶室,普申科叫一名女服务员为之泡茶,年轻的服务员就陪着殷勤地忙碌起来。休息约半小时,普申科陪着黄松与茜梅上二楼,只见上了楼,第一眼看到的就是运动器具,有石锁、举重器、拉杠、跑步机等,几乎应有尽有,看得出,这普申科非常喜爱运动;他的房间在东厢,里面全是最高级的家具;还有一间书房,陈设着各种各样的书籍;还有一间雅室,供与贵客品茶聊天所用。看过二楼,再上去就是阳台,上面亦种满了各种异花奇草,有盆景假山和鱼池,使人大有心旷神怡之感。整幢别墅的豪华程度,使黄松与茜梅瞠目结舌。三人在阳台的石凳上稍作休息,普申科建议去跑马场骑马取乐,黄松与茜梅从未骑过马,觉得新鲜之极,于是就高高兴兴地下了楼。别墅边有三间二层楼,这里住着十几名看管人员,二层楼边是马棚,内有四匹高头大马。普申科吩咐随从牵来三匹,要黄松与茜梅各牵一匹,自己一匹,黄松欣喜地选了一匹牵着,茜梅从未见过这样的骏马有些害怕,她不敢牵,要求随从牵回马棚,普申科见她如此胆小,亦只得作罢。普申科与黄松牵着马,茜梅紧跟着,三人来到跑马场,普申科首先骑马跑了一圈,然后叫黄松试跑,黄松从未骑过马,初次骑有些害怕,但兴趣极浓,于是就小心上鞍,试着慢行,然后渐渐加快,最后跑了一圈,才情趣盎然地下马。普申科觉得茜梅也应该骑一骑,可是她不敢,但心里却很想乐一乐,为了壮壮她的胆,普申科愿意与她同上为她保驾,茜梅见普申科愿帮自己，觉得再不骑马这一生就再也没机会了，于是就盎然接受。普申科将茜梅抱上马背坐稳，然后自己再上马，坐在茜梅的身后。"老师坐稳，开始走马了。"普申科温情地提醒道。"走慢点，我有些紧张呢。"茜梅十分惊慌地道。"没事，有我护着呢。"普申科说着用双腿夹拍马肚两下，马就起步开走。"普申科，走慢点，我怕。"茜梅见马开走，心里顿时慌张起来。"没事没事，很快就习惯了。"普申科鼓励着道。骏马慢步游走了约十分钟，茜梅觉得还可以。"老师，现在觉得怎么样了？"普申科关心地问道。"好多了，心也不慌了。"茜梅满脸堆笑道。"那我们跑快点如何？"普申科征求茜梅的意见道。"行，试试吧。"茜梅欣然答应道。"行，老师坐稳，我们开跑了。"普申科见老师同意，于是就抖抖缰绳，拍拍马肚，马顿时飞腿奔跑起来，而且越跑越快，不一时，只见马跑如风，马鬃飘在茜梅的脸上，茜梅的秀发飘在普申科脸上。"哎呀，太快了，我快摔下了，慢点慢点。"茜梅见马快如飞，心里惊慌万分。"这样才过瘾啊，不怕不怕。"普申科闻着茜梅的秀发之香舒服之极，见她突然惊叫不止，急忙一手拉缰绳，一手紧紧抱着茜梅的细腰不放手。骏马狂奔，使茜梅在马背上颠簸不稳，正在茜梅危急惊呼之时，突然普申科的大手搂住她的腰，茜梅顿觉安全多了，于是就不再惊慌了，任由骏马狂奔，她一直倚在普申科的怀中，甜甜地享受着男人的温暖，二人同骑一马，各有自己的情趣，真的是，男欢女爱赛神仙，姻缘是有天安排。

　　三人正在跑马场中玩得高兴，不觉时过十一时，园丁要他们吃中饭，三人才停止，洗过手面，来到餐厅，只见酒肴丰盛，香味扑鼻，用过餐，稍作休息，普申科带着黄松与茜梅坐车去公司参观。公司建立在工业区，占地百亩，门卫见是主人，纷纷点头哈腰相迎。进了门，只见茫茫一片，都是高楼大厦，犹如一座城市，迎面是一幢二十八层楼，是专供管理人员办公所用；还有一幢宿舍楼，住着上千名工人；上百间的无柱生产车间内，工人们正在默默地生产军需服装；车间隔壁是仓库，有成品仓库，有原料仓库，两个仓库占地约一二十亩；除了建筑，还有花园绿化、篮球场、健身房及娱乐场供员工们休闲所用。如果不是普申科的介绍，根本不相信这是私人公司。"普申科，你爸真了不起啊，这么大的公司，他怎么管啊。"黄松惊叹道。"唉，我爸是个大忙人，办公司有办公司的难处，我们公司业务量大，上千人生产还应付不了军队需求。一，找员工困难，二，进原料困难，因此，我爸正寻求公司以外的合作。听我爸说，与你们的合作非常愉快，他为此而省去许多管理上的麻烦，我也为他而高兴。我爸曾要求我离开球队帮他的忙，而我却不喜欢过这样劳累的生活，我想一生活得潇洒一点，做自己喜欢的事，因此，没有满足他的需求，这或许对不住他了，真的有些遗憾。"普申科叹了一口气道。"哦，原来如此，其实啊，钱够花就好，你家已有这么大的产业，又何苦这么劳累再创业呢，真的想不通啊。"黄松觉得普申科的想法亦有道理。"普申科，你爸一生劳碌，还不是全为你好，你应该多帮帮他才是，我看你爸亦是个可怜的人，对不对？"听了普申科的一番言论，她开始同情起普里夫来。"老师说得对，目前，我爸要我什么事也别做，先娶了老婆再说，我想他说得没错，待我娶了妻，再与她商量应该怎么支持我父的事业。"普申科十分赞同茜梅的提议。不知后来普申科如何转而支持父亲的事业，请看下回分解。

第五十回

婚礼台月容露真　中秋节一家团聚

　　话说普申科陪着黄松与茜梅在自家从早上一直玩到下午四时许，才依依不舍地分开。这一天，普申科欣慰至极，他珍惜着与茜梅一起的每分每秒，特别是与她同骑一马奔驰之时，自己手抱她的纤纤细腰的感觉，使人回味无穷，这一天，是普申科一生中最幸福的一天。茜梅在普申科家玩了一天，见他家财产如此之多而不敢相信，看那豪华的别墅、美丽的花园和空旷的跑马场已觉得高贵无比，不料还有这么大茫茫一片厂房建筑群，其间有上千工人为他家在忙忙碌碌地生产军需产品，其财产之多，真的使人不敢相信。她觉得普申科生在富家实在幸福之极，又觉得其父普里夫能力超人。特别是与普申科同骑一马时，为了自己的安全，普申科用一只刚劲有力的大手紧紧搂着自己的腰，使自己原本十分紧张的心情顿时舒缓了，有了安全感，她觉得普申科善解人意，很有责任感。黄松更是聪明人，对普申科约他二人去的目的早已猜到三分，普申科与茜梅双双骑在马背上一起奔驰的那种情景足以证明二人内心世界的动向，觉得男方富可敌国，女方美若天仙，如果能结合在一起，自然是再好不过，但究竟是否有缘，还得听天由命。从此以后，普申科的脑子里始终印着茜梅的影子，不管吃饭睡觉或白天黑夜，他无时无刻不想着她，他再也少不了她。

　　三天后，普里夫出差回家，他最关心的一件事就是孩子的学业与恋爱发展情况。"普申科，汉语学得怎么样了？"普里夫朗声问道。"一般交流还可以。"普申科简单地应道。"汉语极其深奥，慢慢学吧，你与老师的感情发展得如何了？"普里夫继续问道。"刚三天前，我请她与黄松来家玩了一天，我还与她骑马奔驰过，看样子她很乐意，但我并未向她表白过。"普申科告知了实情。"那你应该找机会向她表明才是，反正迟早要说的，何不早说呢?"普里夫有些急不可待道。"唉，我总觉得一时说不出口，也不知道该怎么表白才是。"普申科搔搔头皮道。"这有什么难的，求婚是正当的事，你不主动求她，难道还要等待她来求你不成，傻瓜。"普里夫笑骂道。"爸，我真的非常喜欢她，但又说不出口，我想这样好不好，你出面，请黄松说媒去，如果他能帮忙，或许就容易多了，你说是不是?"普申科出主意道。"这样也好，我反正有事要与他商量，到时试试吧。"普里夫微笑着应道。

次日，普里夫约黄松在酒店商谈，二人多日未见，格外亲切。"普里夫，你这么久不来，到何处去了呀?"黄松笑问道。"老黄啊，你真是不知道，我承包了军需产品并不是你想象那样轻松的，除了业务外，还要应付军方领导的事，对于我们商界而言，人事关系重于一切啊。"普里夫无奈地道。"普里夫，你真厉害，我佩服你。"黄松竖起大拇指赞道。"不要如此赞我，看你亦不是一般人。"普里夫微笑着回应道。"普里夫，我们做的产品是不是先运一批过来，一则，我那边仓库太紧，多了无处存放;二则，你可以检验一下产品的质量，你认为如何?"黄松转过话题，谈起了正事。"可以啊，若你仓库紧，可以每月发过来，我公司仓库大得很，没问题。"普里夫果断地道。"那就太谢谢了。"黄松欣慰地道。"老黄啊，你认为我这人如何?"普里夫突然问黄松对自己的看法。"你很好啊，我是把你当好朋友看待的，怎么了?"黄松有些惊奇地道。"那就对了，你当我是朋友，我也当你是好朋友，朋友之间应该互相帮忙是不是?"普里夫问道。"我们中国有句古话，叫作'有福同享，有难同当'，不知道你们俄国是不是这样的?"黄松笑问道。"对，我们俄罗斯人最讲义气，既然是朋友，就应该是这样。今，我有一事相求，不知老黄是否会帮忙。"普里夫看着黄松道。"只要你普里夫用得上，我黄松自然尽力啊，这还用说吗。"黄松惊奇地道。"那好，既然你这么直爽，我也就直说了。我孩子普申科想娶张茜梅为妻，想托你当介绍人，你愿意吗?"普里夫直截了当地道。"没问题，我一定帮忙。不过婚姻大事不是买卖，成不成还要看缘分，成了更好，万一不成，请别怪我。"黄松豪爽地道。"这个自然，我只要你能为我尽力就好，如果她能答应，我愿付给她家一千万人民币作为养育费，这条件不错吧。"普里夫毫不犹豫地道。"真是财大气粗，这是世上少有的聘礼，但我是实话实说，她家是农村的，家境不太好，与你家相比，或许并不相配的。"黄松告知了茜梅的家庭情况。"这不是问题，我要的是人。我孩子非常喜欢她，如果她能答应，一日之间，她家就可以变穷为富。"普里夫毫不在乎地道。"那好，我今夜就与茜梅谈谈，明日答复你就是。"黄松见普里夫如此豪爽，亦就果断地道。"好，还是老黄有义气，我等待你的好消息。"普里夫见黄松答应，兴奋至极，二人在酒店喝酒畅谈两小时后各自乘兴而归。

下午，月仙收摊回家，问黄松与普里夫谈了些什么，黄松将普里夫托媒的事说了一遍。"哇！茜梅交运了，普申科不但家富万贯，而且相貌又帅，若能成功，她真的是糠箩跳进米箩了。"月仙惊喜地道。"你高兴什么呀，还不知道她愿不愿意呢。"黄松微笑着道。"据她自己说家境穷得很，如今嫁了个大富翁，哪有不愿的事，放心吧，你这媒一定成功。"月仙很有把握地道。"那我们二人一起去吧，你反正在家无事。"黄松朗声道。"行，我陪你同去就是。"月仙爽快地应道。于是，二人吃过了晚饭，双双来到茜梅住处，告诉她普申科向她求婚的事。茜梅觉得有些突然，但她觉得普申科长得并不错，而且家庭如此之富，心里当然愿意。"黄老板，这婚姻大事，必须由父母做主，我想先通知父母，让他们商量一下再说吧。"茜梅向黄松说明了自己的意见。"那自然，到时你回家一趟，与父母商量以后再做决定吧。"黄松同意茜梅的意见。

当晚，黄松将茜梅的意思告诉了普里夫，普里夫知道后，第二天一早就急急赶到黄松的住处，要求黄松再加把油。"普里夫，根据中国人的风俗，你若喜欢一个姑娘，并在姑娘的默许下，应该上门提亲。"黄松向普里夫建议道。"我不懂中国的风俗，一切都由你老黄安排就是。"普里夫欣慰地道。"那好，叫你儿子准备好，到时我们一起去她家提亲就是，不过还要带一些礼物。"黄松告诉道。"那好，有劳老黄了。"普里夫兴奋至极。

经过一番努力，黄松决定陪同茜梅与普申科一起去安徽凤阳县茜梅家提亲，叫月仙在摊上经营。三人乘飞机到达上海，转车前往凤阳，来到茜梅家，只见村落偏僻，房屋简陋古老，村人穿戴土气，一派穷貌之色。村人见茜梅突然回家，而且带着二位衣冠楚楚的年轻人，其中一位是外国人，他们惊奇地围了上来看热闹，并指指点点，喁喁私语个不停。茜梅的父母见女儿陪着二位贵客来家，殷勤地迎进了自己的家，母亲忙于泡茶待客。三人进屋，黄松见仅二间旧屋，家中的陈设全是古老家具，看不到一样像样点的物件，显然，是一户贫困人家。三人落座后，黄松向茜梅父母介绍了普申科的情况，并递上二万元人民币的见面礼。其父母是老老实实的庄稼人，见了二万元钱受宠若惊，并连连点头表示谢意，然后拿钱进内室，将钱藏进了柜内。当黄松问是否同意这门亲事时，回说全由茜梅自己做主。黄松与普申科在茜梅家坐了一小时之久，吩咐茜梅与父母再作商量，于是就离开她家，暂住凤阳县宾馆之中。

茜梅与父母商量了自己的婚事，父母一口表示同意，她打电话把父母的意见告诉黄松，黄松要她到凤阳县宾馆商谈，茜梅应约而往。经商量，普申科决定先叫茜梅到银行开个账号，打五百万元人民币进她的账号，抓紧盖一幢漂亮的别墅，准备着结婚时所用，因为，普申科觉得到时自己的亲朋好友来时能够体面一点，茜梅欣慰至极，表示同意。黄松叫茜梅暂时不去俄罗斯，先将家里的事处理好，茜梅感激不尽，她回家后，就着手计划建造豪华别墅的事了。

普申科回国后，将与茜梅的情况告诉了父亲，普里夫高兴之极，于是就登门拜谢黄松。"老黄啊，太谢谢你的帮忙了，以后，你若有什么困难，尽量对我说就是，我一定会尽力帮你的。"普里夫情意盎然地对黄松道。"普里夫，我当真有一事需要你帮忙呢。"黄松朗声道。"哦，说来听听，只要我力所能及的，我乐意效力。"普里夫毫不犹豫地道。"那我先问你，你们军队士兵的袜子是谁提供的？"黄松意欲推销自己的袜子，故而先打探一下实际情况。"哦，这袜子是劳力密集型企业，我嫌工艺繁杂，因此不曾考虑过业务，据说是从意大利进口的。"普里夫如实告知。"那你能否通过你的关系，帮我拉点这方面的业务呢？"黄松紧接着道。"行，我会努力争取的，不过要事先做好一些准备工作，请你提供百双高质量的样品，一则，送几双给有实权的领导；二则，可作产品广告所用，除此外，我还要找关系。说实话，还要给主管、领导相应的权益，这些，就是我们业务成功与否的前提条件，我想你老黄是明理人，应该懂得其中的利和弊的，是不是？"普里夫说明了自己的看法。"普里夫，我们都是商场中人，自然懂得商场中的规矩。我注重的是业务的成功，至于其中的过程不在乎，不管多大费用，只要有钱赚就行，你说对不对。"黄松知道，要成就大事，必须要付出相应的代价，若没有这一套，普里夫亦不可能承包下这庞大的军需产品业务，事实证明，普里夫在其中用了什么手段，曾花费多少钱，谁也不清楚，但如今他已成为俄国十大巨富之一，已成事实了。"谢谢老黄的理解，那你给我百双好袜，我马上就去奔走了。"普里夫果断地道。"那好，以后有什么情况请随时联系，该多少费用告诉我，一切都要以成功为目的，好吗？"黄松认真地道。"行，没问题，你等着好消息吧。"普里夫自信地道。二人又谈了一些商场的事，然后普里夫告别而去。

"松哥，如果这普里夫当真能从后勤部拿得袜子订单，那我们就更发财了。"月仙激动地道。"我相信这普里夫完全有能力，更相信他是讲义气的人，我帮了他成全普申科的婚事，他帮我承包袜子业务，这是天经地义的事，更何况他是不愿服输的人，所以，他一定会尽力的，但毕竟这事太大，还需要一定的时间的，我们就慢慢等待他的好消息吧。"黄松很自信地道。二人正在高兴之时，黄松的电话铃响了，他拿起手机接听，原来是陈小虎打来的，说新房子造好，准备中秋居新屋，要黄松做好准备工作。

"月仙，刚才小虎打来电话，说新房已竣工，再个半月就是中秋节了，我打算就趁中秋佳节之时，将我俩的婚事一起办了吧。"黄松微笑着与月仙商量道。"行，一切听你的就是。"月仙欣然应道。"那好，你通知父母一声，叫他们到时一起参加我们的婚礼。再通知月容一下，叫她也来，久未与月容来往，不知她现在如何了。"这时，黄松却想念起月容来了。"好的，我马上照办就是。"月仙爽快地应道。

再说容科公司，最近又开发了四种新产品，这使其规模越来越大，而且新宿舍楼已经封顶，目前正进入装潢阶段，黄科与月容正在高兴之时，黄科的手机突然响了，黄科接听电话，原来是黄松告诉他中秋要举行婚礼的事。"黄科，刚才谁打的电话呀？"月容问道。"哦，是我哥打来的电话，说是中秋节他要举行婚礼了。"黄科如实应道。"那你怎么回答的呀？"月容追问道。"我当然说要去庆贺的呀。"黄科毫不犹豫地道。"黄科，你难道忘了我给你说过的话吗？"月容提醒着道。"你说过什么呀，我怎么一时想不起来了呢。"黄科搔搔头皮道。"我说中秋节是你拜堂成亲的日子，怎么就忘了呢。"月容抿嘴一笑道。"哦，你是说叫我与哥一起举行婚礼，是吗？"黄科突然兴奋地道。"这是你命中注定的事，怎么可以忘了呢，但是你只能告诉你哥，就说要与他一起举行婚礼，但不能说新娘是谁，知道吗？"月容神秘地道。"这又是为什么呢？"黄科莫名其妙地问道。"天机不可泄露，反正你不能说新娘的名字，否则，一切都会落空的，而且你的运气亦会变坏的，知道吗?”月容认真地道。“行，我听你的就是，只要你能陪我一起去拜堂就行。”黄科欣喜地道。“这就对了，到时我一定陪着你去拜堂，这就是我曾说过的双喜临门了。”“哦，原来这是你早已筹划好了的事，你为什么不早告诉我呀。”黄科这才知道中秋双喜临门真正含义所在。“好了，接下来我们准备一下婚衣吧。”月容情趣盎然地道。

一小时后，月容接到月仙打来的电话，通知她中秋参加婚礼的事，月容答应了，并当即祝贺她夫妻恩爱白头到老。月仙要月容当自己的伴娘，月容婉言拒绝，说自己有特殊情况，不能当她的伴娘，于是月仙就与黄松商量后，决定叫茜梅当伴娘。时间过得真快，离中秋越来越近，黄松为了喜庆，暂时停止营业，通知普里夫父子一起去参加自己的婚礼，他父子听了，欣喜若狂;黄松告诉了李勇与孙老大，他二人高兴之极，决定亦暂停营业，同去参加黄松的婚礼;又通知了亦华夫妇，他俩已久未回义乌，就决定趁此机会回家一趟，一来为黄松庆贺，二来看看自己的家。

月容有自己的打算，她不想让黄松知道自己与黄科的关系，因此，她先封住黄科的口，觉得还不放心，又去母校，要求施教授暂时隐瞒。施教授问她为什么，她说为了创造婚礼中的神奇色彩，如果提早知道，就会失去神奇的意义，施教授觉得有趣，于是就答应了她的要求。月容要求施教授为她找个体面的伴娘，施教授在学校里选了一位最漂亮的姑娘当伴娘，这使月容满意之极。

离中秋还有一星期，在集装箱市场经营的义乌人全都回国准备参加黄松的婚礼，月仙先回常州告诉父母举行婚礼的情况，黄松回到乐村与父母商量怎样安排婚礼。“爸，妈，如今孩子终于结婚了，你俩满意了吧。”黄松笑着对父母道。“对，终于盼到你结婚了，妈当然高兴。”母亲哈哈笑着道。“松儿，你回来了，但不知你弟怎么样了，连个电话也没有，唉，他只顾研究，什么事也不管，真为他担忧啊。”父亲叹了口气道。“爸，我弟好得很呢，他如今办了一家容科公司，是生产高级玩具的，生意可好呢。”黄松称赞道。“吹牛的吧，他哪有这样的能力开公司的，我可不信。”父亲不以为然地道。“真的，我就从他公司进过一个集装箱的货，这不会有假的。”黄松肯定地道。“不管如何，自己的孩子自己知道，他绝非开公司的料，我绝对不相信。”父亲否定地道。“好了，不要谈开公司的事了，如今松儿要结婚了，科儿的婚事不知如何了。”母亲又关心起黄科的婚事来了。"科弟不是说中秋与我一起办婚礼吗？你们还不知道吗？"黄松见母亲关心起黄科来，似乎并不知道他要结婚，于是就惊奇地问道。"这小子又在骗人了，他从来也没对我们说过此事，突然之间却说要结婚了，这不是骗人是什么呀。"父亲有些生气地道。"你亦不要如此不相信科儿，也或许是真的，但不知他娶了什么样的姑娘，漂亮不漂亮，贤惠不贤惠，如果是真的，亦该回家了。"母亲责怪一番父亲后，又自言自语地道。"对，时间紧迫，亦该回家商量商量了，我打电话给他，叫他马上回家就是。"黄松说着，拿手机打电话。"喂，弟，不到一星期就是中秋节了，你还不回家啊？"黄松在电话里催促道。"哥，我已到义乌了，很快就到了。"黄科在电话里应道。"爸妈，科弟已到义乌了，很快就回家了，放心吧。"黄松欣喜地告诉父母道。"但不知道是否带姑娘一起来。"母亲欣慰地道。

　　母亲见自己两个孩子同时回来，心里高兴，于是就叫黄松再买几样菜，准备庆贺一下，黄松听母亲的话，又去廿三里买来几个菜，三人正高兴时，黄科风尘仆仆地回到了家。"爸，妈，哥，我回来了。"黄科朗声打招呼道。"哦，弟啊，今天这身打扮，真帅啊，哥都差点不认识你了，哈哈哈！"黄松见弟穿一身高级西装，系一条高档领带，内穿白衬衫，脚穿一双黑亮皮鞋，神气十足地走进家来，禁不住大加赞扬道。"这次回来是与你同时举行婚礼的，如此大的喜事，当然要神气一点的呀。爸，妈，你们说是不是？"黄科精神十足地道。"科儿，你说与哥同办婚事，那你为什么不带姑娘回来啊？"母亲见科儿独自一人回家，有些失望地道。"妈，急什么呀，她现在正忙着，一时走不开，到时是会与你见面的。"黄科微笑道。"这都什么时候了，还在忙什么呀？"父亲不耐烦地道。"爸，你不知道，我的女朋友忙得很呐，她既要安排公司的事，又要安排好结婚的事。她说，要保证中秋的婚礼举行得风风光光，让你二老高高兴兴才是。"黄科眉飞色舞地道。"好啊，你的女朋友说得对，应该这样，看来她一定是位非常聪明的好媳妇，我就喜欢这样的姑娘。"母亲笑呵呵地道。"科儿，听说你办了个公司，是真的吗？"父亲带着疑惑的口气问道。"对啊，我是办了家公司，而且规模不小，产品供不应求，目前买了十亩土地，新厂房建成，宿舍楼已封顶，再过半年，整个建筑全部完工。根据目前的生产与销售情况来看，可能还要扩大规模，再买五十亩地。"黄科情趣盎然地道。"吹牛吧，爸可不相信你有这样的能力。"父亲不以为然地道。"爸，我从小不喜欢吹牛，你又不是不知道，你若不信，我可陪你去厂处看看就知道，不过新厂不是我主办，是我的女朋友一手办起来的，我只是一个配角而已，我们既然结为夫妻，当然也算我的，对不对？"黄科说出了实情。"哦，原来如此，我就不相信你有办公司的能力，原来是你的女朋友办起来的，你这小子现成挂名，福分倒不小。"父亲这才明白一切，觉得这媳妇是位了不起的女强人。"我早就为科儿算过命，算命先生说他八字生得非常好，一生有贵人相助，是大富大贵的命，如今果然如此。"母亲笑呵呵地道。"妈，我的女朋友比算命先生还准。在一年前，我尚没恋爱，她就为我算过命，说我命中注定，今年中秋交桃花运，并双喜临门，拜堂成亲，我当时不信，如今看来，真是神奇得很。"黄科自豪地道。"哦，我的小媳妇算得如此准，一定是位聪明绝顶之人，难怪能办起公司来，以后你要好好爱她，知道吗？"母亲心里甜甜地道。"科弟，你有这样一位好妻子，后半生就享福了。"黄松亦赞扬一番道。

光阴似箭，日月如梭，转眼就是中秋节，这日，天气晴朗，气候宜人，稠州路八间新房张灯结彩，鞭炮齐鸣，这是黄松两兄弟同时举行婚礼的日子，整个场面由小虎夫妻俩主持安排，进出账目由陈生夫妻负责，设宴百桌，宾客上千，热闹非凡，涟水县的陶县长与湖山乡的书记主任及容科公司的主要负责人都前来参加，南京大学的施教授、复旦大学的洪书记及科研人员共十多人前来庆贺，还有俄罗斯的普里夫父子。

婚礼仪式开始了，主持人是义乌最有名的专业人员，当宣布新娘新郎上台时，黄科还不见月容的人影，只急得他如热锅中的蚂蚁团团转。"弟，怎么新娘还没来啊？"黄松不见黄科的新娘，也焦虑起来。"她说一定会来的，绝不会误时的。"黄科虽心里慌张，但还是很自信地道。正在此时，只听陈小虎朗声道："新娘到，请上台。"黄科听了，一阵兴奋，黄松听了，急举目张望，只见一位身穿婚纱的漂亮女郎，在一位娇媚小女的陪同下，脸儿艳艳，步而姗姗地朝主持台上走来。"喂，月仙，这新娘好像是月容。"黄松惊奇地道。"不会吧？"月仙听黄松这么一说，飞速看了新娘一眼，只见新娘穿着漂亮的婚纱，眼上戴一副黑色墨镜，白肤红唇，举措自然，气度不凡，虽是女儿打扮，却是一派男子汉神韵。"松哥，她眼戴墨镜，我一时看不清。"月仙低声应道。"或许我看错了吧。"黄松有些不敢肯定地道。不一时，二对新人在台上同时亮相，台下的宾客一齐鼓掌庆贺。二对新人向宾客们躬身道谢。"师父，你好！"月容向宾客们道谢后，向黄松微笑着问好。"你……"黄松突然听新娘向他称师父问好，一时觉得丈二和尚摸不着头脑。"师父，我是月容，久久不见，怎么不认我这徒弟了？"月容低声道。"哦！你真的是月容啊，怎么突然变成我的弟媳了。"黄松惊奇地道。"说来话长，以后我们都是一家人了，再告诉你吧。"月容不好意思地道。"月容，你这人真神奇，你与黄科的事我怎么一点也不知道，难怪我请你当伴娘你一口回绝，原来自己也是新娘。"月仙傻傻地望着月容道。"月仙，以后我们都是一家人了，希望我们一生和睦相处。"月容抿嘴一笑道。紧接着，二对夫妻拜了天地，又拜了父母公婆，然后一齐赴宴，最后送入洞房。从此后，一家人和睦相处，共同创业，成了当时社会上人人羡慕的幸福家庭。

后　记

　　历史上的义乌，既无山矿可开，又无江河之便，人多地少，土地贫瘠，是个有名的穷县。然而，义乌人却有非常理性的生存方式和敢闯善拼的经商精神。在长期的现实生活中，不管道路有多坎坷，困难有多大，始终处于半农半商的生活模式中。直至改革开放后，政治环境发生了翻天覆地的变化，义乌才开始快速地走向富裕道路。从贫到富的过程，基本可分为三个阶段：一是鸡毛换糖；二是小商品市场；三是转商办厂，走出国门。这三个阶段是改变义乌命运的关键时刻，其间涌现出无数商业精英和可歌可泣的生动故事。为了弘扬义乌精神，笔者觉得有必要将这些精彩故事重演一遍，以供后人借鉴。经过近八年的努力，小说《鸡毛换糖传》一书终于出版发行。

　　义乌曾有上万人挑过鸡毛换糖担，今有数十万经商办厂的商业大军，他们在商海中长期摸爬滚打，将自己练就成战无不胜、攻无不克的商海战将，经历了无数成败故事，基本上每位经商者都可以将自己身上所发生的故事写成一本厚厚的书，而在《鸡毛换糖传》中，笔者所写的只是沧海一粟。如今，义乌已是国际化的商贸大市场，有写不完的精彩故事。因此，为了写好义乌故事，书写义乌精神，希望文人们都来参与其中，为丰富义乌商业文化而共同努力！

　　本书故事情节纯属虚构，若有与书中情节类似者，请勿误解。若有不当之处，欢迎批评指正！